JN304775

街角の四季

森真吾コラム集

1977-1988

海鳥社

挿画（葦ペン）　中村洋一

＊本扉カット＝唐人町から百道を望む
（中央区、二〇〇二年六月）

街角の四季　森真吾コラム集◉目次

1977

1978

1979

1980

1981

1982

1983

1984

1985

1986

1987

1988

1977

室見川（西区，2006. 3）

御遷宮

鳥飼八幡宮（福岡市中央区）の御遷宮が十六日にある。戦前、西公園下に住んでいた日々のことは、大空襲で町が全滅した時に飛び散ってしまい全くの夢となっているが、一枚の焼け残った褐色の写真が、御遷宮に御神体のお供で町を練り歩いた記憶を呼び起こす。

二十年毎の神事だから、四十年前のこと。小学六年生の私は豆絞りの鉢巻きに大工さんのハッピ・腹掛けの職人姿で、先年米寿で他界した父や弟たちと一緒に写っている。那珂川から西、城下町の私たちは、博多の祇園山笠に出る資格はなかった。だからこの城下町の二十年に一度の行事はもう大変な賑わいだったらしい。しかも私たちの小学校はお城の真ん前にあって、校区の東半分の子供たちは警固神社の氏子だった。

その連中が羨ましそうに見守る中を、声を張り上げながら綱を引いた。長老たちの歌う歌詞は忘れたが、後に続ける子供たちの掛け声だけはよく覚えている。

「ヤァトコセ、ヨーイヤナ、アレワイセ、コレワイセ……アリャ、ナンデェモセ……」

地下鉄工事も排気ガスもない四十年前の秋の空は、今よりずっと高かったはずだ。

（10・15）

辛抱坂

前の日曜日、老壮年マラソンに参加、五十歳代一〇キロの志賀島一周に挑戦した。一着もラストも同じ完走賞だけの、早朝駆け足やマイペース・ランナーたちの集まりだ。

私の目標はまず完走、それに挑戦を受けているライバルが二人。いずれも私がランニングで高血圧を克服した上、この種のレースを楽しんでいるのを知って、「あんたにできることなら、俺のほうがもっと速いはず」と浅はかにも練習を始めた職場仲間のSと、三十五年前の駅伝選手で同窓生のFである。

結果は「辛抱坂」までが勝負だった。これを登りきればあと五キロの地点。景色が女性的な博多湾から一転して玄界灘の荒波に移るあたりでホッとしたところを、長身のSに簡単に抜かれてしまった。

いったん遅れ始めると、ファイトは半減、酒のせいで連日のトレーニングにもかかわらず減量に失敗したと「三味線弾いていた」Fの追及を振り切るのがやっとだった。それでも今年は時差スタートのおかげで女性ランナーからは一人も追い抜かれずにすんだ。

九百人のランナーの一人ひとりが私同様、自分のレベルに応じたドラマを楽しんでいた。

（10・20）

五十万人に一人

何が苦になると言って、宴会などで知恵のない幹事から順番に歌えと要求されるほど辛いことはない。座興ではないかと言われても、身を切られる思いだ。私の人前歌唱恐怖症は昨日や今日の問題ではない。

若い頃、職場コーラスを結成する話が持ち上がった時、予定指揮者の友人が「本当の音痴など五十万人に一人だ。絶対に心配はいらない。私が教える」と励まして、あれだけイヤだと言う私を並ばせたことがある。数分後、まことに言いにくそうに「列外に出るように」と頼んだ彼の顔は気の毒なくらいで、今でも悪いことをしたと思っている。以来、私のカナリアは完全に歌を忘れることになる。

軍歌演習なら怒鳴っていればよかったし、風呂の中でなら自身の編曲を楽しむことができる。だが、人前では……。

それにしても、どうしてこうも普通の人は酒が入れば他人に歌わせたがるのだろう。歌いたい人が好きな歌を好きなだけ歌うのなら、私も手の一つも叩いて付き合う程度の幅の広さは持っている。いつ指名されるかと視線を合わさぬようそ知らぬ顔をする……、世間には案外、そんな思いの人たちがいると考える。

（10・24）

児童画

私の勤務している動物園の夏の行事、学校児童たちの動物画コンクールに立ち会った。二千点を超す作品は、いずれも子供らしい自由奔放な構図を、隅から隅までよくもまぁカラフルに塗り上げており、楽しかった。

特に学齢児以下の絵の面白さは抜群で、このライオンの顔、君の顔付きそのままだろう、と見たこともない子供に話しかけたいくらい。

しかし、小学校も三年生以上になると、その自由さ・奔放さが急に影をひそめるようだ。「褒められよう」とする意識・意図がその頃からはっきりしてくるからだ、とは絵画専門の先生のコメントだった。

一方で、背景処理があきらかに大人の、しかも素人でないと思われるものも指摘され、本人の筆力との差が判然としていて、そのギャップでアンバランスな作品と見られ、ランクが下げられたのは気の毒でもあった。

子供たちの自由な「絵ごころ」を豊かに育てることが失われるようなら、この種のコンクールの隆盛を喜んでばかりもいられまい、と考えた。

（10・27）

ドッジ・ボール

休日の小学校校庭でドッジ・ボールをやっていた。男女仲良く五、六年生ぐらいだが、見ていると子供たちははしゃぎながら逃げ回ってばかりのようだ。アウトにならぬよう身を避け、体を捩じってボールを避けることに懸命なのだ。

私たちの子供の頃は、逃げ回るなど恥としたものだった。無理を承知のボールに跳びついて、胸にグッと抱きとめる快感。返すボールは敵の一番強いヤツを狙ってグヮンと一発。さらに外野で救援を待つ、ちょっと好きな女の子に照れながら回すパス……これでこそみんなの好きなドッジ・ボールだった。

相手のミスによる流れ球を拾い、味方ボールにしたところで、その投げ方たるや、そりゃぁ君、お嬢さん投げだよ。「逃げごっこ」でも、せぬよりましと思わねばならぬのだろうか。

秋晴れの休日、学校開放の校庭にたった一組あがっていた歓声に、先生の監督もない放課後に男生徒・女生徒が一緒に遊ぶことなど考えもされなかった頃が、急によみがえってきた。（10・31）

モズ

動物園への通勤は木立ちの並ぶ坂道だが、都心には珍しく野鳥の声が楽しめる余得がある。ある朝、坂を上りつめたところ、クロガネモチのてっぺんで尾を上下に動かしてキイッ、キイーッ、キィ、キィと鋭い声をあげている鳥を見つけた。それがモズだと聞いて驚く。この鳥は、初夏の若葉から万緑の候に啼くものとばかり勝手に思っていたからだ。

　百舌啼けば紺の腹掛け新しき
　　若き大工もなみだ流しぬ　　白秋

町に育った私は野鳥の生態には弱い。唯一のモズの知識は、中学生の時覚えたこの歌だけ。この歌は五月のものとばかり何故か思っていた。百舌日和《びより》と呼ぶ秋晴れのさわやかさを表す季語もあるそうだ。

昆虫やカエルなどを木の小枝や切り株に刺しておくのは、冬の食料に蓄えるのだという話も、私の早とちりらしく、カエルのミイラは春までそのままだそうだ。モズにはそんな残酷な習性があるらしい。私にとって新しい職場への通勤は、同じ筑肥線で通う農村育ちの同僚から受ける耳学問の時間にもなっている。（11・1）

目印

この春、転居したので、早朝駆け足のコースが福岡市西区の室見川に変わった。最初の朝、二キロの地点でヒバリが舞い上がった。まもなく、その辺りに月見草の一群が咲きはじめて夏になった。この月見草まで来て調子が良ければ、一キロ上流の橋本橋まで足を延ばす。体調が悪ければ目の前の橋で折り返す、それでも約四・五キロ。かなり長い間、夏の間はこの可憐な黄色い花との出会いが楽しめた。

秋になって、同じ場所に今度はマンジュシャゲが咲いた。「赤い花なら……」と歌われたこの花も、排気ガスのせいか少し褪せていたが、それなりに室見川を秋にしてくれていた。

だが、この花の命は案外短く、あのアワダチソウの群生の中に隠れてしまった。これには困った。月見草も彼岸花も緑の草むらの中に一固まりで咲いていたから目印にもなっていた。が、こんなに河原いっぱい、溶かしすぎた絵の具の黄のように、所嫌わず咲き乱れてくれては、私が息をつく暇もない。

この帰化植物がススキを押し退け、七草を圧倒して、私たちの秋の構図を変えはじめて久しいが、まだ馴染めない。でも、一念発起のトレーニングだ、慣れるよう努力している。

（11・7）

お相撲さん

九州場所が始まる。トレパン姿の若いお相撲さんが、潰れそうな自転車に乗り、買い物籠をぶら下げて、ゆっくりとペダルを踏んでいる風景がまた博多の街に戻ってきた。トレパンに包んだ巨体とあのマゲ姿なので、いやでも人々の視線を浴びる。

乗っとり、就職難、受験地獄、交通渋滞、いらいらしっ放しの世間に対して、「まぁ、そうせきなさんな」と呼びかけているようで気持ちがよい。

同年輩の若者たちが、猫も杓子もアイビー・ルックの流行を追うか、そうでなければ、ドブねずみ色背広の没個性が強まる中で、あえて自己の存在を主張しているようで、潔い。

ねらい定めた目標と栄光をめざして、文字通りの裸一貫、そのひたむきな青春は、何か久しく忘れ去っていたものを思い起こさせる。

郵便局の小さな窓口でもよくその姿を、たいてい二人連れなのを見かけるが、いずれも故郷の恋しい年頃である。

十一月には、博多に集まってくるこの若者たちを、心から励ましたい。

（11・10）

小さな勇気

「お年寄りには席を譲りましょう」とバスのテープがアナウンスした途端、思いもかけず、その中学生と私の視線が合ってしまった。

少年は立ち上がり、にっこり「どうぞ」と言うではないか。冗談じゃない、年寄りなんかじゃないぞ、そんなに座席欲しそうな目をしていたのかな、イヤなやつだなオレは、いいんだよ君、私はまだ若い……と、初めての出来事に大いに慌てた。

が、その少年の表情が実にいい。乗客の視線を集めていると感じてか、緊張さえしている。一途に私を見つめて席をすすめる。もちろん、私のほうも「どうするかな、このおじさん」と見られているに違いない。まだ若いつもりでも、頭髪の薄さ加減は年齢相応に見せるらしい。

この奇妙な心の揺れも約一秒間、むげに断っては失礼、強がっても大人げないと、観念することにした。思わず、「ありがとうさん」と今まで使ったこともない舌切りスズメのお爺さんみたいな年寄り声が出てしまった。

小さな親切と言うより、小さな勇気が彼にも必要だったろうし、私にしても同じことだった。

（11・14）

テーブル・スピーチ

結婚披露宴のテーブル・スピーチは思った以上に難しい。終わって着席する時、必ず「もう少し気のきいたことを話すんだった」と後悔する。

そこで今度は、前の晩、古今東西の諺集から江戸小話に至るまで、ほこりをはたいて読み返してみた。中にロダンの言葉があって、曰く「芸術において醜とは個性のないことである」。そのとおりというわけで、ユニークなつもりの話を見つくろって行ったのだが。

まず、あの結婚式場独特の雰囲気を計算していなかったのに気がついた。大安なので二十数組のカップルと、ムードに上気した親類縁者、友人たちの「よそいき顔」が一杯でムンムンする熱気、そして型どおりの式次第。

その上、私の出番が仲人挨拶のすぐ後で、会場の雰囲気も全くなごんでいない時とは思いもかけなかった。いきなり立たされたものだから、気がついた時はもうロダンの言葉など空振りで、「先刻、仲人さんが申されたとおり」と我ながら知恵のないことを喋り出していた。周囲が全然型どおりの場合、一人だけ個性を発揮しようと思うのは、やはり冒険だった。

（11・19）

穴《あな》惑《まどい》

家人の呼ぶ声に庭先を見ると、褐色に変色したアマガエルが一匹、こちらを向いて震えている。洗濯竿《ざお》の中に隠れていたのが、端っこから飛び出してきたのだそうだ。「もう、冬なんだぞ」と声をかけたら、あわてて庭石に隠れてしまった。

珍しく暖かい秋だったので、遊びほうけて冬眠のタイミングを狂わせたのか。いっそ手近なこの竿で、と冬のねぐらを決めようとした横着カエルなのか。

もっとも俳句の世界では、晩秋から初冬にかけて、穴ごもりの時期にまだ姿を見せているヘビを「穴惑」と呼んで季語に位置づけている。古くから人々の、風流ごころをくすぐっていたのに違いない。

こうした小動物の健気な生き方を、興味深く観察してこられた先輩たちの心情生活をかねてゆかしく感じていたのだが、どうやらこの子ガエル、親からも先輩からも「冬眠」という基本的な暮らしの「しつけ」を教わらなかったのかもしれない。（11・27）

図書券

最近、図書券を遊学中の子弟へ送金代わりに送る人が増えたという。「本を買いたい。カネ送れ」の手紙をまともに本代だけと読んだ父親は、昔ならまずあるまい。それを承知で図書券を送るとは、お父さん少しひどい、と身に覚えのある私などまず思うのだが、これが非常に多いと聞いては、複雑な気持ちにもなる。

親も子も、案外ドライに、そのあたりのところは割り切って、息子たちはアルバイトなどで衣食住、はてはレジャーまでまかない、親からは書籍代だけでいいというのなら、それはそれで頼もしい若者たちだ。

とすると、おそらく私と同じ年配に違いない父親たちは、敗戦前後の学生で、買いたい本は手に入らず、学窓からそのまま戦場に赴き、九死に一生を得て復員しては、粗末なセンカ紙の新刊を焼け跡に並んで買った若者であるはずだ。

奉公袋の底に岩波文庫を忍ばせていた学徒兵の父親が、「本を読め」と、その年頃になった息子に図書券を送る……身につまされる話だ。（12・3）

ブーツ

　寒くなって、またブーツを履いた娘さんたちが町に増えてきた。靴屋さんの話では今年もけっこう売れているそうで、まさか一冬で履き潰しはしないだろうから、新しく売れたのも加えて、町はブーツだらけになる……はずだが、もう昨年あたりのようには、そう目立たないような気もする。

　流行したての頃、都心のオープンしたばかりの地下街で、このブーツの一群が一列横隊で、ヒトラー親衛隊のように闊歩《かっぽ》してきたのを呆然と見送った威圧感はもう感じない。あまりよく言わぬ私に気兼ねしていた娘も、ワン・テンポ遅ればせながら履いて帰ってきたのだが、一足遅れて玄関を入った細君まで「見て！」と片足を上げた時の驚きは、もう「そんなの、店で包んでもらってくるもんだ」と言うのが精一杯だった。

　だが、これもご時世、これ以上のムダな抵抗は精神衛生上もよくない。いつものとおり、川柳句帖に一句残すことで妥協することにした。

　　そんなブーツ磨いた父は二等兵

隊長殿の長靴《ちょうか》を防空暗幕から漏れる内務班の灯をたよりに……今の娘の齢だった。　（12・7）

煤《すす》掃《はき》

　江戸の昔、十二月十三日は煤掃の日だった。新春を迎える準備のめでたい行事とされ、かなり賑やかに行われたようだ。古川柳にたくさん残っている。

　　畳敷く助言の多い十三日
　　十三日富札の出る恥ずかしさ
　　煤掃に装束すぎて笑われる
　　琴箱を持ってまごつく十三日
　　中入りにあんころを食う十三日

　一通り粗ゴミもとれて一段落すると、嘉例の胴上げ。この胴上げは主人などは形ばかりだが、日頃憎まれている者や若い下女たちには迷惑なものだった。

　夕刻、お祝いの煤掃料理に欠かせないのが鯨汁《くじらじる》。

　　江戸中で五・六匹食う鯨汁

　明けて十四日は赤穂浪士の討ち入りの日。だから「明日待たるるその宝船」と意味深長な付句を宝井其角《たからいきかく》に示して別れを告げた大高源吾《おおたかげんご》は、煤掃用の笹竹売りの姿だった。

　それにしても、十三日からの迎春準備は、今から思うと少し早すぎるが、わずか百年と少し前まで、そういう年の暮れの過ごし方を楽しんでいたというのは、羨ましいことではある。　（12・9）

日影図

二十二日は冬至。この半年ばかり前から、わが家と隣近所は「冬至における日影図」に振り回されてきた。

お宅の南側に、境界から四メートル離れて高さ一二メートルの社宅を建てます。冬の間、日差しが少し窮屈になります——との話が建築業者から青天の霹靂《へきれき》のように持ち込まれたのだ。

結局、市の日照関係調整事務局の取りなしもあって、境界から一二メートル後退することになり、幾つかの問題を残しながら、もうほとんど完成した四階建ては、今長々とその影を私の庭に覆いかぶせている。

冬至が一年で一番日が短いことぐらいは小学校の時から知っていたが、この冬の日影図をめぐってのやりとりが始まったのは初夏の候だった。その頃、私たちの念頭にあった冬の日差しとはずいぶん違うことを、その冬になって痛感する。

少しでも日陰を求めたい夏の日と、布団干しのために欲しい冬日の有り難さとは比較にならない。図面や数字が示すことと、肌で体感する生きた生活感覚との違いを、破れかけている日影図を広げて考えている。

（12・20）

早朝駆け足

朝の六時はまだ暗いから、私の早朝駆け足は夏場と違って足元に気をつけて、ゆっくり走る。オレンジ色の派手なヤッケは交通事故対策、軍手を忘れた朝は寒さで指がかじかむ。

いつかテレビで野坂昭如氏が「毎日走るのはノイローゼの証拠」と決めつけていたが、実際、早起きできなかった日は心身ともに調子がよくないのだから、おっしゃるとおりかも知れぬ。

でも、ようやく白みかける朝の美しい冷たい空気と、にじみ出る汗との爽快感は、ゼニカネでは買えないものだ。車庫を出たばかりの一番バスの運転手さんは、擦れ違いざまに警笛をブッ、と短く鳴らしてくれる。いつもの橋で歩こう会のお年寄りたちが声をかける。その他、行き交うトレパン姿の人たちとは、お互いに「お早う」と声をかけあうのだが、これは半分以上、自分自身への励ましに外ならない。

特に女子中学生たちの「おじさん、ファイト！」の呼びかけは最高で、私のノイローゼが進行はしても、なかなか治癒しそうにもない理由の一つとなっている。

（12・21）

十二月生まれ

暮れも押し迫って、職場の若い同僚が二人相次いで父親になった。暮れに生まれる赤ちゃんは親孝行者だ。例の所得税の年末調整で、扶養家族の一人増は強い。「年内に間にあってよかったね」と一同、この逆転ホーマーを打った赤ちゃんを祝福した。

私たちサラリーマンは、明年度分の所得税を他のどの日本人よりも早く、それも所得が確定する一年も前から、しかも一度では大変だろうと、親切にも毎月の給料からキチンと引いていただき、知らず知らずのうちに、「納税報国」の実をあげている。だから、この年末調整の払い戻しでも、手を叩いて喜んでいるわが身がいとおしくさえなる。

新しい両親に、生まれた挨拶代わりにこの素晴らしいプレゼントをする十二月生まれの子たちは、きっとお利口さんになると思うのだ。

医師優遇税制の是正がまたもお預けとなり、必要経費七二％維持が少なくとも来年度末まで認められるというニュースが新聞に出ていた。

（12・24）

禁　煙

同僚から禁煙のコツを聞かれた。煙草を吸わぬからゼニが残るだろうと嫌なことを言うので、「下戸の建てた蔵はない」と西鶴も書いている。酒も煙草も人一倍やるくらいの馬力がなくって、金なんか貯まるもんかと言ってやった。

じゃあ、禁煙の理由はと聞かれると、失恋とか、家名再興の願かけとか、悪魔の煙に過ぎんからとか、相手によってその都度、勝手な答えを楽しんできたが、結局百害あって一益なき健康上の理由に尽きる。

コツといっても別になく、あまり「オレは今、禁煙中だぞ」と自らの悲壮感におぼれることなく、次の一本を手にすることを止めさえすればいい。喫《の》み習いの頃の苦痛を思えば、容易なことと思っている。

戦後まもなく、ようやく豊富に出回りはじめた頃にやめた煙草だが、指先を焦がすまで戦友間で回し喫みしていた配給の「ほまれ」を、上等兵殿に献上するくらいの才覚があの頃あったら、内務班の居心地も少しは良かったろうに、と後悔したことを覚えている。

「禁煙ほど容易なものはない。私はもう数え切れぬほど幾度も禁煙に成功している」（マーク・トウェイン）

（12・26）

1978

福岡市文学館（中央区，2006.11）

丸餅雑煮文化圏

「……で、その搗いた餅を丸めるというのは、直径何センチぐらいの丸さにするのか」と転勤族の記者君に質問されたのには驚いた。博多雑煮以外で正月を迎えたことのない私は、手のひらで丸めてこそ初めて餅と呼べる——と思っていたのだ。

切り餅の雑煮で正月を祝う所があることは聞いていたが、このように雑煮餅の直径まで知りたがり、丸めることに興味を示す日本人がいようとは思いもしなかった。

なるほど、物の本には「関東は切り餅を焼き、関西は丸餅をゆでて用いる。また清汁《すましじる》と味噌汁仕立ての他に、小豆汁の中に焼き餅を入れる土地も少なくない」とあって、実に多種多様のお国自慢の雑煮で、各地の正月が祝われているようだ。

すべての生活様式がテレビ指導の画一的となり、生活文化にローカル・カラーが失われていくことの多い今日、私自身の「井の中の蛙《かわず》」の反省は別として、こうしたお雑煮のローカル性は嬉しい。と同時に、あの江川君が博多は遠いと尻込みした心情をわからんでもない、と思ったりもする。

話が合うて丸餅雑煮文化圏　（真吾）

（1・4）

風の子

箸《はし》おいてもう風の子は風の中　（新二）

テレビも塾もなかった頃の子供たちは、冬になると一斉に外に飛び出して遊んだ。長崎うま、クチク・スイライ（駆逐・水雷）、陣取り、ボールこつけ。女の子は縄跳び、ハンカチ取り、押しくらまんじゅう、花いちもんめ……。いずれも近所の子供だけの世界の掟と友情の中で楽しんでいた。

家の手伝いなどから解放されて遊びに参加するのは、小さな弟妹の子守を条件に許された。この叩けばすぐ泣く泣き虫たちは、もうどうしようもないお荷物だった。

それでも、そこはグループの知恵として、捕まっても鬼にならなくてよい「あぶら虫」の資格で鬼ごっこの周囲を走り回ることを認めたり、「ここまで来きらん、ワラ人形」とはやしたてる絶好の対象として遊んでやっていた。

このお荷物たちも、ここで泣き出して「もう一緒に遊ばんぞ」と言われるのを何よりの恥とした。懸命にこらえ、本格的仲間入りの日を目指して、かたして（加えて）もらっていたものだった。

「子供は風の子」という言葉が都会にも生きていた頃は、子供たちだけの世界で、このような文化伝承が行われていた——ということになる。

（1・7）

通勤列車

通勤列車は正直なもので、ガラ空きだったのは正月の三が日だけだった。勤務の都合で元日からの出勤だったが、これが仕事と割り切れば人さまが同情なさるほど辛いことではない。例えばこのように三が日だけはガラ空き通勤車でゆっくり腰掛ける恩恵さえエンジョイできた。

いつもの、デッキ一杯に群がる高校生たちの煙草の煙攻めにも遭わず、思いがけぬところで正月気分を味わったが、それも束の間、御用始めで一般通勤客が乗りだしたら、たちまち座席は諦めねばならなくなった。

やがて学校が始まるから、例の高校生たちがデッキや乗降口を占領し、身動きができなくなる。おまけに寒くなってみんな二枚や三枚は厚着をしているので、もう押しくらまんじゅう。

今年も春夏秋冬、このすし詰め列車に揺られることを覚悟する。名にし負う赤字国鉄の赤字路線なので、昼間のガラ空きと、朝夕の押しくらまんじゅうとの落差が目立つばかり。それでも、みんなブツブツ言いながらも元気に通勤している。

（1・9）

名作展

久留米市石橋美術館のブリヂストン名作展で考えた。時季はずれの句だが、

岩 鼻 や こ こ に も ひ と り 月 の 客　（去来）

この句を去来は「岩頭にまた一人の騒客を見つけたる」ので作ったのだが、師の芭蕉に、いっそお前さん自身をその月の客に仕立てたほうが「幾ばくの風流ならん」と言われて、以来、本人もその作句由来を芭蕉の説に切り換えることにしたという（『去来抄』より）。

特に俳句・川柳などの短詩文芸では、時には作者自身が思い付きもしない解釈で本人が驚くほど評価され、そのうち最初から自分もその意図で作句したような気になることもあるようだ。

この展覧会の作品でも、私の受けた感銘が巨匠たちの意図した線と全く違っているような気がしてならない。私と連れと周囲の人々がそれぞれ勝手な理解・非理解を示したって、それは仕方のないことと思う。作品は発表された時から一人歩きするもので、あとは観賞者との対話にまかせるほかはない。

「わかる・わからぬと言う前にとにかく感動することだ」と説く人がいたが、せめて感動する・しないくらいは作品との対話の結果でこちらにまかせてくれ、と呟いたことだった。

（1・12）

縞《しま》の財布

仮名手本忠臣蔵のお軽《かる》は身の代金百両で遊女となる。半金の五十両を持って帰る途中、与市兵衛は山崎街道で定九郎に殺され、その金子を奪われる。

ここで五十両、百両と簡単に出てくるのだが、その頃下級武士の年俸が三両と一分（これから「サンピン」の呼び名が生まれた）、冬の農閑期、江戸に出稼ぎに出る信濃者たちの三カ月分の給金が一分（一両の四分の一）であったという。庶民が小判（一両）を持っていたら怪しまれるどころか危険でさえあった頃の話である。

「縞の財布にゴジュウリョウ」という語感でなければ、これが五両とか十両では台詞《せりふ》としてサマにならぬので、この巨額になった。どうせ芝居の作り事と割り切って、夢の世界の金額を楽しんだ江戸の庶民の逞しさは羨ましい。

予測されるデノミ時代の金銭感覚についても同じことが言えはしまいか。デノミ百分の一なら「十万円宝くじ」が現在の一千万円と同じ価値ということは理屈ではわかっても、その夢が一千万と同質のものになるまで、かなりの日時が要るのではなかろうか。

（1・17）

一枚のキップから

酒好きの友人が「どんな初めての土地でも、その駅前に下り立った途端、酒屋の所在をピタリと当ててみせる」と変な自慢をしたことがある。つまらぬ話だが、考えてみると近頃そんなのんきな旅などした覚えがない。

フェリーから降りた車のふりむかず　（兵六）

というふうに、脇目もふらず一目散に飛び去り消えてしまう旅行者たち。たまの出張でも、新幹線でのトンボ返りかあっという間の羽田着である。島のバスが来るまでのひととき、見知らぬ岸壁や、網干し場など潮の香を満喫しながら歩く所在なさこそ、「旅にいるんだなぁ」と思わせる楽しみだった。

今、国鉄のどんな小さな駅にも「一枚のキップから」と旅への誘いのポスターが貼ってある。不要不急のいわば旅の「衝動買い」を勧めているのだが、それくらいのことで国鉄の赤字解消が図られるものでもあるまい。もっとも、これも忙しすぎる都会人へ心の洗濯を呼びかけていると思えば、それはそれで公共事業としての国鉄の使命の一つかもしれないと考えることにする。

（1・21）

白黒テレビ

わが家では、今なお白黒テレビを愛用している。なにも初めからカラー反対というほどの信念あってのことではない。

そのうち、今のテレビが壊れたらカラーに買い換えようと言いながら、これが悪くなるどころか、ますます鮮明になって十年以上も経ってしまったのだ。その上、ＮＨＫの集金さんが「お宅、まだ白黒ですな」とひとこと余計なことを言うものだから、かえって愛着さえ増してきた。そこで白黒擁護の弁を考えてみた。

カラーの場合、「色彩の綺麗さ」に第一印象が飛んでしまって、番組の内容は二の次になってはいないか。淡彩なら大抵の部屋の色彩に溶け込み、日常家具の一部となり得るが、その一隅だけ鮮やかな色彩なら、やはりハイカラな異質のものが置いてある感じになってしまう——など整理してみたが、やはり屁理屈ととられても仕方がない。

それよりいっそ、コマーシャルにしても、アラン・ドロンの背広が茶か紺か、おそらくネクタイはオレンジ色だろうな……など、勝手な遊びができるのも、白黒ならではの面白さじゃないかというこ とにした。

（1・25）

冬日愛すべし

老人の忠告は冬の太陽の光線だ、照らすけど暖めはしない。

（ボーブナルク）

そろそろ、そんな差し出口をしたがる年齢に近づいている自分の自戒の言葉として受けとってはみたが、これが三十二歳の若さで、貧窮のうちにパリで客死した十八世紀の思想家の言葉と知って、正直なところ、少々しらけた気持ちになった。

こんなことを平気で言ったなりで、その老人にもならず、さっさと人生を終えたとは、ずいぶん羨ましい話ではないか。そして、「恵み」の象徴とも思う冬の日差しを、このように可愛気のないもの、厳しいものとして取り上げるフランスあたりの風土に興味をそそられた。

東洋では『春秋左氏伝』の昔から、「冬日愛すべし」と冬の陽は暖かく親しまれるものとして称えてきた。だから、北風に勝って旅人のマントを脱がせたお日様の『イソップ物語』もすんなり受け入れてきた。と比べて、ヨーロッパの人々の冬の自然との対話はきびしいものだと感じ入ったことである。

（1・27）

初午《はつうま》

二月の最初の午の日が初午。お稲荷《いなり》さまの祭礼で、江戸の昔は子供たちが自主的に行う祭りだった。古川柳でも初午の句に子供たちが活躍する。

けんかした奴初午に凧を上げ

この子は祭りの仲間に入らず、一人でお正月の凧を（まだ）揚げている……江戸時代の子供たちも、人間関係の難しさを経験していた。

明日から手習いだァと叩いてる

叩くのは初午の太鼓。寺子屋は初午の翌日から始まるのが例だった。

初午の日から夫婦ちょっと息キ

うちの「わからんちん」が半日は居なくなる。お師匠さまのしつけでおとなしくなることだろう、大助かりの両親の顔！

その寺子屋風景――

師匠さまいろはのうちは怖くなし

師匠さま子をかきわけて客を上げ

師の影を七尺去るともう遊び

手習子蜂のごとくに路地から出

「教育ママ」という言葉も、テレビも塾もない時代の子供たちはのびのびしていた。

（2・1）

虎落笛《もがりぶえ》

転居して初めての冬だが、周囲にまだ家が建っていないので、西北の海風をまともに受ける夜は、もの凄いうなりをあげて風が吹き抜けていく。ビョウビュウと、時には電線に風の精が巻きついて走るのか、キョーンキューンと世にも悲しい叫び声、まるで嵐が丘の一軒屋にいる心地さえする。

俳句でいう虎落笛がこれだと気づいたのは、家人ももうべそをかかない程度には慣れた頃だった。竹垣や矢来などに冬の烈風が吹き当たって、笛の音のように、ヒュウヒュウと鋭い音を出す……これが虎落笛。もう少し叙情的な詩ごころを揺する音かと思っていた。

檀一雄の遺詠が文学碑として博多湾の能古島に建っているが、わが家に吹きつけるのはこの島を吹き抜けてきた風である。

モガリ笛いく夜もがらせ花ニ逢はん

初め、遺詠の「もがらせ」という動詞化には若干の戸惑いを感じていたが、今では体験的に、これ以外に表現のしようがない烈風だと痛感している。

（2・4）

冬のイチゴ

あっさりと冬の苺《いちご》をつぶす子ら　（真吾）

黙って見ていると、母親についてきたこのチビ助ども、出されたイチゴにたっぷり砂糖と牛乳をかけ、サジで元気よく潰してしまい、あっという間にぱくついてニンマリ。

私なんか「冬にイチゴを食べるなんて、もったいない、高いだろうな」と、ほんのこの間まで考えたものだが、この子たちの季節感は全く違うようだ。どこかの異人さんの子を見ているような気がする。

戦中派の私がこの年頃には「正月にアイスクリームを食ったんだぞ」と、長い間そのことを自慢の種にしたものだった。昔、晋の孟宗はタケノコを食べたいと言う親のため、寒中の竹藪から彼の孝心に応えた神の贈物として掘り出したとの孝行物語があるが、今では年中、スーパーでも缶詰が並んでいる。

歳時記を開くと、冬イチゴは、野生の、冬になって赤く熟して食べられる常緑、バラ科のツル性小低木で、「八百屋の店頭にあるハウス物とは違う」と書き加えてあった。

（2・8）

遊び場

あるアンケートで「近頃の子供はなぜ遊ばないのか」との問いに、親たちは「遊び場がなくなった」をトップにあげたのに、その子供たちのには「遊ぶ気がしない」というのが一番多かった、との報告がある。

親たちにしてみれば、自分の少年時代の町には緑も土もあり、街路でさえ遊び場であった日々を思い出しての答えだったろうが、この子供たちが物心ついた時、もうそういう場所は失われていたのだ。

「子供たちは遊びを作る天才だ」などと思い込んでいるうちに、「遊ぶ気がしない」という、まことに子供らしからぬ世代が育っていたことを、今更思い知らされたことである。

それでも、ある日の夕暮れ、交差点で信号を待ちながらふざけ合い、肩を叩き合いながら、笑い転げている少年たちの一団に出会ったのだが……。

その時刻では学習塾の途中らしい。可哀相に勉強、勉強で遊びもできん君たち……というそんな大人の感傷などそっちのけの屈託のなさは、やはり子供のもので、昔、坪田譲治描くところの善太も三平もその中にいるような気がした。

（2・9）

咲くやこの花

二月の花は梅。昔から日本人の心情生活を豊かにしてくれた梅は中国の四川、湖北省辺りの原産とされている。例の「千字文」や『論語』をわが国に紹介した百済《くだら》の王仁《わに》博士の作といわれる古歌に、

難波津に咲くやこの花冬ごもり
　今を春べと咲くやこの花

とあるが、その「この花」こそ、わが国で梅が登場する一番古い歌とされている。梅は「記紀」には見当たらないが、『万葉集』には桜が四十余首載っているのに対して、百余首もあり、花といえば梅の時代があった。だが、『古今和歌集』では桜百首に対して梅が二十首と逆転され、平安歌壇の流行は桜に代わる。最もポピュラーな『小倉百人一首』にも見当たらぬようだ。

時の政界に追放された菅原道真が延喜元（九〇一）年京都で別れを惜しんだ紅梅が、後を慕って太宰府へ飛んできたという伝説は、時流に乗りそこねた同士のドラマを判官びいきの庶民が語り伝えたものと言える。

その飛梅の子孫が、今でも学びの宮で、この寒さにもめげず咲き誇り、入試地獄と闘う青少年たちを励ましているのは嬉しい話だ。（2・22）

火消壺

火消壺が私たちの台所から姿を消したのはいつ頃のことだったろうか。今は民芸品として値が出ている。この変哲もない壺に、物を大切にして「もったいない」という言葉が生きていた日々の暮らしを懐かしく思い出す。

消炭《けしずみ》をゆうべ真っ赤な火に戻す　（三橋鷹女）

焚きつけや、焚き火の残りは必ず火消壺に入れて消炭を作り、二度の勤めをさせていた。駅弁はまず蓋についた飯粒から食べはじめる大正生まれ世代にとって、台所革命の歴史は「もったいない」観念の薄れてゆく歴史だったとも言える。

二十年前の共稼ぎの頃には冷蔵庫も炊飯器も湯沸かし器もなかったが、今よりずっと厳しい活気が満ちていた日々があった。

宴会などで、飲み残したビールは栓をしてまた明日のためにとっておくわけにはいかぬ。半分以上も瓶に残したまま「万歳」を唱えて二次会に繰り出す若い幹事諸君のペースに巻きこまれながら、「もったいないなァ」といつも一人で呟いている。（2・15）

如月《きさらぎ》

二月は如月、衣更月。衣更月は草木の甦生《こうせい》することだが、春が近いからと脱ごうとする冬着を、寒さが戻るので慌てて重ねるためこの名だ、という説もある。暖冬と決め込んでいたのに、Uターン寒波、居残り寒波と、今年もやはり二月は「衣更着」だった。

雨戸繰れば雪クーデターのよう　（真吾）

古い私の川柳手帖に残しているのは、昭和十一年の二・二六事件が豪雪の朝だったことにほかならない。ニィニィロクの語調も手伝って記憶に残るこの日付は、記録写真に見る東京のような雪の記憶はないが、九州でもこの頃特有の戻り寒波の日だった。

当時の小学生の世界は非常に狭く、ラジオが知らせる大臣たちを殺した軍隊は、毎朝その起床ラッパで起こされていた近所の歩兵二十四聯隊の兵隊さんたちだと思ったし、襲撃される新聞社も、福岡市天神町《てんじんのちょう》の福岡日日新聞社（現在の西日本新聞社）だとばかり思い込んで、すっかり興奮し、銃声が聞こえたかのように怯えたことを思い出す。

しのびよる軍国主義の足音など知る由もなく、悲劇の宰相・広田弘毅氏の生家の石屋さんの前で、日の丸を振り、声を張り上げて、「広田新総理万歳」を唱えたことだった。　（2・25）

火の用心

天正年間に煙草《たばこ》が渡来して約二十年後、慶長十（一六〇五）年には本邦最初の煙草禁止令が出ている。徳川家康は「煙草は蛮草にして火を以て吸う故、火をもてあそぶこと常なり、これを好む者は火の元を忘るることなり」とその理由をあげている。

だが、この天下のお触れも大して効果がなかったようで、慶長十三年には「土方河内守、江戸に病死、日夜煙草を用いける故、咽《のど》やぶれて相果て……」と記録に残るヘビー・スモーカーの殿様もいた。

戦場でも異常なほど火の用心には神経をとがらせた家康は、皮肉にも造成したばかりの駿府城を二度も失火で焼け出されている。第二回目の禁令は慶長十六年だが、大坂冬・夏の両陣の混乱で無視され、煙草はおおっぴらに売買されることになる。

神君家康公の煙草嫌いを奉じて、歴代将軍はその後も何度かこのザル法を繰り返した。

現在では、健康上の吸い過ぎが強調される煙草だが、福岡市内の昨年の火災件数四〇五件のうち、一割強の五十六件が煙草の失火によるという。春の火災予防運動が行われているが、家康の「だから言わぬことではない」という、したり顔が見えるようだ。　（3・6）

完走

先日、天草パールライン・マラソンに参加した。今までは大矢野島西海岸の一〇キロを走っていたのだが、今年は思い切って二〇キロの方に挑戦した。どうしても天草の島々を結ぶ四つの橋を渡ってみたくなったのである。

二一〇〇人の参加者のうち、五三〇人の老壮男女が揃った二〇キロ。出発点ですぐ隣に、今年から五十代ゼッケンのあのボストン・マラソン山田敬蔵氏を発見した時、もうあがってしまって、いつものマイペース論を忘れてしまったのは不覚だった。

一七キロ地点までは私なりに快適で、雲か山か呉か越かと「天草を走る」醍醐味を楽しんだが、橋を渡り終わって一安心……までが私の早朝駆け足の限度。調子に乗りすぎた罰で、左膝が痛みだし、それをかばった右足が痙攣、とうとう歩きだした。

同じく脚を痛めて歩いていた兵庫ゼッケンの女性ランナーが「ほな、ボチボチ走りまひょか」と促してくれたのが、あと一キロの地点。

励まし合いながら足を引き摺ってやっとゴールしたのだが、その間中、後尾集団のマイペース・ランナーたちの皆がみな、追い越す時に声をかけてくれた。その一言、一言がこの上なく身にしみた。タイム二時間。

（3・9）

地蔵様

叶岳《かながたけ》山頂の地蔵様は霊験まことにあらたかで、特に入試合格祈願が静かなブームを呼んでいるという。評判に誘われて家人と一緒にお参りを試みた。四十年も前、旧制中学の真新しい制帽をかぶり登って以来のことである。

登りつめて標高三四一メートル、少しも俗化しておらず、チリ一つ落ちていない山頂は空気がうまく、見下ろす景観の素晴らしさはゼニカネで買えるたぐいのものではない。

ところが御神体が地蔵様なのには面くらった。神社だから柏手を打つのか、地蔵様だから仏式の合掌をするのか、そのへんは中途半端のまま、お賽銭を相場の二倍にしておいた。神も仏も一緒になって守ってくださるとは、いかにも庶民の味方らしく頼もしい。

印象的だったのは、一見浪人ふうのアベックが、人気のない拝殿で、ローソク棚の灯をしばらく見詰めていたが、やがて見晴らし台に出てきて、私たちの目の前で、おにぎりをパクつきはじめたことである。

参拝客数百万の神社もよいが、時には青空の下、山登りでもして一汗かいてみたらどうだ、とこの地蔵様が呼びかけておられるような気がした。

（3・15）

窓口

家を新築した者には、年末調整の終わっている所得税も払い戻しをしてくれるそうで、その申告に初めて税務署の門をくぐった。かねて商売をやっている友人から聞いていた所得税申告期限の修羅場に馳せつける思いで、かなり緊張して出かけた。

しかし、扉をあけた途端、まだ敷居もまたがぬのに、受付の管理職らしい人が立ち上がって、手を取らんばかりの案内には驚いた。

初めての場所では、とりあえず壁の掲示物、ポスターなどを見回して、気持ちを落ち着け、やおら目的要件の表示を自分で探しだし、おそるおそる来意を告げるのが普通なのに、そんな必要もなかった。地階相談室ではまたお嬢さん二人に、まるでコンベアーにでも乗せられたように査定官の前へ。そこでも全く丁寧な応対で……簡単に申告終わり。

その徹底したサービスにむろん不服のあるはずはないが、幾らかのやりとりくらいは覚悟していたため、まるで建物の中の最短距離を一直線に動いてきたような感じだった。

何か別の新しい緊張感を抱いて外に出ようとしたら、立て看板に曰く「本日は御苦労さまでした」。

（3・20）

黄色の雪

受験時の夜や突然にジャズ鳴らし　（山崎ひろお）

三月は今年も情緒不安定の日々が続いた。入試、卒業、年度末、税の確定申告、転任、就職、戻り寒波、春のあらし……自然も人事も、すべての事象は流動的でうつろいやすく、不安定で、人々の感情の起伏もいきおい激しくなる。

草木のいよいよ茂るゆえ「弥生《やよい》」と呼ぶのは旧暦のこと。今過ぎようとする三月は、春待つ準備の心落ちつかぬ日々である。

心落ちつかぬ三月といえば、敗戦の次の年、鹿児島本線の車窓に見た、たしか東郷駅付近の珍しい黄色の雪のことを思い出す。

国中が焼土と化し、人心の荒廃その極に達した、と記録に残るその時でも、自然の営みは、平和の日、勝利の日、混迷の日々と区別するはずはない。いつものようにゴビの砂漠から春の前ぶれの黄砂を運び、三月の忘れ雪と重なったのに違いなく、静かに黄色の雪として積んでいるのだった。

その濃い真黄色の雪の沈黙は、どんなに過酷な冬の日でも、次には必ず春が来ると復員したばかりの私を励ましてくれるかのようで、感動のあまり口もきけなかったことだった。

（3・26）

ヒヨドリ

朝、通勤途上のちょっとした坂に大きなクロガネモチの木があって、最近までぎっしり赤い実をつけていた。周囲の木の芽や実はいろんな野鳥がついばんで、ほとんど食い尽くされているのに、なぜかこの木だけが手付かずのまま、「よほど、おいしくない実だな」と話し合っていたものだ。

が、三月も半ば過ぎの朝、こんなにいようとは思わないヒヨドリの大群が、まるでヒッチコックの映画みたいに、音をたてて襲いかかっているのを目撃した。そのうちの一羽が「かかれ」と号令したとしか思えない鮮やかな攻撃ぶり。もう春だ、虫も顔を出す。取っておきのエサは無用と判断したのに違いない。

都心ではこのヒヨドリは冬場のものとされているのに、最近では四季を通じて見られるようになった。山での食糧不足か、都心の緑の増加か。まさか人間の味覚の季節感喪失とは関係はないのだろうが。

排他性の強いこの鳥は、私たちの傍からメジロ、ウグイスを追っ払った元凶とも聞いている。この社会で生き抜くためには、我々人間と同様、鳥たちも随分知恵を絞っているようだ。ひとつ一緒に考えてみよう、と話しかけたい気持ちだ。

（4・1）

花冷え

花も食べ物も、ほとんど年がら年中出回っている昨今だから、季節感などすべて薄れているのに、冬の厳しい寒気に耐えてきた草木だけは梅、桃、椿、沈丁花、辛夷《こぶし》、それに続いて桜と、昔からの順序を間違えることなく、今年も咲いてくれている。自然のその見事な演出に、必ず一枚加わって、春の訪れの喜びをいっそう引き立たせてくれる役割がいるのも嬉しい。

桜も満開に近く、かなり気候もゆるむ頃、ふと肌寒く冷え込みを感じ、慌ててセーターの一枚も引っかけたくなる……俳句でいう「花冷え」の日がそれだ。

打ち震えて桜の下に酒を酌むこともまた良しとしようではないか。花冷えを喜びの季語として詠い継いできた先人の詩心の豊かさに敬意を表したい。

ひるがえって今の人の世の春は……しみじみそんなことを思うのも、こういうすさんだ世相の中に迎える春のせいかもしれない。

合 格 の 顔 ば か り な ら 春 も よ し　（真吾）

（4・5）

沈丁花

この花をジンチョウゲと読むとは知らなかった。文字のほうから先に覚えた花なので、チンチョウゲとばかり思い込んでいた。家人が「これが沈丁花」と教えてくれなければ気がつかなかった。わが家の狭い庭にもおとなしく咲いている白い花。

何も知らぬと思われるのも癪なので、「紅紫と白のツートンカラーのはずだ、それに甘い匂いを漂わす」と書いてあるぞと文句をつけてみたが、「論語読みの論語知らず」だと、古風な台詞で一本取られた上、かねてからの匂い音痴まで指摘された。

白い花は珍種であり、位が高いのだそうで、株根分けしてくださった花のお師匠さんのところでは、枯らしてしまったと残念がっておられるそうだ。

これも物の本からの知識だが、中国大陸の原産だそうで、ギリシャ神話の女神の名を学名に持つという。どんなエキゾチックで華麗な花かと思っていたのに、朝夕見なれている庭に黙って咲いていたとは灯台もと暗し。

「何だってこんなに聖人のような顔をして、黙って立っているんだろう」と呟いたら、「桜だってパッと掛け声かけて咲くわけではありません」と、まだそこにいた家人の返事が返ってきた。

（4・8）

ゴルフ

母校の同窓会からゴルフの案内状が届いた。あいつ、サラリーマン生活も長いので、当然ゴルフぐらいはやっているはずだとの幹事諸君の推測だろうが、私はゴルフをやらないし、もう六回目というその会の存在も知らなかった。

「前回は18ホール、201ストローク叩き出して、肋骨まで折った勇者が誕生しました」と折角書いてあるのに、その勇者が上手なのか下手なのかもわからないとは、我ながら付き合いの悪い、可愛気のない人間になってしまったものだ。

野次馬根性なら人に負けない私が、マージャンとゴルフをやらないのは、やりだしたら必ずのめり込んで、ブレーキが利かなくなるのが怖いからでもある。

「中年太り対策」とか「社交上やむをえず」など気乗りせぬまま始めた人も、結局面白いからあれだけ盛んになっているのだと思う。ブームに乗り損ねた悔いもちょっぴりあるが、せっかく楽しんでいる人たちをしらけさせるのも本意ではない。返事には「小生、不調法、ゴルフをたしなみません」としておいた。「たしなみません」とは自分でも変だと思っている。

（4・10）

蛙飛びこむ

最近、芭蕉門下きっての理論家・各務支考《かがみしこう》の『葛の松原』の一節に「弥生も名残りおしき頃（今の五月か）にやありけむ、蛙の水に落つる音しばしばなれば……蛙飛びこむ水の音……の七・五を得給へり」とあるのを見つけて驚いた。

実は十年も前に、俳句を英訳する手伝いをした時、古池に飛び込んだカエルは一匹か、二匹以上かと念を押されたことがある。名詞の単数・複数の別がやかましい英語とは承知の上だったが、これだから外人さんはかなわんなぁ、ポトン、ポトンと何匹も落ち込んでなんの俳諧趣味なものか。ただ一匹で、またもとの静けさに戻ってこその侘《わび》、寂《さび》だと、ブロークン英語の回らぬ舌で説明したものだった。

それが「落つる音しばしばなれば」ときたものだから、全く私の先入観の早とちりというところ。面目ないことをしたものだ。

さて、この句に上五をどう付けようとの趣向比べとなり、宝井其角が「山吹や」、芭蕉が「古池や」と付けるわけだが、有名過ぎる俳聖の句より「山吹や」の色彩感覚のほうを支持したい気持ちで、やがて咲き始めるヤマブキが、今年は身近なものとして待たれることになった。

（4・14）

バスの揺れ

朝の六時に目覚まし時計をセットするのだが、リリリーンと鳴る途端、慌ててベルを押さえ「もう五分だけ」と神様と取り引きを始めるのが習慣になっている。この五分間の布団の醍醐味がまた格別のものだ。

春の宵なら一刻に千金あれば足りるが、春の暁の目覚め時はもうゼニカネではない。私の早朝マラソン日誌もいきおい四月のページは狂いがち。出勤タイムを遅くするわけにも参らず、冬場より距離も短く、四キロの日なども散見する。雨でもないのにゼロの日は……。

「もう五分だけ」のはずが暁を覚えず、どこかで鳥が鳴いているようだ、夜半の雨でずいぶん花も散っただろうなと、一二〇〇年も昔の唐の詩人孟浩然先生と同じ詩境を楽しんで……つまり起き損ねた日にほかならない。だが、宮仕えの辛さには、そんな日でも七人の敵が待つ暮らしの修羅場に出掛けなければならぬ。

バス揺れる今日の喜劇の幕開きに
七人の敵と吊り革ゆずりあい

地下鉄工事のため敷き詰めた鉄板をガタンガタンと走るバスにすし詰めになっているのは、春に背いた顔ばかりだ。

（4・17）

新学期

先日、近くの小学校の入学式に参列した。校長先生が「新入学の皆さん、おめでとう」と呼びかけると、新一年生が全員、声を合わせて「ありがとうございます」とはっきり答えたのには驚いた。演出があったとは思えないし、たとえあったとしても、これだけタイミングよくお利口さんぶりを発揮できる集団は、いかにも現代っ子の集まりだ。

続いて演壇に立ったＰＴＡ会長さんは思わず「どう致しまして」と言って父兄や来賓たちの爆笑を誘い、たちまち和やかな空気に包まれた。

今の子供たちは就学前に幼稚園や保育所などで団体生活に慣れている。全く未知の世界に投げ込まれる思いで、不安と緊張をこらえながら、近所の先輩悪童たちの尻にしっかりくっついていた私の一年生体験とは雲泥《うんでい》の違いがある。

校長先生の初訓示も紙芝居様式で、まず「おはよう」、「いってまいります」、「さようなら」、「ありがとう」などにも、元気に大きな声で受け答えして全く屈託がない。

まず日常の挨拶からお約束したこの新一年生たちは、きっと健やかな、立派な少年・少女に成長することだろう。新学期とはいいものだ。

（4・19）

情けは人のためならず

この諺は「他人に情けをかけておけば、いつか巡りめぐって自分に良いことがある。何かの折、その報いがあって自分の利益になるのだから、人には親切にするものだ」との教訓とばかり思っていた。

ところが、そんな計算ずくの親切は不純だと若い連中に一本取られた上、「同情などは結局その人のためにならぬ。あえて非情に突っ放して、本人の自助努力を促すべきだ。不人情のようでも、それが本当の友情だ」との解釈なら納得できる、と言う青年たちが圧倒的に多いと聞いた。

何と頼もしい自立精神の世代が育ってきたものだろう。打算的なこの諺を何疑うことなく唱えてきた戦前派のわれわれが恥ずかしい、と思おうとしたが……待てよ。

「恩返し」などの言葉も薄れている今日、飼い犬に手を噛まれることなど日常で、隣近所の助け合い精神など当てにしては、やって行けぬ今日ではないか。かつては「報いられざる献身」という言葉があり、それに身を捧げても悔いぬヒロイズムも生きていた。そういう世相だったからこそ、たとえ打算的と思われようが、今までの解釈も生命を保っていたのだと思い返したことだ。

（4・21）

若い先生

今日も葉桜の道で、小学校の新入生歓迎遠足に出会った。六年生に手を引かれたちびっ子たち、この子たちも五年後には立派な少年・少女に成長するのかと思えば、微笑ましくもめでたいかぎりだ。

ところで、近頃目立って若い先生が多くなっているようだ。数年前まで、確か小学校教諭の高齢化が問題の一つであった。知人の娘さんが剣道具を肩に張り切って赴任した時、二十歳代の先輩教師が一人もいず、彼女のすぐ年上の女教師が四十歳に近かったのに驚いたことを聞いた。

教師集団としては、やはり高・壮・青年齢層のバランスが取れてこそ、学校経営にも子供たちへの教育効果にも良いのではないか、という討論に参加したこともある。

聞けば、ある小学校では約五十人のうち、二十歳代が二十余人、三十代が一人、後は四、五十代の先生だそうだ。三十歳代が一人とは意外な数字だ。この現象が教育的にどんな影響を生むのかは専門外の知るところではないが、それにしてもうちの娘の時、一度でもよい、学校を出たばかりの先生に見てもらいたい、と家人と話していたことを思い出す。

(4・24)

午砲《ドン》

博多の町に正午を知らせていた午砲は昭和六年三月に廃止された(『福岡市史』)のだが、私の記憶ではもっと後まであったような気がしてならない。と言うのは……。

私たち悪童どもは、昼になると船着き場のガンギ段(石段)に並んで腰を掛け、対岸の西公園東側の波奈《はな》のソンゲン(波除堤)の根元を見つめていた。パッと白煙が立ち、それが広がって真っ青な空に吸い込まれる頃、やっとドーンと音がして……そのいつもの音をいつものように聞いたのに安心して、午前の遊びを解散したものだった。音速が一秒/三四〇メートルというのも、この頃六年生のガキ大将が教えてくれた、と今でも思っている。このドンが昭和六年、私の小学校入学の年に姿を消したとすれば、六歳の私にそんな理解力があったとはとうてい思えないのだが、というわけだ。

「どんたく」が近まれば、博多町人文化連盟で習った「ドンガラガン」の一節も口ずさみたくなるが、その歌の文句のように昔は、本当に太宰府までドンは聞こえていたのかもしれない。それほど街々には騒音がなく、空も港も青かった。「どんたく」も全く様子を変えてどこか知らぬ国のお祭りになったように、今なら隣の町であのドンが鳴ってもあまり驚かないのではないだろうか。

(4・27)

ただ一度

新学期最初の講義で、長崎高商〔長崎大学経済学部の前身〕の伝説的名教授・武藤長蔵《むとうちょうぞう》先生は例年決まってシラーの詩「人生の花は一度だけ咲く、青春はただ一度だけ……」を引用して新入生歓迎の言葉とされていた。でも、その年は長いご病気のためその講義が危ぶまれている、と先輩から聞かされていたのだが……。

この日のため、かなり無理をして私たちの前、教壇に立たれたらしい老先生は、まず「コートを着たまま、喋ることの非礼を許されたい」と切り出された。「教官室からここまでの間、今年も見事に咲いたチューリップを見ながら参りました。そしてここに、今年もまた若い諸君が待ってくれていた」と、長身痩軀・古武士の風格、しかし顔色は優れぬまま、調子に乗られた先生が口ずさまれるシラーには、鬼気迫るものさえ感じられ、初講義は予定の二時間をはるかに超えた。

入試の口頭試問で「対米英宣戦の大詔」を奉誦（!）した当時の学生である私には、身震いするほどの感動だった。学友の三分の二は学業中途で戦場に赴き、その幾人かは帰らなかった。その日の講義が最初の最後で、私たちは先生に二度とお目にかかっていない。

今わが家の庭にもチューリップの季節が巡ってきている。

（5・1）

紅一点

この言葉の出所としては、宋の文章家・王安石の「石榴《ざくろ》の詩」に

万緑叢中に紅一点あり
人を動かす春色はすべからく多かるべからず

とあり、春の心の豊かさを称えるには、多くの事柄を並べたてるより、一面の緑の中に咲く一つのザクロの花の美しさ、可愛さだけで十分、というのが通説となっている。

その後、幾度となく同工異曲の「本歌とり」が行われているが、それだけ「万緑」の中に発見する「紅一点」の字句が歴代中国の詩人の詩ごころをゆさぶってきたのだろう。

甍《いらか》の波と雲の波、重なる波の中、空を一点の紅と泳ぐはコイノボリの、それも緋鯉。若葉青葉は、この緋一点を得て初めて五月の構図として完成する。

いつの頃からか「男性ばかりの中にいる、たった一人の女性」の意味に使われてきた。それなりのパンチが利いて楽しい用法だが、その使われ方が近頃いささか安易なようだ。時には「おふざけ」の場合も散見するのは残念。

千年を超す歴史を持つこの言葉の重みに恥じないものとして、大切にしたい「紅一点」ではある。

（5・6）

野鳥

「裏山のヤマモモに実のなる頃、樹によじ登る子供たちの姿がまるで花が咲いたようでした」と話される植物園の近所の方によると、この四、五年の間に全くそうした子供たちを見なくなったそうだ。都会の子供たちは自然の中で遊ぶことを忘れてしまったらしい。

その熟れるにまかせた実を、野鳥たちが啄《ついば》みに集まるのだが、近頃では喧嘩腰の強いヒヨドリにメグロ、ウグイスなど馴染みの小鳥たちが片っ端から追い出されている。遊ぶ子供が姿を消し、弱い小鳥が逃げた後、山奥でしか見なかったヒヨドリが都心で天下顔しているのはなんだか気味が悪い。

「人間の暮らしを含めて自然のバランスを取るため、この鳥に少しは遠慮してもらう何らかの工夫が必要ではないか」と聞いたところ、野鳥の会の先生から「害鳥とか天敵とか決めつけるのは人間サイドのエゴだ。人間が汚した山の環境のため、やむをえずこの鳥が都心に来たという自然破壊の罪を反省し、彼らの自由を保障すべきだ」と言って聞かせられた。

なんだかすっきりとは納得しかねるが、そちらは専門家、こちらは人間サイドの目で見るフツーの市民だから、その場は反論しなかった。今日から愛鳥週間。

（5・10）

時は今

五月は草木の緑がすべて萌え出て、天地に精気が溢れる時。男が「やるぞ」と決心する舞台装置にはこの万緑がよく似合う。

天正十（一五八二）年五月、明智光秀は西国出兵のため丹波亀山に向かう途中、二十七日の夜、愛宕山にて連歌を興行し、発句に託して主君織田信長を討つ覚悟を示す。曰く、

時はいま天が下知る五月《さつき》かな

日ならず中国遠征の道、差しかかる「老《おい》の坂《さか》」で突如向きを変え、京都を指さして「敵は本能寺」と呼ぶ。その颯爽さは、三日天下に終わっただけに、ひとしおのものだった。

それより二十二年前、当の信長が桶狭間に五月の暴風雨を突いて奇襲をかけ、圧倒的優勢の今川義元を田楽狭間に倒して、その後の歴史路線を確定する。その十九日未明、決意を秘めて謡い舞う「人間五十年。下天のうちにくらぶれば、夢幻のごとくなり」。大国に囲まれた小国の武将として盛者必滅の道理と対決しながら……時に信長二十七歳。

近頃、新入学生や新入社の若者たちが新しい環境に馴染めず、五月病や青葉メランコリーとやらで自信を失いがちと聞く。肩の一つもたたいて励ましてやりたい。

（5・13）

軍　歌

歓送迎会などで酒を飲む機会が少なくないが、そんな時、何時か職場でも年配組になっているのに気がついて驚く。若い同僚の歌に手を叩いて付き合うと、視線の合った幹事が気を利かしたつもりで、「では懐かしのメロディー軍歌を……」などと言い出すのだが、これは困る。

今、宴会で出るいわゆる軍歌など、軍隊時代に歌った覚えはない。例えば「同期の桜」は復員後知った歌だが、旧制中学時代の同級生を昭和十九・二十の両年で四十名も喪った者としては酔余、茶碗を叩いて歌う気などとてもなれない。

私の体験では、軍歌演習で繰り返し歌われたのは、楠正行《くすのきまさつら》の「四条畷《しじょうなわて》」が一番多かった。父正成《まさしげ》の遺訓を胸に、敗れると知って死地に赴く若武者の心情を歌ったもので、敗戦直前の日々、学徒兵たちは好んでこの歌を歌っていた。

軍歌とは、かつて若者たちが万感込めて胸を熱くして歌ったものので、酒席の座興には馴染まないと私は思っている。（5・18）

逃げた羊

『ルカ福音書』に見られるのが「一匹の迷える羊を探すのに、他の九十九匹を野原にほっといてもその羊を捜す。それを発見した時の喜びは他の九十九匹の無事より大きいはずで、多くの善人より一人の罪人の改心こそ神はよみし給う」とある。

同じ迷える羊が中国では別の教訓を残す。『列子』八巻八篇の中に見えるのだから、二千年も昔の話。

羊が一匹逃げたのを、隣近所が総出の大騒ぎで捜したのに見つからず、クタクタになって戻ってくる。逃げた方角には分かれ道が多く、岐路にはまた岐路があり、遂に羊は何処に行ったかわからない。それを聞いて隣家の楊子は考えた。

目標は一匹の羊なのに、分かれ道、その先の分かれ道と迷い込んで追うのでは、結局見失ってしまう。大事なポイントを見失うような追求の仕方では、労多いばかりで真理の追究は無理だ。「多岐亡羊の嘆き」がこれ。

あまりにも分化し過ぎた専門分野への反省から、学問・行政の関係分野などで組むプロジェクト・チームによる取り組みが始められているが、私たちの生き方にも関係がなくはない。（5・20）

ドン・キホーテ

スペインはラ・マンチャ県の「名前は思い出したくもない村」の奇想驚くべき郷士ドン・キホーテの物語が一六〇五年に出た時は、先例のない売れ行きで、作者M・セルバンテスの人気は急上昇する。

だが、文壇の空気は冷たく、大御所の一人などは「どんな新参詩人でも、セルバンテスより拙なるはなく、ドン・キホーテに感心するほど愚かなるはなし」とまで言っている。

本が飛ぶように売れ、諸外国語に翻訳された後でも、セルバンテスは知識社会での名声を味わうこともなく、誰からも彼の戯作が不朽の価値があることを聞かされてはいない。ゲーテやシェークスピアと同列に世界の至宝として見直され迎えられるには、浪漫派詩人ハイネの「五年ごとにまるきり新しい印象を受けて読んだ」との賛辞や、フローベル、ツルゲーネフの絶賛を待たねばならなかった。十九世紀も半ば過ぎである。

その見直しの先鞭が祖国スペインではなく、外国諸家によってつけられたのは、わが国の浮世絵と同じで、興味深い。（5・24）

入れ歯

来月四日から「歯の衛生週間」が始まる。滝沢馬琴が牛込の入れ歯師・吉田某に入れ歯を申し込んだのが文政十（一八二七）年の奇しくもこの日。その前日、右上の糸切り歯が取れて、とうとう「六十一歳にして歯牙みな脱了、自笑に堪えたり」と日記に残している。その費用が一両三分、当時の米価でおよそ一石買えたのだから、昔から歯の治療には金がかかった。江戸時代になって食生活の変化からか、虫歯が急に増え、「八十三歳に至り歯牙堅くして一つも落ちず」（『養生訓』）と貝原益軒が自慢したのはまれな例となった。

今の歯ブラシに似た房楊子や歯みがき売りは、独特のセリフと身振りで街を売り歩き、盛り場では居合い抜きで客を寄せ、歯を抜いたり入れ歯の細工をしてくれた。有名な松井源水の独楽回しも、歯抜き・歯がための妙薬のPRだった。

現存する最も旧い総入れ歯の木製歯床は、強くて肌ざわりの良いツゲで作られている。これは三代将軍家光の指南役柳生宗冬のものとされ、西洋で総入れ歯の技術が開発される百年も前のだそうだ。短距離競走など瞬発力を要するスポーツは歯を食いしばるので歯を痛める、選手素材発見にはまず少年の歯の強さを見る、とも聞いている。剣豪飛騨守先生、ずいぶん激しい稽古をなさったのに違いない。（5・27）

味噌汁

名古屋は三州味噌の本場なので、国民宿舎の朝食には決まってあの赤い味噌汁が出る。前に懲りたことがあるので、今度の出張には三泊とも朝は洋食の席に座った。

戦時中の食糧地獄を体験しているので、出されたものは何でも頂く主義だが、朝からこの赤茶けた味噌汁という気にはどうしてもなれない。断るのが失礼な席では、薬を飲む思いで頂いている。会議に全国から集まっている連中のほとんどが、目を細めてこの赤茶けた汁を抱えている風景は、異質の文化圏に来た思いがする。

前に古老に聞いた時、「納豆と赤だしを喜ぶようになったら、もう博多ンもんとは言われんですバイ」と極めて明快な答えが返ってきたので、わが意を得たことがある。

もっともこの御仁は自らを「博多ンもん」とは呼ぶが、けっして「博多ッ子」とはおっしゃらない。「江戸っ子」など軽薄な感じの呼び名と一緒にしてもらいとうない、との哲学の持ち主なのだ。

私もどうやらガンコもんの中に入っているようだ。（6・5）

吟行

俳誌『自鳴鐘』の福岡市動物園での吟行にお誘いを受けた。一句ぐらいは作らないと失礼だろうと思い、さっそく歳時記を開いて付け焼き刃の勉強をした。

今時の季語としては、風薫る、万緑、五月雨、卯《う》の花腐《はなくた》しなど、絞れば雫《しずく》の垂れそうな俳句用語ばかり。むろん「断水」、「給水車」、「もらい水」などあるはずはなく、今更のように昨今の雨不足がうらめしかった。

当日は「おしめり程度は降るだろう」との予報だったが、あいにく今回も梅雨前線はUターンしてしまった。

それでもこの雨不足によくもまぁと感心するほど、都心に残された木立ちが青に緑を重ねて美しかった。カバもフラミンゴも、毎日換えてもらっていた水を四日に一度と節水させられているのに、文句も言わずに、句帖とにらめっこの俳人たちの相手をしてくれていた。哀れなようでもあった。

にわか仕込みの季語学習も間に合わず、苦しまぎれの一句を投句したのだが、むろんいい点の入るはずもなかった。曰く……

雨乞いの舞いの群れともフラミンゴ

（6・10）

ポリ容器

待望の大雨の後、一夜明けた早朝ランニングのコースはすっかり一変していた。

前日まで乾ききっていた田んぼには水が溢れ、どこに隠れていたのか、大小無数のカエルたちが所狭しと合唱している。

五時間給水で右往左往したのは遠い昔のことのようで、ただ一度の恵みの雨で、こうも心情生活まで一転するものかと考えさせられた。早起きランナーたちの、いつもの「おはよう」の呼びかけも「降りましたなぁ」と一言増えて嬉しそうだった。

ところが、走りながら足元を見つめて驚いた。可哀相にもう車にはねられた子ガエル、中には親カエルの死体が農道のアスファルトに散らばって、それも数え切れぬほど。

雨にはしゃぎ過ぎたカエルたちに「ここは交通戦争の真ん中に残された田んぼなんだぞ」と教えてやらなかった人間どもの責任のような気がして、気持ちにブレーキを掛けられ家にゴールしたら……。

「半値でいいから引き取る人いないかなぁ」と言いながら女房が、よく働いてはくれたが、一五〇〇円も出した大型ポリ容器二個のしまい場所を探していた。

（6・14）

草いきれ

「日本全土の防諜網は完璧だが、雲仙のゴルフ場だけは敵性外人のよく知るところ。敵の落下傘部隊が降りるとすれば必ず雲仙だ」というわけで、敗戦の年の夏、一期の検閲を受けたばかりの私たち初年兵は島原半島の山奥に投入されていた。枇杷《びわ》（長崎ではヒワ）とはっちゃん（イモの粉）団子だけの生活だったが、機銃掃射の度に逃げ込んだ叢の頭上に満開のキョウチクトウの赤い花を今も覚えている。

原隊復帰の命令で真夜中この「とりで」を出発、早朝には福岡聯隊「下の橋」を渡ったのが六月十九日、あの福岡大空襲の日で、目の前の生まれて育った街の最期を見届けるために帰ってきたようなものだ。焼夷弾の第一波に叩き付けられて、ツラ突っ込んだ練兵場の草いきれ、傍らの壍壕《ざんごう》から兵士がいきなり炎に包まれて飛び出したこと、すべて一瞬の悪夢だった。やがて恐れ多くも陛下からの預かり物の放馬した（逃がした）軍馬を捜して、焼夷弾・火の雨の中を彷徨する厩《うまや》当番の本務に立ち返るのだが、その夜の六月の草いきれは、強烈に鼻を突いて今に記憶に残る。

あの年は特に雨が多かったとも思わぬが、島原半島も空襲直前の博多の街々も、今と比較にならぬ生き生きとした万緑に包まれていた。

（6・17）

ライオンズよ

ライオンズが勝つのと巨人が負けること以外は興味のないプロ野球なので、私の川柳句帖にはこんな句だけが残っている。

勝った日のフンイキで乗る上の橋
中西の怪我に詳しい外野席
投げやすい座布団のある平和台
ナイターから帰り自分が負けたよう
ライオンズ勝っとるやろか川開き

まだ博多の那珂川で花火大会ができた頃で、ライオンズは天下を狙い、本当に天下を取ってくれた。一番高倉、二番豊田、続いて中西、大下、関口……以下九番の神サマまで、私でもそのオーダーを今に覚えている。誰の目にも無謀な悪球を飛び上がって打った河野、そして勝った。ここ一番、打たねばならぬと決めたら、野球セオリーなんかそっちのけ、飛びついてでも打つ、それが私たちのライオンズだった。

「こうなればアンチ巨人の気がとがめ」。何年か前、巨人がビリに落ちた時の句だが、こちらのほうはたった一年で元気を回復したので余計に腹が立つ。同情して損した。よそはよそ、頑張れライオンズ。

（6・21）

汽車の旅

駆け足日程の東京出張だったので、新聞もテレビも見ておらず、日航のスト欠航を知ったのは羽田に着いてからだった。

すぐに東京駅にUターンしたが、博多行新幹線の最終は出た後、やむなく飛び乗った特急寝台は案外空いていた。右往左往の約一時間のあわてぶりを思い出しておかしく思ったのも、日航窓口嬢の応対が必要以上の笑顔だったのに感心したのも、よほど経ってのことだった。

しかし飛行機にも新幹線にもない、久しく忘れていた「旅」を味わえたのは収穫だった。まず同席のお孫さん連れの老婦人が「お世話になります」とご挨拶なさったのには、「こんな汽車の旅があったのだ」と小さな感動さえ覚えた。新幹線では見知らぬ隣客と親しく話し合うようにと座席はできていない。真っ直ぐに正面向いておとなしく運ばれていろ、という構造だ。

一夜明けて、今は山中今は浜、山口県はなんて長いんだろう、新幹線なら週刊誌四、五ページ読む時間なのに、狭い日本をなぜ急ぐ……などと車窓にもたれて海岸線をながめている間に、羽田でのことなど皆忘れてしまっていた。

（6・24）

旱《かん》魃《ばつ》

中国最古の帝王、黄帝の娘バツ（魃）は、その体内に熱気充満して絶えず燃えさかり、女神ながら醜い容姿だった。だが、その熱気を吐き散らすことにより、人身牛蹄の荒神シ・ユウ一族の仕掛けた風雨や濃霧を退散させて、その謀反を打ち破り、父黄帝を助け、天下はようやく平穏に帰したという。

しかし戦い終わった時、そこは女の身、この古代中国のジャンヌ・ダルクもさすがに精魂を使い果たし、再び天上社会に戻る神通力を失ってしまっていた。地上にとどまらねばならぬ彼女の到るところ、すべて熱気により旱天が起こり、乾き切って一滴の雨も降らぬようになる。人々は彼女を「旱魃」と呼んで恨んだ。

やむなく黄帝は彼女を赤水（陝西省）の北に追放するが、田の神シュクキンの監視の目をくぐり、絶えず故郷への逃亡を企てる。潜行した先では必ず異常乾燥が起こるのだった。これには彼女の報いられることのなかった献身への恨みがこもっている。

古来、いつの世にも行われてきた雨乞いの祈りには、彼女への鎮魂の心も籠っていた。

（6・28）

北緯三十三度

「フクオカ砂漠」と聞きなれて一カ月以上、慢性の水不足が続いている。

砂漠と言えば、一昔も前、博多港にお迎えしたスペイン人の船長が地球儀を回しながら「なるほど、ハカタは暑いはずだ。カサブランカやアトランタとほぼ同じ緯度だ」と叫んだのを思い出す。

セピアを着こなして美しかった私のバーグマンが空港の霧に消えるラスト・シーンで知った「カサブランカ」だが、地の果てアルジェリアの向こう、サハラ砂漠の尽きる所で炎熱酷暑の地と承知していた。「風と共に去りぬ」では、懐かしやクラーク・ゲイブルがビビアン・リーと燃えさかるアトランタの街を馬車に鞭あてて脱出を試みる場面。それがわが福岡と同じ緯度とは、砂漠とか炎とかのイメージが先行して水飢饉の今では具合が悪い。それに、米国・ロングビーチが北緯三十三度。雨の降らぬのが何よりの好条件で映画の都になったハリウッドはすぐ隣の町ロサンゼルスにある。

そんなに水の少ないカリフォルニアで水道はどうしているのかと聞いて、「ロッキー山脈から約六〇〇キロの導水管が引かれている」と、同州のわが福岡の姉妹都市オークランドの港湾委員長さんから教わった。六〇〇キロ、博多－新大阪間の長さの水道！

（7・1）

ヤマモモの実

通勤途上の坂道にも公園にも、ヤマモモの実が道一杯に散らばっている。野鳥も食べ飽きたのか、木に登る子供たちもいないので、無残に踏みつぶされた赤い実が勿体ない。そうは思うが、こんなに散らばっていては、拾うのも時代遅れのようで勇気がいる。

練兵場の池でフナを釣ったり、イモリを摑んでは悲鳴を上げたり、雑木林を分けてカブトムシを探した四十五年前と同じ場所の同じ色の赤い実だが、あの頃は一粒でも貴重な戦利品だった。上級生がよじ登る木の下で、靴の番をしながら落ちたのを拾うことだけを三年生以下は許され、分け前にありついていた。

「なんだ、おいしくもない」と今の子供たちに言われてみれば、なるほど、なんでこんな物に血道をあげていたのか、「それより冷蔵庫にいつもある果物のほうがいい」とかわいげのない子供たちに話しても仕方がない。

それにしても上級生になったら思う存分、自分で登るぞと辛抱していたのは覚えているが、その上級生になった後の記憶が全くないのが不思議だ。中国大陸での戦争が次第に泥沼にのめり込む世相が、子供たちの遊びも変えていたのだろうか。

（7・3）

白きを見れば

カササギは朝鮮半島と佐賀平野にだけ見られる鳥とされているが、福岡市の南公園にも一羽棲んでいた。動物園での治療後、放鳥したのが棲みついたのだ。ところが昨秋、これが二羽となり私たちを喜ばせたが、最近また二羽とも姿を消してしまった。迎えにきた連れ合いと故郷に帰ったのだろうか、この七月七日が過ぎるときっとまた揃って帰ってくる、と私はひそかに思っている。

七夕の夜、年に一度牽牛星《けんぎゅう》に逢う恋人・織女星《しょくじょ》を渡すためカササギたちは集まって翼を連ね、「天の河」に橋を作る。その夜が雨だったら天の河は溢れ、カササギたちは溺れて死ぬ。年に一度の逢う瀬が流れるのも気の毒だが、溺れる鳥たちはもっと哀れだ。水不足で一滴でも欲しい雨だが、この夜だけは降らないでほしい。

『小倉百人一首』に、中納言家持《やかもち》は次の歌を残している。

かささぎの渡せる橋におく霜の
　白きを見れば夜ぞふけにける

天空に必死に連ねる見えるはずのないカササギの翼の端の白、その冴え冴えしたさまは、天上におく霜かと季節のうつろいの速さに驚く……、そんな夏の夜がもうやって来る。

（7・5）

バベルの塔

大昔、人類はみな同じ発音の同じ言葉を使っていたので、お互いに誤解も憎み合いもなく、協力し合って楽土を作ることに成功した。調子に乗った人々は、全世界の覇者に相応しい都を作るため、レンガを焼き天にも届く記念塔を建てようと計画し、実行に移す。

この人間どもの思い上がりを懲らしめるため、天はその塔を打ち砕く。砕けて飛び散ったレンガの破片の数だけの言葉が生まれ、それぞれの落下地点の人々の言葉になってしまった。人々は、もはや自分のグループ以外とは話し合うことができず、人間たちの争いや愚行がこの日から始まる。

人類が一つの共通の言語を持ちたいという願望は、『旧約聖書』以来、幾度となく試みられたが、今日やっと実用化にまで漕ぎ着けた唯一の人工の言語がエスペラントである。エスペラントの最初のテキストは一八八七年、二十八歳のポーランドの眼科医L・ザメンホフによって出版された。発行日付の七月十四日は奇しくも、それより九十八年前のフランス革命と同じ日である。当時人騒がせな本としてしか見なかったロシア官憲の検閲がやっと通り、発行日の日付が「七月十四日」になったのは、単なる偶然と私には思われない。

（7・8）

飾り山

ふり返る位置がまた良い飾り山　（青鳥）

那珂川から西に生まれて育っているため、私の博多山笠は見物の役だけである。幼時、父親に連れられて初めて山笠を見た頃の博多の夏の夜は、家々の屋根はすべて黒瓦、軒並みは木造の茶系統に白い壁、派手なネオンの看板などなく、地味に黒い陰深く色彩的に懐かしく落ち着いていた。その中にくっきり浮かび上がる飾り山の絢爛《けんらん》さは子供の目にもひとしお強烈だったのに違いない。

以来半世紀も見てきた飾り山だが、周囲のカラフルな軒並みと競う豪華さもご時世なら、見送りの人形にテレビ番組の主役が登場、古老たちが仰天したのも語り草になった。

いずれも博多の人々がその暮らしの中に継ぎ伝えた「さきどり心」と伝統の調和の見事さと考える。しかも十五日の早朝には、投じた千金を惜しいとも言わず崩してしまい。「うたげの後」の哀感を味わわせてくれるのも、心憎い演出ではある。

願わくば、十一番山笠下川端通りの「雷神不動北山桜」が、雲の絶間姫の名にかけて、八代竜王、水飢饉を吹っ飛ばすほど雨降らせ給えば、もうほかに言うことはない。

（7・12）

ネクタイ

執務中でもネクタイを外して差し支えなしと、県庁や九電の職員に指示があったそうだ。今まで暑くてもネクタイを外してはいけなかったのかと思う一方、これがニュースになる話とは驚いた。そういう私もしかるべき所への出席には、冷房ありと見当がつけば、わざわざ上着を小脇に抱えて出掛けている。今年は慢性の水不足で、かなり冷房中止の席に出くわす率が高い。上着を脱ぎ、ネクタイを外せば失礼に当たるという背広のルーツは英国民の習慣だと聞くが、そこの夏服をそのまま日本列島に持ち込んだので、こうした場面になる。

英国の夏といえば、例のシェークスピアの作品も、近頃は原語の「真夏」（ミッドサマー）の「真」を抜いて、ただの『夏の夜の夢』と訳されている。この芝居はアテネ郊外が舞台ということだが、実は作者の故郷イングランドの森なので、真夏でもあの国の夜は暑からず寒からずの、まことに快適なもの。日本語で「真夏」と訳したら暑苦しさが先に立ち、直訳を避けた（岩波版解説）という。なるほど、こちらでは「幽霊話」によく似合う。いっそ、その程度の融通をきかせて博多山笠のハッピにステテコとまではいかずとも、この夏は……、とこれは私の熱帯夜の夢。

（7・15）

一所懸命

庭のアジサイもとうに討ち死に同然の姿で枯れた。蛇《じゃ》の目傘をたたむ三浦布美子を傍らに立たせてこその、この花の風情なのに、その雨がほとんど降ってくれぬのだ。暑さに強いはずのキョウチクトウまでが、紅のさえどころか枯れはじめたようだ。憮然として灼《や》けた庭を見ていたら、「シーッ」と口に指をあてた家人が合図する所に懸命にうごめく小さなかたまりがある。

初めはアリかと思ったが、自分の三～四倍はある半死半生のクモ（蜘蛛）をハチ（蜂）が曳いているのだとわかった。もう一メートル近くも曳いていた。おそらく炎天下に繰り広げられた死闘の後だろう。

このハチは時々、獲物を地上に置き去りにしては、駆け足で約二〇センチ範囲の前面を偵察する。その確かめた距離だけをまた曳くという、リズミカルな作業の繰り返しで、耳を澄ませば、掛け声まで聞こえそうだ。

日照り続きでバテ気味の人間世界のすぐ傍で、こんな虫たちの一所懸命な生存の闘いが、黙々と休みなく行われているのだなと話し合った。

（7・20）

古川柳から

まっすぐな柳見ている暑いこと
寝ころんで論語見ている暑いこと
「読んでる」でないところが良い。
うたた寝の顔に一冊屋根を葺《ふ》き
夫とは向きを違えて昼寝する
はるかな空は雨雲らしく、ひととき真っ黒だったが、こちらには雨の一かけらも落ちてこない。後は夕涼みを待つばかり。
花火を貰い日が暮れろ日が暮れろ
粉のふいた子を抱いて出る夕涼み
ここにおりやすと娘の夕涼み
星が冴えている。明日の炎暑を思わせる。
涼み台ぎしりぎしりと人が増え
抱いた子に叩かせてみる惚れた人
裏口をしめてきやれと夕涼み
星をほめていてもきりがない、お天道様どうしてくれると言っても返事なし。
暑いこと隣りでもまだ話ごえ
そこまできている雨雲を宇宙飛行さえできる人間の知恵がこちらに引っ張ってくれぬ。あまり変わらぬ庶民の暮らし。（7・24）

神通力

昔、久米の仙人は空を飛んでいた時、吉野川で洗濯する若い女の白いふくらはぎを見て神通力を失い地上に落ちてしまう。古川柳に「仙人さまァと濡れ手で抱き起こし」とあって、ここまではよく聞く話。

どういういきさつからか、この元仙人はその娘を妻とする。やがて時の帝《みかど》が都を造営された時、仲間から「仙人」と呼ばれる人夫になっていた。呼び名の由来を聞いた役人が「ひとつ重い材木を仙力で空を飛ばしてくれんか」とからかったものだ。名誉挽回の一心で七日七晩祈り続けて八日目の朝、いきなりの雷鳴と豪雨。これがピタリと止むと、大中小の材木がごうごうと飛んできた。これを聞かれた帝は免田三十町を賜わり、元仙人はその喜びを大和の久米寺建立にあらわす。もちろん彼の落下地点。

これでもかと続く日照りで福岡の給水制限がまた強化された。天の無情を恨まずにいられぬし、こんな非科学的な話が目に付いてしようがない。

それにしても元仙人の名誉回復の後、この愛すべき配偶者のその後が気になって調べているが資料が見当たらない。（7・29）

モンロー忌

あまり飲むほうではない私を同僚がビヤホールに誘ったのは、数年前の八月五日。マリリン・モンローの命日だそうで、彼女が一九二六年、つまり大正末の生まれと知って、他人事とは思えぬというわけだった。マリリンが恵まれぬ少女時代を貧民街で過ごしていたのは、同じ年配の私たちの軍国少年時代に当たる。

戦後、モンロー・ウォークなどで全世界の男性を魅了した彼女が、生来の内気で純真な性格のため、そのことが重荷となり、おそらく自殺と見られる花の閉じ方をする。

私たち世代の者がいつも価値観の変更を余儀なくされてきた心情生活の屈折の積み重ね……そんな体験なくして誰がわれわれのモンローを理解できるもんか！ と気炎を上げたことだった。そして「八月五日はヒロシマのお逮夜《たいや》（忌日の前夜）でもあるなァ」と学徒出陣のまま帰らぬ友人たちの話になったのも、自然の成り行きだった。

たわむれでなく、名付けて「モンロー忌」、毎年やろうという約束だったが、まだ実施していない。

（7・31）

ラジオ体操

早朝駆け足の途中で会った子供たちは、目を擦《こす》り手足をかきながら一固まりずつ歩いている。ラジオ体操が待っているのだ。

「おはよう」と声を掛けると、びっくりして上げた顔がよくまだ目が覚めていない。可哀相に寝苦しい熱帯夜だったろうに……朝の涼しい間は寝せておけばよいのに、と思う一方、別のことも考えた。

毎朝の体操の後、校庭のラジオを取り囲み、ベルリンからのオリンピック放送に目を輝かせていたのは小学六年生の夏で、この小学校卒業生の葉室鉄夫選手が二〇〇メートル平泳ぎに優勝した時のことである。その夏は、ほとんどの子がラジオ体操に皆勤してもらった金のシールを誇らしげに見せ合ったものだ。欠席しての銀や銅のシールでは肩身が狭かった。

こらえ性や頑張りが薄れてしまった今の子供たちに、寝苦しい夜も早起きする訓練、朝の綺麗な空気を吸うため早起きする習慣をつけさせる……夏休みのラジオ体操には、やはり五十年の重みがあるということにしておこう。

（8・3）

炎暑の花

雪月花の風流はお呼びでないが、盛夏は今も昔も、私たちの市井生活の正念場だ。三伏《さんぷく》、落雀《らくじゃく》、炎赫《えんかく》……酷暑を表すすべての形容に耐え、美しく咲く夾竹桃の紅は、この暑さの修羅場に生き抜く力を人々に訴えかけているように見える。

物の本にはインド原産で香りのある花とあるが、何度見直してもその香りが伝わらぬ。日照り続きで、さすがのこの花も疲れているのだろうか。

高校球児たちが栄冠をかけて激突する球場の外で、スタンドの喚声をよそに、ひっそりと物も言わず咲く夾竹桃。異常渇水のため、この夏は使用中止の掲示が出されたプールのフェンスにも、どんな夏の構図にも憎らしいほどよく似合う。

三十数年前の戦いの日々、女学生として炎暑の季節を鉢巻・もんぺ姿で過ごした知り合いの婦人は、ヒロシマの焼け跡で見たこの花の強烈な印象が忘れられない、と私の句帖から次の拙句を一つ選び出してくださった。

夾竹桃八月十五日いのちあり　（真吾）

（8・9）

夜の秋

今年の夏はどうも調子が狂いがちだ。八十年ぶりの干天、観測史上に残る高温少雨とかで、新聞の見出しも「フライパン列島」、「熱帯夜いつまで」、「渇水サバク」と、活字の裏から悲鳴が聞こえそうだ。つくづく自然の営みの厳しさに兜を脱ぐ。

それでも立秋の前あたりから、さすがに夜は爽涼《そうりょう》を覚えることが多くなった。窓辺にすだく虫の音がひときわ高く、星が際だってはっきり見える。肌に触れる風も久し振りに爽やかである。

俳句季語にいう「夜の秋」がこれだろう。「秋の夜」とは違う、まだ夏の盛りなのに、ある夜、ふと秋を感じさせるひとときのこと。

またぶり返す熱帯夜とは承知していても、自然のもたらすアクセントとして、一夜でも訪れてくれる「夜の秋」はしみじみと懐かしく、ありがたい。

西鶴の女みな死ぬ夜の秋　（かな女）

夜の秋の肌やわらかくバッハ聴く　（淑子）

（8・14）

ナイター

巨人の王が一塁手ということを最近知ったほどで、プロ野球についての知識はゼロだが、ライオンズが勝った朝刊を見ればホッとするし、負けていれば気が重い。

あの平和台球場のスコア・ボード付近は旧軍隊の初年兵の頃厩《うまや》当番で鍛われた思い出があり、歩兵二十四聯隊の起床ラッパで起こされて育った子供時代を持つ私としては、ここをフランチャイズとするライオンズが負ければ面白くない。

その程度の私に「ライオンズの今日と明日を考える十五人委員会」の椅子の一つが回ってきた。「その程度の市民」にも愛される球団を考えるのだそうだ。

早速付け焼刃学習で見学した初めてのナイターは、意外にカラフルで美しく、その華麗さに驚いた。新聞で名前だけは知っている本物が目の前にキビキビ動いているし、テレビと違ってちっとも球が飛んでこないところの外野手の動き、表情も実にいい。見ていて飽きが来ない。ライオンズが勝とうが負けようがどうでもよくなった。

重苦しい投手戦だったが、絶妙なタイミングのヤジも、一投一打に熱い視線を送っている観衆諸賢の表情も嬉しいものだった。

「ナイターや髭たくわえし指名打者」（真吾）

（8・16）

猿山で

福岡市動物園の猿山でこの六月、二組のニホンザルが出産していた。どちらも元気で、この酷暑にも負けず育っている。

よく見ると、Aは四六時中母猿がしっかり抱いており、移動するにもわが子をまるでセメダインではりつけたように腹にしがみつかせたまま。子育ての経験を持つBのほうは、授乳時以外は全くのほったらかしで、子猿をいつも手の届く範囲で遊ばせている。それでも、子猿が走り出そうとすればすぐその足をひっぱって、母猿の側に連れ戻す。

ボスをはじめ猿山一同、決してこの母子には干渉しないし、手助けもしない。ただ、先日まで赤ん坊だったチビどもだけが、母猿の目を盗んでは、赤ん坊の頭を叩いて逃げたり、足を引っ張るなどのチョッカイをかける。

母猿にとっては次の繁殖期の始まりが育児終了期なので、それ以降はこの甘えん坊たちは自分で自分の餌を探さねばならない。母猿はもう見向きもしないのだ。

猿の世界は、見物の人間たちほどには暑さや干天続きにもバテず、元気にやっている。

（8・19）

甲子園

炎天下に繰り広げられた甲子園の高校野球は、最後の最後まで、感動のドラマの連続だった。今回、特に心打たれたのは、かなりのリードを保っていながら、あと一回、あと一人という局面で追いつかれ、遂に力つきて討ち死にする壮烈な逆転劇が一再ならずあったことだ。

県代表の東筑高校が、見ていて胃の痛くなるような試合を三度も見せてくれるので、例年になくテレビに引きつけられた。五万を超える観衆の真ん中で、二十歳に満たぬ少年たちが、歯を食いしばり汗を流して、心身共に自己との闘いを強いられるのは、残酷とも感じるが、めったにない人生劇場の修羅場の体験でもあったろう。敢然と挑む若さは、頼もしく、美しい。

「いかなる教育も逆境に及ぶものなし」（ディズレーリ）

「苦痛が人生である」（シラー）

と先人も残している。青春とは自分の思うとおりにならぬことを、耐えて乗り切る努力にこそ意義がある……われわれ年配者に、そんな教訓を思い出させてくれた若者たちに感謝したい。（8・23）

小式部内侍

十世紀、平安時代、宮中での歌合わせの時、まだ少女の小式部内侍も「歌詠み」に選ばれていたが、中納言定頼に「丹後の母君から便りがありましたかな。お一人で詠まれるのは心細いことでしょう」とからかわれ、カチンと来るものがあった。

年若くして中宮彰子に仕え、歌名高い母和泉式部ゆずりの美貌と才気で、とくにヤング貴公子たちのアイドルでもあった内侍は、やっかみ半分の「どうせ教育ママの代作だよ」との無責任な噂を知っていたのだ。

立ち去ろうとする中納言に示した即興の歌、それが今日まで『小倉百人一首』に残る、

大江山いく野の道の遠ければ
　まだふみもみず天の橋立

母の出張先丹後までの都からの遠さを、途中の大江山や、生野（福知山市）の「行く」に掛け、母からの「文も見ず」を「この足で踏んだこともない」ことにかけた即妙の歌。親の七光など失礼なとやり返しながら、そこは少女のこと、母親の側に行ってもみたいとの隠れた心情もうかがえる。教育ママの過保護や期待過剰が話題になる今日、この歌に表れた昔のヤング才女の心意気を子供たちにも持ってほしいものだ。（8・26）

野性味

辞書にも歳時記にも見当たらぬ「熱帯夜」などという言葉が幅を利かせたこの夏は、雨乞いの思いの随分と長い季節だった。

ところが、動物園のベテラン飼育係諸君の観察では、インドゾウなど、大好きな水浴をほとんどしなかったらしい。いつもの夏なら、一日中水浴びをするのに、今年は朝の間だけだったという。

おそらく異常な酷暑少雨だったので空気が乾燥し、水浴びの後の太陽の照りつけが辛いため、木陰にいたほうが涼しいことを本能的に知っているのだろう。湿度の高いいつもの夏とは違う、野生動物たちの生活の知恵に違いない。

それに比べると、我々人間のほうは、やれ温度が何度を超した、湿度がいくらだから不快指数がなんぼとの数字を知らされて、やっと暑さを納得している節がある。自らの皮膚で感得し、自らの才覚で暑さをしのぐ方法を見つけるほかはないのが動物たちの野性味だ。私たち現代の人間が、そうしたことをすっかり忘れているのを実感する。

（8・30）

マイペース

元ラグビー選手の同僚が、左腕を大きな包帯で吊っている。職場のソフトボール試合に駆り出されて、滑り込んできた二回りも若いランナーに足を掬《すく》われ、ベース上で転んだとのこと。「お互い若くないんだから」と励ましておいたが、早朝駆け足を日課にしている私自身、身につまされた。

今、ブームのママさんバレーや高齢者ランニングにしても、大きな怪我はむしろ、かつてスポーツ選手だった人たちに多いのだそうだ。仲間のテクニックの未熟さが見ておれず、「この時は、こうするのっ！」とついジャンプに力が入ったが、脚力・瞬発力はすでに昔の若さであるはずがない。正式の技術・知識が身についているだけに、かえって無理な姿勢が怪我に繋がるということだ。

むしろ、全くの素人なら、自分の身体の応じた動きしかできないので、結果的には無理をせず、ヘマをやっても当たり前、ほとんど怪我をしないと報告されている。

なにもこれは、スポーツだけに限ったことではないようだ。

（9・4）

川下り

職場の一泊旅行の最終コースには球磨川の川下りを選んだ。また戻らねばならぬフクオカ砂漠だから、束の間の目の保養に水を見に行こうという趣向だった。

満々と水を湛えた球磨川の流れの色は懐かしく、青、緑、群青すべてのブルー系統を織りまぜて、岩に砕け、浅瀬に零《こぼ》れる波しぶきの豪快さは、わずか二、三時間の急行で行ける世界とは思えない。今、湖底をむき出しにしている惨状の江川ダムとは全く対照的だ。

前も後ろも、周囲もみんな水なんだなと妙な感心をしているフクオカ砂漠からのお客様を、岸辺のシロサギやゴイサギ、岩の上のスッポンたちが、観光協会の指示でもあったようにみんな船のほうを向いて見送ってくれていた。

この小旅行中も土砂降りのスコールに遭った。ここ九州山脈の南側は水と緑が一杯なのに、福岡のほうは一滴の雨も降らぬとは、神様もよくよく不公平でいらっしゃる。

山を越え谷を縫って走る舗装道路を見上げながら、この土木技術をもってすれば、九州山脈一つ越すぐらいの導水工事など可能だろうに、と話し合ったことだ。

（9・7）

名月や

断水都市となってすでに百日を超した私たちの街も、さすがに朝夕は涼しく、虫のすだく音も秋になった。連想ゲームでも秋といえば月と来るのが順序であるが、なにしろ今年は南の空に雨雲らしいのを探すのに気をとられて、夜半の月など考えつかなかった夏でもあった。

月と言えば愛誦する「月天心貧しき町を通りけり」の句が、蕪村の作とは最近まで知らなかった。「貧しき町を」、「天心の月」など、私の思い込んでいる江戸時代の生活感覚では思いもしなかった現代的字句だからである。

「名月や江戸のやつらが何知って」、これは一茶。信濃路の山中、小さく区切られた水田の一枚一枚に映る田毎《たごと》の月は、都市派風流の人々には垂涎《すいぜん》の景観に違いない。しかし、十五歳にして江戸に出稼ぎにゆき、やがては「ついのすみか」信濃にUターンせねばならなかった農民・一茶としては、名月を映す千切れ田の一枚一枚に、農民の汗と辛苦をまず思うのであろう。

十七日、断水都市の中天にかかるはずの月が、仰いで勇気づけられるような、そんな月であればいいが。

（9・14）

いろは順

同僚のIは「いろは順でも五十音順でも、子供の時から損ばかりしてきた。体操の時間では出番が初めのほうなので、誰よりも先に恥をかいた」とぼやく。私は反対に名字が〝エヒモセス〟あたりで出てくるので、いつも後回し、こちらこそ一生損な運命と思っていた。

友人作の川柳「イロハ順一生損をする男」のモデルは私に違いないと思っている。ABC順でも決して人より先に呼ばれることはなく、その上、身長も中くらいの高さなので、物心ついて以来、人様より出番が先に来ることはまずなかった。

しかし、Iのぼやきを聞いて、私も考え直すことにした。

事実、苦手の鉄棒でも、すでに何人かが無様さを展開している後なので、私の失敗など珍しくもなかったろうし、体力テストの「俵かつぎ」でも、前の連中がドスンと投げ下ろすたびに砂がこぼれ、正味の五〇キロ、ずいぶん痩せて私の番に回ってきていたではないか。

「運、不運などは本人の思いようしだいだ」……とはモーパッサンの言葉。

（9・18）

裸のサル

地球上に現存する猿の仲間は一九三種あり、そのうち一九二種までは体が毛で覆われている。例外なのが自称ホモ・サピエンスと呼ぶ人間だけだ……という書き出しで、イギリスの動物学者D・モリスは人間を「裸のサル」と呼び、私たち人間のすべての行動を、その動物的本質から見つめることを呼び掛けている。

非常に感銘を受けた見方なので、早速その受け売りをしたところ、「人間を猿呼ばわりするとは何ごとか」とのお叱りを教育委員会幹部の方から頂いて、驚いた。人間がほかの動物たちの持たぬ知性と研鑽で文化・文明を開発し、これだけの差をつけてきた、そして「万物の霊長」と呼ばれる事実と人間の尊厳を否定するのは問題だ、ということだった。

しかし、月の世界に到達できても、「裸のサル」はやはり動物には違いない。月の世界でも「排泄物」の始末は考えねばならぬ動物だ。人間はかつて動物であっただけでなく、今でも動物であることを忘れてはなるまい。動物たちを一段高いところから可愛がるのではなく、この限られた地球資源の中で、どうしたら共存できるかを考える段階だと考える。動物愛護週間が始まった。

（9・21）

猿酒

月に跳ぶ猿さる酒を見回りに　（斎藤芳男）

秋深い山奥で木の実が樹木の空洞や岩のくぼみなどに落ち、そこに雨や露が溜まれば、そのまま自然発酵して一種の酒になる。それを猿が蓄えるものとして、延命長寿の猿酒と俳句で呼ぶ。事実に即さない伝説的、空想的な季題、と歳時記に解説されている。誰も目撃した者がいないのは残念だが、猿がせっせと作り上げたと信じたほうが面白かろうではないか。先祖のファンタジック・ユーモアとして敬意を表したい。

『俚言集覧』にも「猿の甘酒とも言う。猿が木のうろへ運び作りしを、人見つけてこれを取るといえり」とあるが、これも見てきたような想像にすぎない。

日本の酒、あちらのワイン、ウイスキーと、人類は大昔から木の実や穀物を発酵させてエチルアルコールの催酔性飲料を作ってきた。これはお互いにアイデアや技術の交流があったわけでなく、地球各地で自然と始まったのだろうから、わが国の猿がそれぐらいの知恵を持ってもよいだろう。

秋冷の夜、酒の楽しい季節になった。（10・2）

三角ベース

スポーツの秋で、日曜出勤の朝など野球少年の一群によく出会う。揃いのユニフォームは可愛いし、休日返上らしい指導者たちも尊敬に値するが、例によって「オレたちの子供の時は……」と考えた。

九人に不足すれば三塁をはぶくあの三角ベースは懐かしい。今日は球があの溝を飛び越えたら二塁打だぞ、三年生以下は三振なし、球が当たるまでバットを振ってよい……など、日替わりルールを考えて指示するのは、上級生たちの才覚だし貫禄だった。

大人の力は借りず、入手できる条件の範囲内で、自分たちだけのルールを工夫して楽しんだことは、思えばスポーツの原点だったのかもしれない。「子供は遊びの天才である」などの言葉は聞かない時代の話でもある。

今、体育の日をはじめ、国も市町村もスポーツ振興の条件整備、奨励に努力しているのは歓迎すべきことだが、そのうちプロ野球やオリンピック規定に即したプレーのできる競技場を造ってくれねば、またユニフォームなど揃えてくれねば、スポーツしてやらないよ、と言う子供たちが出てきはせぬかと心配になる。（10・5）

シカの角《つの》

秋が深まると動物たちにも恋の季節が巡ってくる。恋人を求めて争う騎士たちに、無用の、時には死に至る怪我をさせぬために、奈良公園などでは毎年「シカの角切り」がある。秋の風物詩として俳句歳時記の季題にもなっているが、一方「角落ちる」となれば、これは春の季題。

案外知られていないが、シカのオスの角は春先には自然に落ちて、すぐ柔らかい袋角《ふくろづの》が生えはじめる。刀掛けに格好なあの見事な角も一年間で（正確に言えば半年で）あれだけに成長する。

福岡市動物園のオス三頭も今丸坊主にされて、一メートル以上もあった威風堂々の角を失い、面目なさそうにおとなしくしている。あの重々しい角がなくては、歩くのにバランスが取れないだろうと思うのだが、それ以上に男としての権威失墜をどうしてくれる、と言いたそうな顔付きだ。近頃とみに権威の薄れたオヤジ族の一人として、他人事ではない。それでも当方は初めから角など持ち合わせぬのでそれほどでもないが、こうはっきり「権威」を切り落とされているシカたちは同情に堪えない。

（10・9）

秋桜

私の住む周辺だけの現象かもしれないが、今年はどうもあのセイタカアワダチソウが少ないようだ。廃坑付近や河原などでも、昔のススキ原が復活しているのが話題になっている。除草運動の成果にしては見事すぎるし、これも異常日照りの影響だろうと話し合った。ここ数年の異常な進出ぶりにしては意外な現象で、この風土に完全には馴染んでいなかったのかとも思う。

同じ帰化植物でも、明治も半ば頃に渡来したとされるメキシコ原産のコスモスは日本名の「秋桜」も定着して、外来種の感じがない。明るく品もあり、それでいて少し寂しげなのは、もう日本の秋のものである。

先日の風速四六メートルの台風で全滅した庭の片隅に、風に倒されたままの格好で、一固まりコスモスが「どっこい、生きている」とばかりに健気に咲いてくれている。屋根瓦の修理もまだ手がつかぬ殺風景の中で、唯一のこの色彩はありがたい。少々の天候異変には驚かぬところは、さすがに長年日本の秋を飾ってきた貫禄で、ここ数年のアワダチソウとはキャリアが違うと言いたいところだ。

（10・19）

秋の夕暮れ

十三世紀初頭刊行の『新古今集』では、四季のうちで秋の歌が一番多い。中でも世に「三夕」として伝えられる秋の歌は、

心なき身にもあわれは知られけり
鴫《しぎ》立つ沢の秋の夕暮れ　（西行）

寂しさはその色としもなかりけり
真木立つ山の秋の夕暮れ　（寂蓮）

見渡せば花も紅葉もなかりけり
浦の苫家の秋の夕暮れ　（定家）

どれも万物凋落《ちょうらく》の寂しさに涙する最大級の詠嘆調だが、藤原清輔など、その頃でもパターン破りがいて、「夕べばかりが秋じゃない」と

薄霧のまがきの花の朝じめる
秋は夕べと誰が言いけむ

いずれにしても、月を見ては千々に心乱れ、袖に涙の露を宿さねば歌人の資格がなかった非生産的貴族・僧侶の世界の話で、今日的と言えたものではない。

「秋の夕焼け鎌といで待て」と、同じ夕暮れでも、その夕焼けに明日の稲刈りの辛苦を思い、収穫の喜びを期待した庶民の哀歓が、その頃でもやはり社会の底辺を支えていたことには違いないのに。

（10・23）

蛇　足

中国は楚の国の話だから二千年も前のこと。祭りの酒を大杯一杯、召使たちにふるまおうとした人があった。ところが独り占めしたい連中ばかりで折り合いがつかず、「では地面にヘビを描いて、一番早く絵のできた者が飲むことにしよう」とお祭り気分も手伝って、ばかばかしいコンクールが始まった。

真っ先に書き上げた男が調子に乗って「みんな、まだか。俺は足だって画く時間があるぞ」と、足を画き足した。ところが、足を持つヘビなんてヘビではないというので失格。酒は二番手にとられてしまう。

まったく魔がさした失敗としか思えないが、試験の答案が早くできた時など、そんな経験があったことを思い出す。この故事から「蛇足《だそく》」は「用のない無用の長物」だが、単にあってもなくてもいい余計な物という意味でなく、元来はその一点が多いばかりに命取りの失敗もあるぞ、という教訓として生まれたようだ。入学・就職の試験へのぞむ若者たちへの戒めだけではあるまい。

ものいへば唇寒し秋の風　（芭蕉）

俳聖も、何か一言多かったことで後悔なさったことがあったのだろう。

（10・26）

幼児語

最近、まだ二歳にもならぬ幼児をあやしたが、久しくこの種の紳士と対話していないので、まず今の幼児語に困惑した。例えばクッキーを持たせると、いきなり口に運ぶ。これは躾《しつけ》がなっていない。「ほら『だんだん』しなさらんな」と語りかけたのだが、当人はもちろん、若い両親にも通じなかった。

こんな小さな子に大人なみの「ありがとう」と言わせるのもどうかと思い、忘れていた昔の言葉が飛び出したのだが、この博多言葉はずっと以前に死語になっていたのだった。子供の頃は「おおきに」と言うのが普通で、「ありがとう」というハイカラ言葉を学校で教わりすぐ使ったら、「アリが十《とお》ならナメクジは五匹」と親たちからからかわれていたものだった。

それにしても、近頃の幼児語や〝しつけ〟はどうなっているのだろうと考えていたら、「人に物を与え、お礼を言わせようとする心情こそけしからん。幼児の人格を侮辱するものだ」とたしなめられた。そうかなぁ、この前までお前さんたちの「おしめ」を替えてやっていたんだぞ。

（10・30）

よみ人知らず

「秋の落葉が枝から土までの短い旅ながら、散り行く者の心意気を舞うているのがまたとなく良い」と、一世の詩人、剣客、恋の殉教者シラノ・ド・ベルジュラックは自らの生涯のラスト・シーンでこう唱える。

平清盛の弟、薩摩守忠度《ただのり》は平家都落ちの際、途中から引き返し、歌友藤原俊成《しゅんぜい》の門を叩く。「いずれ世が静まり、勅撰歌集編纂のご沙汰もあるだろうから」と百余首に及ぶ巻き物を預けて、また敗走の陣営を追う。

一の谷の戦では源義経の奇襲に破れ、平家一門は総崩れ。落ちて行く諸将の中に、必死の抵抗の末、西方浄土に向かい念仏合掌しながら首をはねられた武将がいた。

その鎧《よろい》の「えびら」に結んだ短冊に記された歌が「行き暮れて木の下陰を宿とせば　花や今宵の主《あるじ》ならまし」（忠度）伝え聞く俊成が『千載集』を勅命により選ぶ時、「よみ人知らず」として載せた彼の作が「さざ波や志賀の都はあれにしを昔ながらの山桜かな」。朝敵ゆえに実名をはばかったのに、作者は知られている歌だ。今日でも、「無賃乗車」の隠語として使われる「薩摩の守」と共に庶民が語り伝えている散り行く者への哀惜の心が嬉しい。

（11・2）

秋の夜の

婦人会の人たちの川柳作品。女性にはどうかなと思った出題の「酒」に案外、飲めばよいだけの殿方とは違う、主婦の目でとらえた面白い句が多かった。

お相伴したさにつける酒の燗《かん》　あやこ
酒ちびりちびり架空の人と飲む　トミ子
三日だけ禁酒禁煙喜ばせ　淑子
徳利あり女所帯の飾り棚　みさを
一滴も飲めぬお客をもてあまし　登美子
飲めぬ口だけど私の黒田節　初子
女ひとりの棚ウイスキー後ろむき　レイ子

酒は男の世界のものとばかり思ったのは間違いで、こんなにも暮らしの中に生きているんだなと共感のチェックをつけていたら、最後に、

酔うて言うつもりの酒がまだ足りず　道江

とても「秋の夜の酒は静かに飲むべかりけり」どころではないようだ。

（11・6）

酒・煙草

青少年非行の問題はいつの時代でも世の関心を集めたもので、未成年に酒・煙草を禁じたのは、健康の問題より不良化の引き金という心配にウェートが置かれたようだ。

未成年者喫煙禁止法は明治三十三（一九〇〇）年に成立した。当時、すでに専売制だった煙草は規制が容易だったらしく、酒の方は大正十一（一九二二）年にやっと決まっている。毎年のように国会に提出された未成年禁酒法案は貴族院で握りつぶされるか否決され続け、二十三年ぶりにようやく陽の目を見る。衆議院ではほとんど毎年可決しながら、貴族院で討ち死なのだから、かなりの利益代表を抱えていたのだろう。今の二院制とは性格も内容も違っていたようだ。

警察でも非行問題にはかなり気をつかい、福岡県議会で当時の警察部長が「警察に目をつけられたら、退校など本人の不利益にもなるので補導が困難である」と答弁している。

その昔、親たちや当局に心配をかけた少年たちが、今はその息子たちの非行に頭を抱えている。この若者たちが父親の年配になった頃……どんなヤングが育っているのだろう。

（11・9）

軍手

めっきり冷え込んで、日課の早朝駆け足に軍手がいるようになった。一番こたえるのが指先で、汗で体が温まる前にかじかんでしまう。それにこの軍手は顔の汗を拭くタオルの役も果たしてくれる。

この実用本位の軍手との最初の出会いは幼年時代の焼き芋屋のおばさんで、片方だけがいつも焦茶色に汚れていた。子供の背の高さはある素焼きの壺から、程よく焼けたのを次々に引っ張り出すおばさんの手つきを仲間と一緒に見つめたものだ。

ついで、旧制中学時代の勤労奉仕。稲刈りの時より麦刈りのほうがこの軍手を必要とした。滑りやすい麦の茎は素人中学生の鎌さばきには難しかった。

今の福岡空港や芦屋飛行場の建設にも、モッコで土を運んだ私たち中学生の汗をこの軍手は知っている。毎日、冷たい水で馬の蹄《ひづめ》を洗った初年兵時代の冬は、霜焼けの上にひびが切れた指が腫れあがり、軍手に差し込むのに泣く思いをした。空襲の焼け跡片付けや食糧難時代の荒れ地開墾にも軍手は貴重品だった。

あれこれ思い巡らしているうち六キロの駆け足コースは終わった。平和な時代の軍手の白さが今さら目にしみる。

（11・16）

書棚

十九世紀イギリスの思想家ラスキンは、「人生は短く、静かな時間はわずかだから、つまらぬ本を読むことなどに決して時を浪費すべきではない」と説いている。

昨今のように、新刊・再刊・低俗・珠玉と入り乱れて店頭を飾ることのなかった時代の言葉だけに、ひとしお重みがある。

そんな哲学的発想からだけでなくても、一冊千円という値段が当たり前の最近だから、あの出版物の洪水の中から選ぶには経済的な配慮が先に立つ。それでも、狭いわが家に不相応な書棚がいつの間にか溢れた本で手のつけようがなくなっている。

人生が短いといえば、これらの本にもう一度目を通す時間が私にはもう無い。自分の年齢から指折り数えて、とても無理だと気がついて暗然となる。

結果的に一度しか読まぬ本なら、図書館から借りたらよさそうなものだ。そうしないのは、自分の手の届く所に置いて、自分の好きな時に引っ張り出せる「自分のもの」という安心感からなのだろう。読書の楽しみとは、案外そういうことかもしれない。

（11・20）

ソロモンの指輪

『旧約聖書』の時代、イスラエルのソロモン王は才知と慈愛に溢れる善政を敷いたので、すべての栄華が彼の世界一の美都エルサレムに結集された。しかし、諸国の王から献上された異邦人の美女九九九人をみな后《きさき》にするという愚行が頂点で、この才知の王も愚者となり、失政・王国の分裂・反乱は動乱と広がり、「ソロモンの栄華」は四十年で滅びることになった。

かつて、あらゆる動物と話すことのできたという彼の賢者ぶりも、実は「指輪」あってのことで、指輪なしでは一番親しい動物とも話は通じなかった。后の一人が若者を愛しているという一羽のナイチンゲールの告げ口に怒った王は、その指輪を思わず投げつけて失くしてしまい、以後一直線に愚者への道をたどりはじめたという。

動物園の動物たちと話していると、言葉は通じなくても私たち人間も彼らと同じ動物にほかならぬことを痛感し、「ひと」としての生き方を教わっている気がすることがある。人間同士では失われている、お互い白紙のままでの応対ができるからだ。

なまじ動物の言葉がわかっていたソロモンも、思えば気の毒な王様だった。

（11・27）

コンニャク

寒くなればおでんの出番で、おでんはコンニャクに限る。それも黒いのがいい、と言ってはいるが、「本当のおでん食いは大根を選ぶもんだ」と通ぶる同僚と論争して以来のコンニャクびいきだから、そう年季の入ったものではない。

俳句歳時記の「冬」の部に見えるのは、このおでんに似合うかと思ったが、そうではないらしい。晩秋に掘るコンヤク玉を紐などに刺し、軒先にぶら下げて乾かすのが、主産地関東の空っ風に揺れる……その風物詩からだそうだ。古来、俳人たちは食うことより、コンヤク芋を掘ったり干したりする修景のほうに興味を覚えたらしい。

欧米人は食べないが、『和英字典』を引いたら「悪魔の舌ゼリー」とあったのには驚いた。先年、訪ねてきたスコットランドの青年に食べてもらったら、本当に悪魔の舌を食べさせられているような顔をした。

それにしても、あの何ともいえぬ弾力のある歯ごたえを賞味できる日本人の味覚を、悪魔の舌と気味悪がる連中に理解させるのは、時間がかかることには違いない。

（11・30）

黄葉

ほんのそこまでとの約束で、初心者マークを付けた娘の初ドライブに付き合った。行きは周辺の風景どころではなく、乗せてもらったほうも緊張のしっぱなし、ようやく初冬の郊外を見回すゆとりが出てきたのはターンして復路になってからだった。まず、見事なイチョウの大木が目についた。

異常日照りの後、台風があったせいで、今年の紅葉は例年になく美しくないと思っていたところなので、亭々とそびえるイチョウの黄のかたまりが目を引いた。

カエデなどが紅葉したらモミジと呼ぶのは承知していたが、イチョウの葉が黄変するのも銀杏黄葉《いちょうもみじ》と歳時記に載っているのには驚いた。モミジの語感の中に、赤・紅・緋のニュアンスを見ていたのは私だけだったのだろうか。

辞書には、「紅葉すること、黄葉すること」と二つ並べて書いてあり「葉緑素の変質により、緑を失って黄褐色となり、また花青素が紅変して紅色を呈することによる」と説明してある。新知識を得たのはよいが、黄色や褐色の葉っぱまでモミジと呼んだら小学生からも笑われはしないかと、まだ心配だ。

（12・7）

まえじゅう

例年、木枯らしの頃、旧制中学の同窓会の通知が来るが、今年のにも同窓二人の訃が添えてある。「惜しい奴ばかり先に行くなぁ」、「そうだな、貴公も什長《じゅうちょう》したことなかったもんな」とは生き残った出来の悪かった同士の対話である。

藩校以来のしきたりらしく、私たちの教室は、成績の良いのから什長に任命されて最後列、ついで成績順に前へ並ばされて席についた。最前列の生徒たちは「まえじゅう」（非公式）と呼ばれ、八勝七敗の星勘定に苦労しながら、それでもより人間味溢れる中学生生活を満喫していたものだ。留年など甘ったれた用語はなく、落第は「降りてこらっしゃった人」として「まえじゅう」同様、一種の尊敬さえ受けていた。

私たちの卒業直後、この什長の制度は廃止となる。「いたずらに劣等意識を助長する」という教育的配慮が理由と聞いて、それは違うと残念がったのは、ほかならぬ私たち什長経験のない者たちだった。

この「教育的配慮」は、制帽が戦闘帽に、制服が国防色に変わった時から始まった。今にして思えば、この種の生徒たちの心情不在の配慮が、今の青少年からたくましさ、堪え性を失わせている原因の一つかもしれない、と話し合ったことだ。

（12・11）

真相

赤穂浪士が主君の仇を討って泉岳寺に引き上げた時の総勢は四十六人で、途中で寺坂吉右衛門の姿が消えている。討ち入ったのは四十六人だとの説、討ち入り最中での逃亡説、または特命で旧主家への顛末《てんまつ》報告に派遣されたとする説など、今日まで真相ははっきりしない。後に切腹を命ぜられたのも四十六人である。

寺坂は足軽の身ながら、主人吉田忠左衛門の執りなしで参加を許されて数度の共同謀議にも出席、重要な役割を果たしている。だが、後に細川家に預けられた忠左衛門は「この者、不届き者に候。重ねて名は仰せくださるまじく……」と述べている（「堀内伝右衛門覚書」）。

武士として扱われなかった身を助けるための思いやりの言葉と取りたい……ほんとうに不届きな逃亡だったのか。今の時代にもありそうな話で、彼らの行動を美化するに急なため、その真相はウヤムヤにされたまま月日は流れた。

寺坂はその後も忠左衛門の遺族の面倒を見たりして、江戸で八十三歳の生涯を終えている。泉岳寺で拝んだ彼の墓はほかの四十六士のより少し小さかった。

（12・14）

配り餅

わが門《かど》へ来さうにしたり配り餅　（一茶）

隣の園右衛門宅で餅つきの気配がする。例年どおり隣から配ってくるだろう。妻女がせっかく作った朝飯も控えさせ、ほかほか温かいうちに頂こうと待ったのに……とうとう音沙汰なし。文政二（一八一九）年、小林一茶五十七歳の暮れだった。

どうもしまらない話で、粋や通を自慢した江戸ッ子から見れば野暮の骨頂《こっちょう》と言える。十五歳で信濃を出た一茶は人生の大半を江戸で送り、諸国行脚の途中も江戸の俳人と名乗るのだが、ついに江戸の水になじまず「野暮」に居直っている。

耕さぬ罪もいくばく年の暮れ　（一茶）

この「耕さぬ罪」が信濃からの出稼ぎ農民だった一茶にいつもつきまとっていた。江戸の市民生活もその底辺はこれら農民・労働者が支えていたのだが、その労働を貴いとする時代思潮は見られなかった。配り餅の句の次に、

ともかくもあなた任せの歳の暮

この一句を巻末において、一茶は随想集『おらが春』を完結させる。

（12・18）

年の瀬

乳貰《ちもら》いは冬の月へも指をさし

助け合い運動は個人の善意に頼るほかなかった江戸の時代、女房運の悪い父親が乳飲み子を、あやしながら近隣を訪ねて回る「乳貰い」のわびしい姿が目に浮かぶ。

まだ文も見ずうるさがる二十日過ぎ
暮れの文困ったものと封を切り

「二十日すぎ」は江戸時代の日用語では、十二月のことと決まっていて、暮れの貸借清算の修羅場を意味していた。

十二月人を叱るに日を数え

年の瀬は「数え日」ともいった。もう指折り数えるほどしか残っていない、あわただしい日々だ。それでも「数え日に親のと子のとは大違ひ」。頭が痛い大人の世界とは別に、子供たちには「もういくつ寝るとお正月」。……いつの世も一年中で夢が最高にふくらむ季節である。

今の子供たちにも、もう少し、ゆとりのある正月を迎えさせてやりたいものだ。

（12・21）

北極熊

寒くなって一番喜んでいるのは福岡の動物園では北極熊だろう。子熊の二頭が朝、運動場に出されるとすぐ、この秋できたばかりのプールに飛び込み、見ているほうが震え上がるような水しぶきをあげる。生まれてからずっと狭い檻で育っているので、いきなり深いプールで溺れはせぬかとは、人間サイドの思い過ごしだった。何事も学習と訓練を必要とする人間たちと違うところだ。

ところが、せっかくお客様が多くなる昼頃にはすっかり疲れて、コンクリートの氷山に座り込んだり、右往左往を繰り返すばかり。夕刻にはもうお客様のほうを見向きもしない。時たま思い出したようにザンブと二〇〇キロの巨体を躍らせて水に潜れば、大人も子供も人間たちは歓声をあげて喜ぶのだから、そこは熊君、うまくスタミナの配分を考えてくれるとよいのだが……そんなこちらサイドの勝手な頼みに耳を貸す気配はさらにない。

人間たちは長い文化生活のうちに、自分たちで勝手に作って伝えてきた「年の瀬」で苦労している。そんな時、自分の好きな時に、好きなように振る舞えるこの動物たちが羨ましくなってくる

（12・25）

不確実

朝起きてすぐ、蛇口をひねれば水が出る――この当たり前のことが、福岡市民へのなによりの「お歳暮」になっている。当たり前のことが当たり前でなくなり、福田前総理でさえ、その前日まで政権を失うとは思いもしなかったと言うし、例の江川問題も二転三転、「明日のことはわからない」と嘆かせたこの一年だった。

久し振りの雨で給水制限が緩和された六月半ばの本欄に「無用の長物になったポリ容器のしまい所に苦労する」などと書いた罰が当たって、とうとう水不足は年を越す。

評論家ではないので「不確実の時代ですな」と感心してばかりもいられない。明けて新年六日の給水再制限に備え、今度はこのポリ容器、しっかり磨いておこう。

思えば空梅雨、暖冬異常など毎年毎年のように聞くのだから、自然現象でも異常が平常を圧倒し始めているのは確かだ。今年も残りの三日間にどんなびっくりニュースが飛び出さぬとも限らない。

午年《うま》生まれの女房と話したことだ。「この次の午年がどんな年なのか想像もつかない。ただお前さんが還暦を迎えてることだけが確かだ」、「!」。

（12・28）

1979

中洲旧玉屋（博多区，2002.12）

昨日思えば

最近めったにしない正月の遊びにスゴロクがある。その「振出しに戻る」と言うペナルティほど無念なことはなかった。あと一振りで「上がり」という時に、サイコロに意地悪な目が出て「振出しへ」。また一からのやり直しというルールである。この心機一転のやり直しを、子供たちは正月の遊びのうちに学んでいたことになる。

屠蘇の座にきのう思えば遙かなり　（前田雀郎）

「今年こそは」の決心も繰り返すこと五十回を超えれば、近頃なんだか、この正月から正月までの一年間がいやに短くなったように思える。十歳の少年にとってはそれまでの生涯の十分の一にあたる一年だが、私の場合は五十分の一にすぎないからか。それとも万事、季節のメリハリが薄れたまま流れてゆく暮らしのせいだろうか。

昨日までの年の瀬がはるかな昔のことのように思える屠蘇の酔いを楽しむ間もなく、今年も元旦から出勤した身はこう考えた。正月三が日でも、いつもと変わらぬ仕事が待っているということは、まだ足腰も丈夫で働ける証拠、感謝せねばならぬことなのだろう。

（1・4）

未《ひつじ》

新春の床を飾る博多人形の干支《えと》の置物が、未は例年売れ行きが芳しくないので、製作を控え目にしていたら、今年は追加注文が多くて困ったという話を聞いた。温良で可憐な羊が、床の間の置物として景気の良い寅《とら》や辰《たつ》に差をつけられるのは仕方がないが、今一つ、私たち日本人の日常生活には馴染みの薄い動物でもあった。

ヨーロッパや中国などでは最も古くからの家畜として多くの諺や教訓を生んできた。わが国には推古天皇の時代（五九九年）に初めて渡来した記録があるが、もっぱら儒教的教訓の教材として、珍獣・霊獣の扱いを受けてきた。

羊の肉だと宣伝したのが実は狗《いぬ》の肉だったとは「看板に偽りあり」の例とされるほど上等の食肉だが、特有の臭いのせいかわが国の先輩日本人たちの食生活から敬遠され続けている。

最近は一般家庭の食卓でも結構賞味されているが、温和・平和愛好のシンボルとしてほかの干支の動物たちと同列に正月の床の間にも迎えられている。国際化の時代、これも島国文化からの脱却だと言っておこう。

（1・8）

二十歳《はたち》の日

私にもむろん「二十歳の日」があって、その一月十五日は旧陸軍に新兵として入隊の五日目だった。正直のところ、お国のためと思ったのは最初の二、三日だけで、後はもう、どうしたらあの上等兵殿に殴られずに済むかだけを、命がけで考え始めていた頃である。繰上げ卒業の同級生たちは海軍予備学生や陸軍の見習士官として飛行機に乗っていた。それら予備将校志願に外れた繰上げ卒業生たちは、二等兵つまり新兵として鍛えられていた。

「近頃の若い者は、などと申すまじく候」と時の連合艦隊司令長官・山本五十六大将を感服させた花の学徒兵たちの、その多くは還らなかった。

「近頃の若い者はなっとらん」とは、有史以前の古墳からも発見される、代々言われてきたいわば通過儀式の台詞で、私にも「君たちの年には……私は……」と若い人たちに話しかける癖がいつか付いているが、顧みて恥多く、悔いの多かった日々だったことは事実だ。

ただし、「では、その戦争にあなたも参加したのですか」と聞かれると「参加？　デモやスポーツの合宿ではないんだぞ」と思わず声が高くなるのである。

（1・11）

遅れ年賀

年賀状の配達がまだ続いている。元日に例年の数の三分の一が届いて、その後四日ほど音沙汰なし。そのあと十枚、五枚と来ていたが、二週間近く経ってまだ、思い出したように賀状が舞い込む。もちろん「返し年賀」も含まれているが、十二月の受け付け日までに投函された分がかなり遅れているらしい。年が明けて出したほうのが早く着き、早々に返事を貰ったりしている。

先年、師と仰ぐ方の葬儀の数日後の元旦に、その先生の賀状を頂いて絶句したことがある。それ以来、締切日無視で出すことに決め、年賀特別扱いは受けないことにしている。旧正月までにでも着けば「生きているそうな戻ってこぬ賀状」（九馬）ぐらいの役は果たしているのだろうと思うが、何か一つ釈然としない。

やはり賀状は松の内までのものだろう。ピンク・レディーの影響で視聴率が狂ったという紅白歌合戦とは違う、新春の国民的行事には違いないと思う。

特別扱いが特別の事情で狂ったとしても、せめて普通の郵便は普通のルートで普通の速さで取り扱われている――と信じたい。

（1・13）

零《ぜろ》戦《せん》

旧日本海軍の零戦が里帰りして、九州でも大歓迎を受けたというニュースにかなりの戸惑いを感じている。この戦闘機が華々しく活躍していた頃は、こちらは練兵場を這いずり回っていた新兵時代で、幾多の特攻隊で散った若者たちの搭乗機の略称が「零戦」と知ったのは敗戦、復員後のことである。懐かしいというのと、全く違う感慨を覚えてならない。

むしろ、アメリカ人が操縦しての飛来という点で、敗戦直前の真夏の昼、久留米市の郊外で機銃掃射を受け、路上に叩きつけられた時、敵艦載機ムスタング機上の米兵の顔付きまではっきり見たのを思い出す。

グラマン、ダグラスなど戦時中の懐かしいカタカナ文字が、最近の新聞やテレビを賑わしていることのやり切れなさが残念である。急降下爆撃の後、敵ながら美しい銀色の双胴を翻《ひるがえ》して上昇するのを、無念の歯ぎしりで転げ込んだ里芋畑の茎の隙間から睨みつけた、その敵機の名が「ロッキード38」、忘れられるものではない。

つい数年前に莫大な金額の大変な話をした相手、そのロッキードを全く覚えていないと主張なさる政治家と違い、随分と屈折した思考の持ち主を続けている私ではある。

（1・18）

本当

若い人たち、特に女子高校生あたりとお喋りすると、決まって「本当ですか」と反問される。少しうちとけると、「ほんとォ？」、「ウソ！」とくるのだから、正直おじさんたるもの、少々ムッとする。が、これは大人気ないことで、「嘘つき」と非難しているわけでもなく、「そうですか」程度の相槌で、流行語なのだ。疑えばきりのない世だから、すべてを疑い、その中から本当のことを選別することを身につけねばやっていけないのだ、と先日の国公立大共通一次試験の出題を見て改めて考えた。

「次の（1）から（5）までのうち、正解を一つ選べ」式の問いかけは苦手だ。自分が真実と判断し確信することだけを、書けばよかった時代。罠を掛けた、まことしやかな誤りなどが並ばない答案用紙、その真っ白を自分の言葉で埋める快感が試験には付きものの緊張感だった。

「満月ばかりが月ではない、雲が隠した月を恋うのもあわれに情けふかい」との『徒然草』に共鳴して以来、「ちょっとピンボケ」に魅力を感じる癖は、このテスト様式では危険だ。三二万七〇〇〇からの答案を短時間で処理せねばならぬのだから、私たちが楽しんだ「遊びごころ」なんかに付き合ってはおられないのだろう。

（1・22）

竹馬

子供たちに昔の遊びを教えるというテレビ竹馬教室。見ていると全く不器用で一歩も進まない。それもそのはず、どの子も運動靴を履いたままだ。指導の若い先生も靴を脱がせようとはなさらぬが、おそらくご自身も竹馬で遊んだ経験はお持ちでないようだ。

どうしても靴を脱がぬ子に、それでも脱げと言ったところ、「そんなら、竹馬なんか乗ってやらない」と主催者への協力放棄を宣言された経験が私にもある。「足の親指と第二指でしっかり竹を挟み、体を竹にもたせかけるように」と、いくらコツを教えたところで、下駄を履いたことがないので指で物を挟む道を先生もご存じではない。

帰宅すればまず靴下を脱ぎ、素足に畳の感触で初めてくつろいだ気になる私だが、今の子は夏でも靴下の一枚も履いていないと不安で、落ち着かぬのらしい。

買ってもらった新しい下駄を枕元に「もう幾つ寝たら」と正月を待った頃の感覚を押し付けてでも伝えたい、その頃の遊びを本当に教えようとするのなら、と考える。

その前にファイト、堪え性を含めて鍛え込まねばならぬ基本的なことが山積してはいる。

（1・25）

百万年

米国の人類学者チームが、アフリカで人類の直接の祖先と見られる約四百万年前の猿人の骨を発見したという。そうなると、人類の起源も今までの定説を百万年以上も更新せねばならず、学会での論争は必至ということになる。

この正月、羊のことを調べていて、「家畜として人類が飼育を始めたのは紀元前六千年から八千年」と二千年もの誤差が事もなげに書いてあるのに感心したばかりだった。

二千年といえば、キリスト誕生から今日までより長い歳月である。

「四百万年の人類史を一時間ものの記録映画にしたら、この昭和の五十年間……笑ったり、泣いたり、怒ってばかりの月日は、その映画では一秒間で吹き飛ぶくらいの長さ、いや〇・一秒？〇・〇一秒……」などと考え、風呂の中で浮き世離れした気分になっていたら、「髭は今剃っといてくださいよ、断水なんだから。朝はまた水も湯も出ませんからね」と家人の声が飛んできて、現実の文明社会に引き戻された。

（1・29）

涙月

二月と八月は、昔から「あきない」の薄い月なので「二八《にっぱち》の涙月」と呼ばれていた。正月や盆に金を使い果たすので、庶民の購買力がぐんと減る。またこの月は農家にも現金が一番無い時、株式相場も下がるので「二八の買い」という兜町言葉があって、商人や興行師泣かせの時ともされていた。

一方、漁師仲間でも、二・八月は一番天候変化の激しい月としてこれも警戒された。「二八月の荒れ右衛門」と擬人化され、にっぱち月は「手の裏返し」、「風定まらず」、「冬枯れ夏枯れ」などの気象用語を生み、波風が高いため、「思う子船に乗するな」とも「船頭のあぐみ時」などとも言い継がれてきた。

八月はともかく、正月の次の二月は思い当たる。世間への義理で、中くらいでもめでたそうな顔をしていた一月も過ぎれば、いつまでも屠蘇の酔いの後遺症を楽しむわけにはいかぬ。

自然も世間の胸算用も荒れ模様だぞ、ふんどし締め直して取り組め、と先祖の残してくれた言い伝えをかみしめることにする。

（2・1）

病気

ずいぶん前のことだが、かかりつけの医者に「風邪をひいたから」と訴えたところ、「風邪かどうかは私が判断する、あんたは熱っぽいとか、セキが出るとか、症状だけを言えばよい」と叱られ、恐れ入ったことがある。見るからにむずかし屋の感じの先生だったが、こちらもずいぶん頼りにしていたように思う。

友人の医者の話では、最近医者仲間でもめったに使わない専門用語で症状を訴える患者が目立つそうだ。医学知識の普及は結構だが、診察するほうも大変だねと同情しておいた。

二十四時間診療の病院の進出で、地元医師会との間がもめている、との報道を読む。病気は真夜中でも日曜日でも、時を選ばないのだから、そんな病院の増加はありがたいと思う。進出反対とはどういうことなのだろう。

何に効く注射か、と尋ねる勇気も持たず、先生の処置に任せる知恵しか持たぬ私のような患者たちが、このトラブルを見守っていることなど、関係各位の念頭に置いてもらいたいことが山ほどある。

（2・5）

ミノムシ

蓑虫のきのふの貌《かお》にけふ〔今日〕も遭《あ》う　風間啓二

今年の冬は百年に一度か二度の暖冬とかで、この分だと「そろそろ春着の支度でも」と思いたくなる陽気がつづく。明日は何が起こるか予想もつかぬ不確実は、人間世界だけでなく、自然のリズムも狂わせているかに見える。

万目、色を失って茶褐色のはずの冬木立に、どうしたことか、褪せてはいるが、散りそこねた緑の葉っぱが残っているのは、やはり寒気乏しき気象のせいだろう。

その乱調の世界と知るや知らずや、いつもの通勤の坂道の枯れ枝に点々といつもの顔でぶら下がっている蓑虫はいじらしい。『枕草子』には、蓑虫は「鬼の生んだ子」とされ、チ、チ、チ（父よ、父よ）と鳴いて親を呼ぶとあるが、耳をすませば、そんな気もして、誰かその声を聞いた者があるのか、などの野暮な詮索はせぬことにする。

万物移ろう世相の中に、とても蛾《が》の仲間とも思えぬこの原始虫が、一寸の虫にも五分の居住権とばかりに芸術作品的マイ・ホームを悠々とぶら下げている心意気に敬意を表しておこうと考える。

「ミノムシの一つが揺れてライオン舎」（真吾）

（2・15）

天神町《てんじのちょう》

福岡の市内電車が姿を消したあと、都心の天神付近でツルハシを振るって線路作業員が黙々とレールの取り外しをやっている。三年前の幹線廃止の時は、一夜で、全軌道にアスファルトを被せてレールを埋め込んでしまい、昨日まで電車が走っていたのが嘘のようだったことを思い出す。その非情さと潔い消滅に感動さえ覚えたものだ。

だから今回の市電廃止には、世間が騒ぐほどの感傷も私にはないつもりだったが、この取り外し作業には胸が痛む。

この界隈は昔から「てんじんのちょう（正確には、てんじのちょう）」と呼ばれていた。それが町名改定の後、ある日突然、市内電車の中で「次は天神《てんじん》」と聞いた時の驚きは忘れていない。私の天神町を呼び捨てにされた思いで、「チン・チン動きまぁす」のチン・チンが町の騒音で聞こえにくくなったのもその頃からだった。

とうとう電車を追い出してしまったバスやトラック、乗用車あらゆる車の行き交う都心騒音の中で、それらを振り向きもせず、黙々とレール外しのツルハシを振るっている姿に、私の電車も、私の「てんじのちょう」も無くなったのだと初めて実感した。

（2・20）

自動車教習所

どうした風の吹き回しか、マイカー嫌いだったK夫人が自動車教習所に通い始められた。自動車の運転は若ければ若いほど習得が早いのだそうで、やがて五十歳になろうという新入生にはかなりハードな挑戦のようだった。

教習所の話では、知識人や人生経験豊かな人、それに万事理論的な思考をするタイプは受講に馴染みにくいそうだ。またゆっくり時間をかけて免許をとった年配のドライバーには事故が少なく、トントン拍子にパスする若者たちのほうに危険信号が集中するそうだ。

というわけで、年配でもあるし、何より頭脳明晰のK夫人にはなかなかOKが出ぬらしい。同期生が次々と検定をパスするのを横目で見ながら、いくらマイペースと自分に言い聞かせても無念には違いない。

初めの頃拝見した句帖には「コスモスや幾日を自動車教習所」とあったが、この分だと「春一番まだまだ自動車教習所」、いや「行く春やまだまだ……」となりそうだとおっしゃるので、まさか「名月や……」にならねばいいですよと励ましたのだが、どうも言い過ぎのようだった。

（2・26）

しェからしか

長谷川法世の漫画『博多っ子純情』では、第一巻早々から主人公が「しェからしか」と連発するのがおもしろい。「うるさい、ほっといてくれ」というほどの博多言葉だ。両親、先輩、友人たちの干渉や過保護をうるさいとはねつけたい少年期。その、誰にも覚えのある背伸びと甘えの混交した心情がよく出ている郷土博多の言葉だ。

「せ」と発音したつもりが「しぇ」と聞こえるのは、生涯訛りの抜けそうにない私にはいつものことだが、こうはっきりと「しェ」と活字になったのを見ると、いささか複雑な気持ちにもなる。

三十五年も前、初めて上京した時、努力して「シェンシェイ」など言わなかったはずなのに、「懐かしい九州弁を聞いて嬉しかった」と恩師のお便りを貰ってガックリしたことがある。

それ以来、いっそ居直って八重洲口でもどこでも、九州訛りまるだし、博多言葉乱用（！）を意識して心掛けている。だから博多ではめったに使わぬ博多言葉があちらで出るという妙なことになっている。この漫画で私には死語に近いと思われる博多言葉が散見されるのも、同じ理由なのだろう。

（3・1）

柿の実

もう三月と言うのに、職場の窓から柿の実が沢山なったままなのが見える。もともと、柿は晩秋には熟《う》れて落ちるもので、落ちなくても、てっぺんに一つだけカラスの勘九郎どんのために残して後は全部収穫するものだった。

でなければ、まず悪童どもが放ってはおかなかった。柿の木が一番折れやすく、落ちて怪我するのはこの木に決まっていることを、街育ちの私でも子供の頃から知っていた。最近は大人も子供も高い空を見上げることをしなくなったし、戸外での遊びはもちろん、渋柿を剝いて干し柿にすることも少ない。

赤い熟した実のまま、柿の木に冬を越させることは以前にはなかったと思う。

そのうえ、ハンターの話では、暖冬のお陰で今年は山に雪が少なく、木の実や虫けらがふんだんにあるせいか、野鳥が山から下りてこないのだそうだ。カラスもヒヨドリも、柿など見向きもしないほど餌《え》が豊富とは恐れ入った話だ。

冬はやっぱり冬らしく寒からねば気味が悪い。都心にいつまでも残る赤い柿の実は、人々の暮らしのリズムも自然のサイクルも狂い始めていることを物語っている。

（3・5）

尾生《びせい》の信

中国の昔話――魯《ろ》の尾生は正直者で、恋人とのデートの場所を川の橋の下と決めた時も、約束に一分と遅れずに到着して待ったもので、女のほうは約束を忘れたのか差し支えがあったのか、とにかくその場に来なかった。

橋の下で辛抱強く待つ彼の足元の水は、大雨のための増水で足から膝、膝から胸と浸したが、尾生はそれでも恋人を待った。そして水は頭を越してついに尾生は溺れて死んだとのこと。

戦国時代の遊説家・蘇秦は諸国の王に自説を売り込むのに、この尾生を約束を守る信義に篤い男の例としてほめた。一方、同時代の哲学者・荘子となると、「つまらぬ名目にかかずらわって、大事な命を落とす、本当の生きる道を知らぬ男」とドライに批判する。

溺れて死ぬのが自分でさえなければ、そんな愚直な男も一人ぐらいおってよかろうと思うが、今日のような複雑多岐、生き馬の目を抜く時代に通用する話ではない。

被告席で今自らの所業が目前で開陳されるのを憮然たる面持ちで聞いておられる元総理など、自分たち仲間の間だけの「信義」を考えておられるのだろうか。

（3・8）

初黄砂

初黄砂雨恋い都市へ舞い戻り

川柳雑誌『番傘』所載のこの拙句は、一月十日の投句となっている。

すっかり狂った最近の気象のリズムは、一月初旬には、もうゴビの砂漠からの春便り「黄砂」が私たちの街を曇らせていた。

一月に作ったこの句が、ちょうど歳時記どおり弥生三月号の誌上に載ったのだが、皮肉なことに、福岡市の水飢饉のほうは今やっと解消に向かいはじめている。

句誌に発表される時期に合わせて、例えば正月に雛の節句を詠んだり、まだ二月なのに「行く春や……」とやったりする向きは多いが、不器用な私はそれはしないことにしている。だから師走や初詣での句もこの「初黄砂」と並んでいる。

その一月、福岡の水道事情が最悪だったのは事実で、折角の年末年始の特別サービス「二十四時間給水」が打ち切られ、給水制限が元に戻された時だった。

初めは「雨乞い都市」と書いたのだが、あまり切実でやり切れないので、少し中和したつもりで「雨恋い」と遊んだ。しかし、朝六時には蛇口から水が出る今となっては原句で良かったのに、と勝手なことを考えた。喉元過ぎれば……何とやら。（3・12）

大漁旗

天草パールライン・マラソンに、今年は身のほどをわきまえて大矢野島海岸一〇キロコースのほうにエントリーした。割り当てが例年と違った宿からは、昨年足を痛めて失敗した二〇キロコースの島々を結ぶ橋が全部見渡せて、無念の思いを新たにしたのだが、四十歳代を含めた職場の同僚が十人も参加したのは心強くもあった。

一八〇〇人もの一〇キロ組が芋の子を洗うように続く折り返し点は昨年までの定宿に近く、そこの女性たちが混雑の中から私を見つけ、声をかけてくれたのは嬉しかった。

海上には大漁旗で満艦飾の漁船群、沿道にも大漁旗のアーチなどで切れ目のない声援が続く。こんなに景気づけが凄くてはバテるすきもない。その応援の前で、五分遅れの時差スタートの女子ランナーにいとも簡単に抜き越される屈辱感。と思えば十分早く出発した四十歳代ゼッケンに「ファイト！」と呼びかける余裕と優越感……。昨年の二〇キロ長丁場で味わった「長距離ランナーの孤独」からはほど遠い。

五十歳代、四百人のうち百八十何番。手元の時計で自己最高に違いないタイムを確かめるのを忘れるほど満足のゴール・インだった。（3・19）

納得

先日のこの欄で、現れぬ恋人を橋の下で待ち続け、とうとう約束の場所で溺れて死んだ中国の愚直な青年の話を書いたのに、早速「それは、おかしい」と抗議を受けた。

「第一、誰がその事故を見ていたのか、いたのならなぜ救助しなかったのか。嘘に決まっている」と言うわけ。「さ、そこが話だよ」と言ったところで、今の若い人には通用しない。「少しの矛盾はともかく、言わんとするところは……」と防戦に努めたが、有名な話でも非合理とわかって話すとは非常識だ……と言うのが本気らしいので、弱ったりしらけたりした。

似たようなことで、肝心の主題に至る前提の部分で話がそれて、説明するうちに面倒くさくなり、とうとう何事も話せないままに終わるケースが珍しくなくなったようだ。

春場所も終わったが、相撲の社会では昔「無理偏にゲンコツ」と書いて兄弟子と読ませ、全く非合理としか思えぬ猛稽古で鍛えていたと聞いている。

納得のいく稽古などと言っているうちに、最近の相撲が迫力に乏しく、面白くなくなったという指摘もある。

（3・26）

しず心なく

久方の光のどけき春の日に
　しず心なく花の散るらん
（紀　友則）

平仮名が読めるようになるとすぐ、百人一首に参加を認められたので、この歌との付き合いも随分と古い。小野老《おののおゆ》の「あおによし奈良の都は咲く花の匂うがごとくいま盛りなり」の「咲く花」は当然桜と思っていたのに、最近になって梅の花だと知った。単に花とあれば当時はおおむね梅のことと聞いた。「花の散るらん」はどちらだったのかと慌てて『古今集』を確かめると、前書きがあり「桜の花の散るをよめる」と書いてあったので安心した。

春風駘湯《たいとう》の昼の、のびのびした歌とだけ思っていたが、「しず心なく」が静かな気持ち、落ち着く気持ちもなくとの意味、なぜそう散り急ぐのだと、音もなく散る桜のそのはかなさに呼びかける歌人の感傷を、それまで見落としていたのに気がついた。桜は人騒がせな花だ。あと幾日で咲くかと待たれ、咲いたらもう次の雨で散りはせぬかと人の気を揉ませる。年々歳々見る人は変わっても、桜は昔のままのかんばせである。

世の中に絶えて桜のなかりせば
　春のこころはのどけからまし
（在原業平）

（4・2）

カタカナ語

福岡の都心にまた新しいホテルが建つ。朝夕そこを通る友人に「ホテル・ナントカ」のあのカタカナ文字の意味を聞くと、前に何某ホテル別館工事現場と出ていたから、多分どこかの言葉で別館という意味だろうと無責任な答えを貰った。

知らぬのは私たち年配者だけではないかと思い手元の辞典を開くが、英語ではなさそうだ。初心者用のジュニア辞典だから、共通一時試験に出る心配はまず無い、難しいどこかの言葉だ。

魚返善雄氏の計算によれば、日常生活をスムーズに営むためには、約二千のカタカナ外来語が不可欠で、知的教養のためには、その他に三千語くらい知っておく必要があるそうだ（鯖田豊之著『食肉の思想』から）。

おそらく合計五千語の範囲外と思われるこの耳新しいカタカナも、都心にホテル名として登場するからには、やがて知らぬのがおかしいということになるのだろう。知的教養もいいが、ついて行くのに苦労するなぁと、お互い顔を見合わせたものだ。（4・5）

タウン誌

若者たちに大変受けているタウン誌Fとは、三年前の創刊予告号からの付き合いだが、当時二十七歳の編集長君の質問に「とにかく疲れる雑誌だ。隅から隅まで活字とイラストでぎっしり。記事や情報の洪水だから、少し余白をくれなきゃ年配者には疲れる」と答えたことを思い出す。

本や活字に飢えていた戦中・戦後の体験があるからか、扉から編集後記まで、活字が勿体なくて全部読むのが習慣になっているので、余計そう感じたのかもしれない。

しかし、今の若い人たちには、全部読まねば勿体ないとは、とんでもないことらしい。パラパラめくって自分の好きなページを選ぶのが「若者文化」の特徴だと聞いて、ヤングの気持ちを理解する努力をしてみたが、老眼鏡の目にはやはり疲れる雑誌には違いない。

ところで今度、人気投票の結果、この編集長君がポストをヤング代表の才女に譲ることになった。その彼が「今の若い人たちの世界がさっぱりわからない、退き時だ」と交替の弁を述べている。ブルータス、お前もか――と迎えてやらねばなるまい。（4・12）

菜の花や

菜の花や月は東に日は西に　（蕪村）

けだるい春の光の中に遊んだ少年の日と、飛び出した故郷への思いは年を取るにつれてつのり、与謝蕪村は、春風駘湯の淀川べりの風景を繰り返し詠むが、実際には出生の地・毛馬村（今は大阪市内）には生涯一度も帰ってはいない。故郷は彼の心の中にだけあったようだ。

今は淀川河川敷の旧毛馬村は、昔菜種の一大産地で、見渡すかぎり黄色の花畑だった。画家でもあった蕪村にしてはじめて、月を東に、沈む太陽を西に置く雄大な構図と春愁の色彩が決まり、句は郷愁の色に染まる。

だが、この句とその郷愁は、郊外の春がかつて一面の菜の花畑であったことを覚えている北部九州の者にも、決して無縁ではない。かつて福岡県の菜種生産高が全国一だったことは事実だし、天をも焦がした菜殻火《ながらび》も、敵機の目標になるからとの軍命令で遠慮し始めた頃から影が薄くなり、都市近郊では幻の風物詩になってしまったことを知っているからだ。

（4・16）

花いばら

今日バラといえば、まず西洋種のバラだが、いずれも原産地の東部アジアから輸出されて品種改良を重ねたもの。特に日本原産のノイバラは革命的な改良に貢献した。

バラの花ならベルサイユ、私たちのオスカルが登場するフランス革命が一七八九年で、この年わが国では、二十五歳の小林一茶が初めて徘諧の師匠の門を江戸で叩いている。

故郷はよるもさはるも茨の花　（一茶）

また望郷の詩人・与謝蕪村は帰郷の夢を果さぬままま、その五年前に没している。

愁ひつつ岡にのぼれば花いばら　（蕪村）

いずれも海の向こうのバラの華麗さには距離のある文学作品として、今に残っている。その四年後、マリー・アントワネットは三十八歳の花の生涯を散らすのだが、その死刑宣告の際、顔色一つ変えぬ旧王妃は時折指先だけを動かしていたという。それはピアノを弾くようでもあったと伝えられているが、あるいは好きだったバラをもてあそぶ、栄華の日々の仕草だったのかもしれない。

（4・19）

カステラ

長崎での話。友人が訪問先への手土産に、老舗《しにせ》のカステラ屋で一番大きな箱を注文したら、そこの内儀《ないぎ》からたしなめられたという話。

カステラというのは、量が多ければ良いというたぐいの菓子ではない。贈り先が長崎の人ならなおさらのこと、本当に賞味してもらうつもりなら、悪いことは言わぬから、小さいほうにしなさいと勧められ、商売気抜きの心意気に敬服したのだそうだ。

中国語で鶏蛋羹《チイダンガオ》（鶏卵蒸し菓子）、材料や製法も表して合理的だが、長崎の人たちは、南蛮渡来の異文化珍品である点を強調して、発祥の地イベリア半島の地名（カスティーリャ）からカステラと呼んだ。

英語ではその形状からスポンジ・ケーキというと教わったが、どうもドライに過ぎて、風呂場で海綿を食べさせられるような感じがする。

欧米の食文化にいつまでも馴染めないのも、案外このへんの言葉選びに無神経なデリカシーの欠如にも理由があるのかもしれない。

（4・26）

バク

友好都市締結調印のため福岡に来られた中国の広州市友好訪問団をこの六日、福岡市動物園に迎えた時の話。

「これがバク、例の夢を食べるという動物」という説明に、楊尚昆団長以下皆さん、けげんな顔をなさる。「たしかお国から伝わった話で、あの夢を食うバクですよ」と「獏」の漢字を書いてみせたら、そんな話は聞いたことがない、そんな珍獣は初めてとのこと。かえって「悪い夢を食ってしまう。素晴らしい話を学習しました」とお礼を言われた。

手元の『中国語字典』には載っていないが、『広辞苑』には「中国で想像上の動物。形はクマ、鼻はゾウ、目はサイ、尾はウシ、足はトラに似て……人の悪夢を食う」と書いてある。動物園の愛称募集でもユメキチ、ユメオ、ユメコなどが圧倒的。東京多摩や福岡でもそんな名前のマレーバクが飼育されている。

日本でこれだけポピュラーな話が、本家の中国では姿を消しているらしい。博多織も今は姿を消している「広東織」がルーツ、獅子舞もあちらからの伝来とも、長い両国間文化交流の歴史の中にはもっといろんなエピソードがあるに違いない。その種の話の発掘も、もちろん熱烈歓迎。

（5・10）

縄張り

動物園のフラミンゴの群れは、またげば越せる低い鎖の柵なのに、外に逃げ出すことがない。が、飼育員が一定の距離（約三メートル）まで近づくと、先頭の一頭が回れ右して全員が退却する。それ以上近寄ると、振り向いて羽を広げて背伸びして威嚇する。われわれとフラミンゴとの間に見えない縄が張ってあり、その縄張りの中なら彼らは安心して暮らしているようだ。ツバメが一定の間隔をおいて電線に並ぶのも同じ理由で、これは仲間同士間にも見えない縄が存在する非接触性動物だからとされている。人間も本来はこの種の動物だから、バスや電車であのすし詰めに耐え、あるいはむしろ自分から割り込んで行くのは、動物界では非常に稀な見なれない異常現象ということになる。

から空きの電車の中で最近も経験したが、脚の長い青年が目の前の吊り革にぶら下がり、私に覆い被さるように立ってくれる。「向こうの空席に座ってくれませんか」と言う勇気もなく、小さくなってしまう。あのどうしようもない圧迫感、不安感も、この縄張りの習性で説明できる。

この若者たちに比べると、まだ私の中に動物としての「野性」が残っているのだろう。愛鳥週間の季節、野生の鳥獣に学ぶことは多い。

（5・14）

万緑

福岡市のダム貯水量が昨年同期の四倍近くにもなった、というニュースは嬉しい。

やはり適当に降り、適当に照ってもらってこそ、万物芽を吹く躍動の五月にふさわしい。

くすの木千年さらに今年の若葉なり

太宰府天満宮境内にある荻原井泉水《せいせんすい》碑の、あのバイタリティー溢れる語りかけには、圧倒される思いがする。

万緑の中や吾子《あこ》の歯生え初むる

見渡す限りの緑を「青葉」でも「新緑」でも物足らず、中村草《くさ》田《た》男《お》は宋の詩人・王安石の「万緑叢中紅一点」からヒントを得て、「万緑」と詠んだ。どことない東洋的なハイカラ趣味もあり、響きの強い新しい季語として定着している。

俳句歳時記の夏の部は、春に比べて分厚いのが普通だが、改定される度に追加される季語が少なくない。仙台支店に勤めていた友人が「九州の緑は生きている。白河の関から向こうは、こちらの若葉の出はじめ程度だ」と、故郷へ帰って来て喜びをかみしめていた。

（5・17）

ホットドッグ

アメリカン・ホットドッグとかいう割箸にさして蒸したソーセージに何やらのタレを塗ったもの、それを若者たち男女が楽しそうに食べながら動物園を歩いている。

いかにも美味そうなので、年甲斐もなく食べてみたくもなった。「一本買ってきましょうか」と若い同僚が言ってくれたが、「ノー・サンキュウ」。

あの種のものは、やはり自分で直接買い、ホカホカ温かいのを衆人環視の中で口に入れてこそ、アメリカンなんとかの本当の味わい方なのだろう。その勇気を持ち合わせるだけの修養を積んでいない。

もともと屋外で、しかも歩きながら物を食べるなど、子供の頃から「いやし食い」として、恥ずべきこととされてきた。その教養が邪魔をする。

敗戦直後にアメリカ兵がガムを嚙みながら街を歩く姿に、〝神州日本〟が汚されていくような思いをしたことも経験している。

たかがホットドッグの「いやし食い」にこれだけの「こだわり」を見せるのも、彼らの若さへの羨ましさが、私の味覚を不覚にも刺激したからでもあろう。

（5・21）

うっちゃり

夏場所の中日《なかび》頃から気になり出して、手元にあるだけの新聞で確かめてみたら、十両以上の取組が毎日三十組はあるのに、「うっちゃり」で決まった勝負が全く見当たらない。やっと千秋楽で、青葉山が荒勢をうっちゃってくれたのでホッとしたが、約四五〇組のうち一番とは驚いた。

野球はツー・ダウンから、スポーツの醍醐味は逆転にある。土俵際必死の粘りに屈する無念と、してやったりの壮快感が織りなして、勝負の厳しさ、哀感も極まるというものだ。立ち上がりの奇襲だけではもの足らぬ。今の相撲に何か一本迫力がないと思うのも、このへんのところだろうか。

不滅の六十九連勝が始まる前は「うっちゃり双葉」と言われていた華麗な二枚腰あっての大横綱だった。

堪え性を失った若い世代に共通の諦めのよさか、負けてもすぐ来る次の場所で埋め合わせる合理主義の浸透かは知らぬが、根性の親方・双子山親方の解説が耳に残る、「勝ち負けよりも、今の一番、一番を大切に取ることだ」。同感。

（5・24）

草むしり

あまり広くもない庭だが、いくら取っても次から次に生える雑草には業を煮やす。いっそ薬剤を撒いて雑草を絶滅させたいと話したら、「緑の相談所」でその心得違いを強くたしなめられた。

必要な樹木には効かず、気に食わぬ雑草だけを根絶やしにする薬効があるように、との虫のよい願いはまず無理な相談。土壌を傷めるだけで、大事な植栽もやられるとのこと。流れる汗を拭きながら、庭を這いずり回ってこその庭いじりだそうだ。

雑草を抜くことは邪魔なものを排除するだけでなく、そのまま値打ちある草木を生かすことなのだから、一本、一本、丁寧に引き抜くこと……と、その教示には、それ以上のずぼらは言い出せなかった。

雨が降ってくれて、渇水の心配が遠のいたのだから、よく伸びてくれる雑草とは一緒に喜ばねばならぬのだと自分に言い聞かせながら、昔旧制中学時代によくやらされた「作業」の時間に、級友と頭突き合わせて、良からぬことをボヤきながら引き抜いていた校庭の夏の草いきれを思い出した。

今の時世の校庭の草むしり、あれは今も生徒たちがやっているのだろうか。

（5・28）

『駅馬車』

アメリカ開拓史の一齣。アル中の医者、酒場の女、貴族くずれの賭博師、騎兵隊の夫を訪ねる貴婦人、ウイスキー商人に保安官と、多彩な人生を乗せてひた走る駅馬車に銃声一発。砂漠に突如として姿を現したのが噂のリンゴ・キッド。ジョン・ウェインまだ二十歳代、この西部劇不滅の名作でスターの座につく。

戦後も幾度かこの『駅馬車』を観ているが、やはり四十年も前、映画館の片隅に、教護連盟の探索の目を逃れて、観た時の感動が一番鮮やかだ。

戦前・戦中の中学生には映画は御法度だったが、禁じられるものほど魅力があるもので、西洋史のI先生などは「君たちは観に行けんから、私が報告する」と授業はそっちのけで、二時間もリンゴの台詞まで声色で伝えてくださったものだ。

だから、ほとんどの旧友がこっそり映画館に忍んで行ったはずなのに、不思議にこの映画に限って補導を受けた者はいなかったように思う。

自宅で寝転んでいても、スイッチ一つで、飽きるほど番組が見られる今の少年たちには想像もつかぬことだろう。そのジョン・ウェインが今、病床でガンと闘っている。

米国民ならずとも……神よ！と祈らずにはいられない。

（5・31）

旅という日

プラットに旅という日はしゃんと立ち　（紋太）

急行列車でわずか三時間の距離でも、三泊四日の出張だから旅には違いない。だが、いつもの出勤時間にいつものプラットフォームで同じ顔ぶれと並んでいると、旅立ちの実感は沸いてこない。「オレ、今日は旅行なんだぞ」と自分に言い聞かせながら、旧作の川柳、旅の句を口ずさむ。

妻が詰めてこんなに重い旅鞄
旅の空の郵便局に探す糊
京は雨と書こう出張復命書

どうせ足らなくなる出張旅費や、値上げ値上げの国鉄運賃など、いずれそのうち句帖に残そうと考えていると、列車が入ってきて、我に返った。しまった、今日は大きな旅行カバンを提げていたのだ。デッキには例の通学高校生たちがたむろして奥をふさいでいる。押され揉まれて、いつものラッシュアワーに巻き込まれた。こうなると現実は厳しい。旅心など、どこかへ吹きとんでしまった。

（6・4）

雨に散る

不確実の世のお天道様のなされように予防線を張ってか、気象台も「小雨傾向だが」と前置きして梅雨入り宣言を行った。

見事に咲いていたシャクヤクの群れが、梅雨入りの雨に打たれ、一夜にしてうなだれてしまったのさえ嬉しい。やはり雨は降るべき時に降ってくれることだ。

花の色は移りにけりないたずらに
　わが身よにふるながめせしまに

希代の美女・小野小町が『小倉百人一首』に託して今に遺すこの歌。下の句の「世に経る……」という言葉に「古びゆく」と「降る」を重ね、「ながめ」と「長雨」が掛け言葉に違いない、と今頃気づいたのは迂闊だった。

あまりの麗しい容姿と才能のゆえに、いろんな伝説、説話と混同され、民衆の間に小町像は一人歩きを始める。実在か架空か、生没年も本名さえも伝わらぬその生涯は、咲き誇っては散るべき時に散り、春に再び蘇る花々に似て、感動的でさえある。

散るべき雨に散ってこそ花の生命も光彩を放つ。

（6・11）

鬼火

福岡市大濠公園の中の島を結ぶ橋で最も長いのが観月橋。昭和二年三月の竣工と欄干に刻んである。半世紀の歳月に幾らか風化しているが、この橋を四分の三ほど渡った場所に、直径七〇センチぐらいの穴がコンクリートでふさいである。いかにも応急措置を施したままの感じだが、二十年六月十九日、あの福岡大空襲の夜、米機Ｂ29から投下された六角筒の焼夷弾が、このコンクリート橋を突き破った跡にほかならない。

その夜、真っ暗な湖面一杯に散った焼夷弾の油脂が、メラメラと音もなく紅蓮の炎を一斉に上げ、凄惨な鬼火とはこれかと息をのむ悪夢の光景だった。子供の頃からの遊び場だった私の美しい大濠公園が、生涯に一度だけ見せた鬼気迫る無念の形相だった。

すぐ隣の陸軍部隊にいた初年兵の私は、最後にはこの湖面に飛び込んで難を免れた。

今年もあの日が近づき、その傷跡を確かめに出かけた。傷跡は健在だったが、橋の下では、フナの群れが、酸素の欠乏を訴えて口をパクパクさせながら浮いている、平和でのどかないつもの大濠だった。

（6・14）

トーキー

活動写真がものを言うようになったのは昭和の初期で、「オール・トーキー」と書くのが何よりの宣伝文句であった。

私の最初のトーキー映画は、バスター・クラブ主演の『ターザン』だったと覚えている。当時はまだ、字幕の技術が開発されておらず、蝶ネクタイの弁士が舞台の左袖（だったと思う）で説明していた。

ターザンの例の叫び声は無理でも、画面からの英語の翻訳が弁士の大阪弁と不思議な調和を見せて、私ども悪童たちのターザンごっこに強い影響を与えたものだ。

映画で初めて聞くナマの英語の魅力は強烈で、のち旧制中学に入学した時、リーディングの上手な先生で、いちはやく先輩から「トーキー」というニックネームを贈られていた方にお会いしたことだった。

ジョン・ウェイン追悼番組のテレビを観ていて、何か一つ物足りないのも、日本語吹き替えのせいなのかもしれない。たとえ英語ヒアリングの能力ゼロでも、字幕が助けてくれる本人の声をじかに聞くのでなければ、追悼にふさわしくない。

トーキー時代などまるで知らない娘に握られているチャンネル権だから、おとなしく見ている。

（6・18）

バスの中

福岡市内での話。バスの座席は進行方向に向かって座るものとばかり思っていたが、左右とも前から三番目の席だけ後ろ向きなのに乗り合わせて、大変戸惑った。

運転手をはじめ、吊り革の人も、座席の人も、バス中の人が全部進行方向をハッタと睨んでいるのに、二人だけが逆の後ろ向き。しかも四番目の席と膝突き合わせての向かい合いだから、目の前のお嬢さんは気の毒にもうつむいたまま。一瞬、違う国のバスに迷い込んだのではないかと錯覚した。

列車では向かい合うのが当たり前でも、狭いバスでそれも二人だけが逆向きとは、どうもいただけない。乗客の視線が集中して、心理テストでも受けているような気分。

「乗る順にまわれ右するエレベーター」という川柳を思い出すが、こちらのほうは理屈抜きの習性というものだろう。昨日までの常識がどんどん破られてゆくご時世だから、努力して慣れるようにしなければ、取り残されてしまいそうだ。

（6・21）

テレビ

どう見ても映像向きとは思えぬ自分の顔を、スイッチで消して憮然としていたら、「おい、テレビ見たぞ」と旧友から電話がかかってきた。すっかり髪が薄くなったの、元気そうだの、勝手なことばかり喋って、肝心の番組内容にはひとことも触れてくれない。

これがラジオだと、偶然運転中に聴いたという連中から、「面白かったぞ。しかし大変な仕事だね」程度には内容についてのコメントをくれる。

受け手も聴くことだけに集中できるラジオでは自然、コミュニケーションの内容が主体になるのだろう。これがテレビだと、家人も、胸ポケットのハンカチを付けてやってたのに何故引っ込めたとか、あのネクタイはダメと言ったでしょうがとか、どうしようもない外見上の批判だけなので嫌になる。

カメラマンの友人も言っていた。カラー写真だと「うん、よく色が出ている」とまず色彩に目が走り、訴えるモチーフのほうが二の次になることが多い。内容で勝負したいのなら、やっぱり白黒だと。わかるような気がする。

（6・26）

梅雨前線

昨年の今頃に比べると、よくぞ降ってくれると合掌したくなる雨だが、昨今のようにあまり降りすぎても水害が心配になる。

万緑滴《しずく》して遙かなりフクオカ砂漠

もう昨年の二の舞はあるまい、今年の暑中見舞いの句はこれに決めたと用意したのだが、その後悪くすれば「空梅雨」かも知れぬという日が続いた。

予報もしばしば外れ、「だんどりの悪い男で傘持ち歩き」という日もあり、持ち歩きをやめたところ、ドカ雨が庭木を叩き伏せる始末。特にこの夏は、異常な空模様を経験するものだ。

昨年の〝砂漠〟に戻る心配はないと思われた頃には、もう万緑という初夏の季感は薄れてしまっていた。「遊びにゆきたし傘はなし」とテルテル坊主を窓にぶら下げた頃の梅雨は、もっと普通の梅雨らしかったように思う。

テレビの天気解説も親切になって、寝そべりながらでも梅雨前線の動きが手にとるようにわかる。気紛れ梅雨も、自分の目や耳、体で判断することを忘れてしまった人間どもを、お天道様がからかっていなさるのかもしれない。

（6・28）

じいさん

先月末の豪雨の深夜、福岡市動物園の北極グマ「じいさん」が老衰のため大往生を遂げた。「この夏は越せぬかもしれない」と心配され始めて三度目の夏だった。

野生動物は、怪我などで自分で餌を採れなくなる時が死期だが、「じいさん」の場合、リューマチ、胃潰瘍、下痢、捻挫に続く化膿と、どの一つでも野生でなら致命的なのを、懸命の治療と看護で天命を全うさせることができた。人間サイドの都合で遠くこの福岡まで来てもらった以上、できるだけ快適な生活を保証するのは、人間たちの至上命令でもあった。

いつもと違う気配を本能的に感じたのか、少し離れた檻の北極熊若夫婦がしきりに見えるはずのない「じいさん」の檻のほうに伸び上がっている。そして心配そうに飼育員たちの野辺の送りの準備を窺っているのには、胸が痛んだ。

新入りの彼らは「じいさん」と顔を合わせたことはないが、二十二年前、「じいさん」が入園した時と同じ五歳。若かった「じいさん」も四年前死別した連れ合いとじゃれあい、プールに飛び込んでは喝采を受けていたものだった。「心配するな、丁重に葬ってやるから」と若いペアに話しかけたが、もちろん返事はなかった。

（7・5）

夏芽

先日の大雨で、庭の隅に忘れていたツルムラサキがぎっしり芽を出している。種子を分けてもらったのが六月半ば過ぎなので、今年はもうダメと思っていた。被災者には悪いが、雨とは有り難い、万物を蘇らせてくれると感謝した。昨年の異常渇水時の移植で栄養失調だった杏《あんず》や梅も、薄緑の新芽を萌え出させようと勢いづいている。

「いやぁ、雨ってホントにいいですね」と報告したら、「それはいかん」と緑の相談所から注意を受けた。梅雨頃からまた伸びる梅の芽は夏芽といって、摘まねばならぬのだそうだ。来春花をつけるのは、今年の春先から伸びはじめた芽だけで、夏芽に栄養を取られると、花はつけずに「はばかりさま」になるそうだ。とすると、あのツルムラサキも、萌え出るべきタイミングがずれているので、大丈夫だろうかと心配になった。

過ぎたるは及ばざるがごとしで、緑の葉は茂れば茂るほどよいというものでもないようだ。雨も多ければ多いほど良いものではない。昨年と打って変わった水害のニュースを読みながら痛感した。

（7・9）

夏上着

省エネ・ルックとかを買うほどの経済的余裕はないので、仕方なく野暮な背広の上着を腕に抱えて家を出る。職場では、一応半袖でよい、ネクタイなしで結構、とのお達しは出ているのだが、一歩外に出れば、そうもいかない社会がある。

一度、冷房の効いた会議場に上着なしで出掛け、どうにも弱り果てたことがある。バスの冷房車に乗り合わせた時など、慌てて上着を引っ掛けないと鳥肌が立つのだから、クーラーに対する順応性はよほど人並み以下のようだ。

かつて防空頭巾ともんぺの夏を体験なさったはずの同世代のご婦人たちまで、あの薄着で同じ冷房車を楽しんでいらっしゃるのには敬服のほかはない。

案外、神経を太く持っていれば、火もまた涼しの反対で、快適なのだろうが、そこまでは修養を積んではいない。それなら、冷房なしのバスを選べばいいのだが、結構これでも忙しい身なのだから、目の前にやっと来たバスを見送ることもできないでいる。

フィクションの世の夏上着もち歩き　（真吾）

（7・12）

望郷

夏河を越すうれしさよ手に草履《ぞうり》　蕪村

今頃になると母がよく一つ覚えのように口ずさむので、小学生の頃から知っている句である。私自身は草履を履いて遊んだ覚えはないが、浅底の川水を素足で渡る清涼感はよく理解できるつもりでいた。そんな、緑と水と太陽が一杯の遊びを、以前は私みたいな都会育ちでも歩いて行ける範囲で満喫することができていたからだ。

この句は宝暦四（一七五四）年、蕪村三十九歳の夏の作と伝わっている。江戸を離れて十年の遍歴、放浪ののち京に上ったものの、既成の俳壇、画壇に馴染めぬ蕪村が、十二歳で死別した母の故郷へ初めて旅をする。その丹後・与謝村を目前にした感慨と喜びを伝えるのがこの句であるという。

蕪村が、この時素足に得た涼水の感触は、亡き母への強い慕情と共に、生涯この望郷の詩人の心を包んでいたものに違いない。名句にはそれぞれのドラマがある。

（7・16）

鯨

「食膳の魚はきちんと残さず食べること。勿体ないと思う心が、命を奪われた魚たちに対する供養なのだから」と、お寺の子息だった永六輔氏は子供の頃からしつけられたと語っている。私にも覚えのある話だ。

家畜は人間に食べられるために神様がお作りになったとする西欧的倫理から、血のしたたるビフテキに舌鼓をうち、子豚の丸焼きの無念の表情にも平気でナイフを入れる人たちが、日本人を「鯨食い人種」と言って、食習慣にまで嫌悪感を示すのは心外である。キリスト系の宗教画には見られないが、お釈迦様の臨終には、すべての鳥獣が枕元に集まり人間たちと一緒に悲しんでいる構図が珍しくない。

人間も鳥獣たちも同じ自然界の「生きとし生けるもの」として、時にはお互いに天敵ともなり、共生を図るのが東洋的倫理というものだ。

鯨保護の問題でも、イギリス動物保護協会的視座の、いわゆる西欧世論に押されっぱなしだが、もうこのへんで、鯨を捕り、イルカから私たちの食糧を取り返さねばならぬ側の倫理を、攻めの立場で主張する時期が来ていると思う。

（7・19）

博多の男

祇園山笠が終わるまでは元気そのものだったのだから、やはり典型的な博多の男の死だった。今売り出しの音楽グループ「チューリップ」の上田クンの父親で、名物カマボコ屋の大将で、川柳の早魚さんで、一月十日の誕生だから十日恵比須の雑踏で知人の誰彼にカマボコを包んで持たせるのが好きな博多二輪加の利一っつぁんのことだ。川柳仲間の一人が、「助かり上手な男だったのに」と呟いたのには胸が詰まった。

二度目の召集令状を昭和十九年七月、追い山笠から濡れて帰った手に受け、「もう、こらえてつかァさい」と叫んだと聞く。その前年、郷土部隊の兵士としてガダルカナル島を死闘のあげく脱出してきたばかりだったのだ。

次の戦場はビルマ戦線、全身五カ所の重傷を英陸軍病院に収容されて奇跡的に助かるが、戦後もその傷で、大手術がつきまとった……と、いずれも淡々とした語り口の随筆集『三角巾』で初めて知ったことだった。

「泣きごとは一人で、楽しみはみんなで」という、博多育ちの心意気を私に教えてくれた人だ。十年も前に作っていた都々逸《どどいつ》が葬儀の場で披露された。

楽しく暮らした月日を胸に　しまって行きます　遊びの空

（7・23）

アサガオ

千利休《せんのりきゅう》が素晴らしいアサガオを育てていると聞いて訪ねてきた太閤秀吉は、百彩競う名花の期待に反して、利休の庭にアサガオが一輪も見当たらぬのに、機嫌をそこねた。天下はすべて意のままになる秀吉のこと、側近は雷が落ちるとハラハラするが、通された茶室には、何とアサガオが一輪だけ活けてあるという趣向だった。

百花咲き揃えば、ただの花でしかない。すべての花を消して、残りの一輪にアサガオ以上のアサガオの美を演出した、当時としては革命的な利休の芸術観・美意識を秀吉が理解したのかどうか、とにかく「利休、でかした」と感嘆したことになっている。

権力者はいつの世も、芸術の理解者たらんと努めてきた。秀吉も案外、馬鹿にするなと怒鳴りたいのを、無理して己の「通《つう》」ぶりを周囲に誇示したのかもしれない。

万葉の頃には、朝に咲き、夕べにはうつろうキキョウも、ムクゲも、「あさがお」と呼んでいたらしい。秀吉の頃には、すでに今「朝顔」と呼ばれる花だったのだが、この話のように、武家・貴族のものだった。野趣豊かな民衆の花として多くの人々に愛されるようになるには、江戸も半ばを待たねばならなかった。

（7・26）

大将同士

先日の金鷲・玉竜旗高校柔剣道大会の「勝ち抜き制」が全国でも珍しい試合形式とは知らなかった。高校剣道実力ナンバー1のPL学園が準決勝で八代東に五人抜きされたのも、その八代東が熊本第一工との優勝戦で温存していた大将を初めて登場させたのも、勝ち抜き制なればこその妙味だった。

大将同士！　なんと快い響きの言葉ではないか。お互い一本ずつ取ってしのぎを削りあったあげく、二度目の突きを危うくかわしての「下がり面」一本。見事に決まって八代東の優勝……。

「大将が討ち死にするまでは負けではない」と、全員最後まで大将に絶対の信頼を寄せ、それぞれが全力で戦う。大将が倒れれば、潔く軍門に下る。これこそ日本武道の心意気というものだろう。

「上杉謙信、武田信玄の一騎打ちに胸躍らせた少年の日の思いに繋がる、だから楽しいんだね」と話していたら、若い同僚が「私も……その五人抜きされたほうで、しかも大将でした」と多感な日々を懐かしんで語ってくれた。

（7・30）

おはよう

日課の早朝駆け足で、今朝も出会った女子中学生二人が、擦れ違いざまに「ほらね、おはようおじさん……」と小声で話しながら走り去ったのには、ドキンとした。空耳ではなかったようだ。

いつも擦れ違う顔見知りの誰彼に声を掛け合うのが、いつか早朝ランナーたちのエチケットになっている。特に一番年長らしい私には、へばりがちな私自身への気合い入れにもなっていて、努めて声を出すことにしている。

習慣になると、この挨拶に巡りあえない朝は、物足りないぐらいだ。確かに言い出しっぺの一人かもしれないが、「おはようおじさん」と呼ばれているらしいのには驚いた。

なにも新生活運動の挨拶を実践しているつもりはないが、知らぬところでそんな呼び方をされていようとは、マイッタ、マイッタというほかはない。心外というわけではなく、困ったことでもなく、迷惑でもない。むしろ孫くらいの子供たちから、この程度の人畜無害のニックネームを貰ったことを、楽しいとせねばなるまい。そんな年齢にいつかなっている。

（8・2）

だごかるい

「こげん暑かりゃ『だごかるい』になろうごたる」と昔からの博多の人は言う。「だごかるい」とは、盆の直前に死ぬ人のことだ。年に一度、お盆にこの世に帰ってくる仏たちの中には、最近仏になったばかりの新仏《にいぼとけ》もいるのだが、普通、八月に入って死んだ仏の初盆供養は翌年回しというのが博多の慣習だ。

丁重な盆供養が終わってまた冥途へお戻りになる仏たちの中に、あわれや、翌年回しの新仏が、慣れぬ旅路を先輩の後について立ち去ろうとしている。

ちょっとお待ち、それではあちらで肩身が狭かろう。朝、お供えしたこの「だご」（団子）を先輩の分までかるうて（担って）連れていってもらいなさい。一人前の供養は受けていないんだから、新入りとしてそれぐらいのことはして、先輩に可愛がってもらうんだよ……と、人々は新しい仏に語りかけてきた。

あの世の受付簿、エンマ帳は七月末日で締切りとされている。八月に入っての仏を人々はそう呼んで冥福を祈ってきた……と教えてくれた父は、本当に数年前の八月初めに天寿を全うした。今年同様、暑い油照りの続く日だった。

（8・6）

道しるべ

汗を拭きながら登りつめた通勤途中の坂道で、藪からぴょいと目の前に跳ね出た長さ二センチぐらいの虫。こちらを見上げていたが向きを変え、さらに二メートルほど前方に飛んだ。「道しるべだ」と指さしたが、連れの若い同僚には知らない虫だった。

子供の頃の夏休み、昆虫採りによくこの虫が道案内で付き合ってくれた。都会でも今のようにアスファルトが敷きつめられていなかったので、蟬時雨の伴奏、ギラギラ輝く太陽と砂ぼこりの乾いた道にこの虫はよく似合った。

「班猫」と書いてハンミョウと呼ぶ、と俳句歳時記にはあるが、この漢字では赤、黄、青の可憐な美しいハンミョウは無理だ。俳句では「道おしへ」、山道を飛ぶので「山巡査」の異名も持つ。

「どうぞ、こちらへ」と案内してくれても、こちらの行く道などお構いなし。「違う、こちらだ」と呼び掛けたが、叢《くさむら》の中に隠れてしまった。

まもなくこの坂道もアスファルトになる。この虫とのこんな楽しい出会いも、ますます機会が少なくなるばかりだ。

道おしへ跳ね跳ね昭和永きかな　（静塔）

（8・9）

ペット

動物園には時折、ペットとして飼っているウサギなどを、もう要らないから引き取ってくれ、という相談がくる。子供が飽いてちっとも面倒を見ないから、と案外平気でその理由を述べる先生もいらっしゃる。中には小学校のホームルームで「これ以上は動物園で飼ってもらうのがウサギたちの幸福である」と決議したから、とウサギ箱を持ってお出でになることもある。

いくら生徒たちが「自主的に」決議したからといって、飼いはじめた時の気持ちを忘れては困る。玩具とは違うのだから、動物たちの命と暮らしを人間と同様に大切に考えてほしい。飽いたから、面倒だからというのでは、人命軽視と同じこと、最後まで面倒みるよう子供たちに言ってください、とついその女性教師の方に釈迦に説法みたいなことを言うのだが、実際はウサギ飼育に熱心な先生が転勤なさったのが主な理由だ。

千葉県君津のお寺から逃げたトラを、発見次第即射殺というニュースも残念でならないし、何よりその飼い方に問題がある。「自分たちを楽しませてくれる間は可愛い、大切にする」という人間サイドのエゴと無縁でないところが恥ずかしい。（8・13）

病《わくら》葉《ば》

昨夏のような断水騒ぎがないのはありがたいが、欲を言うと、今度のように洪水が出るほど一時に降らなくても、少しずつでよいから計画的に降ってほしかった。

その後、ほとんど雨のない真夏日が続いたので、朝夕の庭木の水かけに追われたが、根の浅いツツジの葉などが褐色になっている。土が乾ききり灼《や》けていたので逆効果だったようだ。こんなのを「わくらば」と言うのかと調べたら、少し違うようで、「夏、茂った青葉のうち、一枚か二枚黄色くまたは赤く変じて散る。病気、虫害、暑気蒸れなどが原因で、ひとしお夏のあわれを思わせる」と俳句歳時記に説明がある。

万緑の中の一枚か二枚かの「おちこぼれ」とは身につまされる。三橋美智也歌う「古城」で聞くまでは、この「わくらば」はポピュラーな日本語ではなく、詩人・歌人だけの風流な雅詞だったと思う。

昔若い頃、一度だけ誘われた短歌の席で、この「わくらば」の意味を質問したら、「これくらい常識。知らねば歌を作る資格はない」と一蹴され、恐れ入ったことを思い出す。昨今のように、初心者に対して過保護と思われるような指導がなかった時代の話。（8・20）

蒙古来

インヴェーダーゲームはやったことはないが、このインヴェーダーというのは十五年も前、博多港勤務の時、外国船の船長さんに博多湾の歴史を説明するのに初めて使った英語である。十三世紀の鎌倉時代、当時世界最強のモンゴルの大軍を博多湾で全滅させた元寇の話で、この侵略軍を「モンゴリアン・インヴェーダーズ」と訳したものだった。

同じ頃迎えた中国の視察団には「折角のお客様に失礼ではなかろうか」と元寇防塁の説明をためらっていると、「われわれの先祖の誤った侵略行為を断固撃退した、偉大な日本人民の戦いの跡を是非紹介してほしい」との強い要望があり、喜んでこのモンゴリアン・インヴェーダーを使ったことを思い出す。

残暑が必ずぶり返す九月一日は、元冠記念日。戦前は夏休み総仕上げの耐暑訓練として、相撲やマラソンの大会があり、海岸の松原で少年たちは祖先の武勇を偲んだものだ。当時の福岡市歌も「元寇十万屠《ほふ》りしところ」と冒頭に歌い出していた。

今、少年たちの非行の引き金とも懸念されているインヴェーダーからの連想だからなおのこと、あの頃の青い海と松原の緑が思い出される。

(8・23)

減量

ヘルスメーターに乗ってみたら、針が六六キロを指した。六三キロの頃、コーチの西田勝雄先生から「もう七キロぐらい痩せたら、ランニング向きの体型だが……」と言われていたのに、面目ない。

二、三キロの減量なら努力目標にもなろうが、七キロとは……。なぁに、いまさらオリンピックを狙うわけでもなし、と指示された減食、腹筋運動などサボって美味求真を楽しんでいた報いだろう。

毎朝の駆け足で、まず通じが快適。肩こりがなく、血圧も今では少し高値安定の気味だが、まぁいいでしょうというところまできて、良いことずくめで、この程度の駆け足がちょうど適度の運動量らしい。この暑さ続きに食欲不振もないと喜んでいたが、夏痩せどころか、夏肥えとはいささか驚いた。

ランニングで私も痩せたいと言う知り合いの奥さんが、いっこうに実行なさらないのも、私の相変わらずの出腹・短足に失望なさってのことなら責任を感じる。しかし、痩せようとか、血圧を下げようとか、効果のほどに一喜一憂なさるようでは本当のスポーツは楽しめません、と勝手な理論を展開することにしている。

(8・27)

なまいそ

先だっての週刊誌に、田辺聖子さんが「博多ほどよか街はなかとよ」とほめて、「青魚の刺身が食べられる大都会……」と書いているのでホゥと思った。「中洲でアジの刺身なんか食べて、いや、空路一時間はるばる来たぜ博多……その甲斐がありました」

食い倒れの都・大阪の主《ぬし》みたいな人の言葉だから嬉しい。新鮮な海の幸に恵まれた生まれ在所を自慢したくもなる。

今は死語になっているが、戦前の福岡では、朝早く魚を「なまいそワィ」と景気よく振れ歩いて売りに来た。「生磯」と書くのだろう、新鮮な磯で採れたものの意味に違いない。「おきゅうとワィ」、「塩ッぽォ」の振れ声と共に、静かな私の城下町を朝にしてくれていた。長谷川町子さんが、美しかった百道《ももち》海岸での思い出から、作品の登場人物にサザエさん、カツオ、ワカメ、それに「磯野家」と、みんな磯の香りのする名前を付けたと聞くのも、朝夕玄界灘の潮風と付き合ってきた街ならではの話だ。

もっとも、うちの台所では今、細君がセルフ・サービスのスーパーで買ってきたセロハン包みからサバかなんかを引っぱり出している……のが現実でもある。

（8・30）

ゲートボール

今、老人クラブなどで大流行のゲートボール。

この夏の初め、東京在住の川柳選者のところへ、九州からの投句に限ってこのゲートボールの句がワンサと集まった。大阪発行の川柳誌『番傘』の募集吟の課題が「ゲーム」なので、選者は「インヴェーダーゲーム」など一応勉強して待っていたらしい。ところが、それを上回るモダンな不思議なゲームが九州でブームらしいので、慌てたという。

知人や盛り場のゲームセンターなどにも尋ねるが、東京では誰も知らない。九州土着の遊びにしては名前がハイカラに過ぎる。「若い者には負けんぞ……」、「ゴールして腰を伸ばす……」という調子の句が目立つ。

老人向けらしいが、お座敷ゲームでもないようだ……というわけで、九州の川柳作家たちに電話するなど、随分苦労なさったようだ。結局、これが戸外スポーツで、しかもお年寄りに歓迎されていると知って、大いに驚かれたと聞く。

当たり前ですよ、九州はお年寄りが自分の健康は自分で守る心意気のお国柄。しかも南蛮文化渡来の玄関口、いいことは全部このようにして九州からそちら文化果つる地に広まったんですよ……と自慢しておいた。

（9・3）

野暮な秋

中国の伝説的な聖帝・堯《ぎょう》は、天下を治めること五十年にしてなお、自分の治世に自信が持てない。忍び姿で出た街に、老人が口一杯に食べ物をほおばり、地面を叩いて歌っているのに出会う。「朝起きたら働き、夕暮れには休む。井戸を掘れば飲み水が出るし、田を耕せば食ってゆける。帝《みかど》のお陰なんぞ、何も受けてはいやしない」。堯帝の聞くのを知ってか知らずにか、そんな歌だった。

「君恩などちっとも感じぬとは無礼なヤツ」と怒る臣下を制して、「これだ、これが理想の政治だ」と悟る。お上のお陰とか、立派な指導者がクローズ・アップされる間は本当の政治ではない。時の首相が誰で、役所や警察がどこにあるのか誰も知らぬ――で暮らしてゆければ、これに越したことはない。

『十八史略』冒頭のこの挿話は、政治のあるべき姿を教えてくれる。

それにしても、一般消費税の導入や公務員の定年制などは選挙前は触れないほうがよい――と、庶民の生活感情とは別の次元で政治の風がまた吹きはじめた。

小さい秋見つけた……など口ずさんでいるわけにもゆかぬ秋がきた。

（9・6）

子供会

この夏休み、子供会のサマー・スクールやキャンプなどの世話をした人からの話。

なぜか今年の子供たちは、次の行動に移るちょっとの待機の間も、すぐ横になって転がるのが目立ったそうだ。疲れたのかと聞けば「べつにィ……」と言って起き上がろうとしないので、気味が悪かったと言う。目を離したら、どんな危険な遊びを始めているかわからぬ、そんな子はまずいなかったそうだ。

また、忘れ物をした子を列の前に出し、罰として鼻の頭を指でパチンとはじいたら、翌日もまた同じ忘れ物をする。その上、同じ罰を受けたがる子が増えたのには閉口したという。

つまり、鼻をはじかれたり、尻を叩かれたり、相撲の手で手荒く投げられる罰を嬉しがっている様子で、大人から「かまわれたい」という心情が強く感じられたそうだ。

両親や学校から、はれものに触るように扱われている子供たちが、欲求不満のはけ口を、そういうよそのおじさん、兄さんたちの一見乱暴なスキンシップに求めているとしたら、不思議な傾向とばかり言ってはおれないことだ。

（9・10）

秋の月

飲めば飲むほど詩がわき出る天才詩人・李白も、当時の中国知識人の例にもれず、朝廷に仕えて名を挙げたいという望みは絶えず持っていた。だから四十二歳にして、初めて都に招かれた時、妻子とはためらいもなく別れて急ぎ長安に上る。

だが、すでに楊貴妃への愛に溺れて政治への情熱を失っていた玄宗皇帝は、享楽的な宮廷をいっそう賑やかにするため李白を招いたとしか思えぬ処遇を与えた。

溢れる才知、詩魂を傾けて喝采《かっさい》は受けるのだが、心は晴れず、独りで酒壺に向かう日々が続く。相手なしに酌む酒に月が出る。ふと見る地面にくっきりと影法師。月と李白と李白の影と、今夜は三人で過ごそう。月と影と一緒に舞おうではないか――いよいよ磨かれる詩心とは反対に、経国済民の望みは遠ざかる。結局、宮仕えはわずか一年半。再び花と月と酒と美女と詩の放浪、遍歴に戻る。

六十四歳で昇天するが、楊子江での舟遊びに、泥酔した李白は川面に映る月影に手を伸ばし、月をとらえると言って水に飛び込んでしまったと伝えられている。

今、一二〇〇年後の秋、李白が自らの影と舞った同じ月が出ている。

（9・12）

欠配

昭和二十一年九月だから、終戦の翌年の統計記録。その頃の福岡市の主食の欠配・遅配は累計四十日間にもなっている。今にして思えば、おびただしい海外同胞の引揚げを受け入れて全国各地へ送り出した博多港と博多駅。産炭地を中心とした傾斜産業・産業戦士たちへの特配など、やりくりが円滑に行くはずのない条件が特に福岡県に積み重なっていた。

しかし、当時その渦中で暮らしていた私たち市民には、何をどうして、この頃を過ごしたのか、思い出したくないが、懐かしいような悪夢には違いなかった。

「ケッパイってどんな字」と聞く娘に説明して理解させるのに一苦労。「それは行政の怠慢よ」と簡単にコメントされては二の句がつげず、「その頃はギョウセイなど一般市民の日常用語にはなかった」と妙な方向に話が飛んでしまった。

無理もない、九月と言えば食欲の秋。ヘルスメーターの示す体重だけが気掛かりらしいお前さんたちの食生活だ。その時代には、ちょうどこの娘の年頃だった女房と顔を見合わせて、それ以上の解説は止めにした。

（9・17）

バリウム

胃の集団検診の結果、うちの職場で私だけが「要注意」と言ってきた。身に覚えのないことだが、「自覚症状のないのが怖い」と同僚たちに言われてすっかり消沈した。

前回検査時の控室で、透視のためのバリウムが昔は壁土のようで飲み辛かったのに、最近のは味がついており、断食させられているのでお代わりを貰いたいくらい……など軽口をたたきあった罰が、私一人だけに当たった。

精密検査は知らぬ人ばかりの控室なので、すねに傷もつ身は落ち着かなかい。所在なさに繰り返し読む朝刊は、ちょうど九月、ガン制圧期間の早期発見、早期治療の特集記事。今まで、これほど念を入れて読み返した記事の覚えはない。自覚のないのも怪しい、とある。今度の検査では、バリウムを三回に分けて飲ませられ、食道の撮影もあった。もちろん、味など全然気のつくはずがない。そして結果は……白！

ドイツ語でなんとか書いてあった前回の部門の隆起は、影もカケラもないそうだ。ホッとするより、へたへたと座り込みたいくらい疲れていたのに気がついた。

バリウムよ敵七人にとどまらず　（真吾）

（9・20）

博多言葉

NHKテレビ『マー姉ちゃん』の台詞は、全国の視聴者にわかってもらうため中途半端な福岡弁だった、と益田喜頓氏も語っている。外国語の翻訳でも、単語の一つ一つを解説しても、土地の長い言語生活からきた言葉のニュアンスはどうにもならぬ。例えば、

杖立でちゃっちゃくちゃらの博多っ子　（舟可）

この川柳も、無理に翻訳すれば東京弁にも大阪弁にでもなるが、私たち博多の者がなるほどと膝を打つ情景はまず理解できまい。山笠の打ち上げなのだろう、手頃な近郊の温泉で羽目を外す、とても家族には見せられぬ博多の大将たちならではの行状記……とにかく、ちゃっちゃくちゃらですタイ。

昭和も初め、「おおきに」、「だんだん」は「ありがとう」と言うよう学校で教わった子供たちは、早速そのハイカラ言葉を「アリが十《とう》なら、ナメクジ五匹」と大人たちにからかわれた。だが那珂川の東、それも箱崎辺では「アリが鯛《たい》ならイモムシは鯨」と言っていたのを最近知った。この種の言葉遊びが郷土の言語生活を豊かにしたのだが、ナメクジが気になる農村部と海の幸を誇る海浜部、と思うのは少しオーバーかも知れぬ。

（9・27）

平時忠

十二世紀も半ば、平家一門が栄華の頂点にある頃、「平家にあらざれば人にあらず」と高言したのが平時忠。ところがこの人、実は平家でも、清盛系の土着型平氏ではなく、代々京都に住む公家型別流の平氏であったという。だからこそ、主流に食い込もうとする「あせり」と「はったり」で、この歴史的キャッチフレーズを創作したと思われる。

妹が清盛の妻・時子ということでその知遇を得、たちまち羽振りが良くなり、平関白として恐れられた。大変な策謀家との評価も、絶えず非主流に取り残されはせぬかとの心情を思えば、十分に今日的政治家像と言えよう。

あの栄枯盛衰の修羅場で策に溺れて、二度も出雲に流される。平家一門の都落ちには行を共にしたが、西海流浪中にも、都からの三種の神器奪還の依頼を受けるが果たせず、壇ノ浦で捕えられる。後白河院に泣きついたが相手にされず、娘を義経への人身御供《ひとみごくう》にするなどの必死の活路打開に失敗、能登の配所で悲運の死を遂げる。

今年も秋ようやく深く、政治の季節が展開している。諸行無常の鐘の音も、ひとしお複雑なようだ。

（10・1）

ガリ版

秋が深まれば、今年も官庁街は来年度予算の策定で夜遅くまで窓に灯がともる。そんな時、今は姿を消したガリ版を思い出す。何度も書き替え、訂正されてやっとOKが出た原稿を、袖カバーの擦り切れるほど私たち新入職員はガリ版に切った。鉄筆のジィジィという音を止めると、名も知らぬ虫がチリチリと鳴いている……そんなひとときが都心にもあった。

切り終わった原紙は、待っていた先輩たちが手のひらを黒く汚して刷り上げる。紙めくりは課長さんの役。その家内工業的共同作業が公務員の秋の年中行事だった。

コピー技術の発達で、そんな非能率的な肉体労働は今なくなっている。原稿は第一稿どころか、メモ、覚書き程度でもすぐ複写され、どれが最終稿なのか、配布する前に確かめる仕事が増えた。消耗品とはいえ、紙が勿体ないことのほかに、旧い連中の一人私は考える。

藁半紙の裏まで使った頃は省エネなどの言葉はなかったし、やっと刷り上げた決定稿は、コピーとは比較にならぬ重みが感じられたものだった。

（10・4）

一衣帯水

福岡市友好訪問団の一員としてこのほど中国の広州市を訪れたが、帰路はチャーター機で上海－福岡間をわずか一時間半。この時間距離は、市内西区の自宅から福岡空港までより短い。文字通りの一衣帯水で、長江（揚子江）の赤茶けた水が消えると間もなく、右下に屋久島が見え、桜島の噴煙が現れた。

この迎えの全日空機内でスチュワーデス諸嬢の自己紹介に、私たち団員全員は拍手で応えたが、彼女らが戸惑った顔で苦笑さえ浮かべたのには驚いた。そうだ、これは日本の習慣にないことだった。中国では広州、桂林、それに北京、どこでもこうした場合は必ずお返しの拍手で応え、すぐに心が通じ合えたのだった。控えめに見えるスチュワーデスさんのアイシャドウさえ、ああ日本だなと思わせた。

一衣帯水の向こうは、外国人の多い北京飯店のほかは鍵の要らぬホテル、驚くほどつましい民衆の暮らし、悠久の歴史、汚れを知らぬ山水画のルーツ、それに中秋の名月があった。そのすべてが、短期間に次々と眼前に展開、去来しては、私の大脳の情報処理能力をはるかに超えてしまう。中国ボケとはこのことか、帰国以来、まだテレビを見ていない。

（10・15）

おしぼり

中国ではかねて「食は広州に在り」と聞いていたが、今回の同市訪問でも、天下の美味での歓待には言うことなしだった。ただ、その食卓での「おしぼり」がピンセットで端を摘んで出されたのには面食らった。清潔には違いないが、何だか外科手術の準備のような錯覚さえ起こした。しかも、よく絞られていない。

早速手を拭き、いつものように首筋まで持っていって、はっと気がついた。中国の人たちは手だけを拭いている。通訳の娘さんにこちらでの使用法を聞いたら、「お国から来た風習だから、皆さんのマナーに学びます」との返事。はて、おしぼりは元来顔まで拭くものだったかと戸惑った。

中国語では単に手巾《ハンカチ》と呼ぶらしい。日本語では「絞る」という動詞から派生した「おしぼり」と説明したら、「絞った濡れ布」とメモに控えていた。濡れ布とは少し馴染まぬ語感だが、とりあえず「対《ドイ》！」、覚えたばかりの中国語で「そうです」と答えておいた。

翌日から、この通訳嬢は元気よく首筋まで拭き、向こうのテーブルでは眼鏡まで外して顔を拭く人も現れた。私はこの旅行中、顔まで拭くのはよしにした。

（10・22）

脚気薬

北京飯店の小賣部（売店）、片言の中国語で苦労していたら、いきなり「ミズムシ、クスリ」と声をかけられた。

この国でのショッピングは、福岡の商店街のサービスに慣れている身にはあっけに取られるほどのんびりしている。服務員も落ち着いたもので、いくら複数以上の客がショーケースを覗いていても、こちらが声をかけねば応対に立ち上がることはまず無い。その彼女らが、日本人と見ると向こうから声をかける、「ミズムシ！」。

この単語だけしか日本語を知らぬ娘さんたちにも驚くが、指さすケースの上には、すでに包装済みで、領収書まで差し込んだのが五包ほど置かれ、日本の友人たちを待っていた。商品を前もって包装し、領収書もすでに書いてケースの上に並べて待つこの積極商法は、ほかでは見ることがない。

万里の長城、故宮、天壇と回り、天地間の広大さがひしひしと迫る中国の雄大なスケール。とてつもなく大きな自然の風土に、浩然《こうぜん》の気とはこんなものかと、その気になっていたのに、急に元の生き馬の目を抜く、湿度高き国・豊葦原からの旅人に引き戻された。ついでに、水虫のことを中国語で「脚気」ということも覚えてきた。

（10・25）

運動会

福岡市西区の美しい海岸沿いにあるM幼稚園は、園児数七十に満たぬミニ幼稚園だが、先月の急に寒くなった日曜日、運動会が開かれていた。マンモス小学校の苦労話や日曜開催の是非論などをかねて聞いていたので、立ち寄らせてもらったのだが、久し振りにいかにも運動会らしい楽しさを味わった。

場所取り競争のため、ゴザを抱えて一番乗りをしたり、朝採れたばかりのエビを昼食時に分け合って、まるでお宮の「おこもり」のように町内ごと陣取っている父兄たち。

会場の飾りつけも手作りという二人きりの若い先生を中心に、プログラムの進行はお母さんたち。そしてそのままゲームに参加というふうに、家内工業的な運営には感心した。子供たちも、入れ代わり立ち代わりの出場で、鳥肌の立つ間もなく大ハッスル。小集団だからこそ、子供を中心としたこんなに楽しい雰囲気が生まれるのだろう。

小規模の経営なりに困難も多いのだろうが、すべてが都会化してゆとりを失っている現在、こんな型の教育も見直されてよいのではないかと考えた。

（11・5）

豆腐屋

灯台下暗しのたとえで、近所の豆腐屋が評判の手作りの店で、その豆腐は「落としても割れぬ」名品だとの噂を最近知った。

隣区からバス代使ってでも買いに来る値打ち物と聞いて、早速家人がプラスチックのショウケを持って出かけた。すると店の主人が、「入れ物持って買いに来なさるとは、近頃珍しい。嬉しいじゃありませんか」と言って、オカラを山盛りおまけにくれたのには、家人も驚いた。

豆腐買いにはショウケを持って、酒買いは徳利《とっくり》を持って……というのは今時流行らぬことなのだろう。その店でも、スーパーと同じように、ビニールに包んだ豆腐が並べてあったそうだ。

洗剤も魚も、チリ紙も豆腐も、「いっしょんたくり」に詰め込むショッピングは、便利に違いないが、寒さに向かって恋しくなる湯豆腐の材料仕込みには馴染まぬな、と言ったら、「以前はお店の人といろんな会話が楽しめた」と家人は別の感想も付け加えた。

（11・9）

朗読会

福岡市民芸術祭参加という「詩の朗読」への案内を受けた。正直なところ、現代詩は難解なのが多いので読むのは苦手だが、生の肉声による詩とは面白そうなので出かけた。プレイガイドで入場券を買ってまで詩を聞きにくる人が、こんなに多かろうとは思いもしなかったのは事実。立ち聴きの若い人も結構いて、詩というものが耳で聴いたら面白く、楽しいものと知ることができたのは収穫だった。

県詩人協会の若い人たちによる自作の朗読が特にいい。気負わず、照れず、少々緊張気味なのも、素人らしくて好感が持てた。後日、同じ詩を活字で見せてもらって、果たして同様の感銘を受けるだろうかは疑問である。

読書の秋には決まって若者たちの活字離れが話題になる。しかし、詩歌のルーツは「口ずさむ」ことから始まったに違いないのだから、なまじっか文字という便利な伝達方法が発明された頃から、何か本質的なものが失われてきたのではないか。

新しい形式の文芸発表の場に集まった若い人たちの中に座っていて、そんなことも考えた。

（11・12）

包帯

琴風、大潮の両力士は怪我のため幕下に落ちたが、この九州場所、再び三役復帰を目指して、見事に関取にカムバックした。両力士の頑張りに心からの声援を送りたい。

瞬時にあれだけの爆発力を必要とするスポーツなので、稽古に怪我は付きものだろうが、それが治りきらぬうちに次の本場所を迎え、十分な治療のできぬ繰り返しだから、力士の包帯姿は痛ましい。

いつか玉の海さんだったか、「包帯をして出てくるのは、ここが弱点だ、ここを攻撃したらよい、と教えているようなもんだ」と言い、昔は土俵に上がる時は包帯を外していたと解説されていた。相手側にしても、そこを突いたら痛いだろうな、卑怯と思われはせぬか、と考えていては闘志も鈍るだろう。

二十日で暮らす良い男どころではない、やりにくい商売だなと同情していたら、目の前に立ち上がった荒勢と富士桜。どちらも両手首、ひざ、足首とも包帯だらけなのに、壮絶なぶちかまし、突っ張り合い、自分の包帯も相手のも、目に入る様子もなく突いて突きまくる闘志には、感動したり、安心したりだったが、一方、怪我のほうは大丈夫かとの心配は消えなかった。

（11・15）

同文同種

中国語で桂とはモクセイのことで、カツラの意味はない。だから天下の景勝と自他共に許す桂林の街は、日本語のイメージでは桂の林だが、キンモクセイ、ギンモクセイの並木が美しく、丹桂花の甘い香りが街中に匂う都だった。

公共气車は乗合いバスのこと。气車は自動車を意味し、日本語の汽車は火車と呼ぶ。水を飲みたければ涼開水《リヤンカイスイ》、つまりお湯（開水）を冷たくしたもので、あちらでは生水を飲む習慣がない。ちなみに、湯とはスープのことである。

こうなると、昔から同文同種、筆談で事足りるとした甘えが案外落とし穴で、中国語の習得が難しいのではないかと、中国の旅で考えた。

若い通訳嬢も、日本語の習得には英語より数倍苦労した、と話してくれた。まるっきり異質な言葉なら、覚悟して初めから外国語として取り組めるが、日本語は親しすぎるのだそうだ。

その時間、空間、諸事すべてスケールの違う生活観の国、中国はある意味で、はっきりまず異国としてとらえるのが、本当の友好につながるのではないかとも考えた。

（11・19）

独楽

独楽回しは子供の頃、四季を通じて遊んだに違いないのに、何故か着ぶくれて服の袖を鼻水でピカピカ光らせていた冬のものだったように覚えている。風の子にふさわしい遊びだったからだろう。その独楽遊びが最近、子供たちの間で復活し始めたと聞いて、「危ない、怪我するぞ」と反射的に考えたのには我ながら苦笑した。かねて怪我の一つもしないと、丈夫な子は育たないという意見に相槌を打っていたからである。

昔の子供はよくこの独楽で怪我をした。かすり傷なら当たり前のことで、頭に包帯を巻いたのが混じっていても驚かぬほどだったから、今のように運動神経の弱い子供たちを心配するのも無理はあるまい。

しかし、危ないからこそスリルも魅力もあった。せっかくグループの最高位まで勝ち抜いていたのに、見事な一撃ではじき飛ばされて無念のイッチョキンで「天下落ち、しょんべん」。飛ばされた自分の独楽を拾い上げる時の無念さ、その屈辱から這い上がろうと、自分を負かした独楽を横目で睨みながら、また紐をキリリと巻くあのファイト。これが昔の男の子の独楽遊びの醍醐味だった。

（11・24）

動物たち

「暖秋」が続いたせいか、動物園のナンキンハゼの紅葉が今年はいやに遅い。動物たちは、ふつう敏感に季節の変化を先取りするものだが、近頃のような気候の急変は、彼らの健康には要注意である。

今朝もゴリラのココテ（貴婦人の意）が風邪を引いたらしく、鼻をクスンクスンとやっている。水バナを少し垂らし、心なしか目がうるんで、しょんぼりしているところは、全国の動物園でも一番の器量よしとの評判の彼女をますます可愛く見せている。

早速、パネルヒーターで暖めた部屋に引きこもらせ、セキ止めシロップを与えると調子を取り戻したようだが、大事を取って屋外運動場へ出るのはドクター・ストップ。

故郷が寒い地方のペンギン、北極熊、それにレッサーパンダが寒さに強いのは当たり前だが、熱帯産のマレーバクやカバなどが、案外福岡程度の冬の気候なら順応してくれて、冷たい水にも平気な顔をしている。

ゴリラのような霊長類・類人猿の仲間は一般的に寒さに強くない。気温が十度にも下がれば動作が鈍くなり、じっとうずくまっている。まず人間の子育てと思わねばならない。

（12・3）

マラソン

ショーターが走りわが街十二月

私の川柳句帖に残るこの句も、どうやら古川柳の仲間入りをせねばならぬようだ。

フランク・ショーター（米）の連続四回優勝をはじめ、最近の福岡国際マラソンの一位はすべて外国人勢にさらわれていたが、昨年に続き今年も瀬古選手が優勝を果たしたのは見事だった。昨年の日本勢の上位独占が決して偶然でなかったことも喜ばしい。

それにしても、まるでモスクワ五輪のポスター写真のために演出したように、平和台に日本勢が三人ももつれ合うようになだれ込んだのには驚いた。

場内勝負で追い抜かれたのが兄なのか弟なのか、その詮索は無用。苦節十八年の仇討ちに出かけるみたいな名前が嬉しいではないか、宗兄弟！

髪もメガネも体型も、一心同体の呼吸までピタリと合うまでの……兄弟のいたわり合い、励まし合い、ライバル意識、そのリズムとテンポ……テレビ画面にクローズアップされた表情は、息をのんだ私の目にいつまでも消えなかった。（12・6）

名歌

初霜が一面に降りて、庭の白菊との見分けがつかぬ、菊の花を採りたいのだが「あてずっぽう」にでも手折らねばなるまい……。

心あてに折らばや折らん初霜の
　おきまどはせる白菊の花

ご存じ『小倉百人一首』に残る凡河内《おおしこうちの》躬恒《みつね》の歌。四十年も前の国語の授業で感銘を受けて以来、寒が深まる頃、よく口ずさむ。

ところが、正岡子規が「百人一首にあるから誰でも口ずさむが、一文半文の値打ちもない駄歌だ」とこき下ろしているのを知って驚いた。その上「上手な嘘なら面白いが、つまらぬ嘘だからなおつまらぬ」と追い討ちをかけているので、弁護したくもなった。

もともと霜は、雪のように雨戸を繰れば一面の銀世界……とはいかぬもので、今年も霜注意報が出る度に植木鉢を軒下に避難させたりしているが、いつが初霜だったかは定かでない。

この歌は『古今集』にも「白菊の花をみて詠める」とあるように、初霜の朝の実感というより、その花の印象を効果的に詠むための誇張・言葉遊びに違いない。「嘘はいかんが、ホラなら必要」との、「リアリズム」などの言葉はなかった当時の文芸思潮が好きな私には、名歌の一つに残しておきたい思いがある。（12・10）

ザメンホフ祭

前に博多港で会ったユーゴスラビアの船長は私と同年。中学生時代に生まれ故郷のトリエステはムッソリーニに占領され、それまでのスロベニア語は禁じられ、イタリア語で教育を受けた。戦後の解放後はスロベニア語を含む四カ国語が公用語となり、法律も道標もすべて四通りの文字で書かれるが、イタリア語はそれに含まれていない。彼の国では五カ国語くらい喋るのは珍しくない、今こうしてお前とは英語で話している、と言うのだから、日本語さえ知っていれば不自由しない身には驚くばかりだった。

ロシア領ポーランドで生まれたユダヤの少年L・L・ザメンホフは、街中の人々がいつも争っているのがほかならぬ言葉の違いによる相互理解の不足だと見抜く。心血を注いで「みんなの共通語を作ろう」と努力したのも、この雑多な生活語による市民の悩みを痛感したからだった。

『旧約聖書』の昔から何百種もの試みがなされたうち、実用にまで漕ぎつけた唯一の世界共通語エスペラントの「第一書」の発表が一八八七年、彼が二十七歳の時である。

この十五日は一二〇回目のザメンホフ誕生日。その日を前後に世界各地でザメンホフ祭が今年も開かれる。

（12・13）

タクシー

ちっとも師走らしくない十二月ですな、と乗り合わせたタクシーの運転手さんが話しかけてきた。

以前のようにジングルベルの音楽でせき立てられても、あまり気にならない。この種の景気づけは商店街で年中やっているからでしょうな、それに呑兵衛が少ない。不景気もだが「車で帰ります」などと先輩との付き合いを断るんですな、あれは。

もっとも、上司のほうでも、昔ほど何人にも奢るほど貰っていないのだから、内心はホッとしてるんですよ。誘ったヤツみんなに奢ってごらんなさい、二十万円ぐらいふっ飛びますよ……と、どうせそんな大金は持っていないと見抜いて私に気軽に話してくれる。そうだね、飲めないヤツは首の根っこを押さえてでも飲ませるのが新入職員の通過儀式だった……と、その押さえつけられたほうの私が相槌を打つ。

田舎育ちなので、正月のニワトリ料理が唯一の御馳走で、ニワトリを捻る日が楽しみの年末だったそうだ。それがダンナ、今は毎日、お祭りみたいなものを食べさせられて、と初老の運転手さんの述懐が続く。

それにしても、こんな渋滞は昔、なかったですよ。

（12・17）

クリスマス・ツリー

冬にも枯れない常緑樹は、洋の東西を問わず古代から人々に神秘な生命力を感じさせたようで、その点、門松もクリスマス・ツリーも発想は同じなのだろう。

北欧には、春を待つ勇気と、生命の復活を祈って常緑樹を飾る風習が、キリスト教伝来以前からあったのが、ローマ・カトリック教会の再三の禁令にも拘らず、ドイツを中心に深く染みついた風習がクリスマス・ツリーとして今日に及んでいる。

最も旧い記録として、十六世紀の初め、クリスマス・イヴの晩餐後、町の広場で常緑のツリーを囲んで踊ったのち、燃やしている。古代の呪術《じゅじゅつ》的な火祭りの影響なのか、所は冬の波暗いバルト海沿岸のラトビア地方である。

一年で最も冬の長い季節に、太陽と生命の復活を祈ったのは、北国の人々の風習で、南のほうでは花や果物の木がツリーに用いられたりした。クリスマスに不思議な花が咲くという民話や伝説がヨーロッパ各地に残っている。玩具や飾り物をふんだんに付けて、子供たち中心の家庭的団欒を楽しむようになったのは十九世紀、アメリカから流行し始めたと聞いている。

（12・20）

とんじんぎもん

乳児の頃には母親の背に負われてまどろみながら、親のぬくもり、母親のリズムを共に感じる……というのが、十年ばかり前までの普通の育児法だった。

今の乳母車を押すような直線的な動きではなく、度々立ち止まっては身体を揺すり、肩ごしに覗き込みながらの子守歌。そんなネンネコの温かみを覚えているはずがないのに懐かしい。

このネンネコを私の母たちは「とんじん」または「とんじんぎもん」と呼んでいた。「唐人着物」と書くのだろうか。そんな乳児体験を持たない若い人々にはカッコワルイ異国の風俗のように見えるかも知れぬが、言い得て妙……唐人着物！　良いネーミングだ。

「背中に結わい付けられて、うとうとしながら母親の温もりとリズムを感じている。その習慣の中に、何事も運命の成りゆきに任せ、孤立することを恐れ、案外気楽に周囲のものに従う」日本男性の女性的特徴、今の言葉で言えば「甘えの構造」を読み取った、と言うドイツ人もいる（クルト・ジンガー『鏡と剣と曲玉』）が、それは考え過ぎと言うより迷惑というものだと私は考える。

（12・24）

わらべ唄

昭和初期の博多で、小学生の間に流行ったわらべ唄、「いちりとらんらん　らんきょくうて　しいし　しんがらほけぇきょのせんがんじ　チョイナ」というのがあった。

特に冬場の運動場で、当時は女の子も風の子、頰を真っ赤にして声張り上げて、この唄でお手玉・縄跳びに興じていた。学校で教わる歌より愛唱されていたのはもちろんである。そんな輪に加わったり、外からチョッカイかけるなどは男の子には恥とされた時代で、関係ないふりをしていたが、その歌詞が「ラッキョウ食うて死んだら法華経のセンガン寺」と聞こえるのが気になってしようがなかった。どこだろう、そのセンガン寺！

後年、思い出しては調べたが、西区藤崎の千眼寺も、唐泊の誓願寺も法華宗の寺ではない。ところが、最近になって、「いちりっとらん」系のわらべ唄が、全国各地にあることを知らされた。しかも、例えば盛岡地方のは「一、二、三さんコロリン　ホンガラ法華経のトン辛子」とあったのには驚いた。単なる子供たちの言葉遊びの所産だったのだろう。

それでも師走、木枯らしの頃にはこの歌を思い出して、似た名のお寺があれば、宗旨は何だろうと門標を覗き込んでいる。

（12・27）

1980

中洲・春吉橋（博多区，2005.9）

犬も歩けば

正月に「いろはかるた」で遊んだ世代も、もう中高年以上になったが、一番札のいろはの「い」、「犬も歩けば棒に当たる」は、その頃の小学生には難しい諺だった。

「何の目的もなく出歩いても、思いがけぬ良いことに出くわす」という意味だと聞かされそう信じていたら、「出しゃばってウロウロするから、天秤棒《てんびんぼう》などに当たって痛い目に遭うんだ」と全く反対の戒めと説明を聞いて戸惑ったものだ。そう言えば、取り札の絵には天秤棒が画面一杯斜めに描いてあり、足を引きずった犬が悲鳴を上げているのがあったような気もする。

もちろん、学校で教わったのではなく、この種の生活の知恵は全部遊びの中から習ったし、読む人によって全く違う意味にとられるという貴重な哲学も覚えていた。

『故事ことわざ事典』（東京堂版）には、どちらの解説も併記されているほか、英文で犬と烏をそれぞれ主人公にした同意味の諺が二つ載せてある。ただし英文のほうは二つとも、「運のいいほう」のケースとしか翻訳できない文句となっている。（1・7）

中年の春

日本モンキーセンター（愛知県犬山市）の小寺重孝園長は、この正月の一番忙しい人だった。年末年始に、テレビ、ラジオ、新聞のエッセーなど約五十本に付き合ったそうで、こんなことは十二年前の中年にはなかったことだそうだ。

中年に因んだ「サルの世界展」が福岡市のIデパートで開かれているので来福された。今まで名古屋、札幌などで水族館のカニ類と一緒に「サルカニ展」を開いていたのだが、子供たちがサルカニ合戦の話を知らぬので危うく「空振り」になるところ、紙芝居で見せたら、これが一番受けたのだそうだ。

自然との触れ合いの中で生まれ、祖先から伝えられてきた昔話が、私たちの世代で消えようとする一方、十二年前には稀だった本物の猿の話が、正月特集の新聞紙上を飾るという社会風潮などを話しながら、動物園内を巡った。

檻の隅からドゲラヒヒの二頭がいきなりツ、ツッーと走り寄って、小寺園長を何か言いたげに見つめた。いつにない動作なのだが、この二頭は数年前、モンキーセンターからトレードに出され、今年の春を福岡の動物園で迎えている猿たちだった。（1・11）

天候不順

元日の快晴を除いたら、雨続きの正月だった。まだ渇水の苦労を忘れたわけではない福岡市民にとっては、新聞に「なによりのお年玉」として、冬場の貯水量としては史上最高とのダム満水の記事は、「雨降って地固まる」という言い訳めいた解説とは別に、やはりおめでたい正月と言える。

異常に暖かい年末年始が続いたあと、急激に冷え込みはしたが、十日恵比須も終わったのに、まだ雪らしい雪を見ていない。天候不順もこう毎年のように繰り返すなら、「暖冬」の言葉が定着して「暖冬異変」と呼ぶのはおかしくなった。

ところで、「申年の梅は薬になる」との言い伝えがあるそうだ。申年の冬は昔から天候不順と決まっていて、梅の実の出来が悪く収穫が少ないので、その年の梅干しには高貴薬の値打ちがある。だから、少々値が張っても、たくさん買い込んでつけておくことだそうだ。

本当かいな、と十年前の気象記録を調べるような意地悪はしなくてよい。現にこの冬の天候不順ぶりはこの言い伝えどおりで、今年はそれなりに順調な年なのかもしれない。

（1・14）

日向ぼっこ

正月以来の悪天候続きで、お天道様が時々しか姿を見せてくださらない。

中国の詩人は「冬日愛すべし」と言っているが、わが国の俳人たちも、冬陽の暖かさ、自然の恵みをたたえる作品を残している。

うとうとと生死の外や日向ぼこ　（村上鬼城）
日向ぼこ日向が嫌になりにけり　（久保田万太郎）
あくびして顔の軋《きし》みし日向ぼこ　（山口誓子）

省エネと今さら騒ぎはじめて、なおさら恋しい冬陽の暖かさではある。省エネと言えば、今までと質の違う厳しい条件下で新成人を迎える若者たちが生まれた昭和三十五年は安保の年。池田首相が所得倍増を打ち上げ、石炭から石油へのエネルギー転換を象徴する三池争議の年でもあった。

寒ければ校庭で天突き体操、櫓《ろ》漕ぎ運動、それに押しくらまんじゅう……わずかな冬の陽を楽しみ、寒風と闘う子供の遊びを、高度成長、使い捨て時代などと浮かれて、二十年以上も伝えなかったわれわれ世代の責任も少なくない。

（1・21）

通勤バス

通勤バスで二日も続けて席を譲られたが、二回とも全く同じパターンなので戸惑った。どちらも降りた人の座席が空いて、その傍らに立っていた中年の男性に招き寄せられたのだ。年齢も私とそう違わないようで、少々慌てたが、好意は素直に受けとって座った……が、考えた。

髪の薄さから年寄りに見られたのか。それとも座席欲しそうな顔をしていたので、中年同士のいたわり合い、もし「みっともないぞ」との忠告なら面目ない。もちろん立って揺られるよりバスは座るほうが楽だし、この眠っている娘さんはすぐ近くで降りるに違いないと見当を付けて、そ知らぬ顔で傍らに立つこともないではない。その卑しい心情を見透かされたようで、尻こそばゆい思いで着席した。

それにしても、朝から眠り込んでいるＯＬさんも気の毒、こんなに無防備、無用心の姿で都心を走るバスの中とは……他人事ならず心配だと、さっきまでの意地悪爺さんの目とは違う余裕も出てきたのは、われながら勝手なものだ、と目をつむった。

バス揺れる今日の喜劇の幕開きに　（真吾）

（1・24）

三十六計

中国は魯の国の大夫・孟之反は、戦いに敗れた自軍の退却をスムーズにするために、常に最後尾を固めて引き揚げるのだった。敗走の軍の「しんがり」ほど苦しく難しい作戦はないのに、進んでその役を買って出る勇気を褒められた時、彼は「あえて遅れたるにあらず、馬進まざればなり」と答えてまた男をあげた。孔子も『論語』の中で、彼の誇ることなき勇気を称えている。ところがいつかこの「馬進まざればなり」が、自分の過失を他人のせいにする卑怯な男の屁理屈と取られるようにもなった。

似た話で、『南斉書・王敬則伝』にいう「三十六計逃げるを上策とす」も、元来はその言葉通り、あえて正面からぶつからず、相手の徒労を誘う作戦が最高だというのだが、「敵に後ろを見せるは武人の恥」としてきた日本人的発想から、「負け犬の捨て台詞」同様のものとして、先の戦時中まで、わが国では揶揄的に使われていたことを思い出す。

人生観も価値観も、これだけ複雑怪奇に入り乱れる今日では、これら名言もパロディー化されたりしたら、そのまま本来のものと掛け離れた意味に一人歩きすることは覚悟せねばなるまい。

（1・28）

春寒

春寒の寄り添いゆけば人目ある　（虚子）

人目を集めることを誇りにしているような現代風俗では、想像できない句だ。同じ季節のうつろいでも、今の春待つ日々のうすら寒さは、受験戦争の修羅場を迎える人々にいっそう厳しいことを知らされた。

初対面の私にまで訴えられるほど進学相談、成績の上がり下がりの話は深刻だ。だが話を聞いていて、失礼ながらこのお母さんたち、ご本人の女学生時代の成績はどうだったんだろうと考えた。皆さんが全員オール5でもなかろうし、トップなんて五十人に一人ぐらいのはずなのだが……。

嘘か本当か知らないが、戦前よき日の旧制高女では、首席が四人も五人もいたという話を聞いている。縁談の問い合わせに、母校の先生方が、そこは心得て、たいていのところは四捨五入、誰でもトップ・クラスのような返事をなさったものらしい。だから当時の花嫁は、たいていが学校創立以来の才媛《さいえん》揃い。

そんな呑気な話が通用する余裕のある世相でなければ、春待つ心のうすら寒さなど俳句にはならないのだとも考えた。　（1・31）

記念日

晩酌の習慣がないわが家にも、時々、酒屋のご用聞きさんが来るようで、ある日（もちろんその日付を今は覚えているが）いきなり「おめでとうございます」と、何やら小さくもない包みを持って飛び込んできたのだそうだ。玄関に出た細君が「ご結婚おめでとうございます」と言われて、「うちの娘の結婚はまだですよ。何かの間違い……」と応じたところ、「いいえ、ご主人様の結婚記念日」と言われて腰を抜かさんばかり驚いたそうだ。「あら、私たちの……」と酒屋に聞いたのだから情ない。

どこで調べたのか、いつアンケートにでも書いたのか、全く心当たりがないので気味が悪いが、戦後しばらくした年のその日、今はデパートの特売場になっている最上階で式を挙げたのは事実だから、その商魂には恐れ入った。

確か銀婚とかいうのも過ぎているはずだが、わが家には誕生日とか記念日とかを祝う家風はない。だからこういう外来文化が飛び込んできたのには、驚くと共に奇妙な気持ちになる。素直に好意は受け取るものだろう。だが、その後まだその酒屋さんからは焼酎一本取っただけである。　（2・7）

竹の話

街中でも、旧い家並みが残る場所では「ちんちく塀《べい》」と呼ばれる竹の生垣が散見されて、その辺りが城下町でも下級武士たちの住居区域だったと伝えられている。語感からすれば、いかにも風采の上がらぬ貧乏侍にふさわしい「ちんちく」だが、実はこの「沈竹」はホウライチクのことで、十六世紀に例の種子島銃と一緒に南蛮から渡来した火縄銃の火縄を作るための竹だった。

江戸時代の諸藩では、家臣の居宅に強制的に栽培させたというから、貧乏だから竹の塀しか作れなかったと教わったのは、実は貧乏でも武士たるもの、この沈竹を火縄の材料として育てていたのが本当らしい。いつの世でもそうだが、下級公務員だけは命令を忠実に実行せねばならず、世間から「チンチクどん」と呼ばれたのにちがいない。

本邦原産の竹は地下茎が四方に伸びて随所からタケノコが出る。南方原産のバンブー種の竹は地下茎を持たず、稲・麦のように「株立ち」である。境界線を示す塀からタケノコが隣の土地へ顔を出してはまずい。だから日本列島原産の竹は塀には使われない。この春来福する中国・広州動物園のパンダは、南方系の、しかも特別の種類の竹しか振り向きもしてくれない。その竹探しの間に学習した竹の話題の一つである。

（2・14）

侘助《わびすけ》

立春の日以来居座っていた寒波の中に、冬には珍しい淡紅色の一重の花が、霜にも負けず、雪にはさらに風情を添えたように、健気につつましく咲いているのを見た。それが、かねて妙な名だなと思っていた「侘助」と教えられた。

侘助のいつを盛りの日とも知らず　（喜三郎）

日本椿の変種ではなく、唐椿の一種で、旧く中国からの渡来である。華やかさはなく、落ち着いた色調の花弁は、このように半開の姿のままなのが、おとなしく、その身上をなしている。そのために侘しいの名を背負うのかと思ったが、この渡来椿を苦心して育てたのが、千利休の下僕侘助だったからとも言われ、同じ関白秀吉の頃、侘助なる人物が朝鮮から持ち帰ったとも伝えられている。

侘助や障子のうちの話し声　（虚子）

数少ない冬の茶花として、わが国の茶人たちに愛されてきた。この慎ましやかな淡紅色の花のたたずまいは、春待つ心と、おそらく英雄、豪傑、貴人には縁遠かったであろう侘助なる人物のイメージ・人柄とも、二重写しになっているようにも思える。

（2・18）

初庚申

十七日の日曜はお天気もよし、申《さる》年の初庚申《はっこうしん》とあって、福岡市西区役所前の歩道に二〇〇メートル以上もの列が続いた。縁起物のサルの面を受けようとする参拝者の列で、博多の旧い商家なら軒先に筥崎の「汐井てぼ」と並べて飾ってある「災いをサル」の焼物のお面だ。

地下鉄工事の終点近くで、バスもタクシーも渋滞でごった返している車中から、若いドライバーたちが驚いて見ているが、日頃そんなお宮があるとは誰も気づかぬ所なのだ。参拝の列と交通渋滞のコントラストは妙だ。

「行列ができたのは今年が初めて」とか「大阪の知人に頼まれて三つ頂きたいが、このへんまでありますかな」、「他人に頼んだとは御利益ありまっせんとバイ」など話が弾んでいた。

ベレー帽の老人が「私は全国の猿田彦神社を撮って回っている。福岡に住んでいながら、このお宮のことを知らなかった。観光行事化した祭りと違って、嬉しいですな。ある日突然、一日だけ賑わうなんてゾクゾクします」としきりに行列の中からシャッターを切っている。

いつもバスで側を通るのだが、「猿田彦神社」と染め抜いた幟に気がついたのは、私も初めてだ。

（2・21）

中国語

必要に迫られて、中国語の学習を再開した。ずいぶん昔の学生時代の第二外国語以来のことで、年も年だからいっこう効果が上がらない。

どこで聞き違えたのか、「中国語がペラペラだそうで……」と嫌なことを聞くのがいる。ほかのことなら少々のホラも吹くが、外国語学習などいくばくかの知性を必要とする事柄ではそうはゆかない。「あちらで中国の娘さんたちが、私の中国語が通じた時、手を叩いて喜んでくれた」と言っておいた。言葉が通じる度に、手を叩いて褒めてくれるのでは、世話はない。でも、これは本当の話。

そのぐらいの挨拶程度でも調子よくいけば励みになるが、「あなたのは北京発音だ」と褒められたのかと思ったら、「だから私にはよく通じない」とも言われた。それが首都・北京の人民大会堂の公式宴席でのことだから驚いたが、いろいろ考えもした。

「ジス・イズ・ア・ペン」の昔から、外国語学習にはいつも誰かが側で採点していて、まるで苦行だった。なあに、母国語でないのだから下手で当たり前、と開き直ることを覚えた。「淑々《おじさん》の学習姿勢に学びたい」と身に余る言葉を見事な日本語で、竹下景子みたいな通訳嬢が礼状に書いて寄越すので、へこたれるわけにはいかなくなっている。

（2・28）

引きずり凧

「三月の海は尼でも渡る」との諺どおり、「二月のにっぱち荒右衛門」の海は、まもなく「ひねもすのたり」の春の海に変わる。温暖な日が続けば凧も静かで「三月の下がり凧《だこ》」または「引きずり凧」、こんな生温かい風では凧もよく揚がらない。やはり凧は烈風吹く正月のもので、この諺は物事のタイミングを逸したことのたとえに使われた。

機を逸した後悔といえば、三月は入試・卒業のシーズン、「喧嘩すぎての棒ちぎり」で、もっと勉強しておけばよかったと、身に覚えのあるそちらへ話が向く。でも下がり凧、引きずり凧の悪戦苦闘も受験生諸君、君たち若い人たちだけの修羅場でないことも覚えておいてよい。

ご両親の年代である中高年の、あわれや働き蜂どもにも、かねての業績のツケが回ってくる三月である。税金の確定申告、人事異動、転任、昇任漏れなど、毎年繰り返される哀歓を今年もまた味わう。

この働き蜂どもは「中高年の主張」などと訴えて、君たちのようにその健気さを褒められる場面はまずなく、自然の移り変わりとは逆の、心身ともに穏やかならぬ日々を迎える、それが三月だ。

（3・3）

動物愛護

動物愛護の本山と思っているらしい英国でも、ビクトリア王朝までは、牛・馬などペット以外の動物たちの受難は酷いものだった。たまりかねた哲学者のジョン・ロックが動物取り扱いの改善を叫んだのが十七世紀末。以後、多くのキリスト教道徳からの訴えが続く。

牛馬虐待防止法案は繰り返し国会に提出されるが、爆笑や失笑のうちに見送られ、この種の法律として世界最初のマーチン法は一八二二年に成立する。法律で動物を保護したのは、日本に江戸時代、将軍綱吉の「生類憐れみ」の愚令があるが、これは日本庶民の英知と抵抗で、発布者の死と同時に失効した。

他律的に教会が訴え、法律で罰せねば虐待が防げぬところに肉食を食生活の中心に置く西欧思潮を見る思いがする。ペットなら可愛がるが、食肉用など人間の役に立つなら何のためらいもなく殺す……というあたりでかの国の動物愛護の定着を考えれば、「居直り」ともとれ、勝手なものだ。

また繰り返す「可愛いイルカを何故殺す」の攻撃には、その火の粉を振り払うだけでなく、イルカから食糧を奪い返す側の論理も積極的に主張せねばならぬと考える。

（3・6）

西《せい》施《し》

中国の春秋時代も末の頃、越国一の美女西施は病気静養のため故郷に帰ってきた。病の辛さに胸を手で押さえ、顔をしかめて歩いていても、そこは絶世の美女、その風情がまた何とも言えず憂いがあって、見る人をうっとりさせてしまう。村の女たちはこれこそ美女に見せるコツと思い込み、みんな胸に手を当てて顔をしかめて歩き出したものだ。若者たちは村中が病人になったと、驚いて逃げ出したという話。

実はこの話、荘子が孔子を批判するためのフィクションで、つまり乱世に苦しむ小国の「魯」や「衛」に、華やかだった周王朝の理想政治の再現を願っても、村の女たちの愚行に等しく、相手にされるものかと相当手厳しい。

身のほどをわきまえよとの教訓ともとれるが、近頃の若者を見ていると、わきまえ過ぎて「ことなかれ」主義の思潮の横行が気にもなる。顔をしかめたら、案外ファニー・フェイスだ、個性あり、と美女の仲間入りができるかもしれない。

価値観・美意識の多様化を見る昨今のこと、あるかも知れぬ可能性に少しくらい背伸びしてでも挑戦することを勧めたい。もちろん責任は持てない。

（3・10）

よその子

満員に近い通勤帰りのバス、斜め後ろに座っていたのが五歳くらいの男の子。連れの人品卑しからぬ老婦人が、降り口のドアに進みながらキリッと振り返り、「よその子の頭を叩かないでくださいっ」と叫んだ。乗客は一斉にこちらを見るし、そのセリフの相手が私のほかにいないと気がついたが、啞然として見送るだけだった。

目に入れても痛くないお孫さんに違いない。社内広告や窓の外の看板の文字を二人で声を出して読み合っていたのだが、仕事帰りの乗客には「よく字が読めるね、お利口さん」と微笑ましいとばかりは言えぬお二人だった。

やがて坊やはじっと座ってはおれず、私の隣席が空いたその途端、いきなり斜めに盗塁を敢行。バスの揺れで失敗してツンのめり、よろめくのを、私の右の手のひらがその「おでこ」のところを支えてやる形となった。ついでに、無言でだが「騒いではダメ」と軽く睨んでやった。それからお二人の声はピタリと止まり、普通の乗客に戻っておられた。事は瞬時だし、そんなに長時間怒らせていたとは気もつかなかったのだ。

「しつけ」といえば、小学生の時、先生にもらったタンコブが今も私の頭に残っている。

（3・13）

ツバメの歌

「弥生三月はつ燕……」

この季節になると口ずさむダヌンチオの詩。

旧制中学も下級生の頃、心を震わせて暗唱した上田敏訳詩集『海潮音』の最初の一編だ。海の彼方の静けき国から春の訪れの嬉しい便りを運ぶツバメへの賛歌である。

その春の使者の「黒と白との染め分け縞は、春のこころの舞姿」と締めくくるあたりで、イタリア語の原詩は知らずとも、名訳の七五調リズムに酔って思わず口に出し、市内電車の乗客を驚かせたこともある。

当時の話が出て、懐かしく思い、本棚から物置まで随分捜したが見つからず、やむなく書店で手に入れたのが文庫本で一八〇円。懐かしいと思う前に、なんだか使い捨て時代の、買い換えればすぐ間に合う消耗品のようで気が咎めた。が、全く初めて接する詩のような新鮮なショックを味わったのは収穫だった。冒頭の「弥生三月」と思い込んでいたのは「弥生ついたちはつ燕……」だったし、意外に長い作品で、格調さらに荘重味を加えて感じたのは、それなりの人生体験を私でも重ねたからだろう。

近頃、ツバメがいつ姿を現そうと気にかけることもない。

（3・24）

攻　撃

動物園にも春が来て、水が温かくなったので、のんびりヒナを連れて遊んでいる水鳥にカメラを向けると、物凄い形相で羽をふくらませ、こちらに突進してきた。

冬の間、とかく暖房の効く寝室にばかりいたゴリラやチンパンジーも元気になった。お別れ遠足の子供たちにシャベルのような手のひらで水を掛けたり、口に含んだ水を飛ばしたりしてはしゃいでいるが、特にカメラを向ける人には必ずと言っていいほどレンズに命中させる。ほとんどの動物はジッと見つめられると「攻撃」を感じると言われ、カメラなどメカの視線には耐えられぬプレッシャーを感じるらしい。「サルの目を見つめないでください」と高崎山で注意されるのがこれで、野生でもライオンの側で草を食べるシマウマも、視線が合った途端一目散に逃げる。

ガンをつけられたとトラブルを起こす人間の社会と同じようなものだ。もっとも人間の場合は「目は口ほどに物を言う」もので、言葉にならぬ感情の表現もあるが、かつてそういう嬉しい体験のない男は、やはり見つめられたら逃げ出すほかはない。

（3・27）

週刊誌

婦人会新聞の川柳欄の投句を拝見した。今回の出題は「週刊誌」。主婦の目が週刊誌を通して今の世相をどうとらえているのか、相当の興味があったのだが、「美容院順を待つ間の週刊誌」……これと一言一句違わないのが六句もあり、次に汽車の旅の道連れ、網棚に残された週刊誌などが約半数というふうに没個性、同想の句がかつてないほど多い。

平均的主婦には週刊誌はそう切実な存在ではなく、やはり日常生活に密着した対象でないとエプロン作家の本領発揮は難しいようだ。出題のミスだったと言える。

中に、一句ぐらいは「とくに女子のためとして作られた書籍は、すべて女子をして低能児たらしめるための劣悪の書」と憤慨した歌人・与謝野晶子みたいのがありはしないかと考えたが、それは無理だった。「翔んでる女」などの週刊誌流行語は、まだ家庭の主婦たちには定着していないようだ

投句者五十七人のうち「週間紙」と書き誤ったのが十二人、この数が多いのか、少ないのかは分からない。私もよく間違える。

週刊誌行きも帰りも握りしめ　（義子）
何となくかくしたくなる週刊誌　（幸子）
のぞき込む隣りと知って週刊誌　（キクノ）

（3・29）

国際化

五カ月ぶりの中国広州市訪問だったが、噂に聞いていた彼の国の現代化の凄まじいスピードには驚かされた。前回と同じ外国人専用ホテルの「東方賓館」だったが、まず玄関前のタクシーの群れがぐんと増えている。「的士」と書いてタクシー。まだ横っ腹に「租賃汽車」と書いたのもあるが、これは日本に学んで外来語をそのまま漢字に当てはめて発音するのだそうだ。おまけに公共汽車が「巴士」（バス）となっていた。

鎖国状態から一刻も早い国際化を試みる中国でも、ここ広州市がその実験台と聞いている。ホテルの各階にビリヤード（玉突き台）が二台ずつ出現していたし、さらに啞然としたのはインヴェーダー・ゲームの台。日本人客向けなのだろうが、さすがにここまで来てインヴェーダーに挑戦する向きは皆無で、中国人の若い工作人たちが黙々とやっていた。

「青少年の情操教育の面から、日本ではあまり好評ではないのだが……」と言ってみたが、「いいか悪いかは実践した後で決まります。とにかく先進国の最先端のものを導入します。マイナスを恐れては、いい物も入ってきません」と若い通訳君はきっぱり答えた。マイナスを恐れてはいい物も入ってこない……その気迫には圧倒された。

（4・3）

友好使節

福岡市動物園のコブシの白い花の盛りがやや過ぎて、桜が八分咲きという絶好の舞台装置が出来上がったところで、広州パンダの一般公開が始まった。

三月下旬、パンヤ（紅棉、木棉）の赤い花が咲けば、広州の人々は夏物への衣替えを始めるという。ちょうどその真っ赤な花が街角に咲き、紫荊花（日本の友人たちは広東桜と呼んだそうだ）が一面に匂っていた広州。

そんな時、友好親善使節のパンダ二頭を迎えに行ったのだが、その日のあちらの気温が二十四度。福岡でも大衣（オーバーコート）は要りませんよ、と言っていたのに、福岡空港に着いた時の気温が七度。誰よりもこちらが震え上がった。

だが、「野生そのまま」を飼育のモットーとする広州パンダたちは、これぐらいの気温の急変に驚くふうでもなく、世界の珍獣で国宝クラス、腫れ物にさわる思いの受け入れ側をホッとさせた。

その後、桜前線接近時に特有の肌寒さも続いたが、一雨ごとの暖かさも順調に加勢してくれた。一緒に持ち帰った三十本のパンヤの苗木も今温室で出番を待っている。

（4・7）

桜

桜はやはり八分咲きの頃がいい。満開はもう散りはじめの時だから……と話していたら、言い当てたように前の日曜日、たった一日の雷を伴った春の嵐で満開の桜が駄目になってしまった。それが桜の潔さとは、毎年繰り返して思うのだが、やはり憮然たるものがある。

旧く唐の詩人・于武陵も「花発《ひら》きて風雨多し人生別離に足る」と詠い、花が開けば風雨あり、人生は会うことがあれば別れがある。盛者必滅……なかなか思うようにいかぬものだと、古今東西、繰り返される哲学を述べている。

この詩は井伏鱒二の名訳を得て、私の愛誦詩の一つとなっている。曰く「……花に嵐のたとえもあるぞ、さよならだけが人生だ」、だからいろいろ理屈は言わないで、まあ飲もうではないか……。「酒を勧む」のタイトルが付いている。

ところでこの花が井伏訳ではもちろん桜と信じていたが、中国ではそうではないらしいと最近気がついた。日本の桜を是非一目見たいとあちらでよく聞かされたからだ。

（4・10）

いただきます

中国では、食事の前に格別の挨拶言葉はないようだ。「いただきます」と箸を取る私に、どういう意味だと聞かれたが、この習慣は日本人独特のものらしい。

この米を作った農民、魚を獲った漁業労働者、それに料理した人たち、それにこのテーブルに運んでくれた服務員の方々の苦労に感謝する、そのお礼の言葉だ、と説明しながら、本当かな？とも考えた。

同席の中国青年が「日本人は礼儀正しいと聞いていたが、食事の時のこのマナーは素晴らしい」と感心したのには驚いたし、きまりが悪かった。

今はもう習慣というより口癖になってしまい、唱えはするが、その度に感謝しているわけではないと慌てて訂正した。口癖として日常生活にとけこみ無意識に実践されているところが敬服に値する……と言われては、それ以上の言い訳は通訳嬢にも無理のようだった。

そして以前、博多港に入港したイギリス船に招待された時、これも無意識に「ごちそうさまでした」と言ったのを、「すべてのものが美味であった」と通訳されて、何か違うなと考えたことを思い出した。

（4・14）

花盗人

平安の昔も末の頃、藤原隆尊は筑紫を旅行中、とある地頭の庭の花があまりに見事なので、つい手が出て一枝を折った。見つけた主人がとがめたので詠んだ歌……。

白波の名には立つともよし野川
　花ゆえしづむ身をばいとはじ

主人は野暮な自分のとがめだてを恥じて、隆尊を上座に座らせ酒を勧めた。それ以来「花盗人には酒を盛る」のがあっぱれ風流人ということになった。

もちろん盗みはよくないが、それも花の美しさに憧れる心情に発したことだと許すばかりか酒の振る舞いまでする――そんなのんびりした日本的行動パターンが羨ましくもある。狂言「花盗人」は、この故事をふまえる。

現行犯として二人の僧が桜の木にくくり付けられるが、この縄目の恥も花ゆえだから少しも苦しうない、何ともないと呟く。そのあたりからドラマは展開して、花の美の追求者として主客の歌詠み比べに移る……。

丹精込めて育てた植木鉢が、根こそぎ盗られたという訴えがテレホン・プラザに載る、そんな世相からは考えられぬ時代の物語。

（4・17）

言葉遊び

友人のお孫さんで、やっと口をきけるぐらいの子が「カラスなぜ啼《な》くの」と歌うので、目を細めて聞いていたら、次の歌詞が「カラスの勝手でしょ」と続いたという。

テレビで覚えたのに違いないが、友人は「近頃の若い親たちはなっとらん」とすこぶる機嫌が悪い。その親たちに育てたのはわれわれの世代ではないか、テレビの見せ過ぎと憤慨する貴公自身がテレビにかじり付いていては仕方がない。われわれだって子供の頃、天長節（今の天皇誕生日）に「今日のよき日はマンジュウもらい……」と歌っていたではないか、と若い世代の弁護をしてみたが、こちらも次第に腹が立ってきた。

本歌《もとうた》をきちんと知った上での言葉遊びならまだよいが、年端もいかぬ子に、こんなふざけた〝ちゃらんぽらん〟をまず覚えてもらうのが困る。

えてして、この種の遊びで覚えた〝まがい物〟のほうがいつまでも記憶に残り、本物を駆逐してしまいがちなものだ。言語生活の基礎が確立していない幼児期に、このような「おふざけ」を注入され続ける場合の性格形成についてまで話が飛んでいった。

（4・21）

パンダ

ジャイアント・パンダの故郷、中国の四川省は昔の蜀《しょく》の国で、周囲が高い山に囲まれて霧が深く、日の照ることが少ない。たまに太陽が顔を出せば、犬が怪しみ騒いで吠える。いわゆる「蜀犬日に吠ゆ」の蜀の地で、愚直なまでに食生活のパターンを崩さぬパンダの故郷にふさわしい。

昨年冬、この地方のホテイ竹が数十年に一度と言われる花を咲かせて枯死した。ホテイ竹を主食とするパンダは代用食を取る才覚もせず餓死してしまった、目撃されただけで一四〇頭と報道されている。パンダは今地球上に約五百頭、多くても千頭ぐらいというから、このまま放置すれば絶滅しかねない。

福岡市動物園に今来ている広州動物園のパンダは、雨多く、暑い南中国広州の地で十数年の動物園生活を体験しているだけに、なかなか利口である。

上野あたりで、可愛いだけが取り柄の「動く縫いぐるみ」とは別の魅力——野性的な生活力と順応性、豪快なうちにもユーモラスな動きで人気を集めている。

（4・24）

正常運転

いつもの国鉄ローカル線の通勤列車は、新しく上級生になった高校生たちが大いに突っ張って昇降口を占拠し、嫌煙権などクソ食らえとばかりに、その傍若無人ぶりはエスカレートしっぱなしである。

昨日も列車進行中にいきなり、「乗務員室から出てください。ただ今正常な運転が行われておりません」と車掌の悲痛な声がマイクを流れた。「正常な運転が行われていない」とは物騒な話だが、緊急停車するふうでもない。心配して見回すが、周囲の乗客も、またかという顔で平然たるものだ。

しばらくして、定刻発車ができていないという意味らしいと気づいたが、笑い事ではないと考えた。延着・遅発はなにもこの日だけのことではない、定刻に発着するのが珍しいことではないか。それにしてもこんな物騒なアナウンスに驚くふうでもなく、慣れきった車内風景に感心するほかはない。

この春先、警察官の添乗した時、例の高校生諸君が借りてきた猫よりおとなしかったことも思い出した。

（5・8）

迷子

このゴールデン・ウイーク、広州パンダ公開中の福岡市動物園では連休の三日間で一一万五〇〇〇人からの観客数が記録された。一日三万人が収容限度の狭い場所に、その限度を超える人々が列をなしたので、相当の混乱が心配された。さいわい来園者皆さんの良識とマナーで、ほとんど事故らしいものが報告されなかったのはまずめでたい。

しかも面白い統計が出ている。三連休の中日、四日は四万四〇〇〇人という開園以来の記録で、当然一番の混乱が予想されたが、この日が迷子探しのアナウンスが最も少ない日だった。それまではパンダ期間中、最高の人出二万二〇〇〇人の時が六十一人の迷子だったのに、この日は三十一人に止まったのだ。いつもなら二万人近くになれば必ず四、五十人は出る迷子探しのアナウンスである。

普通、動物たちは危険に面した時、まず全力を集中して自己防衛を図るとされている。人間も同じこと、混雑が予想されるので、親も子もしっかりお互いの手を握り合っていたのに違いない。しかもこの数字の中には「お母さんを捜して。僕は何度も来てよく知っているが、お母さんは初めてだから」と言う親孝行な小学五年生の依頼も含まれている。

（5・12）

青葉茂れる

ツツジが終わってアジサイには少し早く、目には青葉の五月今盛りという時候では、昭和も初期の女の子たちの縄跳び唄を思い出す。

「青葉しげちゃん　昨日は　いろいろお世話になりました……」。もちろん、これは替え歌で、元歌は落合直文の「青葉茂れる桜井の里のわたりの夕まぐれ」、楠公父子桜井の駅の別れだ。時は初夏、春はすでに過ぎ、気だるい日射しに新緑の影が濃く、少々メランコリックなムードは当時の少女たちにこの「別れの歌」を選ばせた。

「いろいろお世話になりました。わたくし今度の日曜に東京の女学校にまいります」、あなたもよくよくご勉強なさるようにと、嬉しげな中にも別れの哀感をちょっと無理した東京言葉で歌っている。今日では想像もつかぬほど東京ははるかな異郷だった。見たこともない都への憧れがちょっぴりあっても、今から死地に赴くという楠公父子の悲壮感は替え歌では見事に薄められていた。

今、声張り上げて路上で遊ぶ子供は少なくなったが、自然の移り変わりは変わりなく、五十年前と同じく若葉、青葉をもたらしてくれている。

（5・15）

大正二桁

「昭和一桁生まれの血管は細い」と、テレビで科学的な実験が説明されたそうだ。成長期の食糧難で、食べ物のアンバランスが体の内部構造に大きな影響を与え、成人病と関連しているとの指摘だそうだ。

後輩である昭和一桁が職場でもすでに古参グループで高齢者扱いされているのは事実だが、「それで、大正二桁は何と言っていた？」と聞いたら、「あら、まだ生きていたの」。冗談にしてもこれはきつい。今の娘どもは物の言いようを知らん……とその場は笑っておいたが、もちろんいい気持ちではない。

テレビで体調を心配してもらうこともなく、大正生まれはしっかり生き抜いてきたんだぞ、など言うつもりはないが、二十歳前後に敗戦を迎えて心情的にも大転換を迫られ、多数の学友をその頃失った気持ちなんか戦後生まれのお前さんたちにわかるものか、と言うのも大人気なく、おとなしくテレビの健康談義の続きを聞かせてもらうことにした。

大正二ケタ午後はどこかの骨がなる　（青鳥）

友人の作になるこの川柳は、十年も前に発表されたものだ。

（5・19）

知っとうや

放送関係の若い人たちと話していたら、例のコマーシャルにも出ている博多言葉の「知っとうや」を連発する。博多の者なら日常使う言葉でも、改めて活字になったり標準語なまりのアナウンサー君が口にすると奇妙に響く。

で、その博多言葉による質問の返事は?と聞いたら一同、目を白黒させた。福岡育ちでも、北九州、筑豊、それに柳川の生まれなので、博多言葉が身についていないのだ。「知っとうぜ」、「知っとうクサ」では相手を幾分見下した「知りめェもん」への答えのニュアンスがあると解説しておいて、いささかの反発を込めて「知っとらじゃコテ」と教えたら、KBCのレポーター嬢が一番うまくこなしてくれた。

だがこれは男言葉、あなたの場合は「知っとりませじゃコテ」と訂正してやったら、先生の私のほうが舌をもつれさせてしまった。

この言葉、やはり『博多っ子純情』の六平クンの年頃で活用されるもので、博多言葉の代表みたいな形で一人歩きされては困る。私の場合でも、旧制中学の同窓会では自然に出るが、それ以外のコミュニケーションでは使いはしない。

(5・22)

緑の五月

日中初の合作テレビ『望郷の星』の〃郷〃が見慣れぬ文字で書いてあるのは、現在中国で使われる簡体字だが、鄧小平副首相の直筆によるタイトルに敬意を表して、こちら側の新聞も活字を無理して協力したのに違いない。

不幸な両国の戦争の最中、中国人エスペランチストの夫を追って中国に渡った長谷川テルは、無謀で悲惨な侵略戦争の愚と民族を超える人間愛を、前線の日本軍将兵にラジオ放送で訴える。栗原小巻扮するテルの中国語とエスペラントの流暢さも頼もしい。

戦後なお、国共内戦で激動する大陸で、平和運動を続けながら若い生涯を終わる夫婦だが、中国側主演のコウ・ヒの日本語台詞も、そのまま日中友好の前進を物語っている。

エスペラント文で発表する時のテルの署名はヴェルダ・マーヨ(「緑の五月」の意)。世界の平和を言語生活を通じて願うエスペラントのシンボルマークは「緑の星」である。「緑の五月」の遺児は「星」と名づけられたが、そのリウ・シン(劉星)君は昨秋日本のエスペランチストたちに招かれて、妹のシャオランさんと一緒に初めて母の国の土を踏んでいる。今緑の五月。華国峰首相の訪日前夜に放映されたのだが、日中交流の長い歴史の中には、ほかにも多くのテルがいたことと思う。

(5・29)

パオリン

六月一日の午後、福岡市動物園での公開を終えて広州に帰るパンダ使節のうち、パオリン（メス）は翌日のお国入りを前に湯浴みをしてもらい、さっぱりした顔で例の片手つかみで竹の葉を食べていた。ところが、運搬用の檻を中国側飼育班が準備し始めたのに気づいた瞬間、いきなりその竹を投げ捨てて運動場を走り始めたものだ。

いつものモンロー・ウォークでなく、全力（?）疾走も混ぜての右往左往。いつもは行儀よく脱糞などしない芝生に再三再四の〝おもらし〟をやる慌てよう。帰りたくないに違いない心情が哀れで見ておれず、いったんその場を外して二時間後、再び訪ねた時にはまだ飼育員たちを手こずらせていた。

オスのシャンシャンは「今度はこれですな」とばかり、あっさりと檻に収容され、こちらは年季の入った生活経験からの達観を見せてくれた。夜まで待つ根くらべも覚悟したところ、五時の動物園閉門「ホタルの光」が鳴りだした。その途端、パオリンは右往左往をピタリと止め、ゆっくり歩きだしそのまま寝室へ、さらに中の運搬用の狭い檻に入ってしまった。その後ろ姿はこの二カ月間、この時刻にこの音楽で夕食のため寝室にお尻振り振り姿を消していた、いつものパオリンのものだった。

（6・5）

動物園

広州パンダで賑わっていた間も、福岡市動物園では、例年にないおめでたブームで、カンガルー、ペンギン、サシバ（タカの一種）、それに間もなくコンドルの赤ちゃん……。

マゼランガンの雛が泳ぎはじめると、すぐ隣でカナダガンが黄色のヒヨコを四羽連れて歩きだした。母親が二羽、それにガードマン役の男親、合わせて三羽が付きっきりなのは、まさに過保護だが、実はメスの一羽は同時期に巣籠りしていたのだが、孵化に失敗（無精卵だった）したもの、双方とも自分が母親と信じているようだ。面白いとだけ言ってはいけない。ヒヨコのほうは生まれて最初に目撃したものを親と思い込み、風船にでも付いて歩くという学説通り、平気な顔で付き合っている。

生後三月目でやっと冬籠りの巣から出てきたツキノワグマの子は母親の掌ぐらいの大きさだが、生意気にも首にくっきり月の輪を白くつけている。望遠カメラを向けると急いで子供を隠す母親も、実は五年も前に動物交換の要因として若いペアで入園したものだ。当初の交換予定だった中国広州動物園からのパンダ大使の在園中に二世誕生を披露できたのも何かの縁だろう。

（6・19）

浄水場跡

広州パンダと入れ代わりのように、福岡市動物園の隣に開園した植物園では、初めての日曜日にさっそく俳句の吟行があっていた。

浄水池跡の尖塔風薫る　（美知子）

大正十二年から五十三年間、福岡市民には平尾浄水場として親しまれてきたところだ。

植物園芝の未完に蟻いそぐ　（みどり）

植えたばかりの樹木はもちろん、まだ緑陰をなしてはいない。三、四年はかかるだろう。

バラ園の真紅にゆるむ歩幅かな　（美智子）

新樹光温室は空中歩廊もつ　（哲朗）

総ガラスのドーム型という、従来の温室の概念を破って世界でもユニークな回廊形式、俳句の方が〝空中歩廊〟と詠んだ多重層、植樹を俯観できる趣向の温室。

梅雨ふかしみ仏の名のサボテンに　（輝子）

エキゾチックなはずのサボテンが、意外に日本風の名を持つのも、もう我々の日常生活に慣れ親しんだ帰化植物だからだろう。

一方、若い人たちがこの俳句吟社の名「菜殼火」の意味を知らないのに驚くが、この浄水場高台から一面の菜の花の黄を見渡したのも、思えば幻のように遠い日だった。

（6・16）

打草驚蛇《だそうきょうだ》

中国は唐の時代、当徐県の知事王魯は、ある日彼の秘書が告発されたのを知って驚いた。列挙された汚職や悪行の数々が、すべて身に覚えのあることなので、自分が槍玉にあがったものと思い込んだ。思わず「この訴えは、草を叩いただけで、もうその叢に隠れている蛇を恐れおののかすものだ」と叫んで、自らの罪を告白してしまう。

いつの世も大物の悪事は露見せずに、下っぱの小悪が表に出て、例のトカゲの尻尾きりが行われるのが普通だから、この王先生の場合、身に覚えがあるとはいえ、本人が告発されもせぬのに……。珍しい正直者と言うことができる。

ところが、この「打草驚蛇」（草を打ち、蛇を驚かす）の故事が、いつの間にか「事を起こすのに慎重さを欠き、相手に警戒心を持たせ、対策の時間を与えるの愚行」との教訓になっているという。せっかくの警句も一人歩きする間に、勝手な方向に歪められる例だが、要はやはり打たねばならぬ蛇をしっかり見極める英知がまず必要のようだ。かつてない政局混乱の時に、思うことが多い。

（6・19）

アッツ桜

白と紅の可憐な花びらが一面に咲き並んでいるコーナーが、新しくできた福岡市植物園の鉢《はち》花室にある。甘い匂いのジャスミンの群れの傍らだ。名札を読んで思わず声をのむ——曰く「アッツ桜」。

若い同僚に「知っとうや」と聞いても、もちろん知るよしもない。あのアリューシャン列島厳寒の地アッツ島。短い夏の太陽を逃がすまいと一面に咲く野の花を、後に全員玉砕を遂げることになる日本軍将兵は「アッツ桜」と呼んで故郷を忍んでいた——それに違いない。

今、海を越えて友好都市広州から贈られたパンヤの木三十本がすくすくと育つ温室に、平和そのものの咲きようで私たちに語りかけているアッツ桜。

花に心があれば、そのルーツの地アッツ島の、あの激戦の日々の秘話を是非聞きたいものだ。その思いは私だけではないらしく、俳句吟行の作品にちょうどその年配の俳人・萩原青子氏が残してくださった。

アッツ桜ひそと咲きけり戦《いくさ》なし

（6・16）

あぶら虫

今は昔、子供の遊びの世界に「あぶら虫」と呼ばれる存在があった。まだ小学校にも上がれない弟妹のお守りが条件で、戸外での遊びを許可された悪童たちの知恵だった。

この足手まといの、叩けばすぐ泣くお荷物たちは、ガキ大将の配慮で鬼ごっこの仲間入りをさせてもらい、そこいらを走り回ることを許された。逃走能力が弱いので、捕まっても鬼にならない特権があったが、それでもあぶら虫たちは歓声をあげて兄ちゃんたちの仲間入りをしたつもりでいたものだった。

昆虫学的には、半翅《はんし》目・アブラムシ科に属するアリマキを「あぶら虫」と呼ぶのだそうだが、このゴキブリ、俳句歳時記には夏の部、ちょうど今頃の虫となっていて、暖房が発達した今日では冬にも出没して、季節感を失っているところが人間並みだ。

淑女には遠しゴキブリ打ちすえて　（明子）

滅多打ちしてゴキブリをかつ逃がす　（敦）

と、その嫌われようは気の毒なくらいだ。せめて「ゴキブリを目に追い電話つづけおり」（せい子）ぐらいでいいではないかと、かつての「あぶら虫」は思うのだ。

（6・30）

「うめぼし」の唄

「五月・六月実がなれば、枝からふるひおとされて、きんじよの町へ持出され、何升何合はかり売。もとよりすつぱいこのからだ、しほにつかつてからくなり、しそにそまつて赤くなり」

このリズミカルな「二月・三月花ざかり」から始まる歌は昔の小学読本にあるそうだが、私には覚えがない。メモに取りながらこの歌全体に流れる楽しさ、懐かしさが嬉しくなる。

「七月・八月あついころ、三日三ばんの土用ぼし」のあたりは、生活の知恵の見事な伝承。「思へばつらいことばかり、それもよのため、人のため」、ここのニュアンスは、昭和も確かに初期以前のものだ。「しわはよつてもわかい気で、小さい君らのなかま入」、そして運動会にお供するというのだが、「しわはよつてもわかい気で」など、文部省も当時はずいぶん子供たちを対等、大人並みに見ていたようだ。

だが、「ましていくさのその時は、なくてはならぬこのわたし」と終わっているところに、すでに忍び寄る軍国時代を思い出させて憮然となる。梅干しが戦場に不可欠の保存食というのだ。

中年は梅が不作とのジンクスを破って、今年は梅が沢山出回っていると聞く。

（7・13）

合掌

広州パンダが福岡の動物園に来ていた時、付き添いの広州市幹部の人たちは、報道陣に「パンダの子が生まれたら福岡に贈るかどうか、まずパンダの両親に相談してからの話です」と答えていたが、単なる冗談でもなかった。中国では動物たちを愛玩とか保護の対象として見て、一緒に生活する同じ地球の仲間と考えていると見受けられた。

今度の東京上野のカンカンの不幸について、前のランランが死んだ時、「まだ初七日も済まぬのに、もう後添いの話か」と、憮然とした思いを話し合ったことを思い出す。

これが中国的思考に立って、人間社会のこと、身内に起こったこととして考えると、――カンカンは連れ合いの後を追った。気の毒なのは無理して後添いに来てもらった上、見知らぬ土地に一人残された花嫁である。まだ若いのだし、この際礼を尽くして実家の戻ってもらうか、縁あって嫁に来た日本で未亡人を続けてもらうか、それとも日本の友人たちに喜んでもらうためにしかるべき婿を見つけて跡継ぎを、ということになる。

どれが彼女の幸福なのか、「本人」の意向を第一に、時間をかけてよく考えることだ。

（7・17）

キュウリ

食卓のキュウリを取ろうとしたら、娘が「山笠が終わるまでキュウリは食べられんとよ」と言う。女房はもちろん博多育ちではないので、キュウリの切り口が櫛田様の紋に似ていようといまいと、そのへんのジンクスにはお構いなしだが、こちらはそうもいかず、いったん出した箸が止まる。

厳密な意味で、と言うより狭い意味で、那珂川の西側で〝採れた〟私は博多のものではない。子供の頃からあの絢爛豪華な男の祭典に参加したことはなく、指をくわえて見るだけの欲求不満の夏を過ごしてきた。仕事の都合で二夏ばかり、中洲流れのハッピを貸してもらい、着たことがあったが、その時は女房が呆れるくらい嬉しそうな顔をしていたらしい。

他都市から移ってきた人のほうが、いとも簡単に博多山笠の雰囲気に溶け込んでハッピ姿もサマになっとんなさる。それはそれで喜ばしいが、なまじっか十数年も前、「集団山見せ」が始まって、初めて山笠が那珂川を渡り、福岡部に入ってきた時の小さな興奮を覚えているだけに、そげん（そんなに）てんてれやぁす（やすやすと）かたせて（参加させて）はもらえんもん、と今に思っている。

結局、キュウリは食い残した。　（7・12）

中華料理

お国の味を懐かしんでもらおうと、中国からのお客様を中華料理店に案内した。本当は日本のものを食べたかったと言われたが、日本の中華料理もなかなか面白い、いい学習だった、と付け加えられた。

中国には南甜北咸《ナンテイエンペイシエン》という言葉があり、南の広東料理は甘さ・淡白さ、北京・東北料理は塩辛さを身上とする。さらに東酸西辣《トンスワンシイラア》、つまり江蘇料理は酸っぱくて、四川料理ときたら辛いのを特徴とするのだそうだ。

広い大陸なので一口に「中華料理」では通じない。「中華料理」と呼ぶこともない。これは南方の定番、これは北中国の風味、東はこれ、西の名物は……と一箸ごとに教えてもらい〝美味求真〟の本家だと感じ入った。

では、私たちが好んで食べるのは、甘くて辛くて酸っぱくて、辛口なのが同じ食卓に並べられ、お互いに本来の味が相殺されて……と聞いたら、そこまで言われないが、初めて体験された中国風日本料理だったのに違いない。風月同天・一衣帯水の間柄、同文同種の同じ漢字文化圏のキーワードに甘えて、その日常生活の基本、食文化に思いが至らなかったのを痛感した。　（7・14）

雑草

激しかった梅雨で雑草もよく伸びた。「ヨーロッパには雑草がない」という驚くべき事実を、若き日の和辻哲郎は渡欧の船中で聞かされ、これに啓示を得てヨーロッパ的風土の特色をつかみはじめた、とその著書『風土』に残している。

豊葦原と称する典型的なモンスーン地帯の丈余に伸びる堅い草(禾本科植物)に比べれば、ヨーロッパの雑草は種類も少なく、繁殖力もおとなしい。やわらかな牧草向きばかりで、このことはかの地の人々の肉食中心の食生活と無関係ではないという。だから、あちらの義賊もゲリラも、ロビン・フッドでもウイリアム・テルでも、樹上に隠れて眼下を通る相手を待つが、わが国の蜂須賀小六は、地に這って藪に隠れ、獲物を待っているという絵物語の挿し絵が納得できるというものらしい。

また中国大陸では、車窓から見渡す限りの丘陵が、すべてゴルフ場みたいに、竹藪さえ下刈りされたかのように続いていた。例の人海作戦の「草むしりだ」と話し合ったが、そんなはずはあるまい。きっと、これも非日本列島的な気候風土のせいなのだろう。

一昨年の水不足を思えば、いくら抜いてもきりのない雑草に当たり散らしては罰があたる。ネコの額のわが庭だが、小さい草いきれに日本の夏を噛みしめることにしよう。

(7・23)

めんたい

博多山笠の終わるのを待つように、今年も一人、何よりも山笠のハッピの似合う博多男が大往生をとげられた。辛子《からし》めんたいで博多の食文化の中身の濃さを天下に周知させた、中洲の川原俊夫氏のことである。

出張先で手土産に持参した辛子めんたいが非常に喜ばれた話をしながらの新幹線で帰ってきたばかりの時、知った訃報だった。その豊橋の方は戦前韓国で暮らした時を思い起こすと、このめんたいを押し戴かんばかりだった。川原氏は朝鮮半島からの引揚げ後の再出発に、あの焼け跡闇市時代の中洲の一角で、独自の発想でこの韓国風めんたいの開発を工夫された、と聞いている。

小学生の頃、私たちのお弁当は卵焼きなどは運動会の時だけで、いつもは焼いた「タイノマコ」一本が弁当箱に転がっていた。その庶民の食生活に欠かせなかった博多での発売が地の利を得たと言えるのだろう。

やがて爆発的な売れ行きを見せる辛子めんたいには、こうした遠い思い出の日々との対話も込められている。それを一人でも多くの人に語りかけようとの川原俊夫氏のロマンにも似た商売哲学を改めて思い知った。合掌。

(7・30)

ソフトボール

この数日、朝、目を覚ましてしばらく右の腰が痛い。ジョギングのため着替えようとして足が上がらない。トレパンを穿くのに四苦八苦するので、朝の日課は休もうと思うのだが、走り出したら痛いのが嘘のようになくなるのはどうしてだろう。

一週間も前に、町内親善ソフトボール大会の手伝いをしていたら、わが常勝チームの二塁手が急に出られなくなり、グラブを持たせられた。キャッチボール一つしていなかったので、「じっと立っているだけでよい」と、二回りも若い人たちが心配してくれた。が、そう言われると悪いくせで、一つ華麗なプレイを見せてやると思って……腰に来た。

マイペースの自己主張ないし自己規制が楽しめるランニングやゲートボールなどと違い、球が飛んできたほうへ、瞬発力を発揮して急に動くなんて、やはり若い人たちのものだとシャッポを脱いだ。

でも、家人の「ちっとも運動らしい運動ではなかったですよ」との愚かな採点には、「三打席一安打はプロでも褒められるんだぞ」と言ってやった。

（8・2）

甲子園へ

逆転されて三対二。九回もすでに二死まできて、待望の右中間ヒットが嘉穂高に出た。これを二塁打に止めておけばよかったのに……というのは結果論で、敢然と三塁を狙う猛烈なヘッド・スライディング、この小林君のファイトこそ高校野球だ。結果はこちらも必死の田川高校、その堅守に阻まれて壮烈な討ち死に……ゲーム・セット。

戻り梅雨に続く豪雨の異常天候に妨げられながらも、史上最高の一一五校が福岡県代表の座を争って死闘を繰り広げた。一点差の逆転に涙をのみ、コールド・ゲームに首うなだれ、さらには下馬評通りの調子が出ぬままに、呆然と姿を消したシード校。田川を除くすべてが敗退していった。

一本勝負の厳しさはプロ野球には見られぬ醍醐味で、特にこの勝ち抜いて行く夏の陣は、ひたすらだった少年の日を思い起こさせる。

むしろ地味とされていたチームが、一つ一つの試合を確実にものにしてゆきながら、試合ごとに強くなってゆく、そこに素晴らしい青春の哲学を見る。その調子で行け、田川高校！　君たちの奮闘には討ち死にした一一四チームの友人たちの熱い視線も参加している。

（8・5）

冷夏

一昨年の雨乞いが、今頃やっと効いたのだろうか、八十九年ぶりの長雨。それも、あんまり度が過ぎると、「民の嘆きなり　八代竜王　雨やめたまえ」と源実朝の古歌をとなえたくもなる。

天候不順はさらに続いて、「冷夏」というテレビ特集の中継に付き合った。少し前、梅雨明けの四、五日ばかり、日がかっと照り付けた時の「猛暑」の中継が嘘のようだ。動物園の動物たちは、変わり身の早い人間たちの勝手な慌てようを笑いもせず、いつものマイペースでカメラに収まってくれた。

夏涼しく冬暖かいというのは、誰でもの願いだろうが、「暖冬」ならまだしも「冷夏」とは頂けない。語感もだが、なんだか気味悪く、この世の終わりが忍び寄る思いだ。

元来、夏の農作業の「田の草取り」には、田んぼの水は湯のようにたぎっていたものだ。近頃では真夏でも田んぼの水が冷たい……と話したのは、もう十年も前だった。

その後の地球の夏が少しも暑くなったと思えない。心なしか、原爆忌・聖八月の怨の色と咲くヒマワリの黄も冴えず、フヨウもまだ蕾である。

一方、コブシはもう秋も最中のように実が紅い。（8・11）

モスクワ五輪

先日のモスクワ五輪大会も大詰めのテレビ中継から。陸上競技一五〇〇メートルで、英国のセバスチャン・コーが息詰まる接戦の末、同じ英国八〇〇メートルの覇者S・オベットをおさえての優勝。その時観客席は、大中小のユニオンジャック（英国国旗）の大乱舞というシーン。いつもの陽気なお祭り騒ぎの米国勢がいないので目立つのだが、紳士淑女の国らしからぬ熱狂ぶりは、打ち振るユニオンジャックが、開会式の入場行進にも、金メダルの表彰にも、ついに現れることがなかっただけに、ひときわ印象的だった。

ほかの西側諸国と共同歩調で、英国政府はモスクワ大会をボイコットした。それでもアマチュア・スポーツの本家らしく、政府の意図とは別に、イギリス人は大選手団を民間サイドで送り出していたのだった。

国旗にも見守られずに戦い、国旗に祝福されることもない同胞の勝利を、観客席から精一杯称えているイギリス人たち……。国威宣揚などのお題目とは無縁に愛されているスポーツと、政治意図とは別に自分たち同胞の旗として、誇らしげに打ち振られるユニオンジャック。日本は……と考えて、やはり悔いが残る。（8・14）

暑中見舞い

暑中見舞い向きの絵ハガキが手に入ったので、知人の誰彼を思い浮かべたが、少し考えた。今まで暑中見舞いを出したことはないし、それに今年は見舞いを出すほど暑くないのが困る。

せっかく貰った絵ハガキなので、一筆書き加えて活用したいと思い文例を探したが、今まで「冷夏」など考えもされなかったようで、適当なのがない。「残暑厳しき……」と書くわけにはいかぬ。まだ残暑には早過ぎるし本暑も来ていない。

言葉の国・中国ではと調べたら、暑中見舞いだけの手紙を出す習慣はなく、メッセージの末尾を「夏安《シアアン》」と結べば、「暑中なので、お体に気をつけられて……」との挨拶になるとのこと。「冬安」のほうは「祈る」という意味の言葉を付けねばならぬので、二文字ですむ「夏安」のほうが頻繁に使われるらしい。

こちらは少し「暑中見舞い」の〝暑〟にこだわり過ぎていたようだ。

例年なら、頂いた暑中見舞いの礼状も出さぬくせに、辞書まで繰っているのは、やはり今年の異常気象が、心身共に変な夏を過ごさせているからに違いない。

（8・20）

季語異常

この降り続く雨は「帰り梅雨」、「送り梅雨」それとも「戻り梅雨」かと、俳句歳時記を繰ったのはもう一月も前。それがそのまま降り続いて、秋雨前線と呼ぶ野暮な気象用語にずれ込んだ。

百日紅《さるすべり》ごくごく水を飲むばかり　（石田波郷）

酷暑の花サルスベリはついにわが庭に咲かず、その代わりに異常発生のミノムシむしりに追われている。俳句の世界では秋も深い頃、「チチよ、父よ」と啼くとされるミノムシだ。クーラーはすでに御用納め、扇風機を止めれば一月早い読書の秋、虫たちの声。

盛夏のある夜、ふと秋めいた涼しさを感じることがあるのが「夜の秋」と呼んで夏の季語となっている。秋の夜とは違い、すぐぶり返す暑さがあるから句にもなる。時期はちょうど今頃のはずだが、こう毎晩涼しくては、使うわけにはいかぬ。連日の猛暑の後に迎えてこその読書の秋なので、わが乱読もう一つ調子が出ない。

手もとの歳時記のどれにも、「冷夏」の句は見当たらない。宮沢賢二がオロオロ歩いたあの寒さの夏は、俳句に取り上げられることが少なかったのか。しかし、今年はきっと佳句が詠まれているに違いない。

（8・25）

早朝駆け足

早朝駆け足を一緒にやりたいから、朝声をかけて誘ってくれ、と頼まれたのには困った。午前六時はこちらも眠いのだ。それを少し無理するところに意義があると思うが、人さまの面倒を見る余裕はない。ご自身で起きてくださいい、と言っておいた。

初めの五〇〇メートルぐらいまで、なぜ今朝も走りだしたのだろうといつも後悔する。でもコース半ば頃から汗が出てエンジンがかかると、これがゴール後の爽快感に繋がるので、いい年をして、と笑われながらやっている。だが、人さまにお勧めすることはしていない。マイペースとは言え、この夏の雨には弱った。それも音もなく降る雨なので、着替えて外に出て初めて気づいて残念、今日のスタートは中止。朝から心身共にリズムの狂うことがしばしばだ。

ヒマワリの四つ角、キョウチクトウのブロック塀を通り、カンナの咲く川っぺりを折り返して一面の月見草の河原へ……というのが夏の私のコースだが、それら目印の花が今年は全然景気づけにならず、咲かぬまま秋に入ろうとしているのもある。こんな涼しい夏の朝はジョギング向きと思うが、どういうわけか今年は行き交うランナーも少ない。

（8・28）

プラタナス

プラタナス巴里の旅情は知らねども

作者名は失念しているが、九月の声を聞くと愛唱してきた句だ。ところが、この樹が日本語でいうスズカケと知って、なんだ西鉄バスの後塵を浴びて埃りまみれで立っているわが街にもある街路樹ではないか、といささか力抜けがした。

ついでに、パリ名物のマロニエはトチノキの一種、動物園のレッサーパンダの檻の近くに沢山あるのがそれだと説明すると、ほとんどの方が「これがァ」とシラけた顔をなさる。もっともこの太い葉っぱの大木と、初夏に発散する芳香が特徴と聞くパリのマロニエが本当に同じなのか、とまだひそかに疑ってはいる。スズカケでもトチノキでもフランス語にした途端、ロマンチックな語感を帯びて、一人歩きはじめるのだから怖い。

異国人の耳目に新鮮な言葉や景色が本質以上に美化されるのは事実で、中国視察団の方々が、博多の街が美しいと言われるのを外交辞令と思ったら、「毎朝、街中のビルなどを水で洗っているのか」と付け加えられた時は本当に驚いた。もちろん、今のように雨の降り続かない時のこと。

（9・1）

盆にわか

八月も末の日、恒例の盆にわか大会が、博多区の櫛田神社であった。今年は、会場をテレビ局のスタジオから神社の畳敷の集会所に移したのだが、この寄席《よせ》の雰囲気は結構うけたようだ。

ところが、出演者たちは大変とまどったらしく、呼び物の「一口にわかコンクール」では、言い損ねたり、絶句したり、果ては立ち往生のままの退場まで出たのには、例年にないことと審査委員長先生も首を傾けておられた。

今年の会場畳の間は、舞台も観客席も同じ高さで、嫌でも観客の視線をモロに浴びて勝手が違い、ベテラン氏でも上がったのらしい。スタジオでは、舞台とそれを見下ろす観客席の間に目に見えぬ幕でもあって、双方とも〝よそ行き〟の顔をしていたのだろう。とすると、昔博多の夏の宵、路傍にバンコを並べ、その上でヤジ、激励、爆笑がそのまま演者の肌にじかに伝わったという盆にわか生い立ち時点に一歩戻って近づいたと言ってよいのだろう。

紅一点で、しかも優勝の古賀ひとみ嬢の博多言葉の美しさは収穫だったが、彼女がかつて幼稚園の先生だったと聞いて、なるほどそのあたりの違いだなと改めてうなずいた。

（9・4）

鉛筆

机の引き出しを整理していたら、隅からちびた鉛筆が出てきた。何度かの模様替えにも捨てきれず、勿体ないと連れまわったもので、ナイフで削った端にカタカナの名前が残っているのも嬉しい。この名前入れは昔の子供なら誰でもしていたし、大人になってもかなりの間、所有権の主張というわけではなく、単なる習性として続けていた。

昔、鉛筆の一本買いは当たり前で、子供たちは小遣いの中から、小学校門前の文房具店でのショッピングを楽しんだ。一本ずつを「肥後守」で丁寧に削るという楽しみを、最近では電動削り器のジャーで終わり……。これでは鉛筆に執着の生ずるはずもなく、「物を大切に」の気持ちが失われていくのも仕方がない。

職場でも、「筆記具を支給せよ」との要求が通った後で、短いのと引き換えに、庶務係が「キャップを使って、さらに節約するよう」と訓示を付け加えたのも、そう遠い昔の話ではない。

明日使う鉛筆を、きちんと削り終わって、今日のお勉強はおしまいとした頃の子供たちの日課——そんなケジメは、残念ながら〝お利口さん〟とは言えなかった私の記憶にはない。当たり前だったからだろう。

（9・8）

ありがとう

近頃バスを降りる時、料金箱に入れながら「ありがとうございました」と言って降りる小学生が、それも女の子に増えている。全部が全部でないところを見ると、学校で指導があっているようでもない。

大人の私は、押されて揉まれてやっと出口を抜け出す最中なので、運転手さんの表情は確認できぬが、たいへん和やかな対応があっているらしい。悪戦苦闘をやっと切り抜けた耳にはこの和やかな雰囲気は嬉しい。

それにしても、乗り物の出口の風景などずいぶん変わってしまった。市内電車の頃には「定期券女の齢《とし》を見てしまい」ぐらい、句帖に書きとめる余裕があったが、最近は壁のように広い肩幅の学生、それに中年のおばさまたちの存在感。こんな時〝エクスキユーズミィ〟の日常語を持つあちらと違い、日本語で口に出すのには少なからぬ勇気が要る……など考えていると、三回に一回ぐらい「私も降りるんですっ」。なぜこんな怖い声を出すんだろうと感心するほど、ピシッとやられる。

このご婦人もイライラしておられるのだろう。こんな欲求不満の渦巻くバスの降り口だからこそ、子供たちの「ありがとう」が嬉しい。今朝は女子高校生がやっていた。

（9・11）

動物画コンクール

夏休みの動物画コンクールの審査に立ち会った。全部で六五〇点の応募のうち、幼稚園・保育所の部が三百点、学年が上がるにつれて点数は減り、六年生はわずか十六点だった。この六年生が下級生だった時も、今年と同じように多かったのだから、絵の好きな子が突然減ったはずはなく、周知のとおりの教育事情で、それどころではないと追い込まれているのだろうか。

例年、自由奔放な構図とカラフルな絵の具の塗りたくりで楽しませてくれる幼稚園グループが、今年は何故かダークグリーンや灰色、黒とも見える濃紺などを使って、重厚さ、メランコリックな効果を狙ったかと思わせるのには、審査の先生も首を捻っておられた。まさか冷夏・長雨続きで真夏日わずかの今年の夏が、子供たちにそんな色彩を選ばせたのではあるまい。構図にしても奇想天外さで審査員を喜ばせるのは遂に見当たらず、整いすぎて面白くなかったとのこと。

むしろ参加数は少ないが、子供らしい明るい色彩、的確な描写でうならせるものがあった上級生に、本当に絵が好きで動物好きな少年少女がいると知ったのは、今年の収穫だそうだ。

（9・19）

動物保護

ＷＷＦ（世界野生生物基金〔世界自然保護基金と改称〕）が最近発表した地球上で絶滅の危機に瀕している動物のベスト（？）５は、まずジャワ犀《さい》の約五十頭、イリオモテヤマネコが四十～八十頭、ゴールデンライオンタマリン（サル）がブラジルに約五百頭、地中海モンクアザラシが五百～千頭、それにアラビア・オリックスの一五〇頭。

前回まで四位だった大熊猫（ジャイアント・パンダ）の姿が消えているのは、最近始まった国際的調査の結果待ちだろうか。こうして同じ地球の生物仲間が生活環境、気象の変化に耐えきれずに滅亡の道を辿るのは〝ひとごと〟とは考えられない。

四川省の王朗《ウワンロン》自然保護区に、ＷＷＦと中国政府がパンダ研究センターを建てて、積極的な保護活動を国際協力で始めるというニュースは、秘境から外国人を絶対シャット・アウトしてきていただけに心強い朗報である。

そんな時、この春に福岡市親善訪問を果たして、広州の子供たちの元へ帰っていったシャンシャンとパオリンが非常に元気で、しかも時々、美しかった福岡の動物園、友好的だった小朋友たちのことを思い出しているようだ――との便りを広州動物園から受け取った。今、動物愛護週間。

（９・23）

中秋に

「北京飯店に在り　中秋の月とあり」と、昨年の秋の句帖に残している。月はこんなにも高く舞い上がるものかと、首が痛くなるほど澄み切った空を見上げたものだ。天安門まで歩きはじめた私たちが、あまりの冷え込みに中止してホテルまで戻った時、玄関前の植え込みの蔭にまだ子供っぽい顔の解放軍兵士が静かに立っているのに気づいた。私たち外国人賓客を護衛するための立《りっ》哨《しょう》だ。少し驚いた私たちの〝ニィハオ〟に、万感の謝意が籠る。少年兵士もちょっと手を上げて〝ハァオ〟。

広州、桂林と回ってきて、初めて北京でホテルの鍵を使った。外国人の多いところでは鍵が要る。聖域に泥足で踏み込んだような、後ろめたさを感じたことだった。

事実、この三月再訪した広州では、前と同じホテルで今回は鍵を渡された。そのホテルに開設されたばかりの日本領事館の部屋の前に若い解放軍兵士が衛兵に立っていた。驚くほど早いテンポで現代化が進められる中国の現実を見た。

そういう移り変わりとは別に、昔遣唐使が長安で仰いだ月も今年の中秋の月も、昨年の北京飯店で杯を交わした時と同じ月なのには違いあるまい。

（９・25）

プルメリア

博多山笠使節団がハワイでの披露を成功させて帰福した日、ジョージ・有吉・ハワイ州知事からの贈物プルメリア（インドソケイ）の苗木十二本を福岡市植物園が頂いた。植物園開園を祝ってくださったもので、例のハワイ友好のシンボル、花の首飾りレイに使う色とりどりの花、プルメリアの苗だ。

早速植える場所を温室の友好の木、広州市民から贈られたパンヤ（紅棉）の側に決めたが、この紅棉は三月、広州パンダと同じ飛行機で来福以来順調に伸びて、二倍の二メートルの高さになり、今初めての越冬を体験しようとしている。五本を市内でも珍しい無霜地帯の北崎に、五本は九州大学研究室に、さらに五本を植物園南斜面の日照度を頼りに路地植えの耐寒訓練と疎開実験に踏み切ったばかりだった。

「紅棉は天をも抜く勢いの木、広州の人は〝英雄の木〟と呼んで自慢している。天井に届いたからといって英雄の木の頭を伐ってもらっては困る。枯れたら何度でも替わりを送るから研究して育ててくれ」と広州側から末長い相互研究の申し出があっている。

今回のプルメリアも同じことで、アリヨシ知事は根付くまで何度も送ると、いつまでもの友好を誓ってくださっている。（9・29）

秋不順

動植物園のキンモクセイが一斉に匂いはじめた。幹にぶら下げた説明に「九月下旬か十月初めに一斉に咲き、芳香あり、中国原産」とある通り、今咲いて匂うのは当たり前の話だが、近頃の異変続きの自然現象では暦どおりのことでさえ感動する。

夏の寒さをはじめとする異常気象のせいなのか、コスモスと彼岸花のほかはほとんどの花が多かれ少なかれ調子を狂わせている。

サクラの葉は九月半ばにはもう裸同然に散ったが、その隣でコブシが枯れ葉一つ見せず青々として、妖艶なまでの赤い実とのコントラストを示し、まるでクリスマス・ツリーの造花みたいだ。

アワダチソウはまだ黄になれず、ススキに圧倒されている。この草の黄色は好きになれぬが、感傷の秋に挑戦するバイタリティーを感じるので、悪は悪なりにはびこらねば寂しいと勝手なことも考えた。

昨年の冬は暖かく、ナンキンハゼは紅葉せぬまま散ったが、今年もそうなのか。それとも氷河期突入の証拠を見せるのか……。

秋は動物たちにも恋の季節。無用の争いによる怪我を防ぐため、シカの角切りを今年も行う。でも今年は、角が伸びているのにまだ春先のように袋を被っていて柔らかい。（10・6）

三人掛け

　国鉄の客車の座席の幅は昔も同じだろうに、戦時中体験した三人掛けを思えば、どうしてこんなに今は窮屈なのだろう。勝つまでの辛抱と強制されていたとはいえ、少しは譲り合いの心もあったのだろう。そのへんをもう少し詰めてくれんかな、と吊り革にぶら下がって口には出せずにいるのは、シルバーシートに座っても後ろめたさを感じなくてよい年配になった戦時三人掛けの体験者たち。

　もっとも日本人の体型もずいぶん変わって、物理的にも今の平均ヒップの三人前を横に並べたら、座席からはみ出すこと請け合いだ。敗戦直後、アメリカ軍の二世兵士たちを初めて見た時、同じ人種とは思えないほど顔は丸く栄養は行き届き、軍服に包まれた尻も大きかったことを思い出す。われわれの体型がこの三十年で、当時の二世兵士たちのように肥え膨れたりしたのか、若者たちの足が長くなったのに違いない。

　ならば、衣食足りて礼節を知るのたとえで、思いやり多く、公共の場でのエチケット正しかった日々に戻ることが必要だ。バスの中でシルバーシートを二座席ぐらいしか指定しないから、混乱が起きるのかもしれない。

（10・13）

栗の実

　乱雑に咲く庭のコスモスの群れに、まだ一メートルにも伸びていないクリの苗木が、もうイガイガを丸くつけている。「桃・栗三年」の伝えどおりだから、律義というか健気な植物だ。

　わが国の栽培植物のほとんどは中国大陸、欧米からの渡来もので、この栗など珍しい純国産の代表。甘栗用の天津栗、マロングラッセ用の地中海ものなどを寄せつけず、秋の日本の木の実の王座を保っているのは、外国産の前に肩身の狭い思いをしているミカンやブドウに比べてあっぱれだ。

『古事記』には応神天皇が吉野で召し上がったとあり、持統天皇（だから七世紀）の命で本格的な栽培が奨励されたというから歴史は古い。サルカニ合戦の説話では、その愛すべきイガイガと自らを火にハジけさせる壮烈なゲリラ戦で弱きを助け悪をくじき、日本の子供たちの心情生活育成の役に立ってきた。

　まだふくらむだろう、もっとトゲも茶色になるはずと楽しみにしていたら、ひと朝、物も言わずに地面に落ちていた。それでもパックリ開けた裂け目から、本物の栗色を覗かせている。早速の栗ご飯、箸の先を動かし、うちの栗はどれだと聞いたがこれは愚問、まともな返事のあるはずはなかった。

（10・16）

三尺三

「馬に鞭《むち》あて一気に山頂に至る　いまだ鞍《くら》を下りず　頭《こうべ》をめぐらせば　驚くべし天を離ること　僅かに三尺三」……広東省の省都・広州から北八〇キロの山奥・従化《ツオンホワ》の温泉賓館の壁に掲げてる達筆は、苦労したあげく、やっとこう読めた毛沢東作の豪快な詩だった。

さすがは白髪三千丈の国、天空との隙間がやっと一メートルとは恐れ入るが、その詩全体に溢れる青空あくまで高く澄み渡る南中国の秋の山野、長征二万五千里の間の感慨でもあろうか、天とわが身との間に何一つ妨げるものなし、との壮大な気宇に圧倒される。

その舞台かも知れぬ山中を訪ねて、これを口ずさむ……東海游子の本懐これに過ぎるものなし、と紹興酒の酔いも手伝ってしっかりメモに書きとめた。

三尺三は一メートル。詩人毛沢東はこの結び「三尺三」を選ぶ時、メートル法導入という中国革命・近代化のことが脳裏をよぎったに違いない。と、同じ外来尺貫法で悩まされる同文同種の日本人として考えた。一・八リットル瓶を下げては琴を抱いてお見えになっても詩にならぬ。やはり一升瓶・二合の酒でなければサマにならぬということだ。

（10・20）

感想文

本を一冊読む度に、読後の感想文を書かねばならぬのがイヤだから。読書クラブをやめたという子供たちに会った。感想文が苦になるというのはよくわかる。私も本はよく読むほうだと思うが、その都度読後感を知らせろと言われては当惑する。しかも文章で見せろと言われれば、「先生、あなたも書いてごらん」と言いたくなる。

「ああ、面白かった」だけでいいんだよ。「是非この本を仲良しに読ませたい」だけで立派な読後感だと言ってやったが、子供たちの表情はいまひとつさえない。

読書週間などなかった昔でも、教師も親たちも関与せぬ子供たちの世界で、結構それなりの読書活動（?）はあっていた。発売日（『少年倶楽部』が毎月十日だったのを、何故か今も覚えている）を待ち兼ねて、ギザギザ銀貨を握りしめて本屋さんに走り、『怪傑黒頭巾』、『英雄行進曲』、『トム君サム君』それに『新戦艦高千穂』などの読後感（!）を夢中になって交換していた。その頃の熱気は今も私の読書生活の底流として生きている。

教育効果が気になって仕方のない大人の一部の人々に見守られながらの読書運動、感想文コンクールは、すでに課題図書の指名競争など皮肉な愚行をはびこらせ、そして、かえって子供たちを「読書嫌い」に追い込む原因と言われても仕方がない。

（10・23）

指しゃぶり

ニホンザルの子・モン太はこの六月末に生まれたのだが、生後一週間で母子とも動物病院に収容された。産後の肥立ちが悪く、手足をケイレンさせたりする奇病に取りつかれた母ザルの治療のためだった。母ザルの病気はまもなく治ってサル山に帰った。だが育児はできず、モン太はそのまま病院の人工哺乳で育てられ、今子供動物園で愛嬌をふりまくまでになっている。

母親と離れて育ったため人一倍（サル一倍？）寂しがり屋のモン太は飼育員にしょっちゅう抱かれたがり、親指を口にくわえるクセを見せている。人工保育されたサルの子はほとんど全部この「指しゃぶり」を行う、と記録されている。

二年前、こちらは病気ではないが、人間の真似で育児放棄をしたテナガザルの母親がいた。その赤ちゃんも、親指を口にくわえて哀愁の表情で観客に訴えるのが常だった。母乳で育ったサルの子にはこのクセは見られないとされている。

モン太の場合、飼育員が立ち去ると、手ではなく足の第一指をくわえ、身をよじり、逆さまになって奇声をあげる格好が、いっそう哀れで見ているわれわれを戸惑わせている。

（10・27）

万年筆

ニューヨークの保険外交員L・E・ウォーターマンが、今日万年筆と呼ばれる筆記具を開発したのは一八八三年。ペンとインク貯蔵庫を一体化しようという試みには、十七世紀初めからの記録があるが、彼の毛細管現象の原理応用という思いつきは百年後の今日でも生きているのだから、これは大発明だった。

英語ではファンテンペン（泉の筆）。泉（セン・千）より景気よく「万」だと、日本語で万年筆と呼ぶようになったとの珍説もあるが、中国語の自来水筆ないし鋼筆に比べて、ご先祖の粋《いき》なネーミングに敬意を表したい。夏目漱石の明治四十年頃の文に「六銭五厘の万年筆《ふで》は安すぎる」とあるから、当時でもかなり出回っていたのだろう。

文字の下手なのは万年筆のせいと何度か買い替えたのを捨てきらずにいたら、六百円のシェーファーから香港土産のモンブランまでずいぶん引き出しに溜まってしまった。

読書の秋、逆説的な記述の多い『徒然草』にも「沢山あって見苦しくないもの」として、本箱の本、とまともなことが書いてあるが、その七十二段に「賤《いや》しげに見えるもの、硯《すずり》に筆の多いこと」とあるのには恥じ入った。

（10・30）

ワリヤークの鐘

日露戦争で沈んだロシア軍艦はもちろん今話題の対馬沖の「ナヒモフ」だけではない。戦前の私たちの旧制中学では、授業開始を知らせる鐘を、緒戦時に朝鮮半島仁川港で降伏の屈辱よりむしろ自沈を選んだロシアの巡洋艦「ワリヤーク」の鐘だと聞いて、敬意をこめて親しんでいたことを思い出す。

戦い済んで引き揚げられた艦橋の号鐘がめぐりめぐってわが母校の寄宿舎に来たのが明治四十年で、旧い日記に日本海海戦の砲声がその寄宿舎を揺るがし、「地震か」と疑った記録も残っている。中学生の私たちは三十五年も昔の日露戦争の話なので、ずいぶん遠い世界の出来事として聞いたのを覚えている。

ところが、その三十五年という歳月が、太平洋戦争の終結から今日までと同じと気がついて愕然とした。この心情的な波長ないし尺度の違いは、受け入れる情報の量と質において、戦前と戦後では雲泥の差があるからだろう。

それにしても、三十五年前の敗戦時にはまだ生まれてもいない若い人たちに、生き証人のつもりの私たち世代の戦争体験が、果たしてそのまま伝わるだろうか、そのあたりも心配になってくる。

（11・6）

ジャイアンツよ

大観衆の前で「巨人軍は永遠に不滅です」など知恵のないシナリオを叫ばせられて現役を退かねばならなかった長島に比べて、王のは幸福な引退といえる。

身内同士の自画自賛、それにワーッと喚声が上がったあの日で巨人の栄光（があったとすれば）は終わっていた。目標の九百本の本塁打にわずか三十二本を残して、見果てぬ夢に置いたままの引退のタイミングもいい、拍手を送りたい。

すべては、結果の数字が物をいうはずのプロ野球に、心情的な至上命令を付け加えられては、長島も気の毒だった。六球団のいずれもが「勝とう」と思って戦っているのだから、六年に一回優勝すればノルマは達成したと言える。それを長島は二回やっているのだから、おんの字と言わねばならない。

ヒーロー、スーパースターの時代は終わり、全員野球の時代を迎えたのだそうだが、これは政界も財界も家庭生活でも、敗戦三十五年の間に目指してきた「民主的」といわれる世相の目指す方向と言えるのだろうか。

あの江川が十六勝しかできまいが、負けようがどうでもよい。アンチ巨人の楽しみを奪われて、今は憮然としている。

（11・10）

小春日

「小春」は旧暦十月の別名だから、小春日和《こはるびより》は十一月から十二月の前半によくある温和な春とまごう晴天のこと。春の文字があるので常識試験の「落とし穴」としてよく出題される。俳句では冬の季題。

一四〇〇年前の『荊楚歳時記』（揚子江流域の年中行事記）にすでに見えているから、一衣帯水のかの地でも旧くから喜ばれていた天気なのだろう。今日でも「小陽春天気」という。

北米大陸では、同じような厳寒直前の一時的な暖かい日を「インディアン・サマー」と呼ぶ。これは先住民族がこの時期に冬籠もりの準備、暖地への移動を行うからとも、立ちのぼる温和な煙霧が厳寒との戦闘開始の合図のノロシを連想させるからともいわれている。

欧州では緯度の高い関係から、九月末に見られる初霜の降りた後のそんな日和を、「老婦人の夏」（ドイツ）、「女の夏」（ロシア）と呼ぶそうだ。

似たような日和を欧米で「夏」、東洋では「春」で表現するのは、風土の違いがもたらす季節感、語感のせいと考える。（11・13）

教養

チェコスロバキアの新聞記者一行が日本訪問のために英語の特訓を受けてきたところ、少しも通じないので不満を漏らしていたという話を聞いた。「就学率が一〇〇％に近い義務教育の最後の三年間で必須科目として英語の学習がある」との文部省か外務省あたりの対外ＰＲをそのまま信じて、ほとんどの日本人が英語を使っていると考えたものらしい。

欧州大陸の真ん中の彼らの国では異民族との交流・摩擦がそのまま各民族の歴史で、異国の言葉の習得は時には生死にも関わる真剣な生活上の至上命題、三年間もみっちり外国語を学ぶことはわが国で思うよりずっと密度の高い真剣なものなのだ……との説明を聞いて、その不明を恥じた。まだわが国をアメリカの植民地なみに見ている国があるのかとの憤慨は吹っ飛んだ。

数日後、テレビで同席した女子大生たちが、司会のアナウンサー氏の質問に「フランス語専攻といっても、私たちのフランス語は教養程度ですから」との謙遜ばかりではなさそうな口調で答えるのに啞然とした。例のチェコの人たちが聞いたら何と言うだろう。また「教養」という言葉が「だから、役に立たない」という意味に使われる文化国家とは、ウイットに富んだ娘さんたちと笑ってばかりはおられぬと考えた。

（11・19）

コロッケ

今流行のゲートボールを十年も前に、福岡市民体育館が初めて紹介した時、この遊戯を「コロッケ」と呼んでいた。雲仙や武雄の海軍病院ではこの欧州渡来のクロケー（フランス語）をリハビリテーションとして「コロッケ」の愛称で楽しんだと聞いている。だからゲートボール発祥の地が熊本か鹿児島かの本家争いの意味は薄いものと考える。

早朝からトレパン姿のお年寄りが楽しんでいる姿は微笑ましいが、児童公園のブランコや滑り台がゲームの邪魔だから、取り除いてくれとの要望が出ているとは知らなかった。勉強勉強で忙しく、せっかくの児童公園で遊んでくれない子供たちも問題だが、老若男女一緒に楽しめるスポーツとしてゲートボールは公民館などの地域づくりとして広まったとばかり考えていた。

お互いに譲り合い、滑り台にぶつかるなら、その公園独自の罰則やルールを決めたらいいという意見を述べたら、「それでは正式の練習ができぬ、地区予選や九州大会などで負ける」とのお年寄り側の反論があった。コロッケと呼んだ頃のリラックスした気持ちに帰って楽しむほうがいいと考えるが、私もやがてそんな齢、それ以上の意見は差し控えた。

（11・20）

千杯少

飲まなくて済むなら飲まないほうが楽な私の酒だが、宮仕えの身には歯をくいしばってでも、杯を受けねばならぬ時がある。

広東省の佛山市長さん一行とご一緒した時、酒をたしなまぬ方が意外に多いのと、その勧め上手には感心した。箸紙に「酒逢知己千杯少」つまり、好朋友と酌む酒は千杯でも少ない、飲み足りない——と書いて、この千杯少《チエンペイシャオ》を繰り返して酌《つ》いでくださる。共通の文字の嬉しさは、お互いのカタコト言葉が大いに助かり、会話がそれなりに弾んだことだった。

さらに「話不投机半句多」（話の合わぬ相手なら、一言の半分でも多すぎる）との対句も教わった。どうやら「話しのわかる人間」と見てもらったようだった。

「……秋の夜の酒は静かに飲むべかりけり」の名歌には、ただそんな飲み方のできる牧水みたいな歌人を羨ましいと思うだけだが、物思う秋の「独り言」が肴の酒より、私には、対話の場で酌み交わす時、酒はその効用ありと実感する。

（11・27）

リンゴ

青森県八戸市から思いがけずリンゴ一箱が届いた。近頃には珍しい木箱にぎっしり詰まった籾殻を掻きわけ、丁寧に取り出したがリンゴの色艶はあまり冴えず、ナシかと思う黄色。傷とは言えぬまでもシミさえついている。これが青森リンゴかと顔を見合わせたが、早速頂いてそのおいしさに一驚、これこそ産地直送の味と感動した。

外見を美しく見せるための着色袋で太陽光線を遮ることをせず、人工着色も避けたので、肌が荒れて綺麗にはならぬが、糖度・ビタミンCとも二〇%以上は高いはず、との説明書も嬉しかった。

果物屋の店頭に並ぶことはまずあるまいと思われる「じょうもんぶり」の中にこれだけの味を秘めているところは、「顔じゃない、心だよ」と言っているようでもある。

送り主は俳人の豊山千陰氏、昨秋出会った北京の紫禁城で、目の不自由な氏を、奥さんの代わりにトイレに案内してあげた時、「大ですか、小ですか」と聞く私に、「日本語が達者ですね」とそれまでの私のカタコト中国語に妙な自信をつけてくださった方だ。

久しく忘れていたモミ殻の手ざわりに込められた氏のお気持ちを嬉しく噛みしめた。

（12・1）

五つ珠

愛用のソロバンが見当たらぬので、貸してもらおうとして気がついた。この職場で五つ珠《だま》の使用者はいつの間にか私一人になっていた。四つ珠ソロバンでも使えはするが、急ぐとどうしても最下段の一列が気になって、計算のリズムが狂う。ただ置くだけで使わぬのなら勿体ない五つ目は節約しろとの合理主義は、戦時中の臨時措置だったのを痛感した。

「今はこれですよ」と若い同僚がポケットの電卓を出してポンポンとコンマ以下の数字を鮮やかに並べる。それがどうも馴染めないのだ。

小学生の昔から、計算とは苦労して弾き出してこその数字だと思っている。人間参加の楽しみを奪われた器械で、なんの苦もなく、しかも数字が正確なだけ興ざめするし、今日さまにも申し訳ない気さえする。下手なソロバンでも、九九の声を呟きながら弾き出す数字の懐かしさ、でもこれもご時世。

若い中国の友人がテレビ出演の謝礼に貰った電卓を子供のオモチャ、いい土産としか見てくれず、「なぜそんなに急いでいつも計算する必要があるの」と真顔で私に尋ねたことを思い出す。

（12・4）

サザンカ

山茶花のさかりともなくこぼれけり　（松風）

花びらのパラパラと散りこぼれるのがサザンカ（山茶花）、ひとかたまりがポトリと落ちるので武士が敬遠したと言われるのがツバキの花と、その見分け方を教わった。

晩秋から初冬、すべての花が色を失う時に、ひとり咲くこの花、椿、梅などの春告花までの「つなぎ」の役を地味に果たして今が盛り。淡紅色の花弁と深緑の葉との配色は少しどぎつくはないかと思う間に、パラパラと散って地面を飾る。そのタイミングが良い。

山茶花と書くのは誤り、山茶とは漢語でツバキの意、と学術書や俳句歳時記に見えるが、国語のテストではサザンカと仮名を振らねばペケ。英名、学名ともにサザンクヮとなっているように、中国大陸から日本列島の南西部がルーツ。佐賀県東脊振村に指定された天然記念物、自然林としてのサザンカの北限がある。

観賞用に栽培されたのもツバキに遅れを取って、一六九四年版の『花譜』（貝原益軒著）が初所載とされている。花形も野生のものに近い「ひとえ咲き」が主であるところは、いつも二番手に慎ましく咲いている律義なこの花らしい。

（12・8）

真珠洞忌

許された水が水車の下で澄み　（真珠洞）

福岡川柳界草分けの大御所で、博多商人の典型だった速水真珠洞師が亡くなられたのは昭和三十六年の十二月。その時の弔吟拙句が「音たてて止まる師走の水車」。

この七日、福岡市新天町で夫人の波那女様との合同追悼句会があった。この二十年の歳月に当然参会者の平均年齢も二十年アップしている事実、世相の移り変わりも痛感させられて感銘深い市井文芸の集いだった。

福岡中の諸々の庶民文化活動が敗戦の混乱で全くご破算であった頃、恩師ご夫婦は復員直後の私たち、まだ二十歳代の心情的彷《ほう》徨《こう》者たちを自宅に呼ばれて、和やかなうちにも随分厳しい薫陶を授けてくださったものだった。戦前組の方々の追憶談にあった「ウソはいかん。真実のみ語れ」との教えは、私たちにも一貫して叩き込まれた。「……ただし、ホラなら良い、そして美しいホラを吹け」と真剣に言われたことが忘れられない。

師を失った頃の師走は、町中がジングルベルで沸きかえっていた。今年、何故かその騒音が私の耳に薄い。あまり年の暮れらしくない十二月が過ぎていく。

「十二月男が提げて何の花」（真吾）

（12・11）

十五日

元禄十五年師走、吉良家襲撃を前に「浅野内匠頭家来口上書」の起草にあたり、堀部安兵衛は中国の書『礼記』からの引用で「君父の仇は共に天を戴かざるの義……」とするのだが、原文の「父の仇」に君を加えてよいかと儒学者細井広択に聞いた、との話もある。

計画参加は当初一二五人、その半数以上が種々の事情で脱落するのだから、この計画を知る人はほかにいたはずだし、決起文に学識者の知恵を借りるほどだから、伝えられる極秘裏の決行でもないと見る。だのに、法制の厳しかったとされる時代、しかも幕府の足元で見事に集団襲撃が成功したことは不思議と言ってよい。

当時仇討ちは血族間でのみ許され、事前の届け出が必要だった。「お上のなされよう」に対する不服からの非合法徒党結集はほかに例を見ない。それを黙認する公私の特別配慮もあったようだし、忠臣義士の権化として、マスコミ、芸能界を操作して美化した幕府の政治決着も思えば恐ろしい。

討ち入りは十五日の午前三時過ぎ、当時は夜明けまでは十四日と数えていた。「ジュウヨッカ」の夜のほうが「ジュウゴンチ」により迫力があるので、瓦版読みがそうしたとの俗説もある。西暦で一七〇三年一月三十一日。

（12・15）

おぼえとる

写真コンテストの審査会場で審査員の光安欣二氏が、いつの間にか「おぼえとる！」と連発しておられるのに気づいた。「上手だ」というのに近い博多言葉だ。「物覚えがよい」だけでは駄目で、その技術習得が伴わねばこの褒め言葉は貰えない。「基本ができている」、「デッサンが確かだ」――芸どころ博多ならではの褒め言葉。

例えば、コマ回しで相手のコマに見事に命中させ、瞬時に息の根を止めるイッチョキンの妙技を披露する上級生に子供たちは一斉に「おぼえとんしゃァ！」と叫んだものだった。

その晩、博多の者ばかりの集まりで、例の『博多っ子純情』の長谷川法世君が信州の旅先から送ってくれたリンゴが配られた。これを西島伊三雄氏がありあわせの紙にテチンゴウ（手すさび）と訳しておこう）を始められたのを、昼間のことを思い出して、「おぼえてござぁ」とつぶやいた時、「うん、おぼえとろうが」とそのリンゴの絵を周囲に示されたことだった。そこには「上手だろう」と自慢する「こうかり（高慢ぶり）」のしらけは全くなく、嬉しい博多言葉のやりとりが残ったのだが……若い人たちにはすでに死語に近いことにも気がついた。

（12・18）

ワシントン条約

正式には「絶滅の恐れのある野生動植物の国際取り引きに関する条約」。七年前に米国ワシントンで日本も調印していたのだが、この四月やっと国会の批准がとれ、十一月初めに日本でも発効した。

主な国としては日本とイタリアの批准の遅れが目立ったが、いずれも毛皮、皮革などの多量輸入国で、国内の象牙、べっこう、皮革業界の困惑を無視できなかった。この遅れが、例のイルカ問題で日本人の動物愛護精神の欠如の例にされ、非難も浴びてきた。

「希少動物の無計画な商取引に今ブレーキをかけねば、やがて地球上すべての生物の生存も危うくなる」との提案がなされたのは十七年も前だが、やはりナマの人間生活の利害関係、衣食習慣の違いなど、不協和音は意外に多かった。原形をとどめぬまでに修正された案にも、共同提案国のケニア政府が正式加入をためらったと聞いている。矛盾、未解決の問題を山と抱えながらも、日本の参加で自然保護の足並みは揃った。

大正十（一九二一）年のワシントン条約は、大国間の建艦競争の愚にブレーキをかける軍縮条約だが、人類を含むすべての生存権確保運動には、前回のような失敗は許されない。

（12・22）

温室で

目が不自由で、全くお見えにならない青森からのお客様・俳人の豊山千蔭氏を植物園の温室にお迎えした時のこと。「綺麗ですね」、「美しい」と連発なさるので、こんなこと聞いてはいけないかと思ったが、「あなたは目が不自由なのに」と聞いてしまった。

すると、「視覚は失っているが、いわば、膚で美しいと感じる。周囲の人たちがすっかりくつろいだり、楽しんでおられたりする雰囲気からよくわかる」という意味のことを言われ、それにこの匂い、香りと付け加え、付き添いの夫人と顔を見合わせて笑われた。

かつて南方の島々を転戦中に極度の栄養失調から失明されたと聞く氏の逞しい精神力に圧倒される思いだった。

白い杖を実に慎重に使われ、できるだけ自力で歩こうとなさる。そして、視覚を失ってからはほかの四官が活躍してくれるとも言われる。そう言えばこの植物園内で身障者、特に目の不自由な人の事故は全くない。自分で気を付けられておられるからだろうが、むしろ五体健全の人たちが、花に見とれてよく足元を踏み外しりなさる。

ハンディを背負う人たちに学ぶことは意外に多い。来年は国際障害者年。

（12・25）

1981

吉塚商店街（博多区，2005. 7）

初えびす

千代町に一月十日一度きり　（舟可）

新しい県庁舎の完成で東公園（福岡市博多区）一帯が一変すれば、年に一度だけごったがえす十日恵比須の賑わいのこの句もやがて古老の語り草になるのだろう。

福笹の顔振り向けばライオンズ　（青鳥）

この頃までを旧きよき博多の日と言ってよいのだろう。御利益《ごりやく》を十日恵比須の群衆に揉まれて祈った日があってこその私たちのライオンズだった。

博多の川柳家たちは、もうこれで二十年以上も初句会は八日の〝初えびす〟の晩と決めて恵比須神社に集まり、お互いの一年間の精進を祝い合う。宵えびすの興奮を前に、各地から到着したばかりの露店の小屋がけはまだ二割がたもできていない。所々に裸電球がうらさびしく照らす。その初えびすならではの雰囲気が好きで、三々五々と訪れる参拝客の中に、今年も初句会へ急ぐ人が五十人以上はいるはずだ。

「宵恵比寿からが博多の寒の入り」（千里）の句もあるが、今年は寒が早い。

焚き火ぱちぱち十日戎を雪にする　（淳夫）
暖冬でないのがよろしく初えびす　（真吾）

（1・8）

冷え込み

ここ数年聞きなれた「暖冬」という言葉が今年はふっ飛んだ。一月の今頃の気候だからこれが普通なのだろうが、小雪チラチラの中を身を屈めてバス停に急ぐ様は我ながら「しっかりしろ」と肩を叩きたくなる。六時に起きてトレパンに着替え、早朝駆け足に出るのだが、いつも一キロも走らぬうちに出はじめる汗が、三キロの橋の下の折り返し点でやっと滲みはじめるのだから、随分の冷え込みに違いない。

暗いうちに駆け足に飛び出す時は当然の薄着、大して寒くは感じない。軍手の指がかじかんでくるほかは、かなりの北風も苦にならぬ。

だが、いったん汗を拭き、シャツを着込んで靴下二枚を重ね、家人も呆れるほどの厚着で出勤する時は、寒くてしようがない。覚悟を決めて外に出る時と、いったん朝食を取り、新聞にザッとだが目を通した後では、気持ちの持ちようでこんなに違うのだろうか。ランニングしたら決して風邪を引きませんとの効能は、言うのをやめている。

油断して汗を拭きそこねたら大変だから、用心に越したことはない。

（1・12）

黒鳥

酉年《とり》の動物園。正門前の水禽池で、ラクダ色のテニスボールのようなうぶ毛の黒鳥のヒナが二羽、元気に泳いでいる。黒鳥、英語でブラックスワン。スワンという言葉には「白い」という意味が含まれていなかったのだと少し驚く。直訳して「黒い白鳥」だから常識は当てにならぬことをここでも教えられる。

昨年の冬もかえったばかりの黒鳥のヒナがいたが、今年は例年にない寒さなので、お母さん黒鳥の背中に飛び乗ったヒナは羽の中にすっぽり隠れてうずくまり、首だけヒョイと出したり、まるでネンネコでおんぶされた人間の赤ちゃんみたいなのがおかしい。

この寒さの中でヒナ育てをするのはこの鳥の習性なのだろうか、この動物園では黒鳥の孵化がこの時期によく記録されている。

南半球のオーストラリアが原産地なので、こちらと暑さ寒さが逆転しているはずだ。もっとも、動物園での動物たちは、一般に図鑑通りの繁殖期とはかなりの違いをみせて、不定期なのが多いのも事実となっている。

それにしても凍りつくこの冷たい池の中での育児は大変だろうと思う人間・私の心配など、どこ吹く風のような顔をしている。

（1・19）

雪、久しぶり

「ぼくたち雪で怪獣作ったよ」と幼稚園の子。ドラえもんが出来た子もいたようだ。先生としては雪だるまを一緒に作ろうとさせたのだが、眉毛と目ん玉にする木炭やタドンが手近に見当たらず、やむをえずの怪獣だったのだろう。かえって多彩な今日的な雪の造型ができたのは、まずはよかった。何しろ、福岡市内では六年ぶりのドカ雪なのだから、この子たちは生まれて初めて本物の雪で遊んだことになる。

中学生たちが校庭の除雪作業で鍛われたと文句を言っていた。長靴も履かないで、足が湿ってカッコ悪い……？　何を言っている、私たちの頃は、と言いかけて、そうだ除雪なんかしたことがないのに気がついた。せっかく積もった雪だから踏み固めてズック靴ながらツルーッと、ただそれだけの長さの雪滑りを楽しんだ。だから校庭のあちらこちらに要注意のピカピカ光る凍った滑走路ができていた。

その中学生に、せっかくの雪をわざわざ取り除けるのかと聞いたら、自転車がスリップするからだ、との返事。久し振りに積もってくれた雪だが、雪や昔の雪ならずの感慨。

（1・21）

野鳥たち

通勤途上の坂道に、焦茶色というより黒いインクを撒き散らしたようなシミが一面についている。キレンジャクなど野鳥たちのフンだ。それにしても、今年はいやに道一杯だ。大挙して山から餌を求めて下りてきたのだろう。そう言えば、最近までびっしり赤い実をつけていたクロガネモチが鳥たちにやられている。

都心でも、庭の隅に一週間以上も雪が溶けずに残るというかつてない寒さ。遠く望む脊振連山も例年になく真っ白で楽しいのだが、その裏に野鳥たちの餌探しが困難になっているのが想像される。

事務所の窓から見える、いつまでも手が付けられない柿の赤い実も、今朝は半減している。冬場だけでなく、最近は四季を通じて街に居ついているヒヨドリが、いよいよ餌がなくなって最後にこの柿に口を付けたらしい。これがなくなれば、もう春が近い。

冬の保存食を食べてしまっても、大丈夫なのか。まだ、一月だよ、春先まで食いつなぐ例年のリズムを忘れるなよ……と助言してやって、通じる相手ではない。

（1・26）

ウルフ

土俵場では、睨み合った目を決してそらさなかった千代の富士が、「強いと言われる大関になりたい」と柔和な笑顔をテレビで見せた。九重親方のつけた異名がウルフ。

ウルフ、つまりオオカミは、ライオン・トラなどの猛獣がいない日本列島では、群狼とか餓狼とかの言葉が使われる危険な動物の代表だが、一方常に集団で大敵を襲う連携プレーと、成獣になっても餌を分け合うなどの生活の知恵をもつ知能高き勇気ある闘士としての評価も高い。日本語では「犬神」に由来するともいわれ、頭骨は魔除けにされた。

ヨーロッパの王侯貴族、それにアメリカ先住民族たちもオオカミの名を自らの名前に取り入れたり、勇敢な戦士への尊称として贈ったりした。

旧くから人類との心温まる話も伝えられ、非情・残忍のイメージを乗り越える。ローマ建国の祖、ロムルスとレムスの双子は、オオカミの乳で育てられている。

イングランドで一五〇〇年、スイスで一八七二年に絶滅し、日本では一九〇五年に最後の一頭が奈良県で捕えられ、今はいない。それでも、声を聞いた、姿を見たという話は絶えず、今も山奥を探し回る人がいるといわれている。忽然と現れた若い英雄の呼び名にふさわしい幻の霊獣だ――ウルフ。

（2・2）

停車場《ていしゃば》

カナダからの日系二、三世の母国訪問グループが、九州に来て初めて鉄道のステーションを「停車場」と呼ぶ人がいるのを知って、大変喜んだそうだ。

成田空港到着以来回ってきた日本各地で、カナダで教わった日本語の教科書にあるこの単語が今の日本で全く使われていないようで気になっていたのだ、とのこと。「自分たちの日本語は古い、今の日本では通用しない」との自信喪失につながり、いささか憮然とした思いが旅行の間つきまとっていたらしい。

九州以外で生活した経験のない私は、駅のことを停車場と呼ぶのが一時代前の日本語で、それが海の向こうで生きているのを面白いと思うと同時に、それ以来、彼らが自信を取り戻して、よく日本語を喋るようになったということには考えさせられた。

このカナダの青年たちが体験した心理的な解放感、それが与えるそれなりの自信がなければ異文化の人たちとの対等な会話など望むべくもないことは、私も体験的に痛感している。

（2・5）

ガンガラガン

テレビが「デリシャスは『うまかっちゃん』、ドゥユノゥは『しっとうや』」と英語習いたての中学生の言葉遊びでCMしているが、「セィムトゥセィムならガンガラガン」の意味を尋ねられて、博多言葉なら自信のある私も首をひねった。櫛田神社旧正月の餅つきで古老たちに聞いたが、わからない。結局CMの原作者に電話してもらい、「『どっちもどっち』という博多言葉ですたィ」と、いとも明快な不思議な返事を貰った。

前に楢崎弥之助代議士が国会で「この件は政府与党間でチョイナチョイナでやったのだ」と追及した際、故・保利茂氏が「馴れ合いで……」と通訳してくれて、キョトンとしていた閣僚席がやっと納得、議事が進行したとの報道があった。

博多と同じ文化圏の唐津選出の政治家・保利氏とはいえ、よくぞこのアングラ戯唄《ざれうた》をご存じだと感心した。前後の文脈があって初めて生きる博多言葉で、おそらく今回のガンガラガンも、若い世代が生んだアングラ博多言葉なのだろう。ザ・マンザイ調の超高速お喋りに呆れているうちに膝元を忘れていたようだ。

それにしても、この奇妙な言葉を使うほうも電話でわざわざ確かめるほうも、どっちもどっち、ガンガラガンな連中に違いない

（2・9）

三色すみれ

春一番には少し早く、葉ボタンを中心に色彩がもう一つ冴えぬ植物園の花壇に、温室育ちのパンジーが健気に咲いている。

旧制中学の英語のリーダーで、まず教わった単語がデイジー（ひな菊）とこのパンジー（三色すみれ）だった。もともと北欧・シベリアの産なので寒さには強い。パンジーの名はフランス語で「考える」。花の形や姿が、ちょうど人がものを考えているかのように傾いているからだそうだ。今は単色ものなどが開発されたが、元来は黄、白、紫で、和名も学名も三色すみれ。わが国には江戸も末期の一八六〇年の渡来、「胡蝶花」、「遊蝶花」の名を貰う。

春風に乗って地上に舞い降りた愛の使者キューピッドが雑草の陰にひっそりと咲くこの花を見つけて、そのさびしさが気にいって「これからもいよいよ気高く咲いて、この世に愛と希望を広げなさい」とくちづけする。パンジーが優しく可憐なのは、この天使に祝福され、その面影を宿しているから、と泰西の伝説は語っている――本当かいと聞いてみたが、少し首をかしげたままで「うそですよ」と呟いたようだ。

冬花壇大円形に雲低し　（朽原一枝）

（2・11）

麻薬

マリファナの原料の大麻は奈良時代から栽培されたが、繊維を採り実を食用にするだけで幻覚剤には使われなかった。アヘンの原料で室町時代からの歴史を持つケシにしても、その実を食べるだけだった。

中国でのアヘン戦争の成り行きを知っていた幕末の為政者たちは、各国と結んだ通商条約にアヘンの禁輸を明文化して、日本人がアヘンの味を覚える前にその流入を食い止めてくれた。だから薬好きの日本人が、こと麻薬に関しては乱用することのない珍しい民族とされてきた。

第二次世界大戦末期、覚せい剤による精神高揚、疲労感麻痺で仕事の能率を高め、寝不足を補う催眠剤などで「聖戦遂行」に駆りたてられたという苦い記憶は残る。しかし、現実を離れて別世界に遊ぶことが目的の宗教的陶酔や、愚民政策からの伝播でなかった点は他民族の麻薬問題と異なる――との弁明は許されまい。

怖い物知らずの、外来文明の真似したがり、「かっこよさ」の愚かなファッションとしての遊びになる恐れがある。麻薬撲滅キャンペーンの強化は、強調し過ぎることはない。

（2・16）

通りゃんせ

都心、例えば福岡市の天神交差点で、信号が青に変わる途端、童謡のメロディーが鳴りはじめ、無事向う側に着くまでテープが流れる。「急がんでいいよ、慌てず歩きましょう」と呼びかけているようで、腹の立つことばかりの都心唯一のイライラ解消とも思える。

在福のフランス女性が、青・黄・赤の信号だけでも楽しいのに、美しい音楽での聴覚からの交通マナーの呼びかけがある九州は素晴らしい、芸術が生活の知恵に生きている、と話すのを読んだ。よそにはないことかと驚くと同時に、これが視力障害の人たちへの配慮からと初めて知らされた。

ところが先日、目の不自由な人たちの集まりで、そういう配慮も有り難いが、できれば健常者なみに扱ってほしい、特別扱いは困る、例えば交差点の童謡も気が重い、との発言も聞いた。ハンディを負う人たちにそう思わせることになりがちなのは反省せねばならぬが、この童謡の場合などは五体健全の者にも十分以上の効果あるアイデアと思えるので、そこまで気をおつけにならぬでもいいと考えた。

（2・19）

はばたき

空飛ぶ鳥の仲間で一番大きいのは南米産のコンドル。その広げた翼の長さは三メートルに及ぶ。コンドルの孵化は日本では例が少ないが、福岡の動物園では何故か一年置きに最近続いていて、今年も今ヒナが母親から巣立ちの教育を受けている。

生まれて半年を越すので図体《ずうたい》はもう母親より大きいくせに、ラクダ色の産毛に包まれて、まるで乳離れしない人間の教育ママ親子を思わせる。その母親を見習っての羽広げ、羽たたみの反復練習が、やがて羽を自由に動かす飛翔《ひしょう》に繋がる。ジュウシマツなども、親鳥が巣と止まり木の間を繰り返し飛び交って手本を示せば、初めひるんでいたヒナがやがて、飛べるようになるのがよく見受けられる。

反復して身につけるこの飛翔の体得から、漢字の「習」は羽を用い、「鳥シバシバ羽バタクナリ」と字典では説明している。儒学の経典を読み、礼・楽を知る努力を「学」と言い、それを反復おさらいして、自分の身につけるには「習」が肝心だと、「学ビテ（真似びて）時ニコレヲ習ウ、マタ悦《よろこば》シカラズヤ」（『論語』）と孔子が残す紀元前五世紀のこの言葉「学習」は、今に生きている。

（2・23）

墨《ぼく》蘭《らん》

腫れ物に触る思いで植物園が育ててきた「広東良口墨蘭」の赤黒い花茎がすくすくと二本、その長さに互い違いに米粒ほどの黄色い花をつけた。一昨年の秋、福岡友好都市訪問団が広州市の蘭園を見学した時のお土産の苗がやっと花咲かせたのだ。

「これが蘭かぁ」と失礼なことを言うヤングたちに、聞いたばかりの東洋蘭の観賞法を教えてやった。温室で華麗な彩りと匂いで評判のシンビジウムや胡蝶蘭、カトレアとは違う古風な墨絵の、茶室の床の間にピシャリの感を味わってほしい。洋蘭にない地味だがその草姿の品位、花の可憐さ、周りに漂う芳香……と、少し力を入れ過ぎたら、「つまり、東洋的観賞植物ですね」と今のヤングたちはレッテル張りをせねば承知しないようだ。

今、洋蘭と呼ばれるのも、すべて先祖は東洋原産。イギリスで西欧人向けに改良されたものだ。よく見てごらん、このカトレアのミニチュアみたいな米粒の黄色の品のよさ……と喋っていたら、「なるほど、よく見ればですか。『よく見ればナズナ花咲く垣根かな』、東洋の心はよく見ることですね」とヤングの一人。あまり見当違いでもないことを呟いてくれた。

（2・26）

古書の街

いつもの通勤バス（福岡市内）で、停留所名のあと、よくスポンサーの商店名などをアナウンスしている。その広告収入で西鉄の経理も好転して、バス賃も低く抑えてもらうのだろうから「うるさい」など言うまいと、スポンサーさんには悪いが聞き流すことにも慣れていた。

だが、城南線の「次は草香江、コショノマチ」だけは気になってしようがなかった。コショの街？　聞き違いではないかと、通過する度耳を澄ましてやっと、「古書」＝古本の街と気がついて嬉しくなった。

特定のスポンサー名ではない。電話で聞いてみたら周辺の何軒かの古本店がスポンサーだそうだ。車窓から数えて右にも左にもなるほど某書房、なにがし書店の看板が並ぶ。次から次の新刊ブームで、月刊誌など店頭には、早くも四月号が積み上げられている。出版戦国時代に巻き込まれて、古本屋巡りの楽しみを久しく忘れていた。そんな私にも途中下車の気を起こさせるのだから、絶妙のＰＲと見た。

定着するだろう、その口調もよい「古書の街」。

（3・3）

枯芙蓉《かれふよう》

逃げ月の二月は終わって春の足音が聞こえているが、今はまだ花の色が一番とぼしい時。アオイ科の落葉低木で、秋遅くまで咲くその優雅な薄いピンクの色と香りから福岡の市花に指名されている芙蓉《ふよう》も、刀折れ、矢尽きた感じで、葉も実も落とし、ひたすら春を待っている。

つい昨日まで、高からず低からぬ淡い褐色の梢《こずえ》に毛に包まれた球形の実が残り、しいて風情ありと言えば、その球が触れ合ってカラカラと音を立てるような、それなりの「寂《さび》」。この枝はそのままドライフラワーに使われ、珍重されているようだ。

もう一つの市の花、サザンカにしても、花のシーズンに背を向けて初冬からが花の命で、彩り少ない冬から春へのつなぎとしてかけがえのない花だ。絢爛の色彩、豪華の花姿はどちらも持ち合わせぬが、それぞれのマイペースで豊かな存在感を示す。

この両者が市の花と発表された時に感じた多少の違和感もいつか消えて、今では同時に市の木に指定されたクロガネモチ、クスの重厚で生命力溢れる緑と調和して、いい選択だったと考えている。

あたたかに枯れているなり芙蓉の実　（安住　敦）

（3・5）

ランドセル

ランドセルも飾る今年のお雛《ひな》様

十数年も前の三月の川柳句帖に残しているこの拙句。誰もが体験してきた、新しい世界へ旅立たせる嬉しさとちょっとした緊張の三月である。今幼稚園の先生として、その世話をしているうちの娘にも、その時期があったと思えば、感慨も深い。

今ほど親たちが「教育」に目くじらを立てないもっと昔には、近所の悪童どもが上級生として面倒を見てくれた。「ウチの学校ボロ学校、上がってみたらいい学校。トナリの学校いい学校、上がってみたらボロ学校」と、隣の芝生の青い学校に比べて、いかにわが校は、みかけは悪くても素敵な小学校であるかと母校愛を歌い、心細げな新一年生に、あんな金持ち学校なんかに負けるなと励ました。

もう一つのはやし言葉「向こうの学校の先生は一タス二も知らないで、黒板叩いて泣いていた」と、われわれの先生が優秀であることを新入生に強調して安心させようとの配慮だったが、これはもう名誉毀損に近い。やがて始まる歓迎遠足で、新一年生の手を取ってやる六年生諸君に、こんな歌知っているかいと聞いてみたい気がする。

（3・9）

天草にて

三月八日、今年の天草パールライン・マラソンは、珍しく晴天で暑かった。この暑さと三四〇〇人を超すランナーたちで準備運動のスペースもないことを、不成績の場合の言い訳に用意して五十歳代一〇キロコースのスタートに並んだ。

例年、五分遅れで出発の六十歳以上と女性ランナー（二十歳以上）の五、六人には追い越されるのだが、今年は折り返し点前で早々に追いつかれてもうダメ。数えるのが嫌になるほど後塵《こうじん》を拝した。これはもう天候のせいでも、ウォーミング・アップの不足でもない。女性パワーの進出と何より年齢相応の脚力の衰えと痛感した。

閉会式が始まるのに、二〇キロ初挑戦の連れの博多からのお嬢さんがまだ帰ってこない。出迎えに海岸線まで出たら、「二〇キロ走れましたぁ」と叫びながら手を振り、満面喜色で現れたのには心配して損をした。

今まで五キロ以上走ったことのない彼女だが、途中満開の梅が続いてその香りが素晴らしかったと言う。「梅？　そんなのがどこに咲いてたの」と、何回もこの時期にこのコースを走ったはずのベテラン氏が驚いて、「それが、マイペース。若さにはかなわんなぁ」と私と顔を見合わせた。（3・12）

椿

サカキやヒイラギなどの常緑樹が冬も葉を落とすことがないので、永遠の生命のしるしとして霊木・魔除けの木とされるが、椿も古来聖なる木の扱いを受けてきた。

落ち椿踏まじと踏みて美しき　（石本一都）

梅や桜のように、咲いたぞと人々に呼びかける派手さはなく、人知れず咲いてストンと落ち、初めて詩人の歌心にアピールする、自己顕示少なき心根がいい。

十数年も前、宮城県蔵王山中の青根温泉を訪ね、こけし作り名人の方に、椿で作ったこけしを頂いた時、こけしに椿が最高なら九州には大きな椿の木が沢山あるから送りましょうかと言って、笑われたことがある。九州の椿は最低、身がしまっていず、その椿ではこけしは作れぬ、半年もの間、雪に埋もれ、堪え忍んで育つ蔵王の椿は地を這う灌木だ、ここでは、椿を植えた庭は分限者《かねもち》のシンボルとされ、「とうとうあの家は椿を手放した」というのは、身上《しんしょう》潰したという意味だ、と聞かされた。

その時頂いた、一面にうっすらと椿の油が滲むこけしに聞いたら、今年の北国の春は豪雪のため随分遅れているそうだ。（3・16）

一鼓作気《いっこきをなす》

紀元前七世紀の春秋時代、中国での話。強大な斉国に攻め込まれた弱小国魯の曹将軍は、太鼓を叩いて攻めてくる敵に、すぐに反撃しようとする主君荘公を止め、待つように進言する。二度目の太鼓にも辛抱して、じっと姿を隠して現さず、三度目の太鼓を受けて初めて自軍の太鼓を叩かせた。すると、敵の大軍はたちまち敗走したという。

その理由を聞く荘公に「戦はタイミング。肝心なのは忍ぶ勇気で、敵軍の士気は一度目の太鼓では充実するが、二度目には弱まり、三度目にはなくなる。つまり二度の空振りで調子が狂っている敵に、自軍は最初の士気が満ち溢れている突撃をぶつけるのです」と答えている。

この「一鼓作気」の成語はその後、「何をするにも、意気盛んな時に一気にやってしまう」との意味で、現在の中国でも日常生活の中によく使われている。

入試、卒業、新入社……。新しい人生の修羅場に立ち向かおうとする青年諸君が覚えて決して無駄な教訓ではないと思っている。

（3・19）

水鳥たち

彼岸も過ぎると夜の明けるのが早い。日課の早朝駆け足で室見川（福岡市西区）にいつもの地点で擦れ違う二人連れは、冬の暗いうちは仲良しの娘さんたちと思っていたが、同じ六時過ぎでも明るくなって親娘らしいとわかった。でも「おはよう」とかけて下さる声は若々しい。

このお二人に出会う辺りに、今年はカモやカイツブリがむやみに多く、水に潜ったり逆立ちしたりと元気だ。この水鳥たちにはいずれも縄張りがあるようで、ずっと河口に戻ると、シロウオの「やな」を中心にウミネコ（ゆりかもめ）の大群の空中乱舞、これは壮観と言える。

周辺が住みにくくなってここに集まるのか、川が綺麗になり天然の餌が増えたのか、どちらにしても、この水鳥たちの来訪で人々がゴミを捨てなくなったのは事実らしい。

シラサギが一、二羽、これらの縄張りによくお邪魔しているが、これは折り返し点の橋桁から上流が定位置、その向こう二十羽以上いるのがはるかに望まれる。近寄りたいが、そうすれば走行距離が六キロを超す。これ以上の早朝トレーニングは昼の勤務に影響するので、休暇の日の朝のことにする。

（3・25）

手話

テレビドラマのロケで篠田三郎君がチンパンジーの子を抱いて動物園から植物園への坂道を登っていたが、飼育員と寸分違わぬ作業服姿だったので、ほとんどの人が有名タレントとは気がつかぬようだった。

「あ、この子たちは……」とまず篠田君のほうが目を留めたのは、親子ぐるみレクリエーションの福岡地区聴覚障害者親の会のグループ。グループはせっかくの休日を雨にたたられて、ついてないとこぼしていたところ、この幸運に出合ったのだった。

まじまじと彼の顔を見つめた子供たちはすぐに破顔一笑、テレビドラマの『名もなく貧しく美しく』のあの篠田三郎を見つけた。

子供たちは互いに忙しく手話を始め、うなずき合い、彼を指さし、肩を叩き合って喜んだ。そうだよ、私だよと篠田君のほうも手話をまじえ、テレビで見てくれたんだね、と握手をしたり一緒にカメラに納まったりしていた。

親子たちはチンパンジーの子を背負って温室を回る彼についてまわり、いつまでも離れがたい様子だった。障害者問題を熱演したこの青年俳優が、これほどこれらの人々を勇気づけていたのかと、みんなの輝く目を見て胸がつまった。

（3・28）

三日見ぬ間の

先月の二十三日、福岡の動植物園でテレビドラマのロケが始まった時、園内のサクラはもう一週間も後だったら見事なのにと残念だったが、やっと一輪、二輪と言いかけて「梅と違って桜は一輪、二輪と数えないんだ」と気がついた。「一分咲き、二分咲きというから、今は〇・一分咲きだな」と話が飛んだ。

すると、ヒロインの田中裕子さん（文学座）が、目を細くして口を少し尖らせたあの「マー姉ちゃんの妹」そのままの表情で、「桜はこう一杯に咲いて、初めて桜なんだわ」と両手で大きく円を描いた。そのとおり、桜は集合名詞なのだと、彼女の豊かな表現力に一同納得した。

三月末の天候不順で、雨や突風に悩まされたロケが終わった四日目には、桜がもう七分咲きに迫っていたのには、毎年こんなに早いスピードだったのかと驚いた。「世の中は三日見ぬ間の桜かな」の古句を口ずさんだが、江戸の文人のこの感慨は、もう一つ咲いたと思えばすぐ散る桜への愛惜もあるはずだ。

この時期につきものの春の嵐もずっと遅れてきてほしいと思った。

（4・2）

春雨

祇園の茶屋を出ようとする月形半平太に、芸妓雛菊がさしかける傘を「春雨じゃ、濡れて参ろう」と断る……。ご存じ、新国劇の見せ場だが、これは濡れても風邪を引く心配のない小雨という意味ではなく、京都の春雨は傘をさしてもムダなのだ、と金田一春彦教授が『言語生活』四月号の座談会で話しておられる。

深い霧と見まがう小糠雨《こぬかあめ》で、下にばかりに降るのではなく、上へ行ったり下へ行ったり、最後に賀茂の川面に達して綺麗な波紋になるのが京の春雨。傘をさしても、しっぽりと濡れたようになるのだそうだ。東京あたりでは、太平洋側に停滞する前線にすっぽり入って強い雨になる。鈴鹿山脈に遮られる内陸部の京都はその前線の端っこにあたり、しとしととお付き合い程度の降りというのが原因らしい。

これは九州北部でも思い当たる話で、粋がって濡れた雨で引く春風邪はタチが悪い。花見の宴で慌ててゴザを巻いて避難する「しろしか」目に遭うのはほとんどの人が体験している。

そうなれば「男心と秋の空」の言い伝えも、日本列島のどこか別のところの話で、天候急変が秋より激しい当地では「女ごころと春の空」と言い換えたほうがよい。

（4・6）

レンギョウ

ヨーロッパの庭師仲間では「春はレンギョウに始まり、秋は菊で終わる」という言葉があるそうで、いずれも中国原産の花を称えている。

春一番頃までは忘れられているような庭や垣根に、レンギョウが忽然と鮮黄色の合弁花をびっしりと咲かせると、その色の明るさが春の到来を克明に印象づける。

『中国語辞典』にも、コブシやオウバイ（黄梅）とともに（南北、所によって違うが）、このレンギョウも迎春花《インチユンホア》と呼ばれている。「インチュンホァが咲いたなら、お嫁に行きます隣村」。この四十年も前に服部富子が歌った「満州娘」は、きっとこのレンギョウに違いない。複雑な思いで今なお忘れぬ時代の歌だ。

最近の中国からのテレビ報道で、その頃の流行歌「何日君《ホオリイチンツァイ》再来《ライ》」のかの地での復活を知ったが、年配の私たちに懐かしいインチュンホァの語感には、同世代の人々それぞれの屈折した思いが重なるのも事実だ。

れんぎょうや隠れ住むにはあらねども

久保田万太郎のこの句にも、何か言い残しているものがあるように考える。

（4・9）

一九八一年

花過ぎ

ダメ押しの雨が一日中降って、これで今年の桜は終わり、無事に新学期が始まった。昔は学校が始まっても桜はかなりの間満開だったように思うが、これは一年生でまず覚えた文字のサクラは教室の窓に見えるものと思い込んでいたのかもしれない。

二級下の一年坊主が絵本のように綺麗な教科書で、「サイタサイタ　サクラガサイタ」と声張り上げた時のショックと羨ましさは忘れていない。私たちはもちろんグレイ一色の読本でハナ、ハト、マメ、マス、ミノ、カサと単語をまず覚え、「カラスガイマス」と主語・述語がきちんと揃った本格的日本語を教わった。それが「読み方」の時間だった。

今にして思えば、言葉の習得より、心情に訴え、心を揺さぶる「サイタサイタ」の感嘆文、「ススメススメ　ヘイタイススメ」の命令文というかたちで軍国主義の足音があのカラフルな教科書をもたらし、「読み方」の時間はなくなり、「国語」という新しい教科が登場した。下級生は以来、毎年綺麗なカラーの挿絵の教科書、こちらは六年生までずっと白黒の「読本」という無念さと、いつも「新しい波」みたいなものに乗り遅れ、追い立てられる落ち着かぬ心情の日々を過ごした。

これは案外今も続いているのではないかと、大正も末の生まれは考える。

（4・9）

葉桜

花に雨風はつきもので、今年も花見時の臨時掛け茶屋さんの損得勘定は、いまひとつというところだったようだ。ところが、桜が散り、若葉に交替した花見広場の跡を通ったら、意外にも、カラオケをかけて盛んに踊っているグループが二組、三組ではない。

天候定まらぬ桜満開の頃、冷たい雨に震えながら酒を酌み交わすより、いっそ、寒の戻る心配のない夕べにゴザを敷くほうが安心だとの幹事さんの知恵だろうか。それとも、「一度やらないかんなぁ」と口癖のように言いながら、年度末・初めの忙しさで、全員顔を合わせる機会がやっとこの日になった職場だろう。古人も「花は盛りに、月はくまなきをのみ、見るものかは」（『徒然草』）と言っているではないか。

「葉桜に飲みそこね組やってくる」と川柳句帖に一句付け加えたが、考えてみると、私自身はもうこの十数年、花の下での宴には加わっていない。

花見など本人が飲んで踊るより観客席から見るものだと、いつの間にか評論家になり、負け惜しみが身につく歳になっている。

（4・16）

チューリップ

チューリップは、もと地中海はアドリア湾の浜辺にいたその美しさ輝くばかりの娘の名。若草もえる野辺の花の世話で軽い疲れを覚えた彼女は、泉のほとりで休むのだが、少し汗ばんだ玉の肌はサクラ色に輝き、この世のものとも思えぬ美しさだった。

一目見て、たちまち恋に陥ったのが秋の神ヴェルツーヌ。しかし秋の神と春こそ似合う乙女の組み合わせがうまくいくはずはなく、毎日追いかける神に驚いて、無邪気な娘チューリップは振り向くどころか、その都度逃げまわった——とローマ神話は伝えている。

神様でも容れられぬ恋はつらい。森の神の助けを借りて変身の術を学び、あくまで彼女を追っかけた。野に出て花を摘んでいた聡明なチューリップは、またも花や草むらや木の間を駆け抜けるが、そこはか弱い少女の身、捕らえられそうになる。

その時、女神ディアーナが哀れと思い杖を一振り。その瞬間に一輪の花、その名もチューリップとなって動かなくなった。もちろんこれは春のこと、振られた神様は秋の神なので、今に至るまでの片思いとなった。

鼻（花）の下が長いので、チューリップと渾名《あだな》される紳士諸賢がやがて身につまされる可能性のある話。

（4・20）

新入生

帰りの通勤バスがいつもと違ってざわついているのは、新学期で忽然と現れた新入生諸君。それもこれが大学生かと疑われるツービートみたいな風体の一群だった。乗客である私の頭の上や顔の前をたわいないザ・マンザイ調のやりとりが遠慮会釈なく飛び交う。そのうち反対側の座席から飛んできたノートが、私の鼻先をかすめて見事に臨席の学生の膝に着地したのには驚いて、どなりつけるチャンスを失った。

思えばかわいそうな諸君かも知れぬ。躾など論外で、幼少からの受験地獄からやっと解放されて、今やあこがれの大学で「ゆとりのある教育」に辿り着いたばかり。嬉しくてしようがないに違いない。歓迎コンパで先輩に飲ませられて急性アルコール中毒で一一九番をわずらわすのも、こういう連中なのだろう。

やがて連休。初めての帰郷から戻った頃から始まるという例の五月病を経験するまで、落ち着くのを待つことにしようと、かつて学徒出陣の同級生が櫛の歯を抜くように姿を消した教室の窓から、五月の花チューリップに「こうしていて良いのか」と話しかけた四十年前の学生はそう考えるのである。

（4・27）

屈《くつ》原《げん》

古代中国、最初の天下統一を始皇帝の秦と争った楚の国の詩人で思想家の屈原は、親秦派の陰謀で祖国を追放されるが、憂国の悲憤のあまり汨羅《べきら》の河に身を投げる。これが紀元前二七〇年頃の五月五日とされ、楚の人々は彼の死を悼み、毎年命日には竹の筒に米を入れて河に投げ込んだ。

ところが数百年の後、痩せ衰えた幽霊が現れて「せっかくの米は全部竜が取ってしまうので、私の口には入らない。今後は楝《おうち》（梅檀《せんだん》？）の葉で包み、五色の糸で結んでくれ、この二つは竜が嫌うもの……」と言い残して姿を消した。早速、人々が言われたとおりに供えたので、無事成仏したらしい屈原は今日まで姿を現すことがないと伝えられる。

今日本の五月晴れ。天空高く泳ぐコイノボリは、この屈原の物語を伝える汨羅の淵の鯉の末孫、五色の吹き流しは竜が嫌った魔よけの糸、そして笹の葉に包む粽《ちまき》は楝の葉に包んだ米の――今日の姿だという。

この時期になると口ずさみたくなる嬉しい歌が「チマキ食べ食べ兄さんが測ってくれた背いの丈《た》け」。コイノボリは今や男の子の成長を見守る日本独特の風物詩として定着していることを屈原様の霊はご存じだろうか、そして満足なさっているだろうか。

（5・2）

石こつけ

福岡市動物園の案内板には「餌なげ、石こつけ、園内での飲酒などのマナー違反はお互いに注意し合いましょう」と呼びかけているが、「石こつけ」の意味を聞かれて、そうだ、これは博多言葉なのだと気がついた。

動詞「こつける」は、ただ投げるのではない。ねらい定めて投げることと説明したら、それじゃ野球のピッチングだと言う。いや、相手を痛い目にあわせる目的がなければ「こつける」ではない。つまり共通語にも東京弁にも翻訳不可能な博多言葉で、「命中させる」だけでは物足らず、「痛い目にあわせる」意図が含まれ、時には「いたずら半分に」というけしからんニュアンスさえある。

昭和初期の子供の遊び「あおし」は、後ろ向きに壁にへばりついた罰を受ける子の背中にゴム毬をこつけたものだが、動詞「あおす」は「こつける」よりひと味パンチのきいたものだった。

どちらも今日的見方からは、良い子の遊びではない。おそらく東京辺の子供たちにも似たような遊びがあったはずだが、文部省のフィルターに掛けられた共通語には残らなかったのだろう。「いじめ」の要素が全然ないと思う野性味あふれる古語ではある。

（5・7）

泣き虫

親は血眼で捜しているのに、ちゃっかり駐車場で先に待っている子、親が迷子になったので呼び出してくれと頼みにくる子……広州パンダ以来の混雑に沸いたゴールデン・ウィークの福岡市動植物園は、雨の上がった四・五両日の入園者が八万人、迷子の総数が約五十人。

何故か今年の迷子はあまり泣かない、ということが事務所の話題になった。いたとしたら女の子だが、二、三年前までは女の子は決して泣かず、歯を食いしばって我慢していた。母親の顔を見た途端ワッと泣き出すのが普通で、メソメソ泣くか、大声で泣きじゃくるのは決まって男の子だった。それが今年の男の迷子は泣かないのだ。

かつて、女の子は放っておかれ、後継ぎになるべき男の子ばかりが過保護の波でひ弱に育てられたのが、今や女の子にも過保護の手が回って甘えん坊になった、との解釈が成り立つのだろうか。

ただ、駆け付けた親と迷子君がしばし(不思議そうな顔で)お互い見合ったまま、「お宅のお子さんですか」と職員が確かめるまで、親子らしい対面風景にならぬ例が五、六件もあったのは、どういうことだろう。

(5・12)

愛鳥週間

バードウイーク、昭和二十二年の発足時は四月十日からの一週間で、「日本人ほど野鳥愛護の精神の欠けた国民はない。その注意を促すために」設けられたとの記録が残る。その無礼極まる表現から、例の〝日本人十二歳論〟のマッカーサーの啓蒙政策の一つだったようだ。二十五年からは、〝野鳥の活動状況に合わせて〟五月十日から。ちょうど万緑の候を迎えようとする時期に置き換えられた。

今野鳥を観察し巣箱を設けるなど、全国的に自然と親しむ運動として定着しているのは、いかにも日本人らしい渡来文化の消化の仕方だ。平和憲法が「占領軍のお仕着せだ」とか言われながらも、根強く国民生活に定着しているのと考え合わせてみる。

巣箱提げて図工教師か愛鳥日　(糸遊)

もちろん、この巣箱は今年の営巣には間に合わない。野鳥たちの目に違和感なく受け取られるまで、来年、再来年、もっと先までの日時が必要だ。いつの日にか役立つこともあろう、ぐらいに思わねばならない。自然との付き合い、愛鳥日は何もこの一週間だけのものではないのはもちろんだ。

(5・14)

背くらべ

今朝も満員の通勤バスでラグビーのスクラム要員みたいな青年紳士たちに押し潰されながら考えた。私の身長は一六三センチ、今では背の低いほうになっている。三十数年前、「飛び上がり五寸」で一五〇センチと少しあれば甲種合格だった旧陸軍の歩兵、それも体格のいいのを集めたはずの機関銃中隊で、私はちょうど並んで真ん中ぐらいだった。

体重のほうは四五キロもなかったので、体重不足の第二乙種。それでも現役入隊で、敗戦直前の初年兵として義勇公に奉じている。

当時七五キロ（二十貫）以上の体重の兵隊がいれば、その内務班の「飯あげ」に一人分の加配があり、うちの中隊（約二百人）に一人だけいた。このバスの中だけでも二人前の兵隊食が五、六人は見受けられる。「五尺（一・五一メートル）の寝台、藁《わら》ブトン……」と歌った初年兵エレジーを思えば、今の若者たちの堂々たる体格は頼もしい。

だが待てよ、中学生が十二里行軍と呼んで四八キロを徹夜で歩くことはまず普通で、「やったぞ、全コース踏破」など新聞が書き立てて甘やかす、今の君たちと違う……など負け惜しみを言ったところで、バスの中での押しくらまんじゅうが楽になるはずがない。

（5・18）

バラの香は

この月半ばの俳句吟行から……。

華麗なる果ての牡丹の散りしまま　（登喜子）

植物園の大花壇はサルビア、マリーゴールド、ベゴニア、バーベナに植え替えられて夏の準備が終われば、バラが今盛り。

薔薇園の煉瓦だたみを通り雨　（宏子）

行かしめずブルームーンの薔薇の香は　（春潮子）

温室の女王ハイビスカスは仏桑花《ぶっそうげ》と詠んで、

打ち水の雫のこして仏桑花　（綾子）

でも開園してやっと一年の植物園に、万緑滴る五月の季感は少し無理。陸橋を渡り句帖も動物園のほうに移る。

静かなる猛獣の檻栃《とち》の花　（弘子）

フランス語でマロニエの花、その濃い緑陰に、中国産のウンピョウやアメリカライオンの異名を持つピューマのうたた寝。初夏とはいえ天候不順の「青葉冷え」なので、爬虫類諸君の屋外はまだ無理。

象亀の西瓜はむ舎は昼灯す　（和子）

（5・21）

海軍記念日

四十年も昔、福岡市内の旧制中学、高等女学校生徒の全員は、毎年五月二十七日箱崎浜（福岡市東区）の海軍記念日の式典に参列した。

どんな行事で、どんな式辞を誰が読んだのか覚えていないが、学校教練の服装のはずなのに、帰りに東公園の動物園に立ち寄り、手に入れたトラの髭を自慢したのを覚えているので、執銃（村田銃ないし三八歩兵銃を持つ）は上級生だけだったのだろう。あまり確かでない記憶の中に、一つ。「この日から市内の女学生は、みんな夏服に着替えたもんね」と、かつての悪そう中学生はよく覚えていて、それを語り継いできた。

女学生と並んで歩くだけで柔弱だと殴られた頃の少年たちの目には、この日一斉に白に変わったセーラー服の半袖から、種痘の跡も可憐に覗く二の腕の隊列は眩しかった。

バルチック艦隊を破った日本海海戦勝利の日という主催者側の意図とは別に、それなりの軍国少年たちにも若い日の思いがあった。もちろん、日本海というイメージの中に、そこでハエナワ漁網を黙々と繰る働く人々の暮らしなどに思いを致すことはまずなかった時代の話……そしてその頃の二の腕白き少女たちは今――当然、私と同じ年配になっている。

（5・25）

初《はつ》鰹《がつお》

目に青葉山ほととぎす初鰹　（素堂）

罪な発句もあるもので、視覚・聴覚・味覚と揃えて初夏の浮き立つ人々の心情を揺さぶり、ホトトギスの初音と、誰よりも先に鰹を賞味するのが自慢という江戸っ子気質を煽《あお》った。

古川柳に「聞いたかと問われ食ったかと答え」、「初鰹担《かつ》いだまで見せている」と、希少価値もエスカレートして一本で二両二分（天明期）に跳ね上がりもした。

安定したところは「初の字が五百鰹が五百なり」と、一本に値段が一分。これは上等の袷《あわせ》の価格で、「その値では袷が新しくできる」の句が残っている。

金持ちは倹約家だからそんな高値で買うはずがない。「なんぼじゃが買った沙汰なし初鰹」と妙な話になるが、意地の張り比べの陰に「初鰹女房頭も食う気なり」という涙ぐましい内助（?）もあった。

「鎌倉を生きて出でけん初鰹」（芭蕉）とあるように相州物に限るとされたが、古く『徒然草』一一九段に「鎌倉の鰹はかばかしい人の前には出せぬと古老も伝える下魚」とある。当然江戸っ子たちの気に食わぬ説で「初鰹なに兼行が知るものか」――今は昔、食生活にも季節感が鮮明だった頃の話。

（5・28）

一九八一年

七つの子

童謡「七つの子」は中国の幼稚園でもよく歌われていたが、カラスが啼くのは「在山中可愛的七只小烏鴉!」、つまり山に七匹の子がいるから、と訳されているのは意外だった。

私の育った昭和初期には、幼稚園に行く子は少なく、ほとんどがこの種の歌には小学校一年生で初めて接したものだ。だから「可愛い七つの子」とは当然自分と同じ歳、つまり数え年七歳の子と思い、疑っていなかった。

若い同僚は「七匹ですよ」、七歳では子カラスではないし、擬人的にしても、家に残した子が気になるのは四、五歳まででしょう、と言う。でも、七匹のヒナが口を開けて待つカラスの巣があるものかと考えたが、反論はしないでおいた。

先日の本紙「春秋」欄に、野口雨情が郷里に残した七歳の令息をしのんでの作詞、との説が紹介されたので、わが意を少しは得たような気になった。

今三歳児くらいに「カラスの勝手でしょ」と回らぬ舌で歌わせているのはもってのほかのことで、大正十年に発表されて以来、ほとんどの日本人が、それぞれの幼い日の思い出とともに口ずさみ伝えてきた珠玉のメロディーである。大切にしたい。（6・1）

夏木立

若葉が青葉へと濃ゆくなり、耳を澄ませばセミの声も聞こえそうな六月になると、旧制中学一年生の初夏の国語の時間を思い出す。

鎌倉やみ仏なれど釈迦牟尼は
美男におわす夏木立かな
（与謝野晶子）

詩心乏しき生徒たちは、目を閉じて朗々と読み上げるK先生に、たちまち「大仏」のニックネームを贈ったが、それには同じエッセー文中の虚子か子規かの句、「大仏のうつらうつらと春日かな」も影響していて、風貌、体系ともにピシャリ。数多い恩師たちへのニックネームの中でも傑作の一つだった。

大仏様を美男と詠うとは、阿弥陀如来を釈迦牟尼と混同するとは！　常識はずれの歌だと後で聞くのだが、晶子の歌にはほかにも「御相いとどしたしみやすきなつかしき若葉木立の中の盧遮那仏」とあるから、仏教知識の欠如というわけではあるまい。大胆、奔放さに鮮烈さを身上とする晶子の作品だから許される美的表現と受けとめる。

さらに俳句手法で野暮とされる「や」、「かな」に切字の重複も、また結構ではないかと弁護したくなる。口ずさんで嬉しい歌として残るには、定石どおりは面白くない。時は万物躍動の初夏、乱調にこそ美があるようだ。（6・4）

目には青葉

先月末の本欄に引用した素堂の句について、北九州市の読者の方から「山ほととぎす初鰹」の上五の部分は「目には青葉」であって「目に青葉」ではないとのご教示を頂いた。これは迂闊であった。長年口ずさむうちに、我流になっていたのに違いない。今さら確かめる必要もないと思う愛誦句なのでそう書いてしまった。手元の俳句歳時記には三種とも「目には青葉」となっている。面目もない失策で、「目には……」では字余りだからとの言い訳も考えたが、もちろん通る話ではない。

修養の足らぬせいで、長年の馴れによる失敗には前科がある。前に「ラジオで〝付け焼き刃〟と言うところを〝焼き付け刃〟と何度も繰り返す人がいたが、聞き苦しい」と投書欄にあった。それがほかならぬ私のことだとは、同僚から言われるまで気がつかなかった。そんな覚えはないと否定したが、放送局のテープを聞かされて降参したことがある。

ハリウッド懐かしの名優ジェイムス・キャグニーを、最近までずっとギャグニーと思い込んでいた。ギャグニーとはいかにも悪役らしい名との早トチリだったのだろう。

浅学の雑文書きにも、嘘と誤用は許されない。いっそうの配慮と精進を誓った。

（6・8）

朝三暮四

テレビの天気予報で、今月から降水率というのが付け加えられているが、福岡地区の初日の数字は一〇％だった。曇ってはいたし、干天続きで庭の草木のためにも少しは降ってくれとの願いもあって、傘を持って出勤した。

一〇％ぐらいだけ雨が降りそうなのだから、傘は要らないと言う家人には「その一〇％に出合うかも知れん」と言っておいたが、結局傘は持ち歩くだけで損をした。

一〇％とは、九〇％降らないのと同じ意味だと聞いて啞然とした。九分九厘降らないと知って、誰が傘など用意するものかと腹が立つうちに中国の寓話を思い出した。

春秋時代、宋の狙公は養っているサルが増え過ぎて餌代にも困るようになり、餌のシバグリ（トチの実とも伝える）の給餌を減らそうと「朝三つ与えて、晩は四つでいいか」と聞くと、サルたちは一斉に不服をとなえて騒ぎ出した。「では朝四つで、晩三つだ」と訂正すると、サルたちは「それなら良い」と賛成したと言う。「朝三暮四」の故事である。猿の愚かさとあまり変わらない一〇％の雨に振り回された自分の「迂闊さ」に愛想が尽きた。

（6・11）

竹植うる日

降らずとも竹植うる日は蓑と笠　（芭蕉）

旧暦五月十三日（今年は六月十四日）は竹酔日《ちくすいじつ》と呼ばれて、中国の民間伝承によれば、この頃の降雨率は極めて高く、この日に竹を植えれば必ず根付き、繁茂すること疑いなしとされている。揚子江沿岸と同じ気象のわが国でも、もちろん梅雨の最中なので、いち早く『日本歳時記』（貝原好古編、一六八八年刊）にも取り入れられ、今日も俳句季語として生きている。

竹植えてその夜さらさら竹の雨　（寥人）
古き友来れば酒置く竹酔日　（古郷）

降らずとも傘やレインコートを用意するのが当たり前の梅雨のシーズンが、ここ数年ずいぶん怪しいものになっている。今年の梅雨入りは早いはずだったのに、いち早く予報は訂正され、真夏日さえ出没してきた。朝夕の水まきも怠けてはいないはずなのに、哀れや猫のひたいのわが畑は、ご近所のどのナスやトマトより育ちが悪い。一時は、先年のあの日照り続きの前兆かとも心配した。それでも竹酔日が近まった数日前、九州北部も梅雨入りとなった。やはり降る時には降ってもらわねば困る。

（6・15）

六月十九日

事務室の隅の棚に、赤茶に錆びついた鉄片を置いているが、「おお、焼夷弾だ」と何人目かの来客が初めて声を上げた。そのとおり、年配の人なら知っている恨みの六角筒の残骸で、捨てきれずに、かすかに底辺の六角形がそれと示す鉄筒の焼けただれを朝夕にらみつづけている。

一カ月ほど前、南公園（福岡市中央区・動物園敷地）の清掃作業中に、草むらから転がり出たこの鉄屑が、博多の上空から炎の雨として降りそそいだのは三十六年前の六月十九日の夜だった。

マリアナ島の米軍基地を発進したB29爆撃機約六十機の編隊から投下される「じゅうたん爆撃」。この焼夷弾の束は、当時のソ連外相の名から、「モロトフのパン籠」と呼ばれたが（今なら考えもされぬ米ソの蜜月時代・共同作戦の展開があった）、襲われる側の福岡市民は「天井につかえて、そこで焼夷弾が燃えだしたら大変」との西部軍司令部の指導で、全市の各家は天井板を剝がして待ち構えていた……。

今見る錆びた六角筒のように、戦争体験は風化してゆくが、その戦いの愚を語り伝えるのはお前たちの義務だぞと、地上で空しい抵抗を断念した痛恨の六月十九日が巡ってきた。

（6・18）

貨　布

先日、大野城市で出土した古代中国の銅貨「貨布」についての解説に「当時、大陸と対等の交流を持つ勢力がこの地にあった証拠」とあるのが少し気になり、年表を繰ってみた。

この貨布を鋳造した「新」王朝は今から一九六〇年前、わずか一代十八年の短命で終わっている。志賀島（福岡市東区）で発見された「漢委奴国王」の金印は、その「新」を倒した後漢の光武帝が授けたもので、それから一八〇年目に邪馬台国の女王卑弥呼は「親魏倭王」に封ぜられている（二三九年）が、その邪馬台の所在は今に判然としない。それもそのはず、わが国最初の編纂『古事記』はずっと後の七一二年で、これは中国最初の書『易経』から一四〇〇年も後のことだ。となると「対等の交流」にはやはり疑問が残る。

当時わが郷土が、漢帝国、魏王朝の傘の下で、同じ漢字文化圏内の発展途上国としての意気盛んな新文化吸収の活気に溢れる時代と見るのが常識だろう。アメリカの核の傘の下で経済大国と呼ばれている今日から見て、決して恥ずかしいことではない。

もっともわが国を「日出づる国」と書き、隋の煬帝を「日没する国の天子」と呼びかけたとされる聖徳太子の突っ張り外交の姿勢と同じ――と見る解説なのだろうか。

（6・22）

三尺寝

海よりの風に包まれ三尺寝　（高原）
廃船の陰に海女らの三尺寝　（枯草）

いずれも海辺の風物詩みたいなので漁師言葉かと思ったが、日差しが三尺（約〇・九メートル）移るくらいの、束の間の午睡を三尺寝というのだそうだ。暑い季節、熱帯夜の寝不足のためや疲労回復目的のうたた寝がこうした俳句用語になるとは知らなかった。

先年、中国の広州市で体験したことだが、連日の会議打ち合わせにも、必ず午前十一時にはいったん休憩、午後二時までは午睡の時間で、相手の邪魔をしないという習慣に驚いたことがある。その間、当方は午前中の討議内容の検討、日本への電話連絡などで昼寝どころではない。午睡時間の後、「よく休めましたか」と晴れやかな顔で席に付かれるのには、げんなりしたことだった。

広州動物園のパンダたちもこの時間には檻の陰で昼寝する。「見えない」と文句を言う観客もいない。人間のほうも午睡の時間なので入場者がまずいない。来るのは日本の友人たちだけとの話。どの外国語にも翻訳不能なのだろう、働きバチの「三尺寝」。

（6・25）

虎が雨

旧暦五月二十八日（今年は六月二十九日）に降る雨は、建久四（一一九三）年のこの日討たれた曾我兄弟の兄十郎祐成の愛人・大磯の虎御前の涙とされ、古来「虎が雨」と呼ばれる。梅雨末期の名残りの雨だが、天候不順が当たり前の昨今、この美女の悲涙も勝手が違うと思っているに違いない。

虎御前が泣きに泣いて石になったと伝えられるのが「虎が石」。『東海道中膝栗毛』の中で、今の神奈川県大磯に立ち寄った喜多八は、延台寺の虎子石（または虎が石）の前で、「この里の虎は藪にも剛のもの　おもしの石になりし貞節」と一首を手向けている。すかさず弥次郎兵衛も「さりながら石になるとは無分別　ひとつ蓮の上にや乗られぬ」。物心ついてから二十二歳と二十歳までの青春を親の仇《かたき》工藤祐経を討つこと一本に絞り、やっと遂げた本懐と引き替えに若い命を散らせた、その兄弟の若死を痛む心と、「ひとつ蓮の上に」乗せてやりたかった佳人への思いやりが胸を打つ。

虎が雨てふ庭の草木かな　（桂郎）
女ひとり旅終ふる日の虎が雨　（久子）

（6・29）

看花十日

昨年の長雨と冷夏の影響か、植物園のサツキの色はいまひとつ冴えないが、アジサイのほうはそれなりに雨を迎えて美しい。でも、テッポウユリが見事だからとお誘いしても、お出でになる頃はしおれて落花寸前というのが残念だ。チューリップの時もそうで、評判を聞いて来られる時は半分以上散っていたりする。

花の命は短い。盛りの時はせいぜい十日ぐらいが多い。いのちの長いはずのハナショウブでも、テレビのビデオ撮りから一週間も後の放映なので、例の集中豪雨の最中に紹介されたりして、ついていない。

花壇の花も二カ月ごとの植え替えで「まだ勿体ない、その三色スミレ」と声がかかるが、「花の盛りの後は、しぼんで落ちるだけですよ。惜しい時に思い切って姿を消さねば」というわけで、次に待つマリーゴールド、サルビア、美女桜（バーベナ）に場所をゆずる。

でも、三色スミレの命がそれで終わるわけではない。また来年の、そのわずかな満開の日のために、裏方ではずっと、かかり切りの世話が待っている。中国の言葉に「弄花一年看花十日」とある。この「弄」は日本語のモテアソブというより「いろいろ面倒をみて大事に作り上げる」という意味だ。

（7・2）

五月雨

さみだれ――旧暦五月のどしゃぶりも、不快指数という言葉などなかった頃の雨は名句となった。

「五月雨をあつめて早し最上川」、「五月雨の降り残してや光堂」、さらに「閑かさや岩にしみ入る蟬の声」、「夏草やつわものどもが夢の跡」と続いて、どれも絞れば雫《しずく》のたれそうな作品。いずれも松尾芭蕉『奥のほそ道』に見える。

実は芭蕉、この旅の出発にあたって、目的地の一つに「春立てる霞の空に白河を越えんと」と書いているが、後に白河の関はいかに越えたるやと聞かれて、長旅で心身の疲れのほかに「風景に魂うばはれて」とうとう作品はできず、奥州路に入って初めて、「風流の初めや奥の田植歌」と詠む。また「松島の月まづ心にかかりて」と、出発時に日本三景の松島で月を詠むことを楽しみにしていたが、ここでは句を残していない。

俳聖芭蕉にして、先達の名吟、名歌に自らの詩心を拘束されたのだろうか、自由な作句をなさっていないようだ。最初からあまり構えていては自由な発想は楽しめない。

前掲の後世にまで語り継がれる名句の数々は、いずれも現場を踏んでの実感から生まれたものだ。

（7・6）

夏祭り

那珂川の西側の育ちなので、戦前の博多山笠はよく知らないが、例の福岡大空襲でほとんど焼けてしまった私の町の夏祭りはよく覚えている。

敗戦の年の正月、入営する私が町内中の万歳で見送ってもらったのが見納めの観音様では、小規模だが夜店も出て、「にわか」や浪花節の舞台もかかり、各軒先にはボンボリが趣向を凝らして飾られた。

隣の町では、山伏さんのホラ貝を先頭に子供たちのガンドウ（昔の手提げ照明具）行列が悪疫退散を祈って練り歩いた。隣町だが一番端の私の家にも、ついでにホラ貝を吹き込んでくれたりしたのが嬉しかった。この行列は波止場の午砲（ドン）撃ち場の横のお住吉様をスタートしていた。西公園の「お山の下」ではお大師様の千灯明、二十四聯隊前の長具院では奉納の子供相撲。このお寺には「お綱門」と呼ぶ怖い門があり、目の前のお城で非業の死を遂げたお綱大明神の冥福を祈った。

同じ一つの小学校区内に、結構バラエティーに富んだ夏の宵のイベントがあったもので、不快指数など考えなかった子供たちは浴衣を着せられ、女の子は天花粉を匂わせてお参りをした。あの空襲以来、全部これらは姿を消した。

（7・9）

かわいい子

「かわいい子には旅をさせよ」という諺は知らない、しかもわが子を苦労させるために旅に出すとは驚いた、と言う学生たちに会った。かつて旅に出ることは辛いこと、苦行の連続を体験させることで、一人前になるためには、両親の元を離れて、思いのままにならぬ世間を知り、修行を重ねることが必要――そういう意味だと言ったら笑われた。

夏休みの前半はアルバイトで旅費を稼ぎ、後半は何でも見てやろうと好きなところへ羽根を伸ばす。旅費が足らねば、可愛い子のためだ、親が協力しようというのならわかる。しかし、この諺にまでなることではあるまい、と言うのだ。

そうそう親のスネをかじっていても申し訳ない、不足の分はローンだ、帰ってから月払いで払えば海外旅行でも平気だとのこと。服や靴などのように、支払い期間中も着用するのならわかるが、楽しみ終わった旅行の借金を後で月払いで払うのはどうも……との私の考えは「遅れてるぅ」そうだ。

日本の大学に入る能力がなければ、月々巨額の学費を払って、パリ辺りの大学に遊ばせている親たち。この親たちも私と同世代なのだから、今の若い人は、と呆れてばかりもいられない。

（7・13）

水浴び

「夏バテの動物たち」をテーマに取材に見える記者さんには生憎だが、動物園のインドゾウは雨が降るとご機嫌で、プールにつかったり鼻で水を跳ね上げたりして元気だ。

こういう喜びの動作は日照りの時はほとんどない。バケツで水を掛けてやれば、初めて喜んでプールに入る。暑い最中に自分から水に入ることはまずない。

ゴリラのウィリーは反対に日照りの最中に、浅いプールにでんと座り込み、檻の外の人間どもをニコリともせぬ哲学者のまなざしで観察している。だが油断は禁物で、例えば自分への関心ない話題が隣のオランウータンへ移ったなと見る瞬間、シャベルのような大きな掌で水をバシャーッと観客にかけて、涼しさのおすそわけ。そして濡れた人間どもには知らぬ顔――という役者ぶりだ。

類人猿でもチンパンジーは水遊びは駄目、オランウータンはプールには入らず、縁にしゃがんで、片手で水をすくい、肩から胸のあたりにゆっくり、静かに何度も繰り返し流す。その入念さは浮世絵美女の入浴姿を連想させる。元来、ゴリラは水を嫌うはずだが、福岡動物園のウィリーはそうでもない。ただ雨が降れば一目散に避難し、雷が鳴れば抱き合ってブルブル震えている。あんがい弱虫。

（7・16）

入道雲

祇園山笠が豪快な櫛田入りを決めた十五日の朝から、例年のように博多の梅雨が明けた。飾山笠もいっせいに取り払われ、十五日間の「ヤマのぼせ」が正気を取り戻して日常に戻った街はもう真夏。見事な入道雲が博多湾に高く覆いかぶさるように立っているのに気がつく。この数年こんな立派な入道雲は、異常乾燥や長雨、冷夏などが続いたので見なかったように思う。今年のキョウチクトウもヒマワリもきっと鮮やかなことだろう。

梅雨明けの頃のやや強く、明るい風を白南風《しろはえ》と俳句の人たちは詠む。

白南風や胸一列の貝ボタン　（フミ子）
白南風や汽車尾を振って海に沿ふ　（芳樹）
白南風やはずみで入りし一個展　（敬子）

陽性と言っても梅雨はやはりうっとうしかったが、白南風を得て、人々の気持ちも明るいようだ。梅雨前は雨雲を重層的に運ぶ低気圧のもたらす「黒南風《くろはえ》や草に静まる蒙古塚」（治）だった。

すべて暦どおりの移り変わりに見えるが、「今年の梅雨はあんなに降ったのにカビが生えていない」との家人の言。やはり、いつもの気象現象ではなかったようだ。

（7・20）

非有名校

とても甲子園など望めそうもないわが母校が、シード校のK高校を破った時、某紙の見出しに大きく「K校の不覚」とあったのは少々面白くない。下馬評に臆せず敢然と挑戦した後輩たちと、これを迎え撃つシード校が一点差の攻防を汗みどろで闘ったのだから、双方の選手たちにも失礼な表現だと思う。

福岡県高体連の調べでは、県下高校一七一校一六万五〇〇〇人のうち運動部員が四万一〇〇〇人の二五％。意外にも各種大会で上位にいつも顔を出す有名校に、スポーツ無関心層が非常に多い。スポーツ欄を賑わすこともなく「進学校」と嫌な呼び名を持つスポーツ非有名校が、運動部参加率ベスト5にずらりと並ぶ。三八％で県下一の運動部参加率を持つわが母校は、陸上競技部だけで六十人。走って跳んで投げるだけの地味な練習に、黙々と汗を流す頼もしい青春像がこんなにあるとは案外知られていない。

そして今年も、インターハイに県代表として走り高跳びに一人だけ送り出す。現役部員を年一回激励するOB会では、先輩のわれわれのほうが、彼らのひたむきさにかえって励まされる。戦時中で万事意に任せず、陸上競技部史上最低の記録を残す私たち世代の出席が今年も一番良かった。

（7・23）

地下鉄初日

本来なら自宅と目と鼻の姪浜駅から出るはずの地下鉄が、一駅先の室見発で営業開始をした。「バスに運よく座れたら、そのままバスで行くんですよ」と、姪浜から出ぬのがまだ不服の家人の指示を無視して室見でバスを降りる。そのままバスで行けば二三〇円のところを、室見で乗った地下鉄をもう一度バスに乗り換えるのだから、結局三五〇円。そのくらいの値打ちは、歴史的な地下鉄初乗り当日だから納得せねばなるまい。

すべてがニューずくめなので、恥ずかしながら、好奇心をくすぐることばかり。所要時間を確かめることも忘れてもう天神着。その真っ暗の中を瞬時に運ばれたあと、いつものバスから見える町並み、曲がり角、川、ビル、母校の塀、氏神様の鳥居など……諸々の修景が、今通った頭上に今日も展開しているのかと考えて妙な気がした。

地下鉄は東京、札幌などで慣れているつもりだが、いずれも旅先の心落ち着かぬ異郷での乗り物だった。それと生まれて育ったわが街の地下を走ることはまったく異質のものと気がついた。この分では、日常の暮らしに溶け込むまで時間がかかりそうだ。

いく曲りもの階段と乗客——この人たちも初体験のはずなのに、なんとその馴れきった表情と態度！　その波に押されて出た天神の真夏の炎暑は、どこか見知らぬ街のものだった。

（7・30）

鉢巻

朝六時の起床と決めている日課の駆け足は、真夏に入るとすっかり明るくて陽も高い。人一倍髪の薄い私の頭には直射日光が厳しいので、手ぬぐいで包んで飛び出す。

髪を隠せば一まわりぐらい若く見られているらしいのを、今朝思い知らされた。

鉢巻の調子が変なので、解いて締めなおそうとしていたら、後になり先になりしていた新顔の女子高校生らしい二人連れが寄ってきて、いったい何歳かと聞くのだ。正直に大正生まれの年齢を答えると、「キャァ、うちのパパよりオジン」と叫んだ。

こんな時、気の利いた受け答えができるほど私も世馴れはしていない。初めて口を利く年上の人に対する言葉ではない、とその非礼を咎《とが》めるのも大人気ない。

とりあえず笑ってはおいたが、この健康そのもののお嬢さんたちが「頑張って、おじさん」と言っているのだ、それをこんな形で表現するのがナウいのだなと勝手に解釈して、手を振って別れた。

だが、今後は決して家にゴールするまでは、途中で鉢巻を外すまいと思った。汗びっしょりの手ぬぐいを、走りながら締め直すのは容易でないからでもある。

（8・3）

大山デブ子

先月半ばに喜劇俳優の大山デブ子、さらに『鞍馬天狗』の伊藤大輔、『ローマの休日』のウィリアム・ワイラーと、映画界からの訃報が続いた。中でも大山デブ子、この名前を見つけた驚きと懐かしさが一番だった。

懐かしや大山デブ子――と言っても、私の周辺はほとんど彼女を知らない。ザ・マンザイの「いくよ・くるよ」の肥えたほうより体重はあったようだが、享年六十六歳とあるから、活躍したのは二十歳代だったはず。その妙齢を、芸名もずばりデブ子と名乗るプロとしての心意気には、子供心にも尊敬していた。だが、二百本に及ぶという作品名は、一つも覚えていない。相手役はこちらも巨漢の大岡怪童。ほかにオートバイ姿がめっぽうカッコいいハヤブサ・ヒデトなどの英雄に小学生たちは歓声をあげた。

昭和十年頃の子供は一日一銭のおやつ代を貯めて週末には入場料五銭をひねり出した。この五銭を握りしめて、出来たばかりの活動写真常設館「公園座」に通ったものだ。

旧制中学では、映画観賞は原則的に禁止で、教護連盟の監視の網を潜るのにずいぶん苦労したが、その芸術探求心の芽生え、私に最初のカルチャー・ショックを与えてくれた恩人の一人だ。その訃報に接してまず、今まで何処に隠れていたの、と聞きたい気持ちだ。

（8・6）

教育野球

この夏の高校野球は、非行やシゴキなどの問題で出場辞退が三十校もあった。甲子園へ駒を進めた四十九校のリストを見て、世間・父兄・高野連など数多くのハードルを越えてここまで来るのにさぞ大変だったろう、と妙な方向に話が飛んだ。

先輩の気合い入れは競技部生活につきものだったとむしろ懐かしく思っているので、一度もバットで尻を叩かれない野球部なんて考えもされない。口頭でいつまでもクドクドと説教されるより、一発殴られるほうを文句なしに願った。たるんでいる連中に、あくまで話し合いだけで頑張るように説得するんですかねぇ、とこれも出場停止級のシゴキを受けてきた若い同僚も同調した。

殴られたとすぐ両親に訴える弱虫を腫れ物に触る思いで、それも甲子園まで鍛え上げるには、三年間では短い。いや、その忍耐こそ教育者として、持つべきことだ――と言い出す者も現れた。

だが、それ以上話が展開すれば、せっかくの甲子園児たちの身に覚えのないことまで言って迷惑だろう、議論はそこまで。一応「教育野球の祭典」という虚構を是認することにして、諸君の健闘を祈ることに異論はなかった。

（8・10）

地下鉄の夜

終電近くの地下鉄は一時間に三本。二十分置きなので結構待たされる。中間の、例えば唐人町プラットホームでは地上の暗闇がまるで嘘の不夜城の明るさに、待っている客が二、三人とは心細い。いずれも場違いの所に巻き込まれた面持ちで、私同様本当に電車は来るのだろうかと闇の彼方を気にしている。また、すべてが物珍しい雰囲気なので、瞑想《めいそう》にふけるのに十分な時間とも言える。

八月だからまず昭和二十年、敗戦の夏に思いが及ぶ。旧い川柳句帖に「はたちの思い出が終戦当夜の灯」と残しているが、それとこの地下鉄駅の不夜城！

やがて闇を抜けて来た天神発にかなりの数の乗客を見てほっとするが、いつもの終電・終バスに見るお馴染みの終電紳士・淑女の表情ではない。眠り込む時間もない近距離には違いないが、煌々の灯の中でおとなしい。銀河鉄道に乗り込む一瞬がこんなでもあるのだろうか、なんとなくファンタスティック。目の前には私のメーテルもつんとすまして座っている。

焼け跡・闇市の日から三十六年経っている。やや涼しさを覚えるが真夏の夜。馴染むまでまだ時間がかかりそうな地下鉄である。

（8・13）

三十六年目の

一昨日は終戦三十六年目の八月十五日。この三十六年という月日は、考えようではずいぶん長い月日だ。私が旧制中学生で、それなりの軍国少年に仕上がっていた頃から三十五、六年もさかのぼれば日露戦争にぶつかるのだ。

敵の将軍ステッセルと乃木大将の会見の所はいずこ水師営。露将クロパトキンの敗走を歌い込んだお手玉歌などで、子供たちは勝ち戦を謳歌していた。その対極にある与謝野晶子の「君死に給うことなかれ」の詩など知る由もなく、日露の戦いなどなど、随分遠い昔話のようだった。

同じ三十六という数字の歳月が語りかける違いを「戦争を知らない」世代のほうが、なまじ渦中に巻き込まれ修羅場を這いずり回った私たちより、事の成り行き、世界史的意義から経済大国への道、さらに忍びよる核戦争の危機などの本質を客観的に掌握できる立場にあると思えば頼もしい。

だからと言って、何処かの将軍の棄て台詞「老兵は消え去るのみ」などと恰好つけて、あちら向いているわけにもいかぬ。戦争体験の生き証人として語り継がねばならぬことがヤマとある。

（8・17）

ラジオ体操

盆も終わり、ラジオ体操が隣の空き地で再開されている。後ろのほうにかなり離れて、目障りにならぬようラジオと子供たちの動きに合わせているが、まだよく目が覚めていないのか体の曲げ方、手の振り方がまちまちで一定しない。お手本の六年生もよく覚えていないらしく自信なさそう。第一、脚を体操らしくまともに曲げる子供はまずいない。面倒くさそうにピョコピョコとわずかにヒザを曲げるだけ。

ちょうど早朝駆け足のゴール後の整理体操の時刻なのだが、こんなふにゃふにゃ体操ではついてゆけない。子供たちが振り向かないので、我流のヒザの屈伸、体ねじりなどを加えて音楽に合わせている。

ただ、二、三人いつもお見えのお母さん方が「変なおじさん」というふうにチィラチラとこちらを警戒なさるようなので、そちらには目礼をする。せっかく、早起きなさっているのだから、そして子供たちにも唯一の運動の時間らしいから、お母さん方も遠くからご覧になるだけでなく一緒に、ちゃんと規律のある体操を指導なさらなくちゃ……と言いたいところだが、嫌がらせの年齢の出る幕ではないので、遠慮している。

（8・20）

聖八月

昼間は三十度を超す暑さでも、庭のヒマワリがやっと元気を失い、情念胸を打つことの多かった八月がやがて去ろうとする。そういう時、改めてこんなことを考えた。

「向日葵《ひまわり》もうなだれて今日原爆忌」、「向日葵は聖八月の怨のいろ」、「向日葵も覚えていまい捧げ銃」など例年八月の句帖に残してきたこの花は、どうしても痛恨極まりないあの日の色彩につながる。

あれ以来、八月の声を聞くということはまず、ヒロシマ・ナガサキとあえて片仮名で書く祈りと誓いの日が巡りくることにほかならない。そして八月十五日、甲子園の高校野球は今年も正午に黙禱をささげた。

政府主導の追悼行事、追悼の日制定の動きなどと別に、人々は早くから八月前半を反戦平和の日々として有形無形のイベントを行ってきている。このことは、明治政府の太陽暦採用以来百年、政府指導を無視して今でも七月十五日でなく盂蘭《うら》盆の仏事を一月後れで伝承している庶民の生活感情と無縁ではないようだ。特に敗戦の日が、年に一度この世に里帰りなさるご先祖と対話の日に一致することは、偶然とは言い切れぬと思っている。

（8・24）

弓流す日

例の神風と二百十日のイメージが重なって、九月一日は元寇記念日（戦前、福岡ではそう言っていた）。「四百余州を挙《こぞ》る十万余騎の敵」と口ずさんで、途中気になる一節がある。「何ぞ恐れんわれに鎌倉男児あり」。坂東武者とは聞いても鎌倉男児と呼ぶ勇猛果敢な戦闘集団は浅学にして知らない。

鎌倉とは、あの蒙古からの外交使節団を切り捨てるだけの粗雑な外交感覚と、西国の御家人たちに防備を固めよと命ずるほかに知恵のない軍事政権のことにほかならない。鎌倉から見れば局地戦に終わるわけだが、わが郷土にとっては一〇〇％の修羅場が展開され、祖先の血が飛び、必死の戦いが展開された。でも、ここの歌詞を九州男児と置き換えれば、この名の下に太平洋戦争時、常に敵前上陸など激戦地に投入されてきた郷土部隊のことを思って憮然たるものが残る。

鎌倉ついでに「弓流す日も鎌倉はふところ手」の古川柳。屋島の合戦で海中に落ちた弓を武士の面目にかけて必死に回収した義経奮戦の物語と、その勝報を鎌倉でただ待つだけの兄頼朝、さらにその後の仕打ち。この江戸庶民の怒りは、先日本紙の記事で読んだ「国を守る気概」を説く政治家こそ、まず一兵卒として前線へ……を思い出す。

（９・３）

リトル・リーグ

尼崎市の小学生が野球の練習中に、ノックが胸に当たり外傷性ショックで死ぬという痛ましい記事。九歳の子供が硬球で試合していたとは、軟球の経験しかない私には驚きだった。小学生の間は基礎体力の養成が先で、オニごっこ、駆けっこ、ドッジボールなどの遊びを中心とした運動、それに何でも食べて栄養のバランスを取ること、専門化された鍛練は体力と運動神経の基礎ができてから、という常識的なカリキュラムが行われていることと何疑うことなく思っていた。

こうなると、自分の体より大きな剣道具をよろけながら背に運ぶ姿や、柔道着・野球のユニフォーム姿を可愛いと目を細めることが、案外子供をペット視する親たちのエゴ、ひいては残酷さにつながりはしないか心配だ。

ついでに話を少し飛ばして、例のラジオ体操。体力差のあるはずの一年生も、六年生も同じ量と質の体操で、一日分の運動はそれで終わりとする風潮はいただけない。年齢と体力に応じた鍛練こそ子供も大人も必要なわけで、リトル・リーグなどで十年先の甲子園を狙う前に、よく考えねばならぬことだ。

（９・７）

万里青空

台風一過の青空とともに本格的な秋が来た。過年の秋、中国訪問第一歩の広州空港で、まず教わった中国語が万里青空《ワンリチンコン》。「日本晴れ」では追いつけぬ群青の深さと秋気の爽やかさが、文字の国に来た感慨をひとしおのものにさせた。

この文字に始まる私の筆談メモには、ご馳走が山珍海味《シヤンゼンハイモ》の広州料理、山紫水明《シヤンジスイミン》の桂林郊外の漓江下りは下筆難《シアピイナン》の絶景。これは耶馬溪で、あまりの景観に見とれた頼山陽が、筆舌に尽くしがたしと感動して筆を投げ捨てた故事と同じ、描写表現が筆舌の及ぶところにあらずと筆を擱《お》くの意。「北京飯店に在り　中秋の月とあり」。中秋月餅は文字どおりだが、これを「ゲッペイ」と読んでは野暮、ここ北京ではユエピンだ。

同文同種の嬉しさには、この筆談メモが片言の中国語会話を助けてくれ、その余白がそのまま中国紀行の句帖にもなるのだった。

中秋月餅　王府井《ワンフーチン》に灯が戻り
山珍海味　広州なれば蛇もよし
万里青空　今長城をしかと踏む

（9・10）

静物

芸術の秋、共通の知人の個展について話していたら、若い友人がしきりに「しずかもの」と連発する。シズカモノ？　聞きなれぬ言葉なので聞き返そうとするうち、やっと「静物画」のことだと気がついた。それは君、セイブツだよと言おうとして考えた――待てよ。特に絵画に興味を持つわけでもない私も、文字として視覚からこの言葉を知っているだけではないか、ナマの言葉で「セイブツ」と聞いたことがあるのか――と自問して、急に自信がなくなったのには驚いた。

あえて若い人たちの言語生活に介入することの危険はよく知っている。案外、絵描き仲間、またはヤング間での共通語（隠語）として通用しているのかもしれない……とまで考えて、その場はそれですました。だが、『広辞苑』で確かめるまで、本当にセイブツだったろうかと気になってしょうがなかった。

しかし、言い得て妙ではないか、「しずかもの」。その柔らかい大和言葉のニュアンスには、セイブツにはない、忘れていた何ものかがある。口ずさんで楽しい言葉なので、思わず何処かの展覧会で口に出し、私もヒンシュクをかってみたいと考えた。（9・14）

巻き添え

過日、福岡市博多区のマンションでの深夜の暴力団抗争事件で、通りすがりの青年工員がピストルで撃たれたとの報道。「またもや善良な市民を巻き添え」とのコメントも読んだが、結局この青年も親分出所の出迎え景気づけ要員にアルバイトで雇われた組員見習いだった、と次の日に知ったのには恐れ入った。

深夜二時半、友人と酒を飲んだ二十歳の工員が、人気のない街を徘徊するのも普通ではない。善良な市民とは純真無垢で世間知らず、酔って真夜中の街に出るのを怖いとも危ないとも感じない、そんな者だろう。バスで前後不覚に眠り込んでいる若いOLを見て、真昼間でもこのお嬢さん大丈夫かなと、熟年も後期の私は考えるのだが、この記事を読んで、やっと成人を迎えたばかりで、こんなに遅くまで働いたあげく、こんなことに巻き込まれて……と同情したばかりだった。

その話の間、「今時の若者が友人と話し込んで夜遅くなるぐらい当たり前、それに酒だって二十歳で結構飲みますよ」と若い連中から「話せぬおじん」扱いも受けたので、「だから言わぬことじゃない」と言いたかったが、それはやめておいた。

（9・17）

児童画

猛暑が続いた夏休みだったが、動物園の動物画コンクールの集まりは、玄界島の子供たちのすべり込み分を含めて昨年より三百点も多く、九百点を超えた。

今年特に目立つのは、非常に明るい色彩がふんだんに使われていること、とは審査の先生方の話。明るく激しかった夏の太陽が、三十度を超すことのなかった昨年の涼しい夏に比べて、子供たちに明るい色彩を選ばせたのだろう。

約半数を占める幼稚園・保育所の部の作品には、必ず本人に違いない子供が画面に描き込まれている。時には自分だけ、中にはお友達みんなと並んでゾウさんを見ているところ。描きあげた署名のつもりか、本人が画面に参加しておかねば安心できないのか、そのへんの幼児心理をどなたかにお聞きしたい。

ほとんどの下級生が描き込んでいるこの人物像が、三年生以上になると奇妙なほど姿を消す。そしてこの低学年生が大型画用紙の隅から隅まで元気よく全部塗り潰している小さな身体に秘めるバイタリティーには、全員努力賞をやりたいところだ。

夏休み中、毎日ノート一ページずつの漢字のおけいこを「ノートのムダ使い」と決めつけられたという「こだま欄」の記事。この四年生の先生と話がしてみたい。

（9・21）

青年センター

この日曜日、福岡市中央区の青年センターのセンター祭りに参加。教養、趣味、生活技術、スポーツなど二十講座のメンバー七百人と勤労青年学校（高校に進学せず就職した人たち）一三〇人による青年男女の共同自主企画、そして運営だった。

いずれもこのセンターで生活学習に取り組むが、いつも勤労後の夜間の集まりで、お互いの顔を合わせることは自分のクラスのほかはほとんどない。にも拘らずスポーツ、文化展、バザーなど盛り沢山の催し物を楽しんでいるのはさすがに共通する若さだと感服した。

お料理コースの女子メンバーが腕によりをかけたのだから、と誘われていたが、若者たちの食欲にはかなわない。たちまち「なんとかライス」は売り切れだそうで、がっかりした。その代わりに利発そうな娘さんのお点前に、おとなしく座ることができた。

折目のついたユーモアと生真面目さには、今時の若者たちのもう一つのナウい面を見る思い。特に中卒諸君の参加意欲には圧倒される……とは指導・助言の先生方の話。この上の欲は、激増している高校中退生たちの足がこちらに向いてくれることだそうで、祭りのテーマは「いま、心の扉を開けて」だった。

（9・24）

カメラ

動物園のコクチョウやマゼランガンなど水鳥の母親がヒナを遊ばせる時、必ず父親が周辺を遊泳パトロールするが、観客の視線が気になるとツツーと近寄ってくる。特にカメラを向ける人間には、血相（！）をかえて突進し、威嚇する。

チンパンジーやゴリラも観客に水をかけて自らのストレス解消と人間たちとの対話を楽しむが、必ずと言っていいほど、カメラを構えた人、特にテレビカメラに対しては百発百中の命中率で水をかける。動物・人間の普通の視線より、より攻撃的なものをこの冷たい器材のメカ的視線に感ずるのではないか、と話し合っている。

そして今、出版界でブームという吉田茂元首相。この人のエピソードとして有名なマスコミ嫌い、特にカメラマンにコップの水をかけた話を思い出す。ご本人の性格もだが、より挑発的なものを仲介する器材が、元首相の怒りを増幅させたのに違いない。そのメカ的視線に水をかける姿に、ゴリラ的愛嬌を見ぬでもないが、かけられた側がユーモアとしてとらえて終わるのも寛大にすぎて納得できない。

水をかけられる本人には気の毒だが、動物たちの行動を鏡にすれば、人間たちの愚行がよく映る。

（9・27）

悲秋

約二五〇〇年以上も前の中国最古の詩集『詩経』には、恋の季節としての春の詩は多いのに、秋の詩は極めて少ない。秋がその悲哀感を伴って文学の表舞台に出るのは、紀元前三世紀の『楚辞』からとされ、以来中国文学の世界で秋を題材とした傑作が断然多くなる。『詩経』の時代は、周王朝など比較的単純な生産関係の中で、弱肉強食の春秋戦国時代の修羅場、栄枯盛衰の姿を目にしてきた『楚辞』の時代の人々の心情生活の複雑さ、屈折ぶりとは比較にならぬ心の豊かさが謳歌されていたとされる。

また『詩経』が北方の黄河流域の文学で、そこでは感傷に耽《ふけ》るより耐寒準備に追われる厳しい風土の秋があり、一方南方の長江流域の作品『楚辞』には、秋の草木の変わり、自然のうつろいなどを悲哀感としてとらえる余裕があった、との見方も否定されない。とすれば、長江以南と同じ照葉樹林地帯の日本列島の住人たちが、『楚辞』以降の「悲哀を基底に置く秋の感覚」をすんなり受け入れて今日に至っている理由もわかるというものだ。

それにしても、「物思う秋」のルーツが邪馬台国時代より五百年以上も前の作品集なのだから、今なおその国の所在論争が続く国に住んで、別の感慨もある。

（10・5）

スキンシップ

多摩動物公園（東京都）での実験例で、チンパンジーの群れに新入りを加える場合、警戒して騒いだり、攻撃をかけようとする若者たちを制して、リーダーが前に進み出、まず土下座（平伏）して視線をぐっと低くしながら、戸惑う新入りを迎えるのが常とされている。「怖ガラナクテモイイヨ」と時間をかけて励まし、相手の肩に手を掛け、手を握ってやって安心させ、やがて毛づくろいを始める。この間かなりの時間と手間をかけるのが、リーダーとしての役割となっている。

このスキンシップの実験ビデオが各企業の新入職員対応の監督者研修資料として使われているのは、それはそれでいいのだが、ひとつ釈然としないものを感じる。乳児期を過ぎても、甘ったれ感情を残している人間の、それも一人前の戦力が期待されるプロの新入職員に「腫れ物に触る」対応は、決してプラスとは考えられない。

市民プールでの「父と子の水泳教室」では、父親をシャットアウトする時間帯では健気に指導の先生の言うことを聞く四、五歳児たちが、父親と一緒の「スキンシップの時間」になるともう駄目。それまでのガンバリを見せず、効果がもう一つ上がらないとの話も聞いている。

（10・8）

かけっこ

小学生の時、運動会を楽しいと思ったことはほとんどない。何よりもかけっこ、徒歩競走が一番苦になっていた。毎年、ビリ脱出を頑張りながら、町内のテントの前を通過せねばならぬ苦痛、苦笑しているに違いない両親に申し訳ない気持ちで、うらめしかった。

だが、五年生の小運動会（予行練習日）で、初めての障害物競争で革命的な体験をした。スタートはいつものとおりビリで、最初の梯子《はしご》くぐりも一人分だけ穴が足らず遅れてしまったが、次の網潜《くぐ》りの場面で、先に潜ったみんながモゴモゴ尻を振り立てて、遅れて到着した私の小さな体に十分以上の隙間を作ってくれていた。もう無我夢中で顔を地面にすりつけて砂まみれになり、網を脱出したのはトップだった。

もちろん、すぐ追いつかれたが、平均台を飛び下りたところのゴールでは三番より遅くはなかった。以後、障害物競争にかぎり、一時はトップを走る快感を味わうようになる。今考えると、これは非常に貴重な体験で、学校が面白くなったのもこのへんからだったようだ。その後の処世訓にもなっている。

今、運動会のシーズン。特にかけっこの遅い子に声をかけてやりたい。

（10・12）

国際都市

福岡市の南公園台地は海抜六〇メートルにすぎないが、百万都市の真ん中だけに、全市街の見晴らしはすばらしい。植物園見晴らし台の方位盤は、姉妹都市・米国オークランドと交換学生の事業を続ける市内のライオンズクラブが合同で、その十周年記念に寄贈したもの、と台座の御影石に刻んである。

中央の銅版に東西南北とあるのは、どこにもある方位盤と同じだが、国際的記念事業とあって目標地点に工夫がされている。博多駅はどちらと確かめると、メキシコシティかロサンゼルス、西公園はこの森の向こうで、モスクワやロンドンの方向という具合だ。伊都国はカイロやアテネの方向だし、中洲はアンカレッジ、脊振山は広州やケープタウンの方向と教えるのだから、お迎えしたオーストリア大使閣下から「福岡が地球の中心と思っている！」と感嘆の言葉もいただいた。

若杉山や宝満山の所在は、それは目の前に展開する風景だから、連れか、傍らの人に聞いてつかぁさい……。「一人でも多くの人と自然や修景についての対話がはずむ、その仕掛人の役割もこの方位盤の意義だから」というアイデア提供者の意向も生きている。

（10・15）

飾在博州

福岡市中央区天神の目抜きに建つビルに、大きく垂れ下がったPR文字が「飾在博州」。秋のファッションは博多から、との意味らしい。博多を博州という戸惑い、「てんじのちょう」を「テンジン」と呼び捨てにするようになって以来、わが郷土の地名をイジクられるのには慣れている。

「食は広州にあり」（食在広州）天下の美味の中心、広東料理の本場、友好都市広州のキャッチ・フレーズのもじりなら、百歩譲っていいとしておこう。でも、今売り出しの若いコピーライター諸君の浅薄な「言葉遊び」は気になる。あちらで聞いた成句に「生在蘇州」（暮らすなら風光明媚な蘇州に限る）。この意味はすぐわかるが、「死在柳州」（死ぬなら柳州が一番）、この意味わかりますか、と聞かれて返事ができなかった。天下の絶景桂林のすぐ南で、伝説の歌姫・劉三姐が魚に乗って昇天する魚峰山の麓、広西壮《チワン》族自治区の山奥の美都だから、極楽浄土に近いのかと尋ねたら、「棺桶に適した木目の堅い良質の（名は忘れた）木材の産地です」。

あちらの民衆の人生観がうかがえる名句だったのに絶句した。ブラックユーモアにしても質の高い、スケールの違う文字の国の言い伝えではある。

（10・19）

酒は静かに

「秋の夜の」とつぶやけば、「酒は静かに飲むべかりけり」と口ずさむ。晩酌などしたことないが、病的に飲めぬのでもなく、飲まねば失礼にあたる席では「お、飲むようになったか」と友人が気遣う程度には付き合う。

『徒然草』第一段は「下戸ならぬこそおのこはよけれ」と結んでいるが、これは酒席で人から勧められると、困ったなという顔はしても、受けた杯は干すぐらいのたしなみを持つ男をよしとする――の意。その解説を読んでわが意を得た気持ちだ。

吉田兼行は酒好きではなかったらしく、「友とするに悪しき者七つ」の四番目に「酒をこのむ人」をあげているし、酒がどれほど人をあさましくするかについて無理強いのいやらしさ、二日酔いの愚、女性の酔態などを活写している。

百薬の長というが万の病は酒からだとも、憂いを忘れさせるはずの酒が昔の憂いを思い出させて泣き出すではないか、悪を増し、万戒を破って地獄に落ちる……と厳しく、酒飲みならずとも少なからずしらけさせることを書き残している。全二四三章の後半（一七五段）でもあり、油が乗って筆が滑ったのだろう。飲みながら書いたのかもしれない。「下戸ならぬこそよけれ」の巻頭のほうを愛唱しよう。

（10・22）

幼児教育

南アフリカには「子供がカミソリを欲しがって泣きわめく時は、渡してやるものだ」という物騒な諺があると聞いた。痛い目に遭うのはお前さんだと経験を通じて学ばせる即物的育児法がかの地で生きている。

動物園のサル山で、育児期間中は二十四時間しっかり抱いて文字通り嘗《な》めて育てるニホンザルの母親は、子ザルが食習慣にない物を口に入れようとすれば、素早く取り上げるか、叩いたり痛めつけたりして止めさせる。目上のサルが手にした物に手を伸ばしたり、欲しそうな顔をしただけで、足を引っ張り、噛みついたりして折檻する。

ニホンザルの幼児教育はこうした「禁止」に尽きる。積極的にハウツーを教えることはなく、母親や先輩たちのマネ（学習）をさせるだけだ。そして二年後、次の子の養育が始まる時、ある日突然、「もう一人前だから、これからは自分でやるんだよ」と非情なまでに突き放す。

カミソリの話も、ニホンザルの話も、どちらも幼児期の過保護から脱却できず、乳離れも子別れもできず、甘ったれた「おとな子供」を持てあます今の私たちが忘れている教育の基本を教えてくれている。

（10・26）

五十歳代

前の日曜日、志賀島老壮年マラソン一〇キロに参加した。タイムや順位に執着はない、マイペース、一時間近くも休まずに走れるだけでいいとしようなど、お互いに牽制したり、三味線引き合ったりしていた。第二出走組の五十代グループは大正二桁から昭和初め生まれの「敗戦時青年」たちで、それが全員鉢巻とランニング姿で、奇妙な懐かしさと連帯感みたいなものが込み上げて、武者震いを覚えたものだ。

スタートで、猛スピードで飛び出すのに引き摺られてペースが狂ったと気がつくのは、もう三キロの地点。後は難行苦行の志賀島一周だった。

それでも、十分遅れでスタートした女子ランナーからは三人しか追い越されていないので、久し振りに五十分を切れるかも知れぬと自ら禁じていた欲も出て、それなりに頑張った。だが、あと五メートルもないところで、スルリと私を抜いてゴールし、「やったァ」と叫んで振り向いた顔が、早朝駆け足の室見川での顔なじみ、元同僚のH君……無念、この上なかった。彼が一七九位、私が一八〇位。それでも私より遅かったのが五十歳代で百名近くもいるのだから……来年こそ。でもマイペースには徹したい。

（10・29）

ヒョウのしっぽ

エチオピアに「ヒョウの尻尾を摑むな、万一摑んだら放すな」という物凄い諺があると聞いた。危ないことには手を出さぬこと、しかし災難に遭ったら引き返してはならぬ……という教え、野生の王国の人々の知恵と見る。

似たようなことを旧軍隊で体験して肝に銘じている。厩《うまや》当番は都会育ちの初年兵泣かせの最たるものだったが、軍馬の尻（肛門）をぬるま湯で朝夕拭きあげる時、要領としては左手でムンズと尻尾の付け根を摑み、尾を思いきり差し上げることをまず教わった。そうすれば馬は絶対に蹴らない、蹴れないのである。もう一つ、馬の様子がおかしい時、興奮していると見た時、逃げてはダメで、体を馬に密着させること。抱き付くことと教育された。おっかなびっくりの及び腰で、馬との距離をとった不運な同年兵は蹴られて死にもした。

私たち学徒あがりの初年兵たちは、なりふり構わず軍馬に抱きついてやがて一人前の馬取扱い兵になっていった。「身を捨ててこそ浮かぶ瀬もあれ」との古人の教えを嚙みしめたことを思い出す。

（11・12）

好奇心

福岡市の都心・天神のビルに、冬のファッションのPR看板として今度は「好奇人種」という文字がぶら下がった。いやに長い手足をくねらせて、UFOから降りたばかりの国籍不明の美女が、現世離れした大胆な配色をまとって描いてある。

「誰が一体あんな衣装を」と考えるが、つまり私のような無責任な野次馬にも「誰が一体」と思わせる、その好奇心をそそるのを勝負どころにしているらしい。わが家の家計にすぐ響く出費の心配はまずないので、それはそれでよいのだが、「好奇心」という言葉には思い出すことがある。

戦前、福岡の市内電車に二両連結のボギー車と呼ぶ最新型の車両が導入された時、私たち旧制中学二年生はこれを「コーキシン」と呼んだ。英単語の訳として覚えたばかりのハイカラな日本語を、それまで使ったことがなかったのに違いない。

後に知るのだが、旧制高専の入試の英語で、ほとんど全員がわからなかった単語が「ベテラン」。今では子供でも知るベテランを辞書を引いてまず「在郷軍人」と覚えた頃の話。

これから先も、どんなニホン語が現れるか知れない。好奇心を満タンにして受け止めねばなるまい。

（11・9）

県庁前

福岡の市内バスが天神を過ぎたところで、「次は市役所北口」と聞きなれぬアナウンスがあった。そうだ、昨日まで「県庁前」と呼んでいたところだ。

庶民の一人としては、海外出張時の旅券を貰うほかに用のない県庁だったが、物心ついて以来約半世紀、地名として私の生活用語の中に生きていたことに気がついた。

福岡県庁がそこにあるから県庁前というだけでなく、那珂川を渡って中洲、博多に入る一歩手前の地点で水鏡天満宮が今もあり、「乙ちゃんうどん」が昔おいしかった場所である。ずいぶん前、出張先の広島で広島県庁の所在を尋ねたところ、私の発音が通じず、三、四回繰り返してやっと「あぁ、ケンちょうですね」と、上半分のケンにいやというほどアクセントを置いた県庁のあり場所を教えてもらったことがある。

何という田舎だろうと思ったら、NHKのアナウンサー氏もこの変ななまりのアクセントで「県庁」を喋っているのに気がつき、唖然としたことがある。

だが、嬉しいことには、わが市内バスは何度聞いてもいつも私の耳には九州風の「県庁前」とアナウンスしてくれていたのだ。バスに乗って初めて県庁移転が他人事でないのに気がついた。

（11・12）

タクスペイヤー

西日本一の雄県の県庁だから、建築費の四百億円ぐらい当たり前かと読んでいたら、絨毯《じゅうたん》一平方メートルが八万円とあるので驚いた。四百億という数字は庶民の生活感覚外のものだが、八万円なら親子三人の何日分と、わが家の家計の射程内に入ってくるので、初めて実感として受け止められる。大理石敷きという知事専用のトイレにても、昔友泉亭公園がどなたかの別邸だった時、案内されたトイレが畳敷きで、ウルシ塗り（だったと思う）の便器なのを見て、たちまち便意が消し飛んだことを思い出す。

以前、米国オークランド市の港湾コミッショナー一行を博多港に案内して、港湾施設の建設費に言及した時、ふた言目には、「タクスペイヤーはそれで納得するのか」と繰り返し聞き返すが、決して市民や県民とかの言葉は出なかった。タクス（税金）をペイ（払う）する市民には、それに見合うメリット（利益）を期待する権利があるとのあちら的市民感覚を教わったことだった。

今、行革の嵐の中、例えば出費を抑えて、何年かかけて内装は完成させよう、それまではゴザでも敷いておけ、とでも言えば、「いや、絨毯が良い。それも立派なものを」と県民のほうから言い出すに違いない。

（11・16）

詠嘆過剰

この秋の市民芸術祭「文芸部門」の傾向として、むやみに心情的な屈折や詠嘆に流れ過ぎるもの、自虐的な絶望感に満ちたものなど、読むほうの気が滅入りそうな作品の目立つのが審査員の間で話題になった。

特に熟年男性のものに、「生活者としての逞しさ」、「男っぽさ」が皆無に近かったのが気にかかる。国民の大半の生活意識が中流の上だと比較的に楽観ムードが伝えられる割には、どうしたことだろうということになった。むしろ、敗戦直後のあの心身共に疲労のどん底にあった日々のほうが、地に這うように生きていた衣食住の苦労の中に人々の連帯感みたいなのが見られ、共に励まし合う結果として、ユーモアにあふれ、勇気づけられる作品が見出だされていたのかもしれない。

とすれば、今一応落ちついたと思っている衣食住の中では、楽しいことやユーモアを伴う心情吐露はテレくさく、甘ったれの余裕もできて、ヤングたちには突っ張り、熟年たちには詠嘆を楽しむということになったと言えるのではないか。

それにしても、秋と感傷、秋と詠嘆。似合い過ぎて知恵がない。しらけさえする。

(11・19)

サポーター

十年近くも前、福岡市民体育館で当時世界一の日本男子バレーと戦った中国チームは、世界の檜舞台に出たばかり。野性味溢れる気迫には惜しみない拍手が送られたが、文字通り友好第一で、勝敗は第二だった。

試合後たっぷり一時間以上も、立ち去らぬ観衆に見守られながら日本チームの胸を借りての公開練習があったが、日本選手たちは膝のサポーターを外して中国選手に使ってもらい、練習が終わってそのまま全員がそのサポーターをプレゼントした時の拍手は一段と高かった。

先日のテレビで見たW杯バレーの中国チームの袁偉民監督の横顔は、確かにあの時ひときわ印象に残っていた背の高くない名セッターその人に違いなかった。世界一になった袁監督の率いる中国女子チームは、郎平をはじめ、どの人が孫普芳か張蓉芳か見分けはつかぬが、いずれも隣近所で見る表情の娘さんたち、日本の負けを忘れさせるほどの親しみを感じさせた。

かつて、われわれからプレゼントされるまで膝サポーターなど知らなかった模様の中国チームが、よくぞここまで成長したと感動さえ覚える。

袁監督の言葉「日本の友人たちに学んで、ここまで来ました」――今度はこちらが学ぶ番だ。

(11・26)

若者たち

タウン誌編集部の若い娘さんからインタビューを受けたが、「それでは、昔は二十歳で兵隊に行ったんですか」と驚いて聞き返されて、こちらも驚いた。徴兵検査は「はたち」と決まっとると言ったところで、もう四十年も前の話。

敗戦前年の私の場合は、年齢が繰り上がって十九歳。「若桜出陣」などと新聞に書かれて、あの年は二カ年分の新兵が生まれたと付け加えたが、そんな若者が戦地に出掛けるなんて信じられないというインタビュアー嬢の顔付きだった。

当時の現役の兵士、下士官それに若手将校など軍隊の中核はほとんど二十五歳以下の若者で、今の社会のイメージにある「はたち」と私たち年配者が通過してきた「はたち」の日とは比べるよしもない。志願して予科練に飛び立ちついに帰らなかった学友たちは、今ならどんな悪いことをしても少年Aと呼ばれ、将来ある身だからと個人の名誉を社会が守ってくれる、その年頃だった。

取材のテーマから外れはしたが、熱心に尋ねる娘さんに、これら若者が根こそぎに戦場に出されて姿を消した「銃後」と呼ばれた社会生活のこと、「人生二十五年」と言った当時の死生観のこと、もっと語り継がねばならぬことの山積を痛感した。（11・30）

葉室選手

先月の二十八日、創立七十周年を迎えた福岡市簀子小学校で、ベルリン・オリンピック（昭和十一年）二〇〇メートル平泳ぎ優勝の葉室鉄夫氏が、後輩の子供たちに「胸を張って、世界にはばたけ」と激励の話をされた。

優勝の時以来初めての母校訪問と聞いて、その当時の六年生だった私には少なからぬ感慨があった。児童代表として筥崎八幡宮に必勝祈願に行ったことや、夏休みの校庭でラジオ体操の後、ベルリンからの実況放送を取り囲んだこと、また胸に日の丸の紺のブレザーを着て凱旋してきた当時十八歳の英雄が、雨天体操場で「盛大な歓迎よりも、子供たちにプールの一つでも造ってほしい」と意外な話をされたのに驚いたことも覚えている。

後に北原白秋の遺作「水の構図」の写真のページを受けもたれた当時図画担当の田中善徳先生作詞の創立二十五周年記念の歌では、「世界に勝ちたるハムロも生まれて」の部分を特に声を張り上げたものだ。

今の子供たちは大先輩の金メダルを撫でさせてもらって興奮していたが、当時は触るどころか、見せてもらったか知らん……と大人気ないことも考えた。年取り甲斐のない二十五回卒業生である。（12・3）

鬼ごっこ

子供の頃からの友人に会えば、その楽しさの最たるものに、自分でも忘れていた博多言葉がポンポンと飛び出してくることがある。

例えば、「ひとり念かけ、一生鬼《いっしょう》」という鬼ごっこのルールがあった。「念かけ」、「念をかける」との博多言葉は懐かしい。「狙い撃ち」や「目標を定めて執拗に追及する」ほどの意味。逃走能力の弱い年少者や女の子ばかりを追っかけるのは男らしくない行為として、上級生のリーダーがこの「一生鬼」を宣告した。男の子にとってこれ以上の恥はなく、その卑劣な振る舞いをピシャリと止めたものだ。そうしなければ、次に「もう（遊びに）かたせんぞ」、つまり除名されるので、これは身をちぎられるより辛かった。

今にして思えば、弱者への思いやりあふれる道徳教育の実践だが、「青少年健全育成」などの命題があるわけでもなく、大人は一切指導も干渉もせず、学校も家庭もおそらく誰も知らない世界での遊びの知恵だった。

「昔の遊び」の発掘と伝承が提唱されているが、できたらこの種の内面的な「心」も付け加えたものでありたい、と昭和も初期の子供たちは今話し合うことである。

（12・7）

冬将軍

植物園の大花壇は、今月初めの突然の雪でベコニアがやられ、案外長続きしていたマリーゴールドもダウンした。昨年は久し振りの厳寒で暖冬に馴れきっていた私たちを慌てさせたが、今年は寒波の波状奇襲で冬将軍が勝負に出たようだ。

紅葉がこの秋ほど美しかったことは最近ないといわれていたのも、この突然の冷え込みが晩秋に続いたことと無縁ではない。韓国ソウルからのお客様の話では、あちらでは昨年の厳寒でカイヅカイブキ（生垣などに使われる常緑針葉樹）が全滅して枯れたとのこと。これはあちらの記録でも前代未聞の出来事で、零下二十度ぐらいで驚くカイヅカイブキではないが、三寒四温のあちら型の冬に馴れきっているこの木が昨年の「三寒四寒」ですっかり調子を狂わせたもの、と考えられているようだ。

冬は寒いと決まっているので覚悟はしているが、その中にもおのずからリズムというものがあるはずだ。付き合いにくい気紛れな冬将軍に対抗すべく、早速大花壇はハナカンランに植え替えられ、亜熱帯の中国広州市からの友好の木パンヤには、今年は特に念入りにコモがかぶせられた。

（12・10）

対日批判

対日貿易の赤字に悩むアメリカ商務長官の「米国と同等の市場を開放せよ、そのために日本は日常生活の文化的伝統も変えよ」という身勝手な対日批判の発言には驚いた。

明治も半ば、新渡戸稲造博士はその著書『武士道』（英文）の中で、「赤穂浪士の仇討《あだう》ちは、主人の死罪に対して控訴する上級裁判所がないので、当時唯一の最高裁である仇討ちに訴えた」と書いておられる。外人向けの書にしてもはなはだ奇異な解説だが、あまりにも日本的な事件を西欧文化圏にその心情面を含めて紹介することの難しさを痛感させられる。

最もこの事件は、武士たちには自らの生き方に関わることであり、民衆にとってもその是非について容易に結論の出るものではなかった。例の『仮名手本忠臣蔵』の江戸竹本座初演が許可されるまで、四十七年の月日を要している。明治になって明治天皇の「万世ノ下、人ヲシテ感奮興起セシム」との激賞を得て、初めて今日的な忠臣としての位置を一応確保するが、その後も評価が一定しているわけではない。

恥ずかしげもなく「文化的伝統を変えよ」と他国民に呼びかける神経の持ち主にはとうてい理解されそうもない心情生活の伝統がある。今日十四日がその討ち入りの日。（12・14）

おしゃれ

先日来福された世界バレーボール連盟のP・リポー会長の通訳嬢の、モンペの膝から下が異常にペショッと細い、忍者みたいな甲斐がいしい姿を見て、日本人離れのフランス語でもあり、最初はどこかの少数民族の衣装かとも思った。あとで、これこそ昨今ナウなファッション「トビ職パッチ」と聞かされた。全国で同時進行のおしゃれなのだそうだ。

先日まで十三回にわたり、本紙夕刊に「舗道のおしゃれ」のタイトルでヤングたちの写真が紹介されたが、何処にこんな決まったスタイルの表情豊かな美女が隠れていたのかと楽しく見ていた。

ブーツ颯《さつ》爽《そう》不況に強い女たち

五年も前の師走の拙句だが、その頃、ファッションは単発的だった。十三回連載でまだ紹介しきれないほど多様化したおしゃれが、集団でこれがナウいと目の前に展開されては、川柳には詠めず、あれよ！と目を見張るばかりだ。

例によって辞書も役に立たぬカタカナの、どれがなんとか風のなんとかルックなのか、その詮索は野暮というもの。師走の寒風を吹き飛ばすその行動力、バイタリティーを見習おう。（12・19）

年忘れ

勤め人暮らしの年末スケジュール消化として、私のような下戸《げこ》も忘年会に付き合うのは一度や二度ではない。

古川柳に「年忘れ忘れずとよい顔ばかり」とあり、江戸の昔からこの一年の憂苦を忘れるための酒宴に集まるもの皆、忘れたい苦労があるとは思えぬ顔ばかりだったようだ。本当に苦しい者も、この年の瀬に酒どころじゃない「数え日になってとそねむ年忘れ」と言い出しては、しらけるというものだった（当時、歳末二十日以降を数え日といった）。

「年忘れ袴《はかま》で来たで叱られる」。場違いの顔が一人ぐらいあってこそ、無礼講の場が成り立つ。「年忘れとうとうひとり水を浴び」、「来年の樽に手のつく年忘れ」と正月用の酒まで狙われる。「年忘れ隣でも今朝遅く起き」。酒が最初の計画を狂わせがちなのは、体験的に納得、ただし、二次会、三次会の句は江戸川柳には見当たらない。

全員顔を合わせるのが日曜だけの職場だから、例年忘年会は日曜の晩と決めている。「日曜の飲み事はよい。カケのきく飲み屋がみんな閉まっているから」と呟いたのは、二次会の世話まではせぬ約束で引き受けた幹事君である。

（12・21）

自立への日々

福岡市国際障害者年協議会の記念誌（B5判、一二〇ページ）は「自立への日々」、そのタイトルに今年一年この問題に取り組んだ障害を持つ人々とその周囲の方々の思いが込められている。

冊子発行祝いの集まりで、お母さんと一緒に挨拶した表紙絵の作者・山田香代子さんは、養護学校中学部の二年生。協議会長の下川政治氏ご自身は戦争で隻脚を失われた人で、車椅子の人や目や耳の不自由な人、腎臓病患者連絡協議会、自閉症親の会、てんかん協会、その他種々の障害を持つ人々の計二十三の団体が、初めて一つのテーブルを囲んだこと、そしてこの冊子が生まれたこと自体が今年の大きな収穫の一つだ、と私に話された。

それぞれの生活体験、障害を持つ仲間へのメッセージ、文芸のページ、ルポルタージュなど、一般社会や健常者への理解協力の訴えが行間、空白にも溢れているが、筋ジストロフィー協会の波多江姉妹の「困っている人を見たら障害者に限らず誰にでも手助けをしてあげる心を」との心優しい淡々とした記述には、顧みて胸を打たれるものがあった。

まもなく終わる国際障害者年、その命題はやっとスタートラインについたばかりだ。

（12・25）

暮れというのに

動物園に動物がおり十二月

気忙しい世間をよそに、コクチョウの雛が五匹、母鳥の後に一列で泳いでいるし、ハナジロゲノン（西アフリカ原産のサル）の赤ん坊はようやく母親のダッコから解放されて檻を走りまわり、先輩ザルたちにうるさがられている。この忙しいのに動物園でもあるまいと思うのだが、三々五々と案外大人の入園が目立つ。

暮れというのに走ろう会のあなた方

早朝六時はまだ暗い。上弦の月が細く冷たく光るのに挨拶してから、日課のランニング。折り返しの鉄橋下まで来てやっと少し明るくなり、カモの群れがツツーと川面を滑走するのが見えてくる。いつもの冬の室見川冬の風物詩だが、闇を破って行き交う車のライトと騒音はやはり師走。この数日急に増えたようだ。

「ちっとも暮れらしくない」と言い交わしていた同僚の顔付きもそれなりの緊迫感を加えて、今日二十八日は御用納め。「真顔して御用納めの昼の酒」（欣一）と俳句歳時記にも残る。おそらくは明治初年太政官布告以来の恒例だが、今年は午後、それも終業時近くに回した職場も多かったようだ。行革の年らしい小さな一歩と言っている。

振出しへ戻る心に除夜の鐘　（12・28）

1982

黒門（中央区，2000. 6）

初詣

今年もジョギングで三社参りをした。愛宕神社（福岡市西区）の石段は敬遠して、ゴウズ池から横の馬道を上る。女子供むきの参道のはずなのに、急な坂道で約一〇〇メートル。途中で立ち止まれば今年の幸運は望めないと、この辛苦を乗り切りさせ給えと頑張る。

次の姪浜住吉様で、白と黒の神官衣装の町世話人さんから「お神酒を……」とすすめられるが、あと四キロを残しているので失礼する。前夜の雑踏がまるで嘘。世間では初詣は終わって屠蘇を祝う時間なのだろう。参拝の人はほかに見当たらぬ。

行き交う車も少ないので調子に乗りすぎ、いささかバテたところで小戸ヨットハーバーの東側高台に鎮座する小戸神宮に向かう。ここはまったく無人の祠《ほこら》。博多湾西半分の白砂青松の展望の独り占めは勿体ない。悠久の昔から常に落日を吸い込んできた島々の景観が語りかけるもの……などと元日らしく哲学的瞑想にふけるのによい。

壊れた賽銭函の傍らに小学生の男の子を連れたふだん着の父親が、ビニール袋から小餅と小ミカンを出して供える。ついで隣の安産石にも右隣の松の根元にも……。そして茫然と見守る私に目礼、私もあわてて柏手をうつ。

（1・4）

犬の尾

今年の干支《えと》「戌《いぬ》」を生かそうと、年賀状のデザインに皆さん苦労したらしく、無難な犬張り子や狆《ちん》などが選ばれていたようだ。

旧くから「犬馬は難く、鬼魅《きみ》は易し」（『韓非子』）とあり、つまり絵を描く場合、犬や馬のように見なれているものは描きやすいようで実は難しく、鬼や怪物など見たことのないのはどう描こうと批判できる者がいないので、気楽にやれて評判にもなるというわけ。

この言葉はそのまま異説珍説の類は大衆受けするが、平凡な本物は喜ばれない、という今日的風潮への警句としても生きる。

何しろ、「虎を描いて成らず、犬に類す」とか「暴君桀に飼われた犬は名君堯に吠えかかる」などしまらぬもの、格好良くないものとして犬は多く使われてきた。

忠犬として人間の勝手な解釈で褒められることもあるが、「犬侍」など嫌な使われ方も多い。気の毒ついでにもう一つ。昔中国で役人を濫造して、やたらに官位を与えた時、貂《てん》の冠が足らず、犬の尻尾で代用した故事から「貂足らず犬の尻尾を継ぐ」となり、今日で言う行政改革の命題に繋がる言葉ができた。

今年は犬の年、行政改革の年。

（1・7）

松の内

雨戸を繰りながら、素晴らしい朝日だ、これが四日も後だったら初日の出だなと呟いたら、「この忙しいのに呑気なことばかり」と追い立てられた年の暮れ。

毎年のことだが、掃除、片付け、正月準備で「忙しい」、「もうやめた」が口癖の家人の人使いが荒くなるのは山椒太夫よりひどい。大晦日に落ちた太陽が次の日に上っただけなのに、そこは正月のいいところで、大忙しの暮れがまるで嘘のような一夜明けての御慶は嬉しい。


いい春にいつか表はなっている　（古川柳）

正月二日からの交替勤務が続く職場なので、一週間後に初めて顔を合わせ、「今年初めてだね、ではおめでとう」と賀状は早く貰った相手に、しまらぬ挨拶を交わしたりもする。

七草がゆ、鏡開きなど、真似事ではあるがわが家なりの行事のほかに、新年の集い、名刺交換会、十日恵比須、初句会とスケジュール消化にも結構追われる。早く平常の生活テンポに戻りたいが、これも松の内十五日の「しめ下ろし」までと思っていたら、『広辞苑』に「後世では七日までが松の内」とあって驚いた。どうせ東京あたりの風習だろうが、いつまでも正月気分でいられないのも確かだ。


（1・11）

初句会

最終日の残りえびすも快晴で、東公園の十日恵比須神社は史上空前の参詣客だったそうだ。毎年初えびす（八日）の晩に博多の川柳家たちは社務所の二階で初句会のため集まるのだが、こちらも八十二名の参加と新記録。この晩は各地から集まった露天商さんたちも、まだ黙々と裸電球をたよりの小屋掛けの最中だった。

凍てつく冬の夜に嵐の前の一時の静寂だから、すぐ側に今年からお目見えした新県庁の巨大な超近代的構造が気になってしようがない。旧くからのしきたりの祭りに、アニメ映画、SFの世界のセットのような圧倒されそうなシルエット。馴染むまでには時間がかかりそうだ。年に一度やってくる「寅さん」たちも驚いたに違いない。

始まって三十年になるこの寿川柳会にほとんど毎年出席しているので、神社から「福おこし」という大きなダルマ型恵比寿様を特別に授かった。これは縁起が良いと、本番の神前のクジでも大当たりを密かに祈ったが、こちらのほうはこぢんまりした授かり物だった。この程度の運で喜ぶのが無難だよ、と小脇に抱えた神様からの精勤賞・ダルマの恵比須様が話しかけてくださった。


生まれも育ちも博多と発し初えびす　（真吾）

（1・18）

虚実一如

友人の女子高校の教師が、話の相槌を打つたびに「ほんとォ」と口癖のように言うのが気になっていたが、これがヤング間流行のナウな言語生活の影響と気がついた。もう一つの「うっそォ」との使い分けを注意しているが、こんな仮説はどうだろう。

つまり、「さもありなん」とある程度は予期される時は「本当！」で、信じられぬこと、意外性の強い場合は「嘘！」。でも昨今では、その区別も乱れて、ほとんどデタラメに「うっそォ」と「ほんとォ」が乱用されている。価値観がこれほど多様化した世相では、虚も実も一緒なのだとの哲学に進展しているようでもある。

真面目な話を「ほんとォ」と疑われ、「嘘つき」と決めつけられては、オジンの顔色も変わろうというもの。そのわれわれ年配者の動揺を「かぁわゆい」とファンレターが殺到して、かの演歌「王将」、「無法松」などで男っぽさが売り物だったはずの村田英雄が「ムッチー」の愛称で人気上昇とくるのだから、ヤングの網に引っ掛かった本人の戸惑いに同情したくもなる。

「本当」の反対語が「嘘」なら「可愛い」の反対語は……と考えても始まらない。これはもう言語学の問題ではない。（1・21）

大雪

暖冬のあてが外れ、この前のドカ雪には震え上がった。九州のこれくらいの雪では大雪とは言わないだろうが、昔から、「ゴボウの花が横向きに咲く年は大雪」と言うそうだ。ゴボウの花がどんなのか知らないが、面白いので調べてみたら、あるある、「梅の花が秋に咲く年」、「椿、栗の枝が特によく伸びる年」、「ソバが皮を被ったまま発芽する年」、「ツツジの返り咲きの多い年」、それに椿の蕾《つぼみ》が葉の裏につく年も大雪が降るとされている。

それらの諺の中にはキビの丈が長く伸びるとか、麦の葉の幅が狭く短い、または麦の芽生えの根が特に長い年などというのもあり、昔から農民たちは経済的にも心情的にも日常生活を大きく左右する空模様を畑仕事の間に見つめていた。一方、雪景色を風流の面から見るグループは「返り咲きの花が多い年」や「奥山の紅葉が早く、近郊のが遅い年」は大雪だと楽しんで待ってもいたと書かれている。

近頃のように暖冬と寒波が入り乱れる異常気象では、梅も椿もどの程度伸びていいのか困っているに違いない。通勤路の急坂が雪に埋まり、足を取られそうなのを一歩一歩用心して歩きながらそう考えた。（1・25）

猫の目

例の学生服で鉢巻姿、直立不動の何とも変な猫の写真！「なめんなよ」の奇妙な流行語を生んだこれが「なめ猫」と呼ばれるシロモノと最近知った。

奇想天外のことが次々にヒットしては消えるのに馴れているはずだが、この猫には引っかかるものがある。一体、この猫は誰に「なめるな」と挑戦しているのだろう。その目が生きた動物の目とはとうてい思えないのが気にかかる。つまり、うつろである。猫の日本来の肉食獣の鋭さがまるでない。数多い猫のうち、オレだけ何故？と訴える目だ。

人間の仕打ちを恨んで化けて出る、昔の活動写真で見た化け猫の目は、いまだに忘れぬほど怖かった。学生服を着せられ、二本足で立つ無理な姿勢、猫としての誇りを奪われた無念と絶望のまなざしを「かっわゆい」と見る人間サイドの神経の荒廃も相当のものだ。あらゆる動物の中で化けて復讐するなどほかに例を見ない猫のことだから、「人間よ、奢るなよ」と訴えている目とも取れる。

やはり猫は猫のように、人間と絡ませるにしても自然のままの道を選ばせたほうが、こちらのほうも安心だ。

（1・28）

逃げ月二月

「二月ひと月は粉糠《こぬか》三合で暮らす」。つまり、二月はたちまち過ぎるから生活費が大して掛からない、と解釈される昔の諺が残っている。

二月は日数が短いという意味だけでなく、正月に金を使い果たしての手元不如意と、季節外れのぜいたく食品を「二月の瓜《うり》」と呼ぶくらい農家の現金収入の乏しい時。やむをえぬ耐乏生活、特に豪雪地帯では戸外労働もままならず、ひたすら春を待つ心も伝えている。正月過ぎて三月の働き月まで活動停止の日々があった時代が羨ましくもある。昨今の二月はそれどころではない。身内にも一人、先月のドカ雪の日に共通一次試験を受けたのがいる。そしてこの逃げ月と呼ばれる二月に入って、受験戦争の第二ラウンドは正念場を迎えている。

若い日の挫折や失望や我慢などは、年配の我々にとっては慢性的だったが、今の恵まれた若い世代には滅多に遭遇しない修羅場であるようだ。誰もが通過してきた、若者ならでは持てぬ闘いの時が今ここに集中する。頑張り給え、まず体調を崩さぬように。

受験生諸君二月逃げ月風邪の月　（真吾）

（2・1）

鯨七浦

捕鯨の盛んな頃、壱岐の島民は「鯨百味」と言って料理に鯨をよく使った。肉はもちろん、骨、皮、内臓までそれぞれの味があり、一つとして捨てるところなしだった。鯨を突き当てれば「七郷《さと》浮かぶ」とも、一頭の鯨に「七浦賑わう」ともされ、島民経済の浮沈に関わる海の幸であった。

一方、イルカのほうは、今なお同じ島民に全く逆の被害を与えている。イルカは一度捕獲すれば、必ず年忌毎に群れをなして来ると信じられ、心ならずも命を奪った漁民たちはこれを「イルカの墓参り」と呼んで、成仏を祈りながら繰り返し排除してきた。

こういうわれわれの生活文化の心情的面をアングロサクソンの狂信的動物愛護過激派集団が理解しようとしないのには腹が立つ。佐渡の漁師はイルカをお夷《えびす》さまとして捕らえず、瀬戸内近海では集団で来るイルカを「イルカの千匹連れ」、つまりお伊勢さまの使いとしてタブー視、捕らえなかった。

殺す必要のないところでは、彼らのようにスポーツとして鳥獣を殺すようなことを、我々は先祖伝来してこなかったのである。

（2・4）

葉牡丹

冷え込みで通勤駅の寒暖計が氷点下二・六度を示した朝。来年には無くなる小駅のプラットホームで、寒さに強いはずのパンジーやキンセンカのしょぼくれようと対照的に、頼もしく開いている渦の葉牡丹の鉢がある。

葉牡丹の渦一鉢にあふれたる　（麦南）

すっかり色彩失う冬の花壇などに貴重な存在感を示し、正月の床飾りにも重用されて久しい歴史を持つ。

貝原益軒の『大和本草』（一七〇九年）に早くも見えて、オランダ菜、サンネン菜の異名もあるアブラナ科の多年草。ヨーロッパ原産のキャベツの改良品種なので、植物学的にはキャベツ。簡単に交配して紫キャベツになるので油断がならない。

洋風の庭園や花壇によく似合うのは生まれがあちらなので当然と思うが、意外にも観賞用の栽培は外国では行われていないと聞く。すでに十八世紀の初め、数少ない冬の観賞植物としてオランダ菜と名付けて伝えた、先祖の豊かな心象生活に敬意を表したい。

葉牡丹や雪の路傍に渦巻ける　（牛鳴）

（2・15）

血圧

職場の定期検診で、血圧の上が一九〇、下が一〇〇と出た。頭が痛くないか、眩暈《めまい》はせぬか、動悸《どうき》が打たないかと聞かれるが、いずれも身に覚えがない。血圧の薬は飲んでいないのか、それはいかん、と聞いて初めて気分が悪くなった。

子供の頃から、お医者さまの前に腰かけたとたん、頭痛も咳もピシャリ止まって、もう診てもらわんでよか、という体験はしばしばあった。どうやらあの白衣との一対一の対面の持つ緊張感が問題のようだ。

すぐ薬を飲めとの指示に驚いて、いつもの診療所に行き、測り直したら少し数字は下がっていた。一週間ごとに測って、薬はその模様を見てからでよいとのこと。

醤油なしの漬物、コーヒーはアメリカン、ふりかけは禁止、肉はトリだけ、豆腐はよろしいと指示されたダイエット食の結果、一週間後に上が一四〇、下が八六となってどうやら合格。次の月曜日には、まあ高いと言えば高い一六〇と九〇……。それよりも一週間ごとに血圧を測るという神経質な点が問題だと言われるのだから嫌になる。

塩抜き食事を少し続けてみることにする。（2・18）

亡命

まさか、膝元の博多港にポーランド船が入港しており、その乗組員が着のみ着のままで西側に亡命を申し出るとは思いもしなかった。外交官や政治指導者たちならともかく、まだ若いそのあたりで見かけるような労働者たちが現政権下の祖国に戻るのを拒否するというのだから、事態の深刻さを改めて知らされた。

前回の名古屋港での時は「日本からの救援米を積むために」寄港していたとの説明のほうに興味をもって、祖国も家族も捨てて異郷でひっそり暮らそうと決意するその心情の揺れや決断にまで思いを致すことがなかったのが恥ずかしい。

飢餓と動乱の祖国へ持ち帰る救援米……ポーランドの人たちは米を好むのだろうか。おそらく罰当たりの日本人が古米、古々米と呼んで持て余している米なのだろう。それを受けとるために、はるばる地球の裏側まで来て積み込みを終わり、さて帰ろうとする時点で故国での生活・生命が保証されていないというのだ。

その屈折した人々の心情を乗せた船が目と鼻の先の港に停泊していたのだから考えさせられる。（2・22）

春一番

去る十九日に冷たい雨を伴って吹いたあれが「春一番」だったのなら、例年より二週間早かったことになる。春を呼び込む喜びの詩語であるこの言葉のルーツは、壱岐の漁民たちが「二八《にっぱち》荒右衛門」と呼ぶ二月の海洋気象の急変に対する警戒警報だったとされている。

安政六（一八五九）年の二月二十三日、五島沖で沈没した漁船で五十三人の仲間を失った壱岐の漁民は、防災の祈りを込めて、春を告げる最初の南からの突風を「はるいち」と呼び、毎年の「春一番供養」を欠かさなかったと聞く。板子一枚下の地獄と常に対決しながら働く人たちの合言葉は、命を懸けている故に美しい響きを持つ。

冬将軍の最後の抵抗「戻り寒波」や「忘れ雪」が終われば、「三月の海なら尼でも渡る」と言われるほど、穏やかなひねもすのたりのたりの春の海がもうすぐだ。

イルカ問題など心労を重ねる壱岐の漁民の間には、古くからのこの種の諺や言い伝えが、生活の知恵としてほかのどの津々浦々より豊富に伝えられている。

（2・25）

三味線草

老いてなお多感の詩人・与謝蕪村は、弟子でもある儒者の樋口道立から、愛する芸妓・小糸に対する恋情を戒める手紙を貰う。「ご忠告は承知しました。彼女への恋情も今日を限り。たわいない風流遊びのはずが老いの面目を失う心地です……」との返事だが、次の項が憎い。「さりながら、求め得たる句、ご批判下されたく候」として、「妹《いも》が垣根さみせん草の花咲きぬ」。

続けて「泥に入りて玉を得たる心地」だったと煩悩《ぼんのう》する心底も暴露して、無念の情をも伝えている。三味線草はぺんぺん草、あのありふれたナズナの花である。屈折した心情と、愛人が芸妓であることも思い起こさせて美しい名だ。

もう一、二回も雨が降れば、今年もぺんぺん草が勢いづく。

よく見ればなずな花咲く垣根かな（芭蕉）
なずな咲くまた恩愛の絆《きずな》ふえ（龍太）
三味線草幼友だち皆はるか（さとり）
ぺんぺん草はじく小雨や何の曲（凸子）

古今を通じて人々は、道端の名なし草にも心情吐露の語りかけをしてきたものだ。

（3・1）

七人の敵

三月だから、朝六時過ぎはもう明るい。日課の駆け足でも、今まで暗くてよくわからなかったカモなど水鳥の群れが鮮明に見えてくる。

室見川下流の白魚茶屋辺りには、ウミネコの群れが乱舞したり、白魚簗《やな》の杭に羽を休めて並んだりしている。約三キロ上流の折り返し点、橋の付近がシラサギたちの縄張りだ。時にこのシラサギの一、二羽が遠征して来てウミネコの群れにまじっているが、仲間外れにされるだけあって意地悪なのだろう。無闇にそこらのウミネコに攻撃をかけて追い回したりしている。

仲間と一緒の縄張り内で見せる優雅な立ち姿ではなく、身を低くして首を水平に突き出し、突進する姿にハッとさせられる。まるでマイホームを出た瞬間、もう七人の敵が待ち受ける暮らしの修羅場に向かう出勤者の表情に変わるサラリーマン——とまで見るのはオーバーかもしれないが。

三十分も走れば、すっかり明るくなって堤防の上はもう出勤のマイカーが列を作る。大きくカーブしてゴールの自宅に急ぐ。こちらも職場が待っている。

（3・4）

道連れ

上京するのに新幹線を使うのは久しぶりだが、博多を出てすぐ隣席の青年が社内販売の茶を私の分まで買い、どうぞと勧めてくれたのには驚いた。お礼を言うと、自己紹介を始めて、北海道出身で一カ月半前に福岡に転勤したが、着任の日に九州で雪が降っていて仰天した、とのこと。私も九州のことならなんでも聞いてくれと話がはずんだ。

新大阪で青年会社員君が降りて、交替したのが人品卑しからぬ昭和一桁と見える婦人、重いトランクを網棚に上げてやったら、私の開いた駅弁の上に手作りだというすしを三種類ものせて、召し上がれと来た。結局、千円もした弁当のほうを食べ残した。

亡母の法事があった四国の生家から仙台に帰るというこの奥さんと、前半の青年。九州、四国、北国のそれぞれ異なる生活文化、衣食住の話題に付き合うことになった。

空路のとんぼ帰り出張を重ねている間に、地上では随分前に体験して久しい「旅は道連れ」がいつの間にか復活していたらしい。

お陰で、退屈しのぎに持ち込んだ文庫本二冊どころか、週刊誌も読み残し。

（3・8）

東京にて

ここの朝は九州より約四十分早い。ホテルの窓の明るさから、しまった、起き忘れたと慌てるのだが、そうだ、今東京、日没する国福岡から一二〇〇キロの地にいるのを思い出す。訪問先の上野動物園でも、午後四時三十分にはもう閉園だ。

この小さな時差ボケで、うっかり朝の地下鉄でひどい目に遭った。都大路を次々に流れる人の波、誰一人知る人のないそれなりの孤独感を楽しんでいたら、これだけの人たちが、狭い地下鉄のドアに集中するのを忘れていた。

停車位置に黙々と並ぶ行儀のよさに感心したのも束の間、動き出した車内の赤坂見附から虎の門のところで、グシャッと音がしたのは、私でなければ隣の初老紳士の肋骨が二、三本折れた音に違いない。急ぐ用でもない旅先で、なにもそんな「ジャム詰め」の電車に乗る必要もなかろうにと思ったのは結果論だった。「旅の空の郵便局に探す糊」と川柳句帖に残す。

いつもなら舌先でペロリとなめる切手も、ここは東京。行儀よく振るまわねば九州のみんなに済まぬ気分。食べ物もつまらぬし、仕事が済み次第飛んで帰りたくなる……それが東京。

（3・11）

国際問題

先日、ハワイの動物保護団体代表と名乗る人物が、現地の漁民と話し合おうと乗り込んできたが、壱岐沿岸はちょうどイカ漁などの最盛期。

普通人の感覚とエチケットなら、まず訪問先の都合を聞いて了解をとるのが常識だ。迷惑だとしぶる漁民を、国際問題に発展してはまずいと説得して面会を斡旋した長崎県当局の姿勢も腹が立つ。国際問題になったほうがいいじゃないか。

例えば、日本人が一人でイギリス本土に乗り込み、「ダイアナ王妃も嫌がるキツネ狩をやめなさい」と談判に行ったところで、腫れ物に触るように抗議先まで付いてきてくれる英国人、それも自治体政府があるとは考えられない。

まして、イルカを排除するわがほうの論理は遊びでもスポーツでもなく、国際世論に訴えてでも通さねばならぬ日本人の食生活の根幹に位置する問題だ。「要求がいれられねば、日本商品の不買運動」と来日第一声を放言する無礼も、もってのほか。何世紀も前、異教徒教化と身勝手な一方的旗印で、今の米大陸に土足で踏み込み、尊敬すべき先住民族の文明と文化を根こそぎに強奪・破壊した君たちの先祖の侵略姿勢そのものではないか。

こんな後味の悪い話はない。

（3・15）

天草で

前の日曜日、天草パールライン・マラソンで無理を承知の二〇キロのほうに挑戦。「スロー・イズ・ビューティフル」と、せっかく福岡アメリカンセンター館長のハート嬢が選手代表宣誓で言ってくれたが、やっとゴールできた時は、もう閉会式が始まっていたのは、やはり無念だった。それでも完走は完走、後尾グループは互いに声をかけあい、沿道の声援も切れ間がないので、トップ・グループの味わえぬ感銘を受けて頑張れた。

いっそほかのランナーたちより長い時間、ランニングと天草の美しい橋や島々や藍より青い海を楽しめたということにしておく。

それと、もう一つ、三十八年前の秋に別れた学徒出陣の繰り上げ卒業以来の同窓T君と、久し振りの名乗りを上げたのが収穫だった。お互いに変わった顔と髪を見合わせて、十年前の第一回大会以来毎年三月に、どちらもこの大矢野島を走っていたと知って驚いた。

T君は「八代くま川走ろう会」の会長さん、一緒のスローペースを約束したのに、スタートでもう見失った。やがて、私よりずいぶん早く折り返し、橋の向こう側から大きく手を振り笑いながら走り去った。その笑顔が十九歳の青年の日を思い出させてくれた。

（3・18）

曾根崎心中

テレビではなく、劇場の観客席からの文楽を初めて見た。

醬油屋の手代徳兵衞は、遊女お初との恋で親方の不興を買う。その上、友人からは無実の詐欺の疑いもかけられて……。設定も幼稚なら、だから死んで身の証を立てようと決意する段に至っては、とうてい今日的ストーリーの展開ではない。

それでも同意したお初と二人で、曾根崎天神の森に死に場所を求めて夜道を辿る場面になる頃には「この世の名残り、世も名残り、死にゆく身をたとふれば……」との有名すぎる浄瑠璃のリズムにも乗せられて、周囲の観客は咳一つせず、身じろぎもせずに舞台の人形に全神経を集中させていたのには感動した。歌舞伎や演劇のように、観客の後姿、特に目の前の頭が左右にゆれたりはしないのだ。

生身の役者がリアルに演ずる芝居と、いっそこの世のものならぬテーマと人形というワンクッション置いたものを通しての表現との違い、ということも考えた。

随分醒めた見方の可愛気のない観客になっているのに驚きはしたが、幾多の試練を乗り切って今日なお生き続ける文楽の重みみたいなものを感じて、「不死鳥」とつぶやいた。

（3・21）

歌枕

三月は人事異動の時期でもあり、こんな故事を知るにつけても物思うことが多い。

長徳元（九九五）年、一条天皇は藤原実方に陸奥守として赴任を命ずるに際して、「歌枕見て参れ」と付け加えた。かねて不仲の藤原行成と殿中で口論のあげく、激昂して行成の冠を庭に投げ捨てる現場を帝に見られ、その上、十歳も若い行成に「不謹慎な方ですな」と軽くあしらわれて、面目を失った故の左遷と誰の目にも見えた。だが、「古歌に歌われた名所の数々をこの際見て、歌の修行をしてこい」との帝の言葉の底にあるものが、何であったかは伝えられていない。

陸奥の国で忠実に歌枕の実地調査に努めた実方は、帰京直前に任地で急逝するのだが、行成のほうは後に正二位権大納言にまで上りつめて、小野道風、藤原左理とともに三蹟、つまり能書家としての名声を今日まで残す。

この話、宮仕えのサラリーマンとしては単なる転勤命令、ツルの一声の運命的なものというだけではない。複雑な人間関係における「忍」の一字の重さが、今も昔も変わることがないとの思いにも繋がるようだ。

（3・29）

四月に

三月はとかく年度末、学年末、それに税金の申告、入試などと新しいスタートへ向けて準備に、心身ともに落ち着かぬのが常だ。四月に変われば、良かれ悪しかれ心機一転、それぞれ、それなりの区切りをつけて出発を誓わねばならない。

小学校卒業のほとんど全員が、そのまま同じ中学に進む今日と違い、昔は新しい学校での、まず見知らぬライバルたちの真ん中に投げ込まれる心細さが先に立った。同じ小学校から来た友人も、あちらのグループの中でどうやら戸惑っているようだ。その時の緊張感は懐かしい。

この思いをさらに次の学校でも、軍隊でも、新入職員の時も体験してきた。「気楽にいこう」など声をかけあう若者たちの姿など考えられもしなかった。あらゆる面で至れり尽くせりの情報、行き届く研修システムの今、希望に胸ふくらませて、この春フレッシュマンの第一歩を踏み出す諸君だが、「基本的には頼るのは自分だけ」ということを、差し出口ながら、相当の後悔と反省を込めて言っておきたい。

（4・1）

花より団子

花に嵐のたとえどおり、散った桜を惜しんでの酒宴が開かれている。

満開であっても、興至れば頭上の桜などどうせ目に入らないのだから、同じことなのだろう。花の風流より飲め食えの浮世の実利が大切だとする「花より団子」の諺は、風流を解さぬ野暮の浅ましさをさらけ出すとの解説が一般的だが、ではなぜ酒でなくて団子なのか。

古来日本人は、散り急ぐ桜の花に言い知れぬ生への不安を感じ、花の鎮魂の意味と花の飛散とともに退散する疫病神を鎮めて送る民俗行事として「やすらい花」あるいは「花しずめ」の風習をもっていた。今でも上方で伝わり残っていると聞く。

この手向《たむ》けの民俗行事が、今日の花見という春の国民的行事のルーツとされ、彼岸に供える団子とも無縁ではないそうだ。団子の丸い形は人間の霊魂に似たものとの理解も古く存在した。生者と死者との対話の場には、すでに今を盛りと咲き匂う花よりも団子を供えよう、痛恨の場に花を飾るの虚礼よりも、実質的なものをとの意味もあると聞いて、今更ながら古い言葉を噛みしめたことだった。

（4・8）

油山

今年は桜が早かった。「忘れ雪」も四月に入ってかすかにチラついた程度。野山の緑も駆け足で枯れ葉を脱ぎ捨てて、俳句でいう「山笑う」の季節。

福岡市南郊にあって標高五五〇メートル、子供の頃から朝夕仰いできた油山も、それなりの春色を一面に浮き立たせて語りかけている。

転勤族に違いない二人が「ゆざん」と話しているのがこの山のことと、通勤バスが揺れた途端に気が付いて思わず声をあげ、シルバーシートのお婆さんを驚かせたことがある。いつも太陽に背を向けて、やや青みがちの愁いを帯びた表情が懐かしいこの山。中腹の観音様までが、当時の小学校四年生の遠足のコースだった。その後、福岡大空襲で壊滅した歩兵聯隊本部がその中腹に転進して立て籠もった時に下級兵士としての私。

今、青年の家、市民の森と絶えず私たちの市民生活を共にしてくれるこの山を「あぶらやま」以外の名で呼ぶ人間がいようとは、思いもしなかった。

「ゆざん」とは！　しばらくおかしくて吊り革を握り締めて、笑いをこらえるのに困ったが、考えれば、私の生まれ在所も〝多民族共存〟の街になっているのだと気がついた。

（4・15）

キリンの子

この二月の初めに生まれた動物園のキリンの子は、二カ月以上経った今でも、まだヘソの緒を約四〇センチぶら下げている。パンダのように愛敬を振りまくわけでもなく、ツンとすまして立っているだけで芸のない子だが、それはそれで結構可愛いと人気を集めている。得な動物と言うべきだろう。

片時も目を離さぬ母親が、しきりに顔から背中と身体中を嘗めまわしているのは、単に綺麗好きというわけではない。人間世界で今強調されている子育てにおけるスキンシップそのものに違いない。

そのヘソの緒も、いつまでもぶら下げてみっともない……と思うのは人間サイドの「いらん（不要な）サイタラ（お節介）」というもので、授乳期間中は飼育員でも母親が人間の近づくのを許さないのだから、自然に落ちるのを待つよりほかはない。

それにしても、あれだけ身体中の掃除をしてのける野生動物の舌の働きはやはり凄い。かつての大昔、私たちの祖先の口や舌もあんな働きをしたのだろうか。とすれば、現在の我々人類は随分退化したものだ、と妙なところへ思いが飛んだ。

（4・20）

花の色は

旧くから美女の代名詞となっている小野小町は、『古今集』に作品十八首を残して六歌仙の一人と呼ばれたが、その生まれ年も没年も未詳、活躍期が九世紀も半ばの歌人に違いない、というだけの謎に満ちた生涯だった。

彼女にまつわる伝説や説話は多く、その中で形成された小町像は周知の美貌と、それへの嫉妬、さらに情熱的で奔放な彼女の歌が加わって全国に形を変えて残り、小町複数説さえ消えていない。『小倉百人一首』が残す「花の色は移りにけりないたずらに」は、花の顔《かんばせ》もいつかは褪せてしまったとの慨嘆。「わが身よにふる眺めせしまに」も、空しく過ごした身すぎ世すぎの日々を才色兼備のゆえに、伝説の美女にまで祭り上げられた才女ならではの、盛者必滅、滅び行く美への思い入れ……。

一世を風靡した美女小町の伝説はその後増幅され、中には老いさらばえて悲惨な終焉を遂げる卒塔婆《そとば》小町の物語まで生むのだが、如何なる人の創作なのだろう。

今、梅についでコブシ、さらに桜を散らせた春の嵐一過のあとに立てば、自然の移ろいにわが身を比べた昔の佳人の心の一端がわかる気がせぬでもない。

（4・22）

思い出通り

初夏の色彩にすっかり衣替えした大濠公園の「福岡'82博」の〝思い出通り〟。パンタロン姿の娘さんが人力車にひょいと乗り込むのを見て、これは違うと思わず呟いた。昔、子供の視角から見た車輪は背の高さの倍もあり、饅頭笠《まんじゅうがさ》ではない黒い制帽だった俥《くるま》屋さん。粘土の「おはじき」も泥絵具の赤と緑が鮮やか過ぎる。正木の七輪屋で二銭がと分けてもらう粘土で作る型押しの「はじき」と、少し違うんだなぁ。白すぎるし、少し太め。

この「思い出」は明治なのか、昭和になっての風景かと、なまじ半世紀前の記憶があるばかりに、不要な詮索もしたくなる。フィクションをそのまま素直に受け入れるヤングたちのほうが「思い出」を楽しんでいるようだ。

ただ、黒ずんだ焼き芋壺、それに焼いている小母さんの、片方だけが真っ黒の軍手、あれは本物だ。この芋が一番うまかっちゃんとは、博多町人文化連盟の帯谷瑛之介氏の博多言葉。「うまかっちゃん」はこういう時に使うもんだ、と連れの小柳類子さんに教えてやった。

（4・27）

漢陶船

福岡'82博の広州美術博物館。一九五五年に広州市内で出土した「陶船」の前で釘づけになった。高さ一六センチ、長さ五四センチ、それに幅が一五・五センチの粘土細工の大型貨客船は、前、中、後の三室と望楼もある。素朴な中に、意外に現代的な彫塑感覚は、一八〇〇年も前の後漢時代の作品とは思えない。

南船北馬の地中国大陸の、南方の人々の暮らしの賛歌、舟唄でも聞こえそうな五人の船方さんは、うれしや、昭和初期までの博多の夏の風物詩「いけどうろう」のひねり人形そっくり。その連想から、数年前、持参した博多織の財布を、現在ほとんど消えた幻の広東織だとあちらの古老の方が懐かしがられたのを思い出す。

メモを取る私に、同じ大正末生まれと思われる婦人が話しかけられ、「本当に、『いけどうろう』の人形」と賛成された。そして、ご主人にここだけは見落とさぬようにと言われ、まずこの広州館に来ましたとおっしゃった。

博多織と広東織、広州出土の後漢時代の船方さんと博多ひねり人形、遙かな日々からの両地の文化交流などしみじみ考えた。

（5・6）

展望台

日本宝くじ協会から寄付された福岡市植物園の展望台は、海抜六〇メートルの台地の上に高さが九メートルなので、目の前の野鳥の森から海の中道の向こう、遠く玄界灘に浮かぶ大島の先まで見渡せる。ところが初公開の日に、幼稚園児のお母さんから、子供が下を覗くので危ない、落ちないように網を張ってくれ、との要請を受けた。

腰壁の高さは七〇センチ。一メートル足らずの坊やが、首をその上の三〇センチの手摺との間に出すのが危ないとのこと。力学的にも危険はないと思うのだが、「絶対に落ちぬと保証するか、目を離したすきに子供が壁に上ったら市当局で責任をとるか」、「展望台だから遠くを見るだけでいい。下から上ってくる友達に手を振る必要はない」とまでおっしゃる。

先日のこの欄で読んだRさんの「ピサの斜塔の屋上にも危険防止のサクはない」という話をしたかったが、どの程度の冒険が危険なのか、子供だけでなく大人にも判断できない人が増えているので、早速手摺と壁の空間に横棒二本を入れて、子供たちには下界を覗く楽しみを諦めてもらうことにした。それで良いのかとの思いは残る。

（5・13）

痛恨

戦闘能力を持つ海軍が実在するとは思いもしなかったアルゼンチン海軍のミサイル一発が、南大西洋フォークランド島沖で英海軍の最新鋭艦を撃破、廃艦に追い込むし、その前にアルゼンチン側も魚雷一本で巡洋艦を失った。

命中させたほうも驚いたに違いない近代兵器の威力が、小競り合いの段階でいきなり飛び交い、歯止めがきかなくなる……これが現代の戦争だと、評論家みたいな読み方をしていたら、一枚の写真が胸を打った。

救助された水兵に抱きつく肉親たち。泣いて喜ぶくらいなら、海軍に送らねばいいのにと一瞬思ったが、「オレだけは死なぬだろう」と無理に自分に納得させて軍隊に出向いた日は、私にもある。戦争は、庶民一人一人の平和な暮らしを直撃するものだ。

巡洋艦の五百人を超す戦死者には、太平洋戦線からついに帰らなかった友人たちの若い人生が、その時点で中断された痛恨がまた蘇る。

英駆逐艦の一瞬の損害が推定一億ポンド（約四四二億円）。これも不況に喘ぐ英国民の税金にほかならない。となると、これは地球の裏側の、手の届かぬ向こうだけの話ではない。

（5・17）

再登場

昭和十二（一九三七）年成立の近衛内閣で三度目の外務大臣を務められた広田弘毅先生は、総理になられた時もそうだったように、「ほかにやる者がいないのなら」とあえて火中の栗を拾う役を、前総理の身で一閣僚として入閣された。最近の政治家に見られぬ心意気だった。

歴史の歯車は周知のように回転して、「戦争を阻止できなかった」責任を取り、先生は一言の抗弁もせず刑場に消えられた。その身の処し方には申し上げる言葉もない。

広田先生は日米開戦前夜、東南アジアへの局面打開の特使を引き受け、赴く途中で母校の修猷館に立ち寄って後輩たちに講演をされたが、その温顔といい、淡々とした語り口は、当時の軍国少年たちには意外に思われた。その時漏らされた一言は、「親英派として敬遠されていたが、今この難局に際して和平打診の特使として再々の大命を」とのことだった。今、思えば軍部の冷たい視線を受けておられた先生の悲壮な平和使節の姿だったのだ。

この十五日、大濠公園に建てられた先生の銅像は、その温顔から体形までが、少年の日にお見受けした時の姿そのままで、その前にしばらく立ちつくしたことである。

（5・20）

甘ったれ

飲めぬ酒を首の根っこを押さえてまで飲ませるのが、新人歓迎の洗礼だという。そんな野暮が学生の間に残っているとは聞いていたが、今年の新入生のツッパリぶりは先輩（といっても同年配の）が呆れるほどで、ぐんぐん杯を重ねてたちまちダウン。そこまでは自業自得、人生勉強だとわが身にも覚えがあり笑っておれるが、すぐ救急車、というに至っては甘ったれるなと言いたくもなる。

言うまでもなく、深夜駆けつける救急車には、君たちと同年輩や君たちの父親の年頃の救助隊員が市民の命を救うために待機していたのだ。

昔の学生たちは、「君たちが学業に専念できるのは、すでに働いている君たちと同年齢の友人たちが汗を流して支える社会があるからだ。中学（旧制）を出れば、軍隊でもこれらの友人たちの命を預かる立場、将校や下士官に一足飛びに昇進できる幹部候補生の受験資格も与えられる。これら友人たちのためにも、学業に励め」と繰り返し聞かされたことを思い出す。

学生仲間以外に迷惑をかけるのを恥とした時代があった。全国の大学生総数が七万から八万であった頃の、そう遠くない昔のことである。

（5・24）

父親

動物園の数多い水鳥のうちでも、マゼランガンは豪州原産の黒鳥（ブラックスワン）同様、毎年ヒナを孵す繁殖率の高い鳥だ。南半球の鳥たちが、いつか福岡の水にすっかり馴れているようなのを見て、「地球は一つ、みな兄弟」と呟いてみたりする。

この五月十八日、八羽ものヒナが孵ったのは、マゼラン一家にしても初めての記録。父親は真っ白で美しく、母親は褐色でヒナと一緒の保護色という、典型的な雌雄判別可能の鳥だ。母親が一列に従えたヒヨコたちにゆったりと泳ぎを教える傍らを、父親は一刻も油断ならぬとばかりのパトロール。そのいつもにないハッスルぶりに、かつてない大家族を抱えた誇りがうかがえて微笑ましい。

隣の根性悪《わる》のカナダガン一族が、ヒヨコにチョッカイかけようものなら、首を真っ直ぐ水平に低く突き出して猛然と突進し、金網まで来ては大きくはばたいて立ち上がり、威嚇する。その様子は見ていて感動に胸が詰まりそう、かつて人間にもあった「男親」の姿。その名の通り南米の南端・マゼラン海峡が故郷。近くのフォークランド島海域での人間どもの愚行・戦争とは関係のない、自然界の生きていく姿だ。

（5・27）

ビワ

通勤途上の幼稚園の正門前は交通量の最も多い坂道で、ガードレールが頼りである。

いつも目まぐるしい車の往来に気をとられて気がつかなかったが、今朝ひょいと見たら、私の「大人の目の高さ」に「ゆりぐみのビワです。とらないでください」と書いたビニール覆いのボール紙がぶら下がっている。

幼稚園の壁を越して歩道に覆いかぶさるように、緑一杯の枝に少し黄色のビワが黙ってそこに見えた。さらにもう一本のビワの枝にも「チューリップぐみのビワです」と、これも取らんでくれとの子供たちの訴えを読む。

目の高さだから、これは明らかに私たち大人へのお願いだ。排気ガスにも負けず騒音にも屈せず、街の中のネコの額ほどの幼稚園の庭に、今年も元気に「さぁ、夏だよ」と呼びかけるこの頑張りやさんのビワの木。子供たちにとって数少ない自然からの贈物、お友達に違いない。

負うた子に教えられる思いだが、他人が見ていなければ結果的には子供たちの夢を壊す、「いたずら心」が自分にもある気がして、坂道を上りながら考えた。

（5・31）

トランプ

連日満員の通勤ローカル線で近頃目立つこと。昨今の大学生の服装がよく言えばラフ、適正に見てもハイキングの装束そのまま、それが遠慮もなく座席を占領している。吊り革にぶら下がるのは定年前後のサラリーマンたちで、おそらく彼らの父親の年配。じっとなにかに耐えている。

朝から疲れ果てたように眠り込む若者たちもかわいそうだが、今朝などは、女子学生三名がトランプを始めた。一人だけその座席に運よく座れたおじさまが、身の置きどころと目のやり場に困った表情。借りてきたネコでももっと悠然とするだろう。彼女たちの嬌声と毒気に当てられて、まったく気の毒。「電車でトランプをしてはいけない、傍若無人とはこういうこと」とは大学で教わるまでもないことだ。

ひとしきり元気なおしゃべりとトランプを楽しんで、女の子たちがT駅で賑やかに下車した後、車内に残った大人たちの顔を見合わせる表情、その形容詞は私の辞書にはない。「あのTシャツのままで講義に出るのだろうか」、「教授に失礼とは思わぬのだろうか」など囁いているのは、おそらく同年輩の子女をお持ちの働き蜂たちに違いない。

（6・3）

所変われば

六月もすでに半ば、札幌のライラック祭りも終わったことだろう。そのライラック、こちらではずっと早く、四月の末には植物園の新しい「香りの道」でまだ小さいながら健気に咲いて、若干の香りを漂わせていた。

津軽地方で「田打ち桜」と呼ぶコブシは、呼び名の通り稲作準備の頃の花だから、今頃まだ咲いているはず。ここ九州では三月中旬には盛りを過ぎて桜にバトンを渡している。直径一〇センチもあるのが孟宗竹と思っていたら、北海道の孟宗は一握りできる細さと聞いて驚く。日本列島は南北に長いと、改めて実感する。

所変われば草木も変わるもので、一雨ごとに緑を濃くしてきた動物園。レッサーパンダ舎前の大きな葉っぱを仰いで、「これがマロニエ？」と、意外そうな顔をなさる方が多い。健康優良児みたいに葉を伸ばす和名トチノキと、パリの旅情の舞台装置に似合うマロニエと、感覚的に違うと見えるのは事実だ。爽やかに乾燥するヨーロッパの夏と違い、大きな葉っぱで木陰を作ってもらえるのも、高温多湿の夏を迎えねばならぬこの列島の人たちへの天帝様の心配りとしておこう。

（6・10）

ユリの花

テッポウユリの白い花。一本の茎の頂上に三十八個ものツボミが次々に開き、傘を広げたように思い思いの方向に、頭を垂れたり、うつむいたり、ツンと立ったりしている。念のために問い合わせたら、「時には三十八個ぐらいは見ることがある。珍しいと言えば珍しい」と慎重な返答だった。「つまり、ニュースにはならぬが話題という程度ですな」と、居合わせた新聞記者君は新人らしからぬ言葉を残して帰っていった。

珍しいと騒いで損をしたが、「盛りを過ぎた今頃になって一本の茎に五本もユリの花がついて」と嬉しそうに告げられるご婦人に会ってまた、考えが変わった。

自然の営みでさえ、過去のデータを調べて初めて驚くという愚かさがいつか身についている、これは見たままを素直に喜ばねば損だと気がついた。

昨年一つも実をつけなかった柿が、今年はびっしり実をつけている。一昨年、ついに咲かぬままで冷夏を過ごしたわが家のキョウチクトウは、花が今盛りである。それぞれ調べたら科学的に納得できる原因、理由もあるのだろうが、ひとまず素直に一喜一憂することに決めた。（6・14）

無法松

今月八日、北京の紅塔礼堂で村田英雄の演歌公演が行われ、中国の人々に浪花節育ちの声楽を披露して驚かせたそうだ。浪花節から演歌につながる「義理人情」が、中国の人々の心情生活の底に流れているはずの儒教的思考とどのように出合ったのだろうか。その際、この歌手の十八番「無法松の一生」が「松五郎伝」とタイトルが変えられて上演されたと聞いて、考えさせられた。

近代国家への脱皮を急ぐ中国では、「法制化」の命題は緊急で、その最中に「無法」を賞賛するのはまずいとの関係当局の配慮と聞く。いつの頃からか、わが国では「無法者」を愛すべき暴れん坊、ないし「わるそう」ぐらいの語感で受けとっているが、元来の意味「法規無視」が近代国家で礼讃されるわけではもちろんない。

だが、ロッキード関係諸賢のやり切れない行動をはじめ、新聞紙上に「暴力団」と名指しされて自他共に許す無法グループ健在のこの国では、「無法」に対する反応が甘いと言われても仕方がない。同文同種の国と言いながら、彼我の言語生活の相違がよく指摘されるが、その違いはもちろん内容に及んでいる。（6・17）

金魚

今年も巡ってきた六月十九日、恨みの日。三十七年前のこの日、福岡大空襲で、私のいた歩兵聯隊は全滅。すぐ目の前の自宅も、生まれて育った街も焼け野原になってしまった。焼け跡の片付けでは、ついに使うことのなかった防火用水に金魚が四、五匹、人間どもの愚行を嗤《わら》うでもなく、いつもの顔で泳いでいた——その無念を思い起こす。

西部軍司令部の指示で、焼夷弾が屋根裏で燃えぬよう、天井板をはがし、水で濡らした火叩きでもみ消せばよいと言われ、「備えあれば憂いなし」の構えで備えていた全市民の頭上から、天井どころかコンクリートの橋まで突き破って、大濠公園を一面の炎の海にしてしまったショック。故郷炎上の地獄図を目撃して、戦争の愚を初めて知った日であった。

「核を使用する最初の国にはならぬ」といくら約束しても、では報復の核がソ連外相、あなたの頭上で炸裂しないとの保証はありますまい。「正しい戦争」、「聖戦」などの言葉は、古今東西の支配者が「愚行」と思いたくなくて使う虚構にほかならない。竹槍を持たせられ、敵を待ち受ける愚はもうしないと、あの日決めたはずだ。

（6・21）

証明書

郵便局の窓口で為替を換金しようとして「この近所にお勤めですか」と聞かれた。隣の区の勤め先を告げると、「住所もこのへんではありませんね。証明書を見せてください」と言われて初めて疑われていることに気がついた。

何の証明書？　例えば運転免許証、私は自動車を運転しない。それでは健康保険証、そんなの持ち歩かない。なら勤務先の身分証明書があるでしょう。それが三番目に出てきたのでおかしかったが、実はこの春定年退職の時に返上している。困りましたね、と窓口女史。困ったとはこちらの言うことで、そうだ、米の配給通帳は家にあったか知らん……とまで考えた。

米の通帳が今まだあるのかは知らないが、米も砂糖も煙草も粉ミルクも証明書が必要だった四十年前、落語の三遊亭歌笑は自らを「破壊された顔の持ち主であることを証明する」というギャグで一世を風靡していた。

疑えば限り無い世の証明書　（千寿丸）

オレが本人だと証明するのが笑いのネタになる時代、敗戦前後が蘇る夏が来る。

（6・24）

ああ雄県

毎月の給料からの天引きだった住民税を今年から直接支払うことになった。覚悟はしていたが、いったん財布に入った金を出すのはきつい。早速いくらも残っていない退職金の使途計画をやり直しながら、考えた。

後ろからついてゆこうごたる県市民税合わせての金額は、雄県福岡にふさわしいようにと計画された知事公舎の庭のケヤキ一本分にも当たらない。県民税だけでは、庁舎のどこかの絨毯ひとまたぎ分だ。それだけの役にしか立たぬ金額でも、親子三人の三、四カ月分の生活費と同じだから、「払うもんか」と一瞬考えたのは、雄県福岡の納税者として恥ずかしい。

天下様が体面を保つために、城や豪邸を建てるのは、年貢の取り立ての厳しい安土・桃山時代の話だと言ったら、私たち皆で選んだ選良たちにも失礼だ。雄県ならざる隣近所の県民の方々は、こうもきめ細かく税金の使途や地方自治のあり方まで勉強させてはもらえまい。せめて野生鳥獣保護事業の二カ年分予算をオレ一人分の県民税で賄っているという建設的な面を見ることにしよう。私たちの在所では野山の動物たちも随分住みにくいようだから。

（6・28）

人人有責

この七月一日、中国で初めて正式な国勢調査が行われている。対象人口は十億以上とも九億だろうとも言われ、その誤差だけでも一億も出そうな国だから、専門家や調査員が五百万人、大型コンピュータが二十九台（この数が多いのか少ないのかわからないが）を動員して、世界でもかつてない大規模な調査になるということだ。

ところで、この調査の国民への呼びかけポスターに「人口普査人人有責」の文字が目に留まる。この「人人有責《レンレンユウズ》」は中国の街々でよくお目にかかったスローガンで、「緑化保護人人有責」と公園の柵にかけてあり、煙草のポイ捨てもご法度《はっと》で人人有責。交通安全も、みんな一人一人の責任だぞという具合。

事あればすぐ、行政の責任、親の責任、学校が悪い……とまず自分以外に責任を負わせることに敏感になっている国からの旅行者仲間と「わかり切っていることでも、市民一人一人の責任だぞとポスターで念を押せる国が羨ましい」と話し合ったことを思い出す。未曾有の大調査の成功を祈る。

（7・1）

勝利

フォークランド島はわが国から地球儀で一番遠い辺りだが、アルゼンチン政府首脳もまさかこんな遠いところまで英国が軍隊を送るとは思わなかった、と当事者がそう告白したのだから正直と言えば正直だ。

いくら祖国の栄光のためとはいえ、幾多の青年の血と莫大な防衛費を、不況にあえぐ英政府が覚悟しようとは思わぬのが常識だろう。だが、いったん始まれば、狂気の支配するのが戦争だ。

追い詰められて「勝敗は最後の五分間」との言葉を残した皇帝ナポレオン。そのナポレオンをワーテルローに倒したウエリントン将軍も「大きな敗北を別にすれば、大きな勝利ほど恐ろしいものはない」との感慨をもらす。戦闘行為だけを念頭におく前世紀的紛争解決の愚行が、今日にも生きているとは考えていなかった。

一八一五年六月十八日、ワーテルローの勝利の後、この名将軍の感慨に続く次の言葉も、一七〇年後の後輩たちは噛みしめる必要がある。曰く「敗戦ほど痛ましいものはないが、勝利もまた得るところより失うところが大である」。

（7・5）

望梅亭

空梅雨。四年前の福岡砂漠の悪夢がちらつき始めたが、その準備とは別に、降るべき時には降ってもらうよう、神様にもう一度お願いすることにしよう。

梅雨の文字の連想から、中国は広州市郊外の羅奉寺に参詣した時、「望梅亭」と呼ぶ四阿《あずまや》で聞いた話を思い出す。

魏の曹操は戦場に赴く途中、一滴の水もない平原で喉が渇いて動けぬと訴える兵士たちに「見よ。前方に梅林がある、必ずや甜《あま》くて酢っぱい実がなっているぞ」と叫んだ。すると兵士たちは唾が出て渇きが止まり、元気を取り戻したという「望梅止渇」の故事。その指差す方向が向こうに見える白雲山、白雲空港はその辺り。今は広州市民の行楽地で、白雲の名は白い梅の花の意だそうだ。

『三国志』の英雄たちの古戦場とは本当ですかとの詮索はしなかったが、現実の空梅雨はきびしい。来そうで来ない梅雨前線が南の洋上で遊んでいる状況を、人工衛星ひまわりが、的確に教えてくれる。これでは唾の出ようもない。非科学的でも、南の空を睨んで雲の行方に一喜一憂するほうが、気分的には楽だ。（7・8）

当て外れ

旧暦の五月十三日だから今年は七月の三日が俳句でいう竹酔日《ちくすいじつ》だった。

降らずとも竹植うる日は蓑と笠　（芭蕉）

この日に竹を植えると必ず根付くという中国の俗信が伝わって俳句季語となる。もちろん、梅雨の季節だからこその話。しかし、当て外れもいいところで、観測史上初めての少雨の六月を送り、さらに連続干天の記録更新の最中に迎えた竹酔日は恨めしい。

降雨量の予想が一〇％、この連続干天がストップするかと期待して、昼下がりの天神の真ん中で、何か気配がして「おや」と立ち止まり、手の平を上にしてみたが、やはり気のせいだけで……雨ではなかった。

ところが私のその素振りを見て、三、四人の人が同じポーズで空を仰いだ。決してふざけたつもりではなかったのだが、どれほど皆さんが干天の滋雨を待ちこがれているのかを思い知らされた。

その後、待望の雨が来たが、それでも給水制限は続くとのこと。四年前、主婦の方の残された川柳を口ずさんでみる。

家計簿に待望の雨と書く日なり　（みさを）

（7・12）

早起き

「近頃会いませんが、体の具合でも悪いんですか」と、早朝駆け足で顔馴染みの方に通勤バスで声をかけられた。「いつものように走っています」と答えたが、その方も日の出前にいつものように走っておられるとのこと。私の「いつものように」は午前六時にセットする目覚まし時計に起こされることで、当然冬場の六時と夏の六時では太陽の高さがまるで違う。双方とも「三日坊主だな、あの人」と思っていたらしい。

勤務時間を基準に朝の時刻表を決めるのは長年のサラリーマン生活で癖になっている。烏カァと鳴いたら起きるということになれば、出勤までの時間をもてあますことになる。

「日出て耕し、日入りて息《やす》む」の遠い先祖の良き日々の暮らしに憧れてはみるが、時計に支配される現代病が身についている。

そうなると、中国・広州動物園のパンダ二頭を連れてきた時、この野生動物が初めての機上体験なのに、腫れ物に触る思いの人間どもを尻目に、動物園での昼寝の定刻十一時には昼寝を始め、やはり定刻の二時過ぎには飼育員から聞いたとおり目を覚まし「もう福岡に着いたんですか」とばかりに起き上がったのは、あれはなんだったのだろうと考えた。

（7・15）

思し召し

喉元過ぎれば忘れる熱さのたとえで、「百年の干天にも耐える水瓶《みずがめ》を作れ、四年前の教訓が生かされていない」と憤慨していた知人が「雨乞い行政と批判したが、世界中どこのダムや水道も降るはずの雨を当てにして計画するんだから……」と、先日までのカリカリを軟化させたのはまずめでたい。

勢《きお》い水《みず》にも事欠いて、盛り上がりが心配された博多山笠も、一転した土砂降りに喚声が上がって、流れ舁《か》きから集団山見せと進行。十五日早朝の櫛田入りには雨もほどよくおさまり、絶好の舞台装置となった。終われば一瞬にしてすべての飾り山も姿を消し、宴《うたげ》の後の哀感が流れて博多の街は正気を取り戻す。

数百年の伝統を持つこの街の人たちの舞台転換のメリハリの素晴らしさと、観測史上最悪の日照りつづきの後の豪雨。それに引き回される人々の心情生活の頼り無さを比べてみる。すべては天の思し召し、それを承知で夏の行事に没頭する博多っ子たちの心意気が嬉しい。

「自然は人間の施す教育以上の影響をその中に抱いている」（ボルテール）　（7・19）

アンケート

総理府の調査で「先生を殴りたいと思ったことがある」中高校生が三〇%と出て、「中高校生の暴力志向強まる」と他人事のような解説が書いてある。

「先生を殴りたいか」とは無神経かつ挑発的な設問で、「政治家を殴りたいか」と総理府は国民に聞けるだろうか。思うだけなら、殴りたい政治家はそこここにいると言う人でも、ほかに尊敬する政治家もいるわけで、答えられるはずがない。調査する側の問題意識の貧困を見る思いで、教師も生徒も気の毒だ。

「えこひいき」が五一%、「しつこく叱る」、「先生もっとしっかりして」がどちらも四〇%。甘ったれるなと言いたいが、これは四十年前でも（この種の調査があっていれば）出ていた数字かも知れない。

アンケートには往々にして本音より少しつっぱったり、飾ったり、自虐的な面を記入したくなる不思議な誘惑がある。不平不満の積み重ね、挫折感や屈折する思いとの闘いの日々こそが若いという証拠なのだから、この調査結果はさして驚く数字ではない。むしろ、その「裏ばなし」に目を向けたい気持ちだ。　（7・22）

もんぺ

「半ズボンか職人パッチ、もんぺをハーレム風にカジュアル化したというパンツ・ルック、リゾートウェアとのコーディネートが楽しめる」との説明には、ヤング文化を理解する前にこのカタカナだらけにまず往生する。

　この種のファッションは、三十代後半・四十歳代までブームが広がれば衰退期に入るのが常で、流行もこの秋までとの解説に「勿体ない」と家人が叫んだ。この人、昭和も初期生まれ、たった一夏の流行にお金を使うなんて、というわけだ。事実、「勿体ない」が口癖のこの世代は、女学生の身で白鉢巻のもんぺ姿で軍需工場に動員された体験を持つ。まだ着れる衣装や、どこから探し出したかわからぬ古着のもんぺ。そのもんぺからの発想の現代ファッションと聞けば、少なからぬ感慨もあるというものだ。

　その頃歌ったアングラ替え歌があった。「かわいい嬢ちゃんのもんぺの裾で、ノミとシラミが仲よく遊ぶ……」。どの軍歌の替え歌かは年配の人に聞けばすぐわかる。「ノミが歌えばシラミが踊る」、戦時下の若者たちがナンセンスに逃避した精一杯の厭戦歌だ。「赤いナンキンムシが　そばでナンキンムシが　手を叩く」

　歩兵連隊の内務班でナンキンムシ退治に格闘した日々が私に蘇る。

（7・27）

勢《きお》い水《みず》

「七月十五日の櫛田入りは早よう終わっとうとい、いつまで山《や》笠《ま》の話ばしようとな」と博多の古老たちから叱られそうだが、「舁き山」のクライマックスに沿道から掛ける景気づけのあの水。この水掛けあってこその街中あげての夏の祭典だが、これを文章にする時、「勢い水」と書き「きおいみず」と仮名を振ったら、それは「イキオイミズ」でしょうがと注意を受けた。

　周囲の誰彼に聞いてもみなイキオイミズ。「勢い」という字に「気負い」のニュアンスはなかろうもんと、山笠に出ている年配の人まで言うし、取材の記者さんもイキオイ説である。念のために櫛田神社に電話したら、明確に「きおいみず」との返事。念を押すと電話を代わった古老の方が、「どげな字を書くか知らんが、昔から『きおい水』と言うておる」とのことだった。

　実はこちらも、子供の頃から耳にしていたのだが、漢字でそう書くとは知らなかった。文字から先に物を覚える世代が現にイキオイと読んでいる、やがてそうなることだろう。でもイキオイミズでは何か一つ足らぬ気がする。

（7・31）

お辞儀

「握手や抱擁でスキンシップを深めねば信頼感を確かめ合うことのできぬ西欧人と違い、日本人のお辞儀での挨拶は、相手と同じ目の高さで、しかもお互いに距離を置く、素晴らしい生活の知恵だ」との、この春来日された英国の動物行動学者D・モリス先生の指摘を聞いて考える。

その通り、お互いに近寄っていて頭を下げればゴツンコして、挨拶どころではない。頭を下げて恭順の意を表す時は西欧でも離れて一段低い姿勢をとるが、対等の立場ではお互いに接触しなくては不安が先立つと言う。日本人が相手との距離を保ってお互いの「縄張り」内での自由を保障し合う、これは信頼感がなければできぬことで、手を握り抱き合って確かめる必要のないのが素晴らしいとのことだった。

「縄張り内での自由」。これはモリス先生の持論の、人間の行動様式も基本的には野生動物が示す一般的生態の例外ではあり得ないとの見地からの表現だ。

文明生活の開発で失ってしまった動物としての基本を優雅に今に伝えるアジアの人々の生活哲学への尊敬を報告されている。西欧人からは奇妙な習慣と片付けられがちの、異質の生活文化理解への視座を教わった気持ちだ。

（8・1）

老人大学

孔雀翅《はね》を閉じ高とまり遅れ梅雨　（菁々子）

今年のようなのは「遅れ梅雨」で、いったん梅雨が明けた後に思い出したように降るのは「戻り梅雨」と俳句の世界で呼ぶのだそうだ。

土砂降りの雨なので、欠席が多いかと思った老人大学の動植物園吟行は、四十人近くが全員出席しての熱烈学習ぶり。雨が降ったら降ったで、句にする楽しみをわずか二年で身につけておられるのは、やはり過ごしてこられた生活体験の深さから来ているのだろう。

身勝手な私たちが、天を仰いで今年はもう降らんでくれと嘆いた雨の日の句から……。

梅雨長しゴリラ愁然鎮座まし　（佐藤）

グッピーの呟く波紋水芥子花　（くめ）

ややあって鶴の一歩や夏のバラ　（天浪）

毛変わりのペンギン背の涼しくて　（トミ子）

いつもは見過ごすに違いないことにも、句帖片手の「想念」を持つ視座のせいだろう。観察が鋭い。天位の句は、ご自身ボランティアで点字を習得なさった方のものだった。

くちなしや香りの路の点字板　（くめ）

（8・5）

勿体ない

久し振りに旧制中学時代の同窓生、いずれも終戦時に二十歳だったのが集まった。七人でビールが二本とウイスキーの小瓶。中華料理が五人前で結構歓を尽くした。しかも全員煙草をやらないとわかって何とつましい連中だろうと驚き合った。

ビールは飲み残しに栓をして、後の機会にとっておくわけにいかぬのが勿体ない。自慢じゃないが、汽車弁の蓋の飯粒をまず口に入れてから中身に取り掛かる時の快感は、今の若い連中は知りめぇもんと、当時の食生活の苦労も話題となった。

いずれも定年期を迎えたばかりで、常になく健康管理に慎重なのも事実だが、長い間の宮仕えの間の接待や付き合いなど「是非もない飲食」から解放された、奇妙な連帯感みたいなのも確かにあった。

「今、世界四十億の人類のうち、約半数が毎晩『腹へったなぁ』と言いながら、寝ているんだぞ」との発言は身にこたえた。今「勿体ない」が口癖だが、あの頃は口には出さぬが「腹へった」がそうだった。

そして全員、共通してカラオケが苦手。折角用意したのをすぐ片付けてもらった。（8・9）

陽朔

中国広西壮《チワン》族自治区・桂林訪問の圧巻は山紫水明の漓江下りに尽きるが、その終着の船着き場は陽朔《ヤンシュオ》と呼ばれる村だった。柿、栗、山菜、サルノコシカケなどフゴ（竹・藁で編んだ籠）一杯に盛って観光船の到着を待つ群衆の物静かな表情に、それまで悠久の天地、天然の美に圧倒されっ放なしの一行は急に人間臭い世界に引き戻された、と話したら、「その陽朔で」と当時陸軍の軍医将校だったU先生が発言された。

その陽朔で日本軍の一個小隊が全滅。その死傷兵収容隊として、血まみれ、泥まみれの修羅場を体験したとのこと。敗戦直前の湘桂作戦のことは知識として知っていたはずだが、中国の友人たちも一言も触れないので、現地を踏みながらまったく考えもしなかった。

このはるかな山奥の「山水ノ美、天下ニ甲タリ」の秘境まで戦場にしていたとは、恨みを呑んだ両軍兵士たちと戦火に苦しんだ現地民衆のこと、あの四千年の歴史を語る家並みや土塀などにも「徹底抗戦日本侵略軍」などのスローガンが貼ってあったに違いないことを今になって追想する。あの人なつっこい人々がどんな気持ちで私たちを迎えていたのだろう……。恥ずかしい。（8・12）

夜郎自大

昔、中国西南部の山奥の小国「夜郎」の宰相は、当時天下一の強大国漢帝国の使節に「貴国とわが国とはどちらが大きいのだろう」と尋ねて失笑を買う。以降、自らの世界の外はまったく考えもしない井の中の蛙の愚を「夜郎自大」と呼ぶ。

自分の世界しか考えない例と言えば、今回の教科書問題。昭和二十年の夏を敗戦と呼ばずに終戦、占領軍ではなく進駐軍と呼んで屈辱を少しでも和らげたつもりでも、占領軍が乗り込んでオキュパイド・ジャパンだったのは世界周知の事実だった。

国内で身内同士がお互いにわかる隠語で、傷口を嘗めあっている図もいじましくて頂けないが、これが歴史的事実の把握、愚挙への反省を薄めるための小細工だったかと、今にして思い当たる。

この日本列島を含むアジア諸国数億の人々の受けた戦禍・被害を忘れてしまい、それを「本当はどの程度、怒っているのか」と政府高官が揃って確かめに来たのだから、中国側も、二千年前の夜郎国への使節以来の驚きだったろう。

これが私の祖国の政府だから、情けない話だ。

（8・18）

ひめゆりの塔

映画『ひめゆりの塔』を見た。同じシナリオで三十年前、香川京子が上原文を演じた時は、女優さんも全員戦時体験者なので、かなり身近に感じたが、今回のカラー映画は当然その女優さんのお子さんの世代の出演者、戦争を知らない娘さんばかりだ。

だから、あんなに足のスラリとしたモンペの女学生がいたもんか、それに飢えに苦しむ兵隊の何と健康そうな体格……など、いつもの粗捜しも当初はあったが、結局は私自身の戦争体験の風化も痛感させられて、感動は激しかった。

典型的な現代っ子、あのキャンディーズの田中好子ことスーちゃんが、「気をつけ！」から号令一下、歩調を取って歩き出した時、突然こちらの目頭が熱くなったのには驚いた。健康そのものの甘いマスクだからこそ、戦いの残忍さが増幅されるのだろうか。

戦争体験は自分たちでなければ伝えられぬと思っていたのに、彼女たちが、泥にまみれ、爆風に吹き飛ばされて、崩れ落ちる洞穴に埋まって戦死していったあなたたちの母親の同級生の役を演じている。

世代の差の縮まるはずはないと思っていたのが恥ずかしい。お礼を言いたい。

（8・23）

巷《ちまた》をゆけば

久し振りでラッシュ・アワーの波に揉まれた。五、六年前の都心には、まだ「巷を行けば憩いあり」と林芙美子を口ずさむ余裕があった。「人皆われを慰めて、煩悩滅除を歌うなり」との感慨も持てたが、昨今はまるで様変わりしている。

道幅は驚くほど広いが、団子繋ぎの車で一杯。異様としか言いようのない服装の娘たち、前に回ってみても男か女かわからぬヤング。圧倒されそうに仰ぐ高さのビルには、何の宣伝かわからぬPR大看板。そのくせ、耳を聾《ろう》する騒音にマッチしているようにも見える街路樹。これが私の故郷かと疑う。ゴー・ストップの緑を待つ交差点の人々の顔は、耳を一直線に後ろに倒した出走直前の競争馬の表情……。

それをこちらの歩道に待ち構えてチラシを渡そうとする男女、人の波がそこで渦を巻く。いずれもヤングか衝動買い婦人向けらしく、人品卑しからぬ殿方、私には見向きもしない。何欲しいわけではないが、面白くない。

それで戯れに「都心をゆけば腹が立つ」と詠んでみるが、大人気ない。「人みなオレに目もくれず……」では後が続かない。

数年前発表の拙句を口ずさむ、曰く……。

隙《すき》ありと見たかポルノのビラをくれ

（8・26）

ヴェニスの商人

この芝居初上演の十六世紀末の英国には、十三世紀末にエドワード一世の出したユダヤ人追放令がまだ生きていた。中世以来、教会が罪悪視してきた金利が商取引にやっと認められて、わずか二十年後に過ぎない。その時代のユダヤ人迫害劇が、今日なお教育テレビの視聴率を高めるのにはどういう意味があるのだろう。

放蕩のすえに財産をなくした友人の保証に立つアントニオの抵当財産は、「貿易船が無事帰港したら」当てにできるという不確かなもの。野良犬のように足蹴にされっぱなしのユダヤ商人シャイロックは「金が入り用だ。でも利子は払わんぞ」と言うアントニオに、例の肉一ポンドの抵当で三〇〇〇ダカットの大金を渡す。だが、当てにした船は戻らず、借金の期限が切れて裁判になる。肉一ポンドを切り取る約束はしたが、キリスト教徒の血は一滴も流す約束はしていないとの有名な詭弁がまかり通り、しかも「善良な」ヴェニス市民を脅した罪とやらで、シャイロックの財産没収という乱暴な話。

どう見ても次元の低い市民生活のならず者連中が勝ち誇るこのシェークスピア劇は、今、黄禍論復活など、人種差別の事例多発のニュースを聞くにつけ、考えさせられる。

（8・30）

わからない

江戸小咄《こばなし》に「お前はかわゆうてならぬ」と言われた娘が「まぁ、私みたいな……」と言いかけてブスとも言えず、「中くらいの者を……」と恥ずかしがる場面があるが、生活状態を聞かれて、大多数の日本人が「中の上」と答えたらしいのを思い出す。

元来、この種のアンケートには誘導質問の傾向があり、「なんでオレが答えねばならん」との軽い抵抗もあり、ホンネより少し上か下にマルがつけやすい。だから「支持する政党」の場合、「わからない」の解答が多いのは政治意識の貧困ではなく、正直と見るべきだろう。

今度の選挙法改正で参議院の、候補者ではなく政党名を書けと言われて気がついたが、「わからない組」はもっと多かったに違いない。「人物も加味して」などの前提がない設問だから、これはいっそう厳しい。

諸手を挙げて賛成したはずの自民・社会両党が、自らの候補者リストのランク付けに頭を抱えているのを見て、笑ってだけもおられない。大多数の「わからない組」市民の暮らしとまったく次元の違う発想と場所で、今後も私たちみんなの税金の使い道が討議される。

（9・3）

曲学阿世《きょくがくあせい》

九十歳の老詩人袁固生と少壮学者の公孫弘は同時に漢の武帝に任用されるが、老詩人の頑固一徹が宮仕え官僚たちに煙たがられて排斥運動になり、公孫弘はいつかその旗頭にされていることに気がつく。

すでに世俗を超越する心境の老人の真似をする必要もあるまい、官僚組織のこのメカニズムに調子を合わせろとの誘惑に悩まされた時、「真理を曲げてまで、世に阿《おも》ねることはできぬ」と老壮二人の学者は誓い合い、武帝を助けて始皇帝に始まる天下統一事業、古代専制帝国を名実共に完成させる。

紀元前二世紀のこの話が、現代まで「曲学阿世」の成語を残す。

この言葉は、「教科書を書き直したい」とされる先生方の、最近の心情を推測するうちに浮かんだのだが、この際「過《あやま》ちを改めざる、これを過という」の『論語』のほうをこそ贈りたい。一方、教科書問題で隣邦から反応がある度に、「政府見解」を金科玉条と、一つ覚えのように「相手の真意がわからない」とまずコメントする官房長官の姿勢、これに当てはまる言葉は私の書架に見当たらない。

（9・9）

百円玉

三台ほど並ぶ公衆電話のどれにコインを入れても、みんな故障らしく、チャリンと音がして落下する。「急いでいる時に限って」と蹴飛ばしたい気になって掌を見たら、アッと驚いて、苦笑い。百円玉を使っていたのだ。

今どき、十円玉が使えるのは、動物園の豆汽車の子供料金と電話の通話料。しかも電電公社は、それで黒字だそうだ——と話したばかりだったのに、十円玉と百円玉を間違えるとは、このボケぶり。老化現象の一つかと首筋が寒くなった。

でも、考えてみよう。この金銭感覚のマヒは、同盟国からもっと増やせと催促される戦闘機、その一機が百億円もするという記事、それを「あぁ、そんなもんか」といつか読み流すクセにもつながっている。庶民の暮らしの金銭感覚のはるか向こうで、われわれの税金が湯水のごとく流されているのだ。

県知事公舎の壮大なムダ使いを咎める監査請求の署名の列を通りぬけ、辿りついた電話ボックスでの十円と百円の取り違え。十倍もの金額を惜しげもなく浪費しようとしたと考えれば、まあ楽しからずや……というところ。

これを私の「中より少し上」の生活意識としておこう。（9・13）

歴史

古来、歴史の編纂は極めて政治的な行為で、中国で繰り返された王朝交替の最初の事業として必ず行われた。前王朝の初代は決まって有徳の君子だが、最後の皇帝はこれはもう言語道断、酷い奴なので、これを倒すのは天の命、その命を受ける新政権の正当性を強調するための歴史編纂だった。それでも、遠い昔の話ではなく、生証人が健在の時点での作成だから、それなりのブレーキがかかり、一応通史として認められるのが残ってきた。

わが国最古の史書は西暦七二〇年の『日本書紀』、「委奴国王」時代から六六〇年も後の完成で、今日、鎌倉時代を初めて記録するのと同じ、時の為政者に都合の良いものばかりと言ってよい。その神話から始まる国史教科書が、敗戦直後一夜にして墨で塗り消された事実は生々しい。

だが、ここ十年来、戦前歴史観の復活に打ち込む文部省の執念はまた意味合いが違う。時の首相の訪問相手国が、一応納得するようにとの配慮でその場しのぎの「手加減」を繰り返すのは恥ずかしい。一度振り上げたコブシの下ろし方を、史実の生証人だから見逃すわけにはいかないと考える。

（9・20）

天高し

秋晴れの十五日は敬老の日、動植物園の高齢者俳句吟行会の参加が八十八名、記念品の短冊六十本を用意していた世話役を慌てさせた。ほかに敬老の行事はあっているし、都心といっても起伏の多い森の中なので四十名もお見えになればオンの字のはずだったが、「敬老の日ゆえの頑張り雁木坂《がんぎざか》」と元気なところを見せていただいた。

「秋陽浴びオランウータン王者ぶり」(雷次郎)、「象亀のひとり占め食う秋野菜」(さだ)、「ゴリラの背すねたるごとし秋の檻」(キヨミ)など、人間そっくりですなぁと、生活体験のベテランらしい感想。

植物園では「睡蓮の花押しあげて鯉の群れ」(マサ子)、「見呆けし洋花のあとの秋ざくら」(ひろし)、「天高し目路の高さのアドバルン」(隆栄)。

どうせ博多時間だろうと、一万五〇〇〇人もの入園者と迷子の世話に時間を取られていたところに連絡が来て、皆さんきちんと定刻どおりに投句終了、緑の相談所二階の特設句座に揃っておいでですとのこと。失礼ながら、こんなに手のかからぬ団体はめったにない、と話し合ったことだった。

敬老の日や象の眼の優しかり　(未知老)

(9・22)

秋風

やがてグレース王妃のふた七日。モンローの時は、同い年のこちらもまだ若かったので、別の痛恨があったが、先日のバーグマン、それにグレース・ケリーと一世を風靡した伝説的美女が次々にこの秋風を待たずに姿を消すのは……それも美しい人たちゆえの薄命の約束事かも知れぬ、と考える。

彼女たちの出現に喝采を送った年配は、ほとんどが定年を迎え、第二の人生にさしかかっている。その人たちの若い日々の心情生活に少なからず影を落とした美女たちが、このあたりで花の生涯を散らすのだから、物語がさらに彩りを加えるというものだ。

「最後の日まで演技をしたバーグマンと刻んでほしい」と言葉を残した心意気が憎い。わずか五年間の銀幕生活の後、グレースが一転してヨーロッパの珠玉の王国モナコの名王妃の名をほしいままにしたのち、娘さんと二人だけのドライブ中の運転事故という、そのあたりの平凡な家族の一員のような最期だったのも、彼女らしい花の生涯の閉じ方だったのだろう。

皇室・王室というアジアの某国の事例からの憶測と別の親しみをもてるご日常だけに、痛恨限りないものがある。合掌。(9・27)

柿八年

五年半前に転居してきた時に植えた柿の苗木が、今年初めて実をつけた。底の平ぺったい、かなり重量感のあるやつが、背丈一メートルの真ん中辺りに八個もかたまっている。日に日に黄色味を帯びるのを見て、「桃・栗三年、柿八年」の言い伝えを噛みしめた。露天市で買った時、この苗は二年ものだったようだ。

その間、異常乾燥、豪雨、暖冬、冷夏など、一年としてまともな気象状況でなかったのに、律義にも八年目にはそのとおり実をつけたのだ。大自然の運行は、我々人間どもが一喜一憂してきた日々にも、大きなスケールで、むしろ順調だったと言えるらしい。

せっかくの実だから、いたずら坊主どもに盗られてはならぬと考えた。

でも、それはどうやら身に覚えのあるこちらだけの心配で、今の子供たちは柿泥棒など興味は持たないようだ。それに、高い柿の木の先っぽになっていてこそ、いたずらのスリルもあろうというもの。こんな幼児の手の届くところでは話にならない、と当方で予防線を張っておく。

一人前の柿になるまで、もちろんまだ月日がいる。（9・30）

カバの子

福岡の動物園ではカバの子がこの秋一番の人気者だ。まだ生まれて一カ月。産室から外に出ていないので、人間の子供たちが爪立って覗き込み、歓声を上げる。「アッ！　頭の先からシッポの先までカバだァ！」

母親のマネで青草やオカラの餌に口を突っ込むが、歯がないので食べているふうでもない。身長ようやく三〇センチ、体重が推定で四〇キロ。まず丈夫に育つとは思う。前の二回は、出産後の興奮がおさまらぬうちに神経質すぎた母親がかばい過ぎての圧迫死の記録が残る。今度は産室を特に暗くもせず、飼育員が常に声をかけてやり、励ましながらの出産だったのが良かったらしく、案外落ち着いての哺乳が見られた。

カバは哺乳を水中で行う。あの二、三トンもある巨体が水中では軽いのだ。

めっきり涼しくなった今朝、産室の窓の枠から覗くと、ギョロリと目をむいて「なんだ、あんたか」という表情の母親と、歯が出はじめているらしい口でその母親の小さな耳朶《みみたぶ》をしきりにしゃぶっている、まだ雌雄の別はわからぬ子。無事に育つのを祈るばかり……。（10・4）

美しい雑草

乱雑に咲いてコスモス許される　（舟可）

猫の額ほどのわが庭に、今年も紅白のコスモスが妍《けん》を競って美しい。わざわざ植えたのではなく、落ちこぼれた実が今年もいわゆるテントバエとして、自分勝手に伸びたものだ。だからそこここに好きな場所に片寄り、肝心の手塩にかけたほかの草花たちを隠してしまう。

昼何か食わねばならず秋ざくら　（拓）

この美しい雑草は「秋桜」の名ですっかり日本の風土に馴染んでいるが、実はイタリア人美術家ラグーザが明治も半ばに持ち込んだものとされ、案外新しい。

ルーツはメキシコと聞かされて、なるほどとうなずかせる風情だ。『奥の細道』などの紀行文に出てきそうで見当たらぬはず、可憐な華やかさが身上。ヨーロッパに紹介されたのも当然コロンブス以降で、かの地の殺風景な秋の野を彩ってくれている。

踏まれても、風に倒されても、倒れたままの姿で首をもたげて咲きそろう。たくましくも可憐なコスモスの、どこの風土にも似合う豊かな国際性などを考えてみる。

「コスモスのむこう向けるは泣けるなり」（猛）

（10・7）

フルムーン

四十年も前から美女で有名だった女優さんの入浴シーンが国鉄のポスターになっている。フルムーンとかいうサービスで、夫婦の年齢合計が八十八歳以上なら、国鉄全線一週間にわたり特別割引き料金になるのだそうだ。いつまでも若々しい上原謙老と「振りむけば君がいて」なんて、前回のまともな服装のポスターの時は、一応ほほえましいと思ったが、同じ好評のコンビでも、今回のは少々悪ノリではないかと驚いた。

こちら、振りむけばいつもそこにいる女房の歳と合わせたら、百歳はとっくに超している。来春には廃止されるローカル線の通勤列車から今朝もはじきだされて、よろめく体勢を立て直すプラットホームの眼前に、いい湯だなのこのご両人のポスターがある。

前代未聞の大赤字解消に取り組む国鉄にこれだけのサービスをしてもらえるのなら、一度くらいは……と考えぬでもないが、まだ、ゆたーっとしたそんな気持ちになれそうもない。身についた貧乏性というものだろう。

それよりも、もしこれが若い女優さんだったら、この種の入浴シーンを公衆の前に出せるのだろうか——と別なことを考えた。

（10・14）

スキヤキ

食欲の秋。博多入港中のイギリス船の人たちとスキヤキを囲んだ時のこと。

何度も来日していて日本通を自認する機関長氏が若い乗組員たちに説明していた。「このチョップスティックス（箸）で肉をつまみ、生《なま》の、煮ていない卵の汁に浸して食べるのだ、これは熱い肉を冷やすためにそうする」。

イギリス人の猫舌は知らなかったが、「肉を冷やすための生卵」とは驚いた。こちらサイドの誰彼に確かめると、おいしくするために生卵につけるので、戦前にはなかったことだ。いや、あったろう、子供だからそんな高級な賞味法を知らなかっただけだ、肉も卵も大変なご馳走だったと、お客様そっちのけの議論になった。ついに、スキヤキは熱いのをフゥフゥ吹きながら食べるもの、卵で冷やすのは邪道だ、との意見まで出た。

何ごとも理由を確かめて納得せねば気の済まぬあちらと違って、おいしければ理屈抜きで美味求真を楽しむ我々アジア人、食生活に対する姿勢の違いに話は展開した。

だが、この東西文化の根本・底流を流れるものの違いを説明する英語力を誰も持ち合わせていなかったのは残念だった。（10・18）

文芸散歩

芸術の秋。今人知れずブームなのが、動植物園での文芸散歩。ことに植物園の開園以来、入園者の平均年齢がアップした頃から、俳句・短歌・川柳などの吟行が増え、中でも老人大学の野外教室などが定着したようだ。

檻象の鼻の巻き込みたるは黍《きび》　（春潮子）

バナナ熟れジャングル温室に秋陽深し　（菁々子）

俳句を詠む人にとって、新しい植物園のほうは整いすぎて、綺麗で句になりにくいらしい。かえって動物園の年季のいった緑とその香り、動物たちのありのままの生態が、生きた自然の実存感をたっぷりと与えるとおっしゃる。例えば木の枝にぶら下がる蛇の皮、蟬の抜け殻などがぞくぞくするほど楽しい句材だそうだ。

句帖を片手の観察も、まるで熱心さが違う。一つの檻の前に停滞時間が三分（全国動物園での平均）をゆうに超えるのも、当然苦吟の真っ最中だからにほかならない。

『万葉集』に残る名歌を、板製なので歌碑とは言えぬだろうが、二十カ所ばかり詠われた樹木の横に立てたところ、その近辺が「文学の小径《こみち》」と呼ばれはじめたのを知った。（10・21）

鏡山

十七日の日曜、快晴の唐津・鏡山の山頂に集まった一行二十五人は、卒業四十周年の同窓会を昨日済ませた旧制中学時代の同窓生である。

東京、四国、関西から集まったのが九十九人の生存者たち。まったく生存者と呼ぶに相応しい。慰霊祭に並べられた遺影が七十九人。真珠湾の日、最上級の五年生だった私たちは、昭和十九・二十の両年に四十人からの級友を失った。四捨五入すれば全員すでに還暦。その大部分が第二の人生を歩みはじめて人懐かしい気持ちに迫られてか、かつてない多数の参加者だった。

二日目の日程でゴルフ組と別れたバス組が目的地をここ鏡山に選んだのは、まだ十二、三歳だった一年生の時、全校遠足で訪れた記憶のある場所だからにほかならない。

白髪、薄髪、太鼓腹、それに痩せキリギリスの一行が、すでに死語に近い博多言葉を思う存分喋るのを聞けば、四十年ぶりに巡り会った感動は同窓会当日の一瞬の出来事と終わってしまった印象。

眼下の虹の松原、舞鶴城、遙かに連なる島々のたたずまい同様、まるで歳月が止まっていたのではないかと錯覚するばかりだった。

（10・26）

青い花

福岡市中央区の植物園。花壇は今バラ、サルビア、クッションマム（西洋菊）などで秋たけなわの美しさだが、今年から青いサルビアの花がお目見えした。サルビアは真紅というのが常識なのに、この青紫とのツートン・カラーで大花壇の新しい造型を図ることができた。

造園技術の進歩で品種改良の結果、色とりどりの花が楽しめる昨今だが、最近まで、青い花びらのバラにはお目にかかれなかった。これにはローマ神話の伝えるところがある。

花の女神フローラが可愛がっていたニンフ（木の精）の死を悼んで、美の女神ウエヌスはその亡骸に美を与え、西風の神ゼフィールスは雲を吹き飛ばして太陽神アポロの光が祝福できるようにした。三人の優雅な女神たちの優しさと祝福に、さらに酒の神バッカスは神の酒を注いで香りを持たせた。オリムピアの神々の協力でできたこのバラの花に、女神フローラは青の色を冷たい色、破滅の色として許さなかったという。

冷たさに美を求めるなどの現代感覚と無縁な頃の物語が今に生きていて、青いバラの出現が遅れていた。「うッそー」などと言わずにこんな話も聞いておくことだ。

（11・4）

古代の顔

福岡市立歴史資料館（中央区天神）で開館十周年記念特設展「古代の顔」を参観した。はるかな太古、この日本列島に生活していた人々の表情がガラス越しに語りかける。静かな物言わぬ生命感に圧倒された。「罰かぶるか知らんばってん」と天神ギャルが二人、「ペンダントにしたら最高やね」とまさに罰当たりなことを囁いていた。

縄文時代（紀元前三世紀以前）の頭部、顔面を持つ土偶はほとんど東日本からの出土で、西日本からは極めて希だとのこと。気候風土の厳しい地域だから、お互いの顔を見詰め合う原始的な寄り添った生活が続いていたのだろう。次の弥生文化の生成波及につれてこの列島からの人面の出土は急激に姿を消す、との解説が納得できる……とはなはだ独断的な解釈を素人の特権で試みた。

さらにそれに続く古墳時代のものに縄文人面の神秘的な表情が薄れてよりリアルな人懐かしい顔になっている、との解説。

いずれにしても、文献など全くない時代の謎を「教えてやろうか」と言っているような祖先たちとの対話は楽しいものだった。

（11・8）

蘇東坡《そとうば》

「人生識字憂患始」……つまり文字などは、楚の項羽が言ったように、どうにか自分の名前が書ける程度でよい。文字を覚えたが最後、その日から人生の煩わしさが付きまとう。むしろ文盲で道理もわきまえず、先人の文化遺産などに接しないほうが気が楽だ……と言ったのは、中国北宋の文学者、芸術家そして政治家の蘇軾《そしょく》（東坡、一〇三六～一一〇一年）だった。

灯火親しむべき読書の秋に水を差す言葉と思うのは、こちらの思慮不足というもの。二十一歳で進士に合格した天才詩人は、各地の地方官を歴任するうち、のちに唐宋八家の一人に数えられるほど数々の情趣あふれる名筆を残すが、四十三歳で湖州知事の時、旧作の詩が朝廷を誹謗したとの罪で投獄される。

六年後には名誉回復。中央要職の大臣から天子の侍読まで栄進したが、五十七歳の秋、政争に巻き込まれて、今の広東省から海南島まで流された。あげく、七年後の大赦で北帰の途中、江蘇省で病没する。

そんな波乱の生涯だったからこそ生きた言葉だろう。不勉強の言い訳に借用したくても、教養、人徳ともに足元にも及ばぬのだから、まず無理だ。

（11・11）

雑踏

雨の確率は八〇％だが、まだ降らないまま暮れようとしている。交差点の信号が青に変わって、たまっていた人の群れが一斉に動き出した。

不意に横から、相当年配の人が「だからネ、日に五千円だよ」と下を向いたまま「いいと思うがなァ」と熱心に私にささやかれるのだ。「人違いですよ」と言うきっかけを失って、といって足早に逃げるのも無理なこの雑踏。どうしようと困ったまま数歩。「だからこの際思い切って」と口にされて「あっ失礼」と初めてお気付きになった。こちらこそ申し訳ない思い。

当の相手は信号待ちの間に横にそれたのか。とすると、これは一体どんなドラマの一カットなのか。この人波の一人ひとりに、いろんな思いがあるのだと胸に来た。

だが、それも束の間、今度は目の前に忍者スタイルのお嬢さんのお尻のところまで男物ワイシャツがはみ出したままなのが、気になり出した。声をかけて注意してあげようと思ったが、この人込みでは勇気が出ない。後で娘に聞いたら、それが流行のナウい服装なのだそうだ。心配してやって損をした。

（11・15）

インド映画

インド映画『苦いひと口』を観た。本年度芸術祭・南アジア映画祭の参加作品だ。美術館と市民センターでの無料公開だから、あまり期待していなかったのを恥じた。貧困に苦しみながら生きている救いようのない庶民の暮らしを、何より制作陣がその苦しむ人たちと同じ視座でとらえ、映像を通して語りかけるのがいい。絶叫もなく、「おしゃべり」も少ないが、土の匂いが伝わるような各カットが観客私の胸を打つ。

単純なストーリーだが、白黒映画だけに画面も鋭角的で、いっそうその語りかけを深くする。誇張されたサスペンス、着想の奇、特殊カメラの妙、色彩の絢爛さに毒された近代映画のことに思いが及ぶ。

同じアジアの、身近なところに、これほどの人懐かしい映画の原点が生きているのを知るのが遅かったなどと、小さな興奮を連れと話しながら帰途についていたら、洋装の老婦人に声をかけられた。「暗い映画でしたね」。事実暗い映画なので相槌を打つと、「それに撮り方の幼稚なこと」。思わず絶句したが、もしかしたらこの方、映画評論などなさる人かも知れぬと考えて、反論はあきらめた。

（11・18）

ヒョウの話

　同じネコ科の動物、ヒョウとジャガーを見分けるには斑紋が梅鉢模様で黒い輪の中にボツボツ粒のあるのがジャガー、ヒョウのは黒いだけの点と思えばよい。

　秋も深くなれば、これら動物たちの毛が生え替わって斑紋が見違えるように鮮明になる。この変化の著しさから中国の古典『易経』に「君子豹変す」の言葉がある。つまり、修養を積んだ紳士は、誤りを悟るや否や決然として考えや行いを改めるが、凡人は「小人面をあらたむ」、つまり少し方向を変えるだけで誤りをなかなか改めたがらないという意味。

　この「豹変」は罪や恥の意識の薄い「偉い人たち」に悪用されかねない格言だが、そこは君子たる者の自覚と責任に待つほかはない。

　対照的に欧米では、ヒョウの斑紋はいつまでも変わらぬもののたとえに使われる。「ヒョウは彼のスポット（点）を変えることができるだろうか」と訳される英語の諺は「人の性格はなかなか変わらぬもの」の意。つまり日本のさしずめ「三つ子の魂百まで」のと同様に使われるのだから驚く。驚くだけでなく、もっと視線を変えてみよとの教訓と受け取ることにする。

（11・22）

キャッシュ・カード

　自分の預金を引き出すのになんの遠慮がいるものかと思うが、やはりしかるべき手続きで判を捺して番号札と名前を呼ばれるまで待つ。この程度の儀式がなければ、お金の有難味がないとかねてうそぶいていたので、手の外せぬ家人に代わってキャッシュ・カードを初めて使うはめになったのは、つい最近のことである。

　そのカラクリが全くわからないが、自分だけが知る数字のボタンを押すと、四十秒で金が出る。それぐらいは知っていて、先客の動作を肩越しに覗いて学習すればよいと思ったが、プライバシーの問題がありそうで、できなかった。

　ところが、果たしてと言うべきか、指示どおりにあちこちのボタンを押したのに、機械はウンともスンとも言わず動いた様子も見えない。

　後ろに待つ背の高い青年に恥ずかしながら、「初めてなので」と操作法を聞いたが、この人黙って立っている。その後ろの「地獄で仏」みたいな奥様が、ここに書けもしない初歩的ミスを指摘してくださらねばスゴスゴと帰るところだった。

　「今頃、遅れたオジン」との青年の呆れ顔も気になる。で、時勢に遅れるのはやはり愚、適当なテンポでついて行くことだと考えた。

（11・25）

車の中で

乗り合わせたタクシーの運転手さんの話。

親類がよく休日に子供を連れて博多に遊びに来るが、先日はいつものマイカーでなくバス・電車の乗り継ぎで来福したのだそうだ。マイカー馴れしている小学生の子供たちが不服を言うだろうと思ったのに、その喜びようや何でも知りたがりようはマイカーの時とまるで違った、ということだった。

バスの時刻表はぼくが見てくるよ、切符は私に買わせて、わァ、地下鉄はどうした綺麗かもんね……という具合。特に横断歩道や地下鉄階段など、自分も田舎者のくせに小さな妹の手を引いたり、並ばないと叱ったり。いつも後ろの席で喧嘩ばかりして叱られる兄妹が、全く違うところを見せてくれたりしたという。

彼らは初めて「旅」というものを体験したんだね、と私。運転手氏がさらに続けることには、いつも車を転がしている商売でお客さんに学ぶんですが、なんだか肝心なものを、この車社会が失っているようで考えさせられた、とのこと。

全く同感だと、運転免許を持たない私も賛成した。（11・29）

猿山有変

長年ボスを張っていたニホンザルのテンが天寿を全うして一カ月近く、動物園の猿山はナンキンハゼの紅葉も終わって、もう冬なのにまだ後継者が確定しない。

ボス見習いと見ていたナナシは、意外にも猿山頂上近くの岩場に一人でうずくまっている。故ボスの未亡人ナンバー1に一喝されて、立てかけた尻尾（シッポをピンと立ってて歩くのはボスにだけ許される）を慌てて下げて逃げ出したままだ。肝心の全員の人気が今ひとつ不足のためらしい。

実力伯仲のボス見習いがほかにおれば、予備選でも話し合いでも大騒ぎがあるのだろうに、永田町のように闇将軍もフィクサーも出番のない無競争では、どう展開するのか予測ができない。ほかの猿たちは女帝とその赤ん坊を囲んであやしたり、毛づくろいなどしているが、反対側の岩場にうなだれている意気地なしを見ようともしない。

暮れるに早い猿山に、そのシルエットは動かざること、思いなしか風見鶏。やがて繁殖期に入り、猿山全体のムードが微妙に変化するのを待っているのだろうか。この前までの人間たちのボスのように……とこちら人間たちが話し合っている。（12・2）

枯れ菊

あまつさへ枯れ菊に雨そそぎけり　（敦）

菊は当然秋のもので、朝霜や時雨にたたかれて、哀れ竹の支柱にくくられたまま枯れている。清楚で静かな美しさをつい先日まで見せていただけに、その枯れ姿がよけい哀れだ。庭のほどよい場所で火葬に付してやるのに、心なしか、まだ馥郁《ふくいく》の香りが漂うようだ。これが俳句に言う「菊枯れる」、「枯れ菊焚く」の風流。

焚かんとす枯れ菊の香の走りけり　（照子）
大事終へ枯れ菊を焚くゆとり　（玲子）

予備選圧勝ほどの大事を経験できる由もないが、ゆとりがあろうとなかろうと、わが庭にも冬は来る。冬支度の掃除に出たら、片隅にまだ頑張って咲いている小菊を見つけた。掻き集めて、ゴミ同然の枯れ葉、枯れ枝、枯れ草のセピア一色の上に引き抜いておくと、その黄色い花がいっそう目立つ。勿体ないが一緒に焼くことにした。惜しまれて身を焦がす黄色の風情も、古人の「枯れ菊焚く」の感慨の中にあるようだ。

枯れ菊焚く背より冬にわかなり　（流水）

（12・7）

対　話

アメリカの大統領は立ったまま記者会見するそうで、新しい日本の首相が最初の記者会見でそう提案したが実現できなかった。理由はマイクの都合で、座ってもらわねば困るとのことだが、それだけではあるまいと考える。

動物園での体験だが、例えばカバなど、私たちが高い場所からいくら呼びかけても振り向かないが、プールの側に降り立ってカバと同じ目の高さから呼ぶと、スーッと寄ってきて大きな口をあけ、水中でんぐり返りの嬉しさの表現をする。広州動物園のパンダは私が立っていれば、いつも目を逸らしているが、しゃがんで同じ目の高さになると、鼻をクンクン鳴らして甘えかかってきたものだった。それを目撃された幼稚園の先生方は、まったくこの通り、できるだけ同じ目の高さで対応するのが幼児教育でまず学習する第一課、とおっしゃっていた。

相手を座らせ、こちらは立って見下ろして話す。それぐらいで威圧感を受ける記者諸氏とは思えぬが、やはりコミュニケーション、対話成立の基本は、同じかできるだけそれに近い高さの視線の中で行うことにある、と動物たちが教えてくれた。

アメリカ式なら優れているとのお粗末な発想とは思わぬが、やはりやめた方でよかった。

（12・9）

アジア大会

アジア大会の選手団解団式がまるでお通夜のようだった、との報道……ウソだろう。

　金メダル争いに負けた、アジアの王座を失ったというのが理由だそうで、それではあの酷暑下で精一杯戦った日本選手も、それを倒したアジア諸国の若者たちをも侮辱することと考える。国を出る時点で国内ナンバー1だったばかりに、祖国の栄誉の責任者にされ、決勝まで戦った揚げ句、「銀なら要らん！」と放言するアニマル幹部連のもとという悪条件で、良くやったと褒めてやりたい。アジア各国の若者が強くなったこと、いい目標ができたことを、むしろ喜ぶべきだろう。

　ハンドボールの決勝で日本に勝った中国選手が、ガッツ・ポーズのまま飛び付いて抱き合うのをテレビで見て、十年も前、中国排球隊の青年たちがまるで修行僧のように喜怒哀楽を見せず、「友好第二」と緊張しきっていたのを思い出した。十年の歳月の間に彼らが追い付き追い越した努力が、今回、中国青年たちにスポーツを楽しむ表情を獲得させたと見る。

　負けたら、次に勝つことだ。お互いに競い合って、銅メダル一個だけの国をはじめ、アジア全体のスポーツが世界に通用する牽引車になる役割を考える。

（12・13）

薬食い

獣類を食べるのを宗教的にタブーとした江戸時代でも、寒の内の特別な風習として猪を山鯨と言い訳しながら（鯨は当時、魚の仲間とされていた）賞味した。寒中、特に欠乏しがちな栄養の補給と体力回復を図る食生活の知恵にほかならない。

　鹿の肉も「甘温にして毒なし　冬時食うべし　他の月は宜しからず」と『本朝食鑑』（元禄十（一六九七）年刊）にあり、効能を述べて「ゆえにこれを『くすり食い』と言う」と結んでいる。
鹿《かのしし》を紅葉鍋、猪を牡丹鍋と呼んで人気があった。伊勢神宮で忌まれた動物なので、食べられぬ事情の連中が「旨い汁吸った」ことが露見した時、「シシ食った報い」だと悪口を言った。それほど羨ましくも美味なものとされていた。

　古川柳で「麹町」とあるのは、江戸麹町の獣肉店「ももんじ屋」のことで、その繁盛ぶりを、

　狩り場ほどぶつ積んでおく麹町
　冬牡丹麹町から根分けなり

などとある。ただ、

　薬食い見ている顔の美しさ

の意味が、今ひとつわかるようでわからない。

（12・16）

読者来信

中国研究センター（福岡市博多区）出版の「人民日報・読者来信」つまり投書欄の日本語訳、二四〇ページを一気に読んだ。「人民日報」は中国最大の日刊新聞（約七千万部）だが、中国共産党の機関紙でもあり、宣伝教化資料の意味合いが強いのは事実。それなのに、その読者投書欄がこうも魅力あるものとは想像していなかった。

近代化を急ぐ過程で露呈されたさまざまな矛盾……。経済的な余裕ができても、生産が追い付かぬためいっこうに出回らぬ今人気絶頂の自転車「鳳凰」とミシンの「蝶々」。ハンマーと抱き合わせでないと売ってくれぬ化学肥料。幹部の不正、特権乱用を批判をしたらしっぺ返しされたという訴え。公害、結婚難、少数民族用日常品の入手難など、すべて多かれ少なかれ政府当局への苦情、批判、要求に繋がるのだから、これほど自由な庶民層からの問題提起が活字になるは正直なところ意外だった。

未曾有の生活革命の中のバイタリティーあふれる暮らしの模様が活写されている。それにしても、わが国ならさしずめ「匿名希望」にしたい内容が多く、改めて「言論の自由」ということに思いが及んだ。

（12・20）

サンタクロース

「サンタクロースなんているもんか」と友達に言われた八歳の少女バージニア・オハンロンは、父親と相談して、「ニューヨーク・サン」新聞に質問した。同紙は一八九七年九月二十一日の社説で次のように答えている。

「きっとその子は今流行の疑ぐり屋さんでしょう。バージニア、サンタがいるのは嘘ではありません。この世に愛と思いやりと真心があるように、サンタはいます。サンタがいなければ、人生の苦しみを和らげることも、信頼も詩もロマンスも消えるでしょう。見たことがないだけで、サンタがいない証明にはなりません。この世で一番大切なことは、子供の目にも大人の目にも見えないことですから……」

孫娘のような少女に丁寧に語りかける老記者P・チャーチの哲学は、文中に繰り返される「そうです、バージニア」の言葉とともに、今もあちらの人々の心に生きていると聞く。

山口県の小学生の、その一割が自殺したいと考えたことがある、との調査結果が出ている。どんな設問から出た数字なのだろう。このアメリカの大人たちのように、子供たちを温かい目で他人事として見ない、そんな姿勢の調査だったのだろうか。

（12・23）

餅搗き

前の日曜日（十九日）は動物園恒例の餅搗き。今年はレギュラーのチンパンジー兄妹のほかに「自然との共存を考える会」の男女学生諸君も応援してくれた。搗きあげた餅は世界野生生物基金（ＷＷＦ〔一九八六年、世界自然保護基金と改称〕）、つまり滅びゆく野生動植物救済運動にカンパした入園者に差し上げることにした。お陰で今年は例年の倍の募金があった。

故国ベルギーでＷＷＦに参加していた女子留学生のリアさんも、餅を丸めたり、振り上げた杵に振り回されての大活躍。日本中どこでも年の暮れにこの餅搗き風景が見られるのかとの問いには、残念ながら機械餅の普及を説明せねばならなかった。

この異国の娘さんとのやり取りより、驚いたのは日本人小学生の質問で「なぜごはんを叩いて餅にするの？」。搗くと叩くの動詞の使い分けの説明に困っていると、飼育員のおじさんが「一粒一粒ならバラバラの米粒でも、こうやって皆で力を出し合って搗けば、ネバリも出て、神様に差し上げてもいい立派な餅になる。皆で気持ちを合わせて作る、ただの叩くと違うんだよ」と難問を説明してくれた。なるほど、いい勉強をさせてもらった。（12・26）

1983

博多山笠・追い山（博多区，2005.７）

百人一首

平仮名が読めるならと、初めて加えてもらったのが小学二年生の正月だから、『小倉百人一首』との付き合いはもう半世紀になる。百首の順序など考えもしない今日だが、江戸期にはこの順序が存外重視されていたようだ。まず歌集として読まれたのに違いない。

古川柳に「食うことがまず第一と定家撰り」とあり、天智天皇の「秋の田の刈穂のいほの」が最初の歌。もちろん小学生には難解だったが、父の一つ覚えにパロディー「呆れたやぁ　今年の米の高いこと　妻や子供に食わせかねつつ」のほうはすぐに覚えて、今に忘れていない。

「智にはじめ徳で納める小倉山」の句は順徳院の「百敷や古き軒端のしのぶにも」のことで、これが百番目。「九十九は撰び一首は考える」と冷やかされた編者・藤原定家自身の句はなぜか九十七番目。「来ぬ人を待つほの浦の夕凪に焼くや藻塩の身もこがれつつ」それで「来ぬ人を入れて百人に都合する」と、川柳子もその編纂の苦労を多としている。

十三世紀刊行の文芸作品集がそのまま一般家庭の遊び用具として普及し、今に伝えられている、この民度の高さは諸外国にその例を見ないようだ。

（1・6）

冬の月

敗戦の年の一月十日、その日に私は福岡連隊に入隊している。猛訓練・猛シゴかれ中の初年兵にとって、束の間の自由と安息は食器洗い場での初年兵同士の情報交換が最たるものだった。

入隊後ひと月もたたぬ凍てつく夜、その食器洗いの帰りに東の今の平和台球場辺りの空に静かに上ろうとする大きなオレンジ色の月を見て立ちつくしたのを覚えている。冬の月特有の凄絶さはなく、温かく懐かしいようなその表情は、「君たちの苦労はちゃんと見ているよ」と励ましてくれているようだった。「直径かける三・一四だなぁ」と連れの戦友がつぶやいたのは、もちろん円周率。彼もその月の大きさ温かさに感動したのに違いない。その日は私の二十歳の誕生日、今に忘れていない。

旧臘三十日の夜、わが家なりの大掃除で、「燃えないゴミ」搬出を受け持っての帰り、見上げるゴルフ練習場ネットの先端に、あの日と全く同じ大きな赤い月を発見して息を呑んだ。だが、その感傷は私だけのものと黙っていたら、家人が「今夜の月は少し変」と指さすので立ち上がった。どちらもその夜、皆既食が見られるのを知らなかった。

（1・11）

猪《ちょ》八《はっ》戒《かい》

今年の干支・亥《いのしし》は損な動物で、年賀状の字句でも「猪突猛進」ぐらいが褒め言葉だが、これも「盲進」ではないかと気にかかる。

何か猪ないし豚（現代漢語で猪はブタを指す）の活躍する故事民話はないかと探したら、例の中国四大奇書の一つ『西遊記』に猪八戒がいた。三蔵法師天竺方面求道の旅の従者だが、兄弟子の孫悟空の機転・機知あふれる行動力の引き立て役に回る損な役割。失敗ばかり、欠点だらけのダメ的存在だが、その愛すべき性格は民衆の同情・共感を得て、さまざまな諺として今に伝えられている。

「猪八戒が（高麗）人参を食う」は「その味知らず」と続いて「猫に小判」と同議。彼が「かん水（米のとぎ汁）桶に落ち込んだ」というのは「食べ物もどっさり、飲み物も沢山」。「猪八戒は耙手《くまで》を使う」、これは「人それぞれ身にあった方法でやってゆけ」との哲学になる。彼が「鏡を見る」とのたとえは何故か「会わせる顔がない」ということだから、これはひどい話。

それでも同僚の沙悟浄や兄弟子の孫悟空より多く中国民衆の生活の知恵の教材として伝えられるのは、彼の仲間の猪ないし豚の持って生まれた徳というものかもしれない。（1・13）

重い鎧《よろい》

木曾の暴れん坊・旭将軍義仲は一一八四年、近江での最後の戦いで今井四郎兼平と主従たった二人になった時、戦意喪失して思わず吐いた弱音が「日頃は何とも思わぬ鎧が今日は重うなったるぞや」（『平家物語』）。

特に剛毅無双とされた武将だけに、極限状態に追いつめられて、ふと我に返った時感じた鎧の重さに、裸の、人の子としての真実の声がある。数多い武将の死を描いた語り伝えの中でも、特に感銘を受ける言葉だ。

兼平はここで主君義仲を叱咤激励するが、結局「兼平一人でも他の武者千騎と思し召せ、矢の七、八本は私が防ぎましょう。その間にあの松の中で……」と粟津の松原で、あくまで武将としての名誉の自害をすすめることになる。

「一寸先は闇」の今日の政界に、あえてニュー・リーダーとして名乗りを上げた初挑戦に戦い疲れた中川一郎氏は、その弱音をもらす相手もいとまもなく、自らの命を絶った。その原因が心理学者たちの言う「肩の荷おろし性」鬱病だけで説明できるはずのものではないのが痛ましい。冥福を祈らずにいられない。（1・18）

政党人

さる十二日夜の故中川一郎氏の通夜で、訪韓直後の中曾根総理は弔問のあと記者団に、このニュー・リーダーの非業の死について「同じ政党人として苦労した身だから、わからぬことはない」と話していた。首相自身すでに知っていた「自殺隠し」が崩れた直後の、屈折した気持ちからの言葉だとしても、こういう身の処し方が「政党人なら、あり得ること」という意味なら、恐ろしいことだと言わねばならない。

確か、四人の総裁候補の中でこの人だけが鈴木路線の継承を公約していたと思うが、路線継承どころか軌道修正を続け、早速に一月訪米、その前に降って湧いた歴史的訪韓。いずれも長い歳月、歴代政権が苦渋に満ちた思いで残してきた山積の諸懸案を、一挙に解決するとの意気込みは、異常でさえある。

関東地方の某自治体が採用した「すぐやる課」なら舞台も狭く、即効があるだろうが、国政についての猪突ぶり、公約無視の猛進は危険極まりない。それとも「政党人の論理」なら何でも許されると言いたいのだろうか。世間ではそういうのを「傍若無人」と呼び、あってはならぬ姿勢だと思うのだが。

（1・21）

受験生諸君

元祿歌舞伎の名優・坂田藤十郎は「稽古の時、台詞をよく覚えていれば、初日の幕が開いた時まるきり忘れていても、舞台での相手の台詞を聞いて思い出すものだ」と言っている。「初日は大事のものにあらず、大事は常の稽古にあり」とは、これら名優たちの言行録『耳塵集』（一七五七年刊）に収められた言葉だ。

大相撲でも、初日に不覚の黒星を喫する力士は多く、今場所も例外ではなかった。一発勝負に賭ける受験生諸君の場合は、千秋楽までの星勘定の余裕などないのだから、「初日に慌てたり緊張で精神の平静を失うのは、稽古不足にほかならない」との言葉を贈りたい。

藤十郎の師匠・杉九兵衛は「寝ても覚めても仕打ちを工夫し稽古にあくまで精出して、さて舞台に出ては、やすらかにすべし」（『役者論語』）と言い、また稽古はサボっておきながら、舞台にばかり精を出せば、「汚く卑しくなりて、目ざめのすること疑いなし」（同）とも残している。

一発勝負には運不運が伴うが、その運を十分に生かせるのも日頃の精進以外にない。それともう一つ、これからの一、二月、くれぐれも風邪など引かないように。

（1・24）

タヌキ

この二十日の寒波の朝、「福岡市民よりオークランド市の皆さんへ」と書いた木の檻のタヌキ三匹を見送った。姉妹都市提携二十年の今ではすっかり定着した友好交流の一齣だ。

あちらでは東アジア特産の珍獣とされるタヌキだが、同じアジアでもマレーシアの留学生君が「これがタヌキ！　絵本で見たのと違う」と叫んだくらい日本的な動物だ。人間に化けて恩返しをしたり、日本人の生活文化にも深く入り込む人なつっこい動物なのに、英語では一言でタヌキを表す言葉がない。ラクーン・ドッグ（アライグマのような犬）と呼ばれる。

その珍獣、向こうでの食生活は大丈夫かと、広州パンダの餌探しの苦労を覚えている記者さんからの質問には、「大丈夫、雑食性で何でも食べてくれる。果物、ソーセージ、パンなど、何でも」と答えておいた。これはワシントン・ポスト紙にも、大統領府にも同じ返事で差し支えない。

ただ、昨年の秋、タヌキの檻の前で落とし物の一万円札を見付けた時、念のため檻の中を数えて、六匹揃っているのを確かめたことは、あちらに教えていない。理解してもらう自信がないからだ。

（1・27）

電脳機

中国の友人から年賀状と一緒に送ってきた歳次月歴（カレンダー）は、例年のと違い「癸亥《みずのとい》」の文字が入り、商社のスポンサー広告つき。しかも戦前の日本でも使っていた本物の漢字が書いてある。香港か台湾製かと思ったら、表紙が見覚えのある広州動物園のパンダたちで、れっきとした広州市の「文化用品採購供應站」の発行。もっとも十二カ月・十二枚のうち五枚は香港の貿易商社が相乗りスポンサーの名を連ねている。

現中国の簡体字には苦労しているので懐かしく、昔の漢字をたどるうち、こちらも日本の当用漢字に慣らされているのに気がついた。例えば「體育器材」の「タイ」など、確かに旧制中学の昔は「體育館」と書いたのを忘れていた。若い世代ではおそらく日中双方とも見知らぬ文字だろう。それを国際化時代の海外向けＰＲの必要からあえて再起用せねばならぬ中国の複雑な経済事情を、この一本のカレンダーが物語る。商品名の「打字機」はタイプライターとすぐにわかるが、「電脳機」には頭をひねった。これがコンピュータとわかった時は、驚くよりその逞しい近代化への挑戦の心意気を見る思いだった。

（1・31）

はしゃぎ過ぎ

栄ちゃんと呼ばれたいと願って、最後までそう呼ばれなかった元首相がいた。あれは国内で、しかもユーモアを解さない日本人相手だからの失敗だと気づき、今度は米大統領ロンのお墨付きで「ハーイ、ヤス」と呼ばれるようになった、と中曾根首相が海の彼方で発表したのには、唖然として涙がこぼれた。

せっかくの成果に水を差すのは不本意だが、私の教養の範囲で知るヤスと呼ばれる人物は、赤穂浪士の堀部安兵衛が旧姓中山やすべえ時代の「喧嘩安」、甲州渡世人の親分「武居のドモ安」、それに粋な黒塀見越しの松の家でお富さんを強請《ゆす》る「切られの与三」の腰巾着「蝙蝠安」などあまり次元の高い市井生活を送った人たちではない。

かりに「上州のヤス」、「おしゃべりヤス」、「がってんのヤス」、「すぐやるヤス」などあちらで愛用される場面を想定すれば、日本の総理としての尊敬すべきイメージがその軽すぎる語感のゆえに損なわれるのが残念だ。

揚げ足取りをもう一つ、「角栄御用」と書いた提灯デモのテレビ画面。闇将軍の御用を勤める連中というわけではあるまいから、これは誤用。ふざけたチョン髷の鬘《かつら》をつけた野党の指導者たちは庶民感情を茶化している。もっと真面目にやれ。

（2・3）

御利益

二月一日は初庚申。福岡市藤崎の早良区役所前、昔からの小さな祠の猿田彦神社が年に一度だけ、早朝から露店も出て賑わう日だ。火難・盗難・交通難、すべての災難が去る（さる＝猿）といわれる霊験あらたかな庚申様で、旧くからの博多の風習で家々の軒先に飾る〝魔除け〟の「猿の面」が、この日にお参りしたら頂ける。

国道に面していながら、いつもは忘れられたような場所だが、この日だけは氏子さんたちが白装束に黒羽織、真剣な手つき、サル面が割れないように新聞紙で包んでくださる。毎年のことだから流れ作業でさばいたらと思うのは、信仰の足らぬ罰当たりの考え。

暖冬というのに着ぶくれた善男善女の列はイライラの表情もなく、一歩境内を踏み出せば交通戦争の修羅場、その修羅場のすぐ側の歩道にまで並んで順を待っていらっしゃる。

街の真ん中で束の間でも争わずに授かり物の順を待つ。その程度のゆとりは持ちなさい、との庚申様の〝おさとし〟が有り難い。昨年このお参りの次の日に羽田沖航空機墜落事故で九死に一生を得たのはこの庚申様のおかげ、と本人も私もそう思っているT君が今年も来ていた。

（2・26）

やがて春

日曜・祝日の賑わいが嘘のようなウイークデーの植物園に、裸の落葉樹が寒そうに立っている。決して死んだのではない証拠に、目を凝らすと柔らかな爪のような芽が用意されている。人知れず進められている春への静かな闘志を見る思いだ。

ミツマタ、ジンチョウゲ、コブシなど、揃って準備ＯＫらしい。梅園でも満開に近いのが三、四本。まだ咲かぬのや一、二輪だけのもの。桜と違って足並みは揃わず、「今、何分咲きか」と聞かれて困るのが梅で、「探梅」の季語の生まれる所以《ゆえん》だろう。

香りの道に、一足早く満開の黄色い花を今を盛りと匂わせるロウバイは唐梅《からうめ》とも呼ぶが、梅の仲間ではない。このロウバイの黄をさらに鮮やかにレンギョウの蕾《つぼみ》が破れはじめた。年配の人なら「インチュンホヮ」と読む中国の迎春花が、まさにこのレンギョウのこと。ヨーロッパの庭師仲間が「春はレンギョウに始まる」と珍重するアジア原産の春告げ花がこれ。ちなみに「秋は菊で終わる」、これも東アジアの原産だ。

暖冬の年、いつものように野鳥たちが食べ残したクロガネモチの赤い実が、やがて目立たなくなるのももうすぐだ。（2・15）

浮浪者

中学生たちのリンチを受け横浜で死んだ人が、青森県出身、住所不定とあるのを読んで胸が痛む。浮浪者とは死んだ人に対して悲し過ぎる呼び方だ。出稼ぎ農民だったに違いないと思い、同じ雪国の新潟三区出身の方のこと、その過日のテレビ放送を思い出した。

この新潟三区は豪雪地帯、だから山奥まで土建業者がクモの巣をめぐらして、膨大な国家予算を消化してくれている。その揚げ句、「福田さんが群馬の地元に何をしてくれましたか！」とその功績を誇らしげに言い切る後援会・越山会のおば様たち。その一方では、現金収入を求めて都会に出て行かざるを得ない別の雪国農民たち……。

東南アジア某国で農業指導を行った海外協力隊員の報告で、収穫が例年の二倍になったら、次の一年は米作せずに遊ぶと聞いて驚いた。が、やがて言い知れぬ感動を覚えたことも覚えている。かつて現金収入最優先でなかった頃のわが国でも、雪国なら雪国の、農村なら農村での心温まる生活文化があったはず。

「農産物」と呼ぶ流通商品の製造業と化してしまったわが瑞穂の国の農業。そのことへの後悔が、この大都会の片隅で惨めな死を余儀なくされた無念とオーバーラップする。（2・21）

迷惑衛生

新年早々報じられたソ連の原子炉衛星コスモス一四〇二の落下事故は、約一カ月後の七日、南大西洋上で最後の炉心部が大気圏に突入し、無事に消滅した。その方面の基礎知識に全く弱いのだが、大気汚染の問題も、最後まで落下コースの可能性があった地域の恐怖も、まだ収まったとは思えない。

またこの衛星が米軍の原子力潜水艦や空母などの活動を監視するためのものという解説にも、今さらのように慄然《りつぜん》となる。運命共同体のわが中曾根水軍の浮沈空母も例外ではあるはずがなく、その乗組員の我々の立場も改めて考えさせられる。

ソ連衛星の事故が米軍発表に頼らざるを得ない事実は、同じ地球の住人が互いに仮想敵国を持って対立する愚行を物語っている。今回のようなわずか一〇〇〇キロ上空への軌道転換作業の失敗が今後無いとの保証もない。

世界の良識が「世界コミュニケーション」として全人類の相互理解を呼びかけているが、今回の衛星事件を一つの警鐘として取り上げたい。

国際コミュニケーションの年、この運動の日本側推進本部長は中曾根総理ということになっている。

（2・23）

テレビ三十年

テレビ放送開始三十年の記念番組を見て、思うことが多過ぎる。見覚えのある懐かしい番組でも、あれは白黒だったのかと、いつかカラーに慣れきっている自分に驚く。

正直いってドラマなどは白黒時代のほうが中身があるように見える。暗中模索時代の野放図さ、泥臭さが懐かしく、嬉しい。カラフルにスマートに合理的に、最新のメカと芸術性を見せてやるとの気負いにエンジンがかかりはじめた頃から、しらけたものになってきたと見るのは、大正オジンの言ってはならぬ繰り言だろうか。

テレビ時代の幕開けを象徴する何よりのショックが、あの浅沼委員長の非業の死の場面。本物の殺人現場が茶の間に飛び込むという前代未聞の痛恨事である。今に残るビデオテープの最後の未完の演説が訴えていたのは、「政界倫理のゆがみ」だった。ショッキングな映像の臨場感に肝奪われて薄められていた記憶が、今蘇る。今日、そのまま今の政界に訴えて生きる名演説だった。

テレビ三十年の歴史、その間ちっとも変わらず、むしろ悪化すること、目を覆うばかりの政界倫理。

（2・26）

お雛さま

昔、二月下旬から三月二日まで江戸の各所に雛市《ひなみせ》が立った。古川柳は特に尾張町に焦点をあてて、良き時代の風俗描写と親子像を伝えてくれている。

娘可愛さと世間体の見栄が重なって親たちの懐は痛かった。「尾張町春はついえな（ゼニダカ物）ものを売り」、「値の高いもちゃそび（玩具）の出る春の市」、「買いつけぬなどと内儀に二朱をつけ」、「欲しい顔せまいぞと雛市に連れ」、「雛市で花見に行かぬはずにする」。高い買い物だ、今年は花見を我慢せずばなるまいとのふところ勘定。

値切るのは父親の役目で、「てておや（父親）がくれば内裏も値ができる」。ところが「雛の売あげを女房は二枚とり」。二枚書かせた領収書の安いほうをどうするつもり、へソクリの知恵の一つなのか、よくわらない。

やがて「雛の段組むと亭主は暇になり」。あとは子供たちの世界で、「振り袖を押さえて雛を直すなり」、「紙雛に相撲取らせる男の子」、「雛の酒みんな飲まれて泣いている」、そして私の一番好きな句――「雛祭りここからこうは姉さまの」。昔のお利口さんは聞きわけも良かったようだ。

（3・3）

ジョギング

定刻六時の目覚まし時計のベルを慌てて押さえ、「もう二分だけ」と毛布を被ったまま眠り込むのが癖になった。だから、日課の早朝駆け足が一日置きぐらいになってしまう。案外、体の調子はこのほうが良いようだ。

で、スタート時刻が近頃は不定。折り返しの橋の側の、冬の間は暗くて見えなかった保育園の時計が六時半前後を指していたら距離を二キロ延ばせるが、出勤時刻を逆算してそのまま自宅に向かうことがしばしばである。

次の日曜は天草パールライン・マラソンで、例年三月の大矢野島通いもこれで十回目。今年は身のほどをわきまえて、ためらわず距離の短い一〇キロのほうにエントリーしている。職場からの十六人が同じ宿に手配してもらえたのでちょっとした修学旅行気分。

今年四十歳です、やっと参加できます、と張り切る若い同僚をはじめ、ほとんどが二〇キロのほうを走るのだから、いささか憮然たるものがある。だからといって、来年、二〇キロにしたところで、前二回のように「駄目だ、やはり一〇キロ」を繰り返すのは必至。

マイペースの中にちょぴり出没するライバル意識。これが楽しいと言っておこう。

（3・7）

初心の人

「初心の人、二つの矢を持つことなかれ」と『徒然草』九二段は教えている。二本目をあてにして、初めの矢をなおざりにしがちだからとのこと。また一〇九段に、木登りの名人が「目が眩《くら》み枝の危ないところでは本人が用心する」、だから下りがけに足が地に着きそうになって、初めて気を付けろと声をかけるという。本人の自覚せぬ「一瞬の心のすき」、これは入試で四苦八苦したばかりの諸君には心当たりのある教訓だろう。

さらに『徒然草』には、随所にその道に携わろうと志す者や学習初心者について「ベテランの中で恥ずかしい思いをしながら習得する勇気、恥じらいや照れ」を克服してひたすら習練を積めば、天性の素質に乏しい者も、才能があって怠けた者より必ず優れ、ついに天下の物の上手と言われるようになること。むしろ、下手で不器用で無能とされるほうが、遙かに正直で熱心に習練に努めるから良い。器用さを早くから身につけたほうが失敗し、大成しないことが多い（一八七段）など——今に通じる人生哲学が繰り広げられている。

この春、はばたこうとする諸君。『徒然草』は、もう一度読み直して損はしない古典だとお勧めしたい。

（3・30）

陸軍記念日

日露戦争・奉天会戦勝利の日（一九〇五年）を祝っての陸軍記念日。

旧制中学時代の母校の記録には、太平洋戦争の始まる昭和十六年の項に「三月十日、三年生以下考査（定期試験）開始。四年生は陸軍記念日の演習と分列式に参加」とある。五年生はすでに卒業。我々四年生も、成績の良いのは「四年終了」で旧制高校などに進学を決めるので、期末考査は早く済んでいた。普通の成績だった連中がおそらく完全武装、配属将校に引率されての演習の場所も、分列式がどんな行事だったかも覚えていないが、「成績優良」と査閲官（陸軍派遣？）の講評が残っているのは、我々が一応の軍国少年になりきっていた証拠にほかならない。

中学四年生は今の高校一年生と同年齢、当時も「受験地獄」の言葉はあった。その一方で、肩に食い込む三八歩兵銃の重みに歯を食いしばったひたすらな日々が、後に否定される路線とは夢にも思わなかった悔恨が今に残る。

そして四年後のこの日を狙っての米軍の大空襲で東京は、非戦闘員約十万人の死亡、家屋焼失約百万人という原子爆弾の惨禍と共に戦史上かつてない被害を受けた。

繰り返してはならぬ「痛恨の記録の日」ともなった。（3・14）

男損女肥

『言語生活』今月号の作家・千田夏光氏の寄稿から拝借する話。

暴走族メンバーの高校三年生君からの連絡メモに「あとで伝話します」というくだりがあった。千田氏はまずヤング連の国語力低下を嘆くが、同時に「電気仕掛けで話ができる」と驚いてできた「電話」の文字より、こちらの「伝話」のほうが素直だと感心され、そのことから国語表記に話が飛んで、男尊女卑より「男損女肥」のほうが今日的……と話がはずんだと書いておられる。

平均以上の知能があるのに成績は末席グループというこの典型的な暴走族少年が、このことから、文字、国語、読書に興味を持ちはじめ、不思議にも勉強らしい勉強はせぬのに社会、数学までできるようになった。そして一年後、彼の公立大学合格の報らせを一番明るい顔で迎えたのが、……ほかならぬかつての暴走族少年たちだったというのがその結末。

ヤングたちの浅慮、無知無能を笑い、採点に×をつけることだけで事を終わらせてはならぬと痛感する。

面白いことに、千田氏寄稿の次のページが、某新聞社の入社試験で大卒予定者たちの例年示す常用漢字書き取り正解率の低さ。これはこれで、もちろん意味がある。

（3・17）

事　故

先日の天草パールライン・マラソンで十回目の完走を果たして帰宅したら、家人にテレビで見たとランナーが一人亡くなられたことを知らされた。復路七キロの地点で見かけた救急車がやがてサイレンを鳴らして折り返し、私たちを追い抜いて消えたのを見送ったのが、まさか最悪のアクシデントとは思ってもみなかった。

四三〇〇人からの参加者を医師ランナーの方々約四十名が事前チェックのほか、赤十字ゼッケンを着けてコースを逆行したり、一緒に走ったりしてランナーたちの顔色を見ては声をかけ、ドクター・ストップもかけて下さっているのを目撃していただけに、この不慮の事故は痛恨の極みである。

仏には冥福を祈るばかりだが、かねて、ゴールで倒れたりするのは四十歳代、それも前半の若手グループに多いと聞いていた。私の年配では、その前に足腰が言うことを聞かず、結果的には「遅いあなたが主役です」のこの大会スローガンに忠実なものになる。

だが「まだ若い者には負けぬぞ」との気負いが先行すれば、数千人同時スタートの異常雰囲気にのまれてマイペースを失うのは体験的によく知っている。自戒を強めよう。

（3・24）

筑肥線

この二十一日、筑肥線・姪浜駅からいつもの通勤列車に乗り込んだ。翌日以降運行廃止の路線なので、若い人たち、小学生までが大勢カメラのシャッターを切っている。学校をサボってまでのカメラを構えた諸君の真剣な表情には驚くが、それ以上の感慨が私にもあるのは事実だ。

君たちの知らぬ昔、戦災の避難先から博多の都心に通勤したのが私の筑肥線利用の第一期で、これがしばらく続いた。頑丈一点張りの（有蓋）貨車の天井から垂れ下がる十数本の藁縄を握って揺られる超満員。空腹の話、買い出しの情報交換で賑わっていた。扉も藁縄一本が張られただけの乱暴なもので、軍馬輸送のほうがもっと丁寧だった。

その疎開先も、田んぼの真ん中だった西新駅周辺も、すでに以前から都市化が終わり、降り立つ小笹駅も、初年兵時代に射撃訓練場への行進目標だった駅舎だけが半世紀前の姿のままで、周辺すべて一変した交通渋滞の繁華街に取り残されている。

やがてこの駅舎も、都市化の波に呑み込まれるのだろう、それが歴史とは知っている。降りがけに、明日から消える駅名の切符を一枚余計に買って鋏を入れてもらった。

（3・28）

傍若無人

福岡市地下鉄が、国鉄筑肥線との相互乗り入れを始めた。新しい姪浜駅は高架駅。すぐに室見川の川底のその下をめがけて降下するので、ジェット・コースターには絶対乗らぬ私には大いに不安だったが、それも三日目には慣れた。

筑肥線のほうはこの線の通勤者が増えこそすれ、減ることはないのだから、通勤時刻には東京なみの酷電《こくでん》状態で、満員のままプラットホームに入ることが多い。

つい先日まで、超元気だった傍若無人のあの高校生諸君は、おとなしく座っているだろうかと思ったら、今は冬休みなので、その姿はなかった。通学が始まればどうなるのだろうとひとしきり話題になった。

各車両のトイレ、車掌室、運転席などを占領して煙草の吸い比べをしていた場所が新しい車両にはないし、すし詰めの一般乗客の無言の教育のほうが風紀担当の先生方の百の説教より効果がありそうだ。

鉄道公安官の権限が地下鉄間で中断するようだが、非行の余地は新車両にはあるまい。まさか諸君の通学意欲がそれで失われるわけでもあるまい。

（3・31）

入園料

四月には、一年生がたくさんできる。もう一年生だから、電車の切符も自分でちゃんと駅員さんに渡すんだと威張っているお利口さんたちを見ると、中国の動物園を思い出す。入園券売り場のカウンターが一メートルの高さで、背がそれより低い子は入園無料だが、一メートル二〇（柱に印が付けてある）までなら半額、それ以上だったら小学生でも、大人並みの入園料（一角）を払わねばならない。

背の高さで入園料の額が決まるとは、学齢での区別が当たり前の国の旅人は驚いた。だが、中国に限らず、教育制度どころか戸籍も未整備な国々ではあり得ることで、さすが文化大国、日本国民は全部学校に通っているのですねと感心された。いや、それは少し違う、教育制度が完備しているばかりに、その内容がおざなりになる国に私は住んでいる。

例えば同年齢でも自ら働いて税金を納める青年には「学生割引」などは無く、高校は出ていても九九も満足にできぬ大学受験生の話も聞く。二十歳になったら酒を飲むぞ、大学に入ったから大いに遊ぶぞ、と張り切る青年たちを身近に見ると、背の高さで一人前か否かを量る生活文化を驚いてもいられない。　（4・4）

桜咲く

新聞とテレビの花便りに、室見川畔の桜は三部咲き、まもなく美しい桜並木とあったので、明朝のジョギング・コースは、桜の側まで少し延ばそうと考えた。その日曜の夜、春の嵐が吹き荒れて、雷雨、稲光、それに土砂降り。なんで神様、そんなニクジュウをなさると恨んだが、一日置いての朝が快晴なので驚いた。

まだ蕾の多い三分咲きだったので、この雷雨の被害は全くなく、かえってそれが起爆剤になったようで、六分咲きから七分咲きに漕ぎつけているではないか。このタイミングが三、四日も遅れていたら全滅だったと思うと、勝手なもので一度は恨んだ神様のご配慮にお礼、「枝もたわわ」な桜の存在感を楽しんだ。

いつものお年寄りランナーが憮然として立っておられるので声をかけたら、「今日は走るのは中止」とのこと。指さされる桜並木の辺りになるほど、いつもより早朝駆け足の人出が多い、多すぎる。桜に見とれながら駆け足を続けていたら、いきなりスピーカーの声が「立候補のご挨拶に参りました」と朝の静寂を破る。そうだ、もう七時。慌てて引き返し、自宅へとスピードを上げた。　（4・7）

バス賃

急に立ち上がって運転手席に近づいた五十歳前後の人品卑しからぬ婦人が「財布を忘れたので、ここで降ろしてくれ」と掛け合いを始めた。運転手さんは「困りましたな」と言うばかりでらちがあかぬ。見兼ねて回数券を差し出すと、「お使いください」と私が言う前にあっさり受け取り、「ありがとう」とも言わず降りたこの婦人。窓越しに見ると、振り向きもせずにバス停前のスーパーに入り、消えていったのにはオヤと思った。

先刻のやり取りの模様では、財布を忘れたのに気付いて、目的でもないところに（ただで）下ろしてくれと運転手さんを困らせていたはず。そこで下車してショッピングとは妙な話ではないか。お礼を言ってもらいたいのではないが、その後の振る舞いが堂々とし過ぎている。テレホン・プラザで時に見る「親切にされた嬉しさのあまりに、お名前伺うのを忘れた」式でもなかろうと思う。

疑えばきりがないが、これもその人なりの事情があっての芝居だったのか、あるいは時は春、心落ち着かぬ時候のせいで、本人も気の付かぬうちに、うっかり悪い対人関係を残す愚行の例がある――その一齣だったのかも知れない。

（4・14）

一票一票

劇的な展開で行われた福岡県知事選が終わって一週間を超すのに、まだその興奮が尾を引いているようで困る。

三十年も前に、あのマッカーサー元帥が大統領トルーマンに罷免された時の驚きもそうだった。神に等しい天皇以上の権限を行使し、わが同胞の運命すら支配していた人を、一片の通告で更迭する存在が、この世にあろうとは思わなかった。大統領のこの絶対の権限が、ほかならぬ納税者たちの一票一票の積み重ねで与えられたもの――という民主主義理論がはっきり現実に機能するとは思っていなかった。

その前にも英国で、第二次世界大戦後の初の選挙で、救国の英雄チャーチルの率いる保守党が破れ、英国民はアトリーの労働党を選び、戦後復興の道を進んでいる。国難を克服の功績は多としても、復興は新しい政権で、と何のためらいもなく自身で判断する英国民の英知。民主主義の伝統はしょせんよその国の話と思っていたが、確かに、ここ福岡県からも新しい潮流が流れ始めるようだ。

（4・18）

すみれ咲く頃

春は今、花壇の三色すみれ（パンジー）が美しい。この花の名前との最初の出会いは、昔の中学一年の英語リーダー。「ひなげし（デイジー）」と対で、実物は知らぬままの英単語として通過儀式のように載っていた。同じすみれの名を負うが、パンジーは日本古来のものと違い色彩は華麗でも、香りがない。シベリア、北欧の原産で、典型的な視覚系園芸種がパンジー。

北半球至る所の山野に咲く「山路来て何やらゆかしすみれ草」（芭蕉）、「突き放す水棹や岩のすみれ草」（虚子）といった野草の風情を身上とするのとは縁が遠い。

こちらのほうは万葉の歌に〝須美礼〟と残るほど、古くから人々の心情生活のお供をしてきた。大工道具の「墨入れ」が語源とも伝えられる。今は使われることの少ない日本古来の大工道具のように、三色すみれのナウさに押されがちだが、江戸も末期のたかが百年少し前に渡来した西洋花に負けちゃならんぞと声をかけたくなる。

例の「すみれの花咲く頃」の歌は色彩のパンジーか、香りの野生すみれか……、歌詞の一行だけしか知らぬので見当がつかない。

（4・21）

台所美人

記念切手は、外国の文通相手への封筒に貼れば何よりの日本紹介と思うので、発行の度に気をつけて買うことにしている。この二十日に発売された六十円二枚続きの切手趣味週間のもの、浮世絵をアレンジした「台所美人」は特に気にいった。

例の歌麿顔の目鼻立ちの美形が四人、いずれも商家の内儀ふうの髪かたちと身なりで襷も粋《いき》に、サトイモを包丁でむき、火吹き竹を使い、お椀を拭きながら甘えかかる男の子をあやしている。江戸の市井生活の一齣を温かく描写して、超一級の美術作品だ。

とても台所に降りて働く服装と人品でないことは「絵そらごと」として大目に見るにしても、手紙を受け取るのがヨーロッパの、生活文化の異なる相手だから、これは二百年も前の風俗で、今日のキッチン風景ではないと書き添えることにしよう。

せっかくの綺麗な切手の真ん中に消印がベッタリ、ニッポンの郵便局のインクはなぜこんなに黒すぎるのか、との苦情を貰ったことのあるのをこの際思い出した。見事な歌麿の台所美人なので、特に気にかかる。

（4・25）

姓名呼称

外務省は今年から韓国の人の名前を韓国語の発音で、チョンドホヮン（全斗煥）大統領と呼ぶことに改めた。韓国側は前からナカソネと読んでいた、チョンジュングン首相と呼ばれて誰のことかと慌てる場面を考えると、随分失礼なことを相手にしてきたものだ。

「ギョーテとは俺のことかとゲーテ言い」で、完全な母国語発音は難しくても、それに近づくように努めることは、異文化理解に不可欠の「対等の立場で話し始める」姿勢にほかならぬと考える。

一つ釈然としないのは、英字新聞などで、未だにヤスヒロ・ナカソネとやっていることだ。敗戦直後、占領軍当局に提出する書類に、日本人の名前は日本式の表記でないと混乱して困る、アメリカ式に迎合する愚を強く禁止された経験がある。同じアジア人でも「沢東・毛」、「介石・蔣」または「承晩・李」と書かぬではないか。何故簡単に自らの名前をアメリカ式に迎合して書くのか、恥を知れと言わんばかりだった。

今でも旅券などに姓と名をひっくり返して書くように指示されるたび思い出す。この自らの姓名表記をも軽視する姿勢が、かつて植民地支配の手段として他民族に創氏改名を強要した愚行と無縁ではないと考える。

（4・28）

天長節

ゴールデン・ウィークの初日として喜ばれるようになるとは考えもされなかった昔の天皇誕生日。祝日だが早朝から野山で遊べるわけでなく、例えば昭和十二年の母校の記録には「四月二十九日、天長節につき午前八時より講堂にて拝賀式。午後八時より衆議院議員候補中野正剛氏の政見発表演説会」と残っている。後段の演説会は祝日とは関係はなく、一般市民に学校施設が開放されたもので、母校の先輩の演説でも当時の生徒には政見発表など傍聴も許されていない。

朝八時からの式典とは、祝日なのに随分早起きさせられたものだが、雲突く大男に見えた五年生たち上級生に囲まれ、いきなり「君が代」斉唱のドスの効いた「大人の声」が講堂に響き渡ったのに肝を潰し、涙が出たのを思い出す。つい先日まで女生徒と唱歌を歌っていた小学生だった身には、かなりのショックで奈落《ならく》の底に突き落とされる思い。でも、それは一人前の男になるために、一度は通過せねばならぬ洗礼ではあった。

五月病とか若葉メランコリーとか、若者たちの心情揺れ動く季節と今日言われるのと全く異質の体験だった。

（4・30）

お布施

「どんな悪人でも、阿弥陀さまの前で手を合わせ南無阿弥陀仏と唱えると、その瞬間だけでも仏とのご縁が繋がる」と子供の頃から聞いているので、往生疑いなしと説く坊様がその如来様の前に置いているお布施を、まず「買収ではないか」と疑わねばならぬとは、気の毒な話だ。

　また、「酒一本でも厳密にいえば違反だ」と聞いて手ぶらで陣中見舞いに行き、恰好のつかぬ思いを味わいもする。本当に違反なのか確かめもしないが、こと選挙に関しては社会通念で通らぬことが多く、腫れ物に触る用心が必要となる。

　世間に伝えられる莫大な選挙費用、紙の爆弾、利益誘導、妨害、騒音まきちらし、その他「早う選挙の終わってもらわにゃ困るばい」と嘆かせることどもを全て法定の枠内で行うには、選挙プロのなみなみならぬ苦労が必要となる。プロでない普通の市民が日常の生活感覚で参加する選挙でなければ、政治は主権者不在のものとなる――とは、その都度繰り返される当然の話。

　違法と気づく時点で、まず注意を与えることをせず、当局が泳がせていたとの誤解（?）を招くのも、現在の公職選挙法のせいだとしたら、それは立法の主旨ではあるまい。

（5・11）

紳士

最近の県議会をめぐる報道で与野党の間で一致をみたのが、例の知事襲撃事件を「議会の尊厳を冒すもの」との統一見解ただ一つというのだから泣きたくなる。

　連日、右翼の攻撃に包囲される議会棟で、まだ正式な所信演説ができない孤立無援の学者知事が白昼多数の面前で暴行を受け、逃走した犯人の逮捕が夜半になるという面妖《めんよう》さ。これでは尊厳どころか「伏魔殿《ふくまでん》」だ。

　この異常な雰囲気を許すのも、知事の初登庁の表敬訪問を逃げ回る大多数の新野党諸賢の非礼ぶり。それは、テレビで知る江戸城大奥か伝馬町牢獄のような、新入りいびりを連想させる県議会の体質と無縁ではない。「尊厳」はそれに相応しい一人ひとりの理性ある行動あってのことで、気に食わぬ相手でも、待たせはしたが一応会うことは会った首相のほうが、まだ普通だ。

　この野党議員たちに一票を入れた人のかなりの数が、同じ時刻に同じ投票所で、事実、知事は「奥田」と書いている。今のような政治的（!）混乱はこれら有権者が望んだ姿ではあるまい。新議長を新聞は「議員にしては数少ない紳士」と紹介した。「数少ない」とは失礼ながら私もそう思う。

（5・16）

おしん

米五俵で二年間の年季奉公に出された貧農の娘、おしん八歳の可憐さと健気さと根性と機転と利発さ……それでもまだ褒めたりない感動で、この子役・小林綾子さんには脱帽する。地下鉄の開通で十五分だけ出勤時刻が遅くなったおかげで、この朝のテレビドラマと付き合えることになったのだが、これほどのめり込むとは思わなかった。

素顔に戻れば、そのへんのワカランチンとあまり変わらぬはずの少女が、私たち世代の者がみんな体験したハングリーの時代を「今、何か忘れてはいませんか」と、負うた子に教えられる思いだ。子供たちのために再々放送があるそうだが、子供どころか、大人の身にグッとしみる。東北の大根めしの大根は、細く削ったのか、賽の目か、「君死に給うことなかれ」の与謝野晶子の歌を戦時中は知らなかったとか、戦争は嫌と主張するこのテレビを中曾根さんは見ているかな、などと茶の間の話題も弾んだことだ。

子役が好評の場合、普通第二走者がやりにくいのだがと心配していたら、十六歳のおしん一回目を見てすぐ「安心した。田中裕子でよかった」と家人と話し合ったのだから、われながら相当ののぼせようである。（5・19）

町奉行

例えば藤田まこと扮する町奉行配下の与力や同心たちが、容疑者を追って寺まで来ると、決まって「町方風情の出る幕ではない」と寺社奉行側の邪魔が入り、捜査はそこで行き詰まる、これがまたワルに荷担する悪徳役人……と、テレビ・ドラマによく見るパターン。

ほかに勘定奉行があり、この三奉行はいずれも幕府の重職なので、当然市民の代表とは言えず、特に町奉行は治安のほか、司法、行政をもつかさどり、今日の民主警察では想像もされぬ権力を持っていた。それでもほかの両奉行との間には一線が画され、政治の原理が宗教原理などの上位にあるとは、その時代でも基本的には考えられなかったようだ。

それから見ると「お布施買収」という今回の事件が報道されると、お寺側がそれに対する倫理を見失い、火の粉を払うに急なあまり、一般衆生や信徒たちをやりきれぬ思いのままに放置したのは醜態であった。

「お布施は日常の宗教行為」との統一見解が月余にして初めて出たのは、呑気というだけでは済まされぬ姿勢と言える。（5・26）

青葉の笛

寿永三（一一八四）年、一の谷の戦に敗れた平家一門が沖合の軍船へ逃れるのを、扇を高く差し上げて「反《かえ》せ」と大音声に呼ぶのが熊谷次郎直実。呼ばれて馬のたてがみを向け直し、波打ち際まで負けを承知の組み討ちのため引き返すのが、まだ十五、六歳の貴公子……。こう舞台装置が決まれば、たとえわが子と同年輩の弱輩とわかっても見逃すわけに行かぬのが武門の習いというから、今日的発想では理解に苦しむが、『平家物語』が最も悲壮にうたいあげる場面。討たれた少年の携えるのが漢竹の笛、その「青葉」の銘から経盛の子、無冠の太夫敦盛《あつもり》とわかる。

これが芝居となると（「一谷嫩軍記《いちのたにふたばぐんき》」）、「須磨の陣屋の桜の若木を守護せよ、一枝を切らば一指を切るべし」との大将義経の命を、一枝も一指も一子と読めとの謎と解して、熊谷は敦盛助命のためわが子小太郎を斬り、その首を身代わりに首実験に差し出す――全く無茶な話で、人権問題以前の話。個人の尊厳が極端に否定されている。

非情、絶望、屈折、無常感、すべて今日まで生き残る芸術として不可欠の要素ではある。俳句で言う「青葉寒」の今日この頃、連想が飛ぶ青葉の笛だ。

（5・30）

回頭率

北京発行の日本語月刊誌『人民中国』の最新号は「中国の若者、恋愛結婚家庭」を特集している。若者たちの出会いから結納・挙式、旧い伝統習慣と新しい思潮との並存、さらには亭主関白とかかァ天下の問題など、服装なら人民服一辺倒だった中国の若者たちの多様化した暮らしの実態ないし哀歓が活写されている。

「海外に親戚知人がいる人」、「新政策で名誉回復して財産が返ってきた人」、「家が広い人」と、娘たちが結婚の条件にあげている困った（？）傾向まで載っていて興味深い。今まで革命的模範青年像が伝えられていただけに、男友達を比べたり、身に着ける物を競ったりする娘さんに一層の親近感を持つが、「回頭率を競う」との表現には驚いた。つまり「擦れ違う男たちが振り返る率」と言うのだ。

「頭《こうべ》を回《めぐ》らせば……」と『唐詩選』・『宋詞』にも出てきそうなのが、さすがは文字の国だけあって、ナウい形で生きている。

試みに「回頭率」とつぶやきながら天神地下街を歩いたら、あまりに驚かすファッションばかりなので首が痛くなった。まだあちらのほうにまともな街角があるようだ。

（6・2）

五十肩

思いがけず、同年輩の同僚S君から「おかけで肩が治った」とお礼を言われた。私を真似て早朝駆け足を始めたところ、一カ月もするうちに、五十肩、正確にはやがて六十肩が、完全に治ったのだそうだ。中学生時代からの剣道選手で、今もその指導に励んでいるS君は、数年前の試合の審判で、あの紅白の小旗を上げ下げする時、激痛が肩に走り、以来腕が肩より上にあがらなくなった、という。

私のジョギングは人様に積極的に勧めることはないが、一日一回いい汗かくことの壮快さはよく口にする。肩を痛めたS君は、それなら脚腰だけでもと走り始めたわけだが、気が付いてみればいつの間にか審判の旗を上下左右、それに前後と振り回しても大丈夫となっていたのだそうだ。

ここ数年、肩の治療や訓練をいろいろ試みて効果がなく、諦めていたのに、ランニングで無意識に絶えず腕を振っていたのが良かったんでしょうな——という結論が出た。

特定の患部の治療より、無意識のうちの全身運動のほうが、自然的な回復の効果ありとの体験談ができた。

「将を射んと欲すれば、まず馬を射よ」との諺を思うが、少し場違いのようでもある。

（6・6）

伸び脚

正確には「伸ばし脚」だろうが、「伸び脚・組み脚・開き脚はやめて座席にもう一人」と一応わが意を得たポスターを地下鉄の駅で見た。事実、地下鉄は走行距離が短いせいか、せっかく若者たちが占領した席だからと辛抱して吊り革にぶら下がっている人が多い。戦時中の国鉄三人掛け時代と比べて日本人の体型は横幅が広くなっている。それでも七人は掛けられる座席にまずバッグを置き、栄養も十分に良く育った長い脚のミニスカートの裾を気にする風もなく、伸ばして組み、果ては開いているのを見て、こちら短足のオジンとしては「少し詰めてください」と言い出すのにはかなりの勇気がいる。

野生動物の本能として、例えばスズメの兄妹は電線にとまる時でも、お互いに一定の間隔を置くものだが、こちらは野生をとっくに忘れた都会の人間だから、お互いにくっつき合っても、譲り合うのが常識だろう。

もっとも、こちらが座っている場合、目の高さが違えば、吊り革の人までには気が回らず横着者と思われているのに気が付かぬこともあろう。「お年寄りや身体の不自由な方に」とアナウンスされる前に……とこれは自戒である。

（6・9）

エジプトガン

動物園の水禽池《すいきんち》。エジプトガンの夫婦にヒナ十匹が孵った。ヒナたちは元気で、早速ポチョンポチョンと音を立てて池に飛び込み、スイスイと泳ぎ始めた。栗色のテニスボールくらいの大きさだ。

ところがこの時点で、水禽池に問題が持ち上がった。ここの住人のうちでも地味で目立たず、忘れられていたようなエジプトガンの父親が、突如、自分の使命を思い出したのか、物凄い剣幕で、同居のカナダガンを追い、インドガンの尻尾に食いつき、シベリア出身のマガンを蹴散らして、ヒナを守り始めたのだ。

母親はヒナたちを身辺から離さず泳がせて見守っているが、父親は首をキッと正面に突き出して右往左往、縄張りの確保に必死。とうとうインドガンの首に大怪我をさせ、動物病院に緊急収容という事態に展開した。

いつもはおとなしいだけで愚図のダメ親爺を、これまでに変身させる動物の子育て本能には感動するが、今までの四倍には広がった縄張り内を一家水入らずで使っているエジプトガンに、隣のコーナーに強制疎開させられてガァガァ不平を訴えている、元同居者のことも考えてみないか、と相談せねばならぬと考えている。

（6・13）

時の記念日に

動物園のゴリラやチンパンジーは午後一時になればソワソワしはじめて、覗き窓から飼育員を捜す。おやつのミルクの時間なのだ。インドゾウは、夕刻六時には寝室のドアを鼻でノックして「夕めしの時間」の催促をする。野生のジャングル・サバンナではあり得ないことで、しょっちゅう空腹の彼らは自分で餌を見付けた時がいつも食事の時間。だからこれは百万都市の真ん中で、他人に食事を貰う暮らしのうちに体得した腹時計だ。

野生からこの管理社会に来てもらっている彼らがすぐ覚えるこの文化的習慣は、私たちヒトの先祖が遠い昔ジャングルの生活を捨てて、今日の文明人になるまでの数万年もの変遷とその経過を一挙に短縮して見せてくれていることになる。そしてその間、私たちが「何か忘れてきたもの」を教えていると思えて仕方がない。

原始、太陽と共に起きて働き、星が出れば仕事を終えた人々に、例の天智天皇の漏刻《ろうこく》の出現が、早朝出勤、正午、就業時刻などを画一的に示し始めた。とすれば、六月十日は時間に縛られ、時刻に追われる今日の「管理社会巻き込まれ」の苦難の歴史の始まりの記念日でもある。

（6・16）

空襲体験

六月十九日、三十八年前のあの夜、厩《うまや》当番だった陸軍二等兵の私は、軍馬を退避させる役目だった。福岡聯隊城内練兵場の真ん中で、いきなりザザーッと叩き付ける焼夷弾の雨を受けて横転した。かたわらの塹壕《ざんごう》を飛び出す兵隊の燃える上衣に飛び付き引き倒すと、その兵隊は炎の叢《くさむら》に転げ回った。草いきれが激しく鼻を打ち、黒煙とオレンジ色の炎が叢一面に散らばってメラメラと燃え上がる。

絨毯爆撃の正確に移動する波に追い詰められて飛び込んだ大濠公園、そこからずぶ濡れで這い上がった。恥ずかしながら、青天の霹靂の第一波爆撃を頭上に受けてから、最後の波まで、火の雨の中、その間幾分、幾十分、あるいは幾時間、どんな事態に巻き込まれどう展開したのか、全くわからなかった。ただ「陛下からの預かりものを放馬させた罪」でぶち込まれる重営倉（兵営内の拘置所）のことがまず頭にきていた。

後で知る情報と何度も訂正される数字などで私たちの空襲体験は構成されるが、臨場的には、修羅場を逃げ惑う最下級兵士の直径わずか二、三〇〇メートル内の出来事で、戦争を知らない世代の方が実によく成り行きから結果まで詳しく知っている。文献や資料のほかに、当時の市民の一人ひとりが自分史の中に持つ惨めな無念の記憶、それを話し合いたい。

（6・20）

モデル庭園

福岡市植物園の南の端、新しいモデル庭園の十三区画で、開設日ならずして思いがけぬ小学生の事故があった。父親が目を離したすきに、ズカズカと庭園に入りこみ、灯籠を動かしたのが、倒れての怪我だ。せっかくの日本庭園に野暮な「立ち入り禁止」などしたくないのだが、この種の非常識は横行しやすいので、早速ロープを張り巡らした。

この場所は、都心の緑の中でせめてもの開放感を味わってもらう場には違いないが、リラックスも度が過ぎれば、マナーの悪さに目を覆いたくなることがある。特に若いお母さん方が庭石の上にあがったり、隣のコーナーに踏み込んで、カメラを構えたりなさるのは日常のこと。注意する職員のほうがくたびれる。

気になるのはこのお母さん方も、甘ったれ、いたずらっ子のワカランチンたちも、親子一緒でのファミリー型来園者に多いことだ。遠足の付き添いなど団体でお見えの時と比べて、何故こんなにルーズなマナーになられるのか……。

毎朝のジョギングでも、野犬の群れは必ず犬のほうから私を避けるのに、鎖つきで飼い主と一緒のヤツに限って吠えかかる――のと関係ないことではないと考える。

（6・23）

ビールの季節

飲める口ではない私でも、誘われれば屋上のビアガーデンなどいいですな、と言いたくなる季節となった。以前と違って飲めぬ奴に無理強いすることはなくなり、各人のペースで杯を上げる習慣が定着しているようで、気は楽。それで「こちらには小ジョッキ」などと配慮してもらえば、いや「中ですよ」と突っ張ってみたくもなる。

「いわゆるチャンポン。つまりビールの次に日本酒、ウイスキー、焼酎などと替えて飲むと悪酔いする」という説はテレビの教養番組で、「アルコールの合計量が同じなら、種類がいくら違っても、特に『悪酔い』ということはあり得ない」と断言していたのには驚いた。

酒の種類が変わるから、つい量が増えるのか、それとも本当に頭が痛くなるのは「悪酔い」という暗示にかかった非合理的な気のせいなのだろうか。

幕末の頃、黒船で接待を受けたサムライたちが「何と異国の酒の強いこと」と酔って腰を抜かしたのが実はレモネード（ラムネ）で、その白い泡にショックを受けたせいとの話もある。科学的な分析など相手にせず、まず人並みには飲めるように努力したい。今からでも遅くないそうだ。

（6・27）

町人文化勲章

博多町人文化連盟が貰ってもらうこの勲章がこれで九年目。今年は博多・川端の最も古い時代からの写真屋で九十二歳の小原清三郎さん。今なお山笠の締め込み姿で夏を迎えられる。「足の続く限り山笠と一緒に走りますけん、年寄りば可愛がってくれ」と勿体ない挨拶をされた。

もうひと方が三年前、山笠の終わるのを待つように大往生をとげられた川原俊夫さん。「辛子めんたい」の開発で博多の食文化の中身の濃いさを天下に周知させた方。山笠のハッピが似合う典型的な博多男だったが、実は敗戦の引揚げで博多に来られた方。故人に代わり博多人形ぶりの勲章を受け取られた奥様と、闇市同然の焼け跡の中洲で金魚鉢で作り始めた「釜山の味」の量り売りから始められたと聞いている。焦土から何度も立ち直った博多商人の歴史の現代版そのものを歩まれた方だ。

さらに古い暖簾《のれん》の老舗《しにせ》「抜店会」の歴代若手グループが郷土文化・伝承の紹介を中心に発行、今月で百十号を数える営業PR誌『博多ばってん』。

このお二人と一グループを囲む祝宴の隅で、この街の質量共に高い「暮らしの文化」を考えた。

（6・30）

時期はずれ

何故か今、広くもないわが庭にコスモスが花盛りなのだ。この花の別名が秋桜、日差しが淡く日照時間も減りはじめる秋に咲いてこその花だが、この五月頃からぐんぐん伸びた庭の隅の一固まりが、葉っぱのつやもことのほか良く、まだ梅雨も明けきらぬのに白とピンクの花を一杯つけている。ご近所を見渡してわが庭だけなのが少し気になる。

このコスモス、植えた覚えがなく、この数年、雑草同様にわが庭に居着いている。例年は一般のコスモスのように、秋の台風で必ず一度は倒されて地に這うが、たくましく鎌首をもたげて立ち上がり咲くというパターン。それが、今年は育ちが良すぎて、花も早すぎる。それほどの異常気象とも思えず、適当に降ってくれて水問題もなさそうな今年の梅雨なのに、何らかの異変が起きているのだろうか。

そういえば、今朝乗ったタクシーの運転手さんが「お客さん、降雨率二〇％だから、きっと今日は降りますよ。これが六〇％なら、決して降らないんだから」と非科学的な理論を展開して、当てにならない天気予報を嘆いていた。

人間どものまねをして四季を失った花を目の前に、無駄なことを考えている。

（7・4）

山笠

今、博多の町は祇園山笠の最中。どこの食卓でも「キュウリ断ち」があっているのか、家人がスーパーから「これだけのキュウリ一袋で百円、安かった」と帰ってきた。

那珂川から西の人間なので、キュウリの切り口と櫛田さまのご紋が似ているから食べないとのジンクスは守らないが、それでも、前には「ヤマ」ないし「ヤマカキ」と聞いていたのが、いつ頃から「ヤマカサ」と呼ぶようになったのだろう、程度の関心はある。

そう聞かれれば子供の頃はヤマカサとは言わなかったようだ、との古老の方々の返事だった。「ようだ」とはあまり頼りにならぬ大将たちだが、一人だけ「ヤマカサと言うのが標準語でヤマガサは間違い」と質問の趣旨と違う返事も貰った。

文部省認定の呼び名ありとは思えぬ博多の伝統行事だが、なるほどこれは観光イベントとして全国にＰＲしはじめた頃からの「よそ行き呼称」が定着したものと納得した。

戦後、行政・企業ＰＲ中心のイベントに変身した春の「どんたく」が伝統的名称で続いている一方、しきたりと精神が七百年の伝統をそのまま伝える夏祭りのほうが、全国の皆さん向けの呼び名になっている。生活言語学の問題でもあるようだ。

（7・7）

行政マン

四千年前の中国、伝説の国「夏」の始祖・禹《う》は、仕える帝舜に命じられて黄河の治水工事に当たったその十三年間、自宅の前を通っても中に入らぬほど仕事に熱中した。さらに天子の位を譲り受けると、来訪者がある度に、例えば食事中でも、箸を置いて立ち上がり「一饋《き》に十たび立つ」ほど来客を大切にした。また街頭で罪人を見ようものなら、側によって涙を流し、自らの不徳と反省した。

ずっと時代が下がって周の国を建てた（紀元前十一世紀）周公は「一沐に三たび髪を捉り」、つまり入浴中でもたびたび髪を握って飛び出し「一飯に三たび哺《ほ》を吐く」、これは食事を中断してでも賢者を歓待したと『史記』に見えている。

禹帝の政治家としての徳と周公のサービス精神。いずれも今の世の常識以前だが、こんな話を聞いて、十年ぐらい前までよく聞いた「公僕」という言葉を最近ほとんど耳にしないのに気がついた。

この春、新入職員君が「行政マンとしての誇り」と、聞いたことのない言葉で職場に挨拶に来たのには驚いた。本人たちの口から聞くこの言葉、誇りは誇りとして結構だが、口に出すものではないだろう。「行政マン」とはまた付き合い難い世代が身近に現れた、と今も公僕のつもりの連中が話し合った。

（7・11）

明けやすし

夏の夜はまだ宵ながら明けぬるを
　雲の何処に月宿るらむ

（清原深養父）

『小倉百人一首』に見るこの歌、まだ宵のうちのつもりがもう朝だというわけで、才女・清小納言の曾祖父殿の作としては、今ひとつ迫力に欠けると思うが、「短か夜を寝ず門司の灯をみて過ぎん」（虚子）、「明け易き枕辺の蟻をつぶしけり」（百間）など後に徘諧の世界で夏の季語に「短か夜」、「明け易き」を定着させたことに影響があると知った。

過年、中国広西壮《チワン》族自治区の美都・桂林で「太極拳木犀の街明けやすし」と詠んだところ、モクセイは秋の季語、それに夏の季語を並べるのはダメとの指摘を受けた。桂林の桂は中国語でモクセイ。私が訪れた十月上旬は街中が今を盛りと匂うモクセイの香りで一杯だった。「山水天下ニ甲タリ」の絶景の清々しい夜明けに寝てもおれず、漓江飯店十一階の窓に見下ろす水の公園のモヤの中に湧き出るような老若男女のシルエットは太極拳を舞う静かなゆったりした動き、気を奪われていつの間に夜が明けたかを覚えなかった……。

作品の不出来は別として、私にとってはかけがえのない記録。「知らぬ間に夜が明けた」という感慨は何も夏だけではあるまいと、勝手ながら今も句帖に残している。

（7・14）

修身

「これからは校長先生も教壇に立ってもらいたい」との奥田知事の就任の弁を聞いて、今まで校長は授業しなかったのかと驚いた。ついで、修猷館高校の校長が、通信制のスクーリングで講義すると新聞が報道していたが、「教育者が教壇に立つ」ことが記事になるとは、教育界の現状を知らなすぎた思いである。

旧制中学時代のその修猷館の資料を整理していて、成績通知表にはっきり「修身ハ評点ヲ付セズ」と印刷明記してあるのを見つけた。生意気ざかりの生徒に「修身は点を付けない」と約束する学校、先生方も生徒を信頼して授業に臨んでおられたのかと、感動したのは四十年も経った後のことで、当時は気にもしなかった。

この修身の授業が館長先生の受け持ちで、毎週一回、各学年ごとに講義を受けていた。当然、授業の中身は忘れているが、折りにふれ脱線される館長先生の古今東西の故事、逸話は面白かったし、印象に残っている。

当時、「生徒とのふれあい」など甘ったれた努力は教師側も生徒側もなかったし、管理職という言葉も学校内で聞くことはなかった。先生は全部、先生だった。

（7・21）

異端審問

「それでも地球は動く」と異端審問で無理に天動説を認めさせられたガリレオ・ガリレイが呟いたが、このアドリブをガリレイ先生は裁判所内で漏らされたのだろうか。だとすれば必ずや再追及ないし処罰もあったに違いない……と今回の福岡県議会の混乱をテレビで見ながら考えた。

当時のあちらの審問官諸賢も意外にこちらの県議会野党の先生方のように寛容な方ばかりだったのかもしれない。こちらの議会ではシナリオどおりの陳謝のくりかえし、原稿どおりの官僚式答弁を重ねれば了承され、審議が一応軌道に乗るのだから、あまり出来のいい芝居ではない。

これで「清潔な政治とは」の永遠の命題が県会議員諸公の手から離れて、全有権者のもとに戻ってきた。議会はシロウトには理解できぬ伏魔殿で、しきたり・慣行を破ること（普通社会では最も歓迎される芸術の基本姿勢）は全くのタブー。選挙中の公約をそのまま持ち込むのが異端視される場所と教えてくれるのだから、今回の混乱の意義は大きい。一国の首相も、選挙中だけはよその大統領の前での言動と全く逆なことも許される、という大虚構もこれで納得できる。

他の諸県の県民が経験せぬ政治学習をさせてもらったのを感謝せねばならない。

（7・25）

猛暑来

今年もまた冷夏のようなので、隣の山口・島根両県の大豪雨が災害を拡大している最中の梅雨明け宣言には驚いた。例の山笠の櫛田入りの十五日から今年も土砂降りで、水の心配は大丈夫、凌ぎやすい夏と思っていたのに、梅雨明けと同時にグーンと上昇した温度の都心のビルに掲げられた数字が三四・八度！

不快指数の数値はもう教えてもらわんでも、こちらは人並み以上繊細な体質だから、地下鉄やバスを乗り降りする度に、上着を脱いだり持ち歩いたり、つまり温められたり冷やされたりの繰り返しで、身体にいいわけがない。不快この上なし。

蓋開けし如く猛暑の来たりけり　（立子）

早朝六時、日課の駆け足のスタート前に汗がにじむのも気味が悪い。若い同僚に聞いたら、そちらも気温の急変のせいか体調がおかしい、ジョギングは控えているとのこと。

冷夏一転の猛暑来がちょうど土用のそれも丑《うし》の日のこと。ウナギたちには一年で一番迷惑な日。だが案外、天帝様も最近の異常天候続きを気にされて暦をめくってのバランス取りの荒治療をなさったのだろう。冷たいものを飲み過ぎないように。（7・28）

大いなる幻影

テレビの名作劇場で見たフランス映画『大いなる幻影』は三十年も前の感動を覚えていたので、最初のタイトルの間にもう予定どおり胸が熱くなった。だが、初めの興奮度が途中で高まることなく、むしろ冷めて終わったのは、少々意外だった。

ヒューマニズムの賛歌、反戦映画の超大作のキャッチフレーズが正直なところ迫ってこないのだ。占領下の闇市・焼け跡時代で、血腥《なまぐさ》い話も各人の戦争体験として生々しかった三十年前は、淡々と描く殺戮・鮮血とは別世界のヒューマニズム溢れる場面の数々が、余計に当時若者だった私たちの胸を打っていたのだろう。

世相も人心も比較にならぬほど落ち着いた今日では、平和への希求も反戦の訴えも、もっとズバリでなければならぬほどこちらの感性が麻痺しているのも事実に違いない。

主役たちの快挙に手放しで拍手を送るには、その他の脇役・捕虜たちの痛ましい犠牲が気にかかる。没落貴族の誇りを自虐的な態度で保とうとする「桜の園」的虚無感。それに出没するユダヤ人問題など、見落としていたシーンに目をこらしたのは、当方のそれなりに積み重ねた生活体験のせいかもしれない。先入観の再検討を教わった。（8・1）

討ち死に

この夏の甲子園は久留米商業に決まった。福岡高校が決勝戦の前半で二対三まで肉薄したのが限界で、前日の準決勝で進学校同士の死闘の揚げ句、さよなら勝ちした時点でそれまでの（野球では）無名校・福岡高校は燃え尽きていた、壮烈な討ち死にと言える。

毎年、酷暑の夏、「今の若い者は」との言葉が賞賛に変わる感動を味わっている。ここ一年の汗と涙を一瞬に燃焼させて負け、退陣する諸君のほうに拍手を送りたい。

金鷲旗柔道、玉竜旗剣道大会でも、五人抜き十人抜きのヒーローたちのように新聞に写真が出ることもなく無念の五人抜きを許したチームの健闘に感動する。不運にして実力を出し切れず、一人、二人と抜かれて追い詰められ玉砕に至る、その数分間の動揺と心情的圧迫は涙さえ誘う。思う通りにならぬのが青春である。この何よりの教訓を数十年、青年たちは歴代この酷暑の中で体験し伝えてくれた。

今年から母校の女子剣道が参加した。一回戦であえなく姿を消したが、「オレたちの学校にオナゴが通っている！」と驚いていた四十年前の同級生に、目撃したその可憐な剣士ぶりを書き送ろうと思っている。

（8・4）

ジョギング死

新聞で三、四日続いての「ジョギング死」について専門の方々コメントを読んだ。医学的見地からの忠告だが、福岡市の某保健所でジョギング志望者二十人が全員不合格、走ることも禁止と診断されたのには考えさせられた。

五十歳を過ぎれば誰でも身体のあちこちにどうありこうありするのが当たり前で、私もいつもドクター・ストップ寸前である。特に子供の頃からお医者さまの前に腰掛けた途端、痛いお腹が嘘のように治るという癖があり、血圧値もあまり気にしないことにしている。指示されるように毎朝のスタート時とゴール直前の心拍数・血圧を確かめるのに気を取られては、楽しむジョギングどころか、運動生理学の人体実験で気持ちは悪い。自覚症状がなく体調万全の診断でも倒れることがあると言われては、「一日一回いい汗かこう」とおっしゃる先生のほうに頼りたくもなる。

連日の真夏日なので、他人が見れば吹き出しそうなスロー・ペース、それも半分くらいで引き返す。夏休みの子供たちのラジオ体操の後に加えてもらうのに間に合う時間である。

（8・8）

サービス

国鉄と福岡市営地下鉄との相互乗入れ駅の姪浜。地下鉄の向こうの博多駅以遠の切符も頼めるのかと心配した窓口で、これが国鉄かと驚くほど親切に寝台券を手配してくれた。地下鉄定期券の売り場が同部屋なので、両者間にサービス競争が展開されているのか、それなら西鉄さんもここに椅子を並べてバスの案内をやってくれたら、この暑さぐらいふっ飛ぶ上等の旅客接遇モデル・ルームができるのに、と考えた。

すぐ調子に乗る男なので、ヤジ馬的質問もしたい気になる。いま「シンダイサカ」と電話したのは何のこと、寝台券の隠語かと聞くと、国鉄OBらしい人が新大阪のことと教えてくれた。電話連絡では間違うおそれがあるのでシンダイサカ。それに切符一枚、二枚もヒトツ枚、フタツ枚！　いい社会科の学習をした。

正確を期するための舞台裏の努力がここで手抜きもせずに行われている。地下鉄でわずか十九分向こうの人込み雑踏の修羅場・博多駅で、こんな愚問を出したら張り倒されても文句の言えぬところだ。乗車、寝台、それぞれヒトツ枚ずつの説明も丁寧にあり、運賃合計も袋に書いてくれた。こちらは、まぁ、小学五年生なみだった。　（8・11）

怨八月

連日連夜の炎暑と熱帯夜、一段ときびしい中に三十八年目の敗戦日を迎えた。

はたちの思い出が終戦当夜の灯
私の夏は空襲の夜の草いきれ
ひまわりもうなだれて今日原爆忌
ひまわりは棘のない花原爆忌
八月某日海の響きを怨と聞く
ひまわりも覚えていまい捧げ銃
夾竹桃八月十五日いのちあり
はたちの夏は学徒兵たり花いかだ

古い川柳句帖から。順序不同に並べて夏・八月の拙句の数々が語りかけるのは、「怨」の思い、平和への希求で、それ以外の花鳥風月、市井生活・感情の哀歓はこの時期影を潜めてしまう。

炎暑は怨暑にほかならず、ヒマワリ、サルスベリ、キョウチクトウなど炎暑に強い花はすべて怨暑の花。薄紫に優しくほのかな風情のムクゲさえ、その花言葉は知らぬが憂いの花。雲流れる果てに、わだつみの彼方に散った友人たちへの弔いの花と目に映る。

ちょうど、ここ九州では初盆・精霊送りの夜。いやが上にも暑かった今年の夏を耐え抜いていることも、これら非業の死を遂げた人々への鎮魂に神々が与えたもうた行《ぎょう》として受け取るのなら、意味もあろうというものだ。　（8・15）

陸上競技

フィンランドの首府ヘルシンキからの衛星中継の陸上競技に釘付づにされた。世界の一流選手が参集して鍛え抜いた筋骨、プロポーション、一瞬の試技にかける緊迫感。

優勝間違いなしと見られた米国のアシュフォード嬢が、一〇〇メートル決勝で足を痛めて痛恨の転倒など、ほかのどの映像も及ぶところではない。

マラソン・コースの四二キロは、そのまま森と湖の国フィンランドの観光紹介。緑さわやかな美しい風景の中を四十数カ国・八十数人のランナーが一団で駆け抜けるのは、そのまま泰西名画。大会関係の車の洪水もなく、沿道の人垣はまばらだが温かい応援がある。

ところが、実はこれが第一回目の、初めての世界選手権と知って驚いた。「走る・跳ぶ・投げる」の単調で地味な競技なので、今まで一本立てでの世界大会ができなかったのだろうか。テレビで見る限り、観衆の声も応援態度も公平で、国威をかけての金メダル競争というスポーツの本質を失った祭典・オリンピックの愚とはほど遠い。単調で地味でも、スポーツの美しさの原点を見る思いだ。甲子園では連日、チアガールの歓声や笛太鼓の伴奏で過熱気味の高校野球が放送されている時期だけに考えた。

（8・18）

蟬時雨

梅雨明け宣言までは冷夏ではないかと心配されたのに、それに続くこの連日の酷暑！　ひと雨欲しいと思っていると、「夕立三日」の言い伝えをお忘れになったお天道様は、たった一日の土砂降りで切り上げてしまわれた。

天候がこんなに変調では人間はもちろん、自然界にも影響のないはずがない。不思議な現象のいくつかのうち、例年なら盆八月の半ば頃、仏さまを迎えに現れる赤トンボの群が、七月中旬には南公園、動物園界隈を異様に多く飛び交っていた。それに今年のセミの少ないこと。例年耳を聾せんばかりに鳴き続けるセミが、今年は何故か盆過ぎてもおとなしいのだ。

この暑いのに俳句の吟行で動植物園に見えられた老人大学の方々が「折角『蟬時雨』の季語を用意して来たのに」とおっしゃったので気がついたのだが、それなら確か新聞で、都心の繁華街「天神」に、今年はなぜかセミの集団がうるさいほど鳴いているとあったから、そちらのほうにお行きになったら、とお勧めした。

だが、排気ガスとアスファルトの照り返しの交差点とセミの取合わせを俳句に詠まれるのは大変だろうとも考えた。

（8・22）

ご賢察

バスを待つ間、退屈なのでバス停前の某証券会社ウインドウの「お知らせ」を検討した。全国の証券会社と取引所が今まで第三土曜日を休業日としていたが、この八月から第二土曜に変えるから「諸事ご賢察の上」今後とも宜しく、と書いてある。

証券会社が今まで月一回土曜を休んでいたのは知らなかったが、銀行のほうは何故第二土曜を休業日に決めたんだろう、第一なら覚えやすいのに、第二や第四では間違える人がいないか、その程度の関心は持っていた。

証券界がせっかく第三と決めて休んでいたのを、銀行筋が何の理由でか第二としたらすぐ右へ倣《なら》えと変える。そんな力関係の差が両者にあるのかと賢くない頭は考えた。

「諸事」と言われても具体的な検討事項はないし、「察する」とは想像してこうなんだろうと思ってやることで、「理解」とは違う。つまり、いろんなことを勝手に想像してこの休日変更の成り行きを把握してくれ、とのお願いだろう。日本人好みの『以心伝心』だ」——とそこまで考えたら、バスが来た。そんな揚げ足取りは「賢察」にはほど遠い「愚察」だなと思い、忘れることにしてバスに乗り込んだ。

（8・25）

夏の終わり

「勝っていた時はそうまで思わなかったが、負けてみると甲子園はいいところでした」と、決勝の最後の日まで連投に連投を重ねた横浜商業の三浦君は言い残した。

V3と騒がれて有形無形のプレッシャーが頂点に達した時、耐え切れず崩れた大黒柱、それに殉ずるように豪打の「山びこ打線」が嘘のように沈黙した池田高校——涙を拭きもせず歯をくいしばる少年たちの姿は勝った時よりも美しかった。

が、負けた無念さの中にチラリと覗く肩の荷を下ろした安堵感を見ると、こちらも救われるというものだ。

「四塁《よんるい》は本塁と同じね」など奇問を発しながらも野球無関心の家人まで「久留米商業ですよッ」とチャンネルを回したのだから、あの少年たちは、我々年配の者にもかつてはあったひたむきだった日を十分に思い出させてくれた。

感動をクライマックスに盛り上げたその頂点でのゲーム・セット。その日から確実に真夏日が消えた。甲子園の大鉄傘の落とす影がいつか秋のものとなっていた。

暑かった今年の夏もようやく終わるようだ。

（8・29）

オオツノシカ

先日、大分県南海部郡で発見された旧石器時代に描かれたという洞穴壁画は、正直なところ、新聞写真で見る限りでは、どれが角でどこが胴体、だからオオツノシカなのかよくわからない。専門家が言うのだからそうだろう、と同僚も頼りないことを言う。学術的なことは権威者の解説に疑問を持てば恥を掻くばかりだから、まず無条件に受け入れるほかはない。

だから一万年前に日本にもオオツノシカと呼ぶ動物がいたということも、どの学問分野に属する研究なのかも疑ってもみないのだ。墨を落とした紙を二ツ折りにした後、開いたら偶然性と意外性に満ちたおもしろい模様ができる。その模様を、これが角、これが足、傍のシミは槍を持つ狩人、そうだ、一万年前のシカだと説明されたら、冗談じゃないと反論ができる。

一方、一万年どころか、つい最近のマニラ空港で白昼、衆人環視の中で行われたアキノ氏暗殺事件で、比国政府や米国国務省がいち早く犯人と断定した発表がそのまま受け取られず、宙に浮いている事案と合わせて考えてもみた。

（9・1）

残暑

「秋の蚊のよたよた来れば叩かれず」（のぼる）といっても、刺されたら痛い。そこでパシッと叩いたら、驚いた。こんなに血を吸っている。もう季節外れで元気のない蚊と見たのは誤りで、見かけによらず御用納めの日まで懸命に働いているのだ。こちらも大切な血だ、取られてたまるかと本気で蚊との生存競争に立ち向かう。

神妙にとまる九月の蚊を叩き　（のぼる）

ということになる、パシッ。

真夏日、熱帯夜が一段落着いた気のゆるみからか、残暑は厳しく、思いなしかこの頃の蚊のほうが余計血を吸っている。

せっかくの美人も秋日に灼けると真っ黒になり、道行く人が振り向くどころか、犬もそっぽを向くので、真夏より秋の日焼けのほうが激しい、つまり「秋日に照らせりゃ犬も食わぬ」と昔から伝えている。

もちろん、色の白いのが七難隠すと言われた頃の話だが、今までも違うはずはない。グアムやハワイに行き損ねた娘さんたちに「がっかりすることはない。肌を焼き過ぎることは良くないのだから」と勇気づけてあげられる諺だ。

（9・5）

目標一機

青森県三沢の在日米軍基地レーダーは九月一日未明、後で大韓航空機とわかる国籍不明機と、それを追うこれも後にソ連機と確認される対象を克明にキャッチしていた。だが、この驚異的な探知機能も、道に迷った民間航空機かも知れぬ機影に注意を呼びかけることもできず、二時間以上もの間、ただ観測を続けるだけだったとは意外な話だ。

軍事機密の保持がその理由なら、国籍は不明でも人命に関わるコース逸脱、または重大な侵犯行為の疑いに、注意の一つも与えられぬ軍事ないし防衛とは何だろうと考える。安全なはずの空の旅を楽しむ二六九の人々が、いつの間にか危険地帯を通過する不審な目標一機として長時間、双方から見詰められた揚げ句の惨事とはあまりに非情である。

防空壕の中で「目標一機、都井岬を北進中」と聞いた警報は、あれは四十年も前、日本全土が戦場だった日のことだ。まさかこの美しい日本列島が、我々の知らぬところで、「目標！　不沈空母一隻」とレーダーに映っているのではないかと恐れるのは杞憂《きゆう》だ、と笑っていいのかと考える。

（9・8）

起立・礼

「起立・礼・着席」の号令に従わなかったとして叱られたのが教師歴五年の本物の先生方で、県教委から訓告だかの処分をお受けになった。

その教育センターで講師を務めたことのある私と同僚が話したのだが、私の時も彼の時も、この号令ないし合図はなかったと思う。型通りの講師紹介があって普通のように「おはようございます」と壇上から挨拶した。それで、先生方（教師集団）に話すという緊張感ないし恐怖感は薄れて、無事に持ち時間を消化できた。

号令がなければ挨拶のできぬ大人の集団があるとは思えぬが、例えば中央官庁関係の研修会などにこの起立・礼が残っているようだ。あまり教育効果を期待されていない我々の場合と違い、特に国庫補助金が出ている研修などでは厳格にやられている場面があるらしい。

礼を尽くせと号令がかかる――今時、悲しくも滑稽な大人の儀式だが、当事者が真面目なだけにユーモアも質が高い。先生方も、進んでこの「挨拶ごっこ」に参加なさることをお勧めする。処分をお受けになるより、ご自身の修養になる。

（9・12）

人違い

電車に乗り合わせたこの人、誰だったろうと考えていたら、視線が合って先方から目礼、寄ってこられて、「近頃どうしている」と聞かれた。とりあえず「元気でやっている」と答えたのだが、お互い次の言葉が出ない。

やがて、「何処で一緒でしたかね」に始まって双方、学校名、軍隊名、職場それに趣味とあげてみたが、結局、赤の他人の勘違いと判明した。このやりとりを座って聞いていた女子高校生が吹き出したので、オジン二人も笑ってはおいたが、バツの悪いことおびただしい。

お互いの自分史の中で、同じ体験を持ったかも知れぬ場所の数々を出し合ううち、戦時中の中国、南方戦線での死闘、俘虜《ふりょ》、復員後の海外勤務など、私の全く知らない生活をこの方があの激しい時代の変遷の中に過ごしてこられた、同じ世代の言わば戦友なのだとの感慨が急に胸にせまった。

しばらく黙って吊り革に並んでいたが、先に降りる時、「失礼します」と残された先方の言葉の中に、同じ思いが込められているような気がした。

（9・19）

子供と動物たち

動物愛護週間が始まった二十日、動物画コンクールの審査に立ち会った。幼児から小学六年生まで、夏休み中に福岡市動物園に集まった応募作品は八三五点。

断然多いのは動物園仲間が〝三種の神器〟と呼ぶゾウ、ライオン、キリンで、人気抜群のゴリラ、チンパンジーは意外に敬遠されてほとんどない。描くのが難しいのと聞いた時、四年生の女の子の返事、「あまり人間に似ている、描けばお父さんになるから」には驚いた。クジャク、フラミンゴなどの綺麗な鳥が男の子に多く、サイなど勇ましいのに女の子が挑戦しているのが今年の特徴と言えそう。

フクロウとペンギン、特にフクロウは身じろぎもせず丸い目を見開いたままスケッチの相手をしてくれたようで、丹念にじっくりと塗り込んだ絵が多い。

今年のライオンはなぜか幼稚園児の作品まで、「うれい」を帯びていると審査の先生方も首を傾げておられた。そう言えば、数年前までのライオンは口も裂けんばかりにキバを見せ、眼も凄く、描いた子に「頑張ったね」と声をかけてやりたいのが多かったのに……何故だろう。

（9・22）

秋立つや

敬老の日の次の十六日、動植物園は福岡市内各地の老人大学俳句講座の六十歳以上の方による合同吟行会で終日静かな賑わいを見せた。

句会場の植物園・緑の相談所二階の椅子は百脚だが、開園時から園内各所で苦吟を重ねていた人たちが集まり始め、昼前に百人を超した。慌てて動物園からも椅子を掻き集め、投句締切りの一時半にやっと間に合わせ、参加者総数一四二名の大吟行となった。

昨年は敬老の日の当日だったが、この日も予想以上の九十名。これだけ沢山の人が各地域での敬老行事を留守になさるわけにもいくまいと、今年は一日ずらしての平日にしたのだが、参加者は意外に増えた……。今更高齢の方々の盛んな学習意欲を見る思いをした。ほとんどが初心の方で、句帖を片手になさる鋭い質問には若い飼育員たちが「こんなにきめ細く熱心に観察するのを最近怠っていた」と反省しきりだった。

閉園時刻が過ぎようとするのに、披講は続き、途中でお帰りになる方はいなかった。

写生児に虎落ちつかず園暑し　（保美香）
秋立つや香りの道もこれよりぞ　（冷壺人）

（9・29）

秋灯下

秋灯やわれに奢りの新刊書　（伍健）
この本を読むのも二度めこれも秋　（巌）
秋灯下ただよう本の海にいる　（圭之介）

右の句、いずれも創元社刊「川柳歳事記」から。俳句歳時記と違い、こちらは歳〝事〟記。俳句と川柳の違いを聞く人に、人事も自然の一点景と見る俳句と、「人間臭さ」を表面に据える川柳、ととりあえず答えることにしている。

川柳を作ると言えば、前には「俳句の滑稽なとですな」「俳句が出来損ねたら、『それは川柳だ』と叱られた」と言いにくいことを聞かされたり、「知ってますよ、ポルノ川柳なんか」と例句をあげてニヤリとなさる、これが何故か学識豊かな方に多かった。「小説をお書きですか、ポルノ小説なんかいいですね」と挨拶する人はまずないのに、と唇を噛む思いもしたが、近頃その種の愚問は少なくなり、いくらか私のライフワークの一つ川柳も市民権を得ているように思う。

下世話な市井生活の中に、自然と離れた都市生活の中にゆとりを取り戻そうとする時代思潮の推移と無縁ではなさそうだ。「小説ばかり読んで、ロクなものにはならんぞ」と叱られた頃を思い出す……。読書の秋。

（10・3）

粗大ゴミ

近所の広っぱの隅が「燃えないゴミの集積場」で、家人に命ぜられて粗大ゴミを運ぶのは私の役目。定年後の友人が自らを「粗大ゴミ」と自虐的に呼んだところ、いつからか、奥さんが「うちの粗大ゴミがね……」と電話しているのを知って仰天した、その話を聞いているので、変な気持ちのゴミ運びだ。

軽四輪車で乗りつけてこのゴミ集積所にうずくまる請負師スタイルの中年氏が、こちらが聞かぬ先に「勿体ない、これ使えます。いかんですなぁ、こんな贅沢」とつぶやきながら、せっせと再生ないし再利用可能なものを選り分けている。軽四輪に積みかさねるといずれも古道具屋でいい値のつきそうなもの、こちらも慌てて、ぶら提げてきた包みの紐を解いてみた。

「戦中派はすぐわかる。駅弁の蓋についた飯粒から食べはじめる」とは言い古された話と思ったら、「ウッソ！」と若いＯＬさんたちが笑い出したのを思い出した。

それもそうだろう「贅沢は敵だ　いまでもそのとおり」の拙句を確かめたら、二十年も前の川柳句帖に残していたのだから。

「すべての贅沢は品行も趣味も堕落させる」（ジュルベール）

（10・6）

記念切手

「世界各国の人々が言語、思想、習慣などの違いを越えてお互いの知識を交換し理解を深め、文化を交流して世界平和に貢献しよう」。これは今年が国際コミュニケーション年だから聞く言葉ではなく、わが国でも二十七年前から続いている国際文通週間の趣旨だ。週間初日の十月六日は、朝九時の福岡中央郵便局で記念切手を買う人の行列に驚いてすぐ引き返したが、歩いて五分の市役所内郵便局では簡単にすぐ買えた。切手マニア以外にはあまり関心のないらしい国際文通週間のようだ。

今年の記念切手の意匠は鹿児島寿蔵先生の紙塑人形「地久」で、素晴らしい出来栄えは日本文化紹介にうってつけである。切手価格の一三〇円は中国、韓国、東南アジア向けの一〇〇グラム以下書簡の航空便料金。地下鉄かバスの最短区間料金並みで、一週間後には北京・広州の友人たちに届くのだから、やはり有り難いと言わねばならない。

前にはよく、せっかく美しい芸術作品の切手なのに、特に日本からのには消印のインクが悪すぎて汚れて着くとの苦情があったが、最近その話がないようになった。まさか、近所の郵便局窓口での私の苦情が採用されたのではないとは思う。

（10・13）

コロッケ

トレパン姿で町を行くお年寄りなど考えられなかった十年も前、福岡市東公園の市民体育館で木の毬《まり》を柄の長い木製の槌で叩く新しいゲームが紹介された。その後、たちまち九州各地に普及したゲートボールである。

「これは嬉野《うれしの》の海軍病院の芝生で傷病兵たちがやっていたコロッケだ」と先輩に聞いて、確かめた辞典に語源はフランス語のクロッケーとあり、挿絵もついていた。競技規則の違いから、うちこそ発祥の地と熊本か鹿児島が名乗りを上げたが、東公園でのあのコロッケ初体験はゲートボール史上のどのへんにあるのだろう。

赤坂公民館老人クラブ用に器具購入の世話をしたが、市内中九州どこのスポーツ店にもなく、東京の日本レクリエーション協会でやっと連絡が取れたことを思い出す。本家争いの愚はやめて、元祖は戦前からのコロッケ、そのルーツはフランスでいいではないか。

全国ルールの統一もいいが、人数が足りねば三塁を省いて三角ベース、その日限りのルールで野球を楽しんだ子供の頃のように「競技を楽しむ」というスポーツ本来の姿でいい汗をかけばいい——と、これは先日の体育の日に出た話。

（10・17）

健康管理

連日の真夏日と熱帯夜が一転した秋冷えの後遺症か、どうも心身共に冴《さ》えない。自覚症状は別にないが、人間ドック、それも半日で一通り済むのを受けた。

前夜八時以降は水も茶も抜きで空腹のままの採血・採尿。眼底検査では目に閃光をあてられて肝を潰したり、可愛い看護婦さんに「もうすぐ終わりますから」と励まされてバリウムらしいのを腹一杯飲ませられたりした。初年兵の時より素直に努力した。

それなりに緊張したのか「血圧が少し高い」以外は中性脂肪の欄に赤インクで失点が付いただけだった。「人間を五十数年もしていれば、どこかがどうかありますよ」と若い先生が気遣いを示されたのも素直に聞いておいた。

次の日曜の町内歩こう会は、いつもの早朝駆け足のコースだったのに、子供たちや乳母車のお母さんたちと同じペースだったせいか、意外と疲れた。目的地小戸公園での数々のゲームのうち、ノルマが果たせたのはゲートボールの真似事だけなのは残念だったが、この程度が衆目の見るところ、私に適当な運動量と知らされたことだった。

（10・20）

学徒兵

この十月二十一日が、あの明治神宮外苑で出陣学徒壮行会雨中の分列行進から数えて四十年目。私がいた教室も年上の学友から櫛の歯を引くように入隊して姿を消していった。講義のほうもやがて二時間で「くぎり」がつくように教授方が配慮され、「後は次の時間」との言葉がなくなった。次の日に出席できる保証は全員ほとんど無かった。陸軍特別操縦見習士官で入隊のはずを即日帰郷を命ぜられた私が、繰上げ卒業で歩兵部隊に入隊した時知ったのは、私同様志願した海軍予備学生からの即日帰郷組や学校教練の成績が「士官不適」の学生たちが意外に多かったことで、その種の学徒兵もいたことはあまり伝えられていない。

覚悟はしていた過酷な新兵生活だったが、内務班の古年兵や戦友には自分の名前も書けぬ者や、南方戦線を六年も従軍した後なお一等兵の階級の「わけあり兵士」、さらには、シャバでの暮しが底辺ならではの逞しい人生観の兵隊たちもいて、この人たちが親身になってこの私たち「手のかかる学生あがり」を励まし、助けてくれたのは忘れられない。

悲壮感溢れる学徒出陣のフィルムから始まることの多い戦時受難の回想のほかにも、そのずっと以前からの各人の暮らしに組み込まれた受難と痛恨の歴史があることを「落ちこぼれ学徒兵」だったから学んだ、と考えている。

（10・24）

宋襄《そうじょう》の仁

中国は春秋の世で天下は麻と乱れた紀元前六三八年の冬、宋の襄公の陣するオウスイのほとりの面前を楚の大軍が隊列を乱して渡河を始めた。参謀の子魚が「こちらは無勢、討つなら今、敵が川を渡りきらぬうちです」と進言するが、襄公はこれを無視、その後の再三のチャンスも見送って烏合《うごう》の衆に等しかった楚軍の隊列が整うのを待った。攻撃の鼓を打たせた時はタイミングを逸して、結果は果たして惨敗。側近は全滅して襄公も股に受けた深手が翌年の落命につながった。

「われ亡国の子孫なれど、列を成さざる敵に鼓を打たず」と仁義を守ったこの話は「宋襄の仁」として、時世知らずの愚行と今に伝えられている。

だが何か一つ、馬鹿な、と片づける気が起こらない。むしろこれを笑い者にする世間のほうにイヤラシさを感ずるのは、この愚と五十歩百歩のことを暮らしの随所で体験するからかもしれない。

実刑を打たれた元首相の前代未聞の居直り所感に、「不退転」の文字を見てやり切れぬ思いをした時、この話を思い出したのは、私も何故だかわからない。

（10・27）

一一五億

先日、日向灘に墜落した航空自衛隊の戦闘機F15は、今後の五カ年計画で一五〇機の整備が予定され、一機の購入価格が一一五億円を超すとの記事を読み直して、驚きが倍になった。実は「一機で十五億円もするんだぞ」と家人に解説して、「あの人のワイロの三人前もするの！」と叫ばせたばかりだった。百億読み間違えていたのだ。

一一五億！　痛恨の事故で初めて驚く数字だが、億単位の金銭感覚は、恥ずかしながらわが家の日常生活にはどこにもない。でも、これも私たちが歯を食いしばって納めた税金の積み重ねにほかならない。その巨額が一瞬の事故で消え、尊いはずの人命も失われるのだからやり切れぬ思いだ。また、この一一五億の消耗品は、一旦緩急あれば編隊を組んで雲の彼方へ消えて行くのだ。

これだけの巨額なら、売り込みに躍起になる商社が「よっしゃ」と引き受けてくれる向きに五億円ぐらい出すはずだと思う。

庶民感覚では想像もつかぬこの数字を、いくら積み重ねてもなお友好同盟国から努力不足と尻を叩かれねばならぬわが国の防衛力を考える。（10・31）

マテバシイ

急激な冷え込みで動物園の猿山のトウカエデが例年になく早く、もう真っ赤に燃えている。暖かい陽射しの中でニホンザルが現在十三頭、うち三頭が赤ん坊で、母猿の乳房を離さぬのや、母猿の腹にしがみついたり、尻に馬乗りの楽ちん移動を楽しむ子猿など、近年珍しい無事平穏の秋が続いている。

昨年の今頃、昇天した先代ボスの跡目相続で大騒動だったのがまるで嘘のようだ。同時進行だった人間政界の後継者争いが、未だに爆弾を抱えているのとは違い、こちらは粉飾も打算もない自然の掟のとおり、三代目ボスのブンも初めのもたつきを克服してそれなりに貫禄がつき、猿山社会のリーダーを一応こなしている。猿山共和国全員の英知に敬意を表したい。

その猿山に今年も、海の中道・西戸崎の「ひまわり子供会」が段ボール箱二個にぎっしりのマテバシイ（マタ椎の実）を送ってくださった。今年の志賀島は猿たちの大好物マテバシイやドングリがかつてない豊作で、子供たちは例年より一カ月も早くドングリ集めをしたそうだ。これも異常気象のせいでしょう、とはリーダーさんのお電話だった。（11・7）

日本シリーズ

「サイタマ地方の空模様が心配」とラジオで聞いて初めて、ライオンズの出奔先は埼玉県だったのかと知る程度で、プロ野球には最近興味を失っていたが、ライオンズがジャイアンツと日本一を争うと聞いては、「神様、稲尾さま」の昔を思い出して野次馬の血が蘇る。

「野球はツーダン（ツー・ダウン）から」とは三角ベースの子供の頃から承知しているが、こんなに連日の接戦では、周囲に引き摺られてからのこととはいえ、胃の痛む思いもした。

逆転サヨナラで巨人の選手がホームインする前にテレビを消したら、「巨人ファンもいるんだぞ」と叱られた。その一方、ライオンズの勝った朝刊は隅から隅まで、つまらぬことまで根掘り葉掘り結構スポーツ欄に目を通すのだから自分ながら呆れる。

解説に回っている他チームの名前だけは聞いている現役選手の背広姿にちょっとした感慨を持ったり、連日の紙一重の勝負の厳しさには身に覚えのある生活体験にダブるものを発見したりする。

どうやらライオンズが勝ってくれたところで、台風一過みたいな私の「野球のめり込み」も少し後味の良いものとなった。

（11・10）

お先へどうぞ

先日この欄に「宋襄の仁」と伝わる中国の故事で「仁義ある戦い」の愚を書いたが、知人が似たような話があると教えてくれた。

一七四五年の初夏、ところはベルギーの戦場で、ルイ十五世率いるフランス軍近衛陣地に進撃したイギリス軍は、五十歩手前の至近距離で前進を止めた。そうして双方の士官が隊列の前に出て戦闘開始の儀式を始めた。

まず英軍の部将ロード・ヘイが帽子を取り、「フランス軍の方々、どうぞお撃ち下さい」。すると仏軍陣営からダンテロッシュ伯爵が進み出て、これも大声で「どうぞお先へ英国の方々！　われわれフランス人は決して先には撃ちません」。

それではということで……結果は一斉射撃を先に浴びた仏軍の壊滅に終わったという話。戦野を血で染める兵士とその家族の無念を思えば、騎士道や大義名分がいかに美化されようとも、古来戦争は人間同士の殺し合いの愚行である。そしてこの話、今核軍備競争の当事者がいずれも「核使用の最初の国にはならぬ」と言い訳していることをも思い出させる。

（11・10）

金栗四三先生

この十三日、九州一周駅伝ゴールの日に金栗四三先生は九十二歳の天寿を全うされた。十一年前の三月みぞれの夜、天草大矢野町の役場は第一回パールライン・マラソンの準備中だったが、だるまストーブに手を翳《かざ》しながら「こんな素人ランニングが九州各地で始まる、それが私の夢」と初対面の挨拶も抜きで私に熱っぽく話しかけられた。

体力、気力、努力それとマイペース、これは以来毎年三月の天草でお会いする度に繰り返されたお言葉で、特に女子ランナーの驚異的な増加を喜ばれていた。

若き日の先生が女子教育の道を選ばれた理由は、一九一二（明治四五）年、ストックホルムで日本人初のオリンピック選手として出場された時痛感された、国民生活の向上は心身共に健全な母親たちから、との信念と洩らしもされた。

「あなたも来年からトレパン姿で来ること」と言われて、その翌日から始めた早朝駆け足が今朝も続いているのは、その時のご教示が身にしみているからにほかならない。

第一回のその時、二百名の参加を喜ばれた先生は、四三〇〇人が走った今年の三月の天草には、ついに姿をお見せになることがなかった。ご冥福を祈る。

（11・17）

エンジュ

福岡市中央区の浄水通り、九電体育館前の約二〇〇メートルの並木道でタクシーの運転手さんに何の木だろうと尋ねられた。七、八月頃、美しい淡い黄と白の中間の花びらが音もなく雨のようにアスファルト一面に降りしきるまで、いつも通る道がこんなに美しい並木道だとは知らずに気になっていたのだそうだ。

これはエンジュ（槐）の木、中国産のマメ科の落葉喬木、初冬を迎えて今、数珠玉《じゅずだま》みたいに沢山ぶら下がるのはサヤに入った肉質の実、と学のあるところを見せてやった。

が、実は私も長年の通勤道なのに、今年の初夏初めて気のついた見事な緑で、それも北京が舞台の作品で名だけは知っていたエンジュとは最近覚えたばかりだった。

市役所の説明では、例年台風シーズンの前に裸にしていた街路樹の刈り込みを昨年から加減したところ、数倍の成長を示して森林浴時代の都心らしくなったそうで、この木もその一例らしい。でも台風の時は大丈夫ですかと聞いたら、その時はそれなりに防風林の役目を果たしてくれることがわかったのだそうだ。

一夜一夜星高くある槐かな　（零夜子）

（11・21）

砂かぶり

九州場所四日目の土俵を向こう正面の通称「砂かぶり」で見せてもらったが、時間一杯の時、力士が「ヨッシ」と自らを励ます声や、膝や足首の包帯が眼前に迫ってきて、かつてない迫力に息を呑むことしばしばだった。と同時に、これだけの体重を支えての怪我では、相撲どころではない肥満型力士が幕下あたりにも意外に多いのが気になった。

今場所の横綱・大関七人の平均体重が一五〇キロで、昭和三十六年（二十二年前）柏戸と大鵬が新横綱で初登場の九州場所の大関以上の平均が一二七キロとなっている。若乃花（先代）の一〇六キロも軽いが、大鵬の一二四キロも今では軽量力士だ。一〇〇キロ以下の幕内力士は栃の海（八五キロ）、明歩谷（九五キロ）など五人もいるが、今は一人もいない。いきおい、取り口も大味なものになり、栃若時代の、まず出し投げで崩しての連続合わせ技やうっちゃりでの華麗な逆転など、スリル満点の印象に残る名勝負が少ないのは、この全員肥満化の傾向と無縁ではないようだ。

逆鉾、栃剣いずれも一一五キロの最軽量力士たちを応援したつもりなのに、どちらも相手が勝ったのは残念だった。

（11・24）

姉妹都市

米国オークランドの副市長D・スピース氏一行三十三名は、広島での日米市長商工会議所会頭会議に出席後、友好都市・福岡を訪ねられたが、帰国寸前の二十三日朝、中央区の動植物園展望台から紅葉と緑が織りなして美しい晩秋の日本の風景に別れを惜しまれた。

お土産に頂いたカリフォルニア特産の天をも貫く巨木セコイヤの苗二十五本は、とりあえず三本だけ針葉樹コーナーに記念植樹してもらい、残りは苗圃《びょうほ》で養生することにした。

四年前、当地での同会議のオークランド代表の記念樹ハナミズキは、その真っ赤な紅葉が先日散ったばかりだったが、健在だったのを喜び合った。

これも四年前、ライオンズクラブ設置の姉妹都市交換学生十周年記念の方向盤は、東の立花山の方向がオークランド、反対側のケープタウンと世界主要都市の方角を示しているが、アテネはあちら、メキシコはこちらと楽しまれた末、「フクオカが世界の中心だ！」と真ん中を指して大笑いになった。

大部分の方が日本は初めての訪問とおっしゃりながら、このリラックスぶりに、二十年来の姉妹都市というものの意味を考えた。

（11・28）

秋風五丈原

NHKテレビの人形劇、『三国志』のことならなんでも知っている紳助・竜介の解説で子供たちも知っている諸葛孔明「天下三分の計」の故事。特に秋深むこの頃、土井晩翠の「星落秋風五丈原」を愛誦した旧制中学生の日々を思い出す。中でも「丞相《じょうしょう》病篤《やまいあつ》かりき」の繰り返しは、今も口にして胸に迫るものがある。

ところで、この五丈原・名将陣没の年が西暦二三四年で、倭の女王卑弥呼の使者が洛陽（?）の都に到着したのはその四年後との記録に最近気が付いて、わが目を疑った。

日本列島では、その女王の国ヤマタイの所在地がいまなお謎とされる時代に、中国大陸ではすでに久しく豊かな生活文化の伝承があり、権謀術策、愛憎織りなす人間ドラマが一大叙事詩として展開され、それが今も私たちの心情生活の底に流れている事実に改めて感動する。

二十一世紀に及ぶ子々孫々に至る友好交流の誓いを胡燿邦総書記が日本国会でされた演説に聴く時、思いを強くするのは、例えば「同文同種」などの言葉でも、こちら中心の島国的視座からのずいぶん背伸びした突っ張り対応ではなかったのかとの反省だ。

（12・1）

ボストン会

先月の二十九日、玉名市民会館の告別式では全員がマラソンの父、故・金栗四三先生の霊前に白菊の献花をしたが、中で司会者が「ボストン会の方々」と紹介した山田敬蔵、広島庫夫、西田勝雄、君原健二……と続く十名ばかりの懐かしい名前に、改めて先生を生涯の師と仰いで精進されたこの方々の若かった日々のことを思い起こした。

ボストン・マラソンでの日本選手の活躍がどれほど強烈に、当時敗戦虚脱の我々に世界の中で闘う心意気と、這いあがる努力を訴えたことか。

金栗先生にとって四回目の挑戦だったベルリン・オリンピックが第一次世界大戦のため中止となった。その無念を「全生涯かけての後進育成」に切り替えられたのだが、その金栗山脈の連峰に名を連ねた方々である。

当然のことに、当時の記録は次々に若い選手たちに破られてきているが、戦後初めてマラソンで二時間三十分を切った！と聞いた時の感動ほど強烈に、その後二十分、十分が切れたニュースを受け止めただろうか——そんなことをボストン会の方々の献花の後ろ姿を見つめながら考えた。

（12・5）

一片の心

無残に壊された大阪城博特別出展の中国秦の武官俑《よう》の修理が日中双方技術陣の初めての共同作業で完成した。破片の一片一片を継ぎ合わせて……との報道に、中国語で心や感情を数えるのに「一片の心」という数詞を教わったばかりなのを思い出した。

唐の詩人・王昌齢の洛陽の友人に贈る美しい詩に「一片の氷心、玉壺にあり」とある。いかに心を許した友でもこちらは一片の心、君の心も他の一片と認める。人間の集団は、そのおびただしい一片の心が満ちていて、そのさまざまな組み合わせで生活文化が構成されている……との考えだそうだ。

とすれば、長年の友情を頼りに説得しようとした現首相一片の心と元首相の一片とが嚙み合わず、政局が予想外の展開を示した時点で、突然「人心一新」と訴えられても、天すら奪うことのできぬ各人一片の心を、都合よく一定の方向に向かわせるのは至難の業と言えるだろう。

武官俑修復が意外に早く、見事に成功したのは、両国関係者が互いの気持ち一片一片を、破片の物理的な一片と一緒に同じ目標に向けたからに違いないと言える。

（12・8）

師走女《しわすおんな》

「師走女に難つけな」という諺。年末は忙しい時で、身じまいもそこそこだから髪かたちが乱れていても非難してはならぬ、との解説。江戸時代の亭主族のやりくり上手のカミさんへの感謝と思いやりと取りたいが、本人は懐手でからかっているのかもしれない。「師走女に目なかけそ（目をかけるな）」と失礼なのもある。これが「師走女の化粧は山の神も怖がる」となれば言い過ぎで、諺としても上等ではなく、師走の実感も出ていない。

一方、当今の十二月風景。ドンゴロスみたいのを羽織っての闊歩はまあ、ご時世だとしても、トレーナーの端が片方だけはみ出て、変なところに帯紐が垂れている。注意してやろうとして、それがナウいなんとか風だと「難つけな」と教わったのが去年の暮れのこと。

もう決して驚かぬぞと覚悟して都心を歩けば、街頭で結構ゼニ出しても見られぬ妙な楽しいコスチュームに出っくわす。

このありあまる個性同士のぶつかり合いの波はやはり師走のもの。十二月に入ればどこの商店でも一斉にジングルベルを流したワンパターン師走は、もう昔のものとなったようだ。

（12・12）

女子柔道

第一回福岡国際女子柔道。会場の福岡国際センターには参加国の旗が二十三。世界各地でそんなに女子柔道が行われているとは驚いた。

全員、白の柔道着コスチュームを細い黒のベルトで決めて、力量感と清潔感を着こなしての集まりは、ミス・ユニバースの審査より質も数段高い。その柔道着輸出も貿易摩擦の一因かと思ったら、例えばフランスでの人気スポーツの二番目がこの柔道なのだから、当然あちら製なのだろう。

押さえ込みもあるのかと驚いたのは初めだけで、華麗な中にもファイトの激突は男子と同様。ただ違うのは上着の乱れを注意する（男性の）審判が金髪のポニーテールを結びなおしてやる場面くらいのものだった。

長身端麗で実力も金メダル二個の、ベルギーのイングリッド・ベルグマンズ（英語読みならバーグマン）にとっては、九歳の頃から十四年来のジュドーだから、まだ幾分「はにかみ」を感じさせる日本勢がかなわぬはずだ。

英語アナウンスも「イッポンガチ」、「ワザアリ」とやっている。世界各地での日本文化の共有を、家元として喜びたい。（12・15）

辻説法

今度の選挙中に街頭に現れた立て看板にある「辻説法」の文字には首をひねった。街頭演説ないし応援演説のことだろうが、説法とは有権者を一段低く見た文字のように感じるからである。日蓮上人や法然上人が庶民に法を説き、警鐘を鳴らす、孔子やソクラテスが弟子たちの「蒙《もう》を啓《ひら》く」ために倫理を説くなど宗教・哲学のプロが街頭に出て、経国済民を説くのが辻説法ではないのか。

雪深い新潟の辻々で列島改造の功徳を一方的に身内の信徒たちに説く活動を、七年前のジャーナリズムが「辻説法」と名付けたのはジョークが込められていた。倫理だけでなく日本語もここまで乱れて、元閣僚の肩書きを持つ人が、何様と思って票集めの演説を説法と呼ぶのか、聞くこちらのほうが恥ずかしい。

さいわい、わが街の候補者諸賢にはそういう思い上がりはなく、市民の判断を仰ぐための政策開陳に終始されているのは結構なことだ。外来応援の大物弁士だけに「辻説法」の語句が使うのがユーモアのつもりなら、誇り高いわが選挙区ならマイナスの下手なギャグで終わることと知ったがよい。（12・19）

隙あり

隙《すき》ありと見たかポルノのビラをくれ

この句、この秋出版の『続番傘川柳一万句集』（創元社版）に載っていて、作者は私になっている。過去二十年間の発表句からの抽出だが、この句がいつ頃のものだったか、また変なチラシは貰った体験がなく、かなり無責任な想像句で、困ったなと少し思っていた。ところが偶然と言うべきか、句集入手のすぐ後、天神の繁華街、師走の人込みの中で、よりによって私にだけツイと差しだされたチラシが噂に聞く誘い文句と電話番号が太い活字のデート・クラブのもの。改めて、活字になった拙句の責任が取れたようで、おかしかった。

ヤング、衝動買い夫人、あるいは天神ギャル向けの宣伝チラシがゴマンと配られる人波に、年配オジンの前ではリズムがピタリと止まり、なかなか貰えない。なに、欲しいわけではないが、どこか場違いの街に迷い込んだ気もして面白くないのだが、ついに！　この人品卑しからぬ紳士にも番が回ってきたのがコレだ。

「バカにするな」の一言が出なかったのも、あのアルバイト青年が、一応仕事に忠実に、渡すべき相手を見分けての一枚だと気付いたからにほかならない。

（12・22）

けじめ

暖炉燃えビールを夏のものとせず　（雀郎）

もう三十年も前の句で、今は冬のビールどころか日常生活さえ、例えば昔は盆暮れと決まっていた借金取りのトラブルも、例のサラ金の出現で季節感がなくなった。暮れには隣町のお医者様宅まで薬代支払いのお使いに行った戦前を覚えている。

米代、酒代から家賃まで、江戸の昔は半年分まとめての勘定だったので、書き出しの金額を見ただけで江戸っ子は真っ青になった。そこを古川柳で「書き出しでぶちのめされたようになり」、「餅は搗くこれから嘘をつくばかり」、「並大抵の嘘ではいかぬ大みそか」、この嘘はもちろん掛け取りへの言い訳だが、もう難解句のようだ。

盆の掛け取りは旧暦七月なので、月夜、提灯で小走りに歩くと詠まれるのは暮れの集金の句だ。その江戸のずっと前の『徒然草』にも「松明《たいまつ》ともして」右往左往する掛け取りのことがある。提灯もない昔から寒夜の風物詩だったとはちょっと凄絶だ。

日常の暮らしにけじめの付くことがなくなった今日、「けじめ選挙」のはずがけじめ付け損なう失態もご時世のせいなのだろう。

（12・26）

1984

西鉄のれん街（中央区，1992．1）

嫁が君

逃げざまのいといとけなき嫁が君　（狩行）

ネズミを正月三日の間「嫁が君」と呼ぶのは、何も十二支のトップに敬意を表してのことではなさそうだ。

干支《えと》の元祖中国では「ネズミの口から象牙《ぞうげ》は生えぬ」、「ネズミのおできは小さい」とか「ネズミでさえ身を皮で包む、人間になぜ礼儀・仁義がなくて良かろうか」などつまらぬ奴、強欲卑劣なものとして取り扱われているのがネズミ。わが国でもいとけない（あどけない）どころか本音では三が日過ぎたら退治したいネズミなのに、古来意外に大事にされてきている。

白ネズミは大黒さまのお使いとか、正直爺さんに財宝を贈るネズミ浄土の説話、正月に餅やご馳走をネズミに供える風俗も各地に残り、さらには沖縄ではネズミは海の彼方の聖域（ニライカナイ）から現世に渡来した神の使者とされるなど、害獣として排除する論理より、むしろ同じ自然の生き物として共存を神に祈り、ネズミの被害をその中で克服する道を選んで伝えてきた。そのご先祖の英知は見事だと考える。

良い年でありますように、ネズミの年一九八四年。　（1・5）

立帰天満

福岡市中央区の荒津山・西公園正面の坂を上り詰めて左に折れ、二十五段の坂を用心しながら降りた場所にひっそりおわす天神様。これが「立ち帰り」天満宮で、戦時中はその名から出征兵士家族の「必ず帰れますよう」との切実な祈りで隠れたブームが続いていた。

敗戦の年の一月九日、私もこのお宮に誰にも告げずにお参りしている。名誉の入隊の前日に「必ず帰れますように」なんて日本男子の風上に置けぬ行動だったが、物心ついた頃からの遊び場で、その語り伝えを聞いていた身には、今本人が成長して入隊するにあたり、特別の感慨あってのことと言い訳を考えての参詣だった。

ところが、意気地なしは私一人ではなかった。「君もか」、「お前も明日の入隊か」と、同級生のHに出会ったのには驚いた。どちらも人に弱みを見せるのを恥とした普通以上の軍国少年だったし、私はともかく、この男がこっそり神様に祈るとは考えもされぬ豪傑だった。その時のバツの悪さ、ほろ苦さを、今も同窓会で会えばよく話す。

この正月にお参りしたのは、実に三十九年ぶり。この長い間、勝手な奴だとよくも神罰が当たらなかったことだ。　（1・9）

初えびす

福岡市東公園の十日恵比須神社。「千代町に一月十日一度ぎり」（舟可）の句が少なくとも十年前までは通用していた。千代の松原の名残が少しある中にいつもは忘れられているお宮だったが、今は県庁がすぐ側に偉容を見せ、道路も広く立派になって、まるで別の町に来たような周辺だ。

九日の「宵えびす」、十日の「本えびす」が最高潮で、次の日の「残りえびす」と続くのだが、今年は前日八日の「初えびす」が日曜日と重なって、例年ならまだ小屋掛け準備中の露店が、八割方もう夜店の電灯を煌々とつけて、寅さんやレオナルドの熊さんたちも元気に昨年の顔を見せ、客に呼びかけていた。

福岡の川柳界恒例の合同初句会は、もう三十年以上もこのお宮の八日の夜なのだが、昨年までは、各地から乗り込むトラックからの資材降ろし中なので、翌日の賑わいを前に、闇夜に点々と裸電球が寒波に揺れるのも物悲しく、襟を立てて急ぐ、それが初えびす参道の印象で、今年のように明るく暖かい日は初めてだ。でも、そのうち、日曜と重ならずとも、「初えびす」もこのように変わるのだろうなと、ひと足早い景品の「お姿」（ダルマ型の恵比須様）と福笹をいただきながら考えた。

（1・12）

遅れ年賀

今年の年賀状は十日過ぎても、毎日のように二、三通ずつ続いた。中には元日に着いたのと全く同じものをまたくれたのが四人。ははァ、ヤッコさん、名簿の消し忘れだなと思うが、笑ってはならぬ。出し忘れやダブリのおそれはこちらにも十分ある。

賀状は正月に自筆で書く主義のはずの友人からの印刷年賀状を、元日の朝、束の中から発見したのは変な気持ちだった。こちらは彼の忠告通り、年明けてのしかも手作りの賀状なので、元日には絶対着いていない。だから、そのお返し賀状が遅くなったのもあるらしい。でもサミダレで貰うほうが、一枚一枚、束で来るよりゆっくり読ませてもらえる。

中国から派手なクリスマス・カード風なのが十通届いて、いずれも一九八三年末の日付けとなっている。年末多忙の際に明春の日付けを書くのは日本だけの習慣のようだ。

今年の中国からのには珍しく「甲子」の文字やネズミのイラストが散見され、ネズミを描いた年賀特別切手も送ってきた。四年ばかり前、若い人たちがネ・ウシ・トラ・ウ・タツを知らず、年配の人も、あれは旧い迷信だと苦笑していたのを思い出して、何度も読み返している。

（1・19）

雪の朝

この十九日は珍しく大雪。「雨戸繰れば雪クーデターのよう」と随分前の川柳拙句を口ずさむ。詩嚢《しのう》乏しき男には、どんでん返しの一面の銀世界からの連想は、かわりばえもせぬ忠臣蔵か、二・二六事件の舞台装置。

「雪やこんこ」と少し浮かれて新聞受けまでのわずかな距離で「犬は喜び庭かけ……」まで行かぬ前に、下駄の歯に詰まった雪で危うくよろけた。

十年も前の豪雪で転んで左肘を強打、骨にひびが入った時、秋田出身の外科の先生が「これくらいの雪で、九州の人は転ぶんですな」と感心されたのを思い出す。「二の字二の字の下駄のあと」など詠んだ昔の人は転ばぬ下駄の歩き方を知っておられたようで、「雪見に転ぶところまで」の句も、数歩で転んでは話にならぬ。

「香炉峰の雪はスダレを掲げてみる」との白楽天の詩を知っていたお陰で、あっぱれ才女と褒められたという他愛もない清少納言の故事もあるが、こちら「寒いじゃないか」とすぐサッシを閉めたがる九州育ちの無風流には、クーデター一朝の出来事のように早く夢と消えてもらいたい寒波と雪ではある。

（1・23）

女子駅伝

前の日曜日、京都での第二回女子駅伝、全都道府県の四十七チーム、各九人のメンバーを揃えるのは大変だったろう、放送時間内に全チームがゴールできるかな程度の興味でテレビをひねったが、わが福岡チーム四十番のゼッケンが襷を渡す一瞬の場面が映ったり見落としたりの一喜一憂で、とうとう最後まで釘づけになった。

その間、つい先年まで四百人を超す女子ランナーが街中を走るなど考えもされなかったこと。今では死語になっている「おてんば」という日本語を思い出していた。

戦前の小学校では「女子に負けて恥ずかしいとは思わんか」と叱られたもので、運動会では癪にさわるほど元気な女の子がいたものだ。この「おてんば」はからかい言葉であっても「非難」のニュアンスはなく、むしろ「褒め言葉」と思うのだが、「はしたない」ことには違いなく、当時の女の子をくさらせていたものだ。

今、都大路を「根性」と染めぬいた鉢巻きを締め、歯を食いしばり真っ赤な顔で先頭を追う千葉県チームの高校生選手の可憐な表情に、かつての「おてんばさん」の面影を見て、この若いエネルギーが自由に発揮できる世相を楽しいと思った。

（1・26）

空席

地下鉄は満員で、吊り革も全部ふさがっていた。短い通勤距離だし、もちろん立ったままでもよかったのだが、目の前に紳士が立ち上がったので、内心「しめた」と思った。ゆっくり座らせてもらおうとした途端、三つばかり右の吊り革の青年が驚くほどの勢いで、吊り革二、三人をかいくぐって「私の席」にすべり込んできた。七分どおりはもう腰をおろしていた私が着ぶくれたオーバーの尻を振ったので、はじき飛ばす結果となり、青年をよろめかせてしまった。

まだ成年にも達していないようで、血色も良く背丈も横幅も逞しいし、スポーツバッグを提げているところで、身障者じゃあるまいと、その何分の一秒の間に見てとったのだが、その壮絶な空席争いのパントマイムを乗客の皆さんも気がついておられると思えば、もう顔を上げていられぬ気持ちだった。

その青年は次の駅で、今度は左への横滑りで座席確保に成功したのだが、その空席への執着ぶりは普通ではない。その機敏さには感心させられたが、自分の年齢の三分の一くらいの子供相手に、大人気なかったとの思いは、降りてからもしばらく残った。

（1・30）

お守り

今年の初庚申《こうしん》は連続寒波の最中で一月二十七日だった。恒例の魔除け、盗難除けの猿のお面を頂こうと、福岡市早良区役所前の猿田彦神社（交通繁華の場所で、一年に一度だけこの日に存在感を示す）にお参りした。

聞けば今年は受験生のお参りが多く、誰かが猿は高い木からも「落ちない」と言い出して、今までの数多い御利益に最近「合格祈願」が加わったのだそうだ。「猿も木から落ちる」のたとえもあるぞと言ったら、「ぼく以外の猿なら落ちてくれたがいい」との返事だった。

似た話が四国高松の動物園のゴリラで、汚い話で恐縮だが、お尻から出したものを観客に投げつけるのが好きで、それが意外にも「ウンがつく」と喜ぶ人間がいるのだから恐れ入る。それが評判になって、この動物園は今やゴリラの絵姿に「合格祈願」と刷り込んだ開運札を発行するまでになり、当方にも送ってきた。

残念ながら福岡のゴリラは躾《しつけ》がいいので、そんな無礼は働かない。「運がつく」のはいいが、「運のつき」にならぬようにとは考えたが、お礼状には書いていない。

（2・2）

サラエボ

東欧で初の冬季オリンピック、所はユーゴスラビアのサラエボ。聞いたような名前と思ったら、第一次世界大戦のきっかけとなったあのオーストリア皇太子夫妻射殺事件（一九一四年六月）のあったサラエボだ。あれからちょうど七十年目の冬、その街に世界中からおよそ五十カ国の若者たちが、今度は雪と氷の平和の戦いのため、友情を深めに集まっている。

この七十年が記録してきたものは、第二次世界大戦、それに続く局地紛争の繰り返しで、この若者たちの祭典もその都度、中止されたりボイコットが続いたりした。今、まがりなりにも平和の中、史上最多の参加者数で競技が行われようとする時、七十年前の硝煙の街・サラエボの名が再び浮上することの意義は大きい。この大会の成功を心から祈る。

ただ、気になるのが、金メダル確実の黒岩彰君への密着取材などに見るワンパターンのはしゃぎようで、選手の実力発揮のプレッシャーないし妨げになりそうなことだ。トップ・グループに出ることのない選手の一人ひとりにも悔いの残らぬ全力発揮の環境を保証することこそ、せっかくの美と平和を志向する祭典の意義と考えている。

（2・6）

孵化《ふか》

寒波続きの動物園の見るからに冷たそうな水禽《すいきん》池では、エジプトガンの子が生まれたばかり。十羽のヒナが母親の側を離れず、かたまって浮いている。栗色に白の斑点のテニスボール大のが、人間たちの「冷たかろうに！」の視線に「ええ、冷たいですよ」と元気に泳いでいる。

子育てが始まるとがぜん喧嘩腰の強くなるエジプトガンの男親なので、隣の柵に緊急避難させられたカナダガンやクロエリハクチョウが、過密すし詰めを抗議して不平をうるさく唱えていたが、やがて収まった。

このヒナは十個の卵として産み落とされるのに二週間かかっているが、ヒヨコとして顔を出したのは全員、同日、同時なのだ。

これが孵卵器での人工孵化なら、卵を入れた日時が違えば、一羽ずつ挿入時間差どおりの隔日孵化が見られている。自然孵化の場合は抱卵開始三十日目に全員同時の孵化が見られている。

抱卵末期に内部から殻をつつく合図や卵同士のコミュニケーションなど科学的解明が試みられているが、平気な顔でこの寒波の中の遊泳を楽しむガン一家を見ていれば、やはり不思議だ、神秘だと言っていたほうがいいようだ。

（2・9）

三寒四温

例年なら、遠来の客に「九州は案外寒い博多駅」との旧作拙句を披露して、南の国でも、ここは日本海型の気候でシベリア直通の風だから寒い、でも三寒四温なので積もった雪でも三日とは残らない、と説明するのだが、今年は我が家の猫の額の片隅にもう三週間、解けないままの雪が残っている。まるで三寒四寒だ。

日課のジョギングも、あと二分だけと朝六時の目覚まし時計を押さえるが、布団にもう一度潜ればもう駄目、そのまま眠り込む。軍手の指がかじかむのは平気だし、ひと汗かくのもいいが、拭いた後の震えがひどい。汗腺が開くからでしょうな、と他人事のように他人が言ってくれるが、当分駆け足は中止して、見栄も外聞もなく着ぶくれることにする。

テレビの予報は気象衛星のひまわり写真もいいが、それより寒波がいつ去るのか言ってくれと思っていたら、それがわからぬので困ると気象協会氏もいつもの顔で往生していた。メキシコの例の異常気象の元凶の火山の再爆発の噂も、新聞の片隅にあったようだ。

もういいじゃありませんか、こちら向いてくださいい、神様。

（2・13）

伏兵

サラエボ冬季五輪。金メダル確実との黒岩彰君への異常とも言える期待が重荷にならねばよいがとの心配が、五〇〇メートル・スピードでは気の毒にも的中した。一方、無名の北沢欣浩君がわが国スケート界で初のメダリストになった。この北沢君、日本選手団九人のうち、ただ一人強化選手ではなく、マスコミにはいわば「おまけの子」だったから、伸び伸びと戦ったようだ。その意外性がスポーツを感動のドラマに仕立ててくれるのだ。

それにしても、彼を「伏兵」と報道するのは失礼で、自ら作り上げた虚像以外の展開に驚くのは報道の姿勢としては最低。伏兵には「だまし討ち」のニュアンスがあり、スポーツの生命「フェアプレイ」には馴染まない表現と考える。

スタートに立つ全員がメダル候補、誰もが勝とうと精進努力して世界各地から集まっているはずだ。また「黒岩の代役」との記事は日本語としても誤り、これではいつまでも敗者の責任追及いじめをやっていることに気がつかねばならない。

かつて札幌で日の丸三本を揚げた（七〇メートル級）純ジャンプ陣が、その押せ押せムードに耐えきれず、次の九〇メートル級では「実力を発揮」できなかった。その教訓はとうに忘れられているようだ。

（2・16）

チョコレート

二月十四日は三世紀のキリスト教聖者バレンチヌスのローマでの殉教の日。その霊を慰めるため（なのだろうか、何故か）、心清らかな女の子たちが、例のものを万感込めて好きな人に贈る日となっている。

うっかり踏み込んだデパート地階の臨時売り場では、天神ギャル、ＯＬ、大・高・中学生いずれも女の子、それにいい年のおばさんたちで一杯。こんな真剣な買い物風景はめったにない。

ジョークのつもりだろうが、「義理チョコ」と書いたのもある。義理とか人情とかユーモアなどはナマで口に出したり、書いたりしたらおしまいで……、若い二人が「領収書ください」、「バーカ、これは個人で買うとよ」、「あれっ、会社の経費では落ちんとね」と話していたが、ユーモアとしてはこちらのほうがずっと上等だ。

それより、この女性だらけの修羅場に迷い込んで感心ばかりしている私のほうが、何よりおかしい存在だった。困ったことだと言ってはなるまい、と呟きながら思うことは、四十年も前の闇市、焼け跡時代に一つ覚えの英語「ギヴ・ミー・チョコレート」と言っていたと記録に残る子供たちが、今この娘さんたちの母親ぐらいの年だということだ。

（２・20）

国際感覚

この冬、世界が注目したサラエボはボスニア・ヘルツェゴビナ共和国の首都で、ほかの五つの国と構成する連邦の名がユーゴスラビア。この連邦には四つの公用語があり、二種の文字と三つの宗教という東西多種民族の交差点、ないし坩堝《るつぼ》の様相を呈していて、わが島国の住民には想像できぬトラブル、摩擦の数々がその日常生活にも展開されている。

前に隣国のスロバキアから来た手紙に、「お前の手紙にある『チェコの子供、チェコの風習』という文字は全部、『スロバキアの』と読み換えている。私たちはスロバキア人で、チェコ人とは言葉も生活文化も、所得水準も違うのだ」とあって驚いたのを思い出す。チェコスロバキア国の略称がチェコとばかり思っていたが、この文言にも重大なメッセージが込めてあるのを痛感した。

今回の冬季オリンピックで国際交流の経験豊富なはずの関係者・報道陣が、自国の「切り札選手」にだけ熱中して他国選手のことなどまるで眼中になかった「井の中の蛙《かわず》」的視座が、特にその舞台が典型的な異種文化交流の本場であるだけに残念だ。

ただ救いと言えば、大本営発表式と違い、惨敗は惨敗と認めたこと。再出発が期待される。

（２・23）

命名

この正月二日、福岡市動物園に生まれたマサイキリンの子はマツ毛の長い女の子。今、身の丈二メートル。飼育陣の心配をよそに、あの大雪の日でも跳ね回るおてんばさんで、連続寒波の日でも、この子目当ての入園者が結構あった。

名前を募集したら二八一四点集まった。うちハガキが約千通、あとは園内での投票で、七六〇種のいろんな名前があった。

「おしん」、「裕子」、「サラエボ」まではよいが、「レモンちゃん」、「ビールちゃん」はテレビCMの見過ぎだろう。「のぞみ」、「かなえ」、「たまえ」のうち、何故か今「謹慎中」と聞く子の名が一番多い。雪の中で元気だから「ゆき」、「雪子」、「冬子」。もうすぐ「春子」、福岡の「ふく子」、背が高いから「伸子」など捨て難かった。

ベスト5は順不同に「キリ子」、「リン子」、一月二日生まれの美人だから「ひふみ」、正月だから「しょう子」、さらに「正子」はマサイキリンのマサイに関係ありそう。結局、あまり凝らぬ形の「しょう子」に決まった。

ハガキに「誕生おめでとう」の添え書きもかなりあったが、もう少しお利口さんになった頃「しょう子」ちゃんに読んでやろうと思っている。

（2・27）

回数券

今の市内バス回数券は料金千円だが、いつもミックス券を買うようにしている。ミックス券は一三〇円券だけでなく、四十円、二十円それに十円券を取り混ぜた一冊だ。

毎日同じ区間の通勤に利用するから、全部同じの一三〇円のが面倒がなくてよかろうもんと聞かれて、今まで実はその暗算を楽しんでいたのだと気がついた。機械的に一三〇円を切り離して使うより、その時の気分で「降りますよ」とベルを押した後、今日は四十円二枚と十円券、それに財布に小ゼニが多いから現金を足してと、数秒もかからぬが「足し算」を楽しむ。マンネリの通勤往復に少しでも変化がつくではないか……。

「へえ、頭の体操ですか、老化防止も大変ですね」と失礼な返事があったが、結果的にはそうかもしれない。

昔の英語のリーダーに、名前は忘れた文豪の「ピーナッツは一粒ずつ殻をむいて食うものだ。一口ごとに若干の時間をかけるのは消化にも良かろうし、ゆっくり味が楽しめる。精神的にも良い。初めから皮を剥いたのをひと摑みで口にするのは下品だ」との意味のエッセーがあったことを今に覚えている。

（3・1）

映画『陸軍』

この三月一日、福岡市美術館で、戦前の博多の町並みを記録に残す博物館資料収集のための聞き取り調査があった。そのために上映された映画『陸軍』は火野葦平原作、木下恵介監督で、昭和十九（一九四四）年十一月の完成となっている。笠智衆、上原謙、それに東野英治郎ら、当然いずれも今より四十年若い顔を見せるが、田中絹代の「軍国の母」が最後に合掌する場面で不覚にも涙が出て困ったのは、末席の私だけではなかったようだ。

陸軍省後援の戦意昂揚の線に忠実な前半をほろ苦い思いで観賞するうち、最後で見事に「厭戦映画」に逆転させる手法にパンチを受けたが、あの緊迫の決戦体制下にそれをやり遂げた制作スタッフの心意気に敬服する。

私がこの映画のすぐ後の一月に入隊して、六月の福岡空襲で焼け落ちる日にも寝起きしていた内務班が、まさにこのロケで使われた部屋で、初年兵たちが鬼と震え上がっていたK少尉の風貌とその懐かしい「頭ァ右」の号令を四十年ぶりに画面で確認した——。

そんな私個人の感慨とは別に「自動車のなかった頃の博多の町並みは、どうしたキレイやったもんかいね」との声が多かったのには、私も異論はなかった。

（3・5）

走馬看花

福岡の友好都市・広州の前市長でもある中国広東省長の梁霊光先生一行が福岡に立ち寄られた。

博多一泊の「走馬看花」つまり駆け足視察の強行スケジュールの中に植物園が入ったのは、四年前に頂いた広州市民自慢の「英雄の木」パンヤが高さ一〇メートルに成長して、日本でおそらく初めての真紅の花を温室に咲かせているからにほかならない。

亜熱帯のかの地では、天をも突き抜ける高さに仰ぐ英雄の赤い花だが、福岡では温室育ち、心なしか迫力がいまひとつ足らず、憂いさえ帯びた真紅でしかも散り急ぐ。

心配だったが、今年咲いた十二輪の最後の一輪が「省長先生のお見えになるまで散ってくれるな」との願いどおり頑張ってくれて、その一輪ですと申し上げることができた。

植物園展望台から一望する福岡市内が好天なのに、やや視界不良なのは、これは黄砂。お国のゴビの砂漠から毎年訪れる豪快な春の到来の知らせだと、かくも身近な風月同天の間柄を確かめあった。この間、正味三十分はいかにも短い。この次は是非時間をとって「走馬」ではなく「下馬看花」だ、と別れを惜しんでくださった。

（3・8）

水ぬるむ

この冬の寒さには参った。連続寒波に震え上がっているうちに風邪でダウンした。今年の風邪は「腹が風邪をひく」のだそうで、熱も咳も出ないし、調べてもらったタンパクも血糖値も、その他の難しいカタカナも異常がないのに、吐き気が続いた。

寝込むほどではないが、腹具合と相談して日課の早朝駆け足を暫時休む。一応の目標だった天草パールライン・マラソンも十二回目にして初めての体調不調による無念の不参加と決めた。そう決めてみれば、おかしなもので、なんだか体調も回復したようだった。

先生が運動不足を指摘されるので、久しぶりに朝、外に出た室見川は、この前まで暗闇にうごめいていたカモ、サギ、カイツブリなど水鳥の群が、同じ時刻なのにすっかり明るくなった水面で元気で春を迎えていた。

しばらく姿を見なかったランナーたちも「寒かですなァ」と声をかけあって擦れ違う。久し振りに会った一回りも年上の仲間が「四年ぶりに天草に行きますよ」と嬉しそうに声をかけたのに無念がぶり返したのは大人気ない。

辛抱することをこの歳になって勉強させてもらうことにする。

（3・12）

回転焼

このへんのご婦人で知らぬ者はない評判の回転焼屋。いつ、その側を通っても女性や子供ばかり十人ほどの列が、焼けるのを待っている。旧制中学生時代に怖い教護連盟の目を盗んでは学友たちとパクついた店のあった場所なので余計に関心がある。でも、副都心特有の商店街とリヤカー部隊の活気に満ちた買い物ラッシュの中なので、いい年をした紳士の身が行列に加わる雰囲気ではない。

ところが、今日の夕刻、何故か雑踏の中で偶然発生したエアポケットなのか、一人も並んでいないのだ。いつもの場所にいつもの風景が突然なくなっているというちょっとしたショックで魔がさしたということか、フラフラと「下さい」と立ち寄ったものだ。「いくつ?」と聞かれて、別に買う気はなかったので、とりあえず十個を注文した。

そしてアンコの小豆は「黒」、トロクスンは「白」と家人が呼ぶのを知っていたので、少し通ぶって「黒ばかり十個!」と包んでもらった。

その間にも、誰か知人に見られているようで、いろいろ言い訳を考えた。紳士にはやはり似合わない買い物には違いなかった。

（3・15）

カバ元気

カバの「ドン」はこの冬が越せないのではないかと、福岡市動物園の飼育陣は心配のしどおしだった。例年冬場には動きがにぶく食欲も減るのだが、今年の弱りようは格別で、元日の東京・上野動物園のカバ「デカオ」昇天の報がこたえたのかと話し合うほどだった。

一日四、五〇キロは平らげる青草やオカラの類をほとんど受け付けず、うつらうつらと寝そべるだけ。室内プールの水温を高めても入ろうとせず、推定の三十五歳は「デカオ」亡き後のわが国最長老を誇るはずだったのに……と、最悪の事態を思って胸が痛んだ。

ところが、食欲増進剤、栄養剤などあらゆる手を尽くしてもう限度というところで、黄砂が街に降りはじめた頃、ゆっくり起き上がり、鉄の扉を巨体でドンドン叩いては外に出してくれと騒ぎはじめたものだ。

その痩せようと、ひびだらけの色つやの悪い皮膚が哀れで、人前に出したくないのだが、「本人」のうるさい要求に負けて屋外プールに出したところ、今までのダウンが嘘のように日なたぼっこを楽しみ、呼べば大きな口を開けて答えてくれた。

以後、食欲の回復も順調で、もう大丈夫。春がそこまで来たようだ。

（3・19）

花便り

東風《こち》吹かば――匂いおこすのが随分と遅かった今年の梅は三月も半ばを過ぎて今満開。今年はほとんどが下を向いて咲いているそうで、「梅の花が下向きの年は豊作」というのは本当かと聞く人があった。

確かその話は聞いたことがあるようだが、心当たりの資料を繰っても、誰彼に聞いてもわからない。「緑の相談所」も「開花前の蕾の成育状況が気温・湿度と無関係ではないでしょうが」程度で断定はしてくれない。

それにしても、春待つ心が梅のほころびをもその年の豊作祈願に結びつけるとは、古人の自然と一体の心情生活の豊かさが偲ばれる言い伝えだ。

「オレの庭のはみんな上向きだ」と確かめもせず言いたがるのもいたが、「天気予報でも『ところにより雨』と予防線を張るように、梅の仲間にも当たらぬ時の用心に何%かは上向きを受け持つのがいるんだろう」とやり込めておいた。

梅は遅れたが、桜は順調なようだ。昨日訪ねた内陸部の城下町・秋月の梅は一部咲きだったが、土地の娘さんは、今年は桜と一緒に咲くんでしょうと言っていた。

（3・22）

外来語

私より正確な日本語を使われる黒竜江省ハルビンの尤寛仁先生の手紙に、「……私はそのことについてはベテランで……」と書いてあった。自分のことをベテランと呼ぶのは、まず我々には馴染まぬ用法で、先生の文章が文法も文字も非のうちどころのない日本語なだけにその違和感が目についた。

かねて先生はハルビンで「日本語学習にはまず英語の習得が必要」と冗談ではなく教えておられるようだ。戦後、日本を離れて以降、『外来語字典』は片時も離せず、一週間遅れで着く日本の新聞と共に新語の補充もしてきたと話しておられた。

気になるので『英和辞典』を引くと、ベテランとは「老練兵、古つわもの、在郷軍人、老練な、老巧な」とあり、ベテラン・サービスとは長期勤続の意味。この訳語では我々日本人が使う「熟練した高度の技能保持者」という尊敬のニュアンスより「古狸」のイメージさえ感じる。

外来語がその国の言語生活に市民権を持つ頃からニュアンスが変わりはじめるのは宿命かもしれない。お年寄りが、「おばあさん」と呼ばれて腹が立つ、と本誌夕刊の「テレホン・プラザ」に訴えてあったのを思い出した。

（3・26）

双肩

田中元首相が第一歩を北京空港に記した時の緊張ぶりは、テレビで見るほうも身の引き締まる思いだった。両国関係者の薄氷を踏む思いの一言半句の慎重なやりとりの中には、当時の毛沢東首席の「喧嘩はもう済みましたか」の冗談ともつかぬ名句が残った。

それから十二年、単なる歳月の流れだけでなく、両国それぞれの波乱の歴史の歩みを経て、今回のかつてない友好ムードの中での中曾根首相訪中とそのリラックスぶりは、歓迎こそすれ文句の付けようはないのだが……。

ただ、あの国には不沈空母の役割を約束し、突出する防衛予算を国会での苦しい答弁を余儀なくされる人の口から「絶対に軍国主義にはならない」とこうもすんなりと明快に聞かされては、少なからず戸惑う。

そして「二十一世紀の日中両国は青年・学生諸君の双肩にある」との発言。この「双肩」の言葉をここでこの人の口から聞く時、「汝ラ青少年学徒ノ双肩ニアリ」との詔《みことのり》を畏《かしこ》んで学業を放棄し、戦地へ赴いた世代にとっては一定の感慨がないわけではない。

（3・29）

家賃

先の大相撲春場所の星取り表を見ると、大関以上はともかく、西の関脇保志にはじまって両小結以下幕内上位陣が枕を並べて負け越している。

前頭では八枚目まで、東西十六人のうち勝ち越しはわずか三人、それも星一つだけの勝ち越しなのだから厳しい。

相撲の世界で、実力以上の番付に載ることを「家賃が高い」と言う。「尺取り虫の身を屈するはさらに伸びんがため」との俗諺《ぞくげん》を思い起こす。実力と体調を年間六回も最高に持っていくことも難しいだろうが、一方敗者復活のチャンスがこうも頻繁にあっては「また明日がある」との気のゆるみ（?）が出るのも仕方のないことだろう。

昔、年二場所の時代には、いったん落ちた番付を再び這い上がるチャンスは今の三分の一。だから家賃にふさわしい地力と体調維持の努力は今と比べものにならなかった。

短くもないわが宮仕えを振り返る時、いつも家賃の高い相撲を取ってきた気がする。それにしても、白星・黒星とはっきり成績が評定される世界でなくて良かった……と思うのは、これも甘ったれにほかならない。

（4・2）

万愚節

エイプリル・フールにしても上等ではない話。先の日曜日、二万人の人出があった動物園のゴリラの檻の前で、子供に「餌をやってはいけない」と注意した。すると「おじさん、誰?」、「ここの動物園の者だ」、「ウソ！」と反射的な返事が返ってきた。人を嘘つきと呼ぶことが口癖になっている現代と違い、昔には「年に一度だけの嘘」も許されて遊びにもなった。

元首相があれだけ否定するのに実刑判決が下ったり、ロサンゼルスの例の疑惑など虚実混沌の時代で、可愛がってくれるおじさんについて行けば殺される。そんな時代だから、相槌代わりに「ウソ！」、「本当！」と叫びたくもなるのだろう。

年に一回だけのホラを許す習慣は西洋のものと思っていたら、天竺《てんじく》渡来の説というのも知った。インドでは春分の仏教説法は三月三十一日が最終日。せっかく信心深くなっても、また元の木阿弥《もくあみ》に戻るんじゃろと無用の使いに走らせからかったのが始まりとの説だが、ここでも嘘は許していない。すぐバレるホラで人畜無害の「からかい」だけが、古今東西の生活の知恵の中で楽しまれたようだ。

（4・5）

応援

サッカーの試合中に時々鳴る「プォーッ」という奇妙な音、グラウンドの中なのか観客席からの音なのか判然としない。それが応援の景気づけの笛とは知らなかった。それにしては間の抜けた「プォーッ」だ。南米などサッカー先進国では、うるさいほど笛・ラッパの鳴り物で応援するらしい。昔、例えばラグビーでは審判のホイッスルだけが唯一の鳴り響く音で、応援も野次も人間の口からのが競技場一杯によく響いた。

ハッピ姿の応援団と称する男に「皆さん、お手を拝借」と呼びかけられて閉口して以来、プロ野球をナマで見ることはしていない。その便乗的な自己顕示が選手たちの士気を鼓舞すると本気で考えているのだろうか。いつからあの切れ目のないブカブカドンドン「カットバセ！」の大合唱が甲子園で始まったのだろう。万場息を呑む緊迫感の中で、一声！　外野席からの絶妙の野次に沸いた球場風景はもう望むべくもない。

アメリカ原産の野球だからチア・ガールまではいいとして、例のブカブカドンドン。この春の甲子園では揃いのブレザーにネクタイ、おまけにリーゼント頭十人の男の子がバンドに合わせて舞い踊る……。事があれば、即・出場辞退を決定する高野連の教育的配慮の出番ではないのかと考える。

（4・9）

でもしか考

年度初めで新入職員が張り切っている。「数十人に一人の難関を突破した私たちは『でもしか』職員ではない」と自己紹介する。そんなことは他人が評価することで、本人が言うものではない、と古い私たちは考える。

確かに「それしか」無かった職場に、「それでも」していようかと、戦後混乱期に、前途全く不明で、一生の仕事とは思わぬまま就職したのは事実だった。でもしか先生、でもしか社員と呼ばれた世代にも、個性豊かな同僚の中には力量を発揮して規格外のヒットを飛ばし、それぞれ痛快な業績も残してきた。

激変常ならぬ世相に揉まれて、推進力の役を果たし、縁の下の力持ちにもなって、やがて定年期を迎えている。それに比べて将来の展望まで全部計算できる今の若い人はいいなと話したら、そうじゃない、今の若者のほうが、言われたことは何「でも」するが、言われたこと「しか」しない、共通一次世代特有の安全第一の遊泳術を身につけた「ニューでもしか」層が群生しているのだそうだ。

挫折、屈折、欝憤、辛抱が青年期のエネルギー源だったこちら「オールドでもしか」も、勇気を出して付き合うことにしよう。

（4・12）

百花斉放

梅が散ってコブシの白い花、それにかわっての桜という順序が例年の春の舞台装置の手順なのに、今年は例の異常寒波の居直りで梅がまず一カ月以上も遅れた。ずいぶん待たせた梅一輪だったが、戻り寒波による冷え込みで、三月末なのに雪さえ舞い、紅梅の花びらがやられて黒ずみ、何やら不吉な……と心配した。

ところが、そこは自然の摂理で、天帝様の命でも受けたか真打ちの桜が収拾に乗り出した。平年より一週間だけ遅れての開花宣言に漕ぎつけてくれた。四月に入って一週間目に桜の一分咲きと発表された翌日にはもう八分咲き。少し遅れていたコブシに追い付いて、三日目には桜とコブシの同時満開と来たものだ。

今年の桜は敢闘賞に値する。おまけに桃のピンクも色を添えて、春の嵐も今年はなく、散り急ごうともしない。

足元では存在感のまるでなかったユキヤナギの白いどっぷりした房が垂れ、レンギョウの垣根はかつてない鮮やかな黄金色。中国でこの花を呼ぶ迎春花《インチユンホア》の心意気にほかならない。

れんぎょうに見えているなり隠れんぼ　（虚子）

（4・16）

死　球

前の日曜日、西武球場で西武の東尾投手が阪急の打者・藤田の右手にぶっつけた死球がもめて、試合が六分間中断する騒ぎになった。

両軍選手がマウンドをはさんで、三万余の観衆の見守る中で睨み合ったというから大人気ない。「帽子を取って謝れ」、「その必要はない」と言い合っているところは、子供たちに見せられるものではない。西武側は、故意や悪意で投げたのではない、投手も片手を挙げて「すまん、すまん」と意思表示したではないか――と主張したようだ。

「お互いに死球の時は脱帽して謝るよう」との上のほうからの通達を一方は聞いており、他方は聞いていない、というのがもめた原因だとのこと。「指示されているから謝れ」、「そんなの、読んどらん」と言うのでは、幼稚園児にも劣る。見ているほうが恥ずかしい。「互いに謝るよう」とは奥ゆかしい騎士道精神だが、大人にわざわざ指示することではない。投球を避けきれずに痛い目に遭ったのはお前さんも悪いから謝るようにとは、プロ野球にもいい指導者がいるものだ。

試合開始も終了も挨拶ぬきでなんとなく始まり、流れ解散で終わるプロ野球が、痛い目にあった時だけ仲良くと通達の出るところが面白い。

（4・19）

ボート転覆

東大生たちによるボート転覆事故が起きた。「大学での生活や勉強についてのアドバイス、酒の飲み方、彼女や彼氏の作り方、単位の取り方などを二年生が一年生に教える」のが東大の新入生歓迎オリエンテーションの趣旨だそうだ。高校なら学校側が規制したり、事があれば責任追及も受けるだろうが、そこはもう大人、「事故のないように」と注意するだけの、それが大学の自治だそうだ。

酒の勢いで定員の二倍の六人でボートを深夜の山中湖にオールなしで漕ぎだす無謀が付和雷同、ブレーキなしの稚気に押されて、五人死亡という事故につながった。おそらく幼児期からのお利口さんで、「どの程度の冒険が危険か」などの、小さな「悪そう体験」の積み重ねがなかったのに違いない。

福岡でも、先日、満開の桜の下で、車座の中央で新入生が直立不動のまま鯨飲《げいいん》の洗礼を受けているのを見た。その流れが、深夜の一一九番出動の激増に繋がると聞く。

若さと英知を誇る学生諸君だから、甘ったれず、一般市民に学んで、少なくとも世間に迷惑かけぬよう自らを律すべきだろう。国元の親御さんを泣かせてはならない。

（4・23）

冒険家

北米最高峰のマッキンリーで消息を絶った上村直己氏に国民栄誉賞が贈られたが、彼の冒険ないし勇気を無条件に称える気になれないのが残念だ。夫人が涙をこらえて「夢を少し残しておけばよかったのに」と記者会見で話されたのには、何とも申し上げようがない。

一定の事業遂行の後で、「あれは冒険だった」と振り返ることはあっても、冒険が目的での冒険などあるはずがない。上村氏に貼られた「冒険家」の肩書きが一人歩きしてブレーキがこの場合利かなかったのか、相次ぐ快挙に無責任な喝采を送った一人として申し訳がない。

「そこに山があるから」登る、との英国の登山家の名言も、無事に帰還した後だから残るもので、その根底に自然を克服すべき対象と捉える西欧論理と「攻撃し征服する」という神を恐れぬ冒険思想を見て胸が痛む。

「六根清浄」と唱えながら「入山」という自然の懐に抱かれる我々アジアの祖先の豊かな自然観を思い起こしたい。

夫人が万感を込めて言われるように、夢は見果てぬままで、もう一つは残しておくもの――と考える。

（4・26）

鉄冬青

友好都市締結五周年を機に来福された広州市長・葉選平先生一行を、福岡市植物園の今を盛りのツツジの絨毯がお迎えしたのは二日の午後だった。五年前のやはり今頃、当時の市長・楊尚昆先生が「ツツジは故郷四川省自慢の花だ」と喜んでおられたのを思い出す。

開園準備の工事中だった植物園に広州市もお手伝いしましょうと楊先生が植えてくださったクスノキの傍に、今度は葉先生五周年記念のクロガネモチ。この二種の福岡の「市の木」を福岡・広州両市長共同の手植えで、子々孫々に至る友好の木として並べることができた。

一周年の時、親善使節のパンダ二頭と一緒に持ち帰った広州市民自慢の「英雄の木」パンヤの苗は、今一〇メートルに伸び、この三月に初めて咲いた赤い花は散っていたが、一個だけ実をしっかりとつけてこの友好訪問団を待っていた。

温室内の英雄の木には少し驚かれたが、克服せねばならぬ気候風土の違いあってこその友好努力と改めて確かめ合った。

クスは中国語でも「樟」だが、クロガネモチは鉄冬青《テイエトンチン》、口ずさんで調子の良いティェトンチン、私たちの中国語がまた一つ増えた。

（5・7）

迷　子

天気予報が良いほうに外れて、この連休の動物園は空前の人出で賑わい、例によって迷子捜しで事務室はまるで修羅場となった。せっかくの行楽が台無しになった本人たちや、呼び出しマイクの騒音に悩む周辺の方たちには申し訳ないが、それぞれの親子対面の場面を見ていて近頃の「子育て」について、いい勉強をさせてもらった。

「ごめんごめん、ママが悪かった」と子供に謝るケースが、いきなり叱りつける人より意外に多い。お孫さんを見失って、気の毒なほどおろおろなさる老婦人を力づける職員、ママに抱きつくまで必死に泣くのをこらえていたお利口さんなど、いつものパターンのほかに、今年は何故か「迷子馴れ」としか思えぬ子が目立つのが気にかかる。

事務所に連れてこられて、まず「よろしく」と誰彼にあいさつを振りまく（?）三歳の女の子。ハキハキと住所・氏名を名乗るものの、その顔は一緒に迷子になった四歳の姉のほうのベソかき顔に比べて「よろしく」の四文字以上でも以下でもない。

「おませさん」では済まされぬものを感じ、この子の体験が身につけさせた生活の（?）知恵なのだろうかと、笑ってはおれなくなったことである。

（5・10）

花咲爺《はなさかじい》さん

近所の幼稚園の子供たちが「花咲爺さんみたい！」と叫んだのだそうだ。二、三日前まで、堅い蕾でまるで緑の兵隊さんのように並んでいたチューリップが、その日一斉に赤、黄の花を一面に揃えたのだった。

引率の先生にそう伺って、感動にほとんど絶句。それほど驚いた自分自身にも驚いた。素晴らしい表現だ、花咲爺さん！　正直言って、今の子供たちにその種のメルヘン的感情表現があろうとは思っていなかったからだろう。

現代都市生活者の商魂と、膨れすぎた需要と例の植物栽培の技術開発で、菊もバラも都忘れもカーネーションも季節かまわずに咲かせ、スーパーの店頭にはトマトもイチゴも一年中並ぶ——それを不思議とも思わず、テレビに釘づけで野外での遊びを失っている世代には、もう望むのが無理と思っていた。

おとぎ話で育った世代の大人も久しく忘れていた「花咲爺さん」の呼び名を突然聞いた驚きは快かった。まだ振り返れば、野山も街路樹も正真正銘の自然と季節感を見せている。忘れていた子供の頃の感動を取り戻したい。

（5・14）

四年ごと

「オリンピックは参加せぬことにも意義がある」と四年前の米大統領は言っている。オリンピック開催は四年ごと、困ったことにいつも、米大統領選挙の年だ。「政治とスポーツは別」とことさら強調せねばならぬほど、現実は別になっていない。

あの不運なモスクワ五輪で懸命に競技する若者たちの姿を見ては、不参加の日本選手に同情したが、ボイコットされるほうの気持ちを思うことの少なかったのを今反省する。

参加選手の身分・安全の問題、ソ連不参加を「われわれの運動の勝利」と喜ぶ五十にのぼる反共団体の渦巻く街（ロスアンゼルス）と聞けば、二の足を踏むほうの身にもなる必要がある。

前回米側の「政治制裁」に同調した国の外相が頼まれて説得に行ったにしても、迫力のあるはずがない。親分同士の懸案解決の取組が先決なら、両陣営不毛のいがみ合いが続く間は、四年先、八年先、十二年先になってもオリンピックの理想は幻だろう。

ボイコットしたほう、されたほうの青年たちが今痛感する無念さが、全世界のスポーツ愛好者の草の根からの要望として高まり、愚劣な政治の取り引き材料から、いつかはスポーツが取り戻されることを信じたい。

（5・17）

切手代

中国の友人に航空便で送った雑誌は重さが二〇〇グラムで、五四〇円の切手を貼った。一週間でかの地に着くのだから、タクシー代などに比べればずいぶん安い切手代だ。

ところが、この雑誌は北京発行のもので一冊約百円でこちらに航空便で着く月刊誌なのだ。複数送ってきていたのを中国の友人に頼まれて贈ったわけだが、そうしてみるとこの日本からの五四〇円の切手代は高い。

中国の郵便料金が安いばかりの話では決してない。日本語版の『人民中国』も郵送料とも二百円で毎月北京から直送されるのを見れば、国外向け雑誌の価格・送料には特別の配慮がなされているようだ。普通の日本向け手紙には五角（航空便で八角）の切手が要る。これは労働者月収の一％だそうだから、こちらの生活感覚に換算すると、月収二十万円として、約二千円の切手を貼る勘定になる。

中国旅行で世話になった礼状にちっとも返事が来ないとの不服をよく聞くが、二千円の切手では、重要なメッセージでないかぎり儀礼的な返事に二の足を踏むことは当然だろう。

ちなみに、日本からの航空便は一〇グラム以下で一三〇円、お互いの生活感覚をまず確かめ合うことが相互理解の要訣と考える。

（5・21）

芍《しゃく》薬《やく》

牡丹《ぼたん》散って打ちかさなりぬ二三片　（蕪村）

ボタン園が盛りを過ぎたのは五月も連休明けのことで、今シャクヤク園が真っ盛り。

芍薬のつんと咲きけり禅宗寺　（一茶）

——の風情。

この前のはボタン、今度はシャクヤクと説明すると、「どこが違うの」との質問、それがもう三回目。咲く時の後先は記したとおりだが、「立てば芍薬」で長い茎を伸ばしたのがシャクヤク。大きな葉の中に座ったようなのが「座れば牡丹」のボタンで、古人もよくこれらの花の生態を観察しておられる。正確に言えば木性のボタンは冬でも地上に幹が残り、年々生長して三メートルにもなるが、草性のシャクヤクは秋の末に地上の茎が枯れて新芽の出る春を待つ。いずれもキンポウゲ科のボタン属。

今年はどちらも咲くのが遅れたが、咲く時の瞬発力はかつてなく素晴らしかった。長かった厳冬の後、急に暖かくなって慌てたんでしょうねと話していたら、「あっ、バラが！」と連れの一人がもう七、八分咲きのバラ園のほうに駆け出した。こちらも、ほんの四、五日前までまだ堅そうな青い蕾だった。

（5・24）

ジャカランダ

福岡インターナショナル・スクールの校長先生ジューン・シートさんが「福岡の町をジャカランダで飾りましょう」、「試みに種を蒔きましょう」と植物園に種子を持ってこられたのが五年前。南アフリカ共和国の首都プレトリアの藤色の花で天をも衝く高さの並木の紹介を読まれた先生が、早速取り寄せられた種子だった。説明資料がミス・プリントでなければ、高さが六〇メートルには生長するノウゼンカツラ科の和名はキリモドキ。

ところがこのジャカランダ、寒さには弱い。例の暖冬の年でさえやられた。温室では六〇メートルの巨木は無理で、ただ一本だけひょろひょろと伸びたのが精一杯の一五メートル。初めての実をつけたようだが、実はこの一本はシート先生から頂いた種子によるものではない。

テレビで見た豪州ブリスベーン市のジャカランダ祭りの華麗で壮大な藤色の花の並木路は、ここ福岡ではほとんど絶望的だろう。ただ、枯れた根っこから毎年五月にヒコバエが生える。氷点下まで下がったので今年は諦めたのに、見事に芽を出してくれた。秋までには二、三メートルくらい今年も伸びて、柔らかく美しい緑の観葉植物として一級品となる。この逞しい生命力だけはシート先生に報告している。

（5・28）

乱数表

プロ野球のことはほとんど素人なので、例の乱数表なるカンニング用具については、これを「禁止する」というスポーツ欄を読むまで知らなかった。戦争中に使ったことのある暗号解読表もこの名だったが、人前で使うものではなかった。投手のグラブに貼りつけて、時々サイン確認のため見ているのがテレビに映ると聞いて驚いた。衆人環視の中でカンニング・ペーパーを確かめ合う、その度胸は見上げたものだ。

そうでなくてさえ、攻守交替の度に試合の盛り上がりが中断して、何ごとにものめり込む私など精神衛生上もよくない野球なのに、緊迫した場面での乱数表の覗き込みは観客をイライラさせることだろう。「だらだら試合を防ぐため」だそうだが、上のほうから禁止令が出るまで、こんな小細工が横行するとは、お金を頂いて見てもらうというプロ意識の欠乏にほかならないと思うのだが……。

開けっぴろげなところ、意外な展開、さらには負けの美学までを選手・観客共に堪能するのがスポーツ・フェアプレイの身上のはず、と若い同僚に強調したところ、「いや、今は管理野球の時代、その権謀術策が面白いんです」とオジンの古い意見にされてしまった。

（5・31）

弘法大師

空海（弘法大師）が亡くなられたのは、留学先の唐から帰国されて三十余年後のこととなっている。その三十年の間に、真言密教の壮大な体系完成を軸に前代未聞の偉業を次々と実現された。伝説では日本全土の巡遊をなされた。

例えば福岡県では、渡し船のお礼として川に投げ込んだアシの葉が筑後川名物の魚「エツ」に変身するなど、霊験あらたかな御利益の数々が伝えられている。

今年の空海ブームに乗せられて、めくった三千を超すといわれる弘法大師伝説のうち、豊作なのにサトイモをくれなかった村人に立腹なされ、鹿児島県では煮ても焼いても食えぬ石イモに変え、高知県室戸海岸では罰当たりの「食わずイモ」にしておられる。また、愛知県の豊川が水量乏しい時でもわずかの雨にも氾濫するのは水を差し上げなかった村人たちへのこらしめ……など、お大師様らしからぬ、時には喜怒哀楽をストレートに示される案外人間らしさの面を伝えているのを嬉しく思う。

ご遺言では、五六億七〇〇〇万年後に再び弥勒と共に地上に出現なさるのだが、まだご入定《にゅうじょう》されて一一五〇年が経っただけだから、同行二人の旅姿がお見えになるのは、まだまだ先のことだ。

（6・4）

ハカタユリ

博多の名を持つ百合《ゆり》の花がある。江戸初期一六三一年版の『花壇綱目』にはすでにハカタユリの和名が載っている。四百年も前の筑前博多の津が南蛮貿易中枢の地だった頃、中国は四川・雲南の高地原産の百合が野菜として輸入され、美味が珍重されたという。

今、岐阜県東濃の山間部に栽培されるハカタユリの球根を取り寄せたのは、最新の図鑑に「今の博多（福岡市）にはその栽培を見ない」と明記してあるので、少々の意地も手伝ってのことだ。

博多から姿を消した原因に違いない気候風土の不適は、今日的栽培技術の開発が補ってくれて、先月末植物園で三十鉢が全部揃って一メートルの高さに伸びた。テッポウユリに似たおしべだけが黒っぽい美しい大輪を咲かせてくれたのだから、見事な里帰りだ。異境生活文化渡来のクロスロード・博多に相応《ふさわ》しい美しい花だ。

ついでに知ったもう一つの博多の名を持つのが、ツユクサの仲間のハカタカラクサ（メキシコ原産）。唐草、つまり異国の草の意味ならば、これも博多とメキシコの秘められた交流の証拠――と一瞬、血が騒いだが、こちらのほうは牧野富太郎博士の書では「博多抜きの」カラクサだった。

（6・7）

私の六月

母校（旧制中学）の昭和十三年の今日の記録に「十四日午前八時より佐世保海軍人事部派遣大村航空隊N機関少佐の『海軍生徒並びに甲種予科練習生募集』に関する講演あり」と残っている。当時二年生の私たちの同級生から下級生にかけて、次々に志願して散っていった痛恨の「予科練」の文字の初見だ。

次の年のやはり六月には「三年生全員出征軍人家族の菜種刈り手伝いをす」。今は副都心に変貌して交通戦争の激戦地になっている辺りは、当時全国一の生産高を誇る福岡平野一面のナタネ畑、その天をも焦がす菜殻火《ながらび》はかけがえのない農村風物詩、それがやがて、敵機空襲の目標になるので焼却しないように、との軍部の命令が出る……。

さらにページをめくる。五年生の六月に一週間の兵営宿泊、今の平和台競技場にあった歩兵連隊での学校教練のカリキュラムの一環で、本人たちも体験するはずの初年兵生活の哀歓を垣間見た中学生たちのショックは大きすぎた。

その四年後の六月十九日、この兵営も米軍の空襲で炎上、私はその城内練兵場の真ん中で火の雨を浴びる兵士だった。（6・14）

サツマイモ

熊本出身の同僚が「梅雨に入ったので昨日、カライモを植えた」と話したら、カライモとはどんなイモかと若い連中が聞く。「サツマイモのこと、以前博多ではリュウキュウイモとも呼んだ」と助言してやったら、例の「ウソ！」と来たのには驚いた。

小学校で先生から「鹿児島や熊本辺りでカライモ、博多付近でリュウキュウイモ、九州を離れたら、サツマイモと名前が変わる。カラ（唐）は中国、リュウキュウ（琉球）は沖縄、そしてサツマ（薩摩）は鹿児島。在所《ざいしょ》によって呼び名が一つずつその前の地名を連れて北上する。その渡来の経路（もちろん小学生向きの言葉を使われたに違いない）がよくわかる。なんと面白い話ではないか。でも、学校ではサツマイモと覚えるんだぞ」と教わったことを思い出す。

この名称北上説はこの先生独自の学説だったかもしれないが、小学生相手にしてはかなり程度の高い話をなさったものだ。サツマイモなどまだ「よそ行き」の言葉みたいだと古老ぶっていたら、先日この欄で書いた「菜殻火」について、本物の古老の方から「あれはこの地方では『からし焼き』と言い、『菜種』は『からし』だった」とのご指摘を受けた。そのとおり、そうでした。（6・18）

五月闇

この二十一日は夏至だった。朝のテレビ天気予報が、年中で一番、日の長い日なのに、あいにくの梅雨雲が垂れ込めて日中は日が差さない、いわゆる五月闇《さつきやみ》だ、と解説したので驚いた。闇という語感から、てっきり鼻をつままれてもわからない夜の暗さが五月闇とばかり思っていたからだ。

案の定、新しい『広辞苑』には「五月雨の頃の夜が暗いこと、またはその暗さ」という名詞と「くら」の枕詞《まくらことば》の二つだけで、「昼の暗さ」など載っていない。

ＮＨＫの勇み足かとメモに書きとめたが、念のため繰った俳句歳時記に三冊とも「梅雨期は雲が多く木々の緑も濃く茂るので、室内はもとより屋外も暗い。昼の暗さ、夜の暗さ、どちらにも使う」とあり、一冊などは昼の暗さに使うのが普通のような書きぶりだった。念には念を入れるものだと不遜にもＮＨＫを疑ったのを恥じたが、例句の、

　縦横に光る木の根や五月闇　（泊雲）

　五月闇疲れては声大きくす　（まり子）

どちらも昼の闇のようだが、しろしか暗さには違いない。

（6・25）

ロス五輪に

二十三日のタス通信キエフ発、ソ連のタマラ・ブイコワ選手が女子走り高跳びで二メートル〇五の世界記録を樹立した、とスポーツ欄の片隅に報道された。その欄のすぐ上には、女子バレーボールの日本対キューバ戦。前夜テレビで見た限りではいい勝負と思うのに「惨敗」と大きく載っている。この二つの記事を見て考えた。

金メダル候補と勝手に決めた期待が出なかった不満、キューバの勝ちも「オリンピックに出られぬウップン晴らし」と短絡、無邪気な解説。いずれもすべての試合がロス五輪の前座試合のような取り扱い方は異常だ。五輪不出場決定の後でも挫折感などなく、その一跳びに全力を集中して世界記録を見事に飛ぶ。東ドイツでも不参加決定直後の幻の五輪選手選考会で世界記録の続出だったとのスポーツ風土に感動する。

その夜のテレビではコンピュータが瀬古選手の優勝をはじき出して、愚かにも大《だい》の大人が拍手をして喜んでいる。一身に背負わされた金メダルへの期待が、この冬のサラエボで一人の天才青年を気の毒な目に遭わせた反省は全くないのだろうか。

（6・28）

曾我物語

福岡は六月二十七日、久しぶりの快晴だったが、気象衛星ひまわりの写真には、梅雨前線が九州山脈から横に走って一〇〇ミリを超す見込みの雨雲。それが四国から東海道へ垂れこめて、各地には大雨注意報が出されていた。それでよし、今日は旧暦五月二十八日、少なくとも神奈川県辺りには降ってもらわねばサマにならぬ。

建久四（一一九三）年のこの日、天地を轟かす雷雨の中、曾我十郎祐成、五郎時致の兄弟は、富士の裾野で親の敵・工藤祐経《すけつね》を討ち取ったものの、兄はその場で討ち死にし、弟も処刑されて非業の死。兄十郎の恋人・虎女《とらじょ》は十九歳。嘆き悲しんで泣き疲れて、とうとう石になる。これが今なお大磯にうずくまる「美男でなければ持ち上げられぬ」虎御石。この日降る雨は彼女の涙「虎が雨」として俳句の世界で詠み継がれている。

鎌倉幕府という華々しい中世の幕開きの陰の悲恋ドラマが、今に生きて伝えられている。ところが、曾我兄弟って「何者?」、「聞いたことがない」という共通一次世代のエリートたちに尋ねられた。日本史で習わなかったのか、ほら石坂浩二の源頼朝が——と話を合わせようと無理したこちらの解説がおかしなほうに脱線した。

（7・2）

家の作りようは

典型的な日本家屋を見てもらおうと案内した料亭で、「これでは冬が寒くはないのか」と外国の客人から尋ねられたことが二、三度ならずある。

六五〇年も前に兼好法師は「家の作りようは夏を旨とすべし」と、湿潤な京都の風土を念頭に「あつき頃、わろき住居はたえがたき」ことだと書いている（『徒然草』五五段）。また「深き水は涼しげなく、浅く流れたる遙かに涼し」と案外ナウな視覚で庭の涼感も表現するほか、採光の問題にも触れて、住居は開けっ放しの耐暑対策が最優先としている。四面塗り込めた壁と狭い窓で外気との接触を断つ西欧風耐寒対策と防犯優先の今のウサギ小屋には見られない発想だ。

冬の寒さを防ぐのに我々のご先祖は、まず人間が着込むこと、障子、襖、屛風を立てめぐらせて火鉢をおこし、その一酸化炭素排出には上下左右のわずかな隙間を当てにするなどの知恵をお使いになった。さらに『徒然草』同段に「造作は用うなきところを作りたる、見るもおもしろく、万《よろず》の用にたちてよし」と「無用の用」の楽しみも称えている。軒先の涼を呼ぶ風鈴を「うるさい、公害だ」とカッカすることのない夏があった。

（7・5）

十薬《どくだみ》

十薬や漏水多し給水車　（六年前の句帖から）

給水車などお呼びでない今年の梅雨だが、あの年の空梅雨はひどかった。「漏水多し」と言っても、今見れば「したたり」程度だったのだろうが、あの夏は勿体ない水漏れだった。人間も植物も万物精気を失った空前の日照り続きに、この草は物陰の日の当たらぬ場所を選んで、濃緑の葉をぎっしりとはびこらせていたのを思い出す。

真っ白い可憐な花びらを十文字に咲かせるから十の字が漢名に付くと勝手に決めていたら、「十種の薬効あり」との十薬で、毒を抑えるので「毒矯《どくた》め」がドクダミに訛《なま》ったのだそうだ。

ひどい臭気も、かえって薬効のしるしとして嫌われもせず、昔から煎じ薬（もっとも乾燥したら臭いを失う）で動脈硬化の予防にお茶がわりに飲むといい。おできの吸い出しに貼ってもらった少し火にあぶった葉っぱ、あせも退治の行水《ぎょうずい》に入れてあった干し草入りの木綿の小袋、あれがドクダミだったようだ。

十分雨が降って野山に緑が一杯だが、今年も十薬の花はあの年と同じようにひっそりと白く可憐だ。

（7・9）

カラタチ

写真家の友人が近頃見なくなったカラタチの垣根を探していたので、知っている郊外の旧家に問い合わせたら、そこも最近取り払ってブロック塀にしていた。「とげで怪我するから」と子供会から申し入れがあったのだそうだ。

「カラタチの花が咲いたよ……」と北原白秋の詩で本物より先に名を覚えた白い花のカラタチが、あのゲズの木（嫁にいって苦労するか、それよりゲズの木に登ったほうがましかと、昔の娘が思案したと聞く）と知って驚いたことを覚えている。ほっぺたにかすり傷などつけるバラのとげも幼稚園になくてならぬものだが、「怪我したら危ないから」と短絡的に排除するという最近の子育ての風潮を残念に思う。

カラタチは損な植物で、花の可憐さよりも、有刺鉄線の役割が万葉以来伝えられている。人の出入りをさまたげる木——それを芭蕉は「恋路の関守」として句に仕立てている。

うき人を枳殻垣《きこくがき》よりくぐらせん　（『猿蓑集』）

白秋も「カラタチのとげは痛いよ」と詠うが、だから取り除けと言ったら仰天するだろう。友人は写真を柳川で撮ってきた。

（7・12）

アヒル

早朝駆け足といっても、夏の午前六時はもう明るい。この時刻の室見川は、冬なら水鳥たちが暗闇にうごめくのがかすかに窺えるのだが、今は夏で見られない。ただ、水道局の取水口でイチノセキと呼ばれる所、日曜に釣り竿姿の人たちの集まる付近にアヒルが一羽浮いていた。「ええ、昨日からですよ。可愛いですね」と顔馴染みの女性ランナーも気づいておられた。

実は一カ月ばかり前、ここの川上八〇〇メートルの小田部《こたべ》橋付近に、形が大きく首も長めに見えるのでガチョウではないかと思った白い鳥が、五、六日間、浮いていたのが突然姿を消した、その鳥に違いない。どこかの飼い主から逃げてきて、そのまま遊んでいるのだろうと話していたら、動物園の電話に女性の声で、「子供たちが石を投げてかわいそうだから、そちらで引き取るよう」との要望があった。

子供の投石やいじめを止めさせることが先決で、飼い主が現れるまで皆で温かく見守りましょう、と返事しておいた。その翌日から姿を消したので心配していたところだった。「お前、生きていたのか」と話しかけたら、知らん顔でツンと横を向いた。今度は間近で見たのでクチバシの上にコブのないのがよくわかった。やはりアヒルだ。

（7・16）

追い山

博多の梅雨は今年も祇園山笠のフィナーレと一緒に明けた。その十五日早朝の櫛田入り、それはもう壮観だった。沿道を埋める観衆はＮＨＫで四十万、民放で五十万人。「十万ぐらいの数え違いはあるクサ」と、何事もおおらかでおおまんな博多ンもんが、太鼓を待つ表情から一転、緊張と迫力の躍動感に移る男の祭典に酔うた。

観衆五十万人。実に福岡市の人口の半分の人数が早朝、その一瞬を待って詰めかけるという事実がこの追い山を絵にする。

かつて東京の国立競技場でも、ハワイ海岸でも走った博多山笠。でもあの時は押し合い、へし合いの山笠を通す街並み、埋め尽くす観衆、そこから飛ぶ勢い水《きおいみず》、さらには見物席に小柳類子の役どころもいなかった。それらがよその土地での出張山笠がもう一つ迫力を欠き、画竜点睛《がりようてんせい》の悔いを残す原因だったといまさら考えた。

裏方の「ごりょんさん」たちに、今年は特に若い娘さんたちの参加が目立つと聞いた。「お尻の丸出しは野蛮。パンツをはけ」との投書への言い訳に苦慮した敗戦直後を思い出す。「尻の見えるとが恥ずかしか」と嫌がる小学生も皆無だそうだ。良かった。

（7・19）

ユネスコ

教育、科学、文化、マスコミ各分野の活動を通じて世界平和と人類共通の福祉をめざす国連ユネスコ。八十カ国約二五〇〇の協会とクラブが世界連盟を結成したのが三年前の七月。初代会長国の日本で、二十四日までの一週間、第一回世界大会が開かれる。

ユネスコは例の西側超大国が「資金を出させられるだけで、オレの意図に合わぬ決議ばかりする」と脱退を宣言して、今累卵《るいらん》の危うきにあると知っているが、よくも日本で……。あの大韓航空機事件でも、モスクワ五輪ボイコットでも、この超大国に一番忠実に従ってきた日本で大会が開かれるとは、まだまだ希望ありとの意を強くする。

日本語の大会名では「民間ユネスコ運動世界大会」と「民間」を強調している。この大会、新聞でもテレビでも紹介したのだろうに、一日目の十六日、記念切手を買う窓口で初めて知ったのは迂闊だった。

郵便局で貰った記念切手発行の資料で、現在のユネスコ加盟が一六一カ国と知って、その多さにもう一度驚いた。中にはあの飢餓で苦しむアフリカの国々もあるはずだ。

マスコミ界でも、東側の一部を欠いた「世界片肺運動会」のロス五輪に消費するエネルギーの幾分でもこちら国際・民間文化活動に振り向けても罰は当たるまい、と思うのだが。

（7・23）

文《ふみ》の日

ふみ月（七月）の二十三日は語呂合わせで「文の日」と郵便局の窓口で聞いて知った。ユネスコ世界大会も、四月の国立文楽劇場開場も、先月の天気予報百周年も、みな記念切手で教えてもらっている。お互いの国の珍しい切手を貼るのが文面以上の効果があるので、外国の友人たちとの文通にはできるだけ利用している。内容にこれら記念切手の説明を一言付け加えると、結構日本文化の紹介らしくもなる。

ところで、今回の「文の日」の説明……。電電公社が「たいていのことは電話で済ませましょう」というので手紙を書く人が減った。その巻き返しのキャンペーンと聞くが、そうとは書けない。「マンガ世代の風潮で文章離れの激しい日本では……」が本当かもしれないが、書くのはためらわれる。

七月は昔からアジアでは銀河（天の川）の両岸に待つ恋人が年に一度の逢う瀬を持つ七日の夜、恋人たちの幸運と自らの文芸、書道の上達を天帝様に祈願する「七夕」星祭りの夜がある。電話、テレビ、パソコンの世に負けず、文学や文章に親しもうというのが「文の日」と、やや郵政省の意図とは外れた独断を書くことに決めた。

（7・26）

献涼

冷房の中でお暑うございます　（青章）

とにかく暑い。数年前に一日も三十度を超さない「冷夏」があったなど信じられない。クーラーなどはもちろんなくて、ごろ寝が暑気払いに一番だったのは、そう昔のことではない。

古川柳に「暑いこと嫁襟もとをくつろがせ」、「寝ころんで論語見ている暑いこと」（読んでいる、のではない）が、そのうち「うたた寝の書物は風が繰っている」、「寝ていてもウチワの動く親心」となる。また、開けっ広げの住宅事情では「夫とは向きを違えて昼寝する」のエチケットも嬉しい。やがて「よっぽどの間かと昼寝は目をこすり」と起き出しても、そう長い間寝たわけではない。それで、寝ぼけ眼のまま「まっすぐな柳見ている暑いこと」となる。仕事なんか手につくものかと居直れた昔のほうに、現代の管理社会より上等な市民生活もあったようだ。

「冷房で隣との差がまた開き」（登仙）。文明の利器には余計な心労が伴う。外気との差は五度が適当と聞くが、「冷房に慣れて会議がだれはじめ」（露十）。地下鉄やバスの冷房からいったん太陽の下に出て、また冷房完備の会議室へ。

「冷房の汗にはならず疲れきり」（睦郎）

お大事に。　（7・30）

こつける

先日、この欄で、はぐれアヒルに石を投げるいじめっ子のことを書いた時、実は「石をこつける」としたかったのだが、この動詞は辞書には見えず、周囲の誰彼に聞いても北部九州以外で通用しない言葉だと知った。

「こつける」のはただ投げる（東京では「ほる」だそうだ）のではなく、狙い定めて命中させるのだ。でも投手が捕手のミットに投げる球、あれとも違う。相手に若干の苦痛を与える目的があって初めて「こつける」となる。つまり死球を受けた時、「お前、わざとこつけたろうが！」ないし「こつけろうと思うとったろうが！」――われながら随分懐かしい子供時代の喧嘩の例だが、これも当今では通じぬ言葉なのが残念だ。

石が当たろうと当たるまいと、単なる脅しで投げるのと、いじめに繋がることは別として、命中を狙うのが同じ「投げる」では、私たちの言語生活のためにも寂しい。いわゆる標準語にはこの種の奥深い意味を持つ各地の生活語（方言）が相当制限されている。

回っている相手の独楽の息の根を止めるため、ハッシとこつける。私の独楽は「命中させる」では表現不足だ。土の匂いのする豊かだった生活語が忘れられようとしている。　（8・2）

サマースクール

夏休み動物園恒例のサマースクール。今年も小学生のA・Bグループ四十人ずつが一日飼育員になった。真夏の一日、汗にまみれて飼育員のおじさんたちと一緒に餌をやり、檻の掃除などしたのだが……。

「では、今から八班に分かれます。まずゴリラ、チンパンジーの班に行きたい人！」と手を挙げさせたら、意外にも志願者なし。例年一番人気があるのに、今年の子供は意思表示が苦手なのかと思ったら、次のペンギン、クマの班では元気良くハイハイと手が挙がり、ウサギ、ガチョウ、ロバの班は多過ぎて別の班に移ってもらう子も出た。ライオン、トラ、ハイエナの志願者ゼロは今までにないことで全くの予想外。

遠巻きで見ておられた付き添いのお母さんが、「ライオンの飼育がいい。男でしょうが、頑張んなさいと今朝言ったんですがね、ウサギ、ロバに手を挙げるなんて、もうがっかり」と残念がっておられた。

結局、ゴリラ、ゾウ班は前列の五人と割り当てて気がついた。前の席はほとんど女の子が占めて、男の子は後、隅の席にかたまっていた。——そしてハイハイと元気にペンギンなどの可愛いのを志願するのが全部男の子ばかりだった。

（8・6）

平和教育

八月になるとよく「戦争末期に上野動物園で処分されたゾウたちの話。あのかわいそうな話は福岡でもあったのですね」との念押しの電話をいただいている。

事実、「昭和十九年年五月二十日、戦局急を告げているため東公園の動植物園は十年九カ月の歴史を残して閉鎖」、「同年六月七日、動物たちの慰霊祭を行う」と残る記録の行間に、書かれなかった動物たちの安楽死による「疎開」が行われていた。

当時、「動物どころではない」と追い詰められた狂気の世相の中に是非もないと掌を合わせて黙認した市民として痛恨の体験があるので、「その通りです」との返事に「後ろめたさ」が伴うのも無理はない。

問い合わせはいつも小学校の若い先生方で、平和教育の教材なのだが、少し気になるのは、「ゾウのいない動物園」、「可哀相なゾウさんを殺した戦争は嫌だ」などのメルヘン的情緒の面が先だって、人間が殺し合う戦争の悲惨、愚劣の本質を見るのが薄められはしないか、との取り越し苦労である。

たとえ子供相手でも、語り継ぐべきものは、非情で泥臭く身辺の誰もが体験した修羅場で、これは決して忘れてはならぬものと考える。

（8・9）

お家芸

ロス五輪柔道の78キロ級で西独のビーニケはまず日本の高野を破り、決勝ではこれも優勝候補の英国のアダムスを見事な一本背負いで投げた。この二十二歳の大学生は「今年、日本へ武者修行したおかげだ」と語っている。

一方、「家元日本の名誉」を背負わされた高野裕光の敗者復活戦は目を見張らせるもので、立て続けに三人を倒した後、わずか七分後の三位決定戦では、双方とも起き上がれぬほどの死闘の結果、あと一歩の銅メダルを逃がす。

発展途上のあまり聞かぬ名の国々の選手たちの試合態度が、勝ち負けより「礼に始まり礼に終わる」わが同胞が最近忘れがちの柔道の心そのままなのに感動した。日本武道と世界普遍のスポーツ精神が見事に溶け合う懐の深い文化交流の姿を見る思いだ。

「柔らかいシートなので、畳のようには爪先に力が入らない」などの弁解は、聞いても活字にしないことだ。それより初めてのメダル獲得国の続出のほうを称えようではないか。

日本選手がレスリングで金メダルを取ったにしても、その発祥の地の人々が苦々しいとは思わないだろう。またアメリカ女子バレーの銀メダルには素晴らしい里帰りだと拍手を贈りたい。バレーボールは元来アメリカ生まれのスポーツなのだ。

（8・13）

入場式

ロス五輪の開会式で益田明美は「素晴らしい。背が低かったのでよく見えなかったけど」と感動した。平泳の長崎宏子も元気に行進した。だが主将の山下泰祐も男子マラソン陣も、その時点では日本での「調整中」で姿を見せていない。

オリンピックは「参加することに意義」のある、外国や異種目スポーツマンたちとの四年に一度の交流の場と理解するが、日本チームの顔、有力選手たちが、自分の出番ほかは振り向きもせず、コーチも選手村に寄りつかせもしない。それを許す首脳陣も問題だ。

日本の室伏君も米国の投擲の選手も、旗手の大役を果たしたのち、いずれも予選落ちの涙を呑む。でも、こちらのほうに金メダルを贈りたいくらい五輪選手としては立派だ。

入場行進のあのニコリともせぬ日本チームの隊列に五十二年前のベルリンでの戦闘帽行進を思い出すが、案外有力選手不在の心細さが若い選手たちを緊張に追い込んでいたのではなかろうか。

中に一人だけ、外国選手程度に羽目をはずして一時は日本送還の処罰まで検討された富山英明が、レスリングで金メダルを取った。実力を発揮できなかった若手選手については、このへんのところで悔いが残る。

（8・16）

勝負

一九五二年、ヘルシンキ五輪でチェコのザトペック選手は五〇〇〇・一万メートルの優勝に次いでマラソンにも挑戦して見事金メダル。スピード・マラソンの幕開きと記録が残る。

今回銀メダルのトレーシー（アイルランド）がマラソン初体験と聞いて驚くとともにこのことを思い出した。彼もその数日前に一万メートルで十位に食い込む力走を果たしていた。スペディング（英）の銅メダルもフロックではない。あの悪条件下で自己記録をわずか一秒下回る力走をほかの日本選手を含む有力選手たちができなかっただけのことだ。

試合経験豊富でマラソン一本槍の必勝法を身につける一団と、基礎走力をクロスカントリーなどで鍛え、チャンスを逃がさず全力を集中する勝負の「勘どころ」を見逃さぬ欧州勢、新メダリストたちとの挑戦だったと言える。

実績、下馬評、本人中心の作戦などはスタート時点でご破算、後は当日の諸条件にどれだけ対応できるかの柔軟性が問題だったようで、ロスのあの炎天下、全員が伏兵として走り出していたと言っていい。

三十二年前のザトペックの優勝記録が二時間二十三分二秒、今回の四十七位に相当する事実も十分にドラマチックだった。

（8・20）

みかん風呂

八月十日から三日間は恒例の浴場まつり。福岡の銭湯はどこも「みかん湯」を立てた。暑気払いにとみかんを浮かせた風呂で、その香気と湯上がりのひとしおの壮快さがサービスだ。「真夏日の今年もうれしみかん風呂」（博子）、「夏ばてを一気にとばすみかん風呂」（武彦）など、どこの番台にも置いた応募用紙に川柳が一八〇句も残された。

斜陽と心配されながら、市井生活になお存在感を示す銭湯の嬉しさは、このお客との触れ合いにほかならぬとの思いを強くした。集句の中で「真夏日をさらりとながすみかん風呂」と調子のいいのがあったが、昨年の市長賞の句「熱帯夜さらりと」以下全く同じ句とわかって驚いた。そう言えば昨年は「熱帯夜」、「フライパン列島」などの用語が新聞紙上を賑わわせたが、今年はひたすら暑いだけ……。

立秋を過ぎれば残暑のはずなのに、まだこの暑さ。だから「みかん風呂さっぱりとして秋ちかし」（武子）は祈る気持ち。ほかに「サーフィンの日焼けにしみるみかん風呂」（敬二）、「手を引いて孫がよろこぶみかん風呂」（初美）とあったが、結局二重丸を私がつけた句は「みかん風呂わが子光れと背を流す」（チサ子）。

（8・23）

生命力

台風10号の雨で一息つく中で、植物園は特に根の浅いツツジ類がダウン寸前だった。それでもこの酷暑を楽しむように「オレを見ろ」とばかりに驚異的な生育を見せたのが、温室外露地植えのパンヤノキ（紅棉）の四株。

中国広州市からの友好の木で、この冬、温室内で初めての真紅の花を咲かせたが、温室外では、例の記録的寒波でほとんどが枯死していた。最高の防寒・防霜の措置で直径二〇センチの幹にまで生長していたのが、三度目の冬をついに越せなかったのだ。

それがこの猛暑で故郷の亜熱帯を思い出したのか、わずかに残った余命が切り残した根株からのヒコバエとして見る見る伸びて、今天を突き刺す直立不動の姿勢で、濃緑の若い幹が三メートルを超している。さすが広州市民が「英雄の木」と自慢するその生命力を、異郷の地ながら友好都市の福岡で示している。いったん枯れてもまた復活する姿には、この友好の木の使命感さえ見る思いだ。一方、養生温室では初めての開花から取った種子が芽を出して、約五十本の苗として元気に育っている。

生活習慣・気候風土の違いを越えた文化交流のあり方の一例を教えてくれているようだ。

（8・27）

踏《とう》槐《かい》

弾みつつ槐《えんじゅ》の花の散っており　（丁二）

福岡市中央区上水通りの並木路にエンジュの淡黄色の花びらが音もなく道幅一杯に散っている。しず心なく降りそそぐ真夏の花びらに、同じマメ科でもアカシアの「雨に打たれてそのまま死んでしまいたい」の虚無的イメージはまずない。

中国では「槐安夢」（人生のはかなさ）の字句を生むが、聖樹として宮中の庭に植えられた。

古代中国の官吏登用の進士の試験は旧暦七月、数次の難関を突破して最終テストに残った秀才たちは、この庭に散り敷く「槐を踏んで」天子自らの策問に答えるために宮殿の奥深く伺候《しこう》する歩を進めるのだった。

時に一〇二六年、その待ち時間中に長年の刻苦勉励がやがて終わろうとする虚脱感からか、不覚にもこのエンジュの巨樹にもたれて眠り込み、最終考試を棒にふる青年趙行徳の話。三年待たねばならぬ次の機会、踏槐出世の夢を捨てて、呆然とさまよい出る巷《ちまた》喧騒の街角で、不思議なウイグル族の姫君に出会う。

以降の数奇な運命（井上靖作著『敦煌』）はフィクションにしても、その大ロマンの導入部の舞台装置に最適のエンジュの花の、明るい爽やかさではある。

（8・30）

一九八四年

狂い咲き

何の瑞兆《ずいちょう》か、残暑三十四度というのに庭のコブシの一本に花が咲いた。すでに赤い実がこぼれそうになっている同じ枝に紛れもない白い花びらが四片、五片。

珍しい紅白の取り合わせは記録にとどめる価値がある。「田打ち桜」の別名を持つコブシは、開花の遅い東北でも田植頃には花が終わるはず。俳句でいう余花とはこれかと念のため調べたら、そちらは初夏なお残る桜の花だった。好きな言葉ではないが、こちらはコブシの狂い咲き。

あの酷暑続きの中でも、若いコブシは一応青葉を茂らせていたが、朝夕の灌水にもかかわらず、年配のが一本だけ見る見る葉が枯れて落ち、台風10号の頃に完全に丸坊主……。ところが次の日曜の雨に、裸の身に気づいてか、急に花芽をふくらませたようだ。秋に葉を落として、早春の裸の枝に花をつけるのがコブシの生理なのだが、秋だの、早春だのと決めるのは人間たちの勝手で、コブシとしては季節は知らず、裸の時に花をつけただけの至極当たり前のこと。

異常気象の時は異常現象を示す意外に素晴らしい自然界の哲学を学ぶ思いだ。「狂い咲き」で片付けるには勿体ない。昨今流行の「自然体」の一つかもしれない。

（9・3）

慈　雨

前代未聞の記録的暑さだからこそ、文字通りの「干天の慈雨」のパンチが効いた。

前の日曜日に終日降ってくれた雨のことである。わが家の猫の額の菜園のしょんだれていた葉っぱの数々が、呆れるほど生き返り、あきらめて引き抜こうと思った発育不良のピーマンに大きな実がついた。

その前の台風10号も一応それなりの雨を運んでくれたが、「焼け石に水」で後が続かなかった。風に倒されたトマトやキュウリの支柱は立て直すより引っこ抜いたがいいよ、と10号の雨は地中わずか五センチも掘れば乾いた土を見せては失望させた。朝夕日課の水撒きも同じことで、やはり天からの貰い水がよい。上空数千メートルからの加速度があってこその浸透力は、さらに旬日の干天が続くのにまだ有効で、サツマイモも今頃になってやっと葉が伸び、畝《うね》を覆いはじめた。

たった一日の雨がそれほどの威力を教えてくれるのも、長い日照りのおかげだろう。これがいつもなら、まんべんなく降っていた日本列島だ。「豊葦原瑞穂国《とよあしはらみずほのくに》」と呼ばなくなって久しい。

（9・6）

兇行

この男、仮出所後五日目の昼には京都で警官の短銃を奪って射殺し、その三時間後にサラ金に押し入って従業員を撃ち、七十万円を奪う。そして、厳戒捜査網をくぐり抜けて千葉の実家に戻り、待ち受けた張り込み陣に逮捕された。まるで自首同然の幕切れに少々腑に落ちぬところもあるし、警察、サラ金を恨んでいるにしても面識もない相手を殺すとは、普通ではない。が、それだけに凄味がある。

ところで、この報道を読んだ時、その活字の大きさほどには驚かない自分に気がついた。

また元警官、現役自衛官——どこかで読んだり聞いたことの継ぎ足しと同じパターンじゃないか、と一瞬思ったことだ。

この馴れは怖い。身勝手な思考、人事異動を左遷としかとらず、オレは悪くない、悪いのはサラ金だとの逆恨み、それに似た甘ったれ根性が、振り返ってわが身に全くないと言えぬのがやり切れない。

京都—千葉間六四〇キロの捜査網、検問所、特に前代未聞の隣国大統領警備陣をあっさり突破しての潜行を、拍手まではせぬが感心する無責任な野次馬根性を持ち合わせているらしい自分に気づいて困っている。

（9・10）

立ち合い

大相撲秋場所は初日からテレビで「立ち合いの正常化」を話題にしている。「両手の手のひら（握り拳？）を下ろすのを原則とする」勝負規定は原則に過ぎず、陸上競技・短距離のようにフライングのやり直し二度目は失格——などの罰則がない。

問題になるほどのルール無視常習力士として解説者が朝潮、琴風などを上げていた。あんたたち大関でしょうがと驚いたら、横綱北の湖もこの正常化で困っているのだそうだ。

大観衆の前でこのルール無視が平然と行われることに、ゴッツァン社会の甘さを見るが、最近の相撲を面白くなくした原因とも思う。この力士たちはいずれも肥満型である。低い姿勢から相手の懐に飛び込んだ九州山、綾昇、弾丸・巴潟などの軽量力士たちのスタート・ダッシュが、あの双葉山時代を支えていたのを思い出す。

巨体と巨体のもみ合いや、はずみで転ぶ引き技が続く折、うっちゃり、やぐら投げ、にまい蹴り、内掛けなどの華麗な連続技が今姿を消している。

立ち上がりの瞬時にすべてを賭ける短距離型スタートが不利で、マラソンのように立ったまま号砲を待つほうが楽と力士たちを甘えさせた罪は大きい。

（9・13）

三十六計

『三国志』で周知の智将・諸葛孔明は南方異民族との戦いで捕らえた敵の将軍孟獲を罰することなく、自軍の陣営をくまなく案内する。「この陣立てを知っていたら負けなかったのに、次にはきっと勝つ」とうそぶく将軍を勇気のあるやつとほめて釈放する。以後孟獲は、七度釈放されて七度捕らえられるが、これには必ず「殺すでないぞ」との孔明の厳命があっていた。さすがの蛮将も七回目には心底から参ったと思ったらしく、今度も縄目を解こうとする孔明に服従を誓うに至った。

この話は成立年代不明の中国古代兵法の秘本とされる『三十六の計謀』の十六番目「欲擒姑縦」（捕らえんと欲せばしばらく縦《は》なつ）の例。三十六番目最後の計「走為上」（逃ぐるを上計となす）と同様に、当たって砕ける玉砕戦法は見当たらず、不必要な流血などは愚とする合理性に貫かれている。

今、ビジネス戦争のリーダー必読の書と見直されている中国古代兵書は、かの国の人々の生んだ智略の集大成にほかならないが、そのまま人間心理の探求、コミュニケーションの要訣学習のテキストとして十分に今日的だ。

秋灯下、一読して決して損はなさらない。（9・17）

秋めくや

残暑はかなり続くとの長期予報が外れたこの十二日は、敬老の日を前に恒例の動植物園高齢者俳句吟行会。市内各老人大学など俳句講座のお年寄りばかり元気に一二六人。

当方もひそかに「秋めくや北極熊の滴《しずく》さえ」と句帖に用意してお迎えした。

「馬肥ゆる」は秋の季題。「縞馬の肥えて離れぬ飼い葉桶」（堤月）、「秋涼しキリン親子の側対歩」（春光）。キリンの歩行は前後脚とも同じ側の足を一緒に踏み出す（人間は右足を出す時、左手を前に振る）。「ペンギンの並び羽干す秋日和」（冬雨）、「秋の蝶キリンの貌《かお》の近くまで」（春生）、「光るもの亀の甲羅の秋日かな」（みのる）、さらに「豹の檻まかり通りし秋の蝶」（美子）。正確にはこの動物園のはジャガーだが、入選句は整った美しい植物園より、生命感溢れる動物を詠んだのが多い。

それでも、市の花・芙蓉が目にとまり「傍らに四阿《あずまや》ありし芙蓉かな」（正助）、「秋うらら園児昼餉の輪が二つ」（六花）。そして会長・小原菁々子先生の選ばれた特選句が「老猿の遠きまなざし園の秋」（ひろし）。

集句で見る限り、ここ南公園は一気に秋たけなわの感。（9・20）

北海道

酷暑と干天続きの北海道も九月十日には初雪を見たそうだ。その一週間後、山笠クイズに当たった娘のお陰で家人と初めて旅行社のツアーに加わり、旭川を起点に四泊五日、九二三キロをバスに揺られた。大雪山群の黒岳が標高一九八四メートル、同じ数字の一九八四年紅葉の候にロープウェイながら五合目まで行けたのはラッキーと言うべきだろう。

定年期夫婦が二、三組、家族連れも八十三歳から生後六カ月までの数グループ、新婚と見たのが二組、生け花の師匠らしい紳士を中心の熟年婦人グループ、それに独り旅の好感度九十五点の娘さんなどの寄せ集めで四十五人。これが五日間同じバスなので、それなりの連帯感と疎外感の入りまじり、小出しのワガママと自己顕示、それに伴うしらけなど映画『駅馬車』に見た人間模様も連想されて、まるでヒューマン・ウォッチング（人間観察）の旅。それだけに利発な添乗員嬢の苦労、見事な気配りには頭が下がった。

野生のキタキツネがバスの正面を横切ったり、クマが出そうな笹を踏み分けて知床《しれとこ》の沼のほとりでシャッターを切れば、昔からこれらの動物たちと共存してきたアイヌの人たちの郷土に土足で踏み込む和人としての確かな「後ろめたさ」がつきまとうのも仕方のないことだった。

（9・27）

珍鳥奇獣

野生動物を人間社会の中で飼育する試みは旧く、紀元前中世紀にソロモン王の物が『旧約聖書』に、中国では周の文王時代に「知識の園」と意訳される物が記録に残されている。

いずれも王侯貴族の権力誇示のために、その勢力圏から集められた動物コレクションにほかならない。以来、庶民生活の間近かには進出してくるが、この珍鳥奇獣の見世物小屋としての性格は、百年前の東京上野に近代的動物園が発足を見るまで続く。それも当初は畜産奨励の「生きた資料展示場」の面が強く、今日的命題の都市生活者のレクリエーション、動物・自然愛護の配慮などは二の次だった。

その珍鳥奇獣主義、ないし動物たちの心情無視の人間サイド優先の紀元前的感覚が、今のエリマキトカゲ・ブーム、コアラ日本上陸先陣争いの愚挙に生きているのだから驚く。

上野動物園をこの春退官された飼育課長の小森厚氏の「一度でいいから、パンダたちと普通の動物として付き合いたかった」と漏らされた一言は胸を打つ。

特に気候風土がこうも違う、異常な物見高さを誇る住民の住む異郷で、無理にエリマキを広げさせられているトカゲ君の残酷劇には言う言葉もない。

（10・1）

お笑い番組

郵便貯金ホールは一二六〇人の座席定員。それが主に中年・熟年のおばさまたちで超満員だった。桂三枝司会の視聴率二ケタのお笑い番組の公開放送だけに、全員最初から「笑おう」と待ち構えている方々、その視線が一斉にこちらを向いている。その異様な迫力には――もう駄目！　ちょうど運動会の徒歩競走のあのスタート前の気持ちだった。

初め「お遊びのつもりで……」とのテレビ局からの電話を真に受けたのが事の始まりで、ジェリー藤尾、吉沢京子、仲谷昇の有名タレント三組の夫婦間の悩み事を、ハナ肇・大屋政子両先生と素人の私がアドバイスするという趣向。しかもタイトルに「爆笑」の二文字がつくと知って驚いた時、台本はもうできていた。

もうブレーキは利かず、例の何とかなるクサと度胸を決めたはずなのに、出を待つ舞台袖カーテンの隙間から見たその熱っぽい観客席の雰囲気は計算外だった。

リハーサルは無し、三枝氏は「ま、その時の雰囲気で勝手に振る舞ってくれ」とはなはだ無責任。大屋先生がお掛けになった右が空いているな、あそこだなと狙い定めて秋野暢子嬢の出を促す声を待つ間、たった今破顔一笑舞台で出られたベテラン、ハナ肇氏の寸前の真剣な一瞬の表情を考えた。

（10・4）

コスモス

コスモスや雲忘れたる空の碧　（東洋城）

今年は秋が来ないのではないかと心配した暑さ続きだったが、十月も半ばになれば、すっかり秋。花暦に十月の花としてまず指を折るコスモス（秋桜）が今を盛り。

今年のコスモスは行儀がいい。すんなりと真っ直ぐなのばかりで、寝そべったのや折れたまま花をつけるような横着者がいない！　残暑の厳しさに気を奪われていたが、二百十日も二十日も風らしい風が吹かなかったのを思い起こす。

コスモスは美しい花のくせに、まるで雑草のたくましさで日本の風土に定着しているが、渡来してまだ百年少々に過ぎぬメキシコ原産のキク科植物。飛び散る種子が道端、空き地、河原などどこにでも根を張り、風に倒されたら、その場所で鎌首をもたげて咲くという帰化植物の強引さを内に秘めている。

明治の人はよくも「秋桜」との和名をつけた。てんでんばらばらに咲いてこそのコスモスとも思うが、今年のようなおとなしい咲きぶりも楽しい。でも、その一本一本が全員同じ思いで咲いているのだろうかと思うのは、こちら人間側の秋につきものの考え過ぎだ。

「コスモスのむこう向けるは泣けるなり」（猛）

（10・18）

新聞週間

「新聞は情報社会の正しい目」。これがこの十五日からの新聞週間の標語。

福岡市婦人会のエプロン作家たちの年一回の川柳勉強会の課題も「新聞」。実は八年前にもこの勉強会で新聞を詠んでいるので、当時の句と比べる学習となった。

「トップ記事呼び捨てにして元総理」。今ならもっと凄い奴でも「何某容疑者」とテレビでも呼び捨てにはしない、わざわざ容疑者と付け加える人権擁護の世と変わっている。「ロッキード朝の気分をぶち壊し」（はるえ）、「特種は暮らしに遠いことばかり」（初子）と嘆かせているが、この八年、ニュースの量も質も多様化・複雑化して、例えばグリコ・森永など主婦の身辺に火がついている。いきおい「生返事夫にかえすトップ記事」（節子）、「朝刊の活字を追えばパンが焦げ」（洵子）、「故郷の新聞記事にすぐ電話」（はるえ）、「胸つまる恩師の記事が投書欄」（八代）など。

八年前の句にはまだ余裕があって「朝の新聞読む夫だけ掃きのこし」（光子）、「朝刊を寝床で読んだグーな朝」（秋子）などの句が今回は見当たらない。

「朝刊のバイクの音の定刻に」（キクノ）。バイク配達になったのはいつ頃からだろう。

（10・22）

モクセイ

今年はもう咲かぬと思ったモクセイが今朝、気がついたら一斉に満開で、甘い匂いを漂わせている。例年より二週間は遅い。少しずつではなく、いきなり全開する割には息の長い花だと教えられた。

早朝駆け足のコースで、そここのブロック塀に顔を出す緑、それもこれもキンモクセイだったのかと驚く。花をつけぬ時はただのおとなしい緑の樹が一変する。花言葉も「謙虚」で、ちなみに学名のオソマンツスは「におう花」。

中国の広西荘《チワン》族自治区の桂林から「丹桂花はまだ蕾が固い」と十月十三日付のハガキが来て、本場でも遅れている。丹桂花とはキンモクセイ。中国語で桂はカツラではなくモクセイと知ったのは、五年前の国慶節の翌日（十月二日）、三国一の美都・桂林を全市満開のこの花の甘い匂いが包む夜、桂花酒を酌みかわす席上だった。

東京など大都会が排ガスのせいか、近年モクセイが咲かないと聞いていたので心配していた。異常気象で人間も植物も変調気味だが、遅れても咲かせて下さる天帝様の辻褄合わせに感謝しよう。

木犀の家帰りには暮れゐたり　（波津女）

（10・25）

庭訓《ていきん》

某日、堂上に立っていた孔子は庭を通りがかるわが子・伯魚に「詩を勉強しているかね」と声をかけた。まだですと答える伯魚に、「詩を読まないと表現力が不足するぞ」と諭す。別の日、この時も庭を通るわが子に堂上から「礼を学んだか」と聞き、「礼を学ばないと社会人として困るのだ」と言っている。

偉大な教育家・孔子が、わが子に施した特別の教育はこの二つに過ぎなかったとされている。コミュニケーションの基本である「詩」と社会生活の規範の「礼」、しかもその必要性だけを説いて、内容などには一切触れていない。つまり、初歩的・基本的なアドバイスにとどめているのを、弟子の沈亢《チンコウ》は「君子は教育せず」とまとめている。

孟子も後に「昔は自分の子と他人の子とを交換して教え合ったものだ。親子の間で『善』を強いるのはよくない。仲違いさえする」と肉親ゆえの「甘えの構造」が求道の妨げになることに言及している。

親が子に教えることの難しさは体験的にわかるつもりだ。昔の親たちに比べればはるかに教育パパやママになっている一員として考える——今、読書週間。

（11・1）

新紙幣

「芸術は自己の表現に始まって、自己の表現に終わるものだ」、「芸術の最初、最終の大目的は他人とは没交渉という意味だ」、いずれも夏目漱石——そう、今度の新しい千円札でより身近にお付き合い願いたい方、あくまで「自我」と「個の尊厳」を強調なさっている。

「真の学問は筆記できるものではない。筆記のできる部分はカスである。真の学問は行と行との間にある」、この言葉は新渡戸《にとべ》稲造《いなぞう》。正直なところお名前の漢字の読み方もあやふやなまま覚えている方で、「われ太平洋の掛け橋とならん」と言われた国際文化交流の先駆者、あの英文「ブシドー」の著者がこの方だったと改めて確認した。

そして福沢諭吉。「実なき学問はまず次にして、もっぱら勤むべきは人間普通日用に近き実学なり」。この実学の勧めが「金もうけ」の勧めに通じて同じ文化人（嫌な尊称！）紙幣でも最高額の一万円が振り当てられた。

この方々の言葉や作品が今も普通市民の心情生活に生きているのだから、聖徳太子に替わって「はい、諭吉五億枚」、「よっしゃ、引き受けた」では様にならない。

太子でも諭吉でも、どうでもいい、「それにつけても金の欲しさよ」——だ。

（11・5）

シカの角

一足跳びに晩秋になった。動物園のシカたちも角を切り落とされて頭がスースーしているが、風邪は引かぬようだ。

シカの角は牡《おす》だけのものだが、これを切り落とされては男の威厳も台無しで、前日までのたくましい目付きが一転して面目ないという伏し目がちに見える。人間の男性としても同情したくなる。

秋はシカにとって恋の季節。雌《めす》を争って文字通り角突き合わせ、時には死に至る争いもする。野生でなら負けて逃げ込む森もあるが、危険防止のため奈良の春日神社でも、各地の動物園でもこの「角切り」が年中行事として行われる。

角の枝分かれの数はシカの年齢と比例して増えるはずなのに、何故か、昨年あたりから少し変わった角が現れ始めている。今年十歳の長老の角が長さは一メートルもあるのに枝分かれのない一本角で、それはそれとして見事なのだが、少し気になる。

動物園生活で、野生時代の飢えと緊張から遠ざかるうちに家畜同様の過保護と新しい栄養バランスのせいなのか、異常気象続きの一過性のものか、それはシカに聞いても、わかるはずがない。

（11・8）

敗北宣言

「若者よ、絶望してはいけない。戦いは今夜からだ。戦い続けよう」。一九八四年の大統領選挙でのモンデール氏の敗北宣言。相手への祝詞の後、「一アメリカ市民として一緒にやろう」と呼びかけた。劣勢を承知で戦い続けた男のさわやかさを見る。

副大統領候補のフェラーロ女史も「われわれは全力を尽くした。軍拡の危険性を国民と徹底的に語り合った」。そしてその批判票が三六五五万票、レーガン支持が五二八〇万票で六対四、価値ある数字だ。負け犬の遠吠えでない敗者の心意気がある。

これが「地すべり的大勝」として獲得選挙人数の五二五人対十三人の点だけが大きな活字で強調されては、今回の選挙の本質を見失うおそれがある。

最高権力者の決定も海のこちらでは「不徳の致すところ」、「自重自戒」などの詫び状を国民へではなく、密室で慎重審議なさった方々に示して、それならよかろうと運ばれたのでは何とも説明がつかない。対抗馬はついに現れず、勝つと決まった戦いに誰に気兼ねの始末書なのか、週刊誌、新聞などの解説でよく教えて貰わねばならぬ。それが私の愛さねばならぬ祖国！　恥ずかしい。

（11・12）

組閣成立

「中曾根丸多難の船出」との見出しで例の初閣議後の記念写真。いつものことだが、この時の写真ほど一見和気あいあいの中に「オレがオレが」の自己顕示で一杯の傑作には、滅多にお目にかかれない。

前列向かって左から竹下大蔵、河本沖縄開発、中曾根首相、安倍外務、後藤田総務庁と不発に終わって旗を巻いた総裁レースの役者たちも、呉越同舟。てんでんばらばらの思惑と闘志をモーニングに包んで、嬉しさも中くらい以下の顔が並んでいる。その背後には任期中そのお名前と役割を一致させて覚えるのがまずおぼつかない方々が、笑顔を横に置いてきた顔を並べておられる。

サミット首脳会議ではいつも中央の米大統領の隣に写る努力をなさる人にしては、紅一点の石本環境庁長官のロングドレスを後ろの、端っこに立たせているのも頂けない。皇居での新閣僚十四人一緒の写真でも、この唯一の女性大臣のネックレスは、後ろの一番端に写っている。正面真ん中には、すぐ左隣に党外からの助っ人の労働大臣が、小柄な方だけによく目立つ。

首相の、この人なりの精一杯の気配りだったようだ。多難な船出ではある。

（11・15）

夕照街

福岡で初めての中国映画祭。開幕式で使節団の丁嶠団長（国務院文化部副部長）は中国トップ・クラスの女優さんたちを「六人の天女を連れてきた」と紹介した後、「福岡に風が吹けば上海に雨が降る」、「上海の鶏の鳴き声で福岡の人々が目を覚ます」とお互いの至近距離の緊密な間柄を三千年も昔の『詩経』の世界そのままの言葉で強調された。

鶏が鳴いて目を覚ます！　この懐かしい生活体験をもう久しい間、忘れている。

その土の匂いと人間味溢れる庶民の暮らしの哀歓を、例えば上映映画の一つ『夕照街』が活写している。

北京の、やがて近代ビル建設のため取り壊される寸前の夕照街と呼ぶ横丁。そこに住む「ためらいがちの」恋人たち、何かやりたい、やらねばならぬ待業青年の群れと一緒に事業を起こす退職老人。香港の金持ちを娘の婿にと画策するイヤな奴まで、何とか肩を寄せあって暮らす、その人間模様……。手の一つも握らぬラブ・シーンの清々しさにも日本映画の忘れてきたものを思い起こす。政策が変わるとまた……と心配する台詞も胸に迫る。

画面に六人の天女を捜したが、この映画には出ていないようだった。

（11・19）

数字

ある教育関係の研究会で「高校生の三一・四%が退学を考えたことがある」と報告された。何だか誘導質問のようで、「考えるだけならオレだって」というのも計上されたろうから、設問の無神経さのほうに驚く。むしろ「考えたこともない」のが三人に二人もいるのに、「高校生活の末期症状」と見るのは杞憂《きゆう》で、ジャーナリズムの過大報道との思いもする。退学を考える主な理由に「校則が厳しい」との情ない甘ったれや「勉強についていけない」との弱音を引き出す調査方法もひとつ納得しかねる。

昔でも「いっそ学校なんかやめて」と仲間同士でうそぶきあった経験の一回や二回は誰にもあろうし、現状に懐疑的なのが青年の特権で、みんなそれを克服してきた。その揺れ動く心情を白日の下に数字として集計することもだが、目の前の一人ひとりを見つめる姿勢が必要ではないのか。

でなければ、先日のいじめられっ子二人の逆襲殺害の惨事のように、被害者すら夢にも思わぬ「一見仲良し」グループの屈折した挫折感など把握できるはずがなく、数字が教えてくれはしない。今月は青少年育成強調週間。

（11・22）

読書人

中国ハルビン工業大学の尤寛仁《ユウカンレン》先生の旅行先広州からの手紙には、十月のハルビンを発つ朝は大雪が舞っていたのに、ここ南国広州ではシャツ一枚の暖かさで、いまさら中国大陸の広大さに驚くとある。中国人の先生が驚かれては当方少し戸惑うが、次の一章には考えさせられた。

私と共通の知人、広州市の中山大学図書館の何国良《ホウグオリアン》先生との初対面で、広東《カントン》訛りの強い何先生に北京語の通じない場面がしばしば出て、結局英語、エスペラント、時には日本語で補って歓談の花が咲いたとのこと。

両先生とも読み書きは日本語を含めて十数カ国語をなさる方だが、尤先生が台湾育ちで日本語教育を受け、私より本物の標準日本語を使われる一方、何先生のほうは、日本文学の翻訳などはなされるが、ほとんど広東省を離れることのない方だった。

福建語ならわかるが広東語は駄目、と言われる尤先生の言葉も意外だが、大学の中国人先生同士が、母国語より外国語のほうがましとおっしゃるのにも驚く。

同時に「読書人」と書いて「インテリ」と仮名をふった中国映画の字幕を思い出した。

（11・26）

小錦

昭和三十六年、二十三年も前の九州場所は新横綱・大鵬の四度目の優勝。その時の大鵬は身長が一八七センチ、体重一二四キロ。今年優勝の千代の富士が一八三センチ、一二一キロ。当時の幕内力士の平均より重いのだが、今日では目立って軽量だ。

力士の大型肥満化は、ついに二一五キロの小錦の出現となった。ところがこの小錦、体重差が七〇キロ以上の技能力士・多賀竜のリズム速攻に巨体が宙に舞い裏返しになった、柏鵬時代にはしばしば見られ、今日ほとんど見られない華麗な技だ。まるで柔道の受け身みたいに一番安全な倒れ方と見たのだが、これが「むちうち症」で即休場と出たのにはあっけにとられた。自らの体重が原因の怪我とも思われて心配も軽くない。

三年前までは、相撲を知らなかった異国の青年が、巨体を武器にフットボールで鍛えたプッシュ、プッシュで先輩強豪を突き飛ばす。生活環境の違う国での精進、鍛練には感服のほかないが、何か違う。これも相撲だろうかとの思いがないではなかった。

転び方、投げられ方の稽古不足、言わば格闘技の基本不十分のままで重ねてきた白星なら気の毒だ。「チャンコの味がしみる」ことも必要で、綺麗に投げられるたびに休場ということはまさかあるまいと思うが。

(11・29)

漢俳

俳人・小原菁々子先生の西日本文化賞を祝うパーティーは、先生の十指では足らぬ各方面でのご活躍を反映して参加四百人を超した。その大部分が俳句関係だが、中でも上海在住のホトトギス同人・葛祖蘭先生の挨拶を代わって述べられた、お孫さんで日本留学中の葛文君さんの日本語に感動した。繰り返される「おじいちゃんが……」の美しい響き!

葛先生は今年九十九歳。かつて早稲田大学で夏目漱石(!)の授業で文学開眼された方で、正岡子規とも親交のあった日本でも珍しい現役の俳人である。ビデオで見るかぎり矍鑠《かくしゃく》としておられ、今日なお、みずみずしい感性の句を俳句誌『冬野』で拝見している。

一九八一年訪中の折、菁々子先生が提唱された「漢俳」、つまり漢字を五七五と並べて「俳句の心」を詠む新しい表現に共鳴して、その普及に努められ、今では「人民日報」に「漢俳欄」を見るまでになっている。日中両国の文人たちが、詩経に始まり、漢・唐詩、宋詞と伝えて来た詩と俳諧の「こころ」を新しい時代に新しい型で掘り起こそうとする試みが、当然今回先生の受賞理由に大きく位置を占めていた。

(12・3)

ゼッケン28

福岡市東区多々良川の名島橋。毎年、師走初めの日曜は国際マラソン復路の三五キロ地点を前に、いつもここで華麗な先頭争いが絵になる所。今年も招待選手ピンクのゼッケン同士の死闘が展開された。

東独のハイルマンは下馬評もケニアのイカンガーに次いでゼッケン通りの二番目。一方日本の中山竹通は、持ち記録の順も最下位の招待番号28。期待の若手ではあったが、ノーマークのリラックスが伸び伸びと若いエネルギーを爆発させたのに違いない。この名島橋辺から一〇〇メートル以上も後の後続ランナーを振り返りはじめ、「オレ、本当に先頭?」の表情。テレビのこちら側から「そげん、気ば散らさんで、走らんか!」と叫ばせた。単独トップに出た後でもしばしば、審判車の後ろを気にする振り向きよう。アベベの哲人的、瀬古の機械的、宋兄弟のダイナミックなぶっちぎり印象とは別な「どうしよう、オレ一番!」の心情さえ汲み取られ、珍しく初々しい勝利だった。

競技場に入り照れくさそうにスタンドに手を振った後、ゴール寸前で両手を上げてのガッツポーズ。これで一、二秒のロスが出たそうで、記録は二時間十分フラット。それでいい、九分台突入は次の機会までとっておくのが憎い。

（12・6）

風邪

今まで初診料だけだったのに、昨今では聖徳太子（まだこのほうが呼び慣れている）の二、三枚も出さねば診てもらえぬので、風邪をこじらせた。「早朝駆け足のおかげで風邪一つ引かない」の豪語はもうこの三、四年口にしないことにしている。

西洋の諺に「医者に支払うより肉屋に支払うほうがいい」とあるそうで、栄養をつけて、不摂生さえしなければ風邪なんか治る、と人の気も知らない同僚は言うが、師走の風邪は情ない。治ったと思ったらまたぶり返す。

「私の若い頃はインフルエンザは無かった。風邪は風邪と呼んだ」。これは半世紀も前のイギリスの作家・ベネットの言葉。

川柳仲間の作品で探したが、当然インフルエンザなど、五七五のうち七文字も占領するのは見当たらない。風邪は風邪だ。「のんびりとすると男は風邪を引き」（豊价）、「この人の風邪ならうつっても悔いず」（忠）、「中年の迷いで風邪をこじらせる」（雨学）、「お人好し隣りの風邪をすぐ貰う」（照葉）、「医者よりも患者が先に風邪と決め」（ひろむ）と、あまり緊迫感を持つ句が見当たらない。

私には効いたためしのない卵酒だが、それでも飲んで寝るとする。

（12・10）

十八烈士

一七〇二（元禄十五）年十二月十四日。この日、吉良家側の戦死は十八人。用人小林平八郎ほか二人、中小姓清水一学ほか五人、役人（?）が二人、右筆一人、茶坊主二人、足軽中間《ちゆうげん》各一人の計十六名が幕府サイドの正式調査によるもので、さらに吉良史蹟保存会の資料であと二人の追加がある。ほかに負傷二十三人、逃亡者四人まではよいが、事件当夜、邸内には無傷の者が一〇四人もいたというから驚く。

一四〇人以上もいた邸内に三分の一の人数で乱入されて、自らの首は取られた上、相手は無傷か「なんのこれしきかすり傷」と意気揚々と引き揚げさせたのだから、吉良殿のご無念、如何《いか》ばかりだったろうか。

浪士側では一人、足軽寺坂吉右衛門の姿が泉岳寺までの間で消えている。この人は主人で討ち入り浪士の一人・吉田忠左衛門の「付人」として行動しただけのようで、泉下の殿というより吉田家への忠義立てだったらしい。事実、当時三十八歳の吉右衛門は吉田家遺族の面倒を見ながら八十三歳の長寿を全うする。

あの日から二八二年、愛知県吉良町の人々は今に「吉良家忠臣十八烈士」として伝えていると聞く。（12・13）

武玉川

今年十月に第一刷が出た岩波文庫『俳風武玉川』より……。

「浪人の静かに歩く十二月」。浪人といっても武蔵、小次郎のように関ケ原の興奮まだ覚めず仕官の道を求めて諸国を闊歩した人たちではない。『武玉川』の発行が寛延三（一七五〇）年だから、泰平の世も一五〇年を経た頃の失業武士の姿は、やるせなく、哀れでもある。そんなお武家の屈折した思いを横目に見ながら収録された庶民生活の歳末風景は、生き生きとして楽しいとさえ見える。

「正月に掻き回される十二月」とぼやきながらも、「三人寄れば毒な夕暮れ」と忘年会の話ならすぐに決まり、「初雪は降り損ないも酒になり」というわけで「年忘れあしたを言わぬ人ばかり」、「年忘れ馬鹿に付けたる馬鹿の面」。ところが「年忘れかせぐ息子が邪魔になり」とは困った親爺さまもいて、人間味があり過ぎる――と二百年も前の江戸の暮れを楽しんでいたら、ユニークな句が見つかった。曰く「酔うて戻った妻を見上ぐる」。このわずか十四文字に凝縮された江戸市民の市井生活の温かさ・豊かさが胸を打つ。

これらの付け句遊びの展開がやがて「川柳」という江戸文芸に移行することになる。（12・20）

流行語

「今年中で一番腹の立ったことは……」とマイクを向けられた。忘年会も二、三度は付き合って折角忘れようとしているのを、意地悪な娘さんだった。「一つだけ、独断と偏見でいいですから」。私的なことは別にしても、公憤さめやらぬのは二つや三つではないが、それよりその「独断と偏見」が好かんねェ。

口調がいい（と私は思わぬが）のか、この流行語を最近いろんな場所で聞く。先日もかなり学術的な某学会の分科会で、発言順を「私の独断と偏見」で決めさせてもらったと、本人はユーモアのつもりの司会者がやっていた。忘年会の歌の順ぐらいなら愛嬌で済むが、まともな学会のシンポジウムの場合、独断はともかく「偏見」は問題ではないか。字典を引くまでもなく、あってはならぬ見方、慎むべき姿勢のはずだ。

この種の「軽さ」が一人歩きして、いつかまともな日本語に溶け込みはじめている。例の「愉快犯」の「愉快」も、いずれどこかの言葉の訳語だろうが、これら思慮を欠いた軽佻《けいちょう》浮薄《ふはく》な言葉遊びが、「あの怪人21面相」の跳梁《ちょうりょう》を許す世相に繋がる、と言いたかったが、マイクの娘さんを驚かせただけのようだった。

（12・24）

挫折

前の日曜二十三日、京都での全国高校駅伝。スタートの先頭争いで、一万メートルの高校記録を持つ埼玉栄高主将・山口政信君のゼッケン11番をテレビ画面は追っていた。

一年生の時から三年続けての花の一区（一〇キロ）ランナーで、今年も区間賞候補の筆頭、その彼にハプニング！　五キロを過ぎて左足を引きずりはじめ、ずるずると後退しだしたのだ。放送車の声も心配しはじめるうち、さらにノーマークの選手たちにも次々と抜かれていく悲壮な姿が画面に出て息を呑んだ。レースの展開は非情なもので、それきり山口君の姿をカメラが追うことはなかった。

力尽きての棄権が八・五キロの地点だから、その間の三・五キロを痛む足を引きずって走る彼の脳裏に去来するものを考えて、胸が痛んだ。

高校三年間、常にライトを浴びてきた最終の花道での挫折……。一瞬のブレーキが全体を巻き込む駅伝というスポーツが教えるものは、そのまま今日的世相、時代思潮を物語る。挫折あってこそ、さらに飛躍する未来を持つのが青春の特権のはず。

連続出場九年の意地を見せて、参考記録ながら最後まで走り続けた埼玉栄高の選手諸君に拍手を送る。

（12・27）

1985

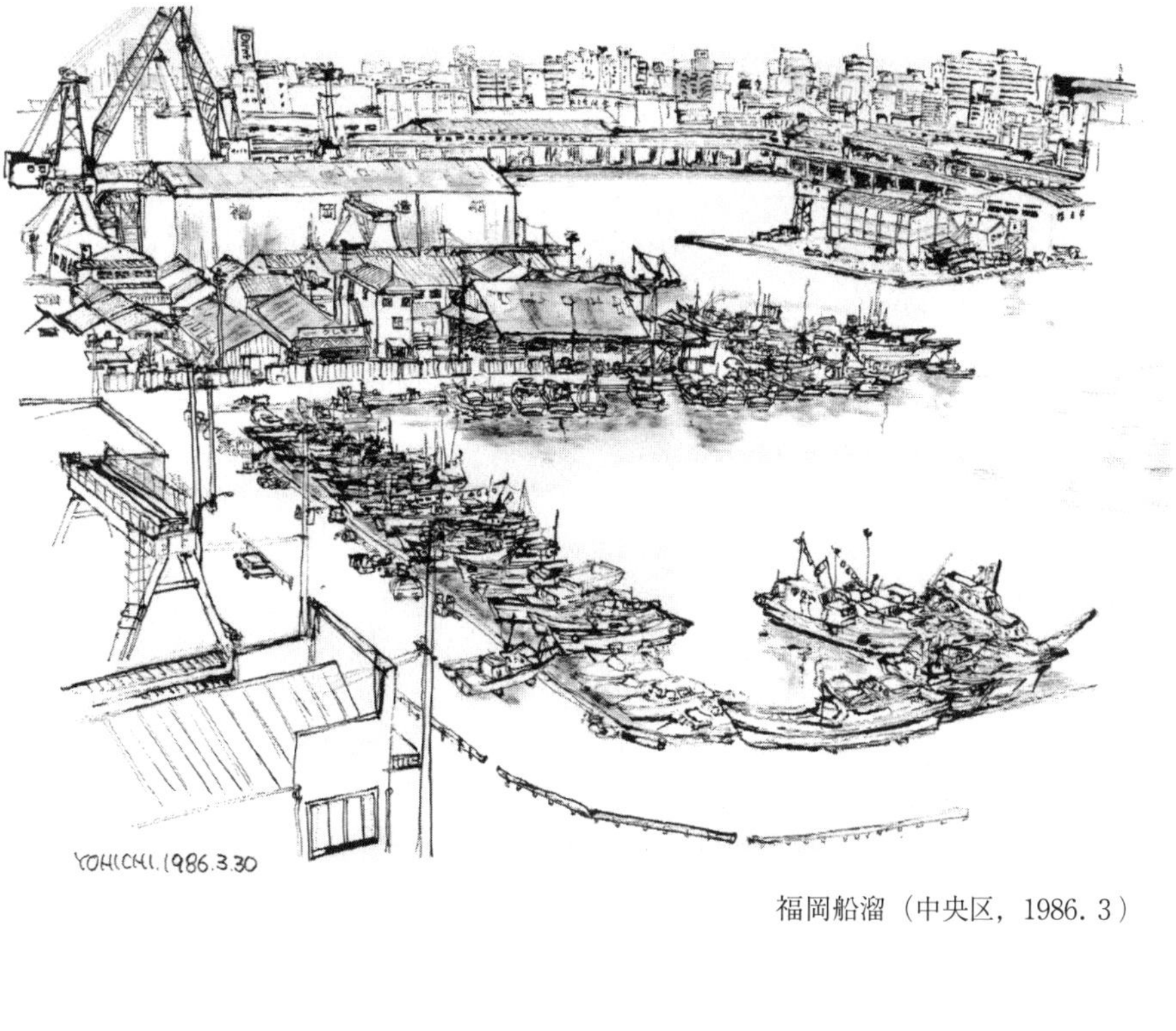

福岡船溜（中央区，1986.３）

放牛桃林

丑年生まれの私なので、かねてどの動物たちよりも、家畜として役に立つ割には、人間たちに感謝されたり、尊敬されることの少ない牛に義憤を感じている。「牛に対して琴を弾ず」は、愚かな相手に高尚な話など無駄だとのたとえ、外敵に対しては慌てふためいて逃げる知恵しかない馬なのに「牛を馬に乗り換える」の諺は明らかに牛を侮辱している。「迷惑な顔は祭りで牛ばかり」（古川柳）程度の反省は促したいと故事、格言、諺のたぐいを探していたら……あった！

『漢書循史伝』に漢の龔遂《キョウスイ》の平和政策として武事をやめ農業に励めとの「売剣買牛」。周の武王は殷を討滅させると即刻、戦車を引かせた馬を華山の南に帰し、荷車を引かせた牛は桃林の野（河南省）に放して、天下にもうこれ以上、戦争はないことを示す「放牛桃林」——つまり、いずれも戦争のない世、民生優先の象徴として二千年の昔から経国済民の教材で登場していたのだった。

軍拡競争の愚を止め、その金で地球の飢餓を救おう、緑を守ろう、一見愚図に見える牛が時あらばハッスルする「牛の一散」の見せ所、その牛の年が来た。一九八五年！

（1・7）

ブリ雑煮

博多わが青山の地よ鰤雑煮　（六弥太）

年賀状の束と一緒に俳誌『円』主宰・岡部六弥太先生の第四句集『鰤雑煮』を頂いた。私にとっても博多湾沿岸はわが青山——骨を埋むべきの地である。ここに生まれて今年還暦、毎年わが家の正月雑煮椀に必ず存在を主張しているのは、博多雑煮に欠かせぬ具のブリの数片にほかならない。

博多雑煮以外で正月を迎えた覚えが私にはない。焼きアゴ（飛魚）、シイタケ、カツオぶしとコンブを利かせたすまし汁が身上で、欠かせぬのが具に入れるカツオ菜とブリ……旧い博多の商家ではタイやアラも使うようだが、六弥太先生のお家もそうであるようにわが家でもブリ。

博多は古来、東西南北文化交流の交差点。イナダ、ハマチ、ヤズ、ブリと成長するにつれて名前の変わる出世魚として食文化を楽しみ、天下一の美味を完成させ、伝えてこられたご先祖の英知と心意気に感謝したい。

松過ぎのまだ塩鰤がぶら下がり　（淳夫）

（1・10）

博ちょん大学

西日本経済の中心都市・福岡の単身赴任者の数が七千ないし八千人。中央区の舞鶴公民館の「博ちょん（博多のチョンガーの略）大学」なる講座に四十人の受講生がいると聞いてお伺いした。月二回、各二時間の講座だが、受講生諸賢みんな職場では中堅以上の「忙しやさん」ばかりなので、出席率は前年の「定年予備大学」より少し落ちるが、電話での欠席届けが一〇〇％、ほかのどの講座より真剣で律義な方々だそうだ。

テーマは第一に健康。半数以上が自炊生活なのでまず料理教室。それに異郷での独り暮らしからのストレス克服、つまり社交場としての屋台の効用などと一味違う心身の健康管理も一緒に考える。

欠かせぬ課題が教育。ほとんどが子息の進学問題などを抱えての変則生活なので、自身の父権の在り方を含めた教育問題には真剣そのものの取り組みだとのこと。次は生き甲斐、余暇の活用。例えば「黒田節」の歌と踊り。せっかく数年を過ごしてもらう博多の土産にしてつかぁさいと、その稽古をカリキュラムに採り入れた日野時彦主事の心遣いが嬉しい。

要は地《じ》の人も旅の人も求め合うのは心と心の触れ合いですな、との主事さんの言葉が耳に残った。

（1・14）

ララ物資

正月は来し方を振り返る時でもあるから、若い諸君への旧い写真の説明にも熱が入る。この焼け野原が君たちの年頃の私の福岡の中心街、焼け残っている黒白の防空迷彩のビルが岩田屋デパート、もんぺ姿の隣の婦人の上着は例のララ物資の——と言いかけて、随分懐かしい言葉だと気がついた。

アメリカさんの中古衣料なので、ほらダブダブでしょうがと説明すると、「本当ォ、アメリカの古着！」と驚く。そうです、君たちのご両親も体験したはずの日々で、今世界一の美食と飽食の日本人と言われるのが、嘘のような時代。

ＬＡＲＡ（アジア救済連盟）は一九四六年、アメリカの宗教、労働団体など十三の団体で組織された。

戦後のアジア、特に困窮度のひどい日本、朝鮮半島を目標に一般市民の寄付した食糧、衣料、薬品などを救済物資として送ったと記録に残る。

当時はよく耳にし、今でも口にすればほろ苦さを覚える言葉だ、ララ物資！　だから今日、アフリカに送る毛布のことも、他人事ではないと考えている。

（1・17）

公務員

「公権力の行使、公の意思の形成にたずさわる」のが公務員だから、当然(?)日本国籍が必要との文部省の強い指導で、韓国籍女性の教員採用予定が取り消された。さすが教育県・長野の「国際青年年」らしい英断だと報道していた方面も、その論議を沈黙させた。

長い間、地方公務員を一緒にやってきた同僚は、オレは三十年もの間、自分を公権力の行使者と思ったことはないし、やっている仕事に「公《おおやけ》の意思の形成への参画」にたずさわっている自覚もない、と改めて考えたそうだ。

憲法十五条が求める公務員の「全体の奉仕者」との自覚は繰り返し指導され、それに応えて、公務員の信用失墜などにならぬよう専心勤めてはきたが、しかるべき場合の表現では、オレの使命は、そのような不可解な冷たい用語で収まるものだったかとかなり憮然たる面持ちだ。

だからだろう、最近の若い職員の中には、「公僕」なる名乗りを好まず、あえて「ボクたち行政マンは……」と自らを呼ぶ者が増えるはずだと納得したという。納得はするが困ったことだと付け加えた——私も同感。

(1・21)

いしぶみ散歩

詩人・那須博氏の労作コラム「いしぶみ散歩」は本紙朝刊に週五回の連載で、もう三年を超す。氏の話では、福岡県内の俳句・詩歌などの文学碑、史跡や耕地整理の記念碑など郷土史を物語る碑は推定千基を超え、その九六〇基ほどはもう探訪されたそうだ。

ここ筑紫の国は文運隆昌《りゅうしょう》の地だけに文学碑が多いのだが、九州に来たはずのない芭蕉の句碑が約九十基もあり、その大部分がかつてのメインロード長崎街道の宿場宿場に残っているのは驚きだったとのこと。

またどの碑にも「悪口を言っているのがない」、「土地の人々だれからも大事にされてきた」。それに場所を探しあぐねる時は、「土地の特定郵便局に聞けば良い」とも話された。都市化の波に埋没しているのを苦心して捜し出したのも、昔のままの鎮守の森に待っていたよと語りかけるのも、いずれの碑も時代を超えた対話を楽しませてくれる……。

この楽しさを一人でも多くの人に味わってもらいたいため、コラムの最後を、できるだけ、「どこそこのバス停の前の酒屋の角を左へ曲がって十二分」などと結ぶことに努めている、との氏の心配りには敬服させられた。

(1・24)

エキデン

華やかな中にも壮烈な女の戦いと報道された女子駅伝。文字通り全国津々浦々の四十二歳から十二歳まで、全都道府県四十七×九人の女子ランナーが、前の日曜日、真冬の都大路を駆け抜けた。この底辺参加の沸き上がる開放感が、伝統ある男子駅伝が果たしていない日本語のまま「エキデン」としての諸外国からの参加を実現させもした。

日本語と言えば、駅伝に付き物の襷は英単語にはなく、『中国語字典』にも見当たらない。日本製漢字で「日本人労働ノ時、キモノノ袖ヲククリ上ゲルノヒモ」と説明している。「帯に短く襷に長し」などの適訳には苦労する。

高田馬場へ急ぐ途中、佳人の差し出す一本の紅ヒモで中山安兵衛の流し着が乱闘服に一変、八十八夜の茶摘みにはあかね襷でキリキリしゃんと働く姿が完成する。一本の紐で日常の普段着を働く着物に仕立てるこの襷だからこそ、十年も前には予想もされなかった大和撫子たちが女性ファイト集団としてサマになる。世界に誇ってよい日本文化の輸出だ。

「襷を渡すだけではない、心を引き継ぐの」とは優勝チーム監督さんの言葉、同感。

（1・28）

桜の冬

葉が落ち尽くして裸の姿で立つ桜。つまり冬枯れの桜を「冬木の桜」ないし「枯れ桜」と俳句で呼び、そのうらわびしさに風情が求められている。

さきがけて冬木となりぬ山桜　（等）

来る春を信じて寒波に耐えながら、時々そそぐ冬の陽射しを受けとめている枝に「春待つ心」の健気さがある。

冬に花をつける種類の桜もあって、これが冬桜。名前の似ている寒桜とは違うのだが、俳句の世界ではあえて区別しないようだ。

満開にして淋しさや寒桜　（虚子）

梅に似た寂しい白一色の一重咲きの冬桜は四月にもう一度咲くが、普通の桜の咲く頃であり、そちらに気を取られてのことか、この二度目の花に気づいた覚えがない。

福岡の植物園で今蕾を膨らませているのは寒緋桜、従来の「緋寒桜」の名が「彼岸桜」と間違えやすいので文字も入れ替えての寒緋桜。文字通り桃紅色のアンズのような美しい花を咲き誇らせるのも、もうすぐの二月。

沖縄で桜といえばこの寒緋桜、これが咲けば、ここ九州北部も一気に春が来る。

（1・31）

寒がり

この寒さの中で動物たちはどうしているだろう、と動物園を訪ねる方が意外に多い。

早朝から水しぶきをあげて飛び込みを繰り返している北極グマが一番この寒波歓迎を態度で示しているが、ペンギンたちはいつもの表情でストンと立っているだけ。でも、プールに入ればやはり嬉しいのだろう、スイスイ泳ぐさまが、いつもより活発に見える。北極グマは水から上がって一、二度全身でブルッと身ぶるいをすると、見事に水をはじき飛ばして泳ぐ前の白い毛皮に戻る。獣にはあって、人間にはまずないとされるダウン（下毛）のせいだと聞いている。

猿山のニホンザルも風のあたらぬ穴に隠れればよいのに、びしょ濡れで氷雨の中を抱き合ってじっと耐えているが、人間の目で見るよりは惨めでなく、いいいしろしさもないらしい。水気をふき取るのにタオルを使う動物はダウンを持たぬ人間ぐらいで、サルたちは何千、何万年の間、寒中をこうして生き抜いてきた。

南方原産のマレーグマも、来園最初の冬だけ掌に大きなアカギレを作ったのが嘘のように元気で雪の中を遊んでいる。私はもちろん人間だから、着ぶくれて彼らに話しかけている。

（2・4）

車内非暴力

地下鉄は短い距離だから、座らなくてもよいのだが、その日は通勤時間でほぼ満席なのに、何故か一カ所だけ座席が空いていた。掛けようとしたら臨席の学生風の青年が大学ノートをポイと置いて「来ます」と一言、宣言したものだ。そういう時、どんな顔付きをしたものか、思わず頰の辺りがピリリとしたのは、私としたことがまだ修養の足りない証拠。

誰が来るのかと思ったら、ガールフレンドと思われる学生風の娘さん。さすがに「いいんです、どうぞ」と言ってはくれた。「いいんです」もあるものか、「それでは」と機嫌よく掛けるほどこちらもぶりっ子オジンではない。乗り合わせ諸賢の視線も面白くないので、そのシルバーシートの前を離れて中程の吊り革に移り、そして考えた。

ニューヨークの地下鉄や例の東京での車内暴力、あれは社会に背を向けたアウトローたちの仕業だが、若者でもこちらは世間の表街道をなんの「後ろめたさ」もなく、むしろ祝福されて歩く人たち。それだけにこの非社会的不作法は質が重い。おそらく親御さんも私より若いのだろう、人生の先輩として一言あるべきだった――といつものことながらの「喧嘩すぎての棒ちぎり」。

（2・7）

よその子

「よその子も（自分の子同様に）叱ろう」という言葉を、この頃聞かなくなった。

先日の西鉄二日市駅での女子高校生殴られ事件。割り込み乗車を注意されての暴言だから、これがうちの娘だったら私も声を荒げて制し、新聞紙を持っていたらこの紳士のようにそれを使って叱る。たとえ「殴った」と見えても、言葉不足を補うボディランゲージだ、ゲンコツの一つも見舞う、うちの娘だったら。

動物園猿山のニホンザルの母親でも、噛みついたり、殴ったりして本気で躾《しつけ》をしている。本人の親御さんなら、よく叱ってくださったとお礼を言っていい。

本人も悪いが、話せばわかるのに暴力はいけない、とまるで臨場感のない「学識経験者」氏のコメントではこの少女は救われない。

前に「子供を叱ろうと思わず手を上げかけたが、母親学級での学習を思い出して、止めた」との報告を聞いて驚いたことがある。その理性を取り戻すことなどなかった時代の母親たちの激しいスキンシップが懐かしい。自ら蒔いた種の結果にほかならぬ叱責、それを恥ずかしいと訴える甘ったれは、世間で叱らねばならない。

（2・14）

ひょうたんなまず

本紙夕刊の読者参加のミニ・コラム「ひょうたんなまず」で入選度抜群と紹介されたR氏に話を伺った。ひょうたんなまず（瓢箪鯰）とは「つかまえどころのないこと、要領を得ないこと」と辞書にある。寸鉄人を刺す世相・政治批判にはそぐわぬタイトルだが、入選のコツなどとの私の愚問への返答が、うまくできるものではないとの意味で了解した。

ニュース性を生命とする一過性のコラムには、後世にまで残る名作を狙うは愚だが、わずか二、三行の文章なので省略が過ぎて、本人以外は意味不明になる落とし穴もある。風刺の強さや笑わせようとの意図が丸出しでは嫌味が先行する。

笑わせるにはまず、自分がおかしいと思うこと、社会の木鐸《ぼくたく》、世論のリーダー的発想は本職の記者諸賢に任せて、こちらは庶民の暮らしの草の根的視点に終始すること。流行語は早すぎてはわかってもらえず、マンガや活字になればもう時代遅れであるなど、日本文芸史に隠れもない落首精神の今日的具現と理解した。

抜群の入選率といっても、二、三十本に一本ぐらいが陽の目を見るのだそうで、それを聞いてあきらめるか、よしオレもと挑戦するか、そのあたりが問題だ。

（2・18）

直腸切断

博多に隠れもない画家で文筆家、そして希代の食通として知られるテラケンさんこと、寺田健一郎氏の闘病記録『直腸切断――あるガン患者の闘い』（葦書房）の出版記念会、その末席にいて考えた。

二度の大手術を挟んで全編に流れる内容の深刻さに似ぬ明るさ、事実を客観視しながら画家らしい鋭い視点が胸を打つユーモアを生み、東京の出版社が「ガン闘病もの」としては明るすぎるとの、九州の者には不可解な理由で出版をためらったという話も聞いた。

このご仁、年配の私たちが恐縮するほどのメリハリの利いた礼節信義、それに九州男児らしい豪儀さの持ち主とかねて敬服しているのだが、今また、この風土ならではの美しい言語生活の楽しさをこのエッセーで教えてくださった。

会場へ急ぐ途中の地下商店街の絵看板に、これがナウいコピーなのか物憂げな表情の若い娘が受話器を握り、横文字で「ユゥ・ノウ？」。その博多語訳らしい「しっとうや？」と恐るべきオトコ言葉を吐いていた。ここまで、私の博多言葉がしかも都心の真ん中で弄《もてあそ》ばれているのかと憤然とした後なので、いっそうの感銘を受けたのだった。

（2・21）

金藤左衛門

大蔵流狂言にその名を残す雲の上・金藤左衛門《きんとうざえもん》は、強そうな名前の割には案外にお人好しの山賊で、巻き上げた獲物を喜んで点検するすきに被害者の女性に長刀《なぎなた》を奪われ、逆に脅されて獲物は取り返され、脇差も取られて衣類まで身ぐるみ剝がされてしまう。

初めはこの金藤左衛門、女性を脅すおりに「お上より山だち（山賊）のお許しの御状を持つ者じゃ」と威張って、その筋の営業許可書を読み上げる。まず、「一つ、取りよきものは取るべし、取りにくきものは取るまじきことなり」と山賊心得・第一条に、はなはだ今日的な条文が出てくる。

官許の山賊がいたとは史実的に考えられぬが、戦国乱世なればこそ生まれたお上の年貢取り立ての厳しさへの上質の風刺劇で、民衆の喝采《かっさい》を浴びたことだろう。この狂言、江戸の初期には台本が外され、その後アングラ上演の記録もないそうだが、明治初期にはいちはやく復活したことを考えれば、言論統制の厳しかった間にもかなり広く庶民の間には温められていた「マル秘」のレパートリーだったようだ。

今、所得税確定申告の期間。

（2・25）

リンゴの唄

マラソン王国・九州の開拓者の一人、九州電工の西田勝雄氏に伺った話。

　戦後初めて二時間三十分の壁を破った勢いで出場された昭和二十七（一九五二）年のヘルシンキ五輪は、戦中・戦後の長いスポーツ鎖国の後だけに、ショックの連続だったそうだ。日本で開発されたマラソン足袋はこの五輪の日本選手が最後で姿を消す。

　チェコの超人・ザトペックの革命的な優勝タイムが二時間二十三分〇三、これが昨年のロス五輪では四十七位相当で、また当時日本最高タイム、西田氏の二十七分台では、十二月の福岡国際マラソンの出場資格もないという今日のスピード・マラソンの夜明けでもあった。

　その他、身につまされる話で、当時のランナーたちの空腹だったこと、マラソンの長丁場に耐え抜くカロリー補給に、モチ、バナナ、イモ、リンゴのたぐいが主催者の才覚で集められたが、干しバナナではない本物にありつく楽しみが参加意欲を刺激したとのこと。しかもそれらが折り返し点を過ぎねば並べてなかったと聞いて、こちらの胸が詰まった。懐かしのメロディーで必ず繰り返される敗戦直後の「リンゴの歌」、あれも思えば入手不能のリンゴへの思いだったのを考えた。

（2・28）

独り相撲

市民センターの図書室で中学生がいきなり三、四人「追いかけっこ」を始めた。幼稚園児じゃあるまいし、単純な追いかけっこだ。書架と書架の間を走り抜ける。もちろん、声は立てないし、絨毯なので足音もない。音がないだけにこのはしゃぎようは、読書三昧《ざんまい》に耽《ふ》けろうとするわが優雅な志にコツンときた。

　あの車中不作法どもを一回はどやしつけねばとのかねての潜在意向も手伝って、書架と私の間をすり抜けようとするヤツの頭をパシッと音のするほど押さえて「静かにせんか」――と少しはドスを利かしたつもりの私なりの小さな勇気。

　ところが、意外にもテキが「はい」と素直に立ち止まったのには、「大人気なかったか」と瞬時反省して、損をした。約三秒後……また走りだしたのだ。

「これで良いのか、皆さん」との顔付きは私一人だけのようで、満席に近い主婦たちも定年期の紳士方も、「それくらいのこと」には目もくれず、貸し出しの職員も慣れているらしく、いつもの独り相撲に終わったのは残念だった。

　後で家人が「相手が悪かったら危ない」と心配したが、なぁに、よそのオヤジに叱られたのを恥じて自殺するようなタマではなかった。

（3・4）

ベルリン協定

一八八五年の二月、ちょうど百年前。ドイツの宰相・ビスマルクの主宰で調印されたベルリン協定で、ヨーロッパ列強のアフリカ大陸分割のルールが決まり、現代アフリカ諸国の独立は、この時線引きされた国境線が踏襲されて行われている。

植民地争奪戦に出遅れたドイツの提唱だけに、「アフリカ人の利益尊重」と「門戸開放・機会均等（もちろん欧州諸国のアフリカ進出の）」を並列させた破廉恥《はれんち》極まりない協定で、確認された線引きはアフリカ人民の意思も生活も文化も全く無視されたものだった。

例えば、ナイジェリアは今日複数の大部族を抱え、ソマリ族は四つの国に分散されて紛争の種となり、今日の飢餓に象徴されるアフリカの苦悩をもたらしている。テレビで見る飢餓難民は、今歩いているのはエチオピアの土地なのか、スーダンの太陽の下なのか、本人たちの知るところではない。ただ目前一握りの食物を求めての行列だ。この人たちにとって、国家、国境とはなんだろう。

この百年を超す悪業の罪滅ぼしとして、わが国を含む植民地争奪に狂奔した「先進諸国」は今、地球規模の緊急命題、アフリカ諸国自力更生への積極的協力援助に責任を持って取り組まねば罰が当たる。

（3・7）

花様滑氷隊

東京高輪プリンスホテル気付で中国花様滑氷隊（フィギュアスケート・チーム）の教練（コーチ）劉宝生氏からのエスペラント文の絵葉書が届いた。よく手紙をくれる長春市の李青年の知人で、この四日からの代々木体育館での世界フィギュアスケート選手権に教練として来日された到着の挨拶だった。

李君の前もっての連絡では応援に行くようにとのことだったが、君、同じ日本でも東京は遠いんだよと返事を出して、東京の知人たちに代わりに応援してくれるよう頼んでおいた。花様滑氷隊とは美しくも勇ましい名の選手団の活躍を目を皿にしてテレビや新聞で探したが、残念ながらトップ・レベルの華麗にして、ただ呆然たらしめる美技に押されては、実力が発揮できなかったようだ。

酷寒、氷点下三十度が珍しくないと聞く吉林省長春では、スケートは大衆スポーツとして盛んらしいが、国際場裡で競い合うには「フィギュア」と「花様滑氷」ぐらいの落差がまだあるのだろう。

それでも、加油（がんばった）に違いない隣邦の滑氷隊の健闘を想像して拍手を送った。

（3・11）

大漁旗

三月十日は恒例の天草パールライン・マラソンで、還暦を迎えた私は今年から一〇キロコースの男子六十歳以上（四七〇人）で、二十歳以上女子全員（九〇九人）と一緒の最後のスタートに組み込まれた。昨年までは、五分後出発の女子ランナーにすいすい抜かれる無念さがあったが、今年はそれがない。「スタートで、もう負けとるもんね」と同じ馬齢を重ねた友人と減らず口を叩いていたが、号砲台を見上げて驚いた。

朱の鉢巻と朱の襷がけも凛々しい小柄な老婦人が、身体より大きな大漁旗を構えてゴー・サインの用意――それは一昨年秋、天寿を全うされたマラソン王・金栗四三先生のスヤ夫人、あの貞淑で物静かな今年九十二歳の、初めて大群衆の前に立たれたお姿にほかならない。ランナーたちの歓呼に合掌ふうの拍手で応えられるのには胸が詰まった。

十三年前、第一回大会の前夜、だるまストーブを囲んで初対面の私にいきなり「申し込みが二百人を超えそうだ、それに女子ランナーの出現！」と手放しの喜びを示された金栗生のことを思い出す。今年の参加が四五八五名。

おかげさまで、今年も一応、完走はできた。

（3・14）

春ですよ

早春、旧暦ではまだ一月だが、植物園の主役たちも春を目の前にして活気づいてきた。例外なのがレンギョウで、中国北部で迎春花と呼ばれるこの花は、昨年十二月の暖冬に狂い咲きの満開で世間を騒がせた罰で、この春を前にいまひとつ元気がない。

一説に「まず咲くから」そう呼ばれるマンサクの花はもう散った。白梅、紅梅が今盛りの梅園にアオモジ（モクレン科）が淡黄色穂状の花をびっしりつけて紅、白、黄、その色彩配合の妙で探梅の方々を迎えている。

居合わせたテレビ取材班に、今年のお勧め品がこのアオモジと説明したが、「今日は梅の取材で来た。それはまた後で……」と意外に厳しい最近の管理取材（！）を教えられた。春に凪はつきもので、花には明日の命はないものを、と残念に思うのも春。

「これがミツマタか」と名前だけは和紙の原料としてよく知られる三椏の花――春を迎える花は何故か黄色が多い。

「香りの道」の沈丁花《じんちょうげ》は、その芳香で点字説明板と一緒に目の不自由な方々に、春はもうすぐそこですよと呼びかけている。

（3・18）

歓迎

三月は、ここ福岡でも単身赴任の「博ちょん暮らし」を無事に終わる人、今から始める人など、サラリーマン生活の哀感が交差して、心情の揺れが最も激しい時。

この地は有史以来、これら宮仕えの是非もなく滞在した外来者の身に付けてきた暮らしの文化を見事に吸収して発展してきた街と言える。

例えば、敗戦の年の九月から一年間に、博多港は一五〇万人の引揚者を迎え、一方主に朝鮮半島へ五十万人の帰国者を送り出した。当時二十九万の都市に、計二百万人の単なる通過者ではない人たちを、衣料キップや食糧キップなど十分ではなかった市民が世話し、最も人間臭い衣食住を一緒に体験した歴史を持っている。

しかも、そのうちの少なからぬ方が墳墓の地に帰るのをやめ、再出発の地をこの博多と決められた。その方々が今、一一〇万都市の経済・文化生活のかけがえのない主軸にも参加しておられる。

舞鶴などほかの引揚港に見ないこの強烈な「住みやすさ」のエネルギーは、天の時、地の利のほか、この土地の人特有の「もてなし心」つまり人の和がある。そういう土地柄だ。九州支店勤務の辞令が出たら、飛んで来ること。来たら、わかる。

（3・25）

迎春考

先日のこの欄に「中国北部で迎春花と呼ばれるレンギョウ」と書いたところ、俳句をなさる方から「俳句歳時記にも『広辞苑』にも迎春花は『黄梅』とある」との指摘をいただいた。確かに手元の歳時記には三種とも「黄梅」とあり、日本ではそう定着しているようだ。

しかし『中日辞典』（愛知大学編）には「迎春花はまずレンギョウ、次に玉欄（白モクレンのこと）、地方により応春花、望春花とも呼ぶ」とある。

『岩波中国語辞典』では「コブシの花」、中国社会科学院の『現代漢語詞典』には「落葉灌木羽状複葉……花単生黄色早春開化供観賞」の黄色い花とある。中国語の関係資料には（私の知るかぎり）「黄梅」は植物名としては見当たらず、「熟した梅の実、梅の熟す頃」を意味し、その頃に降る雨を黄梅雨、日本で言う梅雨と呼んでいる。

前に、広州で紫荊花や紅棉（パンヤ）の花が咲いたら人々は夏着への衣替えを急ぐ、南方の中国の春を迎える花と教わった。

「難波のアシは伊勢のハマオギ、土地土地で草の名は変わるものなり」（『菟玖波集』）との言葉があるが、ひと味スケールの違う広大な中国大陸の言語生活の懐の深さを、改めて学習させてもらった。ご指摘ありがとうございました。

（3・28）

肩書

昭和初期、「福岡日日新聞」（「西日本新聞」の前身）の名主筆・菊竹六鼓先生は新入社の記者たちに「君たちの名刺に肩書があればこそ大臣・大将も取材に応じてくれる。その肩書きがなくなった時にも相手してもらえる人間になるよう修養を積むのだぞ」と訓示された。

この三月末、役所勤めを終わり、そのかりそめの肩書を外すことになった私は改めてこの言葉を考えた。

短くもなかった宮仕えの間、名刺の右肩に使わせてもらったそれなりの役職はもう使えない。果たして素っ裸の一市井人として通用する人間かと自問してみる、窮屈極まりない服務規程さえ、その枠内で保証されていた自由があった。そんな枠を他律的に決められていた甘えさえ懐かしい。そのタガが外される。

以降は自分で自由に組み立てろと言われる生活時間帯は心細い。心機一転、心身の「充電」にも時間がかかりそうだ。（4・4）

親子連れ

昼少し前の地下鉄。五歳ともう一人は三歳児と見た男の子を連れて乗ってきた若いお母さんの前に、座席が一人分だけ空いていた。まず席を取った五歳君が靴をぬいで後ろ向きになり窓の外を見ようとしたが、真っ暗で面白くないもよう。じっとしているのが苦手の元気な子で、すぐ席を弟君にゆずった。

母親に手を引かれて立っていた小さいほうが交替してお行儀よく座ったのだが、両手で半ズボンの腿を叩いて、この上に座れとお母さんに合図したのには驚いた。笑いながら抱き上げて腰を下ろした美人の奥さんに、今度は兄ちゃんのほうがしなだれかかる。明らかに、小さなやきもちだ。

一部始終を見ていた隣席の私が思わず立とうとしたのは、兄ちゃんに席を譲ろうとしたのか、シルバーシート相当が立つのもおかしな話と気付いて中止したが、一人で赤面した。

春休みの間中、さまざまな不作法や傍若無人の小・中学生に悩まされてきた車内風景だったが、今日はまた、ひと味違う微笑ましい親子連れだった。（4・8）

夢幻神話

福岡市の中心・天神の八階建てビルの壁面一杯に大きなヌード写真の広告。これに眉をひそめては「芸術を解せぬヤツ」と言われそうで黙っていたが、連れの女性画家が二人とも「嫌ねえ」と口を揃え、「街の美観を左右する権利がこの人たちにあるはずがない」と怒るので、私も安心して腹を立てた。

何の宣伝なのか「夢幻神話」という不可解なコピー四文字とヌードの取り合わせだが……と問い合わせたら、当世流行のコピーライターの独創で、意味は見る人で適当につけてくれ、賛否はどうでも人々の関心を引くだけでよい——との「この人たち」の返事があった。

この国籍不明の女性ヌードの乳房の辺りが、約四十年前に私がこの焼け残りビルで米占領軍のアルバイトをしていた部屋の辺り、日本人の弁当はタクアン臭いとの理由（と後で聞いた）で室内での食事は許されず、今この広告を見上げる交差点付近の焼け跡に腰を下ろして開いた弁当の中身は——思い出したくもないが、私には夢でも神話でもない。

ヌードとは知恵のない発想で、女性蔑視の醜行が白昼展開されるこの辺りは、焼け跡時代でも、もっと心豊かな場所だった。（4・11）

祈念櫓

旧福岡城趾の舞鶴公園の朝、天守台に立てば、目前の満開の桜が今を盛りと打ち重なって織りなす花の絨毯に絶句した。

その雲か霞《かすみ》の桜に覆われた本丸広場の東北隅にわずかに覗く新しい黒瓦が、その方角からして本丸の「鬼門封じ」に建てられた祈念櫓（万延元年の建立）の屋根で、昨秋、北九州市八幡東区の大正寺境内から里帰り復元された新しい文化財に違いない。

天守台から見た下界では、青ビニールやゴザなどで随所に今夜の宴の縄張り争いがあっている。新入社員君の初仕事か、縄張りの真ん中に一人戸惑った顔で座り、先輩諸公今宵の酔態の場確保に頑張っている。そばでは福祉訓練生の腕章をつけた男女六人が、精神薄弱者育成会の先生方と昨夜の乱チキ騒ぎの後始末に余念がない。この訓練生たち、花見時には朝三十分早く仕事を始めるのだそうだ。移動用トイレのカーキ色天幕二基と車椅子多数が持ち込まれたコーナーでは、到着したバス三台から花畑老人ホームのヘルパーさんたちが降りてきた。

旧い天守台と新しい祈念櫓に挟まれた桜の絨毯からは、これらさまざまな人たちに花ビラが平等にふりそそぎはじめた。（4・15）

下　駄

「保存写真をお寄せください」との社告で新聞社が明治・大正以降の写真の提供を求めている。

この写真はどうだろうと見せてもらったのが、「下駄《げた》の歯替え風景」。道路端の大きなリヤカーと厚めのシートが覆って、地面に座り込んだコウモリ傘の修繕と下駄の歯替え屋さん。昭和も二十年以前の写真だ。

懐かしいなと話していたら、「下駄のその部分を『は』と言うんですか、取り替えることできるんですか」と二十六歳嬢が驚いた。こちらも驚いて聞き返したら、下駄を履いた覚えのない女の子が大人になっているのだった。「ウッソォ」とおじさんたちのほうが叫んだ。

下駄の裏には二本の溝があって、擦り減った歯は確か木槌で横からトンと叩いて外した——と思うが、木槌だったか金槌だったかそのへんの記憶が定かでない。あなたたちが感心するような倹約とは違う。日常当たり前の下駄の使用法だった。

『広辞苑』に「二枚の歯を持つ台木に三つの穴をあけて鼻緒をすげた履物」が下駄とあり、さらに「歯には差歯《さしば》と、連歯《れんし》とがあり……」と続いている。それだ、その差歯だと納得してもらった。

（4・18）

ジンクス

目には青葉、博多はもうドンタクの季節。これほど昔と比べて様相一変の祭りも珍しい。七夕のように、家々の軒先に色紙の飾りを結んだ笹竹、それをくぐって「預かり笹《ざさ》」を背に差した「おいさん」たちが「いおーたー（祝うたぁ）」と言いながら舞い込むのを、ずっと後まで「酔うたぁ」と聞き違えていた。軍国時代とはいえ、いまだ万事悠長だった日々、その頃のドンタクにはほど遠い昨今のドンタクだが……。

ドンタク実行委員長の下沢轍《わだち》氏との対話で、古今東西どの土地から流れてきた情報・風習でも、見事に吸収して消化してきた懐の深い生活文化の街・博多という土地柄だけに、名称がオランダ語からのドンタク、テーマ音楽が江戸の尻取り唄というふうに、阿波踊りも佐渡おけさも長崎の蛇踊りでも、警察音楽隊も、ここでこの時期出場のなら、それがドンタクですたい、と意見は一致した。

例の「ドンタクの一日はさっち雨」のジンクスを聞いたら、実行委員長声を強めてあれはデマ、記録ではこの期間の平均降雨率は三〇％に過ぎぬそうだ。当日の晴天を祈るばかりだが、三〇％はやはり気にかかる。照る照る坊主の出番だろう。

（4・22）

おじんが行く

福岡市の中心、「天神」の名のバス停は四十カ所もあるそうで「福大行き」と「福大病院前行き」とは別の路線だった。憮然たる面持ちでバスを降りた私に、親切な婦人もおられるもので、大学構内を抜けたら病院への近道ですよ、と教えてくださった。

「関係なき者の立ち入り禁止」の表示板を気にしながら午後のキャンパスを通らせてもらったが、これが本当に学生かと疑う多彩な服装の若者の群れに目を見張った。「チェッカーズ」が歩いているし、男女不明の髪型の若者、その一方ではグラウンド一杯にカラフルなスポーツウェアが走り回っている。聖子と明菜の女子学生二人が「こんチヮー」と私に声をかけた。数歩のうちに今度は男子学生が丁寧な会釈、それも二度、三度。

仕方がないので「はい」とその都度返事をしたのだが、まるでペテン師扮する碩学《せきがく》教授の気分。そして半世紀も前、洋服を着て、ネクタイを締めた大人に出会ったら無条件にお辞儀をした小学生の頃を思い出した。

病院が目の前の出口（検問所？）で、若いガードマン君が挙手の礼で私を見送り「お疲れ様！」と叫んだ時は、もう、一刻も早く娑婆、あの天神の人込みの中に埋没したくなっていた。（4・25）

転職志望

先日の本紙夕刊に「有料就職紹介は違法」との福岡地裁判決が出たので、人材斡旋会社を持つ友人に連絡したら、うちは労働大臣認可の、民間ならではのきめ細かい配慮がセールス・ポイントの新しい「転職人材紹介所」だから大丈夫、との返事だった。

オレにはもっと適したオレの才能を生かせる職場があるはず、とはおそらく誰でも考えることだろうが、終身雇用のぬるま湯とお家大事の忠誠心などが脱サラないし転職をためらわせるのは身に覚えのないことではない。

求職、転職の言葉に若干の負け犬的ニュアンスを感じるのは、われわれ世代までのことらしく、アメリカ映画で見るように「オレの才能を買わねば、アンタの社の損だぞ」と胸を張って自分を売り込む姿勢が、東京からのUターン志望者をはじめとして最近見られるという。既存の公共職業紹介制度も、社会の多様な変化への対応に苦慮しているので、これら新しい民間人材紹介機関とのきめ細かい経験交流で、補完し合っているとも聞く。

ただ「隣の芝は青い」式の安易な転職志望にはコンサルタント諸氏も手こずるようで、やはり旺盛なチャレンジ精神と、勤労意欲の持ち主――当然だろう。（5・2）

しゃもじ

ジンクスの雨も最後にはほどよく降って、今年のどんたくも「ほら、見るだけじゃのうて、かたりんしゃい」と渡されたしゃもじ二本が手もとに残って、無事終わった。

子供の頃のどんたくの記憶は福岡城址練兵場での戦没兵士の招魂祭、見上げる高さの杉の葉の大鳥居、それにむせ返る若葉・青葉の営所（陸軍の兵営）周辺の新緑の香に尽きる。

その営所の起床ラッパで朝を迎えた私の街を、演習帰りの兵士たちの行進がよく通ったが、ある日突然、隊列を離れた兵隊さんが一人、私の家に飛び込み、母に「しゃもじを！……一本でも二本でも」くれるよう、切羽詰まった声で頼んだ。その表情が忘れられない。後に私自身がその連隊の初年兵になったその日、上等兵殿から「たとえしゃもじ一本でも陛下からの預かり物だ、員数が合わねばどげんなるかわかっとるか！」と有り難いご訓示を受けることになる。以後、しゃもじ、飯盒《はんごう》はもとよりあらゆる兵器、陣営具が「員数合わせ」の対象で、「一ツ、軍人ハ要領ヲ本分トスベシ」の合言葉で、復員後親にも弟妹にも言えぬ恥ずべきほかの内務班の初年兵たちの紛争に巻き込まれ、それが陛下のため、お国のためと哀れな初年兵たちは極秘作戦に没頭した。

あの時の兵隊さん、今では喜寿くらいになっておられるだろうか。

（5・9）

少林寺

子供の日が雨とは珍しいことで、地下鉄天神地下街は雨を避けた人込みでまるで放生会。それを擦り抜けた昔の名で材木町の少林寺では、福商三七会（市立福岡商業学校昭和十五年卒業の方々）の物故同窓慰霊祭がしめやかに行われていた。

この寺は名門福岡商業が明治三十四（一九〇一）年四月、仮校舎を置いて発足したゆかりの地だが、案内略図に「親不孝通り」とあるのですぐわかるという、はなはだ今日的な環境に周囲が一変している。

遺族の中には、令息の戦死の広報を硫黄島でと、グアム島でと、二通が相次いで届いたという方もおられた。今、定年期を過ぎて白髪を頭に置き集まっておられる同窓の方々も、この親不孝通りの主役たちの年頃を、あの悪夢の戦火の日々、それに続く焼跡闇市時代を切り抜けてこられた方たちである。

一歩外の喧騒が嘘のようなここ一カ所だけのタイム・スリップ。静寂の中に流れる読経の末席で、少年の頃亡兄に教わった校歌の一節を「潮湧き立つ玄海の　空に輝く商星を　目指して正す羅針盤……」とひそかに思い起こせば、同窓の方々の大正二桁ならではの寡黙のうちにも男っぽい友情に胸が詰まる思いだった。

（5・13）

道連れ

前の土曜の午後、長崎行き特急「かもめ」に偶然乗り合わせた大きなリュックサックの外国人二人連れは、二週間前にこのプラットフォームで見送ったフランスからのドプレ氏夫妻だった。あれから、その土地土地のエスペランチストたちのリレー接遇を受けながら日本各地を回り、今長崎での九州エスペラント大会参加のため、京都からの新幹線を博多で乗り継ぐところだった。

赤い頭巾《ずきん》は地中海沿岸ニース近郊の漁夫のいでたち、ハイキングよりラフな服装でリュックを背負い、もう月余の異国探訪中のご夫婦に、とても結婚二十年目とは見えぬ若さとたくましさを見た。汽車の揺れの中で、せっせと留守宅に絵葉書を書きつづける小柄なニコラ夫人、先日のフクオカでのお返しだ、おまえの汽車弁代はオレが払う、と言いはるジョアン氏。いずれも南欧人らしい律義さとはこれかと考えた。

車窓に見る雲仙の山々を観音様の寝姿と説明して納得する人たちではない。海中に見えるのは海苔養殖の装置と説明したが、漁師の癖にこの人、海苔を知らなかった。辞書を引いたら「海の雑草」とある。宿で朝食に出たでしょうに……と言ったら、何やらフランス語でノートに書き込まれた。「旅は道連れ」はフランスにもある言葉だそうだ。

（5・16）

森林浴

今年は空梅雨の心配もないようだ。久し振りに訪れた南公園の動植物園も、溢れる湿気が今にもしたたる緑で一杯になっていた。徐々に深さを増す緑を見慣れていたので、わずか二カ月足らずの無沙汰のうちに、こんなにまで新緑への場面展開があっていたのに驚いた。

垂れ込めた雨雲と茂った木々の深い緑で、すでに梅雨期の特有の暗さ、俳句でいう五月闇《さつきやみ》がこれ。鼻をつまれてもわからぬ夜の暗さだけでなく、屋外の昼のこの暗さも五月闇と呼ぶのだそうだ。今のところ木下闇《こしたやみ》でもいいようだ。

森林浴中の動物たちに盛んにシャッターを切っている相棒の写真家・光安欣二君によれば、晴天に過ぎれば、白・黒と色彩の濃淡がはっきりしすぎて悪い。光線の按配はこの程度が一番良いとのことで、またしても常識の再検討を教わった。

カメラをなさる園長さんも「そのとおり。考えてみれば、人間の暮らしの姿勢もそんなものですな、はっきりしすぎては能がない、中くらいがいいですよ」とおっしゃった。

（5・20）

ある写真展

ミッション（スクール）の愛称で親しまれてきた福岡女学院の創立百周年記念の写真展を見せてもらった。昭和二十（一九四五）年の福岡空襲ですべての資料記録が失われたのを、国の内外からよくも集められた貴重な写真の一枚一枚が語りかけるメッセージに感銘を受けた。

百年前は明治十八（一八八五）年、テレビの時代考証に教えてやりたいような服装の少女たちに囲まれてカメラに収まっておられるギール初代、スミス二代目校長先生たちの眉に、生活文化の違う異郷での女子教育というクリスチャン特有の使命感、献身的チャレンジ精神を見る思いがした。

記録によれば、第一回卒業生二人を出したのが九年後、平尾の校舎に移るのは大正八（一九一九）年、その三年前の創立記念日に今年も行われたメイ・クイーン、メイポール・ダンスが始まっている。今八十歳を超える当時の少女たちが着物・袴姿で円陣になり、リボンを持って踊っておられる。

大正十（一九二一）年制定のわが国初のセーラー服の制服が、身長一六〇センチ近くもあればノッポさんとして恥ずかしかった時代も、下曰佐《しもおさ》の現在地に移転した今日も変わっていないという事実に、一本筋の通った教育の伝統を見たことである。（5・23）

海戦記念日

戦前、福岡の中学生たちは五月二十七、八日の日本海海戦記念日に箱崎浜に集まった。

運動競技がこの集会に加えられたのは大正四（一九一五）年からで、『修猷館二百年史』（この五月三十日発行）には、その翌年の項で「昨年の戦いに敗れたる本館は四旬の臥薪嘗胆《がしんしょうたん》の後〔略〕中堅中野君疾走中に病を生じて倒ること三度、残り七名の奮闘で農学校を抜き、幸いにも最後たるを免れり（二四〇〇米リレー）」とあり、八哩《マイル》二分マラソンでは、上野茂樹君が百数名中四位、学生では一位との記録を残す。

それまでの「駆けっこ」、「走りぐっちょ」が徒歩部として組織されるのが大正二年、「陸上競技」の名はまだない。大正七年には八哩二分の連続徒歩競走（マラソン）でついに優勝、「実に兄らが作りしレコードは偉大なりき抜群なりき」と喜んだが、二年後に「最後の一瞬に於いて寸毫《すんごう》の差をもって福岡師範に勝ちを占められたるこそ無念なれ、しかもその勝その敗、ほとんど判別し得難きまでの差なりき」、「尺取り虫の身を屈するは、やがて伸びんが為、弛まず怠らずんば遂には勝ちを制せん」と悲痛な敗戦の弁が残る。今、八十歳を超える方々の天気晴朗なれど波高かりし青春の日々が活写されている。（5・27）

五月雨を集めて

よく雨が降ってくれる。梅雨前にダム満水とは近頃珍しく、早朝駆け足コースのいつもの綺麗な川も濁っている。

前に「桂林紀行」と銘打つ水墨画の個展で、H画伯が「これで水さえ美しければ、言うことなかった」と漏らしておられたのを思い出す。伺えば、画伯が訪ねられたのは、ちょうど五月の増水期で漓江はまるで味噌汁色だったとのこと。だから水深二メートル以上の川底に落ちたカメラを伝馬船の上から竹竿の先に引っかけて掬《すく》いあげた透明度一〇〇%の私の目撃談は同じ漓江の話とは思えない、とおっしゃるはずだ。

広西荘《チワン》族自治区の奥地の美都桂林の「水は青羅《せいら》の帯をなし、山は碧玉《へきぎょく》のカンザシのごとし」と詩人陳毅将軍の詠った「天下に甲」と誇る山水の美も、一年中が絵葉書のようなわけでもないと知った。『徒然草』ふうに、茶褐色の水に、青羅の帯の流れを偲ぶのも一興ではないか――とは当方、万里青空の秋に訪れた果報者の無責任な放言。

となると、「五月雨を集めて」と詠う芭蕉最上川の句に清冽球磨川のごとき急流を連想するのは、臨場感なしの机上の観賞で、その球磨川にももちろん濁流の日もあろうと反省したことだった。

（5・30）

残《のこの》島《しま》

六月二日の日曜日、久し振りに渡った博多湾に浮かぶ能古島は、朝夕離れて見る分には四季のたたずまい優美な島だが、船着き場から間もなく草いきれで一杯の坂道ではもう汗が滲んで喘ぎ始めたのには、わが脚力の衰えを痛感させられた。

先刻乗り込んだ対岸の姪浜フェリー発着場で船を待つ長蛇の列には、全員一刻を争う都心の修羅場を離れて、昔にはあった「待たされる」時間を楽しむ表情さえ見られていた。

今年八十八歳でなお矍鑠《かくしゃく》の元早良郡残島村長・西方喜平翁は、島の郵便局長など、明治、大正、それに昭和も戦中・戦後の日々を、常にこの島の生活文化の中心にあって生き抜いてこられた方だ。昭和十六年、この島が福岡市と「対等」合併の際、取り残されぬようにとの悲願からそれまでの島の名を、万葉にも詠われていた「能古」の文字に変えることに尽力されている。

だが、離島開発ブーム時代の再三の架橋構想には、一貫して反対の姿勢を崩されなかった。それで、この島は今も今日的な「自然と人間生活の調和・共存の場」として百万都市の中に「残る」島となっている。

翁の米寿の祝いの末席で「残島村長」さんの健在を確認した。

（6・6）

大名時計

今日は時の記念日、『言語生活』の今月号特集も「時間」。そこで大名時計の項に驚いた。江戸期の一刻は今の二時間とは聞いていたが、一刻の長さが季節によって異なるとは知らなかった。明け六つとか暮れ六つとかはよく聞くが、当時は一日を昼夜に分けてそれぞれの長さを六等分してこれが一刻というわけだ。

高価だから大名しか買えないのでそう呼ばれた大名時計（和時計）には、この絶えず変わる時刻を、定速で動くのが身上の機械で示すのだから職人たちはいろんな工夫を凝らした。天秤《てんぴん》で針や文字盤の速さを変えたり、速度は一定でも目盛りの間隔を移動させたり、その都度文字盤を取り替えたりの苦心が、今東京谷中の「大名時計博物館」に陳列されている。

しかし、せっかくの創意工夫だが、いずれも刻時の精度は高くない。時計での不正確さは致命的な欠陥だが、自然のリズムと共に日のある内は働き、日暮れには仕事を切り上げた当時の民衆には、一分一秒の違いを知る必要はなかった。時計や時刻表に振り回される現代の私たちにこの大名時計は何かを語りかけている。

（6・10）

環境週間

六月五日の世界環境の日からが環境週間。福岡市都心の天神地下街の展示コーナーで「環境クイズ」なる用紙七問を渡された。

まず空気汚染の最大原因は、（1）自動車、（2）飛行機、（3）工場……当然（1）にマルをつけて、何程のことやあるとほかは適当に記入して提出したら、美人の娘さんから「やり直し」を命ぜられた。全問正解でないと景品のクジを引く権利がないのだ。「解答はパネルの中にあります」の注意書きを無視して景品のほうに気を取られていた罰で、恥をかいた。

市衛生局の若い職員君のアドバイスで、河川の汚れの原因は家庭排水にマルをつける。工場排水については市内にそれほどの数の工場はなく、また企業体で公害対策に真剣な取り組みがなされているとのこと。下水道の普及率がまだ六〇％、私たちの普通の会話が六〇ホンの騒音ということも教わった。

意外に多くのＯＬ、ギャルそれに暴走族かも知れぬ若者たちも、やり直しを命ぜられてはパネルとにらめっこを繰り返していたが、その身近な問題の学習風景は都心雑踏の中だけに一種の快さがあった。

少し利口になったがクジ運はいつもの通りで、グラジオラスの球根三個をもらった。

（6・13）

浜の町

四十年前の六月二十日、空襲の一夜が明けた福岡部の無残な焼け野原の真ん中に焼け残った唯一の建物が、後に福岡城址に移された潮見櫓。今は病院名にだけ残る「浜の町」界隈は、黒田別邸のこの櫓だけを残して壊滅した。

江戸も中期の元文年間（一七三六〜四〇年）までこの町は「タバコ町ト言ヒシガ、火災シバシバアリシ故、名ヲ改ム」と記録にあり、以来火事とは無縁の海辺の砂浜美しい「浜の町」となる。ここの黒田の殿様の別邸は、昭和の初め、火事で全焼した私たちの小学校の寺子屋ふうの仮教室になり、私はここで四年生に進級している。

近隣の古老が「大空襲の火の海からこの櫓だけでも焼け残ったのは、あの『火まつり』のお陰」と憮然たる面持ちで語られるのを聞いている。

その「火まつり」とは、毎年十一月五日の愛宕神社（福岡市西区愛宕山）への「火伏せ祈願」の参詣で、当の神社もこの町の人から聞くまで知らなかった江戸時代からの古い習俗だ。神社側からの呼びかけ行事ではなく、草の根庶民の自主的共同参拝が、四十年前のいささか頼りない御利益を経て今日まで続くという事実に感動する。

（6・17）

筑紫君磐井

六月十五日、久留米市石橋文化ホールでの九州文化シンポジウムは一五〇〇人の超満員で、異様な熱気が充満、ほとんどが高齢の方々を正味六時間釘づけにして、人一倍飽きっぽい私さえとうとう中座させなかった。

遠い筑後の山奥での事件ぐらいの認識の私が、その支配する筑紫が北に那の津、南に有明海・八女の津の両港を持つ海洋交流に強い国で、大和王朝の親百済《くだら》と別の親新羅《しらぎ》の独自の外交路線を持つ、との解説には、特に那の津がわが郷土・博多と承知しているので、身近な存在と目からウロコの落ちる思いを味わった。

隣席の最初から熱心にメモしておられる婦人は、岩戸山古墳のある八女市吉田の方で、この古墳は子供の頃の遊び場、磐井は国賊とされながらも、子供たちは天照大神の神社と聞かされて当番で掃除をしてきた、とまるで隠れ切支丹とマリア観音みたいな話を図面を指しながらしてくださった。後、小学校の先生からこっそり国賊ではなかったと聞いた記憶はあるが、意味がよくわからなかったのだそうだ。

これだけ大勢の参加者とはまるで夢です、ともおっしゃった。そのうち、教わった通り福島高校前でバスを降り、現場に立つつもりでいる。

（6・20）

歳月四十年

福岡空襲で四十年前、わが町博多に雨と降りそそいだ焼夷弾を兵隊たちは敵も味方も「モロトフのパン籠」と呼んだ。後にフランスパンなるものを娘さんたちが捧げるようにして街を歩き出した時、あのパン籠のパンとはこれかと焼夷弾そっくりの形に一瞬だけ気分が悪くなったのを覚えている。

その話をしたら、「モロトフって何……人の名前？　それでそのソ連の外相の名の爆弾をなぜ米軍機が使ったのか、その頃、米・ソは仲が良かったのか」と若くもない人に質問されて驚いた。仲が良かったどころではない。あの年四月のベルリン陥落は米ソ両軍の相呼応昨戦だったし、日本の命運を決めたヤルタ協定でもポツダム宣言でも、ソ連はいつもあちら側だった。

「でも、敗戦直前に中立条約を破って、突然満州に侵入するまで、日本はソ連を信頼していたのではないか」との反論を受けた。

史実の把握を雑なものにし、体験や認識を風化させたのが四十年の歳月だけではないと考えさせられる。数日前、防衛大学の新入生の三分の一が日露戦争の日本海海戦で勝ったのはロシアだと思っている、との話を読んだばかりである。

（6・24）

アジサイ

降らぬまま明ける梅雨かと心配して庭の隅のネギに朝夕水をやっていて損をした。アジサイの花が、今雨の中で一段と美しい。

意外なことにこの花、古書に「阿知佐井、万ニ『やへさく』（八重咲く）ト云ヘリ。歌ニ詠シ難キモノナリ」とあり、日本の古典古歌では「名歌どころか、作品そのものの数が少ない。品格において劣ると見られたか」と久保田淳氏はその著『花のもの言う——四季のうた』（新潮社、一九八四年）に書いておられる。

『万葉集』には二首、大友の家持は「口のきけぬ植物さえ、アジサイのよう色の変わる信用のおけぬ奴がいる」と失礼な引用。別の一首で橘　諸兄《たちばなのもろえ》が「『安治佐為の八重の咲くごとく』と花弁の重なりがめでたい」と祝い歌でとりなしてくれてはいる。

平安期にはまるで雑草扱い。『枕草子』の「木の花は」、「草の花は」の各段にも登場しない。その舞台装置に最も相応しい色彩と思うのは現代人の感覚らしい。『源氏物語』の総索引にもこの花は見出せないそうだ。幕末の蘭医シーボルトが日本人妻「お滝さん」の名からオタクサの学名で世界に紹介した話は聞いているが、その頃には日本の花として定着していたのだろう——昔は知らず、今青梅雨の花はアジサイに尽きる。

（6・27）

赤い鳥

「今の少年少女の読み物や雑誌はその俗悪な表紙を見ただけで子供に買ってやる気がしません。内容はあくまで功利とセンセイショナルな刺激と変な哀傷に充ちた下品なものだらけ……」と、大正七（一九一八）年、今から六十七年前に鈴木三重吉は各方面に配ったプリントで訴えて、雑誌『赤い鳥』を創刊した。

これに応えて森鷗外、泉鏡花、高浜虚子、島崎藤村など当時の文壇の主要作家、一流の文章家たちは競って「世間の小さな人たちのために」芸術として真価ある純麗な童話と童謡を創作した。以後、北原白秋、三木露風、西条八十、小川未明など「子供のことを考える」大人の芸術家たちが童謡を発表する。

「赤い鳥」が訴えたアピールは「ただの一人も子供のための芸術家はこの国にいなかった」の一節を除いて、七十年近くも後の今日そのまま通用する。

今、これらの珠玉の作品に溢れる「子供たちのため」との時代思潮が十分に受け継がれているかを考える。例の「カラスの勝手でしょ」のように、先人たちの志を侮辱する言語道断が横行する風潮は恥ずかしい。今日七月一日が『赤い鳥』創刊の日、この日を昨年から「童謡の日」と決めている。（7・1）

独立記念日

一七七六年の今日七月四日、新世界のフィラデルフィアでの大陸会議は合衆国の独立宣言を採択している。星条旗の赤・白の横縞十三本はこの会議参加の十三植民地の数。当時まだニューヨークは英国軍の制圧下にあり、独立軍は義勇兵八千人を集めたばかりという物情騒然たる中での建国宣言だった。

「英国からの自由、自らの運命を自らの手に委ねること」、「権力は王制時代と違い『神の恩恵』ではなく『民の恩恵』による」。それ以外のことは、何が行われるのか、誰もプログラムはわかっていない。首長も政府もない薄っぺらな紙一枚の国が誕生した。「建国」だというのに秘書もいないし、タイプライターもなかった！と作家J・フェルナウは、何事も几帳面なドイツ人らしく驚いている。

大陸会議のバージニア代表G・ワシントンが全植民地軍総指令として独立革命の戦闘部門を受け持ったあと、推されて初代大統領に就任するのは十三年後の一七八九年の四月。その後の約二百年間に合衆国が全地球史に占めた存在は周知の通り。

コロンブスの新大陸上陸（一四九二年）から独立宣言までには、より長い二八四年の語られることの少ない歳月があった。（7・4）

わからない

言語道断としか言いようのない例の豊田商事グループの詐欺商法。この悪徳商法がわが法治国家で白昼堂々と横行した事実を経済界主流はどう見ておられるのだろうか。殺されたり捕まえられたりの記事で初めて知るのだが、いずれも三十歳過ぎたばかりの青年だったのが、やった。

同じ社名を名乗る大手企業が彼らの行為を、自らを含めた業界のまともな経済活動のイメージ・ダウンとは考えなかったのか。私みたいな普通の人間にも金を買え、ダイヤで儲けろとの電話は何度もかかってきた。気の毒な被害者だけでなく、「危ないところだった」と思う人は案外多いはず。

それまで彼らの背徳行為を少なくとも黙認してきた罪は大きい。業界全体にもっと自浄作用の機能があるものと思っていた。でないと、正当な訪問販売、保険勧誘などの草の根商法など、この事件以来信頼保持にかつてない苦労を強いられることは想像に難くない。

それにしても月収三千万円とは税務署が不思議に思わず、チェックしなかったのか——そのへんもわからない。

（7・8）

エネルギー館

この七月四日十三時六分現在の世界人口は四九億四三〇〇万五九〇〇……とまではメモしたが、何しろ一秒ごとに数字が変わるので二桁以下の電光表示が書き取れない。場所は福岡市中央区の九州エネルギー館展示室、おそらく日本一（しかも入場無料）の熱・光・エネルギー専門の科学博物館。

人類最初の火の使用から未来のエネルギー開発まで、特に数字やメカに弱い私は、無条件に感嘆して拝見していたのだが、「二桁以下の数字の増減が目まぐるしくて正確な数字が摑めない」と白状したら、増減？と説明の方が驚かれた。この数字に減はなく、ただ一秒に三の数字が加算されるだけ、今一秒に三人の割で世界の人口が増えているとのことだった。

遂に世界の総人口を瞬時に捕捉する機械が開発されたかと感動したのは、場違いの科学的雰囲気の中の緊張で平常心を失った私の大ポカで、世界には国勢調査などできない国が多いと教えられて恥をかいたが、感心もした。数字とメカだらけの中でこの遊び心は憎い。

ちなみに同時刻で二十一世紀まで、あと一三億五八二六時間五四分四〇秒。こちらは信じてよいのだろう。

（7・11）

夏の歌

梅雨明けて猛暑到来――古人はこの猛暑をどう過ごされたのだろうか。『小倉百人一首』から夏の部に分類されたのを探したが、春、秋の部は多いのに、夏の部はわずか四首のようだ。しかも夏の暑さには参ったと嘆く歌はない。

例えば「かささぎの渡せる橋におく霜の白きを見れば夜ぞ更けにける」（大伴家持）はカササギ、天の川説話の連想から夏の夜の歌とばかり思っていたが『新古今集』の冬の部。「春過ぎて夏きにけらし白妙の衣ほすてふ天のかぐ山」（持統天皇）は『新古今集』の夏の部巻頭だが、猛暑にはほど遠い初夏。「夏の夜はまだ宵ながら明けぬるを雲の何処に月やどるらむ」。これは清少納言の曾祖父・清原深養父の『古今集』収録の歌。『千載集』の「ほととぎす鳴きつるかたを眺むればただ有明の月ぞ残れる」（藤原実定）と同様に「暑くてかなわぬ」などの弱音は当時の風流心に馴染まなかったようだ。

もう一つ夏の部に記録される『新勅撰集』の「風そよぐ奈良の小川の夕暮れはみそぎぞ夏のしるしなりける」（藤原家隆）も、秋の気配だがまだ夏のうちなのだといった調子。

草の根の庶民の暮らし、その生活心情にまでわが国の詩歌が浸透するのは、江戸期を待たねばならなかった。

「まっすぐな柳見ている暑いこと」（『柳多留』）　（7・18）

猛暑の句

ネクタイを外せと三十五度の街　（康二）

真夏日へ冬よりかかる光熱費　（志津子）

「どこもかしこも開け放して夜をそのまま明かす」と『枕草子』にもあるこの暑さ！

炎天を仰ぎ九回あと一人　（弥一郎）

高校球児の白球を追う滝なす汗の中に、もう真似のできぬ素晴らしい銷夏法《しょうか》がある。

炎天の向きを忘れた影法師　（岩子）

その炎天下、豊田商事以来信用ダウンに苦労する人たちの仕事も展開されている。

セールスの靴燃えそうな油照り　（恭太）

「夏女房に冬男」との諺が日本にあるそうで、女性の着物姿を見直すのは夏に限る、パラソルさせば、夜目遠目傘のうちなる佳人に出会う楽しみもある。

炎天を歩く一つの恩返し　（恵美子）

ムクゲの薄紫の花が終われば、すぐにキョウチクトウ、サルスベリと炎暑の花が続く。

ひまわりも覚えていまい捧げ銃　（真吾）

八月が照りつけていた負けていた　（昭斉）

（『川柳歳時記』創元社版より）（7・22）

村舞台

豊漁の神・恵比寿様でも博多湾東端で海の中道カナメの漁村・奈多に鎮座なさるのが志式神社。今月二十日夏祭りの夜は二百年の伝統を持つ「奈多万年願」の奉納芝居で、露店の灯と野舞台だけを残して全域が漆黒の闇に覆われていた。

「ととさんの名は……阿波の徳島十郎兵衛」と答えるお鶴に、さてはわが娘！と絶句するお弓。傾城阿波鳴門、巡礼唄の段のクライマックスで、芝生一杯に座り込んだ観客から掛け声と紙ひねりの「花」が舞台めがけて飛ぶ。

五十年も前には確かに都心にもあった夏祭り奉納相撲や野外舞台の雰囲気に感動した。野外でも掛け小屋ではなく、明治二十七（一八九四）年に糟屋郡猪野からの移設と聞く本格的な花道を備えた建物で、演劇史にも建築史にも貴重な文化財の価値十分なのが今も生きている。

出演が、博多湾でもこちらは西端の今津の青年たちで、名も恵比寿座。代々伝えてきた無形民俗文化財の今津人形劇の人たち。博多湾の東西を結ぶ豊漁祈願と悪疫退散の祈り、昔ながらの庶民娯楽の嬉しい結合の臨場感にすっかり酔うたことだった。

群がる夏の虫を団扇で追えば、ホタルが一匹、足元からすうーっとお鶴のほうへ飛んで消えた。

（7・25）

開国

「国際収支の赤字に苦しむ日本経済が果たしてこうした負担に耐えられるか……」

五、六年前の資料にはまだこの種の「及び腰」の表現が残っている。

先般シュルツ米国務長官との会談で、宮沢自民党総務会長は「日本の生活習慣、社会の在り方、文化の一部を直してゆく、いわば『第三の開国』の決意だ。日米貿易の帳尻にはただちに効果は見えぬだろうが、その努力は知ってほしい」と強調した。

黒船が最初で、四十年前の敗戦が第二次の開国の意味だろうが、その際、占領軍に接収された家屋の床柱がペンキで塗り直された無残を思い出す。当時は著名な文豪でさえ日本語を廃止してフランス語にしようと言い出す風潮でもあった。

今回はペンキも刷毛も当方から準備して生活文化の一部を訂正する！　私の新聞の読み違いでなければ、恥ずかしい話だ。

一国の生活慣習も社会の在り方も、貿易トラブル解消のためには変える——とは、まともな国の政府なら意味を取り違えることだろう。そして問題が益々混乱するのは必至だ。でも、それが目的の発言なら話は別だ。

（7・29）

玉竜旗女子剣道

ほとんど全員が純白の稽古着に袴、それに黒か赤胴の取り合わせは、爽やかさ抜群の最高のコスチューム。それに一人ひとりの面を取った時の汗のにじむ笑顔と、少女らしい恥じらいがまたよい。

母校の娘たちが早々に姿を消したのは無念だったし、華麗な死闘が八コート全面で同時に展開されていては焦点が定まらず戸惑ったが、眼前の千羽鶴を吊るした校名プラカードに筑紫中央高校を見つけた。

地元の娘たちが遠来の東北山形県の寒河江《さがえ》高校を迎えて大将同士の一歩も引けぬ剣を交えているのだった。劣勢だった筑紫中央の大将（女の子の大将とは何とも楽しい呼び名だ）北島康子二段は、波に乗る相手の中堅を倒し、副将についで寒河江大将の高橋嬢を引き出していた。そして、もつれ込む延長戦で見事なコテ一本！　年甲斐もなく手に汗を握っていたのに気づいた。

突如、盛んな拍手が背後で沸いたのは別のコートでの勝負に一喜一憂するグループで、北は北海道から一九一校に及ぶ女子高校生たちが、それぞれ自分たちのドラマを見つめているのだ――その事実にしばらく酔うたことだった。

（8・1）

痛恨風化せず

空襲警報どころか警戒警報もなく、いきなりの爆音で眼前を木立すれすれの高さで左へ横切った米戦闘機ムスタングはすぐに反転、隊列の後ろから機銃掃射を浴びせてきた。兵隊たちは道の両側の畦溝に転げ込んだが、引率の見習士官殿だけが道路上に伏せて……その背中に機関砲弾一発が命中した。日付は覚えていないが敗戦日直前の八月、久留米市郊外、広川への乾き切った道路上だった。

眼前を横切る米兵の顔を瞬時ながらはっきり見たのは真夏の炎天下の錯覚かとも思ったが、同様の体験話を後で聞いて、あれは決して夢ではないと信じている。ただ真っ赤な顔で何か叫んでいたと見たのは、機体そのものが必死の形相で突っ込んできた恐怖からの思い込みに違いない（飛行帽の中の顔色がわかるはずがないではないか）。

その夜、見習士官殿の柩《ひつぎ》を前に「しかばね衛兵（民間の通夜勤務」で剣付き銃を片手にゆらぐローソクの灯を見つめながら、何故か異国の地上すれすれまで突っ込む命令を受けた敵国青年の心情も考えた。だが、その時点で軍部・政府首脳がすでにポツダム宣言受諾の方法論で無駄な日々を過ごしていたとは思いも及ばなかった。

（8・5）

体験談

八月六日、広島原爆の日、福岡市中央区の舞鶴中学校で生徒諸君に戦争体験を話す機会があった。この地区は私が生まれて育った所で、四十年前六月の空襲で古くから続いていた城下町のたたずまいが一転して、焼野が原になった場所である。

君たちの年頃の私には四十年前とはあの日露戦争で、彼我将軍の名前や幾多の攻防戦の勇壮な美化された物語が、軍国少年を励ますことはあっても、日露両軍衝突の場で焦土と化した中国民衆の惨害に思いを及ぼすことはまずなかった。

今、君たちに語るこの校庭が歩兵二十四聯隊の城内練兵場で、無数の焼夷弾の雨の中をなすすべもなく逃げまどった最下級兵士私の無念の体験談。ふるさとの歴史の中に、住民全員の生活を狂わせた悲惨が、ここで展開された事実、それが戦争だと知ってほしい。

この学校のすぐ横には空襲の夜に水面一杯に鬼火のような炎が燃え上がっていたのが嘘のように美しい大濠公園。また、昔の城外練兵場には私たち中学生が勤労奉仕で植えた樹木が今護国神社の鬱蒼とした森になっている。案外、身近な所に「あかし」を見せている「平和」を大事にしてほしい。

伝えたいことが多すぎて、時間が足らぬのが心残りだった。

（8・8）

昼寝

伊勢国長源寺のお堂の縁でたまたま暑さを避けて昼寝していたのが土地の人と日向の国からの旅人で、日が暮れて突然呼び起こされた時、両人の魂が慌てて入れ替わってしまった。顔は本人だが言語挙動が別人なので家人が承知せず、詮議の末、二人にもう一度寺の縁で寝てもらい魂の交換をしたという話（『和漢三才図会』七十一巻）。前後脈絡のないトンチンカンな話を「伊勢や日向の物語」というのは十三世紀末には一般化していたようだから、ずいぶん昔の話である。

魂の無断外出はわが国だけでなく、仮眠中の旅人の鼻から蜂が飛び出して宝物を見つけてくる話や、魂が動物の姿を借りて睡眠中の体から抜け出す信仰はスコットランド、ニュージーランド、ビルマなど世界各地に見られる。もしこの蜂が慌て蜂で帰路を失えば魂の混乱が生じてその人は病気になる。だから人を不意に起こすのはいけない。特に眠っている人の顔に髭を描くなどもってのほか。魂は髭のない人を捜して迷子になる。

この暑さにぐったり寝込んでいる人がいくら羨ましくても、ゆっくり寝かせておくことだ。

よっぽどの間かと昼寝は目をこすり　（古川柳）

（8・12）

三国志

四十年前、敗戦の夏が過ぎた教室で子供たちはまず教科書の随所を墨で塗りつぶした。中国の歴代王朝が政権を取ってまず行ったのが歴史の編纂で、いかに今度の覇者が天の命を受けて天下に君臨するにふさわしい人物かを示すためと言える。

だが、後漢の滅亡後、魏・呉・蜀の三国鼎立《ていりつ》から晋（魏）の統一までを描く『三国志』は、覇者魏の曹操の功績のみに力点を置くことはせず、破れた蜀の劉備も呉の孫権も、いずれも希代の英雄として描いている。

しかも、同書の民間普及版『三国志演義』では完全に曹操は悪玉で、敵対した蜀の劉備以下関羽、張飛それに軍師の諸葛孔明が善玉とされ、その線が今日まで生きている。

『三国志』六十五巻の撰者・陳寿ははじめ劉備に仕え、蜀の滅亡後、晋（魏）に仕えた人物だが、志ならず倒れた悲運の旧主のことを臆せず記述した心情と、それを許した勝者側晋朝の心意気に感服する。

慌てて墨をすった教科書の思い出は苦い。四十年を経過した今、生き抜いてきた人々の草の根証言が初めて出ようとしている。この沈黙期間の長さと重みを大切に、昭和史をさらに中身の濃いものにせねばならない。

（8・15）

炎暑の花

ここ四十年間、ヒマワリの黄とキョウチクトウの燃える紅を広島、長崎それに八月十五日の怨《えん》の彩《いろ》と見てきたが、今年さらにこの炎暑の時期に重なる痛恨事、現代科学の粋と信じて疑わぬ日航ジャンボ機の墜落事故！

犠牲者の家族の方々には申し上げる言葉もないが、今は引き返しもできぬ物質機械文明の進行に振り回される身を、ひとまず横に置いて、変わらぬ自然との対話を試みる。

サルスベリがわが猫の額の庭に、今年ひときわ白い花の穂をたわわにつけている。「百日紅」と書いてサルスベリ。紅が主流の花だけに、うちの白い花はいっそうの清楚さを覗かせて、位の高い樹と勝手に決めている。

最近福岡市内の随所に目立つ街路樹がエンジュ。今、淡黄色の花びらの雨を音もなく降らせている。黄金の雨かと驚くのだが、散り敷く路上がアスファルトなので、踏まれた花びらの絨毯が痛々しい。

いずれも中国の原産だが、盛夏の花に似ず、ヒマワリ、キョウチクトウのように強烈には存在を主張せぬところに風情がある。怨をのむ方々への鎮魂の彩とひそかに掌を合わせた。

（8・19）

されど野球

相手は延岡商業で九州同士、息づまる投げ合いで双方無得点の最終回。自ら決勝の二塁打を放ち、さらに駄目押しの一点を狙って本塁に飛び込む久留米商業投手の秋吉君。勢いあまって、頭を下に見事な逆立ちの一回転。全国津々浦々のテレビ画面が汗と泥まみれの九州男児ヘッド・スライディングを「これぞ甲子園！」と伝えてくれた。

甲子園を見た夜のナイター中継は、まるで「オトナが野球している」としか見えない。圧倒的な首位独走もしらけるが、首位争いは初めてと騒ぐチームが五連勝の後の六連敗と適当にやっているのもいただけない。

もっとも、高校野球のように見ていて胃の痛くなるような感動場面が連日だったら、オトナのことだから、まず神経のほうが参るだろう。熱中している人には申し訳ないが、ナイターの中継番組、これはまずパスするので、わが家のテレビ・チャンネル争いを楽にしてくれる。また試合時間の都合で次の番組時間が狂うのも（何故か見ぬ番組でも）いい気はしない、それほどのベースボールなのか、と思うからだ。

でも、やはり楽しむ人のほうが案外多いらしいので、口には出さぬことにしている。（8・22）

ひどく暑い夜の

ひどく暑い夜の夕涼み時分、都大路を身分の高い人の（牛）車が先払いの車のあとから通り過ぎるのはもちろんいい眺めだが、そんなに身分の高くない人の車でも後ろの簾《みす》を巻き上げて一人なり二人なりが乗って快走させる光景は見ていて涼しそうだ、と『枕草子』二〇九段は描写する。

正直なところ、約千年のちの今日的感覚ではピンと来ぬ文章だが、まして「車上で琵琶を掻き鳴らし笛の音などが聞こえるのには通り過ぎるのが心残りでさえある」と続くのは、熱帯夜のそれも深夜の暴走族の傍若無人が頭にきている当方には、羨ましい限りである。もっとも清少納言自身も「牛の『しりがい』の革の変な匂いさえおもしろいと思うのは我ながらどうかしている」と反省しているのだから、彼女も寝付かれぬ夜の幻想に酔うているのかもしれない。

やはり第一段「春は曙」に続く夏は夜に限るの項で、「月夜は佳《よ》し、やみ夜なら蛍、多数でも一、二匹でも風情あり、そのうえ雨なら最高」などの自然描写なら千年後でも生きている。でも、都会住まいの私にはもう一昔も前に忘れた風情ではある。（8・26）

ユニバーシアード

ユニバーシアード神戸大会二日目の柔道。95キロ超級で身長一九五センチのファン・ジェギル君（朝鮮民主主義人民共和国）の圧倒的強さには日本の切り札・滝吉直樹君も歯が立たず、決勝でもルーマニアのチオク君を重量級には珍しい一本勝ち、鮮やかな内股で倒した。韓国柔道の強さはロス五輪で承知していたが、「北でも柔道をやっているのか」と驚き、頭をガンと殴られた思いをした。

落ち着いて冷静な試合運びのファン君が、内股一閃を決めた瞬間、破顔一笑、大きく手を上げて応えた観客席には、韓国旗が大きく打ち振られているのには胸が詰まった。

95キロ級でロス五輪覇者の韓国・河享柱君が世界学生チャンピオンのA・ミゲル君（ブラジル）を攻撃また攻撃で圧倒、優勝を決めた得意の大喚声の中にも北朝鮮の国旗が鮮やかに揺れていた。

国交のない北朝鮮選手団の来日が「前例にしない」条件の例外措置で実現したのはわずか数日前だが、両国の在日同胞の人たちがここ神戸で示された新しい「前例」は素晴らしく、画期的な意義がある。この両国旗があんなに離れた席でなく、一カ所同じ場所に陣取る日も、そう遠くないと信じている。

（8・29）

人命尊重

人類が月の世界にほとんどの誤差もなく着陸できる科学技術の世に、山中とはいえ東京のすぐ側で炎上するジャンボ機の所在確認がああも遅れ、救援隊の到着まで十三時間もかかった。死体の山から救出された少女の証言では「日没のため捜査打ち切り」の決定があった頃、まだ助けを求めるうめき声は確かに続いていた。「生存者のいるはずがない」との予断がまず支配した初期捜査の遅れが悔やまれてならない。

例えば空襲の夜、瞬時ながら昼をあざむく明るさに変えたあの照明弾を、せめて数時間持続させる技術開発はこの四十年間に考えられなかったのか。これが攻撃破壊殺戮専門の軍事目的に組み込まれていたら、巨額の予算で行われたのではないかと考えて慄《りつ》然《ぜん》とする。あの戦争でも日本列島への渡洋爆撃に際して米軍はまず硫黄島に救助隊を配置して、太平洋に墜落した一三一〇人のうち、その半数を救助したと記録に残っている。

一方、その時点のわが特攻基地では若い兵士たちが「生きながらの神」と称えられて飛び立っていた……。その痛恨を今更思い起こす四十年目の夏の出来事である。

（9・2）

台風13号

前夜までの気象予測では九州西方海上にそれるはずのが有明海を奇襲した。テレビ・ニュースで見る転覆した漁船の小さな船底が痛々しい。出漁前に聞く予報だけが便りの無線機もない小型のエビ船だった。気象衛星、完璧のレーダー網とあらゆる現代科学技術を駆使する観測陣が、台風進路にあっさり道を譲った太平洋熱帯高気圧の気紛れに振り回された。この夏中、洋上にでんと頑張って台風の卵たちを追っ払い、日本列島に連日の熱帯夜と干天をもたらしていたあの熱帯高気圧にだまされた。

空港でジャンボ機の、そそり立つ垂直尾翼の偉容を目前にしては科学音痴の私はともかく、誰がその安全性を疑うだろう。あまりに高度に開発された科学技術の世だけに「人間不在」の語を改めてかみしめたくなる。

福岡市中央区の桧山料理塾のタミ先生は、毎朝マンションの九階から東の方、立花山・犬鳴山群辺りの「日の出」をスケッチなさる方だが、先生が「大丈夫、今朝の雲では雨は降らぬ」と呟かれると、たとえ雨の確率八〇%の日でも生徒さんたちは傘を用意しないと聞いている。前にはこの種の名人がたいていの街や港に必ずいたのではないか……。

（9・13）

女子ランナー

神戸ユニバーシアードの女子マラソン。あの深尾真美嬢の力走にはただもう脱帽。そんなに無理せんでよかとよ！と思わずテレビに声をかけた。汗まみれの黒髪が頬を打ち、ふりしぼる痩身《そうしん》に宙を飛ぶ全エネルギー、かつてこんなに可愛い大和撫子《やまとなでしこ》の逞しい表情を見た覚えがない。

その彼女が翌日の報道陣の「日本の男子選手を追い抜く時の気持ちは」との愚問に、机にうつぶして泣き出したという。一夜明けたら時の人になっていた女子大生が、その気持ちの高ぶりも覚めぬうちに、気の利いたコメントのあるはずがない。それをまた「号泣した」と報道する粗雑な記者の神経もやり切れない。「女子に負けて恥ずかしい、もうマラソンはやめた」との、興奮冷めやらず吐いた一言も、これは記事にせぬのが武士の情けだ。思い直しての再挑戦（それが男たい）を邪魔する横暴記事だ。男女同時刻の同コースだから「かっこ悪い」だけの話だ。女子に負ける記録なら私でもしょっちゅう出している。

十数年前、初めて天草で一〇キロを完走できた嬉しさを川柳句帖に残している。「女子ランナーに負けた記録を見せたがり」。この次、頑張ればいい、男の子。

（9・9）

痛恨再び

先月五日の本欄に「痛恨風化せず」と題して、敗戦の年の八月、白昼の久留米郊外で米艦載機の機銃掃射で戦死された見習士官殿のことを書いたが、新聞社に「その見習士官は私のことに違いない」との連絡があった。

ではあの夜、私が「しかばね衛兵（通夜）勤務」で護衛した仏様はどなただったのか……。八女郡広川町の田中早苗と名乗る方に電話が通じるまで、この四十年間の思い込みが点滅して、かつてない興奮を覚えたが、結局、八月も同じ初旬なら場所も同じ炎天下の広川への路上、私たち同様敵グラマンP51（私たちの場合は確かムスタング）の奇襲を受けた隣の西部四十九部隊（戦車隊）の四名のうちのお一人だった。

田中見習士官が右腕切断されて退院の時、原隊ではすでに戦死として葬儀も終わっているのを知るのだが、誤認された戦死一名は別の兵士だった。

復員後の昭和二十四年、関係各方面の無理解を克服して、身障者初の自動車運転免許を取り、さらに今、身障者専用の自動車学校開設にライフワークとして取り組んでおられるご様子……あの真夏の路上に転げまわった同士の無念が、この間の歳月と、電話でのもどかしさも手伝って、話が前後したり、左右したりしたことだった。

（9・12）

逮捕

三浦某が逮捕された！　中流以下のわが家の茶の間さえこのニュースに興奮した。

そんな次元の話題など興味なしが口癖の細君まで、娘と一緒に「なんだ、そんなことも知らないの」と日頃の私の不勉強に呆れるが、その成り行きを順序立てては承知していないようだ。アフタヌーン・ショウから「三時のあなた」まで付き合ってみたが、警視庁詰めリポーター氏の興奮した口ぶりで「周知の通り……」と口癖に言うその経緯を知らない。

それより怒号と野次と二百人からの報道陣の集中する豪華ホテルの駐車場。舞台装置の完成までも大変だったろう。あのカメラマンの人件費も大変だ、深夜手当は出るのだろうか、家に待つ妻子もいるのだろうに、と感心していた。

一見、事もなく経過する日常生活のすぐ側に、このような人間愚劇が展開されている。苦労しているマスコミ最前線の諸君のためにも、それなりのいきさつは承知しておかねば気の毒だ。手元の月刊誌『言語生活』の今月号特集が「ミステリー」、ちょうどよかった、勉強しよう。

（9・19）

取材過熱

五年前、福岡市の動物園に中国の友好都市広州からの親善使節としてパンダ二頭が遊びにきていた。前代未聞の友好事業なので、双方随分気を使ったことだが、その中でも——ジャイアントパンダは非常に神経デリケートな動物なので、写真のフラッシュは禁止、空港到着時に取材班は檻に近づかぬこと、カメラは一台でいいでしょう、テレビ、新聞など十五社もがそれぞれ写真を撮るのは何故ですか、一枚撮って、それを各社に配ればいいでしょうが、との中国側飼育陣の申し入れだった。

当時、彼我の報道体制の違いなど全く無知だったので、万事この調子で予想もしない問題が次々に起こり、お互いの筆談が急速に上達した。

写真は一枚あればいい、何故日本人はそんな無駄なことをするのだと不思議がる中国の友人たちを思い出したのは、例の三浦某の逮捕騒ぎである。あのカメラの砲列の前では捕らえるほうも若干のスタンドプレーを意識せぬはずがない。

真実を「知る権利」と「伝える責任」を自負する人たちが、かえってこの愚劇の実相をゆがめはしないかと心配する。

「写真は一枚、それを焼き増しすればいいじゃありませんか」、それもそうですね。

（9・26）

河馬《かば》のドン

動物愛護週間の先週、福岡市動物園の最長老の河馬のドンに久し振りで会った。飼育係の長谷さんと三年前の夏バテがまるで嘘のように元気だと話しながらプールを見下ろしていたら、ドンのやつ、プールの向こうの端から一直線に泳いできて、ご覧のとおりと大きな口を開け牙まで見せてくれた。その口の中は綺麗なサーモンピンク、まず健康なしるしで、瀕死の弱りようだったあの夏の白っぽさとは全然違う。

何より驚いたのは、この河馬が自分の意思でこちらに近寄ってきたことで、今年三月この動物園を退職するまでの八年間、いくら呼んでも知らん顔して寄りつかず、プールの縁まで降りた私と同じ目の高さになると初めて口を開けて、ほっぺたを叩いてもらっていたドンだった。幼稚園の先生方が、それこそ幼児教育の基本「相手の目の高さで話す」にほかならないと指摘されていた。それを破って二メートルより高い所にいるこちらに突進してきたドン。「覚えているんですね」と長谷さんも驚いた。

でも、次はどうだろう。「また、あんたか」とあっちを向くかもしれない。それもよいと思う、あんたも老齢、あまり日常にないことはしないがよい。

（9・30）

田の中天神

大正の初めまで警固《けご》村だった福岡市中央区警固。その二丁目に文久年間（一八六一～六四年）から鎮座の警固菅原神社、またの名を「田の中天神」さま。口ずさんで嬉しい土の匂いのこの神様は、代々土地の人の心のよりどころ。戦後の人心荒廃、都市化の進行に埋没して放置されていたのが、今月末再建、復興される。

延喜元（九〇一）年、周知の事情で筑紫の国・博多の浜に到着された菅原道真公を、人々はとりあえず円座に巻いた船舶用の綱に座ってもらってお迎えした。その場所が今の博多区綱場町・綱輪天満宮で、兵庫県須磨津など各地日本二十五社の綱敷天満の終着地。

上陸後、四十川のほとりで水に映るわが姿を嘆かれた場所が今の中央区四十川で、水鏡、または容見《すがたみ》天神さまと伝えられた。これが後に福岡城の鬼門封じの場所に移転勧請《かんじょう》されたのが今の都心の水鏡天神で、その付近が「天神」と呼ばれている理由。太宰府への途中一休みされた路傍の石がご神体として今に伝えられた。

「土一升金一升」の地価の都心の約百坪の土地を守り抜き、交通戦争の修羅場の中に自然とふるさと回帰の場として復活させようとなさる地元の方々の心意気に敬意を表したい。

（10・3）

こだわり

最近よく「日本語の乱れ」では片付けられぬ今日的用法に戸惑うことを体験する。一つは随筆コンクールの応募作品の中に「先客万来」とある文章。「千客」の誤字かと思ったが、意味はどう考えても「先客」。筆者が到着した時はすでに会場一杯の参加者で座る場所もないという場面。ユーモアを狙っての井上ひさし流の言葉遊びか、若いコピーライター諸君の漢字遊びの影響かもしれない。

また若い娘さんから、戦中派の人たちは「こだわり」続けるものを何か一つもっているところが素晴らしい、と意味不明の言葉を貰った。素晴らしいと言うのだから褒められたのらしいが、私の使う日本語では、何事でも「こだわる」のは好ましいことでなく、マイナスのニュアンスさえこの言葉は持つ。「こだわる」のは早く捨てて、こだわりのない心情、態度が望まれると思うのだが、どうやら若者たちの間ではプラス的用語となっているらしい。

「私、この頃チョコレートにこだわっているの」。それ日本語かと聞いたら、「そんなコトバにこだわるおじさん、ナウい！」と来た。よくわからないが、この際褒められたことにしておこうと考えた。

（10・14）

都心

都心天神の地下街で珍しい人に会った。戦時中、福岡空襲の夜に離散したままの近所のおばさんだった。この歳月の後、よくも覚えて下さったものだが、立ち話も何ですけん……とお茶をご一緒したいと思ったが、あの界隈、この手の老アベックの腰掛ける店はまずない。

思い切って開けた喫茶のドアの所で立ちつくす。ウイークデーの昼間なのに、「あんたたち、学校はどうなっとるとね！」と言ってやりたいヤングばかり。もちろん彼らがそんな目つきはしないが、こちらが一歩入るのを躊躇する。

結局、北から南へまた引き返して五、六軒、全部この町がヤングたちに占領されているのを一緒に確認しただけだった。あきらめて、またいつか……と別れた時のおばさんの言葉、

「『てんじのちょう』が『てんじん』と呼び捨てにされ始めた頃から諦めとります。でも商売なさる方もバカですねえ。年寄りのほうが豊田商事が狙うほどお金を持っていて、特に年金の出る時など、こうして町をうろついているのに、あまりお金持っていそうにない若い人ばかり、相手にしてござる」。

（10・17）

『徒然草』

「その物につきて、その物を費やしそこなう物」、つまり物事が本来備えている要素が、そのままその本体を破り、害するものは数知れずある——と『徒然草』九七段が列挙するものに、人の体にシラミ、家の中にネズミ、国には賊、また小人・つまり品性いやしき輩《やから》には財産がある、と続く。

兼好先生は、どうも今の中流の人々同様、分限者《ぶげんしゃ》に「やっかみ」を感じていたようで、その小人の財産までは理解できるが、君子つまり教養のある紳士の「仁」と僧侶の「法（仏法だろうか）」が次に挙げられているのは、先生一流のさめた視座によるものらしい。

六五〇年も前のこの時代思潮も次に「マスコミに『やらせ』あり」と補足すれば十分に今日的で、「テレビに視聴率」の世が続くかぎり、より巧妙なやらせも、フォーカス・ゲリラに逃げ惑う芸能界紳士・淑女も浜の真砂《まさご》同様あとを断たぬことだろう。

「マスコミはそこの国民にふさわしく存在する」など他人事みたいにコメントする評論家諸賢をふくめて、一緒にこの末世を考えよう。

（10・19）

トラとライオン

先輩から電話で「トラとライオンはどちらが強いか」との質問を受けた。棲むのがライオンはアフリカの草原、トラはアジアの密林なので、野生では彼らの闘いはまず見られない。闘うとしたら近頃人間たちに評判のわるい「やらせ」だ。

動物園で観測する限り、同じネコ科でも、トラは三メートルもある壁の上までヒョイと飛び乗るが、ライオンにその瞬発力は見られない。敏捷性と機動性に勝ると見るトラのほうが有利ですかな……と無責任な返事をしたら、それは困る、「ライオンが勝つ」立場で発言せねばならぬ対談なのだそうで、その裏づけが欲しいのだ、とのこと。

あの頃のライオンズなら少々無理なこじつけでも考えて勝たせたいが、「埼玉県に家出したまま帰ってこぬライオンズに加勢しろとは先輩、それは無理ですバイ」と応えたら、オレも全くその通り、「帰ってこいライオンズ」の運動している身には、どうも今回の「やらせられ」は気が重い、と変な方向へと話が飛んでしまった。

すべてがフィクションのご時世、大変ですなぁと同情したが、肝心の発言なさる場所は聞くのを忘れた。（10・24）

一日の苦労

金木犀が終わって秋が終わる博多は、またその名にふさわしい男を一人失った。壮絶なガンとの闘いを終えた画家の寺田健一郎、享年五十四、まだこれからの君だった。

熊襲《くまそ》の首領ヤソタケルは大和朝廷派遣の刺客オウスノミコトの謀略に倒れるが、とどめを刺す暗殺人に「おまえは賢くて勇気がある、気に入ったのでワシの名をやろう、以後ヤマトタケルと名乗るよう」と言い残す。自分を殺す相手に！　これぞ九州の男の心意気だと共鳴し合ったことを思い出す。

画家としての鋭い視線が生む上質のユーモアがこの人の闘病記録の深刻さを倍加させるのだが、これも少年時代から一日も欠かさなかった日記、という几帳面さと無縁ではなかったようだ。

九州人らしい豪気さの一方では非常にメリハリのきく礼節律義の人で、「頑張れ」と言われるのが困る、どんなふうに頑張ればいいのかわからない、と漏らしていた闘病だった。ちょうど一カ月前の葉書に「一日の苦労は一日の苦労で足るべしで明日のことは考えないことにしている」と、寝たままの姿勢で油絵を書く練習をやっている、と添えられていたのに……。合掌。（10・28）

再会

十月末の日曜日、長崎に行き卒業以来四十年ぶりに母校の石畳を踏んだ。この石畳と楠の樹々のほかは全く今浦島の心境で、同伴夫人を含めた一〇九名の同窓会出席、その中には学業半ばに学徒出陣するのを見送って以来の再会も少なくなかった。

実は私たちの一年先輩組の四十周年同窓会は一昨年で、私たちとの間に一年のずれがある。先輩組は臨戦下特別措置の繰上げ卒業式の昭和十八年九月にはほとんど顔を揃えておられ、その日付が紛れもなく卒業年月日だ。

が、私たちはその年の十二月に浪人経験者のほとんどを第一次学徒出陣で見送り、さらに徴兵検査は繰り上げられ、特に海軍予備学生の入隊と重なった十九年九月の卒業式に参加できたのは全員の三分の一にも満たぬ数だった。だから私たちには繰り上げ卒業の十九年九月より「卒業すべきであった」幻の二十年三月こそが、戦地にいた同窓諸君の脳裏にも常にあった卒業日付で、それから数えての四十年目にほかならない。

異常な状況下の極端に短い交友期間だったからこそ、懐旧の念、同窓の連帯がかくも倍加するのかと考えた。

（11・7）

俳句歳時記

読書週間。某大手書店で聞いた話では、何故かここ三、四年、目立って増えたのが俳句歳時記を立ち読みなさる婦人方だそうだ。

それはいい傾向で、私などは作句をせぬ人にも、何か本を一冊推薦してくれと言われたらまずこの歳時記を勧めている、と相槌打ったら、いや購入なさるのではなく、書き写す人が少なくないのです、とのこと。店長氏も首を捻っておられたが、あれを書き写すんですよ！　ゴマンと並ぶ例句のさわりのところだけでしょうが――と呆れておられた。

事実、市内各所に今や過剰気味のカルチャー講座では、生徒数確保にほとんど苦労せぬのが俳句と聞いていたが、せっかくの俳句人口の増加も、この種の話題を残すようでは、またまた「軽チャー文芸」などと評論家のあの人たちにからかわれる心配も出てくる。

もちろん大多数の方は、志を立てて入門なさった以上、真摯に精進を重ねておられるのだろうが、先日の本紙朝刊「身の上相談」欄に、カルチャー俳句に熱中し過ぎる奥さんに悩む、自称「無芸大食」氏の身につまされる訴えを読んだばかりでもあった。

（11・11）

本と花

スペインでも地中海側フランス国境に近いカタロニア地方では、毎年四月二十三日が土地の守護神・サンジョルディの日。一般民衆の間にこの百年来、男性は意中の女性にバラの花束に麦の穂一本を添えて贈り、女性はお返しに本を贈る習慣がある。

この国随一の港湾都市バルセロナ土産のスライド写真で見る限り、今年も目抜きの大通りにずらりと並ぶ花屋さんのワゴン（あちらのリヤカー部隊か）と向かい合って新刊・古書の屋台が黒山の老若男女を集めている。

麦の穂一本添えて、とは土の匂いのする楽しい習慣だが、意中の女性に花とは、まさに『ドン・キホーテ』の国、西洋騎士道の名残《なごり》と見る。聞けば本を贈るのも、一六一六年のこの日が命日の文豪セルバンテスを偲ぶ行事として始まったのだそうだ。

ほんの気紛れに書いたと伝えられる『ドン・キホーテ』で後世に不朽の名声を残すが、生存中はむしろ不遇で、詩人としての名声を、見果てぬ夢のままに生涯を閉じた文豪を悼む民衆の心が、「愛と知性」の祭りとして今日に伝えられるが嬉しい。例のバレンタイン日（わが国での）などと次元が違う――とこの読書週間中に初めて知った話。

（11・14）

男の子

剣道具を肩に小学四年生が元気のいい声で帰ってきた。「ああ、また負けた。今日も全部負けちゃった」と報告するのを、「お母さんは一度でいいから、あなたの勝った顔が見たかった」と言ったものだから、その途端、坊やの頬が引き締まり、ボロボロッと大粒の涙がこぼれたのだそうだ。

中一の姉ちゃんからは、なんと男の子の気持ちのわからぬ母親かと攻撃されるし、絶句した……という話。

誰にも覚えがある挫折感と屈折した思い、それをこらえるのが昔から男の子の日常だった。誰に教育されるでもなく、男の子は泣くもんじゃない、のであり、また親を心配させまいと、泣きたい顔は外に残したまま帰宅する――それが掟でもあった。過保護、甘ったれの時世に口惜しさを知る男の子と、こんなにも微笑ましい親子の絆の健在を知って感動した。

弟君の笑顔の中にこらえていた無念の涙も、姉ちゃんの抗議もいい。そして、男の子でしょうが、しっかりなさい、と期待するお母さんも素晴らしい――きっと、この子は強くなる。

（11・18）

秋深き

「やすらけく眠りたまえど秋の風」、「おごそかに霊車はすすむ秋風裡」、「まつりごとさだめきびしく秋深し」、そのほか「ゆく秋や……」、「秋天に……」など秋の季語が続いて九句の追悼句を俳句随筆の専門誌、それも巻頭ページで見たが、これらが中曾根俳人宰相昨秋の作で、「ガンジー印度首相の葬儀に列して」との前書付なので少なからず驚いた。

インドは常夏《とこなつ》の国、日本列島のように四季の区別のはっきりしない土地のはず、「秋深し」などの日本列島的季感はまず望めない風土と私は勝手に思い込んでいた。

百聞はもちろん一見に如かず、俳句歴四十五年と聞く方の、ご自身参列されての臨場感には敵わない。東海の遊子をして「悲秋」の思いを味わわせるに十分なインドの秋もあることを学んだのだが、こちらの短絡的な先入観も反省した。

例えば国会での答弁、ノーベル平和賞ものと評判の国連演説など、時と場所による言葉選びにこの方ほど気を使う人はないと聞いている。その割には誤解を招くことが多いが、それは誤解するほうの勉強不足に違いない。

パロディーにせよ「秋深きこの人何をする人ぞ」などと詠んでは失礼というものだ。

（11・21）

夢の遊眠社

四十年ぶりに会った同窓生、戦時中に学徒出陣を見送って以来なのに、一足飛びに定年期同士の話がはずむ。そのうち「息子が小さな劇団にいるので、その手伝いをしている」というのに、それは大変だ、早く足を洗わせろよ、まだ三十歳なら出直しがきく、困ったもんだね、と心配してやった。

帰福して若い人たちにその話をすると、「まさかユメのユーミンでは？」、「そう、名刺に夢の遊眠社とある、変なネーミング」と見せたら、「野田さん！」と悲鳴を上げる。野田秀樹を知らぬ人間がここにいる！といわんばかりの呆れ顔に囲まれた。オジン扱いには慣れているが、骨董品扱いは初めてだった。

東大で学部が一緒だった博物館の学芸員君の話では、アングラでも新劇でもない（そうだ）、この種の劇団では観客動員力はおそらく日本一。自らシナリオを書き、演出も主演もというヤングたちのアイドルで、ベストセラーの随筆集あり、とのことに絶句した。

非礼を詫びるのに何と書こうと敷居の高い思いをするうち、秀樹君の父君から、嬉しかった懐かしかったとの葉書が先に来てしまった。「……演劇など興味外なのでしょうが、今度出した息子の本、立ち読みでもして下さい」

（11・25）

ドラフト一位

詳しくはないプロ野球でも、その裏話やゴシップには人並みに野次馬の血が騒ぐ。巨人は自らがそう呼ぶ「弱体投手陣」の要《かなめ》にと関西の某高校の少年Aをドラフト一位に指名した。わが国私学の雄早稲田大学も、巨人以外の全球団も、仕掛け人のなりふり構わぬ企業努力と少年の家族との見事な連携プレーで手玉にとられた。少年の進学を疑わなかったらしい母校の先生の苦渋に満ちたお顔は見ておれず、私はテレビを切った。

進学といっても、学問修業というより、神宮球場でのユニフォームを貰うための特別選考とのことで、いったんは少年が見せた向学心！　受験の姿勢に拍手を送って恥をかいた。

早稲田も今さらスポーツの覇者にならねば「都の西北」の誇りに傷がつくわけでもない。大学はやはり向学心に燃える青年の集まるところ、「去る者は追わず」と建学の精神を冒瀆する無礼者を帰らせた。でも、何様と思って「受験せぬ」とわざわざ伝えに上京したのか……疑問は残る。

カネや太鼓で迎えたエガワもサダオカも、それなり以上の実力は出し切れなかった球団と聞いている。この上は少年Aの悲劇の小ならんことを祈ることにしよう。

（11・28）

黒木町

先月二十五日、八女郡黒木町でのNHK公開セミナー「お母さんの勉強室」で話をした。久留米から黒木町への道はアスファルトの完全舗装。それに次々とある交通信号、飛び出し注意の安全運転が強いられている。そんな車窓から、かつてこの地の友人が「ここは九州のウクライナ、豊饒の地」と自慢した土の匂いは消えたと思ったが、ハゼの紅葉が深紅に並びはじめる辺りから、紛れもなく今、筑後平野の最深部へ進んでいるのを実感した。

その最深部、人口一万八〇〇〇人の町に中学校が一、小学校は山間各所に点在して十二校。一番遠いのが中学校まで一八キロ。だから福岡県で離島の外ではここだけにある中学寄宿舎に二十六人の男女生徒が起居している。

内陸部特有の底冷えのする中学体育館でビデオを見、講演に耳を傾けられるのは、中学と十二の小学校のPTAの、ほとんどがマイカーで乗り付けられた方々。

ほとんどがマイカーで！　と驚くのは都会人の浅慮。ここでは生活必需品だと教えられて恥じ入った。この山紫水明の地にも容赦なく押し寄せる都会化の波にもまれる思春期の子供をもつお母さん方の、都心には見られぬ熱心な学習態度に胸を打たれたことだった。

（12・2）

ベテラン

ショーターが走りわが街十二月　（真吾）

師走初めの日曜日は恒例の福岡国際マラソン。この人のほか、広島庫夫とカルボーネンの福岡・呉服町角の一騎打ちなど、かつてのトップ・グループには、いつも風格のある常連のランナーたちがいた。

今年の優勝は新宅雅也。単独トップに出ても、ゴールの平和台トラックに姿を見せても、まだ後ろを振り返り振り返り、昨年の中山竹通もそうだったが、何か不安そうな走りっぷりで、王者の風格とはほど遠いと見えた。そのくせ、タイムは抜群、しかもマラソン歴はまだ二回と聞き、まさに不安定・不条理の世の新しいスポーツマンの姿がこれと了解した。

それだけに、ベテラン伊東国光のマラソン十七回目にして初めてという新人そこのけの意欲あふれる新作戦が光る。この人が引っ張ってこその若手諸君のあの好記録だ。またもや優勝を逸した悲運のランナーだが、今回は特に少なかったベテラン陣だけに、その存在感は頼もしい限りだった。

それにしても、テレビは何故あんなに優勝インタビューを急ぐのだろう。レースを盛り上げた人たちのゴールはじっくり見せてもらいたかった。

（12・5）

千人針

年賀用の何か気の利いたトラにちなむ語句など考えながら都心に出ると、歳末助け合いの募金が幾組も並んでいる。その中に四十年以上も前に千人針をもって立つ出征兵士家族の姿を一瞬見る思いをしたのも、寅年、寅年……と考えていた連想にほかならない。

白い木綿の布に女性が一人一針ずつ赤糸を刺して結んで千針完成するこの弾丸《たま》よけの腹巻きは、「トラは千里の彼方からでも必ず帰る」との言い伝えから、寅年生まれの女性に限り、その年齢の数だけ結ぶことができた。

八十人分近くの針を運ぶ頼もしい寅年生まれの祖母の手元を見つめておられる方たちの、藁をも摑むまなざしは今に忘れられない。

その話をしたところ、あの戦時中に、そんなことが白昼街角で許されたんですか、あれは反戦の地下活動だったんでは――と、もう高校生の子息がおありのお母さんから尋ねられた。それどころか、「死線（四銭）を越えて帰る」というわけで、五銭玉（硬貨）を縫い付けもした……いや、ブラック・ユーモアではない。お上も軍部も、戦場に駆り出される庶民の本音からの悲願、祈りは抑えきれなかったんですよ。もう二度と、こんな寅年が来るはずはない。

（12・9）

冬の牡丹

「冬の牡丹《ぼたん》の魂で咲く」と『俳諧武玉川《むたまがわ》』（一七五〇年刊）にあり、江戸も中期には、冬に咲くはずもない牡丹を、人間の執念で丹精込めて咲かせることが流行した。往年の熱心な趣味家たちは炭火で温度を保つ工夫などで苦心しながら、自然の摂理に抵抗して咲いてくれた牡丹に凛《りん》と張り詰めた気迫を見たようだ。

もっとも貝原益軒は天地造化の理《ことわり》を人力で乱すものとして、この風潮を非難するが、この種の趣味の世界に異常な情熱を注ぐ市井生活が始まるのは、封建体制下の厳しい規制に沈滞する泥沼の社会風潮への抵抗とも思われる。この種の抵抗が古今東西を問わず、常に高度の「遊びごころ」を育ててきたのは事実。

手元の俳句歳時記には「春さきに若い蕾をとり、八月頃葉をつんでやればちょうど冬に蕾をもつ、その習性を適用して冬に咲かせる牡丹」とあり、その習性を発見するまでの苦心などまるで無視、丁寧な秘伝までつけて、冬の季題として定着している。

「魂で咲く」と感動した江戸の人たちが羨ましい。

寒牡丹力尽きたる一花あり　（稚魚）

（12・12）

福の神

狂言「福の神」より――毎年大晦日には福天（福の神）に参詣する二人連れ。今年も「福は内、鬼は外」と豆を撒けば、ワッハッハと笑いながら登場するのが本物の神様。汝《なんじ》ら毎年毎年の参詣奇特の至り、よって楽しく（裕福に）してやろうと思い、現れたとのこと。ところが、この本物の神様が今年は酒はないのかと催促する。日本中の大神・小神わけても松の尾大明神（神々の酒奉行）に南無と祈るのに要る。余りの酒はオレが飲む。楽しくなるには元手が要るものだぞ、と念を押す。

驚いた二人、「その元手がないのでこうしてお詣りします」と反問すれば、神様グッと詰まり、いや金銀米銭ではない、朝早く起きること、慈悲の心を持つこと、人の来訪を嫌がらず、夫婦で腹を立てず――つまり心の持ちようじゃ、とごまかす。オレみたいな福の神には酒をいやというほど盛るもんじゃ、と付け加えることも忘れない。

「楽しうなるには元手が要る」とは東西古今を貫く真理。「それにつけても金の欲しさよ」のフレーズはどの詩句の後に付けてもさまになる。特に年の暮にふさわしい。

十二月人を叱るに日を数え

それにつけても……。

（12・16）

敦煌展

この十一日、福岡市美術館の中国敦煌展に北京の鉄道技術大学の数学教師・劉暁蘭さんをご案内した。暁蘭さんの母君は、彼女が生後十カ月の年の四月、中国東北ジャムスで客死されるまで、中国大陸を南船北馬、あの戦時、紛糾の修羅場にあって、不戦平和を訴え続けた長谷川テル。先年、栗原小巻主演のテレビドラマで紹介された方である。

新中国発足直前の混乱期に両親を相次いで失った日本人の血を引く兄妹の苦難は筆舌に尽くしがたいもののはずだが、敦煌展の入り口の剝製の駱駝二頭を指さして、寧夏回族自治区の僻地に十年間、一九八〇年まで下放労働で過ごした文化大革命時代の痛ましい体験談を初めて伺った。新中国激動の歴史を身をもって生き抜かれた方の淑やかなお人柄の中に数学者らしい若い知的なメリハリのある解説を、案内したはずの私たちのほうが頂いた。

長い風雪の歳月を大陸奥地に眠っていたこれら先人たちの遺産が語りかける、アジア文化圏内共有の生活文化の質の高さを確認し合った。シルクロードの舞姫の反弾琵琶舞、つまり「曲弾き」ですね、と一年間の留学で身につけた日本語も美しく、留学先の母の祖国で雄大な文化交流の実証を鑑賞できるのを望外の喜びとおっしゃった。

(12・19)

若者たち

若者たちに人気絶頂と聞く劇団夢の遊眠社の日本列島縦断公演『宇宙蒸発』を見た。そんな劇団聞いたこともないと前にこの欄に書いたのを読んだ知人の娘さんから切符を頂いた。

超満員なのに、静かな熱気の中にどうやら戦争体験の世代は私一人。でも場違いではないかとの思いも開幕までのこと。たちまち息もつかせぬ舞台に引き込まれて約二時間半。ラスト・シーンでは舞台中空に浮かぶ小舟上の俳優の祈る手つきのとおり、いつか手の指を合わせて組んでいる自分に気づいて、一人赤面した。が、臨席のアベックも同じポーズで舞台に見入っているのを知って安心もした。

シェークスピアの『夏の夜の夢』、『ドン・キホーテ』、能狂言などの面白さがSF的夢幻の中に出没して、古今東西、過去未来にわたる超・時代考証のドラマが、コミカルかつ手堅いリズムで展開する。この良質のユーモアと風刺が若い人たちの独占とは勿体ない。

若者たちに評判と聞けば、まずアイドル歌手に殺到する面々と即断するのは、恥ずべき私の若者不信。カーテン・コールでイタ(舞台)に平伏する今年三十歳の劇団主催・野田秀樹君に、新しい時代のエンターテイナーの姿を見た。

(12・23)

貧乏神

中国の説話では、歳末の二十三日には、もうカマドの神様はその一家の今年中の功罪を玉皇大帝に報告するために西の天に昇られる。

いくら働いても少しも楽にならぬ若夫婦はわが国にも昔からいたわけで、わが家だけ何故福の神は避けてお通りになるの、と言う新妻に「天井の梁をごらん、隅にしけた顔して座っているのが貧乏神で、何故かこの家が気にいってずっと前からいなさる。この寒空に出て行けとも言えぬ、長い付きあいだ」との婿殿の返事。「何かの縁でいらっしゃるのだから、お気に召すまでいてもらいましょう。あの神様のマイナス分だけよけい働けばいいんだから」と、この若女房もできた人物。

それを聞いてワッと泣き出したのが貧乏神。「オレはどこの誰からも嫌われているのに……あんたたちは……」と、後はしゃくり上げる涙と鼻水で……意味不明。

この話もすでに玉皇大帝のお耳に届いているはずだが、その後の二人のことは私も師走の忙しい時だったので、聞き忘れていた。この暮れの人出の中には、この夫婦の子孫も貧乏神も、きっと中流の少し上の顔付きで右往左往しているに違いない。（12・26）

1986

大濠公園（中央区，2005.7）

騎虎難下

昭和六十一年は寅の年、古来トラのいないわが国では、この動物を「とらうるなり、人をとらゆる動物なり」、だからトラと呼ぶ（『日本釈名』より）と猛獣恐怖の対象イメージを先行させた。

本場の中国では「枢星散ジテ虎トナル」と伝え、霊獣として人生哲学の教材に好んで取り上げ、避けるよりむしろ「鷹の立てるは眠るがごとく、虎の歩むは病めるに似たり」と醒めた観察も残す。トラの威を借るキツネの話も、キツネの悪賢さよりトラのお人好し（おトラ好し）のほうに親しみをおいているようで、今の中国語でも「老虎」と尊称でトラを呼んでいる。

数多い格言教訓のうちで一年の計にふさわしいのが「虎穴《こけつ》に入らずんば虎児を得ず」。そうだ、この寅年はこれで行こうとマルをつけたら、中国からの留学生嬢が教えてくれたのが「騎虎難下」、つまり「トラに乗るのはよいが、降りる時困るぞ、食べられるぞ」という物騒なもの。行動を起こす前によくその先のことを考えろ、との教え。

せっかくの決意にブレーキがかかるが、あまり突っ張るのも良くない。それが生活の知恵というものだろう。どうやら今年も虎穴に入ろうか、止めとこうかとブツブツ言ってハムレットするばかりの一年になりそうだ。

（1・6）

還暦

正月五日は福岡文化連盟の名刺交換会。お開きになって三々五々吹雪の街に散った後に残ったのが、詩のK氏、川柳のO氏と評論のA氏、それに私。お互い顔を見合わせて曰く「いずれも大正二桁生まれ、我々はいつもこうして何故か、取り残されるなあ」。既成の価値観、人生哲学が一八〇度逆転することがあるのを知ったのが二十歳前後、最も若手の戦争要員として地べたを這いまわって義勇公に報じた。学業半ばで勤労動員、学徒出陣、さらには焼け跡・闇市時代の混乱に青年期を送り、万事が中途半端の世代。戦死した友人たちへの後ろめたさも常に背負ってきた。

その大正二桁は全員、この寅年で還暦のハードルを越すことになる。

先輩には絶対服従だが後輩には妙に物分かりのよさを示して先輩面《づら》のできぬオレたちも、ここらで一つその存在を示そうではないか。〇か×かと問われたら、前後左右に気を使い、その真ん中の△と答えるのが癖のオレたちだが、その稀有の体験から得たもの「語り部」になろう、会の名はサンカク会だ——と、新春放談の一時的気炎ではないはずの話がはずんだ。

（1・9）

初句会

正月八日は十日恵比須神社（博多区）での寿川柳大会。もう三十年以上も続く福博在住川柳家たちの新春恒例の作句始めの集まりだ。

地下鉄開通のお陰でお詣りが随分楽になったのが、かえって油断となって遅刻した。慌てて地上に出たら、眼前に巨大な新県庁の影が凍てつく冬の夜空に黒々と立つ威圧感。すぐ隣の神様の御利益に影響はないか、と少し心配になる。

でも、そこは商売繁昌の神様、いくら周囲がモダンになっても驚かれるところではない。しかも、異常寒波の居座り中で、霙《みぞれ》か細雪《ささめゆき》かわからぬのが降ったり吹き付けたり。それこそが十日えびすのムード、「暖冬でないのがよろし初戎」と旧作拙句を口ずさむ。

ちょいと小粋のつもりでコートの襟の上から巻いたマフラーが突風で飛んだ。慌てて舗道を逆に追ったが、幸い後続の佳人たちは何やら笑い転げながらもショールに顎を埋め、顔も上げ得ずの小走りなので、風に翻弄されるオジンの醜態には気がついていないようだった。

そうだ、今夜の席題の一つが「みかん」、この娘さんたちからの連想で「みかん転げて夏目雅子のいない春」――抜ける（入選する）見込みはまずない、遊びの一句。

（1・13）

春遠からず

川面の氷がまだ解け残る室見川（福岡市西区）だが、日課の早朝駆け足に楽しみが一つ増えた。米一粒ずつ朝が明るくなって、往復約三キロにわたる河川敷を走りながらの私のバード・ウォッチングだ。

先週まで暗い水面に蠢《うごめ》いていたのがマガモで、一羽ずつ適当に間隔をとって浮いているのがよく見える。六十羽まで数えてくたびれた、あと三十羽か。その周辺に小ぶりなのがカイツブリ、いきなりの逆立ちで水に潜るので計数不能、推定二十羽にしておく。

水鳥たちには縄張りがあり、雑居は原則としてないようだ。上流に向かって走り続けると、次に現れるのがユリカモメの一群。空中乱舞が仕事なので、これも計数不能で無数。小田部橋の下、私の折り返し点にいつものサギの四、五羽が、今朝は、まさか成人の日の遠出でもあるまいが、見当たらない。万目枯葦色の景色の中に、これだけの水鳥たちを養う小魚やプランクトンなどが生きているという自然の摂理に脱帽する。

仮称・新室見橋架橋工事の現場事務所の掲示が無事故一万二三四三時間と覚えやすい数字に変わっていた。目標は一万五〇〇〇時間、三月中旬の完工に一歩ずつ近づいている。

（1・20）

風見鶏

異常寒波の連続で閑古鳥が鳴いてはいぬかと訪ねた福岡の動物園では、鳥は鳥でも正門横のサービスセンター、そのとんがり帽子の赤い屋根の風見鶏に、例の細雪《ささめゆき》とはこんな雪なのか、音もなく降りそそいでいた。

この国の今の首相の代名詞に使われて、近頃イメージ・ダウンの鳥だが、ここではキッと烈風を睨んで降りしきる雪の中のシルエットは抜群、結構絵になる。早速メモに残す一句……。

雪 霏《ひ》々《ひ》と 動 物 園 の 風 見 鶏

この冬オープンしたばかりのセンターの動物図書室では、図鑑を一緒に開く親子連れなど、動物たちへの寒中見舞いに毎冬いらっしゃる常連の方が案外多い、とは園長さんの説明。

この寒さで育つだろうか、との周囲の心配をよそに、生後一カ月のラマ（南米アンデス山中の原産）の赤ちゃんが元気で跳びはねしている。やがて来る水ぬるむ春を信じて抱卵を始めた黒鳥・ブラックスワン（豪州原産）など、いずれも地球の反対側で今が暑いさかりの南半球出身なのに、完全にここの気候風土に順応してくれている。

毎年のことなのに、寒波に震えあがる人間たちも少しは見習ったがいい、とセンター改装で姿勢のよくなった風見鶏、話しかけるようだ。

（1・23）

満員

八千人の参加見込みだった福岡市主催の式場に、新成人一万人が集まった。入場できない若者たちが「一生に一度の思い出に汚点が付いた」と怒っているとの報道を、一昔前にこの式典運営の担当者だった私は他人事ならぬ思いで読んだ。主催者側が陳謝する「当方の誤算、手落ち」だけではないこの問題の要因を体験的に知っているからだ。

アトラクションの人気歌手を早く出せ、堅い話は止めろと野次が飛び、床を踏み鳴らして騒ぐ。続行不能寸前までに混乱して、記念講演の講師の方に陳謝を繰り返した楽屋裏を思い出した。ちっとも変わってはいない！

以来、この無礼者集団と化す新成人たちを「祝い励ます日」に集まってもらい、お上《かみ》が遊ばせてやるという本来の趣旨との整合が常に主催者側の課題となり、会場設定、式典の構成は毎年が試行錯誤の連続だった。

今回も会場は、テレビ・タレントの出番に移る頃までは七千人程度だったようだ。ならば、アトラクション目当ての諸君のために、「満員の節は入場を断ることがある」と招待券に付け加えておけばいい、と無責任なことを考えるが、勿論問題の解決にはならない。

（1・27）

勇み足

大相撲初場所十日目。前日までですでに七勝、この一勝で勝ち越しだと寄りつめた関脇保志の右足が勢いあまって土俵を越した。「勇み足での負けは初めてだ」と支度部屋で呆然と呟くだけと聞いて、その無念さがよくわかる。

控え力士としてその場面を腕組みのまま見ている千代の富士の大写しにおやと思った。大きな目で右を見、左に視線を遊ばせて、破竹の勢いの全勝横綱とは思えぬ何か落ちつかぬ様子。それが、次の場面でのまさかと思う結果、初黒星につながった。

相手は一敗で追う関脇旭富士、それまでの対戦が十勝零敗とまず難敵とは思われていない力士。「勇み足でもいい、この横綱に勝ったら、後は全部負けてもいい」と言っていた挑戦者の気迫勝ちと見るが、横綱にいつもの立ち上がりの踏み込みをためらわせたものが、目前の同門保志の勇み足とは無縁だと私には見えない。

この日の後遺症で保志には黒星が続き、千秋楽までやっと一勝。千代の富士はさらに一敗を重ね、最後まで賜杯の行方を心配させた。

これら上位力士たちの紙一重と見る実力のほかに心理的動揺、プレッシャーは想像以上のものがあると痛感する。

（1・30）

威信

スペースシャトル爆発事故の瞬間を繰り返すテレビに釘づけになった。が、この落下するチャレンジャーの破片を「米国の威信」の低下にたとえるコメントに憮然とさせられた。また「これに屈せず、さらに挑戦、宇宙計画は一瞬の休みもなく続ける」と、まず強調する大統領レーガンの言明が「死者の功を称えよ」などの美辞を伴うだけに、超大国の人々に左右されかねない地球の命運を思って慄然たる思いもした。

実際に事故が起こらねば欠陥が明らかにされぬとは不幸な原則である。過去五十五回（もあっていたとは初めて知った）の有人宇宙飛行のすべてが万事順調というわけでもなく、今回も二回延期の後、当日も二時間遅れての発射と聞く。その間の安全確認の努力が、偏狭な使命感に追われて、極限まで来ていた緊張の糸が切れた――と思われる。

まだ試行錯誤の段階だろうに、最初の民間人搭乗、それも女性教師という話題を添えて、アイスクリーム片手のフットボール観戦さながらのムードの中に、教え子たちは疑うことなく次の拍手のチャンスを待っていた。その面前での惨劇……。

教訓は多すぎる。七人の方々の冥福を祈る。合掌。

（2・3）

百年前

ヨーロッパ的文芸思潮に基づいて書かれたわが国最初の近代小説とされる坪内逍遙の『当世書生気質《かたぎ》』の発行が、ちょうど百年前の明治十九（一八八六）年。そのタイトルに「一読三歎」と自賛の角書《つのがき》があるのは、江戸期以来の戯作趣味が窺えて楽しい。当時の時代思潮の一端を同年刊の『欧米衣式』（チェスタフィールド原著）が鮮やかに残している。

四十年も後の昭和初期には、「私のラバさん酋長の娘」のコミック・ソングで全国に知られるラヴァー（恋人）なる英語が「情郎」と、しかも「いろおとこ」のルビ付きで訳されている。もっとも貴婦人・紳士の口にし耳にするのも恥ずかしい日本語の「色男《いろ》」と大いに意味が違うと断って、欧米の風習ではこの情郎、情婦《おんな》は互いに愛敬する恋友《れんゆう》で、共に談論、共に遊戯して相親しみ、高尚にして深遠……と、苦心の解説が続き、「無理にかく訳せるものなれば、その心して読み玉はんことを伏して乞ふ」と結んでおり、「恋人」の訳語はまだ日本になかったようだ。

一読三歎の例の小説でも、十年も待って結ばれる二人がルビ付きの情郎と情婦なのだから——この百年を長しとするか、短しとするか、考えてみることにする。

（2・6）

将来性

受験生が家にいるわけでもないが、知り合いの誰彼が受験戦争の真っ只中と聞けば気にかかる、そのお一人の話。

この春中学三年生になる子息の「将来性と適性」を記入するように、との書類が学校から来たが、「両親が一番このことはわかっているのだから」との調査理由を読んで当惑されたという。進学指導の参考だろうが、わが息子の適性と将来性——それを文章にする！　あまりに身近な存在だし、親の欲目が加われば本当の（客観的な）判断はまず望めず、学校の先生にこそお聞きしたいのに、とおっしゃる。

現に父親のほうがオレの今の仕事への適性と将来性に考え込まれたそうだ。明日にでも世相がどう急転してもおかしくない時世に、育ち盛りのわが子の将来性など、普通の市民に予測できるはずがない。

どのような場面に遭遇してもそれに対処できる柔軟性こそ必要、そのために難問に正面から取り組む勇気と頭の訓練、スポーツで体力と友情を育てれば進路は自ずから定まる、などとかねて聞いている先生方の教育理論も、受験という非常時では、そんな呑気なことを言ってもおられぬのでしょうね、先生方は——と話し合った。

（2・10）

留東同学会

中国・広州市文史研究所の李益三先生の下さる手紙には「広州留東同学会」と赤字で印刷された用箋が使われている。

かつて日本に留学（留東）していた同窓生（同学）たちが、すでに古希を越した今、「両国人民の友情と相互理解を深めるため」日本語の資料や短編などを中国語に翻訳、紹介しておられるのだが、特に今年は孫文生誕一二〇周年なので、日本亡命中のこの中国革命の父を援助し友好を深めた人たちのこと、その残された話題など資料が入手できたら知らせてほしい、との依頼をいただいた。

孫文先生と福岡人士たちとの交流をご存じでの申し入れでもないようなので、玄洋社会館（福岡市中央区）で入手したパンフレットを取りあえず送ったが、当方も改めて郷土史再発見の機会を持つことになった。

李先生ご自身は昭和十二（一九三七）年六月、日中戦争突入直前に留学中の東京で官憲に逮捕されて三カ月後、留置場からそのまま国外追放を受けられた方だが、「いろんなこと」のあったその後の四十年間、親切だった日本の人々への友情は忘れたことがなかった、と書いておられる。その「いろんなこと」の意味する深さ、重さを考えている。

（2・13）

洗濯板

今、福岡市博物館建設準備室が収集に努めているのが、庶民の日常生活の歴史を伝える民俗資料。今はほとんど使われない「洗濯板」、あの平べったい板にギザギザが横に並んだやつ、それが最近資料目録に記載できたと聞いて驚いたが、その時アルバイトの娘さんの「これで洗濯！　水はどこに溜めるの？」との質問に一同唖然となったそうだ。

汚れ物はポンと投げ込んでスイッチを捻るだけ、干すのが少々面倒なのが洗濯だとする今日、そのギザギザが擦り減るまでゴシゴシとやった、ほんの十数年前までの暮らしの裏付け資料としても二重丸をつけて保存せねばなるまい。

痩せっぽちの男を「洗濯板」と呼ぶのもやがて死語、「アバラ骨がちょうどこの板のように並ぶのが見えるくらい痩せた人」との注釈がいる。

昭和三十年代も初めに九電が建売り住宅を売り出した時、この洗濯板が備え付け備品としてあった。それが至れり尽くせりのサービスとしてPRになっていたのだが……とは、この話を聞いての詩人K氏の感慨。

それが今、博物館入りをしようとしている。万感なしとしない。

（2・17）

ナムフレル

公正な選挙を監視するための市民団体ナムフレル。それが政府の中央選挙管理委員会の公認で五十万人からのボランティア活動と聞いて、さすがアメリカ流民主主義の一番弟子フィリピンだと敬意を表して、損をした。結局、うるさい連中封じ込めの役割を果たしたにすぎない。でも、その存在が今度の想像に絶する奇妙な選挙の実相を見事に説明したのだから、活動の意義はそれなりにあった。

米政府派遣の監視団とは植民地時代からの後遺症かとも同情したが、ほかに十九カ国からなる国際合同監視団もと知って驚く。独立国としては堪え難い侮辱ではないか。選挙をボイコットしたという反体制グループの存在もうなずける。

そうなったら一番困る超大国大統領の胸三寸の声明に流されていくアジア隣邦のこの姿は、他人事とは思えない。もちろん白昼堂々と買収（殺害さえも！）が行われる国と選挙期間のお布施は違法か？と裁判で争う国とでは程度の差はある。でも、例えば議員定数の訂正問題で違憲判決が再三出ているのに、当の利害関係者間での審議は今なお着手されない——それが政治だと納得せねばならぬ点では、私の国も五十歩百歩だとも考える。（2・20）

紅衣少女

福岡での中国映画上映の会も今回が十三回目、小説『ボタンのない紅いブラウス』の映画化で『紅い服の少女』。

生気と若さに溢れる女子中学生・安然は、少女らしい卑俗と虚偽への嫌悪感も少しあり、その彼女の目に映る周囲の人々は……。

十年間に及ぶ文化大革命で心身ともに疲れて、事なかれ主義の母親。父親は芸術に忠実なばかりに、いつも損をしている。それでいて姉娘の「人並みでない」愛情問題が理解できずに慌てる。その姉は一足早く社会に踏み出しただけに、幾許《いくばく》の世渡りの知恵を余儀なくされる。そのほかにも同級生、教師たちとの人間関係も自在に展開して、全編に活写される今日の中国庶民の暮らしの叙事詩が美しい。

後で知って、さてこそと納得するのが、監督の陸小雅女史、この方の二人の娘さんが主人公と同年配なのだそうだ。母親の温かい視線がそのまま主演少女の視座と一致、重なり合って、こうも的確な登場人物の性格把握になったのに違いない。

今、わが国で頂点の「いじめ問題」などに対する、我々大人たちの視座、姿勢に誤りはないのかと考えさせられた。（2・24）

確定申告

「税務署から電話でした」と帰宅早々家人に告げられて、喜ぶ人はまずないと思う。後からまた電話があるとのこと。先月末の所得税確定申告で、楽しみにしていた還付どころか納税不足の数字が出て、その金額を、ついて行きたい思いで振り込んだばかりだった。あれでまだ足りないのか、何という酷税！と真っ青になった。

ところが再度の電話は吉報だった。話にもならぬ申告額の初歩的そろばんミスの発見で、実際はやはり源泉徴収の取られすぎの大逆転、還付手続きの連絡だった。はい、はい、早速参ります。明朝一番に、はい！と電話を切った。

税務相談室のベテラン税理士さんの弘法《こうぼう》も筆の誤り、それも喜ばせてくれて有り難うと思うのだから、我ながら現金な話。

足取りも軽く再び訪れた税務署の受付の人たちは、手を取らんばかりの応対、「エレベーターがなくて申し訳ありません」とまでおっしゃる。ともすれば敷居の高い思いの私たち普通の市民への心遣いが照れ臭い。手続き終わって帰る玄関口には「ご苦労さまでした」と書いた立て看板、これも憮然として引き上げた前の時には気がつかぬ物だった。

（2・27）

政権移譲

参謀総長に指名されたラモス将軍が挙手の礼で応えると、アキノ女史も少しはにかんだ笑顔で挙手の礼を返す。その初々しさ、途端にコリー、コリーの大合唱。その時刻にマラカニアン宮殿でも別の大統領就任式、その映像が反マルコス軍（その時点ではそう呼ばれた）の妨害を受ける。

これほどのドラマは「本能寺」と「大坂夏の陣」が束でかかっても敵わない……とテレビに夜遅くまで付き合った。

前大統領国外脱出が未確認の時点で、米政府はもう新政権の承認を出した。その時まで、大統領補佐官と連絡を取りながらの静観を繰り返すばかりの、うちの首相も一転して前向きになった。国会の答弁が軌道にのったのはよいが、経済援助は続けて拡大するとのくだりで、またもや「アメリカと連絡を取りながら……」、この一言はないほうがいい。

日米両首脳とも「政権委譲が平和的に行われた」とのコメントなので驚いた。この種の公式見解だけが記録に残り、今回の民主と平和を求めての苦悩に満ちたフィリピン民衆の騒擾が、一時的な茶番劇として歴史の中に埋没するのが恐ろしい。

風化させてはならぬ教訓、他山の石とも思うからだ。

（3・3）

あのですね

確か宮田輝氏だったと思うが、随分前のテレビで、「あなたは九州の方でしょう、あちらでは『あのですね』とおっしゃる」と言う場面があった。

この言葉が九州弁とは初耳なので、その後気をつけていたのだが、近頃では、若いタレントやリポーター諸氏によって、かなり使われているようだ。先日も某民放の美人リポーター嬢が、いささかの興奮と緊張でマラカニアン宮殿の現場から「あのですね」を連発しながら報告していたが、聞いているうちに近所の娘さんのような気がしてきた。

では、この場合、東京辺りでの話しかけ言葉はと聞いたら、転勤族夫人は、「あのね」だが、それでは目上の人に失礼で「恐れ入りますが」というほどの相手でもないし……と、結局は同輩以上に気軽に呼びかける習慣はあちらにはない、ということになった。

つまり上意下達のコミュニケーションは発達していても、相手と対等に、それも若干の敬意を込めての対話のきっかけの言葉は標準日本語にはない！ようだ。

全国に紹介したいこの種の、心豊かな九州育ちの言葉はほかにもありそうだ。

（3・6）

当番兵

地下鉄で喜寿年配の紳士から声をかけられた。「覚えておられないだろうが、四十六部隊（福岡）の経理室で」と言われて、アッと絶句。思わず「S、S中尉殿！」。中尉殿なんて叫んだ自分の声に驚いた。直立不動とまではいかないが、周囲の乗客の視線を一斉に浴びた。空襲に焼け残った福岡城址の陸軍病院の一室で、入院中の高級主計殿から当番兵の私が、虫ケラ同然の初年兵生活中に「人間らしい扱い」を初めて受けた感動は忘れられない。

君の（あの軍隊で二等兵が上官から「君」と呼ばれた！）好きな本でよいから持ってくるように、と自宅までの公用外出を命ぜられ、発禁本と知らずに『改造』など風呂敷二包みをぶら下げて帰り中尉殿を呆れさせた、「君はこうゆう本が好きなのか」。以来、連日の寝台の上と下でのマン・ツー・マンの時事解説に人生哲学。「人生二十五年」を観念させられていた当時二十歳の私は、束の間だからこその密度の高い教育を受けた。「戦争が済めば、軍部の存在が大変」との意味がよくわからなかったのを思い出す。「戦後」も「軍部」も、当時の若者たちの言語生活にはない言葉だった。

同じ主計将校でも、あの方は海軍。その二本線の水泳帽（将校用）を今も愛用して、心情的には「未復員」のこの国の首相と比べてみる。

（3・10）

啼くよウグイス

最近、喧嘩腰の強いヒヨドリに追われて、ウグイスもメジロもめったに見ないと話していたら、大学受験を終わったばかりのN君が「ウグイスは平安京」と妙なことを言う。「啼くよ（七九四）ウグイス平安京」と年表を暗記するのだそうだ。昔の中学生私が「いよいよ（一四五四）決まる平安京」と覚えた皇国史観の語呂合わせから六六〇を引いた数字、西暦のなるほど七九四年が平安開都。

「鎌倉人で一杯に（一八五二）と覚えた鎌倉幕府成立は、源頼朝が「いい国（一一九二）作ろう」と頑張ったのだそうだ。「一つに群れる（一六〇〇）関ケ原」など傑作だろう、三年後、「文武無双（一六〇三）の家康公」が江戸幕府を開くなど、どうだと聞いたら、これは一六〇〇年と切りのいい西暦があるので無理な語呂合わせの必要なし。

数字に強そうなN君なので「五の平方根は」と尋ねたら、ポケットから出した電卓をポンポンと叩き、「二・二三六〇六七九」とあっさりこちらの負け。一つ覚えの「富士山麓鸚鵡《おうむ》鳴く」の出番はなくなっていた。

すべてのことに「六六〇を差し引く」という負担を背負っているのを痛感する。

（3・13）

大矢野島にて

天草五橋の最初の橋を越えると沿道ずらりと菜の花の満開で、ここ大矢野島はすっかり春。今年のパールライン・マラソンは参加者四八三〇名。十四年前の第一回前夜「二百人を超えそうですばい」と喜ばれたマラソン王・故金栗四三先生の温顔を思い起こす。最終スタートの第五班は一〇キロコース、一四八〇人で六十歳以上男子と二十歳以上の女子全員。

芋の子を洗うスタートは、気温が二十度を示そうする十一時二十五分。途中でばてる時の言い訳はこの「暑さに参った」と決め、とにかくマイペースだ。

マイペース、マイペースと呟きながらもスタート・ラインの一番前に頑張っていたら、たちまち孫みたいな娘さんたちに押されて揉まれて、ここ数年は出したことのないスピードに巻き込まれてしまった。

しまった、膝から下がいやに重い！と気づいたのはまだ二キロの地点で、それからは「おじさん、ファイト」と声をかけられながらの悪戦苦闘。

それでも最低目標の六十分にかなりの余裕を残しての完走だった。完走できたら現金なもので、若い人たちとあんな無茶をやってみるのも悪くはない、と考えた。

（3・17）

応援歌

二日後に卒業の三年生を除く全校生徒で満員の講堂で「先輩による応援歌の伝承」の授業。正式のカリキュラムに組み込まれているこの授業は、藩校以来二百年の歴史を持つ母校で——と言っても旧制中学卒業生の私にはかなりの違和感があるのは事実……もう八年も続いているのだそうだ。

今年が当番で集まった私たちの同級生を中心に、全員還暦は越している約二十人。「若い連中はみんな楽譜が読めるもんなぁ」との尻込みもあり、往時の「蛮声張り上げ」の及ぼす教育効果など想像もつかなかったが……。

九十分のうち三十分が中入りで「随話」の時間。いつも控え目で気が弱く、今ならいじめの好対象の私に案の定、そのお鉢が回ってきた。一つためになる話をと思ったが、不思議としか言いようのない超世代ムードに胸が詰まり、うまく話せなかった。

それでも、年齢が三分の一にも足りぬ生徒諸君、特に女生徒諸嬢も全員、あの調子はずれの歌唱指導に付き合ってくれた。壇上の白髪、無髪、肥満、瘦軀《そうく》の私たち老先輩たちのほうが励まされる応援歌だった。

（3・20）

咲くやこの花

今年は駄目だろうと覚悟していた梅が、二輪、三輪とあいさつ程度、咲いてくれた。昨夏、わが猫の額の区画整理のため、無理を承知で日照りの最中に移植を敢行したのだった。九州南部や台湾にも自生との説もあるが、原産地は中国の四川、湖北とされる梅。わが国代表的古典の『万葉集』に頻出度一一八回で、萩に次いで二位。日本列島古来の桜の四十二回（ベストテン九位）を引き離しているのは、当時の文芸思潮が、中国漢字文化圏にはっきり組み込まれていたことの証明だろう。

当時、花と言えばまず梅で、桜が逆転して王座に着くのには次の『古今集』、『新古今和歌集』の時代を待たねばならなかった。マツ・タケ・ウメの三才、ウメ・タケ・スイセンの三清、ラン・タケ・ウメ・キクの四君子、または三君、四花、四清、四愛など中国直輸入の花の尊称、美称にはすべて梅が入っているが、桜は見当たらない。

難波津に咲くやこの花冬籠もり
　いまを春べと咲くやこの花

百済の王仁《わに》博士四世紀末の作と伝えるわが国最初の和歌のこの花も梅だった。

浪速津の梅からひらく文の道　（古川柳）

（3・24）

三月尽《じん》

春一番ひとりの腑抜け置き去りに　（青天城）

もう少し先と思っていた俳句季語の「木の芽時」は「芽立ち前」とも言い、春の到来を前に木の芽が吹きはじめ、いささか冷気も残るこの頃のことだそうだ。

前に「木の芽時だからなぁ」と大ポカをやらかした私の迂闊を「だから、しようがない」と慰められて恥を掻いた体験から、陽気ポカポカの春も半ば、眠気を誘う頃とばかり思っていた。眠くなる春はもっと先、苗代《なわしろ》の頃に、蛙の声を聞くとたまらなく眠くなる（そうで）、蛙に目を借りられているように眠い「蛙《かわず》の目借り時」との古風な季語があることを教わった。

三月も半ばのこの木の芽時、風流の世界以外では、税金の確定申告、受験とその発表、年度末の追い込み残業、人事異動の季節とあって、中小企業もサラリーマンも、その家族も、一年中で最もイライラの集中する時。とても平常心など保ってはおれぬ時期にほかならない。陽気ポカポカで失う平常心とは違うが、気を緩めぬことに越したことはない。

（3・27）

優先席

譲られる座席もそのうち馴れてくる

十年近くも前、まだ若いと本当に思っていた頃の川柳句帖に残る拙句だ。

少々憮然たる思いはあっても、素直に「ありがとう」と言っていたのだが、シルバーシートでも「後ろめたさ」を感じなくてよい歳と思う昨今、馴れるほど、座席をその後譲ってもらうことがなかったことに気がつく。

何故、若い男の人は、あんなに足を長く伸ばして座るんでしょう、なぜ昇降口を広い肩で塞いで、体をよけてくれないんでしょう――と聞かれても、私も今の若い人ではないのだから、こちらが尋ねたくなる。

目の前の吊り革に手を伸ばしてよろける老婦人を見兼ねて、譲ろうと立ちかけた座席の右隣はぐっすり寝込んだ娘さん、左隣は大学生君が分厚いコミック雑誌に没頭してわずか地下鉄二十分程度の寸暇を惜しんでいる。もしここで私が立ったら、この人たちへのあてつけととられはしないかと、一瞬ためらったものだ。

バスも地下鉄も、あの片隅だけではなく、すべての座席は、若い人でも体調の悪い人たちの優先席――と今さら言うのも、くたびれる。

（3・31）

ヒヨドリ

三月末のある日、赤い実をびっしりつけていた庭のナノミの木をヒヨドリが群れをなして襲い、一朝にして裸にしてしまった。その凄さに、ヒッチコック映画の『鳥』を思って慄然とした。

それまでは一羽か二羽遊び半分に赤い実を啄《ついば》んでいたが、もう寒波も終わり、春もすぐだ、と判断したリーダーが「餌を残す必要はもうない、全員かかれ！」と号令を掛けたとしか思えない。それで彼らの落とした糞《ふん》で辺り一面のコンクリートは黒いシミだらけ。それもしようがない、野生鳥類の厳しい自然を生き抜く姿なのだと感心していたら、「近郊農家で畑の野菜が急襲を受けて全滅」との被害続出の記事を読んだ。

バード・ウォッチングを楽しんでばかりはおられない。前にも聞いたミカン畑荒らし、ミカン畑のヒヨドリ大量変死の報道と無縁ではないようだ。

人間サイドからは「害鳥」の側面を持つ野鳥だが、「前にはそんなこと無かった」時代の鳥獣保護の法律条例を金科玉条と固守するのは考えもので、柔軟な対応策を自然の仲間、動物の一員として人間も真剣に考える時が来ている。

（4・3）

焦土の桜

四月七日は世界保健デー。昭和二十六（一九五一）年のこの日、国連加盟もまだ無理だった日本が世界保健機関（ＷＨＯ）に受け入れられた。大戦終結の翌昭和二十一（一九四六）年に発表された世界保健憲章に基づき「健康は富である」との、あまり今日的とは思われぬ旗印で発足したのがＷＨＯ。

わが国では、俳人・石田波郷が「一樹なき小学校に吾子《あこ》を入れぬ」と詠んでいた。昔も今もピカピカの一年生には桜の花がふさわしい。それが「一樹なき」とはひどい話で、心身共にハングリーの世相だっただけにこの句の伝えるメッセージが胸を打つ。

まだ復興が軌道に乗らぬ焦土にポツンと焼け残る桜が私たちを励ますつもりの満開だったろうに、「それより、花より団子だ」と恨めしく見上げたことを思い出す。

どの俳句歳時記にも桜の句は目立って多い。ほんの数日の「盛り」を見逃さじと落ち着かぬ微妙な俳人たちの心情が、「このもとに汁もなますも桜かな」（芭蕉）以下並ぶ句と句との行間に滲み出ている。

そしてこの春の桜は今年の世界平和年にふさわしく、ひときわ咲き誇って美しい。

（4・7）

加工ずし

見下ろす一面、霞か雲かの桜の絨毯に隠れて、鯨飲馬食の人間たちの姿は見えず、ただカラオケの知恵のない物憂げな演歌調が、あちこちに沸き上がっている。ここ福岡城址舞鶴公園の天守台に立って考えた。

じゃあ行こう夜桜へ加工ずし　（千寿丸）

敗戦後しばらくして、米の配給が一日二合三勺から二合五勺に増えて、食糧事情に好転の兆しが見えはじめた頃、その配給米を持参すればすし屋さんで引き替えてくれたのがこの「加工ずし」。「じゃあ行こう」と衆議一決。今行かねば散ってしまうのが桜。

当時何よりのレクリエーションで、テレビで家に釘づけになることのない夜があった。弁当はお宅、うちは酒と前々から分担しても、明日の降雨率七〇%とのテレビに驚いて中止か決行か電話で打ち合わせる野暮などない時代の桜は、もっと鮮やかで美しかった。

元来、咲いたと聞けばもう散りはせぬかと心配させるのが桜の身上で、行き当たりばったりの場所で満開に出くわした今年は、この飽食時代では宝くじに当たったくらい運がいいと言うべきだろう。

（4・10）

江畔独歩

「花咲き乱れて川岸に　その足どりは左右　ふらふらと　げに怖ろしの春なれや
だがな　まだ詩も詠み負けないし　酒も飲み負けないぞ　白髪老人など片付けな」

ひもとく唐詩選の中で、春の物憂げな哀感ひとしお身に迫るこの詩に出合った。

「詩酒なお駆使せらるるに堪えてあり」のところで、さすが酒仙李白の作と思ったのは早合点。同じ盛唐期でも、もう一人の詩聖杜甫が官を辞して（追われて）結ぶ成都（四川省）近郊の草堂での作と知って驚く。「一斗詩百編　長安市上　酒家に眠る」と詠《うた》われた李白ばかりが呑助ではなかったようだ。

この時代の文人の常として両者とも宮廷での立身出世「経国済民」の夢に一度は挑戦するが、現実の政界に触れるとたちまち自分の生き方に疑念が生まれ、案外早く野に下り、詩と酒に身を委ねるという共通のコースを辿っている。

「人生七十、古来希なり」の杜甫語録も、その前の「どこの店にも借りばかり、でも飲み屋の借りは借りでない」と詩聖らしからぬ下世話なフレーズに繋がっている。でも、前掲の詩が杜甫四十九歳前後の作とは老け込みようが早い、春につきもののメランコリーのなせる業だろうか。

（4・14）

我楽多市

海の向こうで近隣の主婦たちが車庫に不用品を持ち寄って開いた交換会が起源と聞くガレージ・セール。その福岡版が都心の護国神社、若葉に包まれた参道に忽然と湧いた人の波と渦にほかならない。この通称・我楽多《がらくた》市も、五回目となれば出店数が一八〇、家庭の主婦仲間やヤング・グループがゴザ敷の露店やライトバンの尻から手作り品などを次々に紹介していた。博物館の資料収集協力員としては無関心ではおれぬアンティーク生活用品の数々、その中に何故か古時計がやたら目につく。「値段は交渉次第デース」との手書きの貼り紙が嬉しい。

神社側で祝詞が上がる間の十分間だけの中断で、バンド演奏とチアガール。それにスペイン風衣装の黒髪金髪の佳人たちが花束を渡して回るのは、今年から当地でも始まる「愛と知性の祭り」、本と花のサンジョルディの日（四月二十三日）のPR。

この催しの勧進元のタウン雑誌『ふくおか』の才女編集長。この御人が企画すれば必ず「当日晴天」という超能力の持ち主も、開会宣言したいのに、定刻十一時の前にご覧の通りの混雑で困るんです——とイベント仕掛け人としてはこの上ないご機嫌だった。

（4・17）

教訓

東京大空襲は普通三月十日が伝えられているが、あれからさらに、B29の追い討ちは続き、四月には皇居も明治神宮も炎上している。

米軍資料では三月のが爆撃機数二九八の攻撃で、投弾量は一・七八三トン、比べて四月の時が三三〇機、二・一四〇トンと規模は上回るが、被害は前回の焼失二七万戸に対して一七万戸、死者十万人に対して約二千人と、四月のほうの人命損失が圧倒的に少ない。約五十分の一である。

前回の体験に学んだ都民が火に包まれる前に避難して助かったのに違いないが、その時も避難命令が一人ひとりに徹底したわけでもなく、「応急防火に従わぬものは五百円の罰金」の防空法は生きていた。

二カ月後の六月十九日、福岡空襲の焼夷弾の雨と降る火を浴びながら、「何もするな、まず逃げろ」と声を枯らして指図する東京部隊から転属してきた兵隊に初めて首都炎上の実相を聞いた。その夜、防火用水と火叩きで日頃の訓練どおり焼夷弾に立ち向かったり、防空壕なら大丈夫と信じて、結局逃げ遅れた市民も多い。公式情報だけを頼るほかなかった日々が悔やまれてならない。

今、再提出されようとする国家機密法案を考える。

（4・21）

ミュージカル

枯淡《こたん》鶴より細い脚の老優・天本英世扮するヘンリーの台詞がいい、曰く「小さな役はあっても小さな役者は存在しないのだぞ」。

紀伊國屋演劇賞受賞作、四一工房のミュージカル『ファンタスティックス』の福岡公演の会場は秀巧社ホール。ホールといってもタウン誌編集室の側を通り抜けた奥で、椅子の間に座布団を敷きつめても客席は一三五。最前列が見上げる役者たちとの間隔はまずゼロで、熱演の汗は客席に飛ぶが、マイクなしの本物の歌がある。舞台装置は四本の鉄柱と黒布が一枚、バンコにハシゴ、それにハープだけのオーケストラ（!）。

ミュージカルならまず思う「絢爛豪華」の枕詞には遠いが、八人の役者と若い観客がかもしだすこの空間の芸術性密度は――題名どおりファンタスティック。一九六〇年の初演以来五十五カ国語に翻訳されて世界無類のロング・ランと聞く秘密がこれ。

出来の悪い「語呂あそび」だが、「小さな芝居小屋はあっても、小さな芝居はない」。人は成長する時、何故何かを失わねばならぬのか、この芝居の語りかけ、誰もが経験した青春の命題をヤングたちに独占させるのは勿体ない、とオジンが一人隅で考えた。

（4・24）

西行桜

「願わくは花の下にて春死なん」とうたった平安末期の歌人・西行の命日は、望みどおりの「その如月の望月のころ」。

彼の庵室の桜が満開と聞いて押しかけた大勢の都人に門を開けはしたが、思わず「花見んと群れつつ人の来るのみぞ　あたら桜の科《とが》にはありける」と迷惑がりもした。

その夜の夢に老人――実は桜の精が現れて、「桜の罪《とが》」とは何事だと抗議しながらも、昼間のお礼じゃと、都中の花の名所を曲《くせ》舞《まい》にうたって舞い、やがて曙の光の中へ消えて行く……。花見の後の夜の静寂と哀感をうたいあげる能の名曲、これが「西行桜」。

一方、彼のこの風流追求を、まともな仏道追求をせぬけしからぬやつ、会うたら頭を打ち割ってくれようと手ぐすね引くご仁もいて、その教条主義者が修験道的修行一辺倒の文覚《もんがく》法師。

だが、西行が一夜の宿を文覚庵に請うた時、意外にも両者たちまち意気投合して、はずんだ対話となった。不思議がる弟子たちへの文覚の返事がいい。「あれはオレに打たれるような面構えではない、オレをこそ打ち倒しそうな顔だ」

（4・28）

メーデーの日に

一八八九年、欧米十九カ国の代表参加の下にパリで結成の第二インターナショナルが、五月一日を全世界労働者総動員の日と決めたのは、その四年前のこの日にアメリカ各地で行われたデモが八時間労働制の獲得に一定の成果をあげたからにほかならない。

翌一八九〇年、欧州各地での最初のメーデーのスローガンはその「八時間労働」のほかに「常備軍の廃止」、「戦争に反対する戦争」などがあったので、各国政府は一様に軍隊を出動させて鎮圧を図っている。以降官憲の厳戒と弾圧はメーデーの歴史に付きまとうが、「軍隊の廃止」と「戦争反対」が万国の労働者団結を誓い合った当初からの悲願であることに注目しよう。

ちなみにわが国ではこの年、教育勅語が発布され、「一旦緩急アレバ義勇公ニ奉ジ」以て天壌無窮の皇運を扶翼すべきことを国民生活の基本理念とするよう指示されている。のち歴史は大転換、この人類の悲願「平和」を基底に置く日本国憲法の発効記念日が一日おいての五月三日。

戦後の博多どんたくがこの日に設定されたのも新憲法を祝うためだった。「平和」がそれに慣れれば当たり前過ぎて、過少評価されるのが怖い。今年は世界平和年。（5・1）

人出

ジンクスどおりの雨なのでどんたく初日の人出は大したことあるまいと思ったのは間違いで、野暮用で出かけた都心は人の渦だった。連休の遠出プラン変更組の家族連れや、踊り衣装の浴衣のおばさんたちも、筑前琵琶のお嬢さんたちも、人込みの中で傘を差したりすぼめたりして右往左往。どんたく向きの顔は私も前から持ち合わせているので、この人出の中にたちまち巻き込まれてしまった。

食べ物屋はどこも満員で、「お一人さんならどうぞ」と案内された。入り口で待たされている数えて五組の家族連れに気兼ねしていたら、昼食はいつになるかわからない。

早々に退却を試みると、地下鉄の自動切符売り場の混雑も極限で、反対側の壁面の人だかりはよく聞き取れぬアナウンスが案内している特設の切符売り場。

そこで百円玉二つを出したら、駅員君が黙って私の顔を見つめる。「何？」と聞こうとして、慌てて「姪浜一枚」と声を出す。切符を買うのに行き先を自分の口で告げるという当たり前のことをすっかり忘れていたのだ。地下鉄の駅員さんに、客のほうから物を言うことはないのだと初めて気づいた。

日常ではない都心の雰囲気に、平常心を失ってもいた。（5・8）

傷跡

在福の新聞各社の第一線記者諸君がボランティアとして協力し合っている「福岡空襲を記録する会」。その一人に空襲体験の証人として大濠公園観月橋で取材を受けた。

島々を結ぶ橋の一番北、昭和三年竣工と欄干にあるのを、渡って二番目の島に届こうとする地点まで案内してアッと息を呑む。去年まであった直径七〇センチの円形の修理痕、焼夷弾がこのコンクリート橋を突き抜いた傷跡が、一メートル平方に塗り替えられている。ここ十年ほど毎年六月十九日の前には、「語り部」の責任としてこの傷跡の確認に来ていたのだが、「目障りだ」と消されはしないかとの心配はあった。

この美しい水の公園がその二十年の歴史の中で幼馴染みの私に初めて見せた無念の形相、火の雨が降りそそぎ、水面一杯に散った油脂の炎が鬼火と浮いてメラメラと燃え上がる凄惨、それを目撃する私はずぶ濡れの陸軍最下級の兵士！　生涯忘れられるものではない。

同行の若い記者I君が「かえって、はっきり場所がわかっていいじゃないですか」と言ってはくれた。応急修理のままでの四十年は長過ぎたかもしれない。新しい姿でこの物言わぬ戦友は健在なのだと思うことにした。

（5・12）

叩いてさすれば

例の東京サミット、あれは西側諸国の経済問題を主にした団結と友好を確認、誇示する儀式と聞いていたが、米英首脳は予想以上の成功と有頂天。一方、うちの首相は「決して失敗ではない」と浮かぬ顔で強調する結果となった。わが国の中東外交の基本路線の重大転換が（国会に諮《はか》る暇もなく）遠来の客全員で、接待役自身の座敷で呑ませられたのは、表看板の民主的でもなく、信頼関係増進の点でも不可解だ。

サッチャー女史の美貌と自信に満ちた振る舞いをテレビで感心しては、「その声でトカゲ食うかよホトトギス」となっている間のことだ。その臍《ほぞ》を噛む思いを、画面交替したもう一人の英国女性ダイアナ妃の日替わりファッションでいとも簡単に薄めてしまう、そのにくい演出に憮然とする。まるで昔の博多の子供のはやし言葉「叩いてさすれば元《もと》のもの」だ。

元来、内閣の総意で決まるべき国会解散でも、「首相の胸一つ」などとトップ個人のスタンド・プレイを容認するわが国の政界である。情緒的な信頼関係だけに頼れる世界ではない、との貴重な教訓として受け取らねば、使われた少なからぬ私も払っている税金が勿体ない。

（5・15）

目には青葉

竹筒を抜く時のポンとなる音で啼くのだそうで、その名がツツドリ（筒鳥）、胸が赤褐色でジューイチと啼くから本名ジューイチの慈悲心鳥、カッコーと啼くのはもちろんカッコウ（郭公）。最後に、テッペンカケタカと啼いてくれるのがホトトギス（時鳥）で、この四種がわが国でのホトトギス科の鳥。四月末から五月末にかけてこの順序で南アジアから日本の夏に渡来するが、この順序が狂うことはないとされている。

これらホトトギスの仲間は自分の巣を持たず、他人の巣に卵を産み、そちらで育ててもらう習性を持つ。わが子を育てる習性がないとは哀れだが、養母のヒナたちを巣からはじき落として死なせても、わが子の養育を頼む、その身勝手さは理解に苦しむ。相手の慈悲の心に頼るという意味で「慈悲心鳥」と呼ぶ人間のほうも愚かと言わねばならない。

郭公声横たふや水の上　（芭蕉）

この「郭公」はホトトギスと読むのだそうだから、昔はカッコーもホトトギスも区別をせず、それで済んでもいたようだ。

目には青葉、新入社員諸君、五月病の自覚症状があったら、まず窓を開けて深呼吸。しばし自然の緑に目を遊ばせ、生き物たちの悠久の暮らし、営みに思いを致すことだ。

（5・19）

うつぶせ寝

訪日最終日のダイアナ王妃、保育園で乳児たちが皆「あおむけ」に寝ているのに驚かれた。これなら窒息死が少なかろう、帰国したら早速話しますと言われたらしいのは、外交辞令の勇み足だろう。イギリスで赤ちゃんの窒息死がそう多いとも聞いてはいない。

すべての動物は人間の赤ん坊（それも日本列島とその周辺だけと最近知ったのだが）を除いて皆「うつぶせ寝」で、これは常に外敵の襲撃に対処できる姿勢にほかならない。

犬や猫が腹を上に向けてでんぐり返りを飼主に示す甘えの表現は、全くこの緊張感を忘れたものだが、日本の赤ん坊のあおむけ寝も、安心し切っているのはいいが、次の動作、つまり這うことへの挑戦意欲をはじめから放棄した甘ったれと言えなくもない。

このうつぶせ寝が乳児の心身両面の発育に及ぼすメリットは早くから紹介されているが、柔らかいフワフワ布団が何よりの愛情と見るわが国では、その初期の不幸な窒息死の事故以来試みられることが少ない。せんべい布団の堅さに、可愛い孫を寝かせるのかとの抵抗は、まだまだ強いようだ。やがて八カ月を迎えるうちのワカランチンはこのうつぶせ寝で通しているが、成績は、まぁ良いほうだと思っている。もちろんフワフワの敷布団は使わない。

（5・22）

交差点

「バツの悪い顔を並べて交差点」（佳子）。一緒に川柳を勉強している婦人会のエプロン作家たち、主婦の目がとらえた暮らしの中のユーモア哀歓にはいつも教えられる。

「交差点渡りはじめて雨に遇い」（みゆき）、「交差点ポルノのビラが多すぎる」（寿美江）、「大型車目立って曲がる交差点」（ノブ）、「警官が出れば混みだす交差点」（ふくや）など同じ題で、各人それぞれにこうも視点が異なるのかと驚くが、「それなら私も気づいていた」ということばかりなのが嬉しい。

「万感を見せず行き交う交差点」（トモエ）、「交差点目礼だけで擦れ違い」（あや子）。キャッチセールスご用心の娘さんも、五月病寸前の青年もひたすら急ぐ都心。その中には「行き先が不明で戻る交差点」（トミ子）の旦那も「スケジュール交差点から気が変わり」（直子）の奥さんもいるはず。同じ作者の「戸締まりの手落ちに気付く交差点」、このエスプリに膝を打つ。「早足の夫に追い付く交差点」（初子）。この作者は「赤信号見ながら荷物そっと置き」とも。「巷を行けば憩いあり」と詠うのは林芙美子。「人皆われを慰めて、煩悩滅除を詠うなり」の世界が展開する。さらに二重丸の一句、「交差点うちの田んぼがこのあたり」（貞子）。

（5・26）

犬が走る

朝のジョギング・コース、走り仲間の元同僚が紐を片手に途方にくれている。最近飼いはじめた犬を油断して見失い、人様に危害を与えぬかと心配しているのだそうだ。

さっき全力疾走のネズミ色の〝犬品〟卑しからぬ犬と擦れ違ったのが、どうもそれらしい。体験的に知る限り、むやみに吠えたり噛んだりするのは飼主と一緒に散歩中の甘ったれだけで、野良犬は当方がガンをつけぬ限り、まず先方が避ける、君の場合、解き放された嬉しさに運動不足解消のエネルギー発散に夢中だろうから、人間など面白くもない動物は見向きもしないものだ、心配ないよと無責任な解説をしてやった。

それより聞いてくれ、と言う。近所の犬好き氏が引っ越す時持ち込んできた犬で、嫌なら注射で安楽死させるほかないと言われて驚いて引き受けたのだそうだ。あまり気乗りのしない新主人への反発からの逃走に違いない、とがっかりしている。

やはり生き物は人間の子を養子にするぐらいの心構えで貰わねばならんのだと述懐するので「犬に会ったらすぐ帰るよう言っておくから」と励ましてランニングを続けた。なあに、動物の本能として、おそらく住み慣れた所にきっと帰ることは間違いないだろう。

（5・29）

平和学習

前の日曜、小中学の先生方の平和授業研修会の「福岡空襲戦跡めぐり」で福岡聯隊の兵営のあった福岡城跡にお供した。あの夜、私はこの場内練兵場でＢ29の襲撃、火の雨の第一波を頭から浴びている。

花がやがて終わろうとするシャクヤク園は、一面焼夷弾の筒が田植えのように突き刺さり足の踏み場もなかった、その練兵場を見下ろす将校集会所の跡――を「商工会議所」と聞き違えられた頃から予感はあったが、「こんな広い場所にあったレンタイとはいったい何をする所か」、「福岡を守るために兵隊たちが集まった所か」、「宿泊施設もあったのか」などのナイーブな質問にはほとんど絶句した。全員戦後生まれの先生たちなのだ。

それでも、昭和も初めの二十年間とその後の時代思潮の落差を痛感しながら案内する当時の最下級兵士に熱心に耳を傾け、ノートをお取りになっていた。

かつての兵営跡は今、その名も平和台陸上競技場。緑の木々に響くアナウンスが高校女子砲丸投げ選手の名前を呼び出している。もちろん返事は聞こえない。私は今に忘れぬ「歩兵操典・歩哨の守則」を呟いた。「三度呼ブモ答ナケレバ、殺スカ又ハ捕獲スベシ」

（6・2）

青葉茂れる

山川草木すべてが万緑の中、天地に生気の満ち溢れる今こそ、古来男が「やるぞ」と決意する舞台装置にふさわしい。

桜井の里で後事をわが子正行《まさつら》に託して別れ、負けを承知の戦場湊川へ楠正成《まさしげ》が発《た》つのが延元元（一三三六）年の五月。

西国出兵の命を受けて、丹波亀山に向かう途中、愛宕山で催した連歌の発句に主君織田信長を撃つ覚悟を示すのが明智光秀、天正十（一五八二）年の五月。曰く、「時はいま、天が下知る五月《さつき》かな」。

その十二年前、永禄三年に同じ信長が、圧倒的優勢の今川義元を田楽狭間に倒すのが五月暴風雨をついての奇襲だった、と史書に残る。

ずっと下がって今年、同日選挙を「やるぞ」とお決めになったのが、俳句をなさる方とも思えぬこの国の首相の、「この十年間の選挙でわが党が勝ったのは同日選挙の時だけ」との「柳の下のドジョウ」的生臭い次元の発想と聞いて驚く。

負けを覚悟でこそ、いつの世の男の決断も歴史に残る。政治力学の不可解さにはついて行けぬが、政治のほうが私たち納税者の暮らしを見離しはしない。この一票を考える。

（6・5）

土圭《とけい》の間

昔、時計は庶民には縁のないもので、寺院の鐘や五十年前まで福岡（西公園下の港）にもあった午砲（ドン）などが時報の役を受け持った。

江戸城では時刻を知らせる「土圭の間」坊主が城中の太鼓を叩いた。主なのは明け六つと暮れ六つの太鼓、城門の開閉はこれで行われた。明け六つは、冬至では今の午前六時十一分、夏至で同三時四十九分、暮れ六つが午後五時八分（冬至）と七時三十六分（夏至）となっていた。

もう一つ重要なのは「四つ」の太鼓で、これは大名諸侯登城の合図。だが、こちらはいつか正規の時刻よりだいぶ遅れて打ちはじめる習慣ができ、しかも全員の登城が終わるまで打ち続けたそうだから、叩き役の坊主は大変だが随分人間的なのが嬉しい。夏と冬の時刻が違うのは、日暮れから夜明けまでを夜とし、それを六等分したのを夜の一刻としたからである。

明るくなれば働きはじめ、日が暮れれば休む。旧き良き時代が、わずか一一〇年前まではあった。目が覚めたので何時と聞くのと何時だから起きなさい――この違いは大きい。

時計に追われ、テレビ番組に振り回される昨今を考える。明日十日は時の記念日。

（6・9）

侵略

復古調教科書は侵略戦争美化だ、と中国政府や韓国の主要紙で一斉に激しい批判がまた始まったが、「また」と書くのが全くやり切れない。それも「教科書は日本の子供が読むもの、外国のために編集するものではない」との関係者（!）のコメントには唖然とさせられた。いつもの「真意ではない」と陳謝する一件落着を計算しての放言が情ない。

二十年も前、日中関係が全く断絶していた時、上海からの経済視察団を熱烈歓迎どころか腫れ物にさわる思いで博多港に私たち下級職員だけで案内したことがあった。

上司からは「この海は文永・弘安の両役で元軍との戦いがあったところ、など、決して口にするな」とだけ指示されていたが、こちらの緊張ぶりとは別の友好姿勢と熱烈学習、それに「私的プレゼント」なら記念古切手一枚でも辞退するという厳しさに感心したり、戸惑ったりするうちに、「元寇の遺跡があるはず」と先方から切り出された。

慌てる私に「我々の祖先の誤った侵略行為を、世界でただ一カ所、見事に撃退した日本人民の勇敢な戦いの跡を見たい。是非学びたい」とのことで、目からウロコの落ちる思いでショックを受けたことをこの際思い出す。

（6・12）

移木《いぼく》の信

紀元前四世紀の中国、秦の王孝公は三丈の木を都の南門に立てて布告した。「この木を北門に移す者あらば十金を与えよう」。人々は怪しんであえて移そうとしないので、「では五十金を与える」。そして一人の男が現れてその木を北門に移した時、孝公はすぐに約束の金を与えて、決して民を欺《あざむ》かぬことを示した。その上で、かねて策定していた税制改正の「変法の例」を公布した（『史記』商君伝）。

「民を絶対に欺かぬ」、これが有史以来、中国で名君と呼ばれた王公たちの政治理念に共通したもので、「白さもしろし、富士の白雪」など意味不明の言葉遊びで、民衆どころか身内までも煙に巻き、決してやらぬと公言していた国会解散で天下を混乱に巻き込む……これなどたちまち「徳」を失い政権交代の革命につながる暗君の愚行に他ならない。

だがこれは二三〇〇年前、孔子がつい先年まで、「理想の政治」を諸侯に説いてまわっていたはなはだ牧歌的な時代の話。生き馬の目を抜く昨今では、「移木の信」など投票日までの約束言と知るのが常識で、現実は孔子さまもお嘆きの末世、恥ずかしい。それでもこれが私たちの一票一票の積み重ねが生んだ世相には違いない。

（6・16）

捕鯨委員会

この十三日に終わったスウェーデン南部の街マルメでの国際捕鯨委員会（ＩＷＣ）三十八回年次総会で、またもや捕鯨反対国側がこぞって日本を攻撃、資源調査のための捕鯨まで「条約のすり抜けを図る疑似商業捕鯨」と決めつけた。

商業捕鯨とは頂けぬ用語で、「海の幸、鯨や魚などひと切れも残さず頂くのが命を落としたものへの供養」としてきたわが国民の伝統的食文化を、そういう生活習慣のない連中に干渉され侮辱されるいわれは全くない。

少なくとも北海道や男鹿半島などで、米国エスキモーなみの「生存のための捕鯨」権を主張しようとした日本代表は提議できず、結論を来年に延ばした。例のサミットでやられっぱなしのリビア問題、円高対策のわが国の外交姿勢を思い出させる。

市井生活の実感と別の次元で火がついた同日選挙一連の記事に紙面を追われて片隅に載ったこの日本人の生活哲学の根源を揺する記事で連想することは――アルコール類を知って以降のエスキモーの人たちの心身の傷つき、衣類を着せられるまで風邪を知らず、肺炎など患ったことのない豪州大陸本来の住民アボリジニの人々など、異文化の強引な押し付けに苦しむ人々の生活史である。

（6・19）

再挑戦

通称「大検」、高校を出ていない人のための大学入試受験資格の検定は受験者が増えて、この八月に福岡県で昨年比九十三人増の四三一人、七割が高校中退と発表された。

ほかに夜間中学以来の歴史をもつ母校の定時制課程でもかなりの数の高校（全日制）中退の諸君が働きながらもう一度、高校教育に挑戦していることを最近知った。

昼働いての夜間の学習は大変だねと聞けば、「ここではどんなつまらぬ質問でも、先生方が丁寧に教えてくださるのが嬉しい。前いたところでは、めったに無かった雰囲気で、あちらでは先生方も受験体制で忙しく、私たちまで相手にできなかったんですね」と意外にクールな返事だった。

クラブ活動でも、随分無理ではないかとの質問には——特に本校のバスケットはおそらく全日制を含めて県下のトップを争う強さ。例えば、前の学校で一度挫折を味わった優秀な生徒が再出発に集まるということのほかに、何よりも「みな苦労しながらの学習」との連帯感なのでしょうか。クラスマッチでも運動神経の弱い子を選手クラスの生徒が、みんな一緒に包み込んで仲良くプレーする優しさがあります、との教頭先生の話には思わずうなったことだった。

（6・20）

婦人友好訪問団

中国広州市婦人友好訪問団を福岡空港に出迎えた福岡市婦人会館の中村イツ子館長は、団長・呉暁峰さんの最初の言葉「婦人会館十周年おめでとう」に驚く。確かにその日、六月十六日が十年前の開館の日に違いなかったのだ。

訪問団は人材研究会理事長の呉団長をはじめ、いずれも第一線指導層の方々だが、女性ならではの心遣いの中に、用意周到の事前研修の成果も窺えて、数多い訪問先の一つに過ぎぬこの館の事情を……その熱烈学習の意気込みに感銘深くこの話を聞いた。

その婦人会館（中央区）に一行が見えられたのが十八日の昼、ちょうど研修室で文章教室のおば様たちを相手に私も原稿用紙に取り組んでいる最中だった。予告があっての「やらせ」ではないぶっつけ本番で、少し慌てたが、すぐにそれなりに和やかな空気に包まれたのは、それでよかったのだと思いたい。

参観組も案内も全部女性。「芸術的だ」と好評の昼食も婦人会皆さんの手作り。そんな中では、ただ一人の不細工な男の存在はいかにも気が引けた。でも、この友好ムードを世の男性諸氏にも見てもらいたい気もした。「ここ福岡でも、天の半分は男が支えているのですが……」と言いたかったが、私の中国語ではその種のジョークは無理だった。

（6・23）

証言

昭和二十（一九四五）年六月の福岡空襲、博多区下川端町の旧十五銀行ビル地下室は電動シャッターが停電で作動せず、避難者全員が焼死との惨事が通説だった。が、実はその猛煙、猛火をくぐって脱出し、助かった人々があり、その人たちの証言が昨年頃から出始めた――と近刊の記録証言集『火の雨が降った』（福岡空襲を記録する会、一九八六年）に載っている。

この方々が名乗り出るまで、四十年もの歳月を要しているが、おそらく非業《ひごう》の死を遂げた近所の方々、友人たちへの「自分だけ助かった」との「後ろめたさ」を、この長い間持ち続けておられたのに違いない。その心情は似た体験を持つ者として痛いほどわかる。そして命からがら脱出された方々の証言は、あの惨事をさらに強烈に伝えて胸を打つ。

それにしても、私の記憶では、戦後間もなくあのビルの最上階に「フロリダ」と呼ぶダンス教習所が出来、同じビル内の狭い映画館で、本邦初の接吻映画『そよ風』を見たのだが、その空襲時の惨事は知らなかった。あるいは知っていてその種の残酷な体験にマヒしていたのか、また電動シャッターでの全員焼死説が、いつから始まり、何故定着したのか……、振り返って全くわからない。

（6・30）

二枚舌

わが国最初の政党内閣の首班・大隈重信は、わずか四カ月後の憲政党の内紛で野に下るが、名士ナンバー1として、その演説にはますます磨きがかかり民衆の人気は高まった。

午前中は禁酒会を激励し、午後には酒造組合で「酒は百薬の長」とぶつ。今日の政界感覚ならその矛盾を指摘するのは野暮で、この程度の二枚舌を恥じては票が集まらないが、当時はやはり紳士の態度ではなかった。

ただし、それを平然とやるところが大隈らしいとかえって人気が集まり……やがて大正三（一九一四）年成立の第二次大隈内閣の公約に「国防の充実」と「国民負担の軽減」という正反対の主張が同時に政綱に掲げられた時も「大隈らしい」と評判になった。

今日のいわゆる「政治的発言」としての二枚舌の一般化は、その時代時代に拍手を送ったり黙認してきた先輩選挙民諸賢にも責任があると考える。

同時選挙の公示以来、この国第一党総裁の「有権者の皆さん」への呼びかけが、海外の首脳に囲まれた時の発言内容とまるで違うので、本国へ報道もされず、ボツにしたと憮然たる表情で話す外国通信社特派員氏に、テレビのこちらから「申し訳ない」と謝まった。

（7・3）

この一票

帰りに立ち寄るスーパーでの買い物袋運搬役でお供する私を含めて、何故か投票所行きは老若を問わず夫婦連れが多い。「投票にだれとあかさぬ妻連れて」、昭和二十一（一九四六）年の川柳誌『番傘』に残る一句を思い起こす。今時、選挙に細君を「連れて」など詠んだらドヤされるが、その年の四月、日本婦人は初めて投票所に出かけたのだった。

夫婦が並んで街を歩くなどまだハイカラだった頃の、天から降ってきた婦人の国政参加、先輩として大丈夫かとも口には出せず、オレにも告げぬ意中の人を決めているらしい奥さんと一緒の投票所行き。一方では婦人参政権初行使の心意気も汲み取られる。焼け跡・闇市時代で飢餓克服が何よりの課題であった日々の一票に込めた祈りを思い出す。

ほとんどが中流以上の生活感覚の飽食時代、「マドンナ候補」とか「東京地区・女の戦い」などマスコミ造語も華やかに、党利党略むきだしに終始した同日選挙。そのお祭り騒ぎの跡の哀感を楽しんでいる場合ではない。

もうご用済みになった有権者の皆様の一票の願いをよそに、筋書きどおりの永田町・村芝居が始まった。

（7・10）

梅雨晴れ間

昨年の七月末の雷鳴激しき日、亡くなられた中島妙子さんの遺句集『花蘇枋《はなすほう》』を頂いた。存じ上げぬ方だがと思いながら開いた俳人・今村俊三氏の序に、昨年二月の故・寺田健一郎氏のガン闘病記『直腸切断』の出版記念会で、絵の恩師寺田氏の再起を本人が先に逝くなどもちろん知らずに励ましておられた——とある。その佳人ならかすかに覚えがある。

「梅雨晴間ふと気の澄みし時を持つ」。この遺句と遺書を書かれたのは七月の初め、前日まで娘さんと焼きそば、ピザを食べ、トイレにも一人で歩き、ついにガン末期の痛みを訴えることはなかった……と綴られる夫君・隆一郎氏は、染料に使うために新婚当時植えた木々で今に残る一本の蘇枋の朱をこの句集の絹張装丁の色に選ばれた。

三百年以上の博多の老舗《しにせ》、生家の相良弓具店を焼いた空襲の火の海を小学生の弟君と逃げ回った体験を、毎年その日には語っておられたと知って、さらに身近な方と思われる。

遺句二九二の初めの句「裏山のひよけたたまし梅雨晴間」、さらに一句「梅雨晴間阿弥陀は細き小指立て」。この季語に込められた故人の万感ないし祈りを考える。

（7・14）

現実路線

一国の首相の発言をその都度、「本当なのか」と考えねばならぬとは不幸なことだ。「国民の反対する」大型間接税は導入しないとの公約だったが、圧倒的勝利の後では首相の「意に反して」大蔵省は「新型」間接税の検討を再開した。やがて国民が反対でも「やむをえず」との新しい枕詞が付けられるのだろう。

野党第一党の委員長は投票前日に「首班指名には与党の一部とも手を結ぶ」とかつて非武装中立一本槍で激しく対立した頃と同じ眼鏡と同じ口調で訴えていた。こういうことは、前回過半数割れのお家の大事に、前日までほかの野党以上の激しさで金権政治を攻撃していた新自由クラブが悔い改めて大臣の椅子を貰ったように、開票日まで決して国民の前では口にせぬことだった。

風見鶏は元来、自然と共に働く農民・漁民の知恵で、風向きを確かめ仕事の段取りを考えるのに役立った。あの方の呼び名になって以来、「ずるい」、「朝令暮改」などマイナス・イメージが定着するのが残念だ。最近復元された動物園の風見鶏だけは、この長梅雨にもめげず、万緑の中に毅然と立っている。

風見鶏冷夏の予感なしとせず　（真吾）

（7・17）

熱誠

追い山笠が終わるその日から博多の人々は見事に日常の暮らしに戻る。もう一つの騒ぎ、同日選挙も終われば嘘のように静まるが、後は手の届かぬ雲の上の駆け引きで、庶民の暮らしがこうもあっさり引き離される「政治」――を考える。

子供の頃、福岡市東中洲の九州劇場では、代議士・中野正剛の政談演説に聴衆の列が那珂川の橋を越して県庁前まで並ぶのを目撃している。ゼニを払ってまで聞きたい政見と市民との直接のふれあいを大切にする政治家像がそこにあった。

弁舌一本で内閣退陣に追い込んだ尾崎行雄や犬養毅のほか、伝説的な弁論の雄として永井柳太郎。この方は野外演説場で一万人の聴衆でもマイクなしで大丈夫との評判だったが、中野正剛が一万三〇〇〇人を集めたと聞いて、「よし、オレも今度はそれ以上」と闘志をかきたてたとのエピソードを残す。

この方々の演説には情熱と誠意を組み合わせた「熱誠」という用語が当時使われたが、永井氏は雄弁だけと見られるのをおそれ、尾崎翁は演説の中身あってこその熱誠と強調された。騒音に等しい連呼と、嘘を言う・言わぬの次元ではゼニのとれる政見にほど遠い。もちろん、「熱誠」などとうに廃語になっている。（7・21）

トライホー

福岡市中央区の動植物園付近は昔の大休山《おおやすみ》。谷の照葉樹林の茂みが黒田五十二万石、南辺の護り、戦力千騎に匹敵する「入ったら出られん四十八谷」と呼ばれた所。今もバス停名に残る「馬屋谷」。町名として御所ケ谷《ごしょがだに》。大鋸谷《おがん》は樵《きこり》の衆、藩お抱えの忍びの者たちの浪人谷、ほかに茶園谷など地名が随所に残る。

この深い樹海で働く人たちは互いに「トライホー（渡来峰？）」と呼び合って所在を確かめたと伝わっている。

一方、城下の西側の備えに珍竹塀の屋敷を賜ったのが下級武士のチンチク殿たち。下男、下婢《げひ》を使う余裕のないここの子弟たちは、味噌・醤油などの使い走りの際、その声数里に響かせてトライホー（徒来放？）と叫びながら町を闊歩し、商店では「買ってやるぞ」、「負けろ」と町方の衆に対して精一杯のツッパリを示した（福本日南『筑前誌』）そうだ。

屈折した思いの多い下積み武士の子弟のツッパリ・コールが、谷のワクドウ（がま蛙）たちの山仕事中のヤッホーと呼び合う合図と同じなのが、何か悲しい。

長梅雨で一層の緑が濃い都心森林浴のお勧めコーナー。耳を澄ませば聞こえくる、トライホー。

（7・24）

双羽黒

名古屋場所千秋楽で、全勝横綱に土が付き、結びの大一番の興奮とざわめきがまだ収まらぬうちに、優勝決定戦に持ち込んだ大関北尾が、テレビ解説陣も驚くほど早く、もう花道の奥に姿を現した。先刻の圧勝の勢いが中断するのを恐れるかのような「気負い」をその表情に見た。

一方、大勝負には馴れている千代の富士は相手が花道に現れたのをテレビで確かめてから、出陣準備の髪を整えさせはじめた——このへんのシナリオなしの心理劇がたまらない。まさか北尾が「臆したか武蔵、なに故のゆっくり」と呼びはせぬかと心配したり、そうなれば「小次郎、敗れたり」と横綱のほうも……と連想を楽しむうちに、いつもは長いと思う仕切り直しも、もう時間一杯になっていた。

優勝決定戦には番付上位が勝つとのジンクスがあるそうだが、同じ相手に二番続けて負けるはずはない。結果は絶好調の横綱の順当勝ちだった。

「優勝経験なし」の宿題をもつ北尾の横綱昇進だからこそ、前途が楽しめるというものだ。大きく名乗る新しいシコ名「双羽黒」も若々しくナウい——。確かめてみて驚いた。この人、まだ二十二歳。

（7・28）

悪漢ぺぺ

フランス語が駄目なので、恥ずかしながら、映画『望郷』の原名『ぺぺ・ル・モコ』をモコが故郷で、ぺぺは「昔をしのぶ」という意味のフランス語と思い込んでいたのに、「悪漢ぺぺ」というドライな題名だと知って驚いた。

文句のつけようのないジャン・ギャバン主演だから、この「ならず者」の不幸に胸が痛み、食いつめて逃亡したパリも「捨てた故郷」などと主人公と一緒に粋がってもみた。だが、相手役にしても、まともな市井生活を送ってきたとも思えぬ女性と気がつけば、悲恋などと同情するんじゃなかった。

このモコ連中の隠れ家にされた植民地アルジェリアの人たちの迷惑など一顧だにせず、名優扮するアウトローの格好よさに幻惑されて、手に汗を握っていたのだから罪は深い。『望郷』などとレッテルを張り替えて、国策映画ばかりでうんざりしていた日本人映画ファンのハイカラ志向を吸い上げた商魂も憎い。

今、アジア近隣諸国からの批判が繰り返される歴史教科書の問題にしても、同じことと考える。土足で踏み込まれた相手側の視座に立つ姿勢が、どうしても欠落しがちだ。

（7・31）

献　涼

七月三十日の北京は晴れ、予想気温の二十九度は頂上付近で四度は低いはず。五日前三十九度の暑さに、杭州・銭塘江畔での六和塔昇りに比べれば快適な長城日和と考えたが……。七年も前、一般外国人に初めて開放された頃を知る万里の長城八達嶺の、溢れんばかりの人の渦とバスの行列には呆気にとられた。

目立って多い外国人の中には、私たち北京でのエスペラント世界大会参加者五十カ国、約二二〇〇人もいるのだが、前日の「頂上でまた会おう」とのユーゴスラビアの女性作家との約束はまず絶望。「ここに至らざれば好漢にあらず」の烽火《ほうか》台はまるで特売場の人込みで、この暑さに筥崎八幡放生会参道並みの人出が、文字どおり押すな押すなの中国語、日本語、英語それにエスペラント語。

いつ付けられた手摺なのか（七年前にはなかった）、日本のじい様もばあ様も六根清浄と元気にこの世界の人波を掻き分けて昇っていらっしゃる。

頂上でフィルムを入れ替えながら気がついた。実に爽やかな風が吹く。また日干煉瓦のトリデの穴蔵を抜ける際の一瞬の冷気。日陰なら涼しいとかねて聞く大陸特有の豪快な爽涼感！　連日三十度を超すと聞く日本列島に持ち帰りたいと考えた。

（8・4）

加油站

加油《ジャヤユウ》は中国語で「頑張れ」の意味だが、火車站（汽車の駅）の站をつければガソリンスタンド。満タンにしながら「元気を出せ」と服務員君が車に声をかけているようだ。そのガソリン補給は無料との通訳さんの説明に驚く。市政府や各機関が支払う、中国には個人用の車はないのだそうだ。予備知識では聞いた気もするが、現地で見聞して初めて唸ることばかりだ。

丸く刈り込んだ饅頭柳、淡黄色の花が盛りのエンジュ、それに白樺と見違える防虫剤を塗ったポプラが延々と続く並木道を、マイクロバスは北京市内の時速四十公里（キロ）から郊外で六〇キロ、さらに違反じゃないのと心配するスピードで飛ばす。

昌平県で左へ曲がれば、「八達嶺まで二十六公里」の標識が出るが、そこから万里長城まで約一時間と意外な案内。国際化と観光開発を急ぐ長城付近の道路は至る所が掘り返されて、拡張工事中なのだ。連日の猛暑ではさすがに人海作戦は見られないが、機械力に頼らぬ念の入った土堀り作業が進められ、大地をしっかり踏みしめた汗まみれの労働の姿に、擦れ違い離合を繰り返す車窓からひそかに「加油！」と声をかけた。

（8・7）

不快指数

いつまでも夏風邪癒えぬ腹立ちや　（美夜子）

一日中歩道では照りつけられ、室内や地下鉄ではクーラー。つまり温められたり、冷やされたりの繰り返しで、咳が止まらず、鼻がクスン。不快指数頂点の状態で地下鉄を待つ。

目の前に電車が滑り込んだ途端、先頭の私は突然突き飛ばされ、よろめいて扇子を取り落としたのは不覚だった。元気のよい小学五年生と見た五体健全の女の子が列に割り込み、体当たりで降りる客の渦をかきわけ、一番手前の座席にスライディング、「お母さん早く」と隣の席も押さえたのだ。

体勢を立て直した私がこの親子のすぐ横に座ったのは、たまたまそこが空いたからだ。新人類諸嬢よりは少し年配とは思う若い母親に、世の大人の一人として、ひとこと言わねばならぬと考えたが、そのきっかけの言葉が見当たらない。そのうち母親が娘のお利口さんぶりとその機敏さを声高に褒めるのが耳に入る。娘は娘でその席取の特技を自慢するに至っては、「夏休み」、「解放感」、「躾《しつけ》」……などの言葉が暑気あたりで回転不順の私の脳裏を無駄に駆け巡るだけだった。

（8・11）

夏・博多

「山笠《やま》過ぎの何処か寂しい大銀杏」。総鎮守櫛田様の山笠の興奮が収まった後の博多の街はただ暑いだけ。川柳作家・泉淳夫氏の『博多祭事記』から古い時代の夏の句を探すのも暑気払いのひとつ。

「打ち水の後をぴちゃぴちゃ踏んでゆき」、「手のひらに載せた蛍がまだ飛ばず」、「川洗い住吉橋は人ばかり」、「朝の間の涼しさ母が格子《こうし》拭く」、「夕立の上がった後の街の蟬」など。

また「四五年は流行《はや》ったろうかアッパッパ」。簡単服とも呼んで昭和も一桁、ごりょんさんたちにも洋装（！）が普及した。「寝茣蓙《ござ》替えた夜をさっぱりと手足投げ」、「蠅取紙《はえとりがみ》くっつきそうなとこへ吊り」、「ラムネ抜き紐の付いとる方を貸し」、「更けてきてバンコ将棋に風が出る」などの句は時代考証が必要。

子供の世界では「アイスキャンデー何時まで箸ば嘗めとるな」、「ぐったりと百道《ももち》疲れの子が眠り」、「兄弟の数に盆菓子ちゃんと分け」、「いけどうろう那珂川の砂採ってくる」。もちろん塾通いもテレビっ子もいなかった。「日向水役目のように祖母が取り」、「臍のゴマ取って行水叱られる」。「ひなたみず」、「ぎょうずい」と読む、念のため。

（8・14）

風を拾う

福岡市西区の小戸ヨット・ハーバー。夏休み青少年教室「中学生ヨットライフ」で主催者の中島西区長さんから試乗に誘われた。街で見るモヤシ型中学生と違う、真っ黒に日焼けしたすんなり長い脚の約五十人の少年少女たちを頼もしく見て、その四倍もの年長とバランス感覚まるで駄目なのを忘れて、いそいそと救命胴衣をつけたことだった。

スナイプと教わったヨットに同乗三人。乗り込むまでの数珠繋ぎ浮き板でのヘッピリ腰の醜態などは省略して——今津湾の真ん中で太陽が一杯。アラン・ドロンに負けず爽快な夏の潮風にうっとりしていたところ、急に風が止み、ヨットも止まり、ゆらゆらしはじめた。

指導の福大ヨット部H君が「こういう場合、じっと待つんです。少しの風でも出れば、その風を拾って動きます」。ヨットの中からの低い視線では、私でも鏡のような海面に今漂っていることがわかる。ほら、あちらに小波が……とH君の指さす方向から変わりやすい博多湾の風がわずかに水面を揺るがしはじめていた。それを「拾って」の言葉には詩がある。

自然との対決ではなく、無理をせず自然の懐の中で楽しむスポーツ、ヨットの醍醐味を少年の日から体験できる今の中学生諸君を羨ましくも思った。

（8・18）

門前三包

この夏、杭州市の街路でよく見かけたのが、赤地に白抜き大文字の「人々争做文明市民」の横断幕、つまり文明社会実現の市民運動。可愛い小綺麗な口を開けた唐獅子か蛙の三彩の焼き物が道傍の随所に置いてあって「果売箱」。果物を売るのかと思ったら、「売」は「穀」の簡体字で、つまりゴミ箱である。さらに、この焼き物には「人人有責《レンレンユウズ》」の四文字が「街の清掃は市民一人一人の責任だぞ」と呼び掛けている。

旧い町並みの商店の壁には「門前三包」の赤い漢字。店の入り口の左右五〇メートル（?）にはツバを吐かない、ゴミを散らさない、自転車の放置はしない——この三つはこの店の主人の責任であるとの宣言。この人人有責は随所に見られ、緑化も文化財保護も公害垂れ流しもすべて人人有責だ。

バスや乗用車がクラクションを鳴らし、通勤自転車の波を左右に押し分けて突き進むのは、日本の交通感覚からは肝を潰さんばかりだが、「自分の行為は自分で責任を持つ」逞しさと解釈した。それでも、「行人は自行車（自転車）を恐れ、自行車は汽車（自動車）を恐れ、汽車はケイサツが苦手」なのだそうだ。（8・21）

青い背広

八月二十日、この日福岡地方は曇りで正午の気温が三一・五度。その天神の街角に青い背広の青年諸君の三々五々を見た。「青い背広」と聞けば「心も軽く、街へあの娘《こ》と行こうじゃないか」、昭和も初期の青春のシンボルだったが、とても真夏日の服装ではない。

就職協定による会社訪問日の四十日繰り上げを決めた方々も予想しないと思う「真夏の背広」の上着を脱いだり、肩に掛けたり、うんざりした顔が青信号を待っている。先日までイッキ飲みスタイルの最もラフな服装の甘ったれ君もその中にいるのに違いない。「暑いからそれなりの服装で」との会社側の呼び掛けは承知の上で、なお、全員揃っての没個性の背広には、敗戦当時の真夏日に博多港に上陸した諸君の父君の世代の汗まみれの復員服姿を連想する。

それにしても、中には体形に合わず、ダブダブなのが散見するのは、ここ数日間の借衣装と思ったら、それがナウい今流行のダブダブ・ルックとは恐れ入った。「没個性」の前言を取り消さねばならない。

ちなみに、背広発祥の地と聞く英国ロンドンのこの日の最高気温が十九度。（8・25）

西湖

中国杭州市は十三世紀、すでにマルコ・ポーロが当時世界で一番美しい街と紹介しているが、中でも最高の景勝が西湖。福岡の大濠公園と同じく昔の入江を美しい人工湖にしたと聞いていたが、来てみれば大濠の回遊路二キロに対して西湖は一五キロ。この規模の違いもさることながら、歴史の重みと自然と人工美の絶妙の調和、迫力に圧倒された。

唐の詩人・白居易がここの地方長官時代の築造と聞く「白堤」が千年前の話、宋の詩人・蘇東坡の「蘇堤」が新しいほうで、それでも八百年以前のもの。いずれも美しく、大濠の中の島のように湖の中央に連なり横たわっている。

湖の周囲の道路には左右に、これはまさか千年ものではあるまいがひと抱えもあるプラタナス（すずかけ）が、地上二メートルで揃えられた逞しい枝を伸ばして緑のトンネル。これが延々と続いて、三十九度の真夏日に市民の自転車の波を走らせている。わが国ならまず不動産関係が見逃さぬ一等地に、普通の家屋が百年一日の姿で点在していた。

新中国成立後すぐ大規模な浚渫が行われている。群青の水面を見つめながら、比べてわずか六十年の歴史のわが大濠公園、その軌道に乗らぬ「池さらえ」を考えた。

（8・28）

御朱印

旅行鞄にいつも用意している私の朱印帖に、初めて中国のお寺のご印を頂いた。

文革後のこの国の宗教事情にうといので、頂けるかなと心配したが、「あら、日本のお寺と同じ物」と連れが驚くほど違和感のないものだった。むしろ書の本場だけに中央に「福寿全意」と墨痕見とれるような達筆、固唾を呑んで見つめる前で、パンと押してくださった朱印の大きさは、私の三冊目になる朱印コレクションでも最大クラス、有り難さが倍加する。左隅に「杭州霊隠寺」となければ日本のお寺と間違える。

そうだった、仏教はこちらが本場で、千年の歴史を持つこの寺で修行を積まれた日中両国の僧侶の方々がお伝えになったものだった（事実、最澄・伝教大師も空海・弘法大師もこの寺で修行されたと後で知る）。

朱印帖の前のページには「遠江国井伊谷龍潭寺」とあるが、福岡から空路一時間半の杭州より遠い国・静岡県。今さら、同じ漢字文化圏・風月同天の間柄を痛感する。

お礼にお納めする「蠟燭代」の額に迷ったが、さっきから痩身鶴が黄衣をまとったような坊様が「一元」（約百円）と言っておられるのを私の語学力では聞き取れず、坊様の指でお示しになるVサインでやっとわかった。

（9・1）

姫君

中国研究センターの八月例会で「内蒙古の新事情」を話された内蒙古大学蒙古史研究所の講師ボルヂギン・ウランさんは、東京外国語大学に研究留学生として滞日中の方だ。モンゴルでも誇り高き部族ホルチンの、あの成吉思汗の弟ハサルの直系子孫の方。「世が世なら……」と世話役が話す。

羊肉以外は絶対に召し上がりにならぬとの前情報もあったので、砂漠の彼方神秘の国からの姫君を待つ思いだった。が、お見えになった本人は束髪の若い、モンゴル語に似た日本語は覚えやすいとおっしゃる「気さくな」と書くのもおかしい普通の聡明な好感度百点の女子留学生だった。

歓迎夕食の席では、元寇防塁から成吉思汗、それ以降の大侵略に始まる東アジア史、今のモンゴル族・漢族の生活文化の共存など、日本とモンゴルの赤ちゃんに見られるお尻の青いアザ、蒙古斑まで話は弾んだ。

フフホト（内蒙古自治区の首都）にお出でください、北京から汽車で八時間——と聞いて驚く。はるか遠く、手の届かぬ彼方と思っていた。羊の肉の皿が出る頃には「もうお腹が一杯」と砂漠からの姫君はおっしゃった。

（9・4）

会社訪問

会社側では「会社説明会」。いつ頃からこの不思議な年中行事が始まったのか、あれが会社訪問帰りの学生諸君とすぐわかるグループ。新調の背広に大型の茶封筒、三、四人必ず連れだって冷たいものを飲んでいる。

「どんな具合?」と声を掛けたくなるが、複数の諸君ではやめにしておく。この人たち、なんでこんなにメダカのようにいつも群れを作るんだろう。入社試験など、皆であたれば怖くないとの甘ったれなら、一昨日までの長髪を見事に変身させた諸君のこと、ここでもう一つ心機も一転と試みることだ。

会社側は新人一人の採用に二億円の投資を覚悟すると聞いている。二億円出して役立たずを採用しては元も子もないのだから、諸君の想像以上に真剣なはず。諸君にとってもこの先半世紀は続く暮らしの修羅場の最初の正念場なのに、個性を売り込む真剣勝負の心構えの欠如と見えるのは、我々世代——闇市焼け跡に半年先の目途も立たぬまま職を探した——の要らぬお節介でもないと考える。

面談の際、お互いの目で見つめ合わぬのが日本人の特徴と聞くが、君のセールス・ポイントを聞かれて「別にィ……」などいつもの口癖は出さぬことだ。頑張んなさい。

（9・8）

夏痩せ

残暑でも、もう九月。朝は幾分涼しいので早朝駆け足を再開した。いつもの川辺で小太りの見馴れた体形がフゥフゥと息を弾ませてやってくる。案の定、旧友のKで、こちらも愛宕様駆け足参拝の再開だ。「この暑いのに、少しも痩せんなァ」と互いに腹を撫であった。そう言えば「夏痩せ」という言葉が昔あった。俳句歳時記の晩夏のところに「夏負け」ともあり、「夏が過ぎて秋風が吹く頃に自然に治って元のようになる」と呑気な説明が付く。「自然に治って」がいい。

食物に季節感を失い、クーラーなど熱帯夜対策が開発されて、食欲に春夏秋冬の変化がなくなった今日だが、かつて夜は寝苦しく、スイカは井戸に冷え、トマトは炎天の畑でかぶりついた頃は、人間も自然と共に暑ければ食欲を失い、秋風と共に食欲を回復した。

今、廃語に近い「夏痩せ」の句から……。「夏痩せの文長々とものしけり」（碧梧桐）、「夏をやせ棚高き書に爪立つも」（誓子）、「夏痩せ詩人ワインの栓も抜きかねし」（敦）、「裁ち鋏重く夏痩せ始まれり」（信子）。

されば戯れに一句。

「ジャズダンス今年の夏を痩せもせず」（真吾）　（9・11）

『ベニスの商人』

商人といっても放蕩のあげく財産を失った友人の保証で金の要る若者アントニオ。その資金計画は「貿易船が無事に帰港できたら」という怪しげなもの。当然渋るユダヤ人金融業・シャイロックへの無理難題、悪口雑言のやり取りの後、大金三〇〇〇ダカットを借り上げる。抵当はアントニオの人肉一ポンド。

案の定、船は帰らず、シェークスピア劇屈指の名舞台『人肉裁判』が展開される。肉一ポンドを切り取る約束には、キリスト教徒の血を流すことは含まれていないとの奇想天外な詭弁がまかりとおり、さらに善良なベニス市民の生命を脅かした罪でシャイロックの全財産は没収という踏んだり蹴ったりの……。

この芝居初上演の十六世紀末の英国は、三百年来のユダヤ人追放令はまだ生きており、教会が罪悪視してきた「商取引での金利」が認められてわずか二十年後だった。

だから当時の英国の時代思潮ではこの乱暴なユダヤ人迫害の芝居が喝采を受けたかもしれないが、今日の日本でNHK教育テレビが高視聴率を集めるのは何故だろう。

この国の文部大臣がそれが原因で罷免された後も、なお「信念」として声高く唱える、足を踏まれる側の痛みに思いが及ばない「皇国史観」について考える。　（9・18）

紙価貴《たか》し

三世紀の中国、詩人・左思の詠む辞賦に壮麗無比の評判が立つ。「斉都賦」を詠むのに一年、『三国志』で知られる魏呉蜀それぞれの都を詠む三都賦に十年の苦心を重ねるが、市民はあまりこれを評価しない。ところが、名伯楽・張華の激賞を得たとたん、人々は先を争って書き写したので、都（洛陽）の紙の値段がたちまち貴くなる始末。以来、著書の盛んに売れるさまを「洛陽の紙価ために貴し」と言う。

この左思、字名《あざな》は太沖、斉の人で冴えた風貌でもなく訥弁《とつべん》で、ずっと後の世、どこかの国で「放言大臣大いに吠える」とのタイトルで『文藝春秋』の売り上げ倍増に協力された方とまるで違う。この方が一級文化国家の文部大臣を罷免されなさった後も、電車の吊り広告にはその次元高からぬタイトルがぶら下がっている。

この国でもかつては、高校野球の選手が煙草を吸うのを見たらまず叱って止めさせる人生の先輩としての大人たちがいた。「しめた！」とばかりにフォーカスして週刊誌の紙価がそれで貴し！——とする今日の週刊誌ジャーナリズムに考えさせられる。今年の読書の秋。

（9・22）

入場行進

韓国ソウルでのアジア大会、開会式で雨中の入場行進のテレビ画面。二度ほど映った日本の首相は、前閣僚の「妥当を欠く」発言への陳謝を終えたばかりの心労なのか、いつになく控え目。今回はこちらの大統領の引き立て役、引き立て役はいつもこうでありたい。

物情騒然のソウル、それも対日感情最悪と報道される中に乗り込む日本選手団への観衆の反応が、アジア各地の若者たちの笑顔一杯の行進に見入るうちに気になりはじめた。そしてイルポン・ジャパンのプラカード。祖国の栄誉と責任感で緊張感丸出しのいつもの表情ではなく、かなりのリラックス行進と見受けた。一斉にハンカチ大の韓国旗を振りはじめたのは、友好親善の精一杯の演出なのだろうが、政治的配慮の影を見て、「皆、努力している、これで良い」と思うことにした。

諸般の政治的困難を棚上げにして参加した中国選手団は、胸に可憐な花束を抱えての行進で拍手もひときわ大きかったようだし、ホスト国らしく韓国の選手たちは手に手に一本ずつアジア諸国の国旗をうちふった。

それにしても、日本の民族衣装、あの振り袖はスポーツの場、特に行進では一工夫あってよかったと思うのだ。

（9・25）

無責任

「失言の言い訳はその失策を目立たせることになるだけだ」（シェークスピア）

この国の首相が「舌たらずの発言」、「真意を伝えていない報道」と弁解なさる米国民の知的レベルに関する問題発言について考えた。

天子の言葉は細い糸のようでも下に達する時は、綸（組み糸）のように太くなるので、一度口に出せば取り消し難いことは汗が再び体内に戻れないのと同じ（『漢書』劉向伝）とされ、この政治家倫理は『平家物語』第三巻に、白河天皇の約束違反にハンストで抗議した三井寺の高僧頼豪の言葉に、「天子に戯れの言葉なし、綸言《りんげん》汗の如しとこそ承れ」と残っている。まさか戯れの言とは思えぬが、侮辱された側の憤りはいつものように陳謝で収まるとも思えない。第一、陳謝が多すぎる。

「真実を伝えていない」と言い訳に利用されるジャーナリズムが抗議せぬのも何故だろう。例の妄言文相みたいにあれは本音、どこが悪いと開き直るのは論外だが、「君の主張は徹頭徹尾反対だが、君がそれを発表する自由は命をかけて守る」と言った英国の政治家も、もっと次元の高い場面であったはずだ。（9・29）

市民文芸

八月末が締め切りの福岡市民芸術祭文芸部門「随筆」の応募点数は今年も記録を破っての一二三点。これだけ多くの人たちがあの真夏日続きに、市内のここかしこで原稿用紙二枚半に取り組んでおられたのかと考えるだけでも感動ものだ。

切手を貼ってポストまで出掛ける、昔なら日常であったことさえ近頃しないのに、何度止めようかと思ったが、やっぱり……とおっしゃる方もあって、内訳は断然女性が多く、ちょうど百人。男女共で五十歳以上九十四人のうち、今年目立つのが七十歳以上の二十四人で、初期の紅皿夫人たちのお名前も見えて、お互いの健筆を語り合っておられるようなのが嬉しい。

文章離れの時代とか、今の若者文化にはついてゆけぬと嘆く時間は勿体ない。人は人、私は今日の暮らしと明日のことを、たとえボツになっても書き続けますと洩らされる言葉に、当方が励まされている。

友人の絵描きも言っていた。「芸術の秋」など、それは見てくれる側のことで、オレたちは、その秋の展覧会に向けて連日三十度以上のアトリエで汗びっしょりの闘いだ——それが楽しいのだとのこと。（10・2）

知識水準

「アメリカには日本人や韓国人の（肉体）労働者がいないから、私たちの置かれている立場がわからない」とのメキシコ系市民の例の知識水準問題でのコメントを読む。

肉体労働する日本人はいない！とは思いが及ばなかった。少し前まではアメリカ移民、日系市民などの言葉にまず汗と涙、血の出るような艱難辛苦を切り抜けての成功談、反対に底辺に埋没する失敗、さらには第二次世界大戦下の過酷な試練などを連想したものだ。今回名指しされた人たちと同じ底辺で、同胞が耐え抜いてきた日々が忘れられている。

私にもこの福岡の地で、占領下とはいえ、アルバイト先の米軍施設で、トイレはこちらカラード（有色人種）と書いたほうだ、ホワイト（白人）・オンリーのほうの使用はならぬ、と指示され、抗議もできず、無念の思いをした体験を忘れてはいない。

日本育ちのライシャワー博士は初めて米国に渡った時、汗にまみれて働く白人労働者がいるのに驚いた、と祖国第一歩の印象を書いておられる。

日本人児童の算数理解度が抜群に優秀と米国で証明されたと聞くが、掛け算の九九が満足にできぬ大学生もいるこの文化国家の知的水準も考える。

（10・6）

銅メダル

「アジア大会十四日目、日本勢の金メダルは今日もゼロ、柔道は韓国に三日続けての完敗」との記事には、どの国の選手も勝とうと頑張っているのだからと、それほど無念に思わないが、この日の男子五〇〇〇メートル、これは言語道断。

金銀どちらも確実と聞く日本勢、トップの新宅があと二周でペース・ダウンしたが、金井が二〇メートルの差で先頭だから大丈夫とみたのは甘かった。無理しているとみた韓国の金鐘允の信じられぬラスト・スパートに新宅が慌てた時はもう遅い。

すでに一万メートルで優勝している新宅が同僚に金メダルを譲るつもりの中途後退が裏目に出たと言い訳にもならぬ解説は、韓国選手の見事な闘いぶりを無視するだけでなく、侮辱している。失言では済まされぬ妄言がこの国ではスポーツ・メディアまで汚染しているようだ。音を立てて崩れる金メダル予想、近隣諸国の青年たちが追い付き追い越した日本のお家芸、その原因の一つは旧大国のこの思い上がりと考える。

この日唯一の救いが、女子一〇キロ競歩の競技歴まだ二年の平山秀子。沿道に咲き並ぶコスモスの似合う可愛く明るい、そして日本最高記録の健闘。銅メダルをこんなに嬉しそうに抱いた笑顔はほかのどの日本選手にも見られなかった。

（10・9）

いただきます

中国の友人と一緒の食卓で、今お前は何を唱えたのかと聞かれた。こうして食膳に上るまでの農民漁民たちの労働、調理師や配膳の服務員たちへの感謝を込めて「いただきます」と日本人はみんな言うのだ、と説明すると、「なるほど、日本は礼節の国と聞いている。素晴らしい人たちだ。天の恩、地の恵み、それに携わる人々への感謝を食事の度に思い起こすのか、生活文化の高いはず」と感心する。

いや、今では本来の意味は忘れられて単なる習慣になっている、と言えば、「無意識に人々の口に出る、それほど身についた素晴らしいマナー」と言う。仕方がないので、そう思わせておくことにした。

その話を思い出すのが、近頃気になる「人種差別の意図はなかった」との例のわが国某閣僚の陳謝。発言内容の反省はうやむやのまま「意図がなかった」で済まされるのだから、政治家なんていい気なものだ。「意図がなかった」と言っても契約は決して無効にならぬ、と吐き捨てるように言われた財界の方の言葉が耳に残る。

意図がないままの発言なら、偏見丸出しのあの言葉は「いただきます」同様、この閣僚の身についた習慣！　そんなはずはあるまい。

（10・13）

国際交流

この夏、ニューヨークの服飾学院に短期留学なさった先生の土産話。最近国際交流のメニューに欠かせぬ交換学生のことで、オハイオ州の婦人方から思いがけぬ文句を貰われたそうだ。つまり、日本の親たちは、なぜ高校生くらいに沢山のお金を持たせたがるのか、自分たちより派手な金使いならホテルに泊まれ、無料で高校生に家庭を提供するホームステイの必要はない。この国では大統領の子息でも自分の学費と小遣いは牛乳配達などで調達する。ホームステイとして引き受けたい向学心に燃えるハングリーな子供たちは世界中にもっと沢山いる……。

同じような話で、この夏北京のレストランでの目撃。隣のテーブルは、山陽地方の某県少年の船一行だったが、その小中学生諸君の傍若無人のテーブル・マナーと、飽食日本の子供ならではの小山のような食い残し。それを片付ける少女服務員たちの一月分の給料に匹敵する豪華メニューの……。その上、離れた別のテーブルでは青少年育成関係と見た引率の先生方が子供たちを振り向きもせず、日本人添乗員たちと乾杯を重ねていた。同じ国から来たとは思われたくなかった経験がある。

アメリカ夫人のように中国の娘さんたちは口に出すことはなかったが……。

（10・16）

竹馬

朝から聞こえる運動会のスピーカーに誘われて近所の幼稚園の運動会を覗き、午前の部最後のプログラム「竹馬行進」に目を見張った。黄とブルーの帽子の年長組さん（と言ってもまだ五歳）の全員約六十人が、一周一〇〇メートルはある円周を、中には自分の背丈の高さの足場をしっかり足の指で挟んだ子もいて堂々の行進。先刻からカメラを構えてわが子の遊戯姿ばかりを追っている父親たちの作った竹馬と聞いて二度びっくり。

入園時からここの園児たちは竹馬で遊ばせるが、転んでもマメやタコができても頑張るし、擦り傷には子供同士で貼り合うリバテープの手つきなど馴れたものと聞いて、素晴らしいお利口さんたちの出現に嬉しくなった。

十数年も前、青少年育成関係で「親子竹馬教室」の世話をした時、小学生のそれも上級生が靴を脱がねばならぬのなら乗ってやらん、と手こずらせ、若い指導員嬢も「靴下ぬがすんですかぁ」と私たちを唖然とさせたのを思い出す。当時の指導員嬢がこの子供たちの母親の世代なのだろうか。就学以前の心身未発達段階の竹馬は無理とコンメトなさる有識者（!）、きっとこの先生も竹馬に乗ったことがないのだろう。

（10・20）

ルール

秋晴れののどかな昼前、公民館横の広場でのゲートボール大会。今日は参加者が多いなと近づいたら、突然「四番！」と進行係の爺さまの声。「ハイッ、四番」とそれに負けぬ元気な声で婆さまが右手を高く上げたのには驚いた。

打順が来ればこの元気な声が繰り返され、今日は八秒ルールだが参加の少ない日は十秒ルールとの説明も受けた。

呼び出しを受けて八秒以内に球を叩かねば失格だそうで、そんなに厳密なルールは作らずに、年寄りらしくもっと気楽に楽しんでもらいたいのですが、と若い指導員君が苦笑する。「そう気にせんでいいよ」と、間もなくこの老人グループの齢《よわい》に近づく私は考えた。

ルールあってこそのスポーツだし、大怪我に繋がる無茶は若い連中と違ってコントロールする知恵はお持ちのはず。「気楽に、リラックスしてと言われるほうが、落とし穴になってかえって危ない。若い頃から「思うにまかせぬことばかり」を体験してきた世代は、何らかの規制がなければ戸惑うのだ。晴れがましくもゼッケンを胸に付けたそれなりの緊張感、久し振りに規則に縛られる、その潜在的懐かしさを楽しんでおられるんだよ――と、求められた感想にしておいた。

（10・23）

考える

野口雨情の童謡、「赤い靴はいていた女の子　異人さんにつれられて行っちゃった……」の終わりのところで「異人さんに逢うたび考える」を長い間「……逢うたび思い出す」と覚えていた。最近、偶然「思い出す」でなく「考える」だと知り、口ずさんでその動詞一つの違いが示すこの詩の叙情の深さ、お利口さん少女の心情描写の妙に改めて驚いた。

そして思い出したのが、敗戦直後の占領軍キャンプの使役に駆り出された時に見た、事務室の壁に大きく貼られていたTHINK（考えろ）の文字。日本の軍隊では「思い出せ」ならよく使われ、この言葉で殴られもしたが、兵士に「考えろ」は禁句だった。軍人勅諭から戦陣訓、すべての教育は丸暗記だけが合格で、例えば「不動ノ姿勢トハ何カ」との愚問にも、一言一句でも私見（自分の考え）を加えることは許されなかった。上官の命令は即天皇陛下の命で、疑問を挟むなどもってのほか、すべては戦闘開始のその一瞬の役に立つための没個性が求められ、「初弾必中」の四文字がわが機関銃中隊のモットーだった。

自分の名前が書けぬ兵士の多さに驚いた「知的水準」のアメリカ軍基地で知ったこの「考えろ」には、考えさせられた。今、思索の秋。

（10・27）

上海玉仏禅寺

正味まる一日の上海訪問で、まず案内されたのがこの玉仏禅寺。小雨の日曜、折りから朝の勤行《ごんぎょう》の始まりで、三十人以上は数える若い僧侶たちが一列に経文を唱えながらの大雄殿への入堂、それを取り巻く境内に溢れんばかりの老若の善男善女の静かな雑踏には、これが社会主義中国のお寺かと驚いた。三尊大仏の前では坊様たちの誦経《ずきょう》に合わせて参詣者は大きな座布団（?）にぬかずいて合掌叩頭《こうとう》を繰り返す。

その明るく楽しいとさえ聞こえる音楽的な念仏の大合唱は、わが国のどこの寺にも見る荘重・瞑想的な雰囲気とまるで違う。心浮き立つ思いさえして、信者も坊様の行列の邪魔になったり、長旅の疲れかお堂の隅でぐったり休む者も多く、中には弁当を開くなど、はなはだ庶民的な参詣風景には胸を打たれる思いさえした。

当然、私も仏教徒だったのを思い出して、白玉の仏像に合掌したら、長い線香を一本年配の坊様が手渡された。さっきから私の感動ぶりに呆れていた案内の汪敏豪先生も、線香を捧げて私を真似して合掌された。

朱印帖に頂いた見事な篆刻《てんこく》文字は、帰国の機中で乗り合わせた日本の坊様たちに読んでもらったら、「知慧圓明」の四文字だった。

（10・30）

大連にて

解放前に浪花町と呼ばれた付近が繁華第一の天津街《テンシン》で、真ん中に「秩序」、「衛生」それに「商品など路傍に放置しない」、この三つの模範モデル地域「三優街」の標識が立つ。目立って大きな建物はかつての遼東飯荘で、今は大連婦女児童用品市場。

日曜でもないのに人の波と渦のごった返しは、「紀念装修復業一周年」の大売り出し。この日本人にもわかる赤い横断幕の白抜き文字に続いて、「必ず二つの文明建設に努めよう」とあり、「効率化」と「サービス向上」がこの二つの文明だそうだ。

突然聴き取り不能の中国語が大声でフロアの買い物客の渦を押し分けて走ってくる。大きな梱包を山と積んだ連結二輪車のお通りで、いつか見たフランス映画『天井桟敷の人々』のラスト・シーンに踏み込んだ思いさえする。

昨日の今、時刻はまだ博多駅だったな……ともう幾度目かのカルチャー・ショックが快い。昔のヤマト・ホテルが大連賓館。大連三越は今も中山路にあって秋林公司、元の幾久屋デパートの百貨大楼と並び盛業中の百貨店。浪花洋行は大連食品商店。旧満鉄病院も建在などと、半世紀以前の歴史を語る建物が、そのままの姿で市民に活用されている現実をメモする指が震えたことだった。

（11・6）

詩人の集い

福岡市民芸術祭参加の「詩と朗読と卓話の夕べ」。会場まで来て「若い詩人の集い」が正式タイトルと知って戸惑った。若くはないし詩人とはおよそ縁遠いシロモノだがと考えたが、詩など一度も作ったことがないのだから、一番若い詩人はあなただと妙な理由で末席を汚すことになった。

劇団テアトル・ハカタの俳優たちによる現代詩の朗読を聴く趣向なので、活字で読む時のように「この詩がわからんのはオレだけではないか」と、突如自分の血の巡りの悪さに気づいて落ち込む、あの心配がない。さすが、台詞とボディーランゲージによる情感伝達が表芸の人たちだけに、詩人ならぬふつうの男の私にもそれなりに楽しめた雰囲気だった。「詩人でない人たちによる朗読が詩の本来の情感を損ねたのではないか……」と司会の若い詩人君が述べたのは、おそらく詩の本来の情感を知らずに参加していた落ち着かぬ私の聞き違いだったのだろう。

詩歌発生の根元、「口ずさむことによるコミュニケーション」に立ち戻り、専門外の人たちと一緒に遊ぼうとし、専門と専門とのはざまにあるものを大切にしようとなさる、県詩人会諸賢の姿勢に学ばせてもらったことだった。

（11・10）

元留学生

この十月末、大連滞在中の一夜、四十年近くも前の母校（旧長崎高商）の留学生だった方々が歓迎同窓会を開いてくださった。

退役解放軍高級将校で背筋もしゃんと長身の于尊屛先輩は、今も日本語を教えておられるが「『柳行李《やなぎこうり》』は知っていたが『スーツケース』は最近覚えたばかり」と笑っておられた。七十歳を超してなお現役の東北財経大学教授の経徳春先輩の話からは、あの文革十年の混乱による学術研究の中断、特に若い後継者の皆無という今日的命題の一端が窺えた。

さらに同級生の于永瀛君、こちらも国際化の日を迎えて名誉回復、大連外国語学院に日本語講師として晴れて迎えられたのが六年前、還暦を目前に初めての実質的な社会参加で、四人組打倒の日までのこの旧満州国留学生の受難苦悩の日々を聞く。

それぞれ複雑な思いの生活体験の後、思い出したくもないことの多いはずの戦時下日本での青春の日々を懐かしんで、家族同伴で会いに来られた人たち。しかもその話される日本語が、今の日本人が失っている本格的なものだけに感銘はひとしおのものだった。

（11・13）

焼き芋

上海空港の国内線ロビーはもう夕闇に包まれているのに、六時発大連行きは大幅に遅れている。日本人観光団の渦も西安行き、成都行きと次々のアナウンスで姿を消し、どうやら日本人は私たち夫婦だけになったようだ。

上海到着からつい先刻まで、初対面なのに思いもかけぬ歓迎と気の毒なほどの乗換えの手伝いを受けた上海のエスペラント仲間が立ち去った後だけに、初めての添乗員なしの旅は「何とかなるクサ」の意気込みも消えてもう心細いばかり。

「あなたも大連行きか、あなたについて行けばいいね」と臨席の青年の切符を覗いて、これが精一杯の私の中国語なのだ。于先生は空港に来ていらっしゃるだろうか、今夜の宿は決まっているでしょうね……と細君がまた繰り返す。

やがて目に留まるロビーの一隅にしゃがみ込んで、さしずめ博多でなら魚売りの志賀《しか》のおばさん風五、六人が、何やら話し込みながら、片手で皮を剝き、ぱくついているのは、あれは確かにヤキイモ——日本独特のものと思っていた焼き芋！

「見ろよ」と肘でつついたら、この人もとっくに気がついていて、誰憚ることのない日本語で「あぁ、お腹がすいた」。やっといつもの調子が出始めたようだ。

（11・17）

大連外国語学院

中国での日本語学習では旧い伝統を持つ大連外国語学院。日本語学部の学生は四百人で、その上級生百名を前に話を始めたのだが、わが国ではもう久しく見ない礼儀正しく謙虚で真剣な若者たちの目の輝きには、先刻からもう押され気味。顔と表情も全く我々日本人と同じなので、この人たちには日本語が外国語だというのを忘れるところだった。

北九州大学からの交換教授・渡辺茂彦先生に「四年級ならヒアリングは大丈夫」と聞いていたが、途中で「私の話が一〇〇％わかる人」と尋ねたところ、一人の挙手もなし。驚いて、では八〇％と言えば、最前列の宮崎美子みたいな娘さんが、手を上げかけて慌てて下ろす。学生たちがワッと笑って冷やかすので……そうか、私の九州訛りでも八〇％わかるのなら、近頃の日本の学生諸君よりましだと安心した。

午後二時開始の予定が「政治学習」が入って少し遅れたが、まず一番眠たい時間には相違ない。うつらうつら組が散見されるのは私にも身に覚えのある教室風景だが、宮崎美子のそっくりさんは真ん前で熱心にノートを取っておいでだった。

「中国では何が起こっても驚かない」つもりだったが、何の予告もなしに組み込まれた日程であった。

（11・20）

服務第一

大連市中山路の大連秋林公司は昔の大連三越で、今は服務（サービス）水準と経営の効率化抜群の先進単位（模範職場）の称号を持つ代表的なデパート。

六階に昇るのにエレベーターに乗ろうとして断られた。エレベーターは客用には使わず、服務員（店員）専用というのが理由。お客は歩かせて店員だけが使う！　これがサービス最高かと呆れたら、総経理室に用があるのなら別だと乗せてくれた。

なるほど従業員だけのすし詰めで、中にはちょうど昼時で美味しそうな匂いの中華丼みたいなのを抱えた服務員嬢もいる。

植民地当時は一握りの人たちのためのデパート施設だったろうから、今の連日満員のお客をあのエレベーターでは捌《さば》けないのだろうと自分なりに分析したら、「せっかく買い物に来た人がなぜ急いで上がったり下がったりする必要があるのか」、「ゆっくり買い物を楽しんでもらう、そのため服務員が機敏に動くためのエレベーター」と反論された。

ゆったり幅の取ってある昔風の階段を人の波に揉まれ降りながら考える——エスカレーターなどで店内が改装される度に存在感を薄くしてゆく私の街のデパートの階段のこと——何故、そんなに急いで上がったり下がったりしたがるのだろう、私たち。

（11・27）

幼稚園の先生

先月の二十二、三の両日、福岡市での研修大会に参加された全九州の（私立）幼稚園の先生方は一三〇〇人。ほとんどが女性で、華やかな中にもひたすらな姿勢の生む熱気が会場に溢れていた。共通テーマの「一人ひとりの子供が人間として育つ保育を展開しよう」の字句は「育てる」ではなく「育つ」であった。

第九分科会は「子供の生活と自然」。研究発表のお二人はいずれも二十歳代前半の先生で、自然の緑に囲まれた敷地には水田、畑、それに林もある大分県のY幼稚園と鹿児島県のH幼稚園の農村ながら園内での菜園づくりの苦心と喜びの観察記録。

フロアからの挙手は、その環境を羨ましく思いながらも、アスファルトの割れ目に見つけた雑草の生命力に園児と一緒に目を見張り、農家での芋掘りで、芋より袋一杯のバッタやコオロギを自慢する子を話される都会の先生方や、初参加の沖縄市の先生のハブ（毒蛇）が怖くてウサギが飼えない悩みに会場が息を呑む……。さらに焼き殺す毛虫のことで園児と生命の尊厳について討論なさる佐賀市のご年配の先生などで、当方が教えられることばかり。助言者の大役は重荷に過ぎた。

（12・1）

襷《たすき》

『和英辞典』に「スリーブ（袖）をたくしあげるのに使う（婦人子供用の）飾り帯」とあるが、襷に相当する英語はない。

先月末の広島国際駅伝、特に男子の外国勢参加は世界で初めてだそうで、二メートル近い大男たちがこの飾り帯を肩に走るのがかえって迫力を加え、その一歩一歩の地響きがテレビ画面から伝わるようだった。

男女同日のレースなので気がつくのだが、同じパターンのレース展開に駅伝ならではの醍醐味を見た。前半の圧倒的リードを男子は英国がゴール直前でエチオピアに、女子はあと二区間というところで米国がニュージーランド、ソ連に逆転を許す。日本チーム一区の阿久津が実業団一万メートル優勝の実力を発揮できなかった誤算が、日本のトップ争い断念に繋がる悔いを見た後、女子三〇〇〇メートルの世界の女王ソ連のカザンキナが、これも一区で自他共に相手ではないと思われた日本選手にも抜かれた大ブレーキ。

「長距離ランナーの孤独」には耐える一流のランナーたちが、駅伝というチーム・プレーの一員となる時のプレッシャーを考える。「頼む」、「引き受けた」と引き継ぐ襷の意味は意外に重い。

（12・4）

東方遙拝

この秋、中国大連の外国語学院日本語学部で、交換教授として日本からお出でのW先生から「当地で初めて東方遙拝という日本語を教わった」と聞いて、わが耳を疑った。そうか戦後生まれの人も、もう四十歳前後の少壮教授なのだと改めてこの歳月を考えた。

小学生の時、鹿児島での陸軍大演習に向かうお召し艦（天皇の搭乗する艦船）「比叡」が宮崎沖日向灘を航行中というので、その朝は東方（伊勢神宮）のほかに南方遙拝もしたという私の体験に驚かれたW先生も、そう若いほうの方ではない。

日本では死語同然の「東方遙拝」だが、ここ大連が日本の植民地だった日々、毎朝東に向かっての最敬礼をさせられていた中国人の先生方が今に忘れておられぬという意味を考える。これは知識としての日本語の問題ではない。

先日も日米（太平洋）戦争のあったことを知らぬ女子短大生のことを本紙で読んだが、「で、どちらが勝ったの？」との質問には驚くより、呆然となった。

この国の首相の唱える「戦後の総決算」の意図が、同じ戦争を生き抜いた世代としてどうしてもわからない。今日は十二月八日。

（12・8）

木枯らしの候

年に一度の旧制中学の同窓会が、いつからか毎年、木枯らしの候に定着している。おそらく真珠湾攻撃の十二月八日が私たち五年生の卒業前最後の定期考査開始の日だったことと無縁ではないと考えている。温度差はあってもそれなりに軍国少年だった旧友諸君も、戦時下の「人生二十五年」と言われた最初のハードルを越えて、今還暦も越したが、その間、約九十人を鬼籍に送っている。

転勤を重ねていた連中が定年退職後、第二の人生を故郷に求めて、戻ってきたせいもあるが、年ごとに出席率が良くなるのは、人恋しく思う齢《よわい》になっているからだろう、今年も七十人を超した。元気なようでもあまり食べなくなった、飲まなくなったとテーブルに残る皿を見て呟く時、今の飽食時代がまるで嘘のハングリーだった少年時代が脳裏を行き来もする。

第二の人生でも、ラスト・スパートにはまだ早い。寿命の八十歳まであと二十年はある、かつての寿命五十年の頃に換算してオレたちは今三十歳！　こんな非論理をもてあそぶのも、久しく会わなかった旧友たちの顔にひたむきだった日々の屁理屈ごっこを思い出しての言いたか放題だけではない。

（12・11）

忠臣蔵

「四十六人の者が法を破って吉良邸を襲撃、上野之介を討ったのは大罪で、その罪を反省して泉岳寺で自殺するなら同情の余地もあるが、死にもしないで幕府の処置を待つとは、神妙な態度で同情を買い、死を免れて他藩への再就職の魂胆が窺える」と朱子学者・佐藤直方の「四十六人の筆記」に残る。

つまり当時の学識者のコメントは、まさか二八〇年後の今日も、芝居の不入り対策の独参湯《どくじんとう》（妙薬）として根強い人気をこの人たちが持続しようは思ってもいない。

当時最大の事件には相違なく、その翌年には暗示的な作品として歌舞伎になるが、三日目には上演禁止が出るなど幕府は世論対策に苦慮した。その後も義士劇は散発するが、当初の四十六人に足軽寺坂吉右衛門を加えて今の四十七士像が定着しはじめるのは、寛延元（一七四八）年の八月竹本座初演の『仮名手本忠臣蔵』の上演許可まで待たねばならなかった。

それにしても事件後四十七年目の初上演とは、あの昭和二十年八月から今日までの月日より長い。情報のスピード、世論操作の複雑さなど比較にはならぬが、この意味を考える。

（12・15）

シーズン・オフ

雲仙妙見岳は一三〇〇余メートルの高さ。それが十二月半ばというのにコートを脱ぎたい暖かさ。仁田峠から乗り継いだガランとしたロープウェイで「紅葉も終わって霧氷には早く、今が一番のシーズン・オフ、おまけに霧も雲も垂れ込めて、有明海も橘湾も霞んで見えない……」と不景気な案内を聞く。

冬枯れ一面のセピアの視界も、それなりに大自然の景観、なに、花は盛りに月は隈なきをのみ見るものかは——と負け惜しみを考えていたら、突然「オッ、今日は桜島が見える」とロープウェイ氏が声を上げた。

指差す南のほうの低い雲の層を突き抜けてもくもくと盛り上がる垂直の白柱は雲か煙か……、雲海の上が澄みきった青空と初めて気がついた。この分なら阿蘇もと聞いたので、ロープウェイを降りて、一汗かいて妙見頂上まで登ったことだった。指示版の方向にそう言えばそうと見える程度の静かにたなびく白いもの、あれが阿蘇。

南に桜島、東に阿蘇。天下の名煙を、ここ雲仙山頂から同時にという九州ならではの豪快な景観に連れと二人だけの手をかざす。

その少し外れた方向にある、三時間後には舞い戻る歳末商戦でごったがえす街・博多のことは忘れていた。

（12・18）

紫気滔天

中国で「人民日報」に次ぐ発行部数一六〇万の「羊城日報」（広州市）、その今月二日付記事の切り抜きが届いた。題して「日本侠客宮崎滔天」。侠客といってもこの際これは中国語。中国革命の父・孫文と陰に陽に辛苦を共にした宮崎滔天の、この十二月六日が一一五年目の誕生日との顕彰記事だ。

筆者の李益三先生からは、かねて友好都市世界語（エスペラント）会の縁で、孫文生誕一二〇周年の時、文化大革命十年の混乱で忘失した日本亡命中の、特に九州での足跡資料収集の依頼を受けていた。その折に送った、今も福岡市中央区の柔道場「天真館」に残る孫文の書「百虹貫日、紫気滔天」の写真も紙面を飾っている。この字句が大いに気に入った宮崎寅蔵が以後、滔天と号したとの説明もある。

滔天一一五年とは寝耳に水の当方なのに、「水を飲む時、一緒に井戸を掘った人を忘れない」中国の友人たちの姿勢には敬服のほかはない。ただ、この六日は滔天先生が五十二年の生涯を閉じられた命日のはず、すでに滔天小伝の執筆に入っておられる李先生のため、さらに正確に資料を確かめねばならない。この種の隔《かっ》靴《か》掻痒《そうよう》の憾《うら》みはいつもつきまとっている。

（12・22）

老　後

福岡市中央区のシルバーライフ研究所は「豊かな熟年社会を楽しむための具体的な姿を皆で考えよう」とする会で、メンバーが三十歳以上、会長さんもお見受けするところ三十歳代も前半の女性の方。

いくつか付き合った忘年会でも、参加者の平均年齢が一番若いこの会が「老後を考える」ことを表看板にしているのが面白い。若い人たちだから老後、老後と言えるのかも知れぬ、と還暦前後の者ばかりで、新しく草の根的・落ち穂拾い的文化活動の旗揚げを話し合っている身は考える。

五十一歳で城山で討ち死にされた西郷隆盛を南洲翁と呼んだ頃と、七十歳で「おばあさん」と呼ばれたのを目の色を変えて憤慨なさる今日では、老後の質が変わらねばならない。

高齢者イコール不安ととらえて、その不安克服を勉強する集まり、平均寿命までまだ五十年もある方々の演出なさるキャンドル・サービスの中で、やはり感ずるかなりの違和感はうまく説明できない。

なんだかお迎えも近い気がして炎を見つめながら、とにかく次の一九八七年も、今日と明日を大切に悔いの残らぬ日々にしたいと考えて、ローソクを吹き消した。

（12・25）

1987

天神サザン通り（中央区，2004.11）

狡兎三窟《こうとさんくつ》

卯《うさぎ》の新春に何かふさわしい諺などないかと探すのだが、「兎の昼寝」で怠け者、「兎の尻尾」が物事中断、「兎の股引《ももひき》」で何をやらせても長続きせぬ男、「兎の兵法」は拙劣な戦法での失敗。さらに「兎に祭文《さいもん》」は「馬の耳に念仏」と同意義という具合で、虎や獅子、竜など迫力も品位もあるのと違って、可愛い割には兎は古来高く評価されていない。

人間社会の近辺に出没する動物だけに「自分の巣の周りの草は食べない」とか「野山一杯駆けても戻るのは必ずもとの穴」など、その生態はよく把握されている。

だが、隠れるための穴は三つも用意する精一杯の生きる知恵を「狡兎三窟」、「兎が取り尽くされたら、ご用済みの猟犬は煮て食われる」という物騒な人間どもの身勝手を「狡兎死シテ走狗煮ラル」。どちらも兎は狡い、悪賢いもの、つまり「狡兎」と呼ばれるのは兎にとって迷惑な話である。

いつも、何事も「脱兎のごとく」逃げられる腹いせに、理不尽にも「兎は狡い」と決めつけてきたご先祖の非礼を詫びて、名誉回復を図るのを今年の年頭の誓いとする。

（1・5）

夢

去年の夏、北京で分けてもらった雄渾豪快な筆致で大書された文字「寿」と「夢」の二本の表装が正月に間に合った。愛新覚羅《アイシンギョロ》溥傑《ふけつ》氏の直筆で、その落款を見て表具師の楽古堂さんが「いいんですか。今のご時世の中国では触れてはならん時代のお方でしょうに」と心配してくれたもの。

この方の兄君が清朝最後の皇帝で、日本が中国東北部に「満州国」を経営していた時の皇帝溥儀氏——と、今日否定される昭和初期の歴史の一部始終を知る世代の私にも楽古堂さんも忘れてはいないお名前だ。北京では中国国際旅行社のガイド嬢から、頤《い》和園《わえん》にゆかりのある西太后の孫に当たる方とだけの説明を受けている。

流刑地のシベリアから撫順《ぶじゅん》の戦犯管理所に移られるのが一九五〇年、十年後に釈放された時、故・周恩来総理の配慮で日本に帰国しておられた夫人嵯峨浩様を再び中国に迎えられて以来二十六年。現在八十歳、病床の夫人の看護をなさりながら、全国人民代表大会常務委員の要職におられると聞いている。

清朝復興の夢を逆用された無念を想起されての「夢」の一字だろうか。正月だから当分「寿」のほうを掛けておこう。

（1・8）

光と影

福岡、大濠公園湖畔の美術館で今話題の「レンブラント・巨匠とその周辺展」。

十七紀、日本でなら徳川も初期のこのオランダ絵画の巨匠の本物に接したいとの念願は予期以上に満たされたが、取りわけ「素描と版画」コーナーのエッチング、葉書大の「土手に坐る乞食姿の自画像」には、いつもなら入り口最初の展示など見過ごして通るずぼら観賞者の私が、驚嘆して釘づけにさせられた。

一六三〇年だからレンブラント二十四歳の作。口を開けて眉が寄り、苦悩に疲れてやや猫背の乞食姿に自らを描いた未来の巨匠の青年の日の深層心理は、凡庸私の推測の及ばぬところ。世界美術史上最高の肖像画家、聖書画家との名声は後世のことで、波乱と不如意、多難に終わる晩年の、その最後まで自画像、一人の人間としての生涯の各瞬間の記録を描き続けた――との解説を読む。

その作品群の最も初期の素描に、なぜ置いたのか自らの乞食姿。誰もが体験する若い日のメランコリー、陰の部分の摘出なのか、丁寧な仕事の跡が素人の私にもわかる。戯れならずと見る乞食姿、その小品の語りかけに良い正月をさせてもらった。

（1・12）

抱負

「初詣梢の空の碧さかな」、この変哲もない俳句も今の総理中曾根宗匠の作品だから活字にもなる。この五日、財界の新年パーティでの挨拶の中で、財界の皆さんに捧げると二度繰り返して読み上げられたのがこの句。

普通の政治家なら、求められても記者団に拙句だがと若干のはにかみと共に示す場面だが、さすがは俳人宰相だけに「今の心境です。今年の秋にはきっと素晴らしい秋晴れ……」と丁寧に自句の解釈も付け加えられた。

テレビで見ていてわが耳を疑ったが、これは蛇足もいいところ、この秋とはこの方の今の仕事の続投期限ではないか。

一国の首相が年頭にあたり、自らの任期の心配とは志が低い。財界トップの方々だけにこの年も予測される造船不況、鉄冷え、国鉄分割、増税、貿易摩擦……などの行先不安の胸中などオクビにも出さず、適当な拍手を送っておられたが、今財界、経済界に深く、次元高く浸透しているという俳句の静かなブームを『週刊朝日』の特集で読んでいただけに考えさせられた。

この国の政治家から国家「百年の大計」などの言葉をもう久しく聞いていていない。

（1・19）

東公園

戦時中、旧制中学の五年間だけをこの福岡で過ごした東京の友人が、ちょうど十日えびすの日に来福した。参詣者の波に揉まれて一緒に「えびす銭（古銭）」を頂いたのだが、灯の消えた時代だけの博多体験なので、彼はこの商売繁盛の神様も、年に一度の賑わいも知らなかった。

新しい県庁舎や東公園周辺の様相一変よりこの祭りに驚いていたが、雑踏を一歩外れた亀山上皇銅像の「敵国降伏」の文字を仰いだ時、期せずして日独伊防共協定祝典の旗行列に動員された確か昭和十二（一九三七）年、中学一年生の秋に話が及ぶ。

その広場も松原も今は姿を消し、都心から望めば東京まで続くかと思う広々とした空もなくなって、巨大なトーチカ（コンクリートで固めた大陸戦線の野戦用防塞）まがいの建物が遮っている。これが四年前の知事選の時、東京でも話題になった新県庁かと複雑な顔付きになった。

戦時中でもそれなりに自由闊達を感じていた博多の街が、昔の中国の城壁みたいに閉じ込められている、行政サイド発想の都市計画の典型と、土地の者の私が慣れてもう考えもしないほうへ話が飛んだ。（1・22）

手習い八十

近頃よく年配の方々の勉強会にお邪魔するが、巷間《こうかん》話題の若者たちの活字離れの風潮とまた別の光景が展開している。

しかも先生方の一方的な話を承るだけでなく、自身で創作、自分の物差しで判断するという積極的な取り組み姿勢に敬服する、とはいずれの講座でもよく聞くこと。

例えば、世界語（エスペラント）通信講座の月一回のスクーリングには、平均年齢が五十歳代も後半で約十二、三人。「この歳で新しい言葉への挑戦」と笑いながらも、そこは同じ年配者同士の気安さも手伝っている。「人生五十年の頃はラスト・チャンスへの挑戦を『四十の手習い』と言ったが、寿命八十歳の今日では余命が二倍も三倍もある」と励ましたのだが、少し気になるので『古語諺辞典』（東京堂）で確かめたが、「四十の手習い」など、どこにもない。驚いて探すと、出典『浮世親仁形気《おやじかたぎ》』として「今まで夢にも見たことのない新町（大坂の色里）通い、これ六十の手習い」とあり、はなはだ下世話な語源。そして「八十の手習い」の項にやっと「齢をとってから学問を始めること」とあった。八十歳からの……とはねぇ。やはり昔の人にはかなわない。

それにしても四十と思い込んでいたのは何故だろう。（1・26）

独り芝居

「博多五町バス停で降りたらすぐですよ」と教わったテアトル・ハカタは、うっかりすると見落としそうな都心のビルの階段を上がった所、座席の数が百の小劇場だった。

この二十三日の昼席は折り畳み椅子八十脚の追加で超満員。それに年配の婦人淑女が目立って多い。開幕を待つ間の話し声を小耳に挟んで知ったことは、この日上演の独り芝居『草文』の女優さんは、敗戦の前の年、この地の県立高女の卒業、しかも小学校は大濠公園側の「草ケ江」とのこと。

南九州の地で民衆の暮らしの哀歓を追い続ける石牟礼道子作品の一つ『西南戦役伝説』から、狂女おえんが激戦跡の山中を一人「あんしゃま」の姿を追うてさすらい、つぶやき歌う花むすめの唄を、完璧な九州言葉の美しさで切々と語りかける。

美しい海や山に住む九州ならではの心優しい人々の物語がよく似合う、ローカル色横溢《おういつ》の芝居小屋。この嬉しいムードの中で連想するのは、この女優さんも少女の頃、私たち悪童どもが相手にしていた大濠公園の元士族と聞く髭むじゃらの間違いさん（浮浪者）が背負っていたはずの業《ごう》は一体何だったのだろう、ということだった。

（1・29）

二日灸《ふつかやいと》

今日は二月二日、江戸時代は陰暦を使ったので今と一カ月ほどの差があるが、この二日にすえる「二日灸」は特に効果ありとされた。

ほかに八月にも二日灸があり、春も間近の旧二月と秋を迎える旧八月の、つまり季節の変わり目の灸が特によく効くとされたのは、当時の予防医学、生活の知恵。それも特に疱瘡《ほうそう》などの予防に子供たちはよく灸をすえられた。

豆煎りを食い食いあとの数を聞き　（柳多留）

おとなしく灸をすえられる約束で、ご褒美の煎り豆をかじりながら、後幾つと尋ねるお利口さん……。

またこの二月二日は、積雪の信濃（長野県）から江戸に出稼ぎに来た米搗きなどの季節労働者たちが帰国する「出替わり」の日。灸をすえられる子供を慰めがてら、本人も三里（膝の下のくぼみ、灸のツボ）にすえてもらって旅立つ信濃者たち……。

相伴《しょうばん》に信濃も三里すえて立ち　（柳多留）

いずれも解説があって初めてわかる難解句だが、春待つ心さえ窺える楽しい句。節分、立春を前に今でも心浮き立つ候、季節の変わり目の風邪などがたちの悪いことは変わらない。

（2・2）

空転

首相の施政方針演説から五日も間をおいての質問なので、内容の割には切り込みの迫力がいまひとつ不足と見た。首相自ら十回も原稿に手を入れたのだから、内容に「売上げ税」の字句がないのは、あの人らしい十分な計算あってのことに違いない。

あれが補充演説と言えるのか、わずか十秒のメモ読み上げを議事録に残して座席に引きあげた首相の、何を思うてのうすら笑い。結局、空白の五日間に、反響を横目にゆっくり練った官僚答弁の朗読だから、野次と怒号の中での質問とは擦れ違い——で一件落着、いつもの展開に終わった。

何故、初めからその「欠落」を取り上げて火種とし、そこから切り込まないのか、野党のシナリオにもない首相の奇襲作戦だったのだろう。

それにしても、テレビで見る限り国会対策委員会とは、いつも何故あんなに嬉しそうな顔ばかり、破顔一笑から含み笑いまで、与野党とも和気あいあいのムードなのだろう。税制改革、防衛費突出、すべて平和憲法を基底にすえた戦後政治の総決算という空前の命題はもっと本気で、双方とも歯を食いしばって取り組むべきものではないか。

（2・5）

超高速

国鉄ときたら大したもんだ。四月からの分割民営、次々の赤字路線の廃止など山積する難問に頭を抱えていると思ったら、まだスピード競争なんかに熱を上げていた。リニアモーターカーとかいうのが時速四〇〇キロを出して、これが世界一の速度だそうだ。

国鉄リニア研究所の水準の高さなど一般利用者、納税者に何の意味があろう。山陰線余部《あまるべ》の鉄橋に突風が吹いても大丈夫、安全確保体制はもう完璧なのか。博多から倉敷辺りまでを一時間でぶっ飛ばすなどの愚は西ドイツか日本ぐらいが考えることで、この両国のうちから世界一が出ても驚くことはない。それよりも、その先端技術の開発競争の陰で失われるものを考える。

「狭い日本を何故急ぐ」の反省は、新幹線の出現で東京出張が日帰りのとんぼ返りに変わった頃から身に染みていて、「今は山中、今は浜」の旅らしい旅は失われはじめた。

昨秋訪れた中国大連で、お客様にはゆっくり店内を歩いてもらうのがサービスだから、その世話をする服務員専用のエレベータ―だけが作動していたのを思い出す。最新技術の開発は、その基底に「人間らしい暮らし」が不在では有害でさえあると考える。

（2・9）

虎の尾

「全館期末決算処分」、「バレンタイン大作戦」と並んで「大型（新型）間接税に反対しましょう」とデパートの垂れ幕が下がる。政府与党の有力な支持基盤のはずの流通業界、中小企業団体まで猛反対なのに、何故か戦後政治総決算首相の「一人元気印」が目立つ。

先日までニュー・リーダーと呼ばれ、今なお背比べ中の三ドングリの一人・安倍総務会長が財界四団体首脳との会談で「自民党を馬鹿にするな。虎の尾を踏むと大変だぞ」と精一杯凄んでみせたが、これが今の政界トップ・クラスの知的水準かと落胆する。

虎より怖いものがあることを孔子が二四〇〇年も前に指摘したのをご存じないのだろうか。

つまり、泰山の側の墓地で嘆き悲しむ婦人に訳を聞かせた弟子の子路の報告で、この婦人の義父も夫も次々に虎に殺され、今度は子供まで食われた……と泣き伏すばかりとのこと。そんな危険な土地なら何故立ち退かぬとの孔子の問いに、「それでもここは酷い政治（徴税）がないからだ」との答え。「お前たちよく覚えておくのだぞ」と、弟子たちに孔子が戒めた虎よりおそろしい酷税の話。

（2・12）

肩凝り

「肩凝り」とか「五十肩」に相当する英語はないが、日本語を学習してこの言葉を覚えた外人さんには実際に肩凝りが始まるそうだ。本当かなとは思うが、呼び名を知らねば「肩凝り症状」に気がつかぬとはおもしろい。

似た話で「日本はスパイ天国」と責任ある人から聞いて初めて気がつくことは、なるほど「この国の首相は嘘つきだ」という信じられぬ国の最高機密事項が、こうも連日マスコミなどから漏らされていては、外国人スパイの暗躍がなくても、まるで筒抜けのスパイ天国に違いない。

スパイと言えば、敗戦直前に島原半島の山中に投入されて死守を命ぜられた時、私たち機関銃中隊の兵隊たちが、隊長殿から受けた訓示を思い出す。

「わが国の防諜網（スパイ行為阻止のネットワーク）は完璧だが、ただ一カ所、この雲仙ゴルフ場だけは敵性外人の昔からよく知るところ、敵の落下傘部隊が降下するのはここ以外に考えられない」。盲点がそこ一カ所だけでなかったことは、日ならずしていやというほど知らされるのだが、最近売上税という超目玉難題で影が薄くなった国家機密防止法案再提出のほうも気にかかる。

（2・16）

暖冬

庭のクロガネモチには赤い実が一杯なのに、今年はあの傍若無人のヒヨドリが来ない。暖冬で山間部に木の実があり余っているので、人里まで降りて来ぬのだそうだ。

朝の駆け足コース、新設の室見新橋を渡って少し上流のいつもの場所に乱舞するウミネコが姿を見せぬのは、これは別の理由。ずっと下流の筑肥線鉄橋が撤去された辺りに、仕掛けられたこの川の早春の風物詩、白魚のヤナに引っ掛かる小魚の分け前に与《あずか》ろうと、ウミネコたちは全員そちらに移動している。

この秋、浚渫されてごっそり取り除けられた葦が一面に生えていた洲が無くなれば無くなったで、何とかする都市型野鳥の知恵だ。今朝手袋をはめなかったのは誤算で、暖かいといってもまだ冬、走っていれば汗は滲むが、指先はかじかんで痺れる。

「花枝動かんと欲して春風寒し」(王維)、やはり瞬時でも冷えを感じてこその春待つ心だろう。もう一つ、母堂の言葉をそのまま俳句に仕立てた正岡子規の「毎年よ彼岸の入りに寒いのは」を口ずさんで驚いた。彼岸はまだ一カ月も先のことだ。

(2・19)

シルバー・コロンビア

「円高の今こそ、スペインやオーストラリアの土地住宅を購入して、老後を海外で楽しみませんか」。例のシルバー・コロンビア計画を、現地の猛反対に驚いて「あれは日本政府の政策ではない」と在オーストラリア日本大使館が弁明した。

厚生省でも労働省でもなく、音頭取りが通産省。しかも目玉商品として、これは不動産、住宅、レジャー業界の海外投資・お先棒かつぎ——との批判も聞きはするが、わが国の通産省ではないのだそうだ。関東軍的国策の独断専行の暴走を許していた疑いは残るが、例によって狐につままれる。

一方、反対理由に「日本からの老人輸出反対」と、事の本質を見事についているのと「かつて彼ら(日本の高齢者たち)と戦ったわが国軍人たちを侮辱するもの」と聞いて、そこまで私の思いが及ばなかったのを恥じた。米議会が「経済的大国・日本」と決めつけたばかりだが、これはもう日本語と英語の表現の違いだけではない。

人生の先輩たちの快適な生活環境保障こそ「内需拡大」が必要で、科学者諸賢の頭脳流出問題と同じ次元で画策されねばならぬと考える。

(2・23)

紙農工商

「紙農工商」という言葉を知った。紙とは銀行や証券業のこと。株券や債券などを取り扱う企業で笑いが止まらぬ好景気を謳歌するグループで、これがトップ。例のＮＴＴ株の異常なフィーバーは、額面（五万円）の四十倍以上の高値にあれよという間に上がった「金余り現象」、「経済大国」の虚名がここに生きている。

一方、農工商といずれも額に汗し、夜星朝星を仰いで働く人たちは、いずれも不況倒産、豊作貧乏、失業とあえいでいるところに、軍事費突出の予算調達のための税制改革が追い討ちをかける。それでも農が二番目なのは、政府の手厚い保護を受けて恵まれているからとの説明、これにはわが耳を疑った。減反、農産物輸入などの直撃を受けて苦慮するまともな農家を侮辱さえしている。

苦しんでいる商業、さらに重症なのが中小工業で、円高の影響で瀕死の状態、とまるで人ごとのようなランク付けは、言い得て妙と感心してはおれない。

例年、国民の血税の積み重ねの総予算額が決まる時、その数字をユーモアのつもりか、下手な語呂合わせをつけて発表する、あの不思議な大蔵官僚の冷たい頭脳の中身を推測して慄然とする。

（２・26）

表敬訪問

先月二十五日午前、県庁を表敬訪問した北九州市の新市長は、「あなたが応援していた人に勝ってきました」と少しはしゃぎ過ぎの挨拶の後、わずか三分間の知事との会見だったと知って驚く。それでも福岡市長の場合は一分間、それも訪問者が自ら席を立ったのに比べれば長いのだそうだ。

あたかも襖の陰の刺客を察知しての早々の退散、あるいは取材陣サービスのテレビ見過ぎ的演技で、政治家とはあんなものとの説も聞くが、あんなものであって良いはずはない。勝った負けたの騒ぎは開票までのことで、今は反対票を含めての全市民の代表だから、意見の違う相手だからこそ、その少数派のためにも、時間をかけ、念を入れて話し合おう、そのチャンス、これが小学生でも教わる民主主義だ。

それをスポンサーに気兼ねして、前に再三ならず会ったこともあるはずの人とも人並みの挨拶ができぬとは、政治家を志した途端、この人たちが失った大切なものを考える。

私たち、まともな市民はこの分は市民税、この額は県民税などと考えもせず、同じ一枚の県市民税納付書で合計額を一緒に納めている。税金貰う時だけ仲の良い間柄では、ブラック・ユーモアにもならない。

（３・２）

言葉遊び

身近に小・中学生の知り合いがいないので、今さら聞いて驚くのが彼らの最近の言語生活。

「かんしら」が完全にしらけること、「パセリ」は常に顔を出すがあまり相手にされぬ子。「ぷっつん」、これはテレビで聞いた気もするが「脳神経が限度を超えて切れる」ことから、普通でなくなるの意味。それに「マジカルする」のが真面目に勉強することと来たら、もうクイズだ。「カル」とはカルチャーのことかと頭を捻《ひね》っていたら、「ベラカワ」を知っているかと試された。「べらぼうに可愛い」で、ベラカワするのはぶりっ子とのこと。そいつはいい、使わせてもらおうと感心したら、「もう遅い、流行遅れの言葉」と笑われた。そう、すぐに消えるのだ。美しい日本語を守れと目くじら立てる必要はない。

五十年も前、この子たちの年頃、あれは福岡近辺だけだったのか、子供たちに「のさ言葉」と呼ぶ奇妙な言葉遊びが流行した。「せのさんせい（先生）」、「さのさようなら（さようなら）」と、やたらに最初の一字の後に「ノサ」を挿入するのだ。時、軍国時代はもう始まっていた。その時代思潮と「かのさんけい（関係）」があったのだろうか。それと最近のこの「にのさほんご（日本語）」とは到底思えぬ流行語！

（3・5）

うしろめたさ

福岡の貿易商社でもう七年も働くハルビン育ちの帰国子弟I君の日本語は、向こうで中国人の先生から教わってきたのだが、ほぼ完璧に近い。

そのI君が「中国の友誼商店でショッピングの時、案内の中国の友人の月収の二、三倍と同じ価格と知れば、『札ビラを切る』という嫌な日本語を思い出して躊躇する、その『うしろめたさ』もいつか身について……」とある新聞記事を示して、「札ビラを切る」はわかるが、この「うしろめたさ」とはどういう意味かと聞く。「めったに使わぬ特種の言葉か、誰でも知っている言葉なら、今まで何故出会わなかったのだろう」と不思議がる。

例えば、路上で拾ったお金をこっそり自分のポケットに、あるいは心ならずも嘘をつく時のあの嫌な気持ち……など説明をはじめて案外難しい日本語だと気がついた。

その晩のテレビで公約違反の追及を「これは大型間接税ではない、中型だ」とかわす閣僚の表情に、この「うしろめたさ」の片鱗《へんりん》もないのを見て考えた――I君が今まで出会わなかったはず、この種の謙虚な気持ちの表現が私たちの言語生活から消えて、もう随分久しくなっている。

（3・9）

説《ぜい》難《なん》

中国の古典『韓非子』第四巻第十二の篇名がこの「説難」、人を説得することの難しさを説く。秦の始皇帝が読んでその著者に会いたいと言った箇所が「知恵を巡らせて説き伏せるのも、得意の弁舌で説き付けることも、ましてや、自由奔放に言いたいことを言い尽くすのも難しいことではない」として、後世の隣国宰相に聞かせたい言葉が続く。

曰く「難しいのは、相手の君の心を見抜き、その心の中にピタリとわが説を適合させることだ」。今日ではもちろん「君」とは国の主権者、国民のことにほかならない。

先日の参院岩手補選は、〝弔い合戦〟と称する旧い同情票集めの知恵しかない陣営に利用された未亡人には気の毒なことだった。この陣営と、保守王国の虚名崩壊に驚く人たちに共通して欠けていたのは、その一票一票を投じた人々が、ほかならぬ鉄冷えの釜石で職を失い、新幹線の盛岡ストップを憤る人たち、ベーリング海域から追い出された漁民たち、出稼ぎ留守、その過疎化に追い討ちをかける減反政策、貯金利子の低下に頭を抱える普通の生活者たちであったという認識である。それに天下周知の売り上げ税……。

二三〇〇年前の政治哲学が意外に新鮮だ。

（3・12）

放送のことば

ＮＨＫ文化調査研究所の『放送研究と調査』三月号は、「放送のことば」のテーマで情報番組での女性のリポートを取り上げている。

「盛り沢山の内容が興奮につながるのだろう」との釈明もあるが、「彼女らの喋り方が甲高《かんだか》く早口でやかましい」、「必要な情報が半分も伝わらない」との放送用語委員の批判が意外に多い。それなら、どうにかならぬかといつも思うのは、民放を含めてある種リポーター諸君・諸嬢の軽薄・饒舌にすぎる海外発展途上地区での現地取材。

お邪魔する土地の暮らしの実態を、リポーター自身が真っ先に驚いての奇声とはしゃぎ過ぎ。早口で甲高い格調低いだじゃれの連発は、情報伝達どころか、現地の人たちの生活文化を茶化しているとしか思えない。内容の質が高いだけに、辛抱してチャンネルを替えぬのだが、その地で数千年来営まれてきた尊敬すべきかけがえのない生活文化を、こうも簡単に侮辱しては罰が当たる。

立場を変えて、私たちの庶民生活の実態を似たようなナレーションで海外に紹介される場面を考える。札束をふりかざして、僻地にまで押しかける円高国取材陣のおごりとの誤解（？）は不本意だろう。「放送のことば」のテーマで考える値打ちがある。

（3・16）

検閲済

県立図書館で、昭和十一（一九三六）年三月の、特に二・二六事件から広田内閣成立前後の「福岡日日新聞」（「西日本新聞」の前身）の紙面に随所にポッカリあいた空白、つまり政府官憲による検閲で削除された箇所を見つけ、今さら現在幾度目かの提出が準備されている国家機密法のことを考えた。

その四月一日付と二日の紙面に、当時小学五年生だった私の描いたマンガ二枚も見つけた。「本社主催佐世保軍港見学の感想」の三日間の連載で、当時の軍国少年たちの今読んで胸の熱くなる作文集だ。そのうちの一人の名前が、後に海軍兵学校に進み、あの戦艦「大和」で戦死した、中学時代の同級生Sだったことを知って絶句した。

その頃から的はずれの文章で先生を悩ませていた私の作文はいつものようにボツ、その代わりに没収されていた私の「落書き帖」が新聞社のほうに回されたのだ。「起床ラッパ」と「甲板《かんぱん》洗い」の二枚。「ラッパを吹く水兵さんの帽子の後ろのピラピラが風に吹かれているのがよく描けている」と母が褒めたのは覚えているが、あの世相の中のことで、小学生のマンガまで「佐世保鎮守府検閲済」で載ったことなどきれいに忘れていた。（87・3・19）

身勝手

一三五年前の三月二十四日、米大統領・フィルモアは海軍大将M・C・ペリーを遣日使節に任命している。日本の開国を望む目的の第一は捕鯨船の避難港。食糧、水、薪の補給、捕鯨船の修理、石炭貯蔵所の確保、漂流漁民保護などで、ペリー自身、当時アメリカ捕鯨の中心地ロードアイランドの出身だった。

今日、日本捕鯨追い落としの先頭で、例の「可哀相な鯨」論を振りかざすアメリカの姿から想像もされぬが、彼らが大西洋の鯨を取り尽くし、日本近海の捕鯨場を狙って太平洋に転出したのが一七九一年。一八四二年の記録では、全世界の出漁捕鯨船八八二隻のうち六五二隻が米国船で、平均年に一万頭を捕らえ、抹香油、鯨油で二万五〇〇〇トン、鯨鬚《げいしゅ》二万五〇〇〇ポンドを市場に送る当時の重要産業の一つとなっている。

油、髭以外で商品価値のない残骸はすべて海に捨てられたもので、石油の出現で鯨油の役割が終わった途端、アメリカ捕鯨は衰退を来《きた》し、ペリー来日の前年出版の世界海洋文学の金字塔とされるメルヴィルの『白鯨』一冊を残して消滅する。

わが国の南氷洋捕鯨はこの春、ついに廃止に追い込まれた。牛、豚、七面鳥を賞味する連中に、わが国古来の「食文化」を侮辱される無念はいつまでも残る。（87・3・23）

若菜摘む

五年も前に大型スーパーが出現するまで、減反と地価騰貴の噂の坩堝《るつぼ》だった郊外。出来たばかりの高速・中速が交差する付近に取り残された田の畦に、かなり年配の親娘らしい二人が野草を摘んでいる。爆発音高くすぐ側を走るバイクや、カラフルなスーパー通いの主婦たちには見向きもせず、摘んだ根の泥をきれいに落としている、あれはたしかに芹《せり》。

その畦道の真ん中に二、三羽かたまるのが、こちらは確かにヒバリ。最近公園に改修された室見川河川敷の絶好の営巣地を失っての対策相談中の思案顔と見た。

そこで口ずさむのが「君がため春の野に出でて若菜摘む」、『古今和歌集』に残る光孝天皇まだ皇子の頃の作「わが衣手に雪は降りつつ」。「雪」がどうも九州育ちの私には馴染まないが、『小倉百人一首』で有名な歌。『古今集』では「恋」の部ではなく「春」に収録されているので、この「君」は案外野暮な相手だったのかも知れない。

この光孝帝、即位が五十五歳で、即位後も自炊の癖(?)が忘れられず薪の煤《すす》に汚れた「黒戸の御所」の名の起こりともなった(『徒然草』一七六段)とあるので、案外人間臭い面のあった方、それがこの歌にも現れている、とは私の独断。

(87・3・26)

ウサギ小屋

『言語生活』三月号「ことばのくずかご」欄から……。

A・グロスター神父の説では、EC報告書が日本の巨大な団地群を指して言ったはずのフランス語「ウサギの家」を、英語の「粗末な木造小屋(HATCH)」と軽蔑的表現と解するのはおかしい、それを報道したジャーナリズムの責任としている。

とすれば、「経済大国」と目の敵にされるコンプレックスと「木と紙の家」とのいわれのない日本生活文化蔑視の被害妄想から、「また言われた」と受け取る当方にも責任があるようだ。

ウサギ小屋どころか雨露しのぐ場もない一億からの人々がこの地球上で暮らしている現状に取り組む「世界居住年」の今年、「経済大国の癖に住むのはウサギ小屋」の次元でのやり取りで問題がそらされてはならぬと考える。

同じ欄は、例の知的水準発言で、問題の人が「ナイーヴな人」と外国紙が評したのを、褒められたと思ったのは勘違いで、日本化した英語のニュアンスとは違う「鈍感な人」と指摘する。こちらのほうは豪州のK君に確かめたところ、確かにその通り、政治家としては致命的な酷評に繋がるナイーヴだそうだ。本当の相互理解を考える。

(87・3・30)

新学期

絵にならねば何事も減点される時世なので、この国の首相のテニスも座禅も街頭演説も、テレビ放送がなければ値打ちが半減する。臨教審で九月の新学期開始が検討されたが、世論調査ではやはり「桜の季節」が支持されるのも「絵になる」からだろう。

何も外国の真似せんでもいいとの意見も聞くが、かつてわが国でも、夏目漱石の『三四郎』の物語は熊本から東京の大学へ入るための汽車の旅から始まるが、主人公は高校の夏帽を卒業した証拠に徽章《きしょう》だけもぎ取ったのを被っていた。そして「学年は九月十一日に始まった」とある。つまり、後の政府予算の会計年度に合わせられるまで、明治時代は思索の秋に学校も始まっていた。今日のように人も自然も一陽来復の浮かれ気味、昨日までの受験戦争はご破算の新入生歓迎のイッキ飲みが似合う桜のシーズンではなかった。

それに、新一年生になったばかりのお利口さんたちが、小学校生活にまだ慣れたとも思えぬのに、二月後にはもう長い夏休みが待っているのだから、せっかくのリズムが狂いはせぬかとの心配もある。

日本以外の国々ではなぜ九月新学期が定着しているのか、考える必要はある。

（4・2）

中央集権

三寒四温でもない冷えたり温められたりの日が続く。そのへんの段取りが下手なので、家人の注意を無視して薄着した日は街頭で震えあがり、次の日には地下鉄の座席を見渡してコート着用は自分一人だったりして、全くついていない。

変わりやすいことのたとえに「男ごころと秋の空」というのは、諺や季語などの発祥の地の上方、京都辺りを中心にした中央集権的言語生活にほかならず、九州では予測できる台風は別として秋の天候急変は珍しい。

桜の宴の最中のにわか降りにゴザをたたんで駆け出すのは九州では毎年のことで、ここでは「女ごころと春の空」だ。

逆に「春一番」という「命取りの怖い風」を意味する壱岐漁民の合言葉が、中央に吸い上げられて全国的な季語に薄められると、ファッション界のPR用語になる例もある。

今日的に申せば、変わりやすいのは「開票日までの選挙公約」。それに、選挙用語の「中央直結のパイプ」には、その土地特有の生活文化や現地経済活動の成果をごっそり中央に吸い上げられる反面のあることを忘れてはなるまい。

（4・6）

飯盛山《いいもり》

ほぼ満開の室見川の桜並木は、近づくと、すぐ隣のいつもは静かな団地が年に一度の雑踏・混雑で悲鳴を上げている。道路両側にずらりと並ぶのは、おそらく無断駐車。女性ドライバーたちが引くに引かれずの悪戦苦闘中。やっとの思いで脱出してのUターン。

今度は人里離れたと言っても車で十分足らずの飯盛山、正月の「粥《かゆ》占い」で知られたお宮に車を止めて、標高三八五メートルの山登りに切り替える。レクリエーションの衝動買いだった。

それでも、まだ数分も歩かぬコンクリートの舗装上に出迎えていた野ウサギが慌てて藪の中に逃げ込んだりして、もう興味津々。先刻までの喧騒はまるで嘘で、「上宮登り口」の立て札から山道に曲がれば、ひんやり涼しい杉木立が続いて、「案内岩」に「洗心の泉」、連れの細君のほかは人っ子一人見ぬのが勿体ない。

「ほら、ウグイスが上手に鳴いている」。曰くありげな「評定石」を過ぎて「迎え岩」まで登れば、もう何度目かのグロッキー、何しろ桜見用の靴を履いてきたのだ。

頂上を目前に、この静寂の中にも聞こえる「お願いします」の市議選候補の名前だけがはなはだ現実的だった。

（4・9）

罰金

知り合いの奥さんにいつもの元気がなく、憮然としておられる。聞けば駐車違反で罰金を取られるとのこと。尋ね尋ねてやっと捜し当てた郊外の団地には駐車場がなく、ほんのちょっとのつもりで止めたのに……もう。紙を貼られたのだそうで、見せてくれた支払い命令書には五千円とある。

これが三月末のことで、四月からなら罰金の値上げで一万円ですよ、と派出所で言われて、儲かったような気がしたくらい若いお巡りさんの応対は親切丁寧だったそうだ。

その雰囲気で、この罰金はどう使われるの、とまで聞いたのは、戦時女学生の頃、米や野菜のヤミ物資を「経済警察」に押収された人たちが、その没収物の行方について、いろいろ噂していたのを思い出したからとのこと。

ここでは受け取りません、公金の収納として銀行か郵便局で支払ってもらい、道路整備や交通信号の設置などに使います……。自分の息子みたいな若いお巡りさんの親切な説明にいつか申し訳ないの立場が薄らぐ思いをしていたところ、ピシャリと釘をさされたのだそうだ。「えてしてこの種のエラーは続いて起こすもんですよ、注意してください」。それぐらい、わかっています——とは言わなかったそうだ。

（4・13）

開票

今回の地方選は即日開票。近所の開票所、女子高校はまだ八時だが、闇の中に校舎の群れは静まり返っていた。

四月も十二日なのに凍てつく冷気の奥の奥に一カ所だけ煌々と明るいのが体育館だった。福岡市西区二十五の投票所からの知事、県議、市議選の七十五個のジュラルミン箱の点検が進んでいた。

投票紙の折り畳む軽い音が終われば、後はたちまち沈黙の世界。十台ほどある点検台に群がる約三百人は黙々として無言。立会人も選管委員も、それに机で仕切られたこちら側、運動員たちも報道陣も取りつく島がない様子、切迫した一種の雰囲気だった。

投票用紙一枚一枚を広げるその音になるはずのない音が、万波となればカサカサカサと鳴って一種の鬼気（？）が迫り、細波《さざなみ》のように低く響く。そうだ、どこかで聞いたこの音は、子供の頃、田舎の祖母の家で聞いた蚕部屋《かいこ》でお蚕さまの桑の葉っぱを食べているあの怖い音だ。美しい絹になる過程に人知れず繰り広げられる深夜の虫たちの懸命の営み、それを一票一票黙々と確かめる人たちの後ろ姿に連想した。

「投票は弾丸より強い」（リンカーン）

（4・16）

黄帝暦

雲南省昆明の雅友陳駿先生から届いた小型包装物は、百種の字体で書かれた百個の「寿」の文字の掛軸だったが、著名な書家らしい方の落款《らっかん》の日付が「黄帝紀元第七十九丁《ひのと》卯年牡丹盛開之月」となっている。

昨秋十月末、大連で頂いた色紙に「虎年菊月尽」とあるので、この牡丹の花開くの月はなるほどとうなずくのだが、年号が中国の伝説的な三皇五帝のうちでも人類に最初の文化生活をもたらして下さったと伝えられる黄帝から、数えて七十九年目とあるのには驚いた。

漢族の人々がしばしば「黄帝の子孫」と自らを呼ぶのは承知しているが、太陽暦の六十年、つまり干支《えと》の一巡が歳月の物差し単位になるとは思いもしなかった。六十年掛ける七十九だから、黄帝様は四七四〇年前の方ということになる。次の八十年では、もちろん私など生きてもいない。

その雄壮渾大な歳月に遊ぶメッセージが届いた日、私の国の朝刊トップ記事は、二週間後の宰相訪米に間に合うよう、歴史的重みを持つ予算案の国会委員会での強行採決を報じている。この国の政治用語から「百年の大計」の文字が消えてから（黄帝暦では）一年も経っていない。

（4・20）

英会話

八十二年前の夏、米国ポーツマスでの日露講和会議では、公式談判の席上でフランス語を一切使わなかった日本の全権小村寿太郎は、調印後の親善パーティーで初めて流暢《りゅうちょう》なフランス語を駆使して相手方の全権ウイッテ卿を唖然たらしめ、会議途中の内輪話も全部筒抜けだったのかと臍《ほぞ》を噛む思いをさせた。

また、敗戦直後の宰相吉田茂、こちらは英国人より上手と評判の英語を占領軍相手にも米政府高官にも用いず、必ず通訳を介して話を進め、その通訳の間に相手の発言内容を消化して当方の意見を組み立てるのを常としたと聞いている。これらわが国外交史に残る方々は、いずれも自らの語学力を誇示するなどの次元でなく取り組まれた。

今、円高トラブル、日米経済摩擦の火消しで苦慮されている日本の蔵相の英語力は定評があるが、英語は通じても、例えばこの二月パリでの五カ国蔵相中央銀行総裁会議で、ベーカー米財務長官相手に、果たして発言の内容は通じていたのか、落ち着くはずの円高はいっそう激化している。近く首相自らの訪米もある。ロンと呼び、ヤスと答えて英会話を楽しんだ頃と情勢は全く違っている。

（4・23）

花盗人

自慢の桜が折り荒らされるので、懲らしめようと隠れるところへ、昨日の僧がまた来ての現行犯。桜の根元に縛られて、僧の身で一生の恥辱と嘆くが、白楽天の詩を思い出す。

左国という者が花に見とれて足を踏みはずし、谷底に落ちて死ぬ——煙霞跡ヲ埋ンデ花ノ暮レヲ惜シミ、左国花ニ身ヲ捨テテ後ノ春ヲ待タズ。拙僧とても同じこと、花の美しさに自制心を失った。花に負けたわが身がいとおしい。縄目の恥など少しも苦しゅうない、何ともないぞ、何ともないぞ……。これを聞きつけた主《あるじ》との間に、ほかの盗みとは違うとの古歌のやりとりがあり、ついには主のほうから「昔から花盗人には酒を振る舞うものじゃと申す」と言い出して、狂言『花盗人』の舞台は進行する。

心ない登山者の荒らす夏山の花畑、エビネランの原生地など、この旧い日本人の花への心情のせいとも考えたいが、やはり今日的公共心の欠如だろう。今が盛りの福岡城址の牡丹園付近を毎朝、万歩計を腰に歩かれる方から伺った。

「九時の開園なので、あそこは私たちには幻の牡丹園。でも管理優先はしかたがありません。根こそぎ盗って行く人もいるそうですから」

（4・30）

浪花節

水を飲む時は一緒に井戸を掘った人を忘れない中国の人たちに、今中国革命を陰で支えた人として評価の高い九州男児・宮崎滔夫は、「不羈《ふき》奔放、多情多恨にして、行動はしばしば常軌を逸した」と『東亜先覚志士記伝』に残されている。

中国大陸での挺身《ていしん》支援も、フィリピン独立運動への直接参加も、次々と失敗しては貧窮に陥り、当時売り出しの桃中軒雲右衛門の弟子となり、張り扇を叩いては東亜解放、経国済民の夢を浪花節《なにわぶし》で大衆に語りつづけた人物だ。

辛亥革命の立役者の一人黄興が窮鳥この人の懐に飛び込んできたのは、一夜わずか四十銭を得るため四谷の席亭で浪花節を唸っていた窮乏の極に達していた時だった。七転び八起き目の政談演説で、見果てぬ夢を演壇から呼びかける滔天が大衆に深々と頭を下げるのを、「君の音声と風貌なら、そんな卑屈な態度はよせ」と言う同志に「これは木戸銭を取っていた時の癖タイ。いつもお客様に済まぬ済まぬと思うてきた。ばってん、演説は浪花節より楽バイ」とこの長髪鬚髯《しゆぜん》の偉丈夫は答えている。

これらのことを、中国の友人からの資料収集依頼が来て初めて知ったのだから、九州の人間として、その不勉強を恥じた。

（5・7）

ソウルの春

先月二十九日、空路一時間で到着した韓国の首都ソウルは予想以上に美しい町で、レンギョウの黄、ツツジの紅が今盛り、梅、桃、ヤエザクラが満開の上、リンゴに似た白い花、紫荊花《しけい》に違いない藤色……などが咲き揃い、確かに福岡地方より一刷毛《はけ》分は淡い、一月遅れの春が絶頂だった。

美しい町だが、山坂の意外に多い所で、一二〇ウォン（日本円で二十円）のトックン（五円銅貨に似たコインふうのもの）を乗車口の箱に放り込めば、市内のどこにでも行けるバスもよく揺れてくれる。その車窓から見る至る所に、例えば壬辰倭乱の英雄李舜臣将軍の銅像の立つ世宗路大通りのロータリーにも、赤、白、緑などの色彩鮮やかな小さい提灯がまるで運動会の万国旗みたいに飾られている。旧暦四月八日の釈尊の誕生日（今年は陽暦五月五日）を前に、ようやく訪れた春を喜ぶソウルの人々の迎春メイ・ポールにほかならない。

今回参詣できた二つのお寺、都心の曹渓寺でも、山腹の興天寺でも、頂いた参拝記念のご朱印には仏陀二五三一年四月三日とか五日が記してある。現地で見聞するまで知らなかった隣の人々の暮らし、そのカルチャー・ショックの初めだった。

（5・11）

カンサムニダ

ソウル行きの機上では日本語のアナウンスも終わりには必ずカンサムニダ、「神様阿弥陀さま」と私には聞こえる優しい美しい「ありがとう」の韓国語だった。

帰国の日、観光公社で世話してもらった（この公社で初めての個人依頼だそうだ）貸切りタクシーの運転手金君と言葉が通じないと知ったのは、乗り込んだ後だった。前日までエスペラント語仲間の学生諸君が交替で案内してくれていたので、単独旅行中の日本人だったのを忘れていたこちらが悪い。

どこでも君の好きなところへなど高度な会話はもちろんできず、とりあえず地図を示して山腹のお寺（興天寺）から展望絶景の北岳キルハ八角亭展望所。ここで日本語自慢のばあ様に教わったのが、この国の言葉でペガコプタ（腹が減った）。君も僕もペガコプタ、だから「ビビンパッ」と手真似で伝えたら、それまでの金君になかった表情の破顔一笑、ビビンパッを知っているのか、それなら任せろと確かに言ったようで、東大門市場のほうへハンドルを切った。

天下の美味ビビンパッは韓国風混ぜご飯、好きだと言ったら、カンサムニダ、スープの丼を抱えて食うのはイルポンサラム（日本人）とすぐわかるなど、私の日本語と金君の韓国語丸出しの会話が嘘のようにはずんだ。

（5・14）

混乱なし

五月の前半は学生運動の季節と聞かされた韓国の首都ソウルは、檀国大学の正門前に警備の兵士の集団が金属製の楯を横たえてたむろしているほかは、私の目撃したところ、構内にも近くの学生街を行き交う人々にも別に緊迫した空気はなかった。

三日間訪問したその大学構内に入るのに、案内の尹君の学生証をチェックするだけで、私も、連れの東欧からの若い女性客員講師も、兵士たちの敬礼を受けて自由に出入りできた。

「心配要りません。あの連中は友人ばかりですから」と意外なことを言う尹君も、聞けば数カ月前まで軍隊生活をしていたのだった。

この国の若者は、二十六歳までのうち三年間は兵役に服さねばならず、学生諸君の内には入学前に義務を終えていた金君、在学途中に服役してまた復学した尹君、また卒業したら入隊するつもりの安君など、それぞれの選択で兵役の義務を果たしているのを知って、改めて彼らの顔を見直した。

五月の前半までとは十八日の光州事件七周年前を意味したが、その当日、テレビで見る機動隊の制圧の凄さと遺族たちの抗議行動の激しさにも拘らず、「大混乱なし」と日本の新聞は報道していた。

（5・21）

伯楽一顧

三日間も買い手のつかぬ馬でも、名馬の鑑定で高名の伯楽が立ち止まり、去り際にもう一度振り返ると、たちまちその馬の値段が十倍にはねあがった（『戦国策』楚策）。二千年も前の話だがその種の個人のお墨付きが今日、日本の政界で生きている。

ニュー・リーダーと呼ぶ棚からのぼた餅待望の人たちの相互牽制に業《ごう》を煮やしたか、突然手を上げた与党最大派閥の会長。だが、その名乗り上げの錦の御旗がリハビリ専念中の領袖《りょうしゅう》のお墨付きで、それも「派を割らないため」というのだから考えさせられる。このキング・メーカーの心身の体調はまだ定まらず、名馬鑑定人としての意思表示も不十分なのが迫力を欠かせている。

あまり笑顔のない方だが、記者会見のまるで喧嘩腰の迫力に、久し振りに「日本の政治家出現」と思ってもみるが、世界に通用するのかとの疑問は残る。「戦後政治の総決算」の後に「田中政治の継承」が飛び出すのでは、茶番劇としても出来が悪いが、これら一連の政界の動向が庶民の生活感覚の向こうの方で、人事異動下馬評の次元で動くのはやり切れない。

今、伯楽は、もちろん私たち納税者のはずだ。

（5・25）

面目ない

全員二十歳前後とみたヤングたち経営の靴下屋。貸レコードの兼業と女子高校の門前というのが繁盛の秘密のようだ。ＰＲもうまいが「サービス券二枚で何か（品名は忘れた）差し上げます」との張り紙に「一枚では駄目、めんぼくない」と続いているのには驚いた。

何ともこの場合なじまぬ「面目ない」の用法と思うが、あれっこの言葉知らないのという顔で「すみません」ぐらいの意味と教えてくれた。年甲斐もないことを聞いて面目ない。

上は総理大臣から面目失墜が日常茶飯の今日なので、ヤングたちの間でこの種のパロディーが流行・定着するものかと感心していたら、参議院で「腰抜け」、「阿呆」呼ばわりは国会の権威を損なうものとの懲罰動議が出た。

さすがは良識の府、美しい日本語を守る姿勢と評価してもみたが、かつては国民のためならと次元低きこの種の罵声に耐えた外交官もいたことを思い出す。「嘘つき」と名指しで呼ぶ懲罰ものを苦笑で聞き流す場面も見慣れている現状だ。

ヤングの言葉と言えば、昔の子供は「あほうと言われて腹かくヤツがあほうたい」と言い合って喧嘩をエスカレートさせていた。

（5・28）

三年片頬

来日七日目ぐらいまでの外国人が持つ日本人の第一印象は「働き好き」だが、七カ月目に聞けば「本当は勤勉でもないんだ」と気づいて、七年目には「日本とヨーロッパでは労働も概念が違う」と割り切る。また、素晴らしい日本の教育制度との第一印象が、七カ月目には「教育は崩壊している」と変わり、七年目には、この教育制度が日本人をして日本人たらしめているの知日派発言となる――これら英字新聞の記事をオーストラリアの青年K君が示すのだが、まず反論の理由も見当たらぬようだ。だが、七年経っても、「何がおかしいの」と聞きたいくらい日本人のユーモアの質には戸惑うとあるのには、言わせてもらった。

古来わが国では喜怒哀楽を人前で示さぬのが美徳とされ、昔は男たる者三年に一度ぐらいの笑顔が許された、それも片頬をちょっとほころばせる程度……と説明したら、素晴らしいユーモアだ、英語の「キングとクイーンは決して笑わない」よりずっと上質だと感心したのだが、同席の若い日本人諸嬢がその「三年片頬」など初めて聞いたと驚いていた。

（6・1）

アート・メール

先月末発行の郵便切手、国宝シリーズ第一集の「彦根城」が一一〇円切手、六十円のほうは駆けつけた時は売り切れていた。

一一〇円とは中途半端な数字だが、これはこの四月に値下がりした外国便の第一地帯（アジア・豪州）宛一〇グラム以下の航空便料。それまでは一三〇円だった。

郵便料金はいかにも廉《やす》い。一一〇円で北京まで、四、五日でメッセージが届くが、この料金では、こちらの地下鉄もバスもそこまでも乗せてはくれない。

一方、中国からの航空便は昨年、八角から一元一角に値上がりした。労働者の平均月収が百元として、これは月収の一％、こちらの金銭感覚として月収三十万円の人なら三三〇〇円ということになる。

私たちの仲間では今、「最も廉価な方法で世界の芸術作品を交換する方法」としてアート・メール（葉書、封書、小型小包による絵や写真など）を募集中だが、すでに二十数カ国から送ってきた封筒一杯に貼られた綺麗な切手を数えては、「最も廉価」とはこちらサイドだけの見方だったのかとも話し合っている。

この十六日から一週間、大濠公園の福岡市美術館で展示の予定。

（6・4）

ブランデー

この四月末、韓国の首都ソウルで会ってきた東欧の女流作家S・スポメンカさんは、オリンピックを目前に国際化を急ぐこの国の大学でエスペラント語の客員講師を勤めていた。

私よりも二回りも若い二十年来のこの国際語による文通友達だが、彼女がまだ女子高校生でバカロレア（大学入試資格試験）の受験勉強中の頃、太宰府天満宮の「学業成就」のお守りを送って励ましたのをよく覚えていてくれた。

学生たちに「今日、小説・劇作の道に精進できるのも、日本の文学の神様のアムレート（お守り）のお陰」と話したようだった。帰国の際は是非その神様のいる福岡へと誘ったが、彼女の多忙なスケジュールが許さなかった。

はいお土産、とブランデーの瓶一本を差し出したのは、ユーゴスラビアの北部クロアチア地方の農園で八十七歳のお祖父ちゃんの手作り。前からどうやってアジアまで運ぶか頭が痛いと書いていたもの。途中一泊したパリの税関で危うく没収されるところを、「アジアのオンクロ（おじさん）への贈物」と頑張り、ソウルまで抱いてきたのだそうで、キビの藁で胴を包んだ素朴な民芸風作品。勿体なくて飲めはしない、床の間に飾っている。（6・8）

雨が降る

磯までは海女《あま》も蓑《みの》着る時雨《しぐれ》かな

地球上には雨に濡れるのを嫌う民族とあまり苦にせぬ民族とがいるそうで、中曾根総理がベネチア・サミット出席の途中、立ち寄ったジュネーブ空港のテレビ画面で出迎えの大きな傘にはっきり読めたJAL（日本航空）の文字。雨嫌い民族が用意した傘だ。

イギリス人は土砂降りでも雨宿りなどせずレインハットとレインコートですたすたと歩く傘嫌いと聞いた。例のロンドン紳士必携のコウモリ傘は、今やダサい物になっているのだろうか。もっともこんな呑気な比較などは、天を仰いでここ数年降らない雨を嘆くアフリカ砂漠の人を思えば、罰が当たる。

六月初旬に梅雨に入れたのはやはり目出度いことだが、コウモリ傘ではズボンの裾などすぐにびしょ濡れ、「しろしかねぇ」と歩いていたら、団地群の片隅に残された田んぼでは、昨日までどこにいたのかカエルたちの大合唱。これほど全身全霊で雨を歓迎する動物はまずいない、「さあ、田植えですよ」と人間たちに呼びかける。だが、ここの辺りは都心の田んぼ、カエル諸君、はしゃぎ過ぎて道路に飛び出しクルマにはねられるなよ、と声をかけておいた。（6・11）

気軽に

新幹線が博多を出るとすぐ、その列車の運転士、車掌など乗務員の紹介があるので、そうだ民営になった新幹線だと気がつく。噂に聞く民営式サービスの一つかと考えた。

大阪事業所（と聞こえたようだ）の運転士なら、この人大阪で交替だなと考えていたら、「ご用の節は気軽に車掌までお申し付けください」とアナウンスは終わった。

この「気軽に」は少し気にかかる。今までも乗務員に「気兼ねしながら」話し掛けた覚えはないから「いつもの通り」でいい、何も国鉄時代がすべて悪かったわけでもない。

そう言えば、切符窓口の「ありがとうございました」の大きな声にも驚いた。銀行以外の窓口でこんなにはっきりお礼を言われては恥ずかしい。その場の雰囲気で呟くようにでも、目礼だけでも十分だと思うのだが……。軍隊の内務班で大声で叫ばされたことまで思い出した。もっともあの時は「ありがたい」などシャバ言葉ではぶん殴られた。「ご心配でした」と不思議な日本語を新兵たちは叫んでいた。

民営後のサービス向上路線のPRという至上命令で、今は新発足の気負いもあろうが、先は長い。「気軽に」ぼつぼつやらんね、と呟いた。

（6・15）

レモンの「レ」

韓国語の「ありがとう」は「カムサハムニダ」なのにお前は「カンサムニダ」と書いている、間違いだと指摘された。生兵法《なまびょうほう》は怪我のもとには違いないが、私にはそう聞こえるので「神様阿弥陀さま」より韓国語に近いと思っている。カタカナで書けば貴殿の発音も怪しいものだと負け惜しみに紹介したのが、恩師から昔聞いたイギリス留学談。

駅の窓口で「ウエストケンシントン、一枚」と言っているのにどうしても先生の英語が通じず、「上杉謙信殿！」と叫んだらすぐに切符が買えたという話。私のカンサムニダもお辞儀やお寺での合掌が助けてくれた。

韓国で指摘された私の発音は、日本人特有のラリルレロ、RとLとの区別がない、だから英語では「米」も「しらみ」も同じライス。この国の人はRとLを立派に使い分けるそうだ。

もっとも濁音が先頭に来る外国語の発音にはずいぶん苦労しているようだ。だが、いちいちそれを気にしていたら外国人との会話は行き詰まる。ドレミの歌で「レはレモンのレ」と元気よく歌う日本人の少々の誤差ぐらい無視する勇気を学びたい、と意外なことも聞いた。ドレミファのレがレモンのLでなくRとは知らなかった。

（6・18）

語り部

正木利造氏（元・西日本新聞北九州支社長）の著『戦争があった、そして六・一九が来た』のサブタイトルは「君達に伝えてほしい」。当時十八歳の勤労動員学徒の氏は、福岡の中央部福崎海岸の実家で、家族全員励まし合って焼夷弾の雨をくぐり抜けておられる。

直線距離で五〇〇メートルも離れていない福岡聯隊の城内連兵場で、同じ夜の同じ時刻に同じ火の雨にほんろうされる兵士だった私には、その臨場感溢れる語り口が、人ごとならず、胸を打つ。例えば、「空襲警報が鳴った記憶はない」との一行さえそのとおりで、驚天動地の襲撃第一派から瞬時に陥った修羅場を右往左往した本人には、後で整理された情報はまるで、よその世界の出来事のようなものだった。なけなしの焼け家財を掻き集め、八十歳のおばあさんを乗せたタイヤは焼けてパンクの馬車――前日まで焼け死んだ対州馬《たいしゅうま》の大黒が曳いていた――を曳いて西のほう麁原に落ち延びる途中、黒門辺りまで来て、福岡は全滅とばかり思ったのに、「焼けとらん家も多か！」と知った途端、妙に今の姿が恥ずかしくなり、何か悪いことでもしておるのではないか、とさえ考えた場面など。

「戦争はもうしやんな」とこの語り部は最後の章を結んでおられる。

（6・22）

ソウル急変

五月初めの韓国ソウル市は、春がようやく盛りで百花が一斉に満開の美しい街だった。日ならずして今日のような激しい反政府デモの物情騒然が展開されようとは思えなかった。訪問した檀国大学の正門前に一個小隊ぐらいの兵士が木陰にガードしていたのは事実だが、緊迫感はいま一つ不足と見た。それでも現地の日本人特派員氏から「五月の前半は、例年この国では学生運動の季節、十八日（光州事件の日）が過ぎれば、収まりますよ」程度の解説しか受けていなかった。

大学構内を白い民族衣装の学生デモの行列がドラや長鼓《チャング》を打ち鳴らしながら、黄、青、紅の旗やのぼりを靡《なび》かせての行進、それをバスケットボールの練習を中断してコートの中央を通過させる、というはなはだ牧歌的なのを目撃したが、「不正入学」、「授業料値上げ反対」で、政治色はないとのことだった。正門前の軍隊は他大学の学生の出入りチェックとの説明を私が軽く聞いていたのも事実だ。

今、新聞のトップ記事に見る与野党の激しい対立など、一般市民の暮らしと別の世界、雲の上の話、それなら日本も同じことと納得しかけたが……。「百聞は一見に如かず」でも、その一見だけで喋ってはやはりやけどするなと痛感した。

（6・25）

生存捕鯨

国際捕鯨委員会（ＩＷＣ）の商業捕鯨全面禁止で、日本の沿岸捕鯨も来年三月には消える恐れが出てきた。せめて鮎川（宮城県）網走、紋別と釧路（いずれも北海道）の三地域だけでも生存捕鯨を認めるよう英国ポーツマスの総会で要求したが、前途は明るくない。

耳慣れぬ生存捕鯨の「生存」が「原住民生存」でエスキモーなど海洋生物資源に食生活を頼る――つまり西欧文明の枠外の民族だけに特別に認めてやる「特典」。それをわが国に分けてくれとの哀願だと知って驚く。

有史以前から母なる風土の中で、自然と共に営んできた独自の生活文化を、外来者ないし侵略者にほかならぬ異文化の持ち主が、不思議なもの、奇怪なものと見るのは勝手だが、それを侮辱し否定して自らの文化を押し付ける権利はない――と初めて自らを「原住民」と呼ばれる立場になって憤慨する。一方、今まで平気でそう呼んできた人々にも申し訳なかったと恥じ入った。

超党派の国会議員有志とテレビは紹介したが、遠い東京のＩＷＣ総会牽制パーティーで「うん、鯨はいけるよ、おいしいよ」などやっている場合ではない。水産立国のアイスランドではすでにＩＷＣ脱退に動いている。

（6・29）

聞き腹立ち

足を痛めて杖を頼りに交差点を遅れて渡る七十歳のＫ氏の鼻先二センチを、斜め前方から突進（もちろん信号無視）してきた小学生の自転車が間一髪通り抜けたのだそうだ。

擦れ違いざまに「クソおやじ」と確かに聞いたが、次に「バカ」と続いたと思うのは、あまりのことに呆然となっての聞き違いか、と落ち着きを取り戻すのに随分時間がかかったと公民館の文章教室で話をなさるＫ夫人。「今の教育はどうなっているのだ」と老夫婦で憤慨なさることしきり、無論血圧にも精神衛生上にもいいはずがない。この子の親御さんも先生方もご存じなのか、とその筆先は鋭い。

不愉快な話に同調して本人以上に憤慨することが近頃多すぎるが、それを表現する用語、例えば「貰い泣き」のような言葉はないかと話し合っていたら、Ｋ夫人のお里（豊前）に「聞き腹《ばら》の立つ」つまり、聞いているうちにこちらも腹が立つというローカル色豊かな言葉があるそうだ。

初めて聞く言葉だが、諦めムードの強い「貰い泣き」のほうは日本語として定着しているのに、破壊的エネルギーを内蔵するこの「聞き腹立ち」が全国的な言葉にならぬのは何故だろうと話は展開した。

（7・2）

お達者

先月の終わり三十日の午後、東京渋谷のNHK四一五番スタジオで、九州福岡からお出でのゲストと紹介されていたのが私。教育テレビの『お達者クラブ』なので、まだ縁がない番組と思っていたのに、数日前元の職場で、今までの「元気ですね」の後輩の挨拶が『お達者ですね』に変わったのにショックを受けたばかりだった。

全国ネット公認の年寄りなら、いっそ居直って博多言葉丸出しでよござすバイと打ち合わせをしていたのだが、飯窪長彦アナと女流講談の神田陽子さんお二人の軽妙なリードで笑いっぱなしだった世田谷区H老人会のおば様たちが、本番開始の途端にピタリと緊張。画面に映るご自身を意識なさってのよそゆき顔に一変……それが五十一人。その時、初めて気づくのが、皆さん極上のお召し物。これは誤算で、この行儀のいい方々を前に平常心で物が言えるほど私は修養を積んでいない。つまり上がりっぱなしだったのは不覚。

私の「行かず東京弁」も不発、随分口こねた標準語に似た日本語になっていた。

二十分のおつとめを果たした時、喉はカラカラで、もう大丈夫、終わったと水差しとコップに手を伸ばす。その場面まで映っているとは気がつかなかった。（7・6）

雨乞い

先月末、ちょっと覗いてきた東京はその日だけの小雨、でも山間部の水源池付近がゼロなので、「九州の雨男」と名乗ったのが空振りだった。九年前を思えば、他人事ではないと当時の句帖を取り出せば、「博多砂漠行く追山笠のポリバケツ」とあり、以下「秋めくや一滴の雨降らぬまま」と、苦し紛れの駄作、拙句が続いている。

その中から、「季語すべて滴《しずく》する日を給水車」、「ポリバケツの大中小と給水車」、「十薬《どくだみ》や漏水多し給水車」。汲みためて断水時間に備えた水の無駄にしたのも多かったと思うが……「雨乞いの神酒《みき》たてまつる市長の目」、「雨乞いの昨日も今日も風見鶏」。動物園のペンキの剝げた風見鶏で、今の首相のことではない。

憎い青空の青をバックにこの風見鶏は、何も言わず、お日様の相手をしていたが、カバもアシカも地上の動物たちは節水の協力をしてくれた。

まだある、「紫陽花の討ち死を背に朝を出る」、「赤い三日月仰いで断水続く町」、「敵七人の街から帰り水不足」、さらに「渇水川原の宵待草のそれでも黄」。

やはり降る時に降ってこその雨で、梅雨とはいえ、よく降るなぁなどとぼやいていては、罰が当たるというものだ。（7・9）

自由都市

「足並みのざっくざっくと潮井浜」（淳夫）、この箱崎浜の「汐井取り」に始まって祇園山笠七百年の伝統を今に、博多の街はすっかり夏。「朝山笠の水の冷たさ一度逃げ」（淳夫）などの風物詩が随所で展開されている。いつもは眠ったようなオイさんたちが、この半月間は目を覚ます。

ところで、転勤族諸氏や引き揚げ以降この博多を青山の地と決めた方々が、すっかり水法被《みずはっぴ》も板について「博多んもん」になりきっておられるのを見て、那珂川から西の福岡部育ちの故に山笠にはかたせてもらえなかった幼児体験にこだわる私が驚いたのが、東京渋谷のＮＨＫで最近聞いた話。

どうせ出る転勤命令ならと、一番歓迎されるのが九州福岡で、海の幸や山の幸、交通の便もさることながら「排他的な空気がない」のがその理由だそうだ。

関西、特に大阪、京都で、東京言葉が出ようものなら即、受入れ拒否、仲間外れの目にあうが、福岡はその点、全国でも珍しい自由都市。仲間に入れるどころか、新入りのもたらす新文化も受け入れて、「あんたが大将」と才能発揮に手伝いまでしてくれる人情・風土、との意外な評判。そうですかね、と少し考えさせてもらった。

（7・13）

縄張り争い

福岡の動物園で仕事をしていた頃、国際親善の交換動物としてよく指名してきたのがタヌキ（英語でラクーンドッグ、つまりアライグマに似た犬と呼ぶ東アジアの珍獣）。タヌキならお易いご用と、脊振山辺りから連れてきたのを先客が四、五匹いる檻に追加収容したところ、それまで檻の中を右往左往、餌を奪い合っては騒々しく喧嘩ばかりする連中がぴたりとおとなしくなったものだ。飼育陣は、やっと静かにしてくれる、これで喧嘩での傷の心配もないと思ったのに、そのうち、一匹、二匹と檻の隅にうずくまり、うなだれて餌を見向きもしないのが現れて、ついにはまるで自閉症。慌てて別に檻を用意して分けるとたちまち元気を取り戻し、どれが自閉症だったのかわからぬくらい走りまわった。

つまり「おとなしくなった、落ち着いた」などは人間サイドの勝手な見方で、喧嘩と見える「縄張り争い」こそが、彼ら野生動物たちの「生きている」証拠、過密状態では、もうタヌキであることさえ諦めねばならぬ「争うべき縄張り」がなくなっていたのだ。

人間サイドの物差しだけで見ちゃならんバイとタヌキたちに教わるわけだが、今日の東芝首脳陣首のすげ替えに見る海外からの経済圧力、韓国政情の信ぜられぬ急展開など、当方の物差しで測れないことが多すぎるのも事実だ。

（7・16）

スクリュー音

スクリューは比較的早く覚えた英語の一つで、昔の小学生は、かまぼこ板大に木片を削って船を作り、輪ゴムを何本もつないだその末端にピラピラ金属のスクリューを巻いて水面を走らせた。笹舟に代わる軍国少年たちの夏の遊びだったが、ブルブルビョーンとはなはだ牧歌的だったスクリュー音の、あの小さな戦艦をこの夏思い出す。

万事が平和志向、戦争回避の方向と見てきた米ソ両首脳の最近の動きの一方で、人知れず深海に潜航して幾多の働き盛りの若者たちが、ひたすら息を殺し耳を澄ませて、仮想敵国ご同業のたてるスクリュー音が近頃低下した！　などと、神経をとがらす、そんな暗闘が続いていると知って慄然とする。

九つの軸が同時に制御できるプロペラ表面加工用のＮＣ工作機械、といくら説明されてもメカに弱いのでわからないが、戦争放棄の平和国家の企業なればこそ開発できたその機械を手に入れたのを、世界最強の相手側軍事大国が慌てるとは異常である。例えば人殺しに使った金槌を、あれは大工道具として売ったものと、その程度は平和国家の政府たるもの、そう簡単に遺憾の意を表するものではない。

（7・20）

智《ち》囊《え》袋《ぶくろ》

中国南宋の世（十二世紀）、都で急に現金の流通が止まり市場が混乱した時、宰相の秦檜は、出入りの床屋に調髪させた後、過分の金を与え、「この金は早く使ってしまえ、数日中に勅令が出て使えなくなる、お前にだけ教えてやる」と告げた。床屋はもちろんこの話を漏らすので、三日もたたぬのに、都中に現金が急に出回りはじめた。

また都中の商家で同じように銭の出回りが悪いとの報告を受けて、すぐ役人を呼び出し、「急に勅旨があって銭法が変わる。見本の新貨幣を一つなぎだけ鋳造させよ、今の通貨は廃止だ」と明日の朝までに準備するよう命じた。早速職人を呼んで作らせているとの噂が金持ち連中に広まって、皆隠していた銭で金や粟を買い始めたため、物価は騰貴し銭は市場に溢れるようになるが、もちろん銭法の改正はやっていない。

明朝末の説話集『智囊』が伝えるこれらの話は、秦檜本人が忠臣岳飛を殺した張本人・奸臣《かんしん》の典型とされているので、小人の浅知恵として書かれているようだ。

浅知恵でも奇想天外でもいいから、今全世界から袋叩きにされているわが国の国際経済に、根本的な発想の転換は考えられぬものかと連想した。

（7・23）

快走

この十二日、三重県陸上選手権で10秒1の一〇〇メートルの日本タイ記録を出した高校三年生の中道高之君はラグビー部員で、陸上競技には全くの素人、わずか二カ月の経験だそうだ。小学校で野球、中学はバスケットボール、高校ではラグビーとウエイトリフティングに挑戦している少年で、「中学から陸上競技だけだったら、こうはいかなかったと思う」と本人も言っている。

基礎体力の伴わぬ小学生が野球一直線で鍛えられた揚げ句、膝や肘の骨に異常を訴えるのが問題になる昨今、「チャンスさえあれば、いろんなものに挑戦させたい」との木本高校ラグビー部大徳恒雄監督の指導哲学がここで光る。「一つのものに固めると、その子の持ついいところを見失う」と、ラグビーでも種々のポジションを経験させ、柔道、バスケットボール、水泳、体操の各部に臨時入部させている。

十年も前、当時柔道世界一のオランダのルスカが「フェンシングと水泳とサッカー、それにスケートをしているが、今回は柔道でフクオカに来た。勝負の勘どころを摑むのに役立つはずだ。日本選手は柔道のほかは、どの種目にも何故見向きもしないのだろう」と不思議がっていたのを思い出す。（7・27）

世代交代

梅雨の合間を縫っての俳句吟行記を皆で読むうちに、「青葉若葉の、緑一杯の匂いにまみれて……」との表現が問題になった。「まみれる」という語句はこの際馴染まないのではないか、例えば「泥にまみれ」、「粉にまみれ」、さらには「血まみれ」というふうに、早く払い落とし、拭きあげねばならぬマイナスの状態描写の字句と思うが、との発言は年配の人たちで、若い（と言っても四十歳代の）方々はほとんど全員、「明るい陽射し」や「快い風にまみれる」を俳句ではよく使います――。そうかしら、とこちらも俳句なさる年配の方。

結局、最近のヤングたちの外国語より難解な日本語の乱れとは別に、静かに着実に、日常の生活語に世代交代が行われていることに気づくのだった。

先日もＰＴＡの席上で、近頃の子供たちが鉛筆をナイフで削ることがなくなったとの話題に、「あら、私たちその『肥後守《ひごのかみ》』というもの、見たことありません」とのお母さん方の発言があった。そうなのだ、もうずっと以前、青少年健全育成なる催しで、竹馬などに見向きもしない子供たちに手こずった経験がある。その時の子供たちが、今現役の子育て中なのだと改めて考えた。（7・30）

先生

敬語や丁寧語が発達している日本語なのに、苦労するのが目上の人に対する呼びかけの言葉。先日も「先生などと呼んでくれるな」ときつく叱られたが、さん付けでは失礼だし、君でも様でも殿でも馴染まない相手は意外に多い。そんな時、とりあえず「先生」を使えば重宝する。本人を前にしては、やはり中曽根さんとは呼べない。

「先生と呼ぶな」と言われた時、すでに一本取られたようで、気まずい気持ちが先行して、肝心の本題が自由に切り出せぬこともある。そういうことに気づかれぬ先生が案外多い。若い娘さんでも先生と呼ばねば振り向いてくれぬ教育関係の職場での経験もあって、私は呼ばれたら素直に返事するようになっている。

柳家小さんの「先生ってのは、ありぁ熊さん、『先《ま》ず生きてる』その程度の人という意味だ」との明快な解説が好きで、そう呼ばれる照れ臭さを補っている。

中国からはいつも先生扱いの手紙が来る。これには素直に馴染んでいる。「先生と呼ばれるほどの馬鹿じゃない」と真顔でおっしゃっては返事のしようがない。意外にその手の先生に「先生（エリート）意識」の強い方をお見受けする。（8・3）

広州動物園

先月二十四日の夕刻広州着。次の朝訪ねた動物園正門前の雑踏で梁潤添副園長——七年前、福岡市動物園で友好都市親善使節のパンダ二頭を二カ月間一緒に世話した時の飼育班長さんが待っておられた。

この歳月の中でオスのシャンシャンは三年前に老衰で昇天、メスのパオリンは「あれも年取りました」としみじみ言われるのだが、少しも変わらぬ彼女の昼寝姿だった。「パオリン」と私が何度か声を掛け、こちらも来福していた飼育員の小梁《シャオリヤン》君がリンゴを差し出すのだが、寝ぼけ眼で声の主を捜していたパオリンは、私を認めると「なんだ、あんたか」と起きてくれぬ仕種はあの時のままで、私のセンチメンタル・ジャーニーは空振りでもなかったようだ。

「福岡市民の贈物」と説明板にあるフラミンゴ十羽は、ピンクの美しい影を水面に映して、数が増えていた。生後四カ月のチンパンジーの子が同行の細君と握手を繰り返して熱烈歓迎をしてくれたが、カバの赤ん坊に向けたカメラを母親が突然その巨体で遮った。

こんな広大な緑が一杯の動物園とは三回目の来園で初めて気づいたと言う私に、「前回はお互いにパンダのことばかりでしたから」と園長に昇格されていた黄皐斉先生が笑われた。（8・6）

広州にて

ここ広州市中心の北京路、青年文化宮でのヤングたち主催の世界語（エスペラント）発表百周年の記念パーティー。ウーロン茶に干しナツメと干しスモモだけのテーブルを随所に囲んで、推定約百人のお喋りがはずむ。歌い手がとぎれたところで、待ち兼ねたカップルたちが手に手を取ってフロアに現れ、クイック・スローと始まった。

そんな時この国にも野暮な年寄りがいるもので、ちょっと待て、日本からのゲストとわしが歌うと、この李益三先生は五十年も前、東京留学中に、盧溝橋事件直前、留置場からそのまま国外退去を命ぜられ、抗日戦争中は、南京戦線で解放軍将校だった方。不本意な去り方をした日本だが、親切だった友人たちのことは片時も忘れぬ、と書いてこられる方だ。

五十年ぶりの日本語と切り出されたのが、私もうろ覚えのコミック・ソング「あなたと呼べば」。すると「あなたと答えるゥ」と立ち上がって来られたのが、こちらも五十年前の日大生の劉堅先生、謹厳そのものの白髪の紳士。相手を指差し胸を叩くジェスチャーが記憶を助けて、日中促成トリオのそれでも日本の歌。

アンコールに応えて「私のラバさん酋長の娘」と腰を振る李先生の眼鏡の奥の表情は、胸が一杯でわかるはずがなかった。

（8・10）

日本語

中国南西部の秘境、雲南省の美都昆明は海抜約二〇〇〇メートル、さらにノン・ストップのバスで三時間の山奥に、剣のような奇岩が文字どおり林立する天下の奇景「石林」はあった。

色彩豊かな民芸品の小屋掛けバザールが並び、たちまちピンク、白、浅黄の刺繍美しい民族衣装の十五、六歳のサニ族の娘三人につかまった。「よくいらっしゃいました」の日本語に驚く。香港などの店頭用と違う本格的な日本語で、誰に教わったのか笑って答えない。

ここ一週間、私以外の日本語に飢えていた細君が可愛い、可愛いと連発すれば、「奥さん、足元に注意して」と岩から岩を案内する。霧が小雨に変われば花模様の番傘をさして「雨、雨、降れ、降れ、母さんが……」と見事な日本語。そして彼女らサニ族の山唄と草笛が物悲しく奇石巨岩の林を縫っていく……。

「ほら、お友達」と指さす幾組もの日本人観光団は、「あの人たち、日本語を話さない」そうで、彼女たちには当てはずれの日本人ブームらしい。ガイドのお礼だと別に包んだが、受け取ろうとしない。メモをめくって「ニカブ（ありがとう）」と言えば、「どういたしまして」と笑う可愛い表情は、どう見ても博多の街角で見受ける女子高学生そっくりだった。「ドマコネリ（さようなら）」と言ったら、バイバイと手を振った。

（8・13）

雲南紀行から

予定の朝七時を三十分過ぎて、やっと雲南も山奥の石林行き臨時増発の小型バスは昆明飯店を出た。このバスは、前売り切符などの規則を知るはずのない外国人個人旅行者たちがすったもんだの交渉の末、やっと出してもらえたものだ。人民紙幣を握りしめて、べそをかかんばかりに当日売りを交渉していたイングランドの美人奥さんが、補助椅子でもおんの字ですよね、と私たちににっこり笑いかけた。

ほかにノルウェー、カナダの青年たち、それに前日ブータン人と間違われた私とその日本人妻などを外国人特別扱いにする気配は全くない、予約切符を持たぬ仕様のない連中扱いだ。

乗客も「外人観光客」などの甘ったれは見えず、重いリュックを背に押されて揉まれ、長い足を折り曲げて秘境へのバス旅行に挑戦している。「人種差別が全くない！」と細君が変なところで感心する。

この臨時バス以外のほとんどは日本人観光団の大型バスだが、私たちの連れは漢族の劉偉壮君で日本語を全く解さない。でもバスの中で知り合った四川省重慶からの若い女性教師・熊潤英先生とご一緒した昼食でも、四川名物麻婆豆腐の本当の辛さを嫌というほど教わった。言葉の障害など問題にならぬ実物教育を受けた。

（8・17）

高校野球

一億二千万の日本人の約半数が野球好きだそうだから、テレビ番組がプロ野球中継の延長で食い込まれるのを舌打ちする私などが少数派でもないようなのが心強い。明日の朝刊でいいじゃないか、それほどの野球なのかと思う。

でも高校野球、これは別で、たまたま街頭の人だかりを覗けば、決まってこの夏、九回裏のあと一人に出くわす。そして痛恨の暴投があったりして、たちまち逆転！　ドラマ展開の意外性がいかにも若者にふさわしい、非情の敗退が胸を打つ。が、一点差でも負けは負け、それで姿を消す潔さがいい。それに比べるとプロは、働き盛りの大人がベースボールの真似をしているように見えるのは夏の間だけでも気の毒だ。

勝ったチームの栄誉より負けたほうの健闘を称えてそちらの校歌を流せば、出場校一校残らずの校歌が全国放送で紹介されるのに、とのユニークな発言に賛成もしてみるが、それは甘ったれだろう。何回も聞かされる優勝校の同じ校歌だが、その陰には臥薪《がしん》嘗胆《しょうたん》の無念を噛みしめる若者たち非情の退場があり、そこも甲子園の意味がある。

（8・20）

ふれあい

別府でインドゾウの飼育員が死亡するという痛ましい事故のことでコメントを求められたが、「ふれあい動物園」という名称が気にかかるのは確かだと返事をした。「ふれあい」とか「スキンシップ」とか心温まる言葉に案外の落とし穴があることを経験的に知っているからだ。

動物園のフラミンゴと仲良くしようと近寄れば、必ず全員後退して人間との間に一定の距離を置こうとする。当方が引き下がれば前進して自分たちの縄張りを広げる。この一定の安全距離を侵して近づけば羽根を広げて、大きく背を伸ばして威嚇の姿勢をとり、当方のふれあい・スキンシップの申し出など迷惑との意思表示をする。

ゾウさんが鼻をブラブラ振って可愛いな……と童謡にまで歌われているが、これも彼らには迷惑な話で、相手を警戒し威嚇の表現にほかならぬとされている。それを愛嬌《あいきょう》をふり撒いていると勝手に思う人間サイドの思い上がりもやり切れない。少なくとも同じ種同士、例えば人間同士でなければ本当のスキンシップは成立しないと考えるのだ。

今度の事件でも、プロの飼育員の方だから、そのへんのことは十分弁《わきま》えてあったと思うが、なぜかインドゾウでの事故は海外でもベテラン飼育員に多いと聞いている。

（8・24）

中国語

日頃の中国語の勉強も現地では失敗ばかりだ。例の謝々《シエシエ》（ありがとう）に「ナール・デ・ホワ（そんなことありません）」とやったら、けげんな顔をされた上、大笑いになった。仕方がないので私も笑っておいたが「不謝《ブシエ》」でよいとのこと。

大連空港では出迎えの皆さんに「レイラマ（お疲れでしょう）」と聞かれた時も、またやった。車中で「目上の人にもそれでいいのか。不累《ブレイ》ではぶっきらぼうすぎて無礼ではないか」と聞いたら、「先生、冗談がうまいね」と見事な日本語が返ってきた。

昆明空港では同行の漢族青年劉君の航空券購入の窓口が二度、三度とたらい回しされる上、交渉の内容がさっぱりわからず心細い思いをしたが、それまで「そんなに簡単に買えるもんか」という顔付きだった主任氏が「ありがとうございました」との私の日本語を聞いた途端、この上ない笑顔で「ブ・シェ」とおっしゃって、あとはトントン拍子。

窓口で笑顔を見ることなどこの国で初めてだったので、大いに驚いたが、切符が手に入った後から見ると、あれだけの劉君の丁々発止のやりとりの割には、簡単な手続きでもあったようだった。

（8・27）

みくじ

韓国の女子大生二人に太宰府天満宮の学業成就のお守りを受けてやった。人差指大の鶯《うそ》の腹の中の白い紙は「みくじ」。神様があなたの将来を予見し、今後の生活設計にアドバイスを与える紙、と説明してやった。その学問の神様のお告げも、家政科で漢字の読めぬ劉さんが「吉」、中国古典専攻で漢字なら読む朴さんが「小吉」と出た。

「干天に慈雨の如し」の吉は、待ち人はすぐに現れ、紛失物はすぐ傍にあり、旅行は順調、縁談は今のを進めろ、と少し無責任なくらい。一方、意味のよくわからぬ「ウグイス山にいるが如し」の小吉は、勉強すれば試験は合格、旅行は計画を練り直せば吉、縁談は次のを待て、待ち人は来るけど遅刻……。

朴さんが次はその次はとたたみかけるが、こちらは漢字が読めるので丁寧に訳さねばならない。それでも紛失物が出ぬのと、金儲けが期待はずれのほかは、すべて「努力すれば」の条件付きでそれなりの吉。

努力しろとの神様のお告げだから、私がんばる、と丁寧にみくじを折り畳む朴さんの健気な言葉に、「万事とんとん拍子では面白くない、小吉くらいが生きて甲斐ある人生だよね」と言ってやった。

（8・31）

羽田発

東京での四日間、詰まったスケジュール消化に追われてテレビも新聞も縁がなく、台風北上中を知らなかったのは迂闊だった。羽田で初めて最終便福岡行き八時は欠航と知らされ、すぐ七時発に乗れとのこと。その七時が満席なので、最終に回されるのではないか……との文句は呑み込んで慌てて手続きを取る。周囲が皆、こんなの馴れてるよとの顔付きなのは意外だった。

福岡着陸不能の場合は（長崎、熊本、鹿児島各空港はすでに閉鎖されています）羽田に引き返すという条件で改札を始めます、とのアナウンスに、じゃ止めたという人はもちろんいない。その場合、今夜の宿は自分で探すのですかとの愚問には、その通りですとカウンター嬢はニコリともしてくれなかった。

乗り込んだ七時発は空席が目立つ。あの満席のはずの人たちは台風キャンセルかと見回すと、隣の学生君がいつもの七時発を大型ジャンボ機に切り替えたのだと説明してくれた。悪い癖で、そんなの知ってるよという顔付きをして、一人で赤面した。

福岡着は二十時五十分、二、三時間後には記録破りの風速四九・三メートルの猛台風を迎えようとは思えぬ小雨から本降りに変わろうとする、いつもの博多の夜だった。

（9・3）

親子丼

儒教思想の関係で韓国の若者たちは目上の人より先に煙草を吸うことはないと聞いていたが、この夏来福した青年男女六人君が、いずれも例外の新人類なのか、旅先なら別なのか、いい意味での傍若無人、自由奔放なのには驚いた。

そのほうが当方も気楽ですぐに馴染み、思わず日本語で話しかけてはキョトンとさせて、そうだこの人たちは隣国の人だったと思い直すのがしばしばだった。

顔見知りでリーダー格の安鐘珠君が親子丼の中央に箸を突き立てて猛然と掻き混ぜる。例の韓国風混ぜご飯・天下の美味ビビンバの頂き方、それに唐辛子を注文する。女の子は日本式を真似て掻き混ぜはせぬが、スプーンでないとご飯を箸だけではつかめない。お吸い物もスプーン。あちらで箸に必ず匙《さじ》が添えられていたのを、こちらに来てもらって初めて納得した。

自分の名前を漢字で書くのに苦労する大学生君に、お国の新聞は漢字まじりではないか、読めないのかと聞けば、日本のテレビに映る新聞以外にハングルだけのも結構あると教わった。ハングル世代の若者たちが伝えてくれるカルチャー・ショックは意外に大きい。

（9・7）

レトロ

「レトロ・ブームの昨今」だそうで、また新しいカタカナの登場。国立国語研究所発行の『言語生活』九月号の特集も「言葉のレトロ」。ただし、どのページにもこのレトロの意味の解説がない。とすればもう日常生活に定着した日本語なのらしい。

聞かぬは一生の恥と何人かに尋ねたが、知らぬ人ばかり。ここ九州の地はまだ汚染されていないと安心したら、一人だけ若い婦人が「アンティークの代わりに最近はレトロが使われる」と教えてくれた。英語で骨董品がアンティクティー、アンティークは古風なという意味らしい。そこで骨董屋がアンティークまではわかるが、これをさらに新しいカタカナで呼び変えねばならぬとは、日本式英語の飛躍は凄まじい。

「レトロ感覚」とは、いわば炊飯器をやめて、カマドに火吹竹を構え、「初めチョロチョロ、中ぱっぱ」という旧い生活文化に帰ることと私にもわかるように教えて下さった。そうだとすれば、わざわざカタカナ語で煙に巻かんでも良かろうと思うのだが。

もともとレトロとはレトロスペクティーヴ（回顧的）という意味の英語だそうで、その前半分をちぎったものとも聞いた。いくら略語流行りとはいえ、和製横文字の一人歩きには歯を食いしばって、ついて行くしかなさそうだ。

（9・10）

中学生

すぐ隣のアパートの三階への階段の踊り場に、煙草の吸い殻や紙屑を前に男の子三人と女の子一人がとぐろを巻いている。「そこ退いてくれ」のついでに若干の青少年健全育成教育を試みた。友達を待っている、と案外素直そうな少年の声で「何も悪いことしていない」と言う。

人様の建物に無断で入り込み、こんな片隅で煙草吸うのが悪いことだ、通行の邪魔だ、立て、立たんか……とこのあたりから、ここ数十年使わなかった声が出る。

煙草のことは母親も先生も承知だし、火の用心には注意しているからよかろうもん、とかなり馴々しい。先日も六本松の警察で絞られたそうで、そんなことではいい嫁さん貰えんぞと言えば、そんなのあきらめとると、ああ言えばこう言う。

吸い殻は拾え、つばは拭け、さらに立ち退きを命じたら、しぶしぶ立ち上がった背の高さは、女の子も私より高かった。中学校はすぐそばのあそこと顎をしゃくったので、本当かと聞けば、「嘘なんか言いませんよ」と若干の軽蔑のまなざしを受けた。「この顔が嘘つく顔に見えますか」とニヤリとされては、次の私のセリフは見つからなかった。

（9・14）

諫《かん》鼓《こ》

中国伝説上理想の君主「堯」は人民の諫《いさめ》を求めるため、朝廷の門前に太鼓を備えさせるが、政治に誤りがないため、太鼓はついに鳴らず、そのうち太鼓は苔むして鶏が止まり遊ぶようになった。「諫鼓苔深く、鳥驚かぬ御代なれや」と狂言『松囃子』が残す話。また『後漢書』劉寛伝には、官吏に過失のある時は蒲《がま》の鞭で痛くないほどに叩き、「恥を知らす」に留めたが、叩く相手がいず、蒲の鞭は腐って蛍となって飛び去った話。

「恥を自覚させる」だけで公務員の汚職・盗聴などが防止されるのだから、夢のような理想社会が昔はあったわけだ。今、首相官邸前にこの諫鼓を置けば、たちまち鳴りっぱなしで、まず騒音防止の面からの即撤去だろう。

マル優廃止を含む税制法案が、選挙時にはあれだけ天下の悪法と反対したとは思えぬ一部野党との小さな諫鼓の叩き合いだけで、結局は妥協して十一日間の会期延長で、「天ぷら揚げるより簡単に」あげられようとしている。

諫鼓大いに鳴って、叩くに鉄の鞭を用意せねばならなぬ昨今だからこそ、「温故知新」今のレトロ・ブームの意味があると考える。

（9・17）

制裁

よくアメリカでの陳謝の場面がテレビに映る田村通産相、この方は閣僚中でも大柄のほうだが、あちらの長官代理という巨漢氏との握手の場面を、いくら友好国間の交渉でも「小錦にまず立ち上がりの一発を食った表情」などと安心してコメントしているメディアが不思議だ。解説も「経済制裁を仄《ほの》めかした」などやっているが、これは「仄めかし」でも示唆でもなく「はっきりした言及」との緊張感が全く欠けている。

相手はしっかり見つめているのに、日本人特有の対話時の「視線そらし」が本旨を受け流す「ふてぶてしさ」と見られ、そのいらだちの表情なのに気がつかないのだろうか。

偶然手にした昭和十五（一九四〇）年九月の新聞の見出しの「石油全面禁輸か、米国、対日牽制に躍起」を読んで、その前後の紙面も繰ってみたが、翌年には太平洋戦争に突入することになる相当険悪なはずの日米関係の際も、昨今のような「対日制裁」などの物騒な字句は続いていないと知った。せいぜい「牽制」程度で、そう簡単に使われてはならぬ「制裁」の文字であり、その相手を見下した態度には、一言あってしかるべきなのに、その馴れは怖いと言わねばならない。

（9・21）

学生諸君

「学生マンションが建つと風紀が乱れる」、「学生のマナーが悪く、住民が悲鳴を上げている」など、「暴力団」の誤植としか思えぬ学生マンション紛争がトップ記事として紙面を飾る不思議な文化国家。

近所のアパートは単身者用の三階建てだが、「付近に大学がない」ので、今のところその心配がない。学生諸君と同じ年配の二十歳代も前半の、とりわけマナーが良いわけでもない普通のＯＬ諸嬢だが、今の嫌われ学生諸君に比べれば、近頃珍しく健康で健気な若者たちに見える。

「我々は静かな環境を求めてきたのだ」というのが単身マンション反対の理由だから、わが子の教育環境を考えて転居すること三度、やっと学校の前を探し当てた孟母三遷の故事を裏切る存在になってしまった最高学府のことも考える。

ずいぶん昔のこと、私も「学生さん」として地域の方々の温かい目で受け入れられ、かなりの「羽目はずし」も見逃してもらった覚えはあるが、「進学せずに汗を流して働く同年配の友人たちの分まで勉学に励むのだぞ」と陰に陽に聞かされていた事実も思い出す。

（9・28）

小爪野《こづめの》

柳原広子という未知の方の句集『小爪野』のおすそ分けにあずかった。

「強き棒つらぬきゐたり捨て案山子」。まず巻末のこの句に、ただならぬ方と拝察したが、果たして桃滴舎・今村俊三先生の序文で、十五年前に市助役から福岡市長選に出馬された柳原弥之助氏の奥様と知った。あの時の氏には次元の異なる方向へ展開する周囲の政治情勢に心外な苦戦を強いられる不運があった。

「第一声口の中まで夕焼けて」、「野分して夫のポスターうつ伏せに」。壮絶な敗戦の後、解体した選挙事務所のブロックや廃材などで脊振山系の登山口・小爪峠に通ずる地点に建てられた山小屋が「渓声庵」。「心身の傷跡をいやす自然のふところ」という俗次元を超えて、激務遂行の厳しさの間にも、山を愛する文人肌の筋肉質長身、眼鏡の奥の表情も懐かしい氏と共に、ご夫婦の暮らしの年輪の豊かさ深さが句集の行間ににじみ出ている。

二十年前の「初釜や黄に輝ける交趾鉢《こうしばち》」、「泥のまま置かれ初日の登山靴」に始まって今年喜寿を迎えられての感慨「捨て案山子」の句まで……。「つらぬきゐたり」ともう一度口に出してみた。

（10・1）

アワダチソウ

雨の多い夏だったので諦めていたサルスベリだが、今頃になってやっと白い花のツブツブをつけた。遅いんだよお前、「百日紅ごくごく水を飲むばかり」（波郷）とあるではないか、歳時記どおり酷暑に咲いてこそのサルスベリだ。何だか自然の現象まで狂う昨今だと文句を言ったら、そうでもありませんよ、と例のセイタカアワダチソウが昨今のレトロ・ブームで消滅、との話が出た。

ここ数年、あの黄色の舶来猛草に元気がないそうで、早く言えば、ナスやトマトを前年と同じ畑に植えれば駄目と同じで、日本の風土に馴染まなくなっている……と新聞で読んだとおりの知識を教わった。

そう言えば、近所のゴルフ練習場のススキが例年になく美しく伸びている。あの猛草のバイタリティーに圧倒されて、しっぽを巻いていた曼珠沙華《まんじゅしゃげ》が田んぼのあちこちに、ここですよと鮮やかに蘇っている。そうなれば、喘息の元凶などの汚名は、あれは濡衣だったかと、憎んで悪かったと気の毒になるアワダチソウ。

でも、秋の風情はやはり秋風にお辞儀するススキ、赤い花なら曼珠沙華……。

それに、秋も深まれば「こぼれ萩きのう狐のお嫁入り」（真吾）。

（10・5）

国際文通

中国広東省の中山市から届いた封筒には「中日国交十五周年専題郵展」の朱色の文字、それに万里の長城と富士山が刷り込まれている。つまり日中国交十五周年の記念郵便展のPR封筒だった。先月から、この地の中学教師楊先生という初めての方から、日本の友人たちとの文通でたまった切手六百枚などで九月二十九日に国交十五周年記念の日本紹介展示会を開くので、切手をもっと送ってくれ、とのエスペラント語の手紙を貰っていた。

新聞政治欄では読んでいた日中国交十五周年だが、記念封筒、記念スタンプまで市民レベルで用意するほど熱い視線を中国の人々がこの命題に注いでいるとは、地方都市の小グループの催しとぐらいに考えていたのを恥じたことだった。

協力お礼の前渡しに頂いた中国切手のうちに、一九五〇年の新中国開国一周年記念の貴重な一枚があり、当時は新中国の建国ではなく「開国」が公式に使われたのを知った。

一見小さな手軽なものに見えるこのコミュニケーションの方法が、意外な資料交換にもなり得る……また一つ、のめり込みそうな趣味が増えそうだ。

この美しい封筒を受け取ったのは十月六日、国際文通週間の初日だった。

（10・12）

晴天なり

少し早いと思ったが長袖シャツに替えたのはつい四、五日前なのに、もう本格的な秋。

コスモスが咲いている小学校の校庭から「本日は晴天なり、アーアー、聞こえますか」。懐かしや、運動会の準備中に違いない。「只今、マイクのテスト中」。

レトロ・ブームでの復活か、それとも教育現場では伝統的に引き継がれていたのか、あの声の主は相当年配の教頭先生か——。長い間、聞かなかったアナウンス。

今にも降りだしそうな空模様じゃないか、など野暮なことを言うものではない。やはり、運動会は秋で、マイク・テストは祈りを込めて「晴天なり」に限る。

手元の俳句歳時記（昭和五十三年版）に「遠足は春、運動会は秋と固定したようだ。遠足も運動会も昭和初頭まで、どちらも季題とは考えられていない」とある。

その昭和初期の小学生だった私には、この「本日晴天」が、日露戦争・対馬沖海戦で旗艦「三笠」に揚げられた出陣の信号「本日天気晴朗なれど波高し」からの連想で、いざ戦わんの心意気、士気高揚の先生たちの呼びかけとも聞いたようだ——とは、半世紀も後に軍国少年だったと自らを呼ぶことに慣れてしまってからの感慨。

（10・15）

異郷

中国南西端の雲南省、海抜二〇〇〇メートルの首都昆明からさらに一二〇キロ南、ノン・ストップのバス三時間で天下の奇勝、路南県石林に着く。

「では自由行動、午後三時に石林飯店前に集合」と運転手君。これぐらいの中国語はわかるので、隣席のイギリス人若夫婦に伝えると、たちまちノルウェー、カナダ、オランダの白人青年たちが口々に「三時だね」、「シーリンホテルだね」と私の英語に飛びついて確かめるのには驚いた。

私の中国語も英語も、一人でもましな日本人が側にいたら、一言も口に出せぬしろものなのに……この人たち、この程度の言葉もわからぬまま、ガイドなしの臨時増発バスの補助椅子に長い脚を折ったり曲げたりして。ハイキング程度の身支度で秘境への冒険探訪を敢行しているのだった。中国人乗客も、風俗・習慣それに言葉も違う異境なので、少なからぬ緊張の中にありと見受けられた。早くマイクを回せと騒ぐ日本国内の観光バスとは大違い。

若くして祖国を離れ、米国、スイスなど異文化の地で二十数年間、研鑽没頭された利根川進教授ノーベル賞受賞の記事から思うのは、この夏雲南の山奥で学んだ甘ったれ皆無のあの西欧の青年たちのチャレンジ精神である。

（10・19）

永田町

自民党総裁候補に名乗りを上げた方々、外国人記者会見で「英語のうまい人の後では気が引ける」と竹下登氏、チベットの政情不安については「その方面の話は詳しくないので……」と答えになっていない。お三方とも中曾根政治の継承なら、交替の必要もあるまいとの質問には「私たちは待合室で随分待たせられたのだから」と、日本人でも首をひねる擦れ違い答弁の安倍元外相。

それなりに敬意を払っていた政治家たちが、天下取りを志した時点で、突如なくしてしまうものの大きさについて考える。政策論議はもとより、理念も哲学も、無い。これでは次期総理など決めようもない。どうにもならず、一任を持ち込まれた方も、若い頃「総裁公選論」で派手に政界に乗り出したことを、本人がすっかりお忘れなのだから世話はない。

それにしても、ついこの前の統一地方選挙で遂に一度も、人前に出ることのできなかったご仁に、その時点の不評を逆転させる善政（?）があったとも思えぬのに、政権末期には未曾有の支持率を与えている我々庶民の政治感覚も不思議だ。

やがてこの庶民不在の雲の上のコップの中の争いが、そのつけを回してくる……。

（10・22）

愚問

ノーベル賞は若い頃からのあこがれだったのか、とはＮＨＫもつまらぬ質問をさせるもので、当然「研究などは賞を狙ってやるものではないですよ」と、まだ若い利根川教授はうるさがりもせずお答えになった。

「あの人が総裁になるなら、議員バッジをはずす」との公約はどうなさる、と総裁選候補辞退第一号の長老に意地の悪い質問もあっていたが、武士の情だ、聞くものではない。

「公約は守るべきもの」との普通人感覚のはるか彼方で、すべては「挙党一致」の錦の御旗で万事丸く収まることぐらいは百も承知で、「それくらいの意気込みが必要と言ったまでだ」とのしらけた弁明をさせては、この老練政客に対して失礼でもある。

意気込みといえば、『体育時報』十月号のオリンピック関係座談会で、柔道のコーチ氏が「負けたら日本に帰れぬ意気込みが必要……」と無駄なプレッシャーをまだかけている。

ノーベル賞も金メダルも、本人の究極の精進の結果に他律的にもたらされるものだろう。参加者全員が勝とうと努力するのがスポーツだから、優勝者以外が全員それぞれの祖国に帰れなくなったら大変だ。

（10・26）

乾杯

「では、乾杯のご発声を……」と頼まれた方が、「ご指名でございますので……」と一同の杯が満たされるのを確かめてからの一席の訓示が、本番の挨拶祝辞に劣らず長いのが近頃目立つ。

杯をそっとテーブルに置ける、そんな末席が指定席の私などまだ良いほうで、「前にお詰めください」と促されなくても、最前列にいなければならぬ方々には気の毒な話だ。さすがに「オレの挨拶だけでは不足だったのか」という顔はなされないが、「杯は胸の高さがいいのか、肩の高さにあげたまま拝聴するものだろうか、エチケット入門書で調べさせねばならぬな」などあらぬことを考えながら、早く終わるのを待っておられるのが気の毒になる。

スケジュール進行の苦心の策で乾杯のほうに回ってもらった主催側の配慮はご承知だろうから、やはり、ここのところは簡単に帳面消しの役は果たすのがエチケットだろう。

こちらが本当に話しかけたい方は、必ずや杯を挙げて近寄って下さるのは必定だから、会場での控え目は、「存在感」がかえってグッと上がるのに……と何事も一言多く、いつもへまをやり、臍《ほぞ》を嚙む思いをする私は考えるのだ。

（10・29）

韋《い》編《へん》三《さん》絶《ぜつ》

人様のより多いとは思わぬわが書棚だが、これらの本を全部もう一度読み直す時間は私に残っていない、と今年も思う「読書週間」。増えこそすれ少しも減りはしない。すぐ側にあり、いつでも手に取りめくれる安心感を含めての読書意欲、と言っておこう。

一冊の本を、例えば漱石の『猫』のように文字どおり文庫本の韋編（本のとじひも）三絶、遂にバラバラになるまで、繰り返し読んだのは、ほかに自分で選べる本が入手できなかった敗戦直後であったからだ。

若い日、訳読の授業で鍛われたC・ディケンズの小説、その翻訳が敗戦しばらくの後に、文庫版で店頭に出ているのを見た驚き。これがあれば、あんなに辞書と首っ引きの苦労はせずともよかったのに、と一瞬思ったのは恥ずべき甘ったれ、だからこそ当時の同輩の学習姿勢は今の大部分の学生諸君のより密度が高かったと言えるのだろう。

それにしても、この情報過剰、出版物の洪水の世に、あの漱石の『こころ』が大学生の読書アンケートで人気のトップを占めるのは何故だろう——今はレトロ時代、あれが一番ナウいのだとの解説。そうだろうか。

（11・2）

文　化

シェークスピアの『ハムレット』、セルバンテスの『ドン・キホーテ』がいずれも西暦一六〇〇年前後の作で、その六〇〇年も前に、日本で世界最初の長編小説（『源氏物語』のこと）を発表した女性作家のいたことを知ったが、それに比べるとヨーロッパのしたり顔の文化などセコイもんだ、とスロバキアの作家E・ドボルゼク氏からの手紙にあった。

さらに徳川家康の西洋事情コンサルタントを勤めた英人ウィリアム・アダムスが九州大分の地に漂着したのが一六〇〇年。いわば異国の文化を頭から軽蔑するヨーロッパが東洋の尊敬すべき文化国家に土足で侵入しはじめたのがちょうどこの頃なのにも興味がある、とも指摘してきた。

この一六〇〇年の数字は区切りがいいので、私も「関ケ原」とは承知していたが、ヨーロッパとの交流の事始め、もう一つの「天下分け目」の年とは思いが及ばなかった。

十七世紀以降のヨーロッパしか知らぬ東洋の島国は二百年後、再度の西欧カルチャー・ショックですぐに「脱亜入欧」一辺倒の愚を選んでしまった、とも書いている。

絶えず異なる民族文化とのせめぎあい、交流、摩擦を経験してきた東欧の人たちの厳しい史観を学んだことだ。

（11・12）

賞金女王

ゴルフをやらない私でも、岡本綾子さんのあの笑顔だけは見分けがつく。一〇〇万ドル・プレーヤーと聞くが、この数字に象徴的な表現、つまり例の「おしん」乙羽信子が宝塚時代に「一〇〇万ドルのえくぼ」と騒がれたのを連想した。

だがこれが実際の賞金の集計額と知って驚いた。また、球を追って歩くプレーヤーにつれて野次馬たちが移動するのをプレーの邪魔ではないのか、と質問して恥を搔いた。あれは野次馬ではない、安くない見学料を払っている熱心なゴルフ研究家たちで、この拝観料の一部はその一〇〇万ドルの一部になっているのだとも教わった。

アメリカ・ツアーでの外国人選手初の賞金女王というが、どう見てもテレビに映る観衆が日本人ばかりなので、確かめたらやはり埼玉県の場面だった。「赤旗」のスポーツ欄にまで「悲願の賞金女王」と書いているのには考えさせられた。

アヤコのおかげで、一応ゴルフ通になったが、やはりプロとはいえスポーツなのだから、相手を負かせた褒美は相撲のように手刀を切ってつつましく受け取るもの、金一封の中身は洩れ承るだけがよい、と思うのは、この国際化の今日について行けそうにない、心配だ。

（11・17）

志賀島にて

中国遼寧省大連外国語学院の于永瀛先生と大連工業学院の周茂青先生は、昔の大連第二中学時代の同窓会の招待で東京、大阪、福岡から長崎と二週間の視察旅行の途中だった。

于先生は終戦直前留学中の長崎で私と同級生。勤労動員中の造船所から姿を消して以来の日本、周先生は「阿蘇」だけが記憶に残る「内地修学旅行」のほかは日本初訪問なのに、どちらも驚くほど見事な私のより綺麗な日本語をお使いになる。

大連での旧制中学では二五〇人の同級生のほとんどが日本人で、中国（満州国）籍はわずか八人。その「知日派」なるが故に、その後の国共内戦、祖国解放戦争、さらに文化大革命の混迷時代を経て、今日の新中国に至るまでの激動四十年に翻弄された想像に絶する苦難、希望と絶望の繰り返しには、ほとんど触れられることがなかった。

だが両先生の同窓生で、案内リレーの大阪・福岡間担当のN氏も一緒に渡った博多湾志賀島で「漢委奴国王印」発光の碑前で写真に写り、ついで、蒙古塚の階段を上りながら、この海で非業の死を遂げた敵味方両軍将兵共にねんごろに弔って今に伝えている庶民の「こころ」を話し合ううち、「靖国神社公式参拝問題」にまで当方の連想が及び、両先生の胸中に去来するはずのものに、しばしば絶句したことだった。

（11・18）

鮮狗

中国少数民族の天地、雲南省昆明の郊外、天下の美湖滇池のほとり。赤煉瓦の小さな食堂で出された鶏ではなく豚や魚でもない不思議な味は、犬の肉だったようだ。

この彝《イ》族の人々自慢の犬料理は、同行の劉（漢族）青年に断ってもらったはずなのに、通じなかったようだ。何しろ省都昆明の繁華街で店頭に「鮮狗」の張り紙を見る土地柄なのだ。名物「過橋麵」も鶏の脂たっぷりのアツアツのスープに米のうどんと肉と野菜が入ったのをフウフウ吹きながら、真っ赤にふりかける唐辛子、辛いのなんのって！

これが四川・雲南料理の特徴「西辣《シーラー》」の真骨頂の辛さ！　脳天壊了！

「何でも現地の人と同じ物を食べる主義」は二度と口にすまい。と言っても、周、漢の昔から馬牛羊豚鶏と共に六畜六牲としてこの地の食習慣に生きてきたものを、西欧流の動物愛護の見地から法律で禁止する（香港）など、異質の文化を侮辱するのは許されぬと考える。田犬（猟犬）、吠犬（番犬）と別に「食犬」として、それ専門に飼ってきたもので、そのへんの野良犬を捕らえて食べるのではないのだ。

ＩＷＣ（国際捕鯨委員会）の「日本叩き」の好材料、調査捕鯨について考える。（11・26）

暖秋

「陽春には鶯が鳴き、花が咲き競うて、山も谷も美しく装うが、これは全く天地の『まぼろし』の姿にすぎない」と中国の古書『菜根譚』は述べている。「これに反して晩秋は谷川の水も枯れ、山々の木々の葉も落ち尽くして、石は痩せ崖は枯れた姿を見せる、この時こそ初めて虚飾を去った天地の真の姿を見ることができる」と続き、どうやら秋がしみじみ身にしみる歳になるせいか、最近この種の警句が目につくようになった。

ところが、今年の秋はその天地が真の姿を見せてくれないのだ。夏の間、台所の西日を遮ってくれたナンキンハゼは、いつもなら真っ赤に紅葉して、見ておくれとばかりに存在を誇示したあと、一斉に散って裸になるはずなのに、まだ緑の濃い葉っぱをつけたまま散ろうとはしない。これではもう十二月になろうとするのに、そこまで来ている冬日が台所に差し込んでくれない、枝から切り落としましょうか、と細君がいらいらする。

人間たちが季節感を失う暮らしを重ねているのを見て、庭の木々までが影響されたのかもしれない。「虚飾を去った真の姿」が見られない今年の秋、その意味するものを考えてもみる。（11・30）

特急車中

佐世保行きの特急「みどり」。立ちん坊の汽車は久し振りだが、座席に座れるのと座れないのでは大違い。昼飯抜きでプラット・ホームに並ばされた揚げ句のアウトだから、いっそう面白くない。運のいい乗客たちを窺い見るごとく見ないごとく、考えた。

座席の幅は昔も今も変わらないと思うが、戦中・戦後のあの頃、復員列車や買い出し列車でなくても、よくもこの幅で「三人掛け」をしていたことだ。飽食の世の今では、日本人の体系もお尻の幅を中心に随分発達したものだ、三人掛けなど全く無理……。

それにしても若い娘さんも、若くないご婦人も、屈強な若者たちも、この安心し切った眠りこけようはどうだ。まだ真昼なのに、衣食足って礼節などどこかに行ってしまっている。その上この車内アナウンス「本日は混み合っていますので、ご注意願います」。

何をご注意？　それより、たった四両じゃなくて、もう一両増やしさえすればいいのに、と段々エスカレートして、精神衛生上も良くないと思いはじめた時、佐賀着。

かなりの人が降りるので……やれやれ、やっと。座れたら現金なもので、たちまちイライラは解消。ところが、見回したら立っている人はいなくなっていた。

（12・3）

迫力

韓国の大統領選挙。その熱気にはテレビのこちら側にいてさえ圧倒される。

十六年前の前回選挙で対立候補だったことで国家反逆の罪に問われ、死刑の判決も受けた本人が、百万と数える熱狂的な聴衆を前に、拳を振り上げて挑戦を繰り返す。守る体制側も、石を投げられ卵をぶっつけられても、相手候補のお膝元に遊説車で乗り込む。

乗り込むように追い込んだ公開インタビューの、本質を突いた質問の連発に、本物のジャーナリスト魂を見もするが、この記者たちは大丈夫なのだろうか、逮捕されはせぬかと心配してやりたくなる。

そして、次のテレビ画面で見るこちらの国の新首相の迫力まるでなしの国会答弁に付き合って考える。この人、今は死語になったニュー・リーダーと呼ばれた頃から一度も国民大衆の目の前で政策政見を語ったことがなく、日本国民のほとんどが熟睡している深夜に旧リーダーの一存でお書きになった書簡で指名された方。

その旧い「偉い人」も、わずかその半年前の統一地方選挙中は、国中どこからもお呼びがなく、ついに一度も民衆の面前に立てなかった——それなのに今、少なからぬ人気と余力を持つと伝えられている事実！

（12・7）

轟沈

旧制中学五年生で最後の期末試験の三日目が、四十六年前の今日十二月十日。前々日の真珠湾攻撃以来ラジオにしがみつきながらの試験勉強が手につくはずがない。そこへ追い討ちがマレー沖海戦の大本営発表「戦艦レパレスは瞬時にして轟沈!」。

この初めて聞く轟沈の響きには完全にしびれた。戦艦「プリンス・オブ・ウェールズ」のほうは撃沈で、こちらは雷撃を受けて満身創痍のまま最後まで壮絶な抵抗を試みての沈没。轟沈とは一分以内の沈没なのだ。いくら何でも一分ではあるまいと『広辞苑』で確かめたら、やはり一分。もちろん当時の辞書にはなかったはずだ。

真珠湾奇襲のほうは突然のショックで呆然とするばかりだったが、もう三日目、それも世界一の英海軍と渡り合っての「轟沈」だから、これは本物——とこのへんから、万事奥手の私にも神州不滅、必勝の信念が根づいてしまう。

もちろん、瞬時にして命を失う敵海軍将兵とご家族のことに思いが及ぶなどの今日的発想はない。当時の軍国少年を喜ばせたこの殺人用語の初見から「敵ヲ知リ己ヲ知ラバ、百戦危ウカラズ」の孫子一五〇〇年前の教えを思い知らされるのに、四年とかかっていない。

(12・10)

鯨汁

古川柳に「畳敷く助言の多い十三日」、「十三日富くじの出る恥しさ」、「琴箱を持ってまごつく十三日」とあり、師走十三日は江戸の昔「すす掃き」つまり大掃除の日だった。

元禄十五(一七〇二)年のこの日、宝井其角《たからいきかく》が両国橋で俳諧仲間の大高子葉(源吾)に会った時、この旧赤穂藩の失業武士は掃除用の笹を肩に売り歩いていた。その姿に「年の瀬や水の流れと人の身は」と問えば、「あした待たるるその宝船」と付けている。

明日のそれが赤穂浪士の打ち入りとは少し出来すぎの話だが、「十三日」とだけで年末大掃除の日と承知するほど「しきたり」通りに庶民生活の営まれる太平の世があった。

もう一句、「江戸中で五、六匹食う十三日」とある五、六匹とは鯨のことで、何故か大掃除の打ち上げ料理は鯨汁と決まっていた。「けもの食い」を嫌った江戸庶民でも、鯨は魚と思っていたし、冬場の栄養補給には猪を「山鯨」と呼び「薬食い」とも言って盛んに賞味したとされている。

今欧米諸国の身勝手な西欧型動物愛護の視点から反対され窮地にある捕鯨問題だが、この豊かな食文化の伝統の面からも承服できぬことを訴えたい。

(12・14)

貧乏性

十二月も押しせまって年の暮、貧より辛いものはないと霊験あらたかな京都山崎の宝積寺に参り願をかけた男、いつの間にか霊夢に現れた「打出の小槌」を握っている。それと確かに「何でも望みのものを三つだけ、後は知らんぞ」との観音様のお言葉も耳に残る。

まず当座の願いに食のこと、小槌で大地を叩けば諸白《もろはく》（清酒）と干し魚一枚。貧乏性なので願いもささやかだ。次は寒さも寒しと「紙子一枚のお願い」つまり紙製の粗末な衣服。なんとあなたのみみっちいこと、いっそのこと絹の着物を願いなされ、と言う女房に「神様のせっかくの思召しに欲張りはできぬ。黙っとれ、この糸瓜《へちま》の皮！（「役立たず」というくらいの罵倒語）」と言ったものだから、糸瓜の皮が一枚ポロリと出て、これで三つの願いは終わり（『露休置土産』〔元禄期〕より）。

この師走の寒空に都心のデパートやビルを取り巻く人々が「宝くじ」の行列とわかって考えた。そのジャンボな夢が叶っても、身についた貧乏性は誰にも負けぬ私だから、持ちつけぬ大金に度を失って、結局糸瓜の皮ぐらいに落ち着くのが必定。それがあの種の列に並ぶ意欲を妨げる理由に違いない。

（12・21）

古井戸

師走の一日、東京国際映画祭でのグランプリ受賞、中国映画『古井戸』の試写会で——山西省大行山脈の山深く、娘たちは天秤棒を肩に一〇キロの山坂を水汲みに通う石だらけの「老井」と呼ばれる村。実に、二五〇年にわたって一二七カ所に井戸を掘るが一滴の水も出ない。

日本人の私には気の遠くなるような荒涼たる山地の寸土を耕して生きる人々の姿。八百元で婿入り（売買婚）をせねばならぬ主人公も、悲恋相手のヒロインも、全村あげて水を求めての大自然への挑戦。そのまま旧い生活文化、貧困との戦いの中の青春像にほかならない。この山地のどこに暮らすのか、「水争い」の大群衆も驚きだが、これとても自然の中の小さな存在。この壮大なスペクタクルの中に「愚公山を移す」の寓話にある天帝が感応し給うて助力なさる——と話の展開を期待したい一種のメルヘン調も見えて、中国映画界の「新しい波」との解説も納得した。

一つ気にかかるのが、原名の『老井』が『古井戸』という廃墟の草ぼうぼう、幽霊の出そうな日本語の題名になっていること。「老」という尊敬すべきベテランを示す中国語のニュアンスも考えてみた。

（12・24）

脱兎

「終わりは脱兎のごとし」。卯《うさぎ》年のせいかこの一年、天下を騒がせた割には、一直線に兎が逃げた後、何事もなかったように草の葉一枚動かぬ草原みたいに、紙面から姿を消した記事が政治、経済、スポーツどの分野にも目立つ。

例えば、記録を確かめて驚くのが、わずか半年前の内閣支持率最低が嘘のように急上昇して、今人気（?）と余力（!）ありと伝えられる前首相。その深夜の書簡一本で一件落着後はほとんど見ないニュー・リーダーの呼び名。近くは連続トップ記事だった大韓航空機「真由美さん」の一言一句、それにさるぐつわも痛々しい護送姿のその後……等々。

それでも国際経済摩擦、異常円高は続き、売上税は間接税に名が変わり、防衛予算の突出は世界の趨勢と逆に続行、姿は見せぬが「戦後政治の総決算」も決して死語にはなっていない事実はある。

マージャンを知らぬ私にまで、東尾君二五〇〇万円の制裁が酷か妥当か、など聞かれて、自分の年収と比べて考えるのを忘れるぐらい、恥ずかしながら泰平飽食の世に慣らされていた――と全く締まらぬ年の瀬の感慨。

（12・28）

1988

大博通り（博多区，2005．5）

竜の鱗

想像上の霊獣なので古人もずいぶん無理して各様の「竜像」を描いておられるが、『爾雅翼《じがよく》』に「竜に九似あり」とし、鱗《うろこ》は鯉に似るとある。ただし鯉の鱗は三十六枚で陰の数、六の六倍、竜のそれは陽の数、九×九の八十一枚、つまり陰から陽への変化を貴ぶ易のめでたい数字だ。

作夏、雲南省昆明郊外の美湖滇《てん》池で見上げた絶壁の三〇〇メートルの高さにある道教の古刹龍門、その龍門を潜って昇天したこの湖の鯉の鱗も、今は枯れて絶壁となっている三〇〇メートルの滝を昇るうちに八十一枚に増えたのに違いない。

竜の身上はこの激しい「変わり身」で、八大竜王は雨乞いの神様。一天、俄《にわか》にかき曇って、雷を伴う豪雨をもたらしてもくださる。だが、この八十一枚の鱗の一枚だけがなぜか喉の下の一尺四方の逆さ鱗。もしうっかりこの一枚に触れようものなら、凄い勢いで竜は怒り、触れた者を生かしてはおかぬという物騒なもの。これが有徳仁慈の天子をも突然憤怒壮絶の形相に変える、あの「逆鱗《げきりん》に触れる」の逆鱗。

今、経済大国・飽食の世を謳歌する私たち日本人に、鱗一枚を考えろと辰年が巡ってきた。

いいことがありますように、一九八八年。

（1・4）

コミュニケーション

元旦の朝刊一面に天下の珍事、例の横綱双羽黒廃業の詳報を見た。「チャンコがうまくない」に始まる親方との別れ話なら幼稚園児でも叱られるわがまま、新旧世代の違いなどのコメントも空しい話。チャンコの味が身に染みるまで一人前の相撲取りとは言えぬ、その一人前には対人関係、社会人としてのコミュニケーションも含まれるはずだが、新人類とのレッテルが先行して伝えられるこの青年の趣味が、ただ一つパソコン。冷たい器械との対話は、力士らしからぬ孤独の姿ではあった。

同じ元日の朝、ハンガリーから綺麗な切手の賀状が届いた。手元の地図では見つからぬ小さな町の初級学校七年生の少女アグネスは、国語（マジャール語）のほかにロシア語とエスペラント語を学んでいる。そのアグネスが六人の級友の宛名を同封して、みんな日本のことを知りたがっているので、文通相手を探してくれ、と書いてきた。

相撲という閉鎖社会で、冷たいメカとの対話を楽しみにする高名な若者が踏み切る再出発と、東欧の少女たちの異文化理解への若々しい意欲溢れる年頭メッセージ——何とも言えぬ元旦を味わった。

（1・7）

個性尊重

「横綱のランク（地位）にいたリングネーム・フタハグロという興奮しやすい青年の相撲レスリング界からの、前代未聞の追放事件」を「ニューヨーク・タイムズ」二日付の紙面が大きく報道した。

「相撲協会がファンの関心を繋ぐため優勝経験のないのに昇進させた、そのプレッシャーが重すぎた若者の悲痛な話」と続き、「あまりに裕福で個人主義でわがままになり過ぎた若者世代の具体例として多くの日本人は見ている」との記事に異論はないが、協会幹部も同時に処分を受けたことに「集団の調和のいかなる破壊も避けたがる日本人たち」と言及し、またテレビでは同紙の特派員が「アメリカでならスポーツの一流選手の個性が強いのは当然で、追放などありえない」とやっていたのには考えさせられた。

一流なら、あの思考、あの行動がアチラでは評価されるのだろうか。それに「アメリカでは……」と、万事そちらの物差しで日本人の生活習慣、価値観を判断し、やがては攻撃に繋げる最近の嫌な風潮さえ連想させる。

「個性尊重」は何もおタクの専売特許ではなく、日本人が大切にする「集団の調和」の中にも「和して同ぜず」との東洋哲学が生きていることも強調しておきたい。

（1・11）

鴻臚館《こうろかん》

敗戦の年のちょうど今頃、入隊したばかりの十九歳の私は馬取扱い兵を命ぜられ、陛下からお預かりしたこの本物の動物が、星一つの兵隊の言うことなど決して聞かぬことを嫌というほど知り、泣き出さんばかりの体験をしていた。その機関銃中隊恨みの厩《うまや》を今まで平和台野球場外野席付近と記憶してきたが、今回その場所を、千年も前に日本列島最適の立地条件として定められた鴻臚館跡に昇格させた。

あの辺りに鴻臚館跡があったとは聞いていたが、はっきり図面の四辺形で示されて、福岡空襲の夜、その厩の藁の中で警報に叩き起こされたのをまず思い起こした。

後に、日本一の西鉄ライオンズの集めた大観衆の出入りを見るが、それまでは軍旗祭と陸軍記念日だけ自由に出入りができた市民も私たち悪童たちも、その先は覗きもされず、後に球場に通ずることになる上《かみ》の橋も利用はできなかった。

思えば、黒田築城、軍隊、そして市民に開放された後も公共運動場がデンと座って、いわゆる「都心開発」の外にあったという事実が、幻とされる平安京、難波津の鴻臚館と違い、この史跡破壊を今の程度で食い止めた――と考えてみた。

（1・23）

舌足る

「肉のしたたるビフテキ」ではない、それを言うなら「血の滴る……」だよと聞いて、「血のしたたるぅ？　嫌だ、そんなの食べられるもんですか」と叫んだ娘さんの話。

彼女は「舌足る」つまり味覚を満足させる意味と思い込んでいたのだ。最近流行の俗悪なＰＲ用語「当て字、語呂合わせ」と違い、これは傑作と感心するが、別のことも考えた。

舶来料理だから、西欧の人たちが生焼けの牛肉に舌鼓を打つのは勝手だが、この娘さん同様、たいてい物好きな私でもまず遠慮する。

羊の肉の看板で犬の肉を売る、例の「看板に偽りあり」の「羊頭狗肉」の諺を、「犬のほうがはるかに美味しいのだから」と逆の意味にとる中国南西部秘境の少数民族の人たちにも教わった。「犬を食うなんて」と驚く人間のほうがこの地球上に多いらしいのも事実だが、それぞれの民族にそれぞれの食文化が生きている。

訪米中の日本の首相に鯨の縫いぐるみを持ちだして抗議する「環境保護」と称する無礼な団体には、「お互いの生活文化の尊重こそ相互理解の基本だから「血の滴る牛肉」なんか食べるな」とこちらのほうが抗議したいところだ。

（１・28）

電送帯

中国の大連空港、若い服務員嬢が私を日本人と見るや「これ日本語で何と言いますか、教えてください」と聞く。ベルトコンベアと答えると、「いや、日本語で」と鮮やかな日本語で問いなおす。「お国にこの『電送帯』はないの、日本人誰もこの言葉教えてくれない」と不服そう。この横文字がいつ頃から日本語に収まったのか、「電送帯」ねぇ！

「日常生活をスムーズに営むには約二千のカタカナ外来語が必要。ほかに知的教養のためには三千語」との魚返善雄氏の計算は二十年以上も前の数字で、その二千の数には入っていたはず。その後、今日までのカタカナ外来語の激増、氾濫は周知の事実だ。

チベット語の一二三四から八九〇までの発音が日本語にそっくり、とテレビ番組で子供たちの授業風景を報道していた。唐代の漢語の発音が、当時の漢字文化圏の東西の辺境で凍結されたまま今に伝わっているとの解説。だからわが国の算用数字の唱え方は昔の中国語の日本列島訛りと言っていいらしい。とすればそれまでの「ひぃふぅみぃよぉ」を、例えば今の私たちが「ワン、ツゥ、スリー」に読み替えるようなもので、ハイカラ好きのご先祖をもつ我々の宿命かもしれない、このカタカナ語の氾濫。

（２・１）

初《はつ》午《うま》

今日が立春。そしてまだ旧暦の十二月なのに九日が初午。手元の資料ではどれも二月（旧暦）最初の午の日とあるが、「初午は暦で見いだす祭りなり」（古川柳）と不思議な句が残っている。伊勢屋の看板と犬の糞に並んで江戸中に多い物と言われた稲荷社で子供たちの叩く太鼓が鳴り、どんなケチな旦那衆も構え門を開き、赤飯・菓子などをふるまう子供たち書き入れ時の祭りだった。「鮗《このしろ》は初午ぎりの台にのり」、「このしろの前でぬかずく賑やさ」と古川柳にあり、当時焼くと臭い、武士の切腹の時用いる魚というので嫌われたのが「子の代」との類似音から、この日だけは子の学問の上達を願ってお稲荷様に供えられた。

そして「だだッ子に柄樽《えだる》をつける初の午」。この日束修《そくしゅう》（入学金）を用意して一樽提げた父親に手を引かれて連れて行かれたのが寺子屋。

「明日から手習いだァと叩いてる」。叩くのは初午の太鼓。その一方では「初午の日から夫婦チョット息キ」。うちのワカランチンにもお師匠様という怖いお方が一人増えて、少しは息抜きもできようもの……。

遅くまで灯の消えぬ近所の学習塾の窓を見ながらいろいろ考える。

（2・4）

熟年・実年考

「熟年」ないし「実年」に相当する英語はない、ということを知った。ベテランの通訳さんも、『英語新語集』に『民営化』などは載っていますがなぁ」と驚いておられた。

日本人以外にこの種の「気休め」にすぎぬ敬称（？）はないらしい。老人と呼ばれて立腹するのはこの国の人特有の感性らしい。前に、北京の観光バスで「おばあさんと呼ばないで、お姉さんと言いなさい」と七十歳くらいの日本人客の抗議（と相手は受け取った）に、二の句が告げず、涙ぐんだ日本語抜群のガイド嬢が「何か失礼なことを言いましたか」と私に聞いたのを思い出す。

中国語で新しい友人を「老朋友」、若い娘さん先生でも「老師」と呼び、親しくなれば「老李」、「老森」と、つまり「老」の文字自体に尊敬の意味を持ち、老醜とか老残を連想させる用法はない。日本語にも若干でも尊敬を込めた年配者への呼称はないか、と疲れ切ってシルバーシートにぐっすり眠り込んでいる娘さんを見ながら考えた。

そう言えば、この地下鉄、「身障者、お年寄りに席を譲りましょう」と何故、終点間際の最後のアナウンスで必ず言うのだろう。

（2・8）

自白

八年前の北陸での女子高校生連続誘拐殺人事件で、女性被告には死刑、「共謀者」の元愛人にはその自白に信用性なしとして無罪の言い渡しがあった。「女性被告の供述に無批判に頼った」とされるが、愛人なら一心同体のはず、こんな大それたことを女一人でやれるはずがない、との先入観で取り調べが進んだものなら恐ろしい話だ。

「予断」と「自白の信用性」と言えば、例の大韓航空機事件が気にかかる。事故発生と同時発表の「隣国の政治的陰謀」との見解が、そのまま真相究明の基本路線となった。

「真由美」こと金賢妃のマスコミ面前での、疑えば演出過剰の供述だけを証拠に、次から次と焦点が、いつの間にか日本海海岸から失踪した日本女性捜しに移ってゆく間に、ベンガル湾からタイ・ビルマ国境山岳地帯で姿を消した模様の機体も、一五〇人の人命も、その後の経過がいつの間にか忘れられようとしている。

その真相は謎のまま、むき出しの隣国憎悪キャンペーンに巻き込まれる愚は、これら犠牲者に対しても申し訳ないことだ。

事実、物的証拠を欠く自白が、八年も調べた後、無罪が今成立している。

（2・20）

コミュニティ

「二月・三月花ざかり　うぐいす鳴いた春の日の　たのしい時もゆめのうち……」。早良区のS公民館高齢者教室でお配りしたのは私自身そのルーツを探していた「うめぼし」の唄。

その唄知っている、と一番前の席の八十四歳と、小学読本にあったと言われる方も同年輩のお婆さん。お手玉歌だとおっしゃるお二人にお願いして、時ならぬ歌唱指導が始まった。

かなり年配の方々も「明治生まれにはかなわん」と初めは小声でつけておられたが、おや、これは「ここはお国を何百里」の節と同じじゃないかと、やがて受講生一同平均七十歳を超える約六十人の合唱となった。

紫蘇《しそ》などの難しい漢字、「三日三ばんの土用ぼし」の生活の知恵を小学三年生で教わったのを、早速軍歌の替え歌でお手玉遊びに興じた八十年も前の少女たち……。

「自分史を書く」がこの日のテーマだったが、文章を遙かに越えた自分史の語り継ぎがそこにあった。お二方を中心に、願ってもない最高の教室のムードに、郊外の田園風景を一変させて出現した高層ビル団地の斬新なコミュニティ作りのエネルギーの一面を見た思いだった。

（2・24）

年甲斐

米国政府の海軍長官にこのほど任命されたW・ポール氏は今年三十九歳。国防予算の実質削減に抗議して辞任した前のウエップ長官が四十一歳と聞いて、重要ポストへの若手起用に感心していたのだが、今度のほうのほうがさらに若い。

日本の防衛費予算になりふり構わぬ圧力をかけて、自国の軍縮の肩代わりを計る虫のいい予算審議の難航を見越しての人事というわけだが、その重大局面へ若い閣僚に期待と信頼をかける、かの国の政治姿勢を見直した。

かつてわが国も発展途上であった頃、この種の若いエネルギーの政界での躍動があった。例えば天下を驚倒《きょうとう》させた西郷隆盛。政争に破れての城山での憤死がこの人五十一歳の時で、従って南洲翁と呼ばれ、世の人望を集めていたのは四十歳代のことである。

南洲翁死去の年齢では、今の首相など「十年経ったら……タケシタさん」と自らの名前をズンドコ節に歌い込んでアピール、「気配り」と「根回し」の修行に精を出しておられた。また思慮も配慮もまるでゼロの暴言で衆院予算委員長の椅子を憤然と降りた方が、もう政界跡継ぎの名乗りを上げる子息もおられるお齢と聞いて暗然となる。

年甲斐もない！ とはこういう時の言葉だろう。

（2・29）

秘　境

「中国の山西省に穴を掘って住む人が沢山いるのは政治が良くないからだ」とは、いくら参議院選挙応援の勇み足にしても奇想天外の珍論で、さらに「その発言の真意はわが党の政策の成功を強調することにあった」との陳謝にいたっては、なお頂けない。

頭の上がらぬ国の農業保護のためには、食習慣にないものまで輸入させられ、自国の農民には先年まで奨励していたパイナップルもミカンも腐らせ捨てさせる。その猫の目政策こそ「政治が悪い」というものだ。

また、その風土に最も相応しく伝えられてきた暮らしの智恵、衣食住習慣を侮辱するなど、幕末の頃にパリ万国博で、石ばかりの家屋を初めて見た先輩たちもやっていない。

その山西省は訪ねていないが、山奥といえば、例えば雲南省昆明の年季の入った空港ロビーで山と積まれたマツタケの籠の間を縫って、搭乗受付の列に現地の人たちと一緒に並ぶ体験などなさったがいい。「四季春のごとし」、「五穀豊穣の別天地」の心身共に豊かな人々の表情に感動なさらねば嘘だ。

事実、桃源郷も竜宮城もあちらでは山奥——日本語では「人の住めぬところ」との語感の山奥、その向こうに在りと昔からされている。

（3・3）

休刊

昨日届いた『言語生活』三月号は、いつものセピアの封筒にゴム判で「長期間購読のお礼」が捺《お》してある。三十八年続いたこの雑誌が四三六号で休刊に追い込まれたのだ。

発行元の筑摩書房には各方面から慨嘆哀惜の言葉が寄せられたようだが、「悪貨は良貨を駆逐する」の経済原則には暗然とさせられる。

高踏アカデミックな専門書ではなく、庶民の日常生活中の下世話な言葉でも日本語の美しさ楽しさを伝えてくれる姿勢は、ふつうの雑文書きの私にとって重宝この上ない座右必携の月刊誌で、人様にも勧めていた。

最終号最初のページで「言語産業」という新しい日本語を知る。「教育産業」なる経済用語に驚いたのはついこの間のことと思ったのに、最近では言葉がカネになるというわけだ。

日本語教育、外国語習得、さらに異常な言葉遊びブームで各種の啓発書、便乗書が出たり入ったりの中でも、国立国語研究所の先生方の編集という伝統と格調を持つこの雑誌だけは最も安泰と思っていたのに……。

最終ページの「ごあいさつ」の「生きた言葉を暮らしの全分野の中でとらえることの重要さは、この雑誌の存否にかかわらず変わるはずはない」を噛みしめる。

（3・7）

状況証拠

「これだけの状況証拠から見て、大韓航空事件は北朝鮮工作員の犯行だ」との社会党国際局長の発言。どれだけの量と質の証拠かは知らぬが、一般市民の知る範囲では、「韓国捜査当局の発表だけでは事件の真相と内容はまだ解明されていない」との同党の見解も否定はされない。だが、これが日本国内社会党内の内紛として報道されるのはやり切れない。

実は不勉強で、同党の「まだすっきりしない真相」論はこの「内紛」で初めて知ったのだが、今までほとんど表面に出なかったのは不思議だ。これが同党の対韓政策の転換、難航する訪韓実現のための、相手に良く思われたい「踏み絵」と誤解されるタイミングなのも残念な話である。

事件直後、万事五里霧中の頃、「西側の者から見れば、想像もできないことを、あちらの人は平気でやるのだから」とテレビで日本人の有識者が解説したのを覚えている。

早々に打ち切られた模様の現地捜索のその後も思って、この種の政治駆け引きに使われては、消息を絶っている一五〇人の霊が浮かばれるはずがない、といつの間にか「西側の人間」にされている私だが考える。

（3・19）

マナー違反

プラットホームはそう混んでいないが、地下鉄の客は行列とわかる程度には並んでいた。

そこへ人品卑しからぬ紳士が当然のように最前列に割り込んで乗ろうとなさる。若い連中や一部ご婦人の傍若無人にはもう腹を立てぬくらいの修行は積んでいるが、この方の行動には驚いて、聞こえなかったようだが、「順番ですヨ」と後ろを指差した。

この年配にしてはムッとした表情をなさらぬのは、本当の大物だったのかもしれない。

若い娘さんの譲る席に有り難うとも言わずに悠然と座り、目をつぶられるのを、目を合わさぬように覗《うかが》いながら考えた。

この方、もしかすると普通の市民と一緒にこの大量輸送機関を利用する経験がないのかもしれない。貫禄十分の方だから、お付きの者がもう少し庶民レベルの暮らしのルールを教えてあげねば、恥を掻かれるだけでなく、ある種の紳士たちに言い掛かりを付けられて、不慮の災難に遭う場面も想像される。

先程の、私にしては珍しいマナー違反指摘も、それを心配してのことでもあった。いつもこの種の小さな勇気は、空振りになっても構わないから、試みてみよう。だが、そのほうの修行は今のところ一向に進んでいない。


（4・4）

英雄の木

福岡南公園の植物園大温室のパンヤ（紅綿）が真紅の花を数えて二十輪、今年も咲いてくれた。八年前の春、友好都市から親善使節・広州動物園のパンダ二頭を迎えに行った時、一緒に連れてきた苗木だ。

広州・東方賓館七階の窓の高さに見たコブシを赤く染めたような美しい花がパンヤで、広州市民はパンヤの咲くのを見て、夏物への衣替えを急ぐ、またどの木よりも高くなるので「英雄の木」として自慢しているとも教わった。

当時の広州市長楊尚昆先生には「温室の屋根につかえても、英雄の木の頭は伐ってはならぬ」と言われていたが、何しろ熱帯性の植物、露地植えのほうがあらゆる防寒手段が失敗、冬には必ずダウンした。だが、春先にはその切り株から緑の「ひこばえ」が伸びて直立不動、三、四メートルの高さになる。が、次の冬にはまた枯れて——を繰り返す。春には示すその「ひこばえ」の生命力はさすがに英雄の木だが。温室内の五本は現地の落葉後の裸の枝と違い濃緑の葉が重なる間にひそと咲く、やや「うれい」を帯びた英雄の花だ。

この話を気候風土の違う友好都市での育て方として報告したい方——楊尚昆先生は今回の全国人民代表大会で国家主席に選任された、その方にほかならない。


（4・11）

説法百日

先日のこの欄の拙稿に「百の説法屁の一つ」と書いたのを、読者の方が「百日の説法」が正しいと電話で教えてくださった。また繰り返す生兵法《なまびょうほう》の怪我に恥じ入った。

『故事ことわざ辞典』（東京堂版）で確かめたら、出典はあの弥次喜多道中記の『東海道中膝栗毛』とあり、十九世紀も初めの意外に新しい諺と知った。しかも、それが横井也有の俳文集『鶉衣《うずらごろも》』（一七八五年）にある「七日の説法屁一つ」のパロディーで、その也有先生も一六四五年刊行の俳書『毛吹草』（松江重頼編集）の「七日の説法無になす」を下世話なたとえに置き換えなさったもののようだ。

出典不詳の「千日の行ひとかえり」などの仏教の教えがその時々の時代思潮に合わせて先人たちの工夫で庶民の間に語り伝えられたらしい。初七日から四十九日まで七日・七日の法要などと意味深い七の数字と「百日」の百の落差は、十返舎一九先生特有の誇張というばかりではあるまい、「七日詣」、「百日詣」という仏教でかけがえのない数字とすれば、「百の説法」でも「百日の説法」もあまり変わらぬのに……と一瞬思ったのは、修行の足らぬ男の仏罰必至の不遜《ふそん》と反省した。

ご教示ありがとうございました。

（4・18）

黄砂来

この十一日が随分遅い今年の初黄砂。とすれば、その前日対馬の上見坂《かみさか》展望台で北方五〇キロの韓国がかすんで見えぬのは黄砂のせいと聞いたから、中国黄土地帯からの春の便りは、その速度の偏西風でここ九州北沿岸まで来るのだと勝手に解釈した。

その上見坂には旧日本陸軍の要塞があり、一五サンチ砲四門の砲座、砲弾置き場、砲手仮眠所の分厚いコンクリートの残骸が藪の中に兵士たちの夢の跡を語っていた。その大砲は「一度も発砲されなかった」とガイドさんは繰り返していた。

日曜なのに二分咲の桜の下で弁当を囲む家族連れが三組、木陰に網を張ってのミニバレーは自衛隊の家族運動会、それだけだった。バルチック艦隊はこちらを通ったと指差すガイドさんの左指が、幾重にも曲がってきた山道のあとなので東か西か私にはわからなかった。

国境の島の自然は厳しく、波をかむ絶壁と岩礁、それに海浜は石ころだらけ。黄砂の故郷から来襲の蒙古勢を迎えて戦った小茂田浜は一面の石ころで砂はない。この浜で戦死する宗資国一族の死闘や人々の被災を、静かな海も黄砂にかすむ水平線も語りはしない。

「一発も撃つことがなかった」――のガイドさんの言葉を真似てみた。

（4・21）

お二階

「私は猫だ」、「私が猫だ」との違い、「は」と「が」の使い分けを留学生諸君によく質問される。英語でも中国語でも同じ表現なのだ。物心ついて以来使い慣れた日本語を正面きって説明するのは難しい。過年、中国で「あれが逃げ水　長城に指す地平線」と拙句を旅行記に残した時、「あれは逃げ水……」にしようかと随分迷ったのを思い出す。

昔、あまりいい成績でなかった英文法でも、国文法よりましだった私だが、日本語で「お二階」と言うが、「お一階」、「お三階」とは何故言わぬとの彼らの奇問にも慌てなくなっている。とりあえず、あれはサービス業の業界用語、つまり……。

昔の宿屋の一階は旅人が草鞋《わらじ》を脱ぎ、足を濯《すす》ぐロビーと受付カウンター、客は二階へ案内されてそこが客間兼寝室あるいは会議室、三階以上は普通なかった。もちろん私見と断っての上だが、例の幕末の池田屋騒動だってそうじゃないか、と考えた。

新撰組は当然のように一階には目もくれず、階段を駆け上がる。逃げやすい一階ルームでの密談、というのは今日的感覚。……お客は当然「お二階」。

本当かなと本人が疑う屁理屈に近いが、ホラではあっても、嘘ではないと思っている。留学生諸君から学ぶ日本語再発見を楽しんでいる。

（4・26）

桜散る

『枕草子』に「樹木の花で風情があるのは濃くても薄くても紅梅が一番。桜は花びらが大きく葉の色が濃く細々とした枝に咲くのがよい」として、梅に次ぐ桜と序列はなっている。

十世紀の桜は今日の改良型ソメイヨシノとは全く別の風情だったようだ。

約三百年後編纂の『小倉百人一首』には、梅の歌は一首、桜が六首と人気が逆転している。

だが、盛開中の花は「人はいさ心も知らずふるさとは」と詠む紀貫之の作「花ぞ昔の香に匂いける」の梅の一首だけで、桜の六首はいずれも「花のいろは移りにけりないたずらに」の小野小町や「しづ心なく花の散るらむ」の紀友則のように、咲き誇る花に喜びや楽しみを見るより、散る花にわが身を比べての詠嘆や寂しさの心情吐露ばかりである。

封建の世の武士道も、明治以降の軍国主義の時代思潮にも「同期の桜」にまで歌われて、この花本来の花びらのデリケートさ、しなやかな枝ざしなど、清少納言の「花びら多きに葉の濃きが……咲きたる」とのこまやかな観察眼はずっと棚上げされてきた。

そして今年も「花見る人のドンチャン騒ぎ」を苦笑しながら、桜は半月たらずの花の命を散り急いでくれた。

（5・12）

芙蓉鎮

誰も一言もなく試写室からエレベーターに移った時、「すごい」と若い人が言った。途端に雰囲気が崩れて、口々に感動が語り始められた。私は眼鏡の奥をまた拭いた。

芙蓉鎮は中国湖南省の南部の地図で捜しても見当たらぬ普通の町。一九六三年から文化大革命を含む一九七九年までの十六年間に中国全土を吹き荒れた政治の嵐は、この町の普通の人たちにさえ容赦はしなかった。

米豆腐（この映画を見て、一度は食べてみたいと思わぬ日本人がいるだろうか）の露天商で器量よしの働き者のヒロインに、思いもかけず資本主義の道に走る反革命「富農」の烙印。町きってのインテリなので、右派とされる青年の作詞した結婚祝歌を反社会的と決め付ける美人革命派幹部も、紅衛兵には吊し上げられるが、すぐ名誉回復。その後また失脚など、海のこちら側には不思議な国の不思議な混乱とだけ伝わる、新中国建設の苦悩の中を生き抜いてきた民衆の姿が初めて活写されている。

「二千年の日中友好の長い歴史のうちには不幸な一時期もありましたが……」との外交辞令の間にも、かけがえのないそれぞれの「人間の暮らし」を送っていたアジア同世代の人々の挫折・屈折の日々をいつか考えさせられていた。

（5・19）

平和の塔

ツツジの絨毯と黄色のポピーが美しく、初夏の陽射しが眩しい宮崎市の平和台公園。フランス娘のアンナ嬢を案内して見上げる塔の文字は、前には確かに「平和の塔」だったと思うのに、「八《はっ》紘一宇《こういちう》」と戦時中のに復元されていた。

連れの日本人青年にも初めての字句なので、解説は戦中派の私の役目。「世界が一つの家で全人類が仲よく暮らす、とは素晴らしい思想、綺麗な言葉、平和は全人類の願い！」としきりに感動するフランス娘を見ては、いや、当初の意図は違っていた、とは言い兼ねた。

念のため帰宅して開いた『広辞苑』には「世界を一つにすること、太平洋戦争期、わが国の海外進出を正当化するために用いた標語」とある。「正当化」の持つ意味と「侵略」とせず「海外進出」と表現した編集事情も考えながら、思い起こすのは、『日本書紀』の一節「六合《りくごう》ヲ兼ネテ都ヲ開キ、八紘ヲ掩《おお》イテ宇《いえ》トナス」を繰り返し暗唱した軍国少年だった日のことである。

例の奥野皇国史観長官の「侵略戦争否定論」が大きく報道されたのが、この宮崎訪問の直後だっただけに、そのタイミングに暗然となった。

（5・24）

七勝七敗

大相撲夏場所、千秋楽に勝ち越しをかけた七勝七敗の力士が九名。うち、七敗同士の取組みで星を落としたのが、孝乃富士と霧島。そのほかは全員が勝っている。そのうち、四番くらいがあっけない勝負だったが、これを巷間伝えられる「手抜き相撲」かと一瞬考えてもみた。だが力士たちのファイトの空回りでの失敗もあろうし、そう短絡的に決めつけるものではないとも考えた。

ここまで番付が上がれば実力は紙一重、ここ一番に気合いが入れば、下半身が伴わぬと指摘される小錦が今場所素晴らしい出足を見せていたし、早々に勝ち越して余裕ありと見た水戸泉を逆鉾の名人芸が上手投げにしとめてもいる。

星勘定なら、本人たちが誰よりも百も承知だから、芸能記者たちが無責任な噂の尻馬に乗るのは力士たちに対しても無礼な話である。

それにしても、前場所休場で稽古不足の千代の富士と、こちらも病気上りで下馬評も二番手以下だった旭富士の両力士が、一番一番丁寧に取り上げて、千秋楽結びの対決で最高に場所を盛り上げたのは特筆もの。一方、これに匹敵する気迫と集中力を、稽古も十分と前評判の躍進途上の若手力士たちが、いずれもスタミナ切れでその実力を見せてくれないのには心配が残った。（5・27）

アジア映画祭

五月二十五日夕刻六時頃、博多の都心・中洲の旧電車通りまで並んだ列は福岡アジア映画祭の幕開けで、井上靖名著の映画化『敦煌』への人の波。主演の趙行徳こと佐藤浩市が「お金を払って見ていただく試写会にこんなに大勢の方が」と挨拶するほど、その行列もこの超満員も久しく体験しないものだった。次の日が韓国映画二本、二十七日はインドネシアとタイ、土曜日がインドとイランそれに日本の『上海バンスキング』。最後の日は中国映画の三本立てで、千秋楽結びがあの『芙蓉鎮』。

フランスもアメリカもいないアジア諸国だけの映画祭が前売り券完売で歓迎されるのは、佐藤純弥監督の解説する「敦煌はここ福岡と同様、東西文明交流の拠点」という福岡の立地のせいでもあろう。

閑古鳥鳴く映画界起死回生の妙薬は、さらに香港、台湾、それに歓迎レセプション付きで北朝鮮の映画だ——と数年前までが嘘のような国際化世相にいささか感動していたら、次の日の本紙朝刊に「日本はアジアの盟主、中国や韓国が対等に口をきくなど許されぬ」と新聞社に電話があったとのコラム記事。歴史の流れに市民の皆さんと一緒に棹《さお》さしましょう、とこの人たちに呼びかけたい。（6・3）

パラソル

五月末の土曜午後、スウェーデンから来福のM・アンドレアソン女史を南公園に案内した。万緑と千花が咲き競う植物園はほとんど真夏の熱さ、それでもパラソルでこの陽射しを遮るのは勿体ないとおっしゃる北欧のお客様。還暦を超す女性の身での独り旅で京都、福岡、広島、岡山、高松……と各地のエスペラント語文通仲間のリレー接遇を受けながらの日本の生活文化に触れる旅を重ねておられる途中だった。

一緒に学習している婦人サークル（随筆、エスペラント語など）との電話連絡では、十人も集まってもらえばおんの字のつもりが、家族、知り合いを誘い合っての四十名近く、温室で出会ったアメリカ青年二人も加わっての大歓迎散策とはなった。

総ガラス張りの休憩所では、福岡の「何でも知ろう」夫人たちの質問攻めで、たちまちスウェーデン事情の学習会。六カ月の出産休暇には配偶者も休まねばならぬこと、年金だけで十分暮らせる福祉国家。先の大戦に何故スウェーデンだけ巻き込まれなかったのか、子どもの学習塾（これは通訳するのに一番苦労した）はあちらにはない。でも、太宰府天満宮でお孫さんのため学業成就の「お守り」は受けてきた、孫は九人と話されるあたりは、スウェーデン・エスペラント連盟副議長の肩書とは思えぬ普通のおばさんの顔だった。

（6・7）

竹に花咲く

庭の隅の竹に花が咲いた。タケ、ササの類は普通一二〇年の周期（六十年周期説もある）で花を咲かせ、すぐ枯死するとされている。花といっても、綺麗な花びらがあるわけでなく、イネと同じ禾本《かほん》科植物だから枯れた黄色のモミが小枝にギッシリとつくだけ。緑の縦縞が美しいこの南方系バンブーの舶来竹が、まさか一二〇年目のものとは思えない。根分けした親竹にしてもせいぜい二、三十年くらいのもの。

前に、友好都市の中国広州から福岡の植物園が貰った珍種の「吊絲単竹」が、移植間もなく花を咲かせ枯れたことがある。サボテン室では、リュウゼツランの仲間二株が、原産地メキシコでは十五年に一度の開花と聞くのに、いきなり直径一〇センチの茎を天井までニョキニョキ伸ばして、黄色の花を咲かせてすぐダウンした。いずれも開園わずか半年間のことなので、環境の急変による狂い咲き……と話し合ったことだった。

最近の異常気象続きは、諦めていた庭のシャクナゲを咲かせたが、この竹も敏感に自然の変異に反応したのに違いにない。今月二十六日（旧暦五月十三日）は俳句でいう竹酔日。竹を植えるのに最適の日だが、当てにならない。植え直すのはやめにしておこう。

（6・15）

西公園・藤棚（中央区，2005．4）

＊一九七七年十月十五日から一九八八年六月十五日までの間、「西日本新聞」夕刊のコラム欄「まちかど」（のち「四季」とタイトル変更）掲載分から九三二篇を選び、加筆した。

あとがき

ここに収録された拙作エッセイの数々は、昭和五十二（一九七七）年十月から昭和六十三（一九八八）年六月までの約十一年間、「西日本新聞」夕刊のコラム欄「まちかど」（のち「四季」とタイトル変更）の紙面を週二回汚していた計九四八篇の内から、整理・保存していたものにほかなりません。

昭和五十二年は私も五十二歳、自分史的には短くもなかった地方公務員生活の最後の職場、福岡市動物園勤務を命ぜられた年でした。以後、定年退職を迎えてさらに三年の、忘れられぬ歳月ではありました。

菲才の身の私がほかのお二人の社外コラムニストの方と交代執筆の依頼を受けたのは、どのようなご縁だったかは覚えていませんが、「ジャーナリストとしての視点ではなく、市井の普通の一読者としての視座から、世相などの『心に映りゆくよしなしごと』を自由に綴ってくれ、実は私もよくわからぬ注文だが……」との編集係氏の言葉はよく憶えています。今に直らぬ口癖の「ま、どうにかなりまっしょ」と恐る恐る書き始めたことでした。

馬齢を重ねて今年で八十二歳、そろそろ次の旅支度のため整理を始めた雑稿の小山から見つけたこの雑文集にはそれなりの感慨があります。散逸、亡失させるに忍びず、ここに纏め上げた次第でした。

平成十九（二〇〇七）年五月

森　真吾

森　真吾（もり・しんご）
1925（大正14）年2月3日，福岡市に生まれる。1944年9月，（旧制）長崎高商（戦時繰上げ）卒業。45年12月，復員。50年1月より福岡市職員。85年3月，動植物園長（8年間）を最後に退職。現在，日本ペンクラブ〈随筆・翻訳部会〉会員，世界エスペラント協会・日本エスペラント学会の会員。福岡市在住。著書に『黄砂ふる街』（海鳥社），『パンダの昼寝』（葦書房），『動物園の四季』（日本図書刊行会），訳書に『弔銃――戦火のクロアチアから』（海鳥社），『クロアチア物語――中欧ある家族の二十世紀』（日本図書刊行会），『亡命――女優ティラ・ドリュウの場合』（新風社），『エスペラント感情旅行――出さなかった日本便り』・『リエカの耳飾』（以上，エスペラント伝習所・福岡）他（いずれもクロアチアの女性作家スポメンカ・シュティメツのエスペラント語作品）

街角《まちかど》の四季《しき》
森真吾《もりしんご》コラム集《しゅう》

■

2007年7月10日　第1刷発行

■

著者　森　真吾

発行者　西　俊明

発行所　有限会社海鳥社

〒810-0074 福岡市中央区大手門3丁目6番13号

電話 092(771)0132　FAX 092(771)2546

http://www.kaichosha-f.co.jp

印刷・製本　有限会社九州コンピュータ印刷

ISBN 978-4-87415-639-1

［定価は表紙カバーに表示］